世界经典侦探故事集

(英)阿瑟·柯南道尔等 著
艾伦等 编译

中国华侨出版社

图书在版编目(CIP)数据

世界经典侦探故事集/(英)阿瑟·柯南道尔等著;艾伦等编译.—北京:中国华侨出版社,2014.6(2019.6重印)
ISBN 978-7-5113-4741-1

Ⅰ.①世… Ⅱ.①阿… ②艾… Ⅲ.①侦探小说—小说集—世界 Ⅳ.①I14

中国版本图书馆CIP数据核字(2014)第129427号

世界经典侦探故事集

作　　者:	(英)阿瑟·柯南道尔等
编　　译:	艾　伦等
责任编辑:	若　水
封面设计:	施凌云
版式设计:	李　倩
文字编辑:	黎　娜
图文制作:	北京东方视点数据技术有限公司
经　　销:	新华书店
开　　本:	720mm×1020mm　1/16　印张: 28　字数: 651千字
印　　刷:	北京德富泰印务有限公司
版　　次:	2014年9月第1版　2019年6月第4次印刷
书　　号:	ISBN 978-7-5113-4741-1
定　　价:	68.00元

中国华侨出版社　北京市朝阳区静安里26号通成达大厦3层　邮编: 100028
法律顾问: 陈鹰律师事务所
发 行 部: (010)58815874　　传真: (010)58815857
网　　址: www.oveaschin.com　E-mail: oveaschin@sina.com

如果发现印装质量问题,影响阅读,请与印刷厂联系调换。

前 言

侦探故事一向被人称为"智慧文学",它是以罪犯犯罪、侦探寻找证据,并进行推理破案为主要故事情节的小说模式。它不仅有精彩的情节与巧妙的构思,还以悬念迭起和神秘色彩吸引读者。自出现以来,就受到广大读者的欢迎。

侦探小说最早出现于19世纪中叶,从诞生至今,涌现出几百位知名作家、几千部优秀作品,出现过三个黄金阶段。美国著名作家爱伦·坡是侦探小说的鼻祖,被称为"侦探小说之父"。在第一个黄金阶段,阿瑟·柯南道尔是领军者,他塑造的侦探福尔摩斯形象深入人心,现已成为世界上最知名的虚构人物。在第二个黄金阶段,侦探女王阿加莎·克里斯蒂声誉鹊起,她构造的大侦探波洛的形象也受到侦探小说迷们的高度评价。在第三个黄金阶段,由横沟正史创作的日本侦探小说《金田一探案》相继登场,其侦探人物金田一同样引起侦探迷们的浓厚兴趣,并由此拉开了侦探小说由西方向东方繁荣过渡的序幕。

一篇成功的侦探故事必定有其严谨的结构与精妙的布局。侦探小说家在设计故事框架时,故布疑阵,让读者进入迷宫阵中,把读者吸引得如痴如醉。读侦探故事的过程仿佛是进行一场高级的智力游戏,读者总是身不由己地参与到解谜的过程中,随着情节的发展,时而迷惑,时而紧张,时而兴奋,等到最后水落石出之际,才会大舒一口气。当今世界文坛上,已出现了数以百计的著名侦探形象,如:福尔摩斯、布朗神父、波洛、金田一,等等。这些侦探形象各有特点与所长,给人的印象非常深刻,不但丰富了侦探故事的舞台,也丰富了侦探故事的风格与流派,令读者目不暇接。侦探小说家不仅把侦探描写得有血有肉,令人惊叹而讨人喜爱,而且其塑造的罪犯往往也各具个性,由此也增加了故事的离奇性与丰满度。再加上对破案过程注重细节的描述与挖掘,从而使侦探故事叙述更加细致而具体,无论是案件的本身还是社会环境氛围,都使读者有身临其境的感受。

在宁静的夜晚,在温暖的灯光下,阅读一些情节跌宕、引人入胜、兼具文学性和思想性的侦探故事,不仅可以收获新鲜离奇、快意迭起的阅读感受,领略其迷人的艺术魅力和丰富的思想内涵,而其中的天才构思与推理的创意手法,更开启了颠覆性的思维开掘与探险历程,十分有利于磨练敏锐的洞察力,提高思考力和判断力，从而终身受益。

  本书分为"机关算尽的离奇谋杀""环环相扣的疑案侦查""步步惊心的杀人谜案""疑云重重的惊世骗局""匪夷所思的犯罪动机""各怀鬼胎的狡诈窃贼"6个部分，囊括了英国侦探小说之父阿瑟·柯南道尔、短篇侦探小说之王爱德华·霍克、日本惊险侦探小说大师横沟正史、社会派侦探小说的旗手松本清张等的名篇佳作，让你一本书通读世界经典侦探故事。

  这些故事在事件发展过程中步步设疑，在布局结构上屡起波澜，其中所展现的娴熟的技巧、冷峻风格以及精彩绝伦的构思令人叹为观止、拍案叫绝。让你不知不觉沉迷其中，在纷乱的迷宫里探索智慧灵感的出路，体验真相水落石出的快感。

目 录

机关算尽的离奇谋杀

你就是杀人凶手/【美】爱伦·坡 ………………………………………… 2
博斯科姆比溪谷秘案/【英】阿瑟·柯南道尔 …………………………… 9
从海上漂来的木乃伊/【美】爱德华·霍克 ……………………………… 25
驿站/【日】松本清张 ……………………………………………………… 39
断崖上的情人/【日】笹泽左保 …………………………………………… 49
完美谋杀/【英】巴吉·伯杰斯 …………………………………………… 59

环环相扣的疑案侦查

博士的神秘失踪/【美】弗雷德里克·西姆纳利 ………………………… 72
改名换姓的人/【英】G.C. 索恩利 ……………………………………… 81
愚蠢的名探/【英】乔艾丝·波达 ………………………………………… 89
救生员/【美】堂·多特 …………………………………………………… 96
蓝宝石十字架/【英】G.K. 切斯特顿 …………………………………… 111
鱼饵与线索/【美】爱德文·希克斯 ……………………………………… 123

步步惊心的杀人谜案

蜡泪/【法】乔治·西默农 ………………………………………………… 132
橡皮喇叭/【英】罗伊·韦克斯 …………………………………………… 139
假眼/【美】加德纳 ………………………………………………………… 151
不祥的旅馆/【日】佐野洋 ………………………………………………… 183
遗产谜案/【英】阿瑟·柯南道尔 ………………………………………… 200
鲜花与凶手/【英】H.C. 贝利 …………………………………………… 208

疑云重重的惊世骗局

红发会/【英】阿瑟·柯南道尔 …………………………………………… 218
首相绑架案/【英】阿加莎·克里斯蒂 …………………………………… 225
一便士邮票遇险记/【美】艾勒里·奎因 ………………………………… 237

半耳男人/【日】横沟正史 …………………………………………… 250

黑手帮/【日】江户川乱步 …………………………………………… 257

敦厚的诈骗犯/【日】西村京太郎 …………………………………… 269

匪夷所思的犯罪动机

歪嘴男人/【英】阿瑟·柯南道尔 …………………………………… 286

银色白额马/【英】阿瑟·柯南道尔 ………………………………… 302

塔楼奇案/【法】莫里斯·勒布朗 …………………………………… 317

残酷的确证/【日】松本清张 ………………………………………… 326

牙齿/【日】水上勉 …………………………………………………… 339

小熊贝贝的秘密/【日】仁木悦子 …………………………………… 362

各怀鬼胎的狡诈窃贼

新蓝宝石案/【英】阿瑟·柯南道尔 ………………………………… 382

奇特的珠宝窃贼/【英】阿加莎·克里斯蒂 ………………………… 396

英伦银行窃案/【英】奥希兹女男爵 ………………………………… 403

寇伦男爵被盗/【法】莫里斯·勒布朗 ……………………………… 412

嘉宝的膝盖/【美】特伦斯·法赫迪 ………………………………… 423

机关算尽的离奇谋杀

你就是杀人凶手

【美】爱伦·坡

在拉托尔巴勒发生的一件奇事轰动了这一鲜为人知的僻静小镇。那里的人们曾经祈祷神灵，乞求神灵惩治凶手。终于，奇迹降临到了他们的头上。这一奇迹是否就是上帝赐予的呢？我们姑且不谈。

一、沙特尔沃思先生失踪

事件发生在某年的夏天。巴纳巴斯·沙特尔沃思先生居住在拉托尔巴勒镇已有无数个年头了。他是镇上一位家财万贯，颇受人钦羡的长者。一个星期六的早晨，沙特尔沃思先生骑马离家，向P城进发。P城离拉托尔巴勒镇15英里。他打算当日傍晚返回该镇。两个钟点过去了，沙特尔沃思先生的坐骑竟独个儿地奔了回来。沙特尔沃思先生和他随身带走的两只装满金币的口袋均已不知去向。那匹坐骑已经受了重伤，浑身污秽不堪。

这一突如其来的意外事件，自然会引起小镇上居民的无比惊讶和不安。直至星期日早晨，沙特尔沃思先生仍然毫无踪影，杳无音讯。他的诸亲好友决定外出寻觅。

最后决定外出查找的领头人，当然是沙特尔沃思先生的挚友查尔斯·古德费洛先生。镇上人都称他为"老查尔斯·古德费洛"，因为他确实是一个名副其实的"古德费洛"（意为"好伙伴"）。他忠实厚道，笑容可掬，心地善良；他嗓音洪亮，双目炯炯有神，显得坦率和真挚，毫无丝毫矫揉造作之态。虽然古德费洛先生在拉托尔巴勒镇定居下来仅有六七个月，但他极其平易近人，深受人们的喜爱和尊敬。当然，他的名字的含义也有着某种推波助澜的作用。沙特尔沃思先生对他尤有好感，倍加青睐。两位先生又是邻居，没过多久，他们就成了莫逆之交。老查尔斯·古德费洛并非富有者，平时颇为节俭，注意节约用钱。这也许是沙特尔沃思先生常常主动邀请古德费洛先生作为座上客的部分原因。古德费洛先生一天要去上三四次，中午常在沙特尔沃思先生家中用膳。两人在筵席间觥筹交错，劝酒畅饮，享尽了珍味佳肴。马高克斯酒是老查尔斯最喜爱的一种名酒。

一天，在喝完马高克斯酒以后，我曾亲眼看到，沙特尔沃思先生在酩酊大醉之际，兴冲冲地在古德费洛先生背后击了一拳，并且说："查尔斯，你真是好样的；咱们萍水相逢，情投意合，确是人生一大乐事。你对马高克斯酒爱喝如命，我要亲自为你订购一大箱名牌的马高克斯好酒，而且是市场上价格最昂贵的一种！你不必吐露任何谦逊之词，事情就此决定下来了。你等着吧，不过，总得候上一两个月，才能把酒运抵此地。"

慷慨大方的沙特尔沃思先生对于手头拮据的好友古德费洛先生的关怀备至，解囊相助，确实是前所未有，闻所未闻。

二、古德费洛和彭尼费瑟

直至星期日早晨，沙特尔沃思先生仍然毫无音讯。老查尔斯·古德费洛先生眉宇紧蹙，忧心如焚，食不甘味，几乎到了精神崩溃、万念俱灰的地步。他早已获悉马背上的两只钱袋下落不明；马的前胸有两个弹孔——子弹从一端穿进，并从另一端飞了出去，但这未能使这匹坐骑顷刻殒命。

"我们还是耐心地等待吧。沙特尔沃思先生一定会回来的，上帝会保佑他的！"古德费洛先生一开始就坚信这一点。

可是，沙特尔沃思先生的年轻侄子彭尼费瑟先生则竭力反对等待。这样，老查尔斯·古德费洛先生未曾坚持己见，同意立即出发搜寻。

彭尼费瑟先生和沙特尔沃思老先生共居一处已有很多个春秋。彭尼费瑟先生放荡不羁，常常聚众玩牌，酗酒生非，寻衅滋事。因为他是沙特尔沃思先生的嫡亲侄儿，邻里诸亲只得让他三分，不敢惹他。当彭尼费瑟先生提出"要去寻找尸身"时，大家只能唯命是从。就在此时，老查尔斯·古德费洛先生提出了一个值得令人深思的问题："您怎么会知道，您的叔叔已经死亡了呢，彭尼费瑟先生？看来，您对您叔叔的意外知之甚多哪！"是呀，彭尼费瑟先生怎么会断定他叔叔已经死去了呢？众人在七嘴八舌地轻声议论着。

由于彭尼费瑟先生对古德费洛先生的提问缄口不言，不予理会，两人之间开始了恶声恶语。对此争吵，人们根本不以为意。因为他们本来就是冤家对头，这次又狭路相逢了。彭尼费瑟一向是个孤家寡人，他对于沙特尔沃思先生和古德费洛先生之间的深情厚谊恨之入骨。在以往的一次争吵中，彭尼费瑟竟把古德费洛一拳击倒在地。古德费洛从地上爬起后，拍掉了身上的尘土，只是说了句："我会永远记住这一拳。君子报仇，十年不晚！"但是，人们深知古德费洛先生是个宽宏大量，非一般见识之人。

三、奇怪的马甲和小刀

刚才我插叙了一段小事，现在又该回到正文了。经过众人商议，彭尼费瑟先生最后提出，搜寻工作应该在周围各处全盘铺开。拉托尔巴勒和城市之间的一大片田野和树林的伸展范围将近15英里，彭尼费瑟先生坚持搜索其间的每一个地段。

可是，古德费洛先生却持不同看法。他也许要比年轻的彭尼费瑟先生更加才华横溢，老谋深算。他以一种果断而又正直的嗓音侃侃争辩着："这种做法似乎大可不必。沙特尔沃思先生骑着马匹驰向P城，他怎么可能老远地偏离道路呢？我们应该仔细地搜索靠近道路两旁的地段，尤其是在灌木丛、树林和野草之中。诸位是否认为这样做更加合适些呢？"压倒多数的人赞成此举。这样，他们在查尔斯·古德费洛先生的带领下开始了搜索。他们没有在偏离道路很远的地区寻找。古德费洛带着人们寻觅了不少暗黑角落和崎岖小径。他们接连查找了四天，结果一无所获。

我这里说的"一无所获"，是指未曾找到沙特尔沃思先生本人或者他的遗体，但他们确实发现了一些搏斗的痕迹。他们沿着马匹的脚印向前搜寻，在拉托尔巴勒以东约4英里处，经过几处转弯抹角的转悠，终于抵达了一个污水塘。那里存在着明显的搏斗痕迹，痕迹一直伸向了水塘之中。人们随后运来了工具，抽干了池塘里的污水。在池塘底下，他们发现了一件黑色的绸马甲。虽然马甲上面血迹斑斑，破烂不堪，在场的人们不难认出，此马甲是彭尼费瑟先生的。他在星期六那天，也就是他叔叔骑马去P城的那天，还曾穿用过。可是在此以后，再也未见他穿过那件马甲。此时的情况对彭尼费瑟异常不利，他张口结舌，不知所措，脸色显得苍白和阴沉。他仅有的两三位朋友也都不屑一顾地背向了他。可是，古德费洛先生却走近了他，并站到了他的跟前。

"我们不应该仓促地做出任何结论，"古德费洛先生说，"各位都很清楚，对于我同彭尼费瑟先生之间发生的不愉快事件，我早已不以为意。我从心底深处原谅了他。现在对于水塘底下的这一发现，我坚信彭尼费瑟先生会解释清楚的。我当然应该帮助他把此事搞清楚。他是我的那位可怜的挚友沙特尔沃思先生的侄子，唯一的亲属。从他叔叔的立场出发，我现在应帮助他解决此事。"古德费洛先生讲的每一句话，都体现了他的善良友好，直率爽朗。不过，他的讲话中也多次提及了彭尼费瑟是沙特尔沃思先生所有家产的唯一继承人一事。

当时在场的人们立即意识到，如果沙特尔沃思先生确已死去，那么彭尼费瑟就能合理地继承那位老人所有的钱财！这时，人们就不由分说地把彭尼费瑟捆绑了起来，带往镇上。在回镇的途中，古德费洛先生在路边似乎又拾到了一件东西，他瞥了一下此物，就迅即塞向口袋。他的举动仍然让旁人见到了。在众口同声的要求下，他只好把此物拿了出来。原来这是一把西班牙小刀。在拉托尔巴勒，只有彭尼费瑟备有此刀，标志着他姓名的缩写字母 D.P 还清晰地刻在刀柄上！

四、公认的谋杀犯

真相已经大白了，彭尼费瑟谋杀了他的叔父！其罪恶目的当然为了早日攫取遗产。此时已经无人再愿意进一步搜索了。一个钟点以后，彭尼费瑟已被押送到了拉托尔巴勒的法庭上。

法官审问彭尼费瑟："您的叔父失踪那天早晨，您上哪儿去了，彭尼费瑟先生？"

"我当时正在树林里狩猎。"彭尼费瑟不假思索地回答。他的这一毫不掩饰的答语使人们惊讶不已。

"您当时带枪了没有？"

"当然带了，带了我自己的猎枪。"

"您在哪个树林狩猎呢？"

"就在去P城道路旁的几英里处……"

彭尼费瑟所陈述的去处距离那个污水塘确实很近。法官随后要求古德费洛先生描述一下寻获马甲和小刀之事。古德费洛先生黯然泪下。他凄惨哀伤地陈述了事情的经过，并接着说："对于彭尼费瑟先生与我的私仇，我早已不予介意，并且宽恕了他。如果法庭要我提供进一步的证据，我还能作证……"古德费洛先生伤心地掏出了手帕，擦着泪水，"它可真使我的心都碎裂了！"古德费洛先生的话语凝咽了。过了一刻，他才得以继续往下讲述，"上个星期五，我像往常一样和沙特尔沃思先生共膳。彭尼费瑟先生也在场。当时沙特尔沃思先生对他的侄子说，他要在次晨去Ｐ城，并随身携带两皮袋的钱币，准备存进农业银行。接着，沙特尔沃思先生一字一句、有板有眼地对他的侄子说，'侄儿，我死后，你将得不到我的任何遗产！你听见了吗？我一点儿也不给！我准备立个新的遗嘱。'"

"这是真的吗，彭尼费瑟先生？"法官问。

"是的，确实如此。"年轻人直截了当的回答又使旁听者吃了一惊。

就在此时，传来沙特尔沃思先生的坐骑伤重死去的消息。古德费洛先生解剖了死马，并在死马的前胸找到了一颗子弹。这颗子弹的体积很大，是用来射击巨兽用的。警察随后查验了镇上所有的猎枪，发现此颗子弹只适用于彭尼费瑟先生的猎枪。情况看来已经昭然若揭。彭尼费瑟被关进了监狱，等待着对杀人犯判刑之日的到来。古德费洛先生泪流满面地苦苦哀求着，希望法庭给予年轻的彭尼费瑟以自由，他愿以身担保。结果当然无济于事。

一个月以后，彭尼费瑟被押解到了Ｐ城。Ｐ城法庭正式开庭宣布："彭尼费瑟犯有谋杀罪，将被处以绞刑。"银铛入狱的彭尼费瑟等待着绞刑之日的到来。

五、"你就是杀人凶手！"

一个晴空万里的日子，古德费洛先生意外而又兴奋地收到了Ｗ城一家酿酒公司的来信。信是这样写的：

亲爱的查尔斯·古德费洛先生：

约在一个多月以前，我们收到了巴纳巴斯·沙特尔沃思先生的一个订购函件，要我们为您寄送一大箱高级马高克斯酒。我们愉快地通知您，我们已经把一大箱精制的马高克斯酒装车运出。在您接到此信不久，箱子将会抵达贵府。请您转达我们对沙特尔沃思先生的最诚挚的问候。我们愿意永远为您效劳。

您最真诚的霍格斯·弗罗格斯·博格斯以及公司全体同仁，6月21日，于Ｗ城。

注：箱内共装精制马高克斯酒60大瓶。

自从沙特尔沃思亡故以后，古德费洛先生已经滴酒不沾，现在他却认为，在经过一番折磨以后，这些酒则是上帝赐予的礼物。他对此当然兴奋极了。古德费洛马上请他的左邻右舍，好友亲朋于第二日傍晚光临他处，准备开怀共饮。他并未挑明酒为何人所赠，只是谈及是他自己订购而得。

翌日傍晚6时许，古德费洛先生屋子里宾朋满座，晚宴即将进行。我当时亦在人群之中。大厅里陈设华丽，五光十色，宴桌上菜肴丰盛，香味满溢，人人对此称羡不已。可是，箱装高级马高克斯酒一直到8时许才抵达。酒箱一到，宾客们一起动手搬取那只笨重的大箱，我也参加了搬箱的行列。大箱子很快被搬进了宴会大厅。在这之前，古德费洛先生已经用别的好酒和宾客们大杯畅饮，约有九成醉意。此时他已面色绯红，满嘴酒气，说话哆嗦，走路踉跄。酒箱一进大厅，他就摆开双腿端坐了下来，并高声宣布："诸位安静，安静！我的精制高级马高克斯酒已经抵达敝舍大厅！"接着，他把一些开箱工具交给了我。我当然欣然从命。我用锤头和钳子轻轻、缓慢地敲掉了箱盖上的一只只铁钉。

就在此时，箱盖子突然崩飞得老远。从箱子里猛地跳出了一个满身沾满血迹和污泥的死者。人们一眼就认出来，那位死者就是可怜的沙特尔沃思先生！死者背靠着箱子边缘，正好同古德费洛先生相对而坐。一阵阵触鼻的血腥味弥漫开来，大厅里顿时烟雾缭绕，灯光随之显得黯然无色，周围死一般的寂静。人们惊恐万状，满腹疑惑，面面相觑。原来笑语喧哗、杯光酒影的大厅顿时显得恐怖凄惨，鬼泣神惊。死者哀伤的双眼直直地盯住了古德费洛先生。接着，被害者开始说话了，话语中充满血泪，满怀惆怅，但声音清楚明确，低沉缓慢，似乎是从遥远的地方传来似的。

"你——就是杀人凶手！我要你偿命！"死者语毕，就顿时倒在大箱子的边缘。

我简直很难描述当时的情景。死者话毕倒下后的一瞬间大厅里顿时人声鼎沸，乱成一片，宾客们都似发疯般地逃出门外，跳出窗子。有些人由于惊吓过度，顿时晕了过去。但过不了多久，人们的情绪又开始恢复了正常，双双目光怒射到了古德费洛的身上。

古德费洛先生浑身瑟瑟发抖，双唇直打哆嗦，像一尊塑像似的僵坐在椅中。他的慌乱失措的眼睛好像已经看清楚了藏在自己罪恶的心灵深处的那颗毒瘤。蓦地，他的双眼似乎闪现出了光彩，他从椅子中一下子跳了出来，扑向了倒在箱边的沙特尔沃思先生的尸体，嘴里不停地向死者忏悔着罪恶。大厅里所有的宾客都在倾听着杀人犯的自白。古德费洛交代了整个谋杀犯罪的过程

六、事情发生的真相

下面就是古德费洛供词的主要内容：

在那个星期六的早晨，古德费洛先生骑着自己的马匹紧跟在沙特尔沃思先生后面出发了。在树林的污水池附近，他的枪弹射中了沙特尔沃思先生的坐骑，紧接着他用枪托猛砸沙特尔沃思先生的头部，置他于死地。他随后取走了沙特尔沃思先生随身携带的两皮袋钱币。当时沙特尔沃思先生的坐骑已经奄奄一息，古德费洛以为它必死无疑，就把它拖到了灌木丛中。接着，他把沙特尔沃思先生的尸体放在自己的马匹之上，并把尸体转移到了离路边相当遥远的一个小树林里隐蔽起来。当晚，他又偷走了彭尼费瑟先生的马甲、西班牙小刀和一颗大型子弹。他随即把马甲和西班牙小刀放到了易被发现之地点，以后利用为死马解剖之机，佯称发现一颗子弹，以此混淆视听，达到隐瞒罪行、借刀杀人的目的。

古德费洛的忏悔之词接近尾声时，他已浑身瘫软，两眼无光，声音显得嘶哑虚弱。他颤颤巍巍地挣扎着站了起来，伸出双手向墙壁处扑去。可是，一个趔趄跌倒在地，就此呜呼哀哉！

我在开始讲述本故事时说过，这是一件轰动拉托尔巴勒小镇的奇事。至今，那里的人们仍然认为是一个奇迹！古德费洛先生在被杀者面前的忏悔来得正是时候，它使即将走上绞刑架的彭尼费瑟先生免于一死。

七、死者"复活"的经过

读者现在百思不得其解的是，难道沙特尔沃思先生被杀后真的一度起死回生，返回人间，钻在酒箱里面，从而利用宴会之机，揭露凶手吗？事实当然不是如此，也绝不可能如此！安排这一事情的经过者，不是别人，恰恰就是我本人。

我心里非常清楚，古德费洛先生挨了彭尼费瑟一拳以后，是绝对不可能就此善罢甘休的。那次争吵时，我正好在场。古德费洛先生从地上爬起来时的那种狠毒的目光和咬牙切齿的神情对我来说记忆犹新。我当时自忖，他根本就不会宽恕彭尼费瑟先生的。别的人认为古德费洛先生善良、忠厚，我却不以为然。我觉得他总有一天要报此仇的。

在搜寻失踪者的过程中，古德费洛先生竟然发现了那么多"罪证"，尤其是从死马的前胸取出了那颗大型子弹，更使我疑窦顿生。上面已经提到过，子弹是从坐骑前胸的一端穿进，从另一端飞出。可是，古德费洛居然在解剖时从马胸又发现了一颗子弹！这是从哪儿来的子弹呢？无可非议，这准是古德费洛先生另外搞来的。此后，我花了几乎两个星期的时间，到处搜寻沙特尔沃思先生的尸体。我当然不会在道路附近寻找，而是在离道路较远的偏僻之处查觅。我终于在一个小树林里的枯井中发现了尸体。

下面的安排当然是清楚不过的了。我记起了沙特尔沃思先生曾经对古德费洛做过的许诺，要赠送他一大箱名牌的精制马高克斯好酒。一天深夜，我把沙特尔沃思先生的遗体运回到花园里的一间小棚屋之中。我随后特地购买了一根约一英尺长的坚固的钢丝弹簧。我把弹簧的一头固定在尸体的颈部，接着就把尸体放进酒箱之内，并把尸体卷曲起来。这时，系在尸体上的弹簧也随之卷曲起来。卷曲后的尸体已经高于酒箱的箱盖。由于弹簧的弹性极强，我用尽了九牛二虎之力，才把箱盖紧紧地压住酒箱。我的身子随之坐到了箱盖之上，并在箱盖周围钉上了数枚铁钉。对于以后将会发生的情况，我是坚信无疑的。只要酒箱盖子一揭开，由于弹簧的强大弹力，盖子将会飞得老远，尸体也必然会从箱子中跳将出来。

我把箱子携到了外地，再从外地把它运给了查尔斯·古德费洛先生。我还以酿酒商的名义给古德费洛写了一封信。我暗中指使我的仆人在古德费洛举办大型晚宴的8点钟光景把箱子运抵他的宅邸⋯⋯

沙特尔沃思先生的说话声"你就是杀人凶手！我要你偿命！"当然不是出自死者之口，而是我经过无数天反复地练习，模仿沙特尔沃思先生的声调说出的。由于当时大厅中一片惊恐、不安和混乱，加上古德费洛已经喝醉，而且心中有鬼，我又紧靠在死者附近，使得这一模仿获得了空前的成功。当时所有在场的人都坚信，这是死者亲口说出的话语。大厅里散发出的血腥味，是我预先放在酒箱中的一种能挥发出类似血腥味的药水。至于弥漫开的阵阵烟雾，是我偷偷地把点燃着的卷烟掷到事先放在桌下的一个生烟物上引起的。

古德费洛在忏悔自己的罪行时，我并不感到吃惊，因为这是我事先估计到的。但我没有想到他会顿时死去。

彭尼费瑟先生回到了拉托尔巴勒。他被宣判无罪释放，恢复了一切自由。他继承了巴纳巴斯·沙特尔沃思先生的所有家财，因为沙特尔沃思先生生前未曾来得及立下新的遗嘱。年轻的彭尼费瑟先生从这一不幸的事情中幡然醒悟，他立志痛改前非，重新做人，从此过上了平静的日子。

博斯科姆比溪谷秘案

【英】阿瑟·柯南道尔

一天早上，我正在和妻子一起吃早餐，这时女仆送来了一封电报。电报是夏洛克·福尔摩斯发来的，它的内容是这样的：

能否抽暇几日？顷获英国西部为博斯科姆比溪谷惨案事来电。如能驾临，不胜欣幸。该地空气景致极佳。望十一时十五分从帕丁顿起程。

"亲爱的，你看怎么样？"我的妻子隔着餐桌看着我问，"你愿意去吗？"

"我真不知道该怎么说，我现在手头有很多事情要做。"

"哦，安斯特鲁瑟会帮你把工作做了的。你最近脸色看着有点苍白，我想，应该换换环境了，那将对你有好处，何况你又一直对夏洛克·福尔摩斯侦查的案件充满兴趣。"

"想想我从他的案件中获得过那么多的利益，如果我要不去，那就太对不起他了。"我回答道，"但是，如果我要去的话，就得立即收拾行李，因为现在离出发只有半个小时的时间了。"

我曾经在阿富汗度过一段戎马生涯，那段经历至少已经使我养成了行动敏捷、几乎随时可以动身的习惯。我随身携带的生活必需品很简单，所以半小时内我就带着我的旅行皮包上了出租马车，快马加鞭地驶向帕丁顿车站。夏洛克·福尔摩斯在站台上踱来踱去。他披着一件长长的灰色旅行斗篷，戴着一顶紧紧箍着头的帽子，这种打扮使他那细长干瘦的身躯显得更加突出了。

"华生，你能来真是太好了！"他说道，"有你这个完全能够靠得住的人和我在一起，情况就会大大不同了。地方上的协助往往不是毫无价值，就是带有偏见。你去占着那角落里的两个座位，我买票去。"

车厢里只有我们两个乘客，除了福尔摩斯随身带来的一大卷乱七八糟的报纸外。他在这些报纸里东翻西找，然后阅读，有时记点笔记，有时沉默深思，直到我们已经过了雷丁为止。然后，他忽然把所有报纸卷成一大捆，扔到行李架上。

"关于这个案子的一些情况你有所了解吗？"他问道。

"哦，一无所知。我有好几天没有看报纸了。"

"伦敦出版的报纸的报道都不很详细，我一直在浏览最近的报纸，希望能掌握一些具体的情况。据我推测，这件案子好像是那种极难侦破的简单案件之一。"

"这话听起来似乎有点自相矛盾。"

"但这是一个值得仔细思量的真理，一些很怪异的现象却往往可以为你提供线索。可是，一个越是毫无特征看似平常的罪行就越是难以证明它的当事人是谁。然而，他们已经认定这是一起儿子谋杀父亲的严重案件。"

"这么说，那是个谋杀案了？"

"嗯，他们是这样猜想的。但是在我有机会亲自侦查这个案件之前，我决不会想当然地肯定是这样。我现在就把到目前为止我所能了解到的情况，简要地给你说一下。

"博斯科姆比溪谷位于赫里福德郡①，是距离罗斯不很远的一个乡间地区。约翰·特纳先生是那个地区的一个最大的农场主。他早年在澳大利亚发了财，若干年前又返回故乡。他把他所拥有的农场之一——哈瑟利农场，租给了也曾经在澳大利亚待过的查尔斯·麦卡锡先生。他们两人是在那个殖民地彼此熟识的，因此，当他们定居的时候，互相尽可能亲近地结为邻里是很自然的。显然特纳比较富有，所以麦卡锡成了他的佃户。但是，看来他们还是像过去那样，以完全平等的关系生活在一起。麦卡锡有一个儿子，已经有十八岁了，而特纳有个同样年龄的独生女，他们两个人的妻子都已不在人世了。他们好像一直在避免和邻近的英国人家有任何社交往来，过着隐居的生活。麦卡锡父子俩经常出现在附近举行的赛马场上，因为他们都比较喜欢运动。麦卡锡有两个仆人，一个男仆和一个侍女。特纳一家人口非常多，差不多有五六口人。这就是我尽可能了解到的这两家人的情况，现在再说些具体事实。

"6月3日，也就是上个星期一的下午三点钟左右，麦卡锡从家里外出，他的家在哈瑟利，他步行到博斯科姆比池塘。这个池塘其实是一个小湖，它是由从博斯科姆比溪谷倾泻而下的溪流汇集而成的。

上午，他曾经和他的仆人一起到过罗斯，他还对仆人说过，他必须抓紧时间办事，因为下午三点钟有一个重要的约会。但是从这个约会之后，他就再没有活着回来。

"哈瑟利农场距离博斯科姆比池塘有四分之一英里，有两个人曾经目睹他经过这个地段。其中一个是个老妇人，报纸并没有提到她的名字，另一个是特纳先生雇用的猎场看守人威廉·克劳德。这两个证人都宣誓作证说，麦卡锡先生当时是单独一个人路过的。那个猎场看守人还说，在他看见麦卡锡先生走过去几分钟后，麦卡锡先生的儿子詹姆斯·麦卡锡先生也在同一条路上走过去，而且他的腋下还夹着一杆枪。他确信，后面的儿子是一直尾随其后的，并且当时这个父亲确实是在儿子的视程之内。而在他晚上听说发生了那件惨案之前，他没有再想过这件事。

"在猎场看守人威廉·克劳德目睹麦卡锡父子走过直至看不见了之后，还有别人见到了他们。博斯科姆比池塘附近都是茂密的树林，池塘的四周则长满了杂草和芦苇。佩兴斯·莫兰，一个十四岁的女孩子，她是博斯科姆比溪谷庄园看门人的女儿，她当时正在那附近的一个树林里采摘鲜花。

她说，她在那里的时候看见麦卡锡先生和他的儿子在树林边靠近池塘的地方；当时他

---

① 英格兰中西部的一个郡。

们好像正在激烈争吵，她听见老麦卡锡先生在大骂他的儿子；她还看见那儿子举起了他的手，好像要打他的父亲的样子。她被他们盛怒的样子和粗鲁的行为吓得迅速地跑走了，回家后便对她母亲说，她恐怕麦卡锡父子马上要扭打起来，因为她离开树林时他们两人正在博斯科姆比池塘附近吵架。她的话音刚落，小麦卡锡便跑进房来说，他发现他父亲已经死在了树林里，他是来向看门人求助的。他当时的情绪十分激动，他的枪和帽子都没有带，在他的右手和衣袖上都可以看到刚沾上的血迹。他们跟着他到了那里，发现尸体躺在池塘旁边的草地上。死者头部凹了进去，像是被人用某种又重又钝的硬器猛击造成的。从伤痕看，很可能是他儿子用枪托打的，那杆枪被扔在草地上，离尸体只有几步远。在这样的情况下，那个年轻人当即被逮捕，星期二以犯有'蓄意谋杀'罪被控告上法庭，星期三将被提交到罗斯地方法院审判，罗斯地方法院现在已经把这个案件提交巡回审判法庭去审理。这些就是由验尸官和违警罪法庭对这个案子处理的主要事实经过。"

"我简直难以想象会有比这更恶毒的案件了。"我说道，"如果可以用现场作为证据来证明罪行的话，那么现在这个案子就是这样一种情形。"

福尔摩斯若有所思地回答说："拿现场做证据是很靠不住的。它好像可以直截了当地证实某一种情况，但是，如果你稍微改变一下观点，那你就可能会发现它好像同样可以明确无误地证实另一种情况，而这另外一种情况是与原观点截然不同的。但是，必须承认，现在的证据对这个年轻人十分不利。他可能就是杀人犯。而在附近倒有几个人，其中包括农场主的女儿特纳小姐，相信小麦卡锡是清白无辜的，并且委托雷斯垂德承办这个案件，为小麦卡锡的利益辩护。你可能还记得雷斯垂德，他就是同'血字的研究'一案有关的那个人。但是，雷斯垂德却感到这个案子相当难办，所以求助于我。因此，这就成为两个中年绅士以每小时五十英里的速度飞奔而来，而不在吃饱早餐之后留在家里享享清福的缘故。"

我说："我看这些事实太明显了，恐怕你从处理这个案子中得不到多大的好处。"他笑着回答说："没有什么比明显的事实更容易让你上当的了。况且，或许我们可以碰巧找到其他一些在雷斯垂德看来并不明显的明显事实。我说，我们可以用雷斯垂德没有能力使用甚至根本无法理解的方法来肯定或推翻他的那一套说法。你对我是很了解的，我这样说你不会认为我在自诩吧。随便举个例子，我能十分自信地认为你卧室的窗户是在右边的，而我怀疑雷斯垂德先生对这样一个不言自明的事实是不是注意到了。"

"但是你是怎么知道的……"

"我亲爱的伙伴，我对你很了解，我知道你很爱清洁，也许是军人特有的习惯。你每天早上都刮胡子，在现在这样的季节里，你会借着阳光刮。你刮左颊时，越往下就越刮不干净，这样刮到下巴底下时，就很不干净了。很明显，左边的光线没有右边的好。我不能想象你这样爱整洁的人，在两边光线一样的情况下，会把脸刮成现在这个样子。我举这个小事是想用它来证明我观察问题和推理结论的能力。这是我的专长，这很可能对我们目前正在进行的调查有所帮助。所以，对在传讯中提出的一两个次要问题必须加以重视。"

"那是什么？"

"看来他并不是当场被逮捕的，而是回到哈瑟利农场以后才被捕的。当巡官通知他被捕了的时候，他说他对此并不感到奇怪，这是他罪有应得。他的这段话显然起到了一些作用，那就是它消除了验尸官及陪审团心目中还存在的其他任何的一点怀疑。"我禁不住喊道：

"那是自己坦白交代。"

"不是,因为随后有人提出异议说,他是清白无辜的。"

"在发生了这么一系列事件之后才有人提出异议,这不免让人有些疑心。"

"恰恰相反,"福尔摩斯说,"那是目前我在黑暗中所能捕捉到的最清楚的一线光芒。不管他是多么天真,他不可能愚蠢到连当时的情况对他十分不利这一点都毫无知觉。如果他被捕时表示出的是惊讶或假装气愤,我倒可能会把它看作是十分可疑的行为来看待,因为在那种情况下表示惊讶和气愤肯定是不自然的,而对于一个诡计多端的人来说,这倒像是个妙计。他坦然承认当时的情况,这说明他要么清白无辜,要么就是自我克制能力很强的人。至于他说罪有应得的话,如果你考虑一下就会觉得同样并非是不自然的,那就是:他就站在他父亲的尸体旁边,而且毫无疑问恰恰在这一天他忘记了当儿子的孝道,竟然还和他父亲吵起嘴来,甚至正如那个提供十分重要的证据的小女孩所说的,他还举起手好像要打他的父亲似的。我看他那段话里自我谴责和内疚的表示是一个身心健全的人而不是犯了罪的人的表现。"

我摇头说:"之前有许多人被处以绞刑,而他们的证据远比现在这个案子的证据少得多。"

"他们是这样被绞死的。但是许多被绞死的人死得冤枉。"

"那么那个年轻人自己是怎样交代的?"

"他自己的交代对支持他的人们来说鼓舞作用并不大,其中倒有一两点给人一些启示。你可以在这里找到,你自己看好了。"

他从那捆报纸中抽出一份赫里福德郡当地的报纸,把其中一页翻折过来,然后指出那个不幸的年轻人对所发生的情况交代的那一大段。

我安稳地坐在车厢的一个角落里专心致志地阅读起来。其内容是这样的:

死者的独生子詹姆斯·麦卡锡先生当时出庭作证如下:"我曾离家三天去布里斯托尔,而在上个星期一(即三号)上午回家。我到家时,父亲不在家,女佣告诉我,他和马车夫约翰·科布驱车到罗斯去了。我到家后不久就听见他的马车驶进院子的声音,我从窗口望出去,看见他下车后很快从院子里走了出去,我当时并不知道他要去哪里。于是我就拿着枪漫步朝博斯科姆比池塘那个方向走去,打算到池塘的那一边的养兔场去看看。正如猎场看守人威廉·克劳德在他的证词所说的那样,我在路上见到了他。但是他以为我是在跟踪我父亲,其实是他搞错了,我根本不知道他在我前面。当我走到距离池塘有一百码的地方的时候我听见'库伊!'的喊声,这喊声是我和父亲之间常用的信号。于是我赶快往前走,发现他就站在池塘旁边。

他当时见到我好像很惊讶,并且粗声粗气地问我到那里干什么。

"我们随即交谈了一会儿,跟着就开始争吵,并且几乎动手打了起来,因为我父亲脾气很暴躁。我看见他火气越来越大,大得几乎难以控制,便离开了他,转身返回到哈瑟利农场,但是我走了不过一百五十码左右,便听到我背后传来一声可怕的喊叫,于是我便赶快再跑回去。我发现我父亲已经奄奄一息地躺在地上,头部受了重伤。于是我把枪扔在一边,将他抱起来,但他几乎就此断了气。我跪在他身旁约几分钟,然后就跑到特纳先生的看门人那里去求援,因为他的房子离我最近。当我回到那里时,我并没有看见任何人在我父亲旁边，我根本无法知道他是怎么受伤的。他不是一个很受欢迎的人，因为他待人冷淡，举止令人难以接近，但是，据我所知，他也绝没有现在要跟他算账的仇人。我对这件事就了解这么多。"

验尸官："你父亲临终前对你说过什么没有？"

证人："他含糊不清地说了几句话，但我只听到他好像提到了一个'拉特'。"

验尸官："你认为这话会是什么意思？"

证人："我也不知道它是什么意思，我认为他当时已经神志不清了。"

验尸官："你和你父亲最后一次争吵的原因是什么？"

证人："我不想回答这个问题。"

验尸官："如果我坚持要你回答呢？"

证人："我真的不可以告诉你。我可以向你保证，这和随后发生的那件惨案毫无关系。"

验尸官："有没有关系要由法庭来裁决。我无须向你明示，你也该明白，拒绝回答问题对你的案情将是相当不利的，如果将来可能提出起诉的话。"

证人："我仍然坚持拒绝回答。"

验尸官："据我了解，'库伊'的喊声是你们父子之间常用的信号。"

证人："是的。"

验尸官："那么，他还没有见到你，甚至还不知道你已从布里斯托尔回来的时候就喊这个信号，那是怎么回事呢？"

证人（显得非常惊慌）："这个，我就不知道了。"

一个陪审员："当你听到喊声，并且发现你父亲受重伤的时候，你有没有看见什么引起你怀疑的东西？"

证人："没有什么确切的东西。"

验尸官："也就是说看到喽？"

证人："我赶紧跑回那空地的时候，思想很混乱，情绪也很紧张，我脑子里只是想到我的父亲。不过，我有这么一个模糊的印象：在我往前跑的时候，我左边的地上有一件东西。它好像是灰色的，仿佛是大衣之类的东西，也可能是一件方格子的呢子披风。当我从我父亲身边站起来的时候，我转身去找它，但它已经无影无踪了。"

"你是说，在你去求援之前就已经不见了？"

"是的，已经不见了。"

"你不能肯定它是什么东西吗？"

"不能肯定，我只是感觉那里有件东西。"

"它离尸体有多远？"

"大约十几码远。"

"离树林边缘有多远？"

"差不多同样的距离。"

"那么，如果有人把它拿走，那一定是在你离开它只有十几码远的时候。"

"是的，但那是在我背向着它的时候。"

对证人的审讯到此结束。

我一面看着这个专栏一面说:"我觉得验尸官最后说的那几句话对小麦卡锡来说是相当严厉的。他有理由来提醒证人注意证词中相互矛盾的地方,比如他父亲还没有见到他时就给他发出信号;他还要求证人注意,他拒绝交代他和他父亲谈话的细节以及他在叙述死者临终前说的话时所讲的那些奇特的话。他说,所有这一切都是对这个儿子十分不利的。"

福尔摩斯暗自窃笑。他伸着腿半躺在软垫靠椅上,说:"你和验尸官都力图突出最有说服力的要点,使之对这个年轻人不利。可是难道你还不明白,你时而说这个年轻人想象力太丰富,时而又说他太缺乏想象力,这是什么意思呢?说他太缺乏想象力,是因为他未能编造他和他父亲吵架的原因来博得陪审团的同情;说他想象力太丰富,是因为从他自己的内在感官发出了夸大其词的所谓死者临终前提及的'拉特'的怪叫声,还有那忽然间不见了的衣服。哦,不,不是这样的,先生,我来处理这个案子,那将是从这个年轻人所说的是实情这样一个观点来出发的,让我们来看看这样一种假设能把我们引向哪里。这是我的彼特拉克①诗集袖珍本,你拿去看吧。我在亲临作案现场之前,不想再说任何有关这个案子的话了。我们去斯温登吃午饭,我看我们在二十分钟内就可以到那里。"

当我们经过风景秀丽的斯特劳德溪谷,越过河面宽阔、波光粼粼的塞文河之后,终于到达罗斯这个风景宜人的小乡镇。一个细高个子、貌似侦探、诡秘狡诈的男人正在站台上等候我们。尽管他遵照周围农村的习惯穿了件浅棕色的风衣和打了皮裹腿,但我还是一眼就认出他就是苏格兰场的雷斯垂德。我们和他一道乘车到赫里福德阿姆斯旅馆,在那里他已经为我们预约了房间。

当我们坐下来喝茶的时候,雷斯垂德说:"我知道你的刚毅的个性,你是恨不得马上就到作案的现场去的,所以我已经为你们雇了一辆马车。"

福尔摩斯回答说:"你实在太客气了,去不去完全取决于晴雨表的温度。"

雷斯垂德听了这话为之愕然,他说:"我没有听懂你这话是什么意思。"

"水银柱上是多少度?我看是二十九度。没有风,天上也没有云。我这里有整整一盒等着要抽的香烟,而这里的沙发又比一般农村旅馆讨厌的陈设要好得多。我想今晚我大概不用马车了吧。"

雷斯垂德放声大笑起来,他说:"你无疑已经根据报纸上的报道下了结论。这个案子的案情是非常清楚的,你愈是深入了解就愈是清楚。当然,我们也确实是不好拒绝这样一位名副其实的女士的要求。她听说过你的大名,她要征询你的意见,虽然我一再对她说,凡是我都办不到的事,你也是办不到的。啊,我的天呀!她的马车已经到了门前。"

他的话音刚落,一位我有生以来见到过的最秀丽的年轻妇女急促地走进了我们的房间。她蓝色的眼睛晶莹明亮,双唇张开,两颊微露红晕,她当时是那么的激动,那么的忧心忡忡,以至于把她天生的矜持也抛到了九霄云外。

她喊了声:"噢,夏洛克·福尔摩斯先生。"同时轮流打量着我们两个人,终于凭着一个女人机敏的直觉凝视着我的同伴:"你来了我很高兴,我赶到这里来是为了向你说明,我知道詹姆斯不是凶手。我希望你开始侦查时就明确这点,不要让你自己怀疑这一点。

我们从小就互相了解,我对他的缺点比谁都清楚;他这个人心软得很,连个苍蝇都不

---

①彼特拉克:专写十四行诗的意大利著名诗人。

肯伤害。凡是真正了解他的人都认为这种控告太荒谬了。"

福尔摩斯说："我希望我们能够为他澄清。请相信我，我一定尽力而为。"

"你已经看过证词了，已经有了某些结论了吧？你没有看出其中有漏洞和毛病吗？难道你自己不认为他是无辜的吗？"

"我想他很可能是无辜的。"

她把头往后一仰，以轻蔑的眼光看着雷斯垂德大声地说："好啦！你听见了没有？他给了我希望。"

雷斯垂德耸了耸肩，说："我看我的同事结论下得未免太草率了吧。"

"但是，他是正确的。噢！我知道他是正确的，詹姆斯绝没有干这种事。至于他和他父亲争吵的原因，我敢肯定，他之所以不愿意对验尸官讲是因为这牵涉到我。"福尔摩斯问道："那么是怎样牵涉到你的呢？"

"时间已经不允许我再有任何隐瞒了。詹姆斯和他的父亲是因为我而产生了很大的分歧的，麦卡锡先生迫切希望我们结婚。我和詹姆斯从小就像兄妹一样感情深厚。当然，他还年轻，缺乏生活经验，而且……而且……嗯，他自然还不想现在马上结婚，所以他们吵了起来。我肯定这是吵架的原因之一。"

福尔摩斯问道："那你的父亲呢？他同意这门亲事吗？"

"不，他也反对。赞成的只有麦卡锡先生一个人。"

当福尔摩斯表示怀疑的眼光投向她时，她那鲜艳的、年轻的脸忽然红了一下。

他说："谢谢你提供这个情况。如果我明天登门拜访，我能否同时会见你父亲？"

"我恐怕医生不会同意你见他。"

"医生？"

"是的，你没有听说吗？我那可怜的父亲近年来健康一直不太好，而这件事使他的身体完全垮了。他不得不卧病在床，威廉医生说，他的健康受到了严重的损坏，他的神经系统极度衰弱。麦卡锡先生生前是往日在维多利亚唯一认识我父亲的人。"

"哈！在维多利亚！这很重要。"

"是的，在矿场。"

"这就对啦，在金矿场；据我了解，特纳先生是在那里发了财的。"

"是的，的确是这样的。"

"谢谢你，特纳小姐。你给了我有重要意义的帮助。"

"如果你明天得到任何消息的话，请即刻通知我。你一定会去监狱看詹姆斯的。噢，如果你去了，福尔摩斯先生，请务必告诉他，我相信他是无辜的。"

"我一定照办，特纳小姐。"

"我现在必须回家了，因为我爸爸病得很严重，而且我离开他的时候他总是很不放心。再见，上帝保佑你们一切顺利。"她激动而又急促地离开了我们房间，就像她刚进来的时候一样。我们随即听到她乘坐的马车在街上行驶时隆隆的车轮滚动声。

雷斯垂德在沉默了几分钟后严肃地说："福尔摩斯，我真替你感到羞愧。你为什么要叫人家对毫无希望的事抱有希望呢？我自己不是个软心肠的人，但是，我认为你这样做未免太残忍了。"

福尔摩斯说："我认为我能想出办法为詹姆斯·麦卡锡洗清罪名。你有没有得到准许到监狱里去看他的命令？"

"有，但只有你和我可以去。"

"那么，我要重新考虑是否要出去的决定了。我们今天晚上还有时间乘火车到赫里福德去看他吗？"

"时间多得很。"

"那么我们就这么办吧。华生，恐怕你会觉得事情进行得太慢了，不过，我这次去只要一两个小时就够了。"

我和他们一起步行到火车站，然后在这个小城镇的街头闲逛了一会儿，最后还是回到了旅馆。我躺在旅馆的沙发上，拿起一本黄色封面的廉价的通俗小说，希望它能给我一些趣味，以资消遣。但是那些微不足道的小说情节同我们正在侦查的这件深奥莫测的案情相比显得太微不足道、太肤浅了。因此，我的注意力不断地从小说虚构的情节转移到眼前的现实中来，最后我终于把那本小说扔得远远的，全神贯注地去思考今天所发生的事件。假定说这个不幸的青年人所说的事情经过完全属实，那么，从他离开他父亲到听到他父亲的尖声叫喊而急忙赶回到那林间空地的刹那之间，究竟发生了什么怪事，发生了什么完全意想不到和异乎寻常的灾难呢？这应该是某种骇人听闻的突然事故。但是这可能是什么样的事故呢？我是一个医生，难道我不能凭一个医生的直觉从死者的伤痕上看出点问题来吗？我拉铃叫人把县里出版的《周报》送来。《周报》上载有逐字逐句的审讯记录。

在法医的验尸证明书上写道：死者脑后的第三个左顶骨和枕骨的左半部因受到钝重武器的一下猛击而破裂。我在自己的头部比画那被猛击的位置，显而易见，这一猛击是来自死者背后的。这一情况在某种程度上对被告有利，因为有人看见他是和他父亲面对面争吵的。不过，这一点毕竟还说明不了多大问题，因为死者也可能是在他转过身去以后被人打死的。不管怎么样，提醒福尔摩斯注意这一点也许还是值得的。此外，那个人死的时候特别喊了一声"拉特"，这又意味着什么呢？这不可能是神志不清时说的呓语。一般说来，被突然一击而濒临死亡的人是不会说呓语的。不会的，这似乎更像是想说明他是被什么人谋害的。可是，那它又是怎么说明的呢？为了找到言之成理的解释，我绞尽了脑汁。还有小麦卡锡看见灰色衣服的情节。如果这一情况属实，那么凶手一定是在逃跑时掉下了身上穿的衣服，也许是他的大衣，而且他居然胆敢在小麦卡锡跪下来的一瞬间，也就是在他背后不过十几步的地方把掉下的衣服取走。这整个案情是多么的错综复杂，不可思议啊！对于雷斯垂德的一些意见，我并不觉得奇怪。但是，由于我对夏洛克·福尔摩斯的洞察力有很大信心，所以，他认为小麦卡锡是无辜的这一信念，只要不断地有新的事实来加强的话，那么我认为不是没有希望的。

夏洛克·福尔摩斯回来得很晚。因为雷斯垂德在城里住下了，他是一个人回来的。他坐下来的时候说："晴雨表的水银柱仍然很高，希望在我们检查现场之前千万不要下雨，这事关重大。另外，我们必须精神十分饱满、观察十分敏锐才行，因为我们是在做一种细致的工作，我们不希望在长途跋涉而疲劳不堪的时候去做这个工作。我见到了小麦卡锡。"

"你从他那里了解到了什么情况？"

"什么情况也没有了解到。"

"他一点儿线索也不能提供吗?"

"是的,他提供不了任何线索。我一度有过这样的想法:他是知道凶手是谁的,只是他想为他或她掩饰。但是,我现在确信,他和其他人一样对这件事也是迷惑不解。他不是一个很狡猾的青年,尽管外表看起来很漂亮,但是我觉得他心地还是忠实可靠的。"

我说:"特纳小姐是这样一个有魅力的年轻姑娘,如果他真的不愿意和她结婚的话,那我认为他真太没有眼力了。"

"噢,这里面还有一桩相当痛苦的故事呢。这个小伙子其实已经爱她爱得几乎要发疯了。但是,大约两年前,那时他还不过是个少年,也就是在他真正了解她以前,她曾经离家五年,在一所寄宿学校里读书。这个傻瓜在布里斯托尔被一个酒吧女郎缠住,并在婚姻登记所和她登记结了婚,你看他有多傻!谁也不知道这件事,而你可以想象他干了这件傻事之后是多么着急,因为他没有做任何他显然应该做的事,而是去做了他自己明知是绝对不应该做的事,这样他是要受责备的。当他父亲在最后一次和他谈话中极力劝他向特纳小姐求婚的时候,他就是因为曾干了那件十足疯狂的蠢事而急得双臂乱舞的。而且,他无力供养自己,而他的父亲为人又十分刻薄,如果他知道实情,肯定会彻底抛弃他的。前三天他是在布里斯托尔和他的那个当酒吧女郎的妻子一起度过的。当时他父亲对他身在何处,全然无知。请注意这一点,这是很重要的。但是坏事变成了好事,那个酒吧女郎从报上得知他身陷囹圄,案情严重,可能要被处以绞刑,于是干脆将他抛弃了。她写信告诉他,她原是有夫之妇,丈夫在百慕大码头工作,所以在他们之间并没有真正的夫妻关系。我想这一消息对备受苦难的小麦卡锡来说也算是一种安慰了。"

"但是,如果他是无辜的,那这个案件的主谋又是谁呢?"

"哦!这个嘛!我要提醒你特别注意两点。第一,被谋杀者曾和某人约定在池塘见面,而这个人绝不可能是他的儿子,因为他的儿子正在外面,他不知道他什么时候回来。第二,在被谋杀者知道他儿子已经回来之前,有人听见他大声喊'库伊'!这两点是本案的关键。现在,如果你乐意的话,让我们来谈谈乔治·梅瑞丘斯[①]吧。那些次要的问题我们明天再说。"

正如福尔摩斯所预言的,那天没有下雨,一大清早就是晴空万里。上午九点,雷斯垂德乘坐马车来接我们。我们立刻动身赶赴哈瑟利农场和博斯科姆比池塘。

雷斯垂德说:"今天早上有重大新闻。据说庄园里的特纳先生病势严重,已经危在旦夕了。"

福尔摩斯说:"我想他大概是个老头儿吧。"

"六十岁左右,侨居国外时他的身体就已经弄垮了,他健康衰退已有很长时间了。现在这件事更加使他深受不良影响。他是麦卡锡的老朋友了,而且我再补充说一句,他同时还是麦卡锡的一个大恩人呢,因为我了解到,他把哈瑟利农场租给麦卡锡,但却没有要一分钱的租金。"

福尔摩斯说:"真的?这倒很有趣。"

"噢,是的!他千方百计地帮助他,这一带没有人不称道他对他的仁慈友爱。"

[①] 乔治·梅瑞丘斯:英国著名文学家。

"真是这样的？那么看来这个麦卡锡本来是一无所有的，他受了特纳那么多的恩惠，竟然还想要他的儿子和特纳的女儿结婚，而这个女儿可想而知是全部财产的继承人，而且采取的又是如此的骄横的态度，好像这不过是一项计划，只要一提出来，所有其他的人都必须遵循似的。难道你们对这一切就不感到奇怪吗？尤其是，我们知道特纳本人又是反对这门亲事的，那不是更奇怪了吗？这些都是特纳的女儿亲口告诉我们的，你难道没有从这些情况中推断出点什么来吗？"

雷斯垂德一面对我使了个眼色，一面说："我们已经用演绎法来推断过了。福尔摩斯，我觉得，专门去调查核实事实就已经够难办的了，就不要去轻率地空发议论和想入非非。"

"你说得对，你确实觉得核实事实很难办。"福尔摩斯很有风趣地说。

雷斯垂德有点激动地回答说："无论如何，我已经掌握了一个你似乎难以掌握的事实。"

"那就是……"

"那就是麦卡锡是死于小麦卡锡之手的，与此相反的一切说法都是空谈。"

福尔摩斯笑着说："嗯，月光①总比迷雾要明亮些。你们看，左边那不就是哈瑟利农场了吗？"

"是的，那就是。"

那是一所占地面积很大、样式令人感到舒适惬意的两层石板瓦顶楼房，灰色的墙上长满了大片大片的黄色苔藓。然而窗帘低垂，烟囱也不冒烟，显得很荒凉，似乎这次事件的恐怖气氛仍然沉甸甸地压在它的上面。我们在门口叫门，里面的女仆应福尔摩斯的要求，让我们看了她主人死的时候穿的那双靴子，也让我们看了他儿子的一双靴子，虽然不是他当时穿着的那双。福尔摩斯仔细量了量这些靴子上的七八个不同部位之后，要求女仆把我们领到院子里去，我们从院里沿着一条弯弯曲曲的小路走到了博斯科姆比池塘。此时的福尔摩斯变得和原来简直判若两人，每次当他这样热切地探究线索的时候，他都会这样。那些只熟悉贝克街那个沉默寡言的思想家和逻辑学家的人，这时准会是认不出他来。他的脸色一会儿涨得通红，一会儿又阴沉得发黑。他双眉紧蹙，形成了两道粗粗的黑线，眉毛下面那双眼睛射出刚毅的光芒。他脸部朝下，两肩向前躬着，嘴唇紧闭，他那细长而坚韧的脖子上，青筋突出，犹如鞭绳。他张大鼻孔，简直就像是一只渴望捕抓猎物的野兽；他是那么全神贯注地进行侦查，谁要向他提个问题或说句话，他全当作耳边风，或者充其量给你一个急促而不耐烦的粗暴回答。

他静静地沿着横贯草地的这条小路迅速前进，然后通过树林走到博斯科姆比池塘。那里是块沼泽地，地面潮湿，而且整个地区都是如此，地面上有许多脚印，脚印还散布在小路和路畔两侧长着短草的地面上。福尔摩斯有时急急忙忙地往前赶，有时停下来一动也不动，有一次他稍微绕了一下走到草地里去。雷斯垂德和我走在后边，这个官方侦探抱着一种冷漠和蔑视的态度，而我呢，当时兴致勃勃地注视着我的朋友的每一个行动，因为我深信他的每个行动都是有一定目的的。

博斯科姆比池塘是一小片水域，它大约有五十码方圆，周围长满了芦苇，它的位置是在哈瑟利农场和富裕的特纳先生私人花园之间的边界上。

---

①月光：原文 moonshine 既可当空谈讲，也可当作月光讲。这里是双关语。

池塘对岸是一片树林，我们可以看到耸立于树林上面的房子的红色尖顶，这是有钱地主住所的标志。挨着哈瑟利农场这一边池塘的树林里，树木很茂密；在树林的边缘和池塘一侧的那一片芦苇之间，有一片只有二十步渐宽的狭长的湿草地带。雷斯垂德把发现尸首的准确地点指给我们看，我可以清楚地看见死者倒下后留下的痕迹，因为那里的地面十分潮湿。而对福尔摩斯来说，我从他脸上的热切表情和锐利的目光可以看出，他将在这块被众人脚步践踏过的草地上侦查出许许多多其他的东西来。他转着圈，就像一只已嗅出气味来的狗一样，然后转向我的同伴。

他问道："你跑到池塘里去过，干什么来着？"

"我用草耙在周围打捞了一下，我想也许有某种武器或其他踪迹。但是，我的天呀……"

"噢，行啦！行啦！我没有时间听你扯这个！这里到处都是你向里拐的左脚的脚印。一只鼹鼠都能跟踪你的脚印，脚印就在芦苇那边消失了。唉，他们曾像一群水牛那样在这池塘里乱打滚，要是我在以前就已经到了这里，那么事情会变得简单多了。看门人领着那帮人就是从这里走过来的，尸体周围六到八英尺的地方都布满了他们的脚印。但是，这里有三对与这些脚印不连在一起的、同一双脚的脚印。"他掏出个放大镜，为了能看得更清楚一些，他趴在了他的防水油布上，在那期间里，与其说他是在同我说话，倒不如说他是在自言自语。"这些是年轻的麦卡锡的脚印。他来回走了两次，有一次他跑得很快，因为脚板的印迹很深，而脚后跟的印迹几乎看不清，这足以证明他讲的是实话。他看见他父亲倒在地上就赶快跑过来。那么，这里是他父亲来回踱步的脚印。那么，这是什么呢？这是儿子站着细听时枪托顶端着地的痕迹。那么，这个呢？哈，哈！这又是什么东西的印迹呢？脚尖的！脚尖的！而且是方头的，这不是一般普通的靴子！这是走过来的脚印，那是走过去的，然后又是再走过来的脚印……

"当然这是为了回来取大衣的脚印。那么，这一路脚印是从什么地方过来的呢？"他来回巡视，有时脚印找不到了，有时脚印又出现了，一直跟到树林的边缘；跟踪到一棵大山毛榉树的树荫下，那是附近最大的一棵树。福尔摩斯继续往前跟踪，一直跟到那一边，然后再一次脸朝下趴在地上，并且发出了轻轻的得意的喊声。他在那里一直趴了好久，翻动树叶和枯枝，把那些东西放进一个信封里，而在我看来那些东西就只像是泥土。他用放大镜不但检查地面，而且还检查他能检查到的树皮。在苔藓中间有一块锯齿状的石头，他也仔细检查了，还把它收藏了起来。然后他顺着一条小道穿过树林，一直走到公路那里，在那里任何踪迹都没有了。

"这是一个十分有趣的案件。"他说，这时，他才恢复了常态，"我想右边这所灰色的房子一定是间门房，我应当到那里去找莫兰说句话，要不然就写个便条给他，完了我们就可以坐马车回去吃午饭了。你们可以先步行到马车那里，我马上就会跟着来。"我们大约走了十分钟便到了马车那里，福尔摩斯带着他在树林里捡来的那块石头，然后我们便乘着马车回罗斯。

他取出这块石头对雷斯垂德说："雷斯垂德，你也许会对这个感兴趣，因为这就是杀人的凶器。"

"我没有看到什么标志。"

"是没有标志。"

"那,你又怎么知道呢?"

"这块石头放在那里不过几天工夫,因为石头底下的草还活着,找不到这块石头是从哪里来的痕迹。这块石头的形状和死者的伤痕正好相符,此外没有任何其他武器的踪迹。"

"那么凶手是谁呢?"

"那应该是一个高个子男子,他是左撇子,右腿有点瘸,穿一双后跟很高的狩猎靴子和一件灰色大衣,他抽印度雪茄,使用雪茄烟嘴,在他的口袋里带有一把削鹅毛笔的很钝的小刀。还有几种其他的迹象,但是,这些也许已足以帮助我们进行侦查了。"

雷斯垂德笑了,他说:"我看我仍然是个怀疑派。和我们打交道的英国陪审团是讲求实际的,理论说得头头是道是没有用的。"福尔摩斯冷静地回答说:"我们自有办法。你按你的方法办,我按我的方法办好了。今天下午我会很忙,很可能乘晚班火车回伦敦。"

"让你的案子悬而不决吗?"

"不,案子已经结束了。"

"可是,那个疑团呢?"

"那个疑团已经解决了。"

"那么罪犯是谁?"

"我所描述的那个先生。"

"可是,他是谁呢?"

"要找出这个人来并不难。住在附近这一带的居民并不太多。"

雷斯垂德耸了耸肩说:"我是个讲求实际的人。我可不能负责在这一带满处乱跑去寻找一个惯用左手的瘸腿先生。那样我会成为苏格兰场的笑柄的。"

福尔摩斯平静地说:"好吧,我是给了你机会的。你的住处到了,再见。在我离开以前,我会写个便条给你的。"

我们让雷斯垂德在他的住处下车后,便回到了我们住的旅馆,我们到达旅馆时,午饭已经给我们摆在桌上了。福尔摩斯默不作声,陷于沉思之中,脸上露出一种痛苦的表情,这是处境困惑的人的那种表情。

在餐桌已经收拾完毕之后,他说:"华生,你听我说,你就坐在这把椅子上,听我唠叨几句。我还不能十分肯定怎么办好,我想听听你的宝贵意见。点根雪茄吧,让我阐述我的看法。"

"请说吧。"

"嗯,在我们考虑这个案子的案情时,小麦卡锡所谈的情况中,有两点当时立即引起你我两人的注意,尽管我的想法对他有利,而你的想法对他不利。第一点是:据他的叙述,他父亲在见到他之前就喊叫了'库伊'。第二点是:死者临死时说了'拉特'。死者当时喃喃地吐露了这几个词,但是,据他儿子说,听到的只有这个词。我们必须从这两点出发去研究案情,我们开始分析的时候不妨假定,这个小伙子所说的一切都是绝对真实的。"

"那么这个'库伊'是什么意思呢?"

"嗯,他当时只知道他的儿子是在布里斯托尔,所以显然这个词不可能是喊给他儿子听的。他儿子当时听到'库伊'这个词完全是个偶然。死者当时喊'库伊'是为了引起他约见的那个人的注意,而'库伊'显然是澳大利亚人的一种叫法,并且只是在澳大利亚人之间用的。因此可以大胆地设想，麦卡锡想要在博斯科姆比池塘会晤的那个人是一个曾经到过澳大利亚的人。"

"那么'拉特'这个词又是什么意思呢？"

夏洛克·福尔摩斯从他口袋里掏出一张折叠的纸，把它摊在桌上。他说："这是一张维多利亚殖民地的地图，它是我昨天晚上打电报到布里斯托尔去要来的。"他把手放在地图的一个地方上说，"你念一下这是什么？"

我照念道："阿拉特。"

他把手举起来说："你再念。"

"巴勒拉特。"

"这就对了。这就是那个人喊叫的那个词，而他的儿子只听清这个词的最后两个音节。他当时是试图想把谋杀他的凶手的名字说出来，巴勒拉特的某某人。"

我赞叹道："简直妙极了！"

"那是很明显的。好啦，你看，我已经把研究的范围大大地缩小了。现在姑且承认那儿子的话是正确的，那么我们就完全可以肯定，这个人有一件灰色大衣这件事。对于一个有一件灰色大衣的来自巴勒拉特的澳大利亚人，我们原先只有一种模糊的概念，现在就明确了。"

"那是当然。"

"他是一个熟悉这个地区的人，因为要到这个池塘来必须经过这个农场或经过这个庄园，这个地方，陌生人几乎是进不来的。"

"的确是这样。"

"所以我们今天长途跋涉来到这里。我检查了场地，了解到了案情的细节，我已经把这个罪犯是个什么样的人告诉了低能的雷斯垂德。"

"你是怎样了解到这些细节的？"

"靠从观察细小的事情当中去了解，我的这个方法你是知道的。"

"我知道你可以从他走路的步子的大小约略判明他的高度。他的靴子也是可以从他的脚印来判明。"

"是的，那是一双很特别的靴子。"

"但是他是个瘸子是怎么看出的呢？"

"他的右脚印总是不像左脚印那么清楚，可见右脚使的劲比较小。为什么？因为他是一瘸一拐地走路，他是个瘸子。"

"那么，左撇子又是如何判断的呢？"

"你自己已经注意到在审讯中法医对死者伤痕的记载。那一击是紧挨着他背后打的，而且是打在左侧。你想想看，如果不是一个左撇子打的，怎么会打在左侧呢？当父子两人在谈话的时候，这个人一直站在树后面，他在那里还抽烟呢。我发现有雪茄灰，我对烟灰有特殊研究，所以能够断定他抽的是印度雪茄。你知道，我为此曾经花过相当大的精力，我还写过些专题文章论述一百四十种不同的烟斗丝、雪茄和香烟的灰。发现了烟灰之后，我接着在周围寻找，就在苔藓里发现了他扔在那里的烟头。那是印度雪茄的烟头，这种雪茄和在鹿特丹卷制的雪茄差不多。"

"那么，雪茄烟嘴呢？"

"之所以说他是用烟嘴的，是因为我看出烟头没有在他嘴里叼过。至于小刀嘛，我发现雪茄烟末端是用刀切开而不是用嘴咬开的，但切口很不整齐，因此我推断是用一把很钝的削鹅毛笔的小刀切的。"

我说："福尔摩斯，你已在这个人周围布下了天罗地网，他逃脱不了啦，你还拯救了一个清白无辜的人的性命，确实就像你把套在他脖子上的绞索斩断了一样。我看到了这一切都是朝这方向发展，可是那罪犯是……"

"约翰·特纳先生来访。"旅馆侍者一面打开我们起居室的房门，把来客引进来，一面说道。

进来的这个人看上去很陌生，相貌不凡。他步履缓慢，一瘸一拐，肩部下垂，显得老态龙钟，但是他那皱纹深陷、坚定严峻的脸和粗壮的四肢，使人感到他具有异常的体力和个性。他那弯曲的胡须、银灰色的头发和很有特色的下垂的眉毛结合在一起，赋予了他尊贵和权威的风度和仪表，但是他的脸色灰白，嘴唇和鼻端呈深紫蓝色。我一眼就能看出，他患有不治之症。

福尔摩斯彬彬有礼地说："请坐在沙发上。你已收到我的便条了？"

"是的，看门人把你的便条交给我了。你说，为了避免流言蜚语，你想在这里和我见面。"

"我想如果我到你的庄园里去，人们是会议论纷纷的。"

"你为什么想要见我呢？"他以疲倦、绝望的目光打量着我的同伴，仿佛他的问题已得到解答了似的。

福尔摩斯说："是的。"这是回答他的眼色，而不是回答他的话，"是这样的，我了解麦卡锡的一切"。

这个老人把头低垂，双手蒙在脸上。他喊道："上帝保佑我吧！但是，我是不会让这个年轻人受害的。我向你保证，如果巡回审判法庭宣判他有罪，我会出来说话的。"福尔摩斯严肃地说："我很高兴听你这么说。"

"要不是为了我亲爱的女儿着想，我早就说出来了。那会使她十分痛心的……当她听到我被捕的消息时，她是会很痛心的。"

福尔摩斯说："也许不至于要逮捕吧。"

"你说什么？"

"我不是官方侦探。我明白，是你女儿要求我到这里来的，我现在是在替她办事。无论如何必须使小麦卡锡无罪开释。"

老特纳说："我是个濒临死亡的人了，我患糖尿病已有多年了。我的医生说，我是否还能活一个月都是个问题。可是，我宁可死在自己家里也不愿死在监狱里。"

福尔摩斯站起身来，走到桌子旁边坐下，然后拿起笔，在他面前放着一沓纸。他说："只要你告诉我事实的真相，我把它摘录下来，然后你在上面签字，这位华生可做见证人。以后我可能出示你的自白书，但那只是在为了拯救小麦卡锡的万不得已的时候。我答应你，除非绝对必要，否则我不会用它的。"

那老人说："这样也可以。其实我只是不想引起艾丽斯的震惊，我能不能活到巡回审判法庭开庭的时候还是个问题，所以这对我没有多大关系。现在我一定向你直说，事情经过的时间很长，可我讲出来倒用不了多长时间。

"你不了解这个死者麦卡锡，他是个魔鬼的化身，我这是说实话。愿上帝保佑你可千万不要让他这样的人抓住你的把柄。这二十年来，他一直抓住我不放，他把我这一生都毁了。我首先告诉你我是怎样落到他手里的。

"那是19世纪60年代初在开矿的地方。那时我是个年轻的小伙子，很容易冲动，也不安分守己，什么都想干；我和坏人结成了一伙，饮酒作乐，在开矿方面失利以后便做了绿林强盗。我们一伙共有六个人，过着放荡不羁的生活，不时抢劫车站和拦截驶往矿场的马车。我当时化名为巴勒拉特的黑杰克，现在在那个殖民地，人们还记得我们这一伙叫巴勒拉特帮。

"有一天，一个黄金运输队从巴勒拉特开往墨尔本，我们埋伏在路边袭击了它。那个运输队有六名护送的骑兵，我们也是六个人，可以说是势均力敌，不过我们一开枪就把四个骑兵打下马来。我们也有三个小伙子被击毙了才把那笔钱财弄到手。我用手枪指着那马车夫的脑袋，而他就是现在的这个麦卡锡。我向上帝祷告，如果我当时开枪打死了他，那就谢天谢地了，但是，我饶了他一条命，虽然我当时看到他那双眯缝着的鬼眼睛一直盯着我看，好像要把我脸部的所有特征都牢牢记住似的。我们安然地把那笔黄金弄到了手，成了大富翁，并来到了英国而没有受到任何怀疑。在英国，我和我的老伙计们分道扬镳，各走各的路，我下决心从此过安分守己的正当生活。我买了当时正好在标价出售的这份产业，想用自己的钱做点好事，以此来弥补一下我在大发横财时的所作所为。我还结了婚，虽然我的妻子年纪轻轻的就去世了，却给我留下了可爱的小艾丽斯。甚至当她还是个婴儿的时候，她的小手就似乎比过去的任何东西都要更加有效地指引我走上正道。总之，我悔过自新，尽我自己的最大能力来弥补我过去的罪行。本来一切都很顺利，但麦卡锡的魔掌一下把我抓住了。

"我当时是到城里去办一件投资的事，我在摄政街遇见了他，当时进来的这个人看上去很陌生，相貌不凡。那时是衣不蔽体，还光着脚。

他拉着我的胳膊说：'杰克，我们又见面了。我们将和你亲如一家人。我们只有父子两人，你把我们收留下吧。如果你不干……英国这里可是个杰出的奉公守法的国家，只要喊一声随时都可以叫到警察……'唔，他们就这样来到了西部农村，以后我怎么也摆脱不了他们，从此以后，他就在我最好的土地上生活，租金全免。我不得安生，家无宁日，老是忘记不了过去，不管我走到什么地方，他那带着狡诈的狞笑的面孔总是跟随着我。艾丽斯长大以后情况就更糟了，因为他也很快就看出，跟害怕警察知道我的过去比起来，我更加害怕我的女儿知道。不管他想要什么，他都非要弄到手不可，而不管是什么，我都毫不迟疑地给他，土地、金钱、房子什么都可以，直到最后他向我要一件我不能给人的东西为止。他要我的艾丽斯。你看，他的儿子已经长大成人，我的女儿也长大成人了，因为大家都知道我身体不好，让他的小子插手于整个财产，对他来说是很得计的。但是，这件事我坚决不干。我决不同意让他那该死的血统和我们家的血统混到一块去，并不是我不喜欢那个小伙子，而是因为他身上有他老子的血，这就够受的了，我坚决不答应。麦卡锡就威胁我。我对他说，即使把他最毒辣的手段使出来我也不在乎。于是我们便约定在我们两所房子之间那个池塘会面来对此谈出个结果来。当我走到那里的时候，我发现他正在和他儿子谈话，我只好抽支雪茄烟在一棵树后面等待，想等到他单独一个人在那里时再过去。但是，当我听着他们谈话的时候，愤激的情绪简直达到了极点。他正在极力促使他儿子和我女儿结婚，根本不考虑她本人可能有什么意见，好像她是马路上的妓女似的。一想到我和我所心爱的一切将受这样一个人主宰，我简直气得发疯。难道我甘愿受他的束缚吗？我已经是一个快要死去和绝望的人了。虽然我头脑还很清醒，四肢还相当强壮，但我知道自己这一生已经完了。可是，我记忆中的往事和我的女儿啊！只要我能使这条邪恶的舌头保持沉默，那么，我记忆中的往事和我的女儿两者都将得以保全。福尔摩斯先生，我是这样做了，要我再来一次我也会这么做。我是罪孽深重的，为了赎罪让我过一辈子活受罪的生活我也心甘情愿。但是把我的女儿也卷进这束缚我的罗网之中，这个我可受不了。我把他打翻在地，就像打击一头十分凶恶的野兽一样，心中毫无不安的感觉。他的呼喊声使他儿子赶了回来，这时我已跑到树林里躲起来了，但是我不得不再跑回去取我的大衣，它是在我刚刚逃跑的时候丢掉的。先生，这就是所发生的全部真实情况。"

那老人在写好了的那份自白书上签了字。福尔摩斯当即说："好啦，我无权审判你。但愿我们永远不会受到这样一种诱惑而无法控制自己。"

"先生，我也希望如此。你打算怎么办呢？"

"考虑到你身体的情况，我并不打算做什么。你不久就要为你干过的事在比巡回审判法庭更高一级的法院里受审讯，这一点你自己也知道。我一定能把你的自白书保存好。如果麦卡锡被定罪的话，我就不得不用它。如果麦卡锡不被定罪，它就永远不会为任何人所见。不管你是活着还是死去，我都将为你保密。"那老人庄严地说："那么，再见了。当你自己临终之际，想到曾经让我安然死去，你会感到更加安宁的。"这个身躯庞大的人摇摇晃晃地慢步从房间里走了出去。

福尔摩斯沉默了很久，然后说："上帝保佑我们！为什么命运老是喜欢对贫困穷苦而又孤立无援的芸芸众生那么恶作剧呢？每当听到这一类的案件时，我都会想起巴克斯特的话，并说'夏洛克·福尔摩斯之所以能破案还是靠上帝保佑'。"

由于福尔摩斯写了若干有力的申诉意见，这些意见提供给了辩护律师。詹姆斯·麦卡锡在巡回法庭上被宣告无罪释放。在和我们谈话以后，老特纳还活了七个月，现在已经去世了。很可能会出现这样的前景：那个儿子和那个女儿终于共同过着幸福的生活，而他们永远都不会知道，在过去的岁月里，他们的上空曾经出现过不祥的乌云。

从海上漂来的木乃伊

【美】爱德华·霍克

一

圣诞节过后几天，我和西蒙·阿克抵达了里约热内卢。这儿的季节依然是盛夏，在机场上，一股股热浪在冲击着我们。而在此时，我们的启程地纽约则冷气弥漫，大雪纷飞。两者相比，确实是一种怡情悦性的更迭。

离开纽约之前，西蒙曾给我打了电话，要我和他同去里约热内卢，他说："老朋友，我很需要你。你是当今这一乌烟瘴气、疮痍满目的世界上罕见的可信人士之一。"

"里约热内卢有恶魔在等候着你吧，西蒙？"我问道。我们已是25年的挚友了，我完全知悉他乐于对邪恶和隐秘进行探查的心理。

"也许，"他回答着，"今天早晨，一位以前相识的律师在那儿打电话给我，谈及了当地发生的一桩触目惊心的案件。在坎波卡巴那海滩上，发现了一具从海上漂来的木乃伊。"

"一具木乃伊！也就是一具干尸？捆扎得紧紧的？就像埃及金字塔里的那种？"

"是的。"

"也许，木乃伊是从海里的某一艘轮船上丢下来的。那具干尸已经非常陈旧了吗？"

"不，是一具新尸，会使人大吃一惊的新尸。死者是那位律师的当事人，在圣诞节前一天就失踪了。"

当时我就意识到，我一定得和西蒙·阿克同去里约热内卢了。

二

我的妻子谢莉得知我要在除夕以前离家时，显得百无聊赖，兴味索然，但她完全能理解我和西蒙·阿克之间形影相随的深情厚谊。由于这样的一层关系，我们即使相隔几年以后，也会相聚在一起，共同奔赴遥远的某个地区。此时，西蒙专心致志于调查那些离奇的、形形色色的案件，而我则把西蒙魔术般地进行神奇侦破的过程撰写成书，交由我的公司出版。西蒙曾宣称，他已追踪了恶魔将近两千年。对于他的夸大之词，我当然不能置信，但我不得不承认，他确实是位侦破专家。你只要瞧一下他那机警的脸部表情和疲惫的双眼，你真有点相信他所说的年限呢。

我们终于抵达了里约热内卢。

把我们请来的那位律师是个美国人，名叫费利克斯·布赖特，长得粗壮魁梧，四十开外。早在纽约的时候，西蒙就认识他了。当我问及西蒙，那位律师去巴西究竟为何时，西蒙只是机灵地一笑说："我想，他准是陷入了金钱的圈子中了，当然，巴西同美国之间不曾签订过引渡条约。"

不管费利克斯·布赖特究属何因来到巴西，他在这儿确实干出了点名堂。他的办公室是在一座新建的大厦之中，倚窗俯瞰，大西洋一望无际的景色尽收眼底，不远处则是一片百码的开阔地带——坎波卡巴那海湾。

"这是一个异常广阔的海湾，"西蒙观察着说，"那具尸体就浮在水边吗？"

"是的。它倒像是被海水冲来的。"

我和西蒙重新坐到了律师办公桌的对面。

"请您谈谈被害者的情况，好吗？"西蒙对费利克斯·布赖特律师说。

"我对死者的情况知之甚少。他叫塞吉尔·科斯培，和其弟弟卢以兹在下面的街上开了一家旅游商店，专门供应本地的陶器和手工艺品。在他们需要之时，我则为他们提供一些法律上的帮助。塞吉尔已同他的妻子离了婚，现在和他那位未成家的弟弟同住在卡农尔区的一间小屋之中。他在圣诞节前夕失踪了，但卢以兹起初对此事并不介意。塞吉尔由于家庭的破裂，一直处于沮丧和消沉之中。他弟弟当时以为他去某处酗酒了。"

"下面请谈谈那具尸体吧。"

"尸体是在两天以前被海水冲到海滩的。它已全部用香油等涂抹防腐，并用捆棺的粗绳紧紧地缚住，倒像是从坟墓中挖出来的一个埃及的木乃伊。"

西蒙·阿克点了点头说："这很像是恐怖分子干的事情——用此种办法吓唬老百姓。在巴西，你们有否同城市游击队惹过什么麻烦呢？"

"可是，塞吉尔和卢以兹绝非堆金积玉、腰缠万贯的财主，从他们的身上是敲诈不到什么钱财的。"

"也许这是想走的下一步棋，"西蒙沉思着说，"塞吉尔之死可能是一种杀鸡儆猴的办法，为的是让其他的商人感到害怕，心甘情愿地让他们勒索。"

律师愁眉苦脸地说："这当然不能排除，但这里还存在着另一种可能，这也是我之所以同你取得联系的原因，西蒙。我记得你对于一些离奇古怪的事情，特别是有关宗教和对各种怪异神灵的崇拜一事颇感兴趣。"

"有些所谓的神灵显得过于奇异莫测，以致很难使之同魔鬼区分开来，"西蒙评论着，"里约热内卢狂热的崇拜者不但对圣灵肃然起敬，而且也向魔鬼顶礼膜拜。"

"你知道魔鬼艾克苏吗？"

"知道。"

"那么精灵庞帕·吉拉呢？"

西蒙点了点头。

"这么说来，你也准会知道女海神耶曼雅了。她被描绘成了一位穿着蓝色长袍，披着黑色长发，明眸皓齿、妩媚动人的出海美女。过不了多少日子，确切地说，在新年前夕，这儿下面的海滩上将会人潮涌动，热闹非凡，到处都是女海神耶曼雅的崇拜者。他们要把各种鲜花、珠宝饰物以及动物等祭品投进浪涛之中。如果这些祭品被海浪卷走，这就意味着耶曼雅海神将会扶助和保护众生灵；如果这些祭品被海水冲回海滩，这准是她漠视和予以拒绝的表示。"

"那么你就相信……"

"那位塞吉尔·科斯塔被杀啦。他的那具木乃伊则作为耶曼雅女海神的祭品被丢进了海中。可是，耶曼雅拒绝了。"

我开始思忖，费利克斯·布赖特一直长期在里约热内卢待着，故而会产生这种怪异的念头，但更令我吃惊的则是，西蒙看起来竟然一本正经地接受了这种说法。

"这种可能是值得予以考虑的，"他赞同地说，"但请你明确地告诉我，你对此案件感兴趣的原因是什么？"

"他是我的当事人嘛。我为他写下了遗嘱，应该对他负起责任。我认为，应该请人查找出杀害他的凶手。对于警方而言，他们虽能做些常规性的调查，但很快就会把它置之脑后。"

"塞吉尔的财产是些什么？是让他的弟弟继承吗？"

"无非就是小店中的一半股权而已，这值不了多少钱。在离婚协议书上，塞吉尔的住房以及手头所有的现款都已判给了他的前妻。他一直在抚养着前妻及其两个孩子。"

"我得跟警方磋商一下此事。"西蒙果断地说。

"本地的警方同一位名叫马库斯·奥林斯的侦探配合查询塞吉尔被害一事。我可以为你们安排一次会见。"

布赖特拨动了电话号码，用葡萄牙语简略地交谈了几句，倾听着，随后又说了起来。他挂上电话以后说："马库斯·奥林斯侦探在一个钟点以后就能见你了，他建议在市内停尸所会面。如果你能从中知悉什么，我非常希望你能及时告知。马库斯·奥林斯说，他会竭尽一切可能予以帮助的。"

"那就不必包括遗体检验了。"我嘟囔着说。

随后，我同西蒙一起去了停尸所。

三

侦探马库斯·奥林斯长着黑色的卷发，留着松针般的小胡子。他比我所预料的要年轻得多。尽管他的手中有着一件棘手的案子，但他的双眼中依然透露出愉快的神情。他作了自我介绍，并带领我们走到了一张用被单覆盖着的停尸台旁边。

"这是一种骇人听闻的罪行，太可怖了！"马库斯·奥林斯说。

"他是如何被谋害的？"西蒙问道。

"我们怀疑他是被毒死的。我们提取了尸体上的某些组织，做进一步的检验。当然，尸体本身早已做了防腐措施，故而没有可能判断出死者被害的确切日期。"

西蒙俯身审视着尸体的皮肤，也许是想寻觅针刺的瘢痕吧。

"你们是否找到什么线索，究竟是何人为尸体作防腐的呢？"

"没有，"侦探马库斯·奥林斯说，"我国的工业发展不像预期的那样快速，在山坡区居住着的老百姓，生活条件很差。他们死后，常常在进行防腐后被无声无息地埋掉。我们正在询问所有圣诞节前夕或圣诞节期间曾为死者做过防腐的承办丧事者，但是，如果杀人犯亲自为塞吉尔的尸体进行防腐，我们的调查就无能为力了。"

西蒙开门见山地问道："你是否相信，对尸体进行防腐，是祭祀海神耶曼雅的一个组成部分？"

"我可不是有神论者，西蒙先生。在警方的办事过程中，无迷信二字可言。"

"我想，费利克斯·布赖特律师之所以把我找来，是因为他是个迷信者。"

马库斯·奥林斯第一次露出了笑容，随之说道："他的办公室所在之大楼地处坎波卡巴那海滩的正前方。他倚窗居高临下，可以望见在海滩的沙地上移动着的如蚊虫般的人群，密密麻麻，斑斑点点。一个人在此时此景，就会很轻易地设想他自己是某个神灵了。毕竟，神灵是迷信的产物，对吗？"

西蒙只是微笑了一下。我可以察觉，他尽管未曾直接点头表示同意，但他已经流露出了对那位侦探的敬佩之情。也许，他们两人都已经洞察了费利克斯·布赖特在性格上的某个方面，可是我却忽视了。

"这么看来，你未曾掌握任何线索喽？"在我们分手之际，西蒙对那位侦探说。

侦探马库斯·奥林斯耸了耸肩膀说："明天是除夕，是祭祀女海神耶曼雅的狂欢之夜。数不清的蜡烛将会在海滩上点燃。大海本身也许会做出回答的，我到时候将去那儿瞧一瞧。"

"我认为，你并不是迷信者。"

"那当然，西蒙先生。但杀人犯也许是个迷信者。"

我们踏上了阳光普照的街道，新鲜空气顿时使我振奋起来。我们在停尸所待的时间委实长了一些，我的脸上产生了一种热烘烘的感觉。这简直使我难以想象，此时家乡正值寒冬腊月呢。

"下面该做什么呢？"我问西蒙。

"我们去访问一下死者的弟弟卢以兹吧。"

四

塞吉尔和卢以兹兄弟俩颇为精通于选择最佳之地点。他们的商店地处最热闹之处，旁边人行道上的露天餐馆，搭起了蓝白相间的一顶顶大伞，遮住了热带地区的阳光。我跟随着西蒙走进了商店的前门，穿过了陈列柜。陈列柜里面放置着各种各样的雕刻品和编织的小篮子。

"我们马上就要打烊了，"站在柜台后面的一个男人说，"家里有丧事。"

那个男人矮矮的个子，胡须刮得一干二净，黑色的头发盖住了耳朵的一半。如果他的上唇蓄起小胡子，简直就成了躺在停尸所里的那位死者。

"你是卢以兹·科斯塔先生吗?"西蒙问道。

"是的。"

"我来自纽约,目的是查清楚令兄的暴卒事件。"

"谁会把远在纽约的客人请来,专门关注我兄长的不幸呢?"

"他的律师费利克斯·布赖特先生要我来此的,我擅长于探查诸如此类的案件。"

"您?您这样一位老人?您准备如何去查找出杀害塞吉尔的凶手呢?"

"首先,我得弄清楚杀人犯作案的动机,"西蒙对他说,"究竟谁想致令兄于死地呢?"

"没有人,"但他随即对说出的话做了纠正,"除非是他的前妻罗塞塔,那个女人什么事情都会干得出来的。"

"因为感情的破裂而导致杀人?这似乎不太可能。"西蒙说。

"她把他的每一个铜板都榨取光了。到头来,他只能同我住宿在一起,只能靠小店里的一些股份养活自己。"

"请你谈谈令兄失踪的详情,好吗?"

"他在圣诞节前夕的早些时候离开店。平时,我们之中只要有一个人留在店中就可以了,但在圣诞节期间,我们还找了一个临时工。我兄长以往得在此时去为孩子们购买礼物。在晚上6点钟过后,我以为他会回来的,可他仍未返家。起初,这并未使我忧虑不安。我确信,他准是早早地去看他的孩子们了。一直到圣诞节的早晨,罗塞塔给我打来了电话,我才意识到出了事。"

"他不曾去那儿吗?"

"不曾。她从未见到过他——至少,她是这样宣称的。我随即给他的几个朋友挂了电话,可没有人见到过他。当天晚上,他仍然音讯全无,我就把他的失踪情况报告了警察局。"

"后来警方就发现了他的尸体,是吗?"

"是的,在28号的清晨。海浪把他那捆扎得紧紧的遗体卷到了海滩。"

"令兄的遗体依然安放在停尸所里。"

卢以兹点了点头,接着说:"警方想弄清楚他的死因。今天晚些时候,遗体就可以取回了,这就是我急着想打烊的原因。因为元旦将临,葬礼一定得在明天举行。"

"布赖特律师说,你认为令兄死准是因为婚姻的破裂而万念俱灰,自暴自弃,外出酗酒解愁了。"

"我确实曾经这样想过。我鄙视那个女人,但毕竟,这儿是个信奉基督教之国,离婚是一件非同小可的事情,这对我兄长的打击确实太大了。"

"这样,他就酗酒了?"

"是的。"

我站在柜台旁边,信手从里面捡起了一只小型的美洲驼石雕问道:"这看上去挺古老,值钱吗?"

"在哥伦布航海时代以前的石雕,是秘鲁的国宝呢。这一只不过是个仿造品而已。"

我把那只美洲驼石雕轻轻地放回了柜台。西蒙看样子已经询问完毕,他在仔细地观看着镶嵌在现金出纳机后面墙上框架中的照片,这是一张他们兄弟俩的合影。接着,他告别了卢以兹，跟在我的身后走了出来。

"你对他的印象如何，西蒙？"我问道。

"说不上来。他们兄弟俩竟会长得如此相似，实在使人诧异万分。卢以兹要是留上小胡子，同他那死去的兄长简直成了孪生兄弟了。"

"我也在琢磨着此事。"

"尸体防腐以后，就不可能进行血型鉴定，因为体内的血液已被排去，全被注入的防腐液所替代。"

"这么说来，躺在陈尸所里的也许不是塞吉尔，而是卢以兹？"

"我们等着瞧吧。"

返回旅馆以后，西蒙给侦探马库斯·奥林斯打了个电话，询问他关于尸体检验的结果。他终于放下了话筒，显现出了某种失望的神情。

"前妻罗塞塔已经确认了死者就是塞吉尔。指纹鉴定的结果也表明，死者只能是塞吉尔。看来，这是毫无疑义的了。"

夜晚，我们在靠近旅馆的大街上溜达着，并在一个书摊前面停了下来。书摊上摆满了各种有关宗教的图片和形形色色的杂志。有在十字架上挣扎着的耶稣基督的图片、耶稣及其十二门徒的最后晚餐的图片、圣·斯蒂芬被群箭射穿时的图片等。在许多种图片中间，还有一张画像，画的是出现在鲜花点缀的海浪中的一位披着黑发，身穿蓝袍的美女。

"这一定是女海神耶曼雅了。"西蒙指着说。

"他们把各种宗教的偶像混杂到一起来啦。"

"在拉丁美洲国家里，教徒一直是混杂的。"

五

翌晨，西蒙提议去见见死者的前妻。

"凡是死者的妻子，不论是现妻或前妻，历来总是谋杀案件的嫌疑对象。"西蒙说。

"我们还不能确定这是谋杀，西蒙，除非侦探马库斯·奥林斯能找到确凿的证据，证明其死因是服了毒药。"

"马库斯·奥林斯刚才在电话中说，他已经找到了确凿的证据。我们这就去看看那位遗孀吧。"

我们抵达住宅时，全家人刚从公墓返回。我竟忘记了那天已是举行葬礼之日，孩子们已由一位老年妇女领着进了后室。罗塞塔穿着黑色的丧服，在砌着围墙的院子里迎接着我们。她是一位长着黑色头发的美貌秀丽的妇女，同我预期的完全不同。她的脸庞显得非常熟悉，我似乎在哪儿见到过。过了15分钟，我才意识到，她和我们在书摊上见到的那位女海神耶曼雅的画像竟会神奇般一模一样。

我瞥了一下西蒙，看到他的双眼也在紧盯着罗塞塔。

"您的丈夫会是谁谋杀的呢，塞吉尔夫人？"

"我们离婚已有两年了。两年以前他是我的丈夫。他只有来看望孩子的时候，我才能见他一面。今年，他甚至没有像往常那样在圣诞节以前为孩子们寄送圣诞卡。如果他和那些信徒们混在一起，那就是他自作自受的事了。"

"你有否事实根据，说明他确实和他们混在一起呢？"

"我给你说过，他的一生同我无所牵连的了。但是在很多年以前，他倒是确有此事。我现在在当模特儿，以此谋生。一位画家把我画成了一个女海神。"

"耶曼雅。"西蒙说道。

"是啊，你怎么会知道的呢？"

"画得实在太像了。"

"他们要我每年到海滩上参加祭祀女海神耶曼雅的仪式。今年由于塞吉尔的葬礼，我不想去了，"她稍做思考以后又补充说道，"但我也许还得去。对我来说，塞吉尔已经死了两年啦！"

"你不去海滩倒是明智的做法，"西蒙告诫她说，"另外，你的小叔子卢以兹的情况如何？你同他一直友好往来吗？"

"你干吗要问这个呢？"

"葬礼以后，他未曾回到这儿来嘛。"

"你的观察确实够敏锐的啦。不，我和卢以兹并无什么特殊的友好来往。我同塞吉尔离婚以后，卢以兹同他住在了一起。在整个离婚过程中，他是站在塞吉尔一边的。"

"作为塞吉尔的弟弟，他这样做正常吗？"

"我想应该是这样的，"她叹了一口气说，"但这并不意味着我对他有任何好感。"

"你去过他们开的小店吗？"

"自从离婚以后，我从未去过。"

"我想问您最后一个问题，塞吉尔夫人……如果我能继续这样称呼你的话，塞吉尔是否卷入过什么犯罪的活动？"

"你指的是祭祀活动吗？那些人可不是罪犯，除非有人施展什么魔法妖术。"

"我不是指的祭祀，是指的其他活动。"

"不不，我们结婚以来，他从未干过别的事情。至于离婚以后嘛，谁知道呢？"

我们在院子里和她道别以后，就回头坐进了租来的汽车之中。

"你为什么要问最后的一个问题呢，西蒙？你是否已经知道了什么？"

"知道的也不见得比你多多少，我的朋友。"西蒙说。

在驾车返回旅馆的途中，我在考虑着这件事。

六

旅馆里的桌上留有一张字条，要我们打电话跟侦探马库斯·奥林斯联系。我们的电话接通以后，听筒里响起了奥林斯的声音："你们一定很想上警察总署来吧？谋杀塞吉尔的案子已经略有端倪了。"

我们一抵达警察总署，奥林斯面带微笑地迎接了我们。

"我们已经对一个名叫胡安·米拉的秘鲁公民提出了指控。"马库斯·奥林斯说。

"是控告他犯有谋杀罪吗？"西蒙问。

"是的。他还违反了海关的条例，当然还有一些别的罪行，"马库斯·奥林斯说，"胡安·米拉已经交代了一切，可是对杀人罪行则矢口否认。但我们坚信，他到头来还得老实招供的。"

"他究竟在什么方面触犯了海关条例呢？"西蒙问道。

"走私哥伦布航海时代以前的艺术珍品。我可以让你亲耳听一听胡安·米拉的交代，他要供认的事情多着呢。我们已经有相当一段时间盯他的梢了。"

马库斯·奥林斯通过内部通信联络系统，用葡萄牙语发出了简短指令。没过多久，一个细长个子、面部轮廓分明的男人被押进了办公室。他之所以愿意交代罪行，已是不言而喻的了：在他的一只眼睛下面鼓出了很大的一个青紫块。他走路僵硬，步履蹒跚。显而易见的是，他身上的某一部分依然留有伤痛。

"啊哈，来啦！"马库斯·奥林斯迎了上去，扶着他坐进了一张椅子，"这两位先生想听听你的供词，就像你跟我说的那样再讲一遍吧。"

胡安·米拉在椅子里移动着身子，似乎是想选择一个减缓疼痛的坐姿。我忆起了一则关于巴西司法审判中在犯人身上用烙铁打印的新闻报道，他们可以对犯人严刑拷打。警察执刑队在搜查出注册在案的犯人时，可以不经审讯的正式手续而将其处死。我在一刹那之间，甚至怀疑起塞吉尔曾就是警察执刑队手中的牺牲品了。胡安·米拉已经从头开始陈述了。

"秘鲁政府对于出口哥伦布航海时期以前的艺术品，不论是珠宝还是雕刻，都有严格的禁令。塞吉尔仍然想出了一个办法：他使用亚马孙河上游的一些小型游览船，把那些艺术品接运出秘鲁。亚马孙河发源于秘鲁的安第斯山脉，距著名的印加人的遗址不远，游客们常去那儿游览。他们往往乘着小船，顺流而下，进入一些土著居住的小村，小船这时也就接近了国境。对于像我这样一个训练有素的潜泳者而言，到时带上一些包裹在水下穿行，是绝对有把握的。一旦我在水下越过了国境，进入了巴西领土，我就把偷运出来的艺术品转移到塞吉尔的船上。他收买以后，私下再以高价倒手。"

"你把上星期的事情告诉他们吧。"奥林斯催促着。

"在圣诞节前的一个星期，我打电话给塞吉尔，同他敲定了一笔大生意。当然，我们平时尽量避免接触，一年中充其量只能见到两三次，也就是需要把货转手的时候。这一次，我像以往那样给他打了个电话。他就约我在里约热内卢游艇俱乐部里见了面。我把一只包裹给了他，里面装有总共16件走私文物。这时他说，他要到第二天才能交给我钱款。我当时有点动火了，因为他以前从来都守信用。可是他却苦苦地哀求着，说是他的弟弟对他越来越疑心了。他这次未能乘机从店中的钱柜中取到钱款，并允诺于次日在游艇俱乐部再次会面。但他从此却销声匿迹，杳无音讯。我去过他的商店，可只有他弟弟一个人在那里。"

"说得明确些，这是在什么时候？"

"圣诞节的前两天。我不分昼夜地到处找他。到了第二天，也就是圣诞节的前一天，我还问了卢以兹。他告诉我，他的兄长已经失踪了。"

马库斯·奥林斯点着头，转身对西蒙说："看来一切都已昭然若揭啦。胡安·米拉一直在追踪着塞吉尔，因为他赖账，就把他杀死了。对此，胡安·米拉还未曾招供呢。不过，他一定会从实供认的。"

胡安·米拉抬起了头，眼中一下子流露出了恐惧。

"我未曾找到他，我根本就没有杀死他！"

奥林斯做了个手势，卫兵随即把罪犯押走了。

西蒙倚靠在椅背上问道："你能相信，这个人就是杀人犯吗？"

"看来完全有此可能，你说呢？"

"塞吉尔把走私文物拿到手以后，也许另外有人谋财害命，把他杀了。"

"也有可能胡安·米拉对我们谎称说没有收到钱，"侦探马库斯·奥林斯说，"而实际上他已经取到了钱，接着把塞吉尔杀死，然后再把文物夺回到手中。"

"我看，我们还是回过头来，考虑一下那个无法解答的问题吧，"西蒙说，"谋杀犯为何要进行尸体防腐，然后紧紧地捆扎成一个木乃伊呢？如果塞吉尔确系胡安·米拉所杀，尸体准会被抛弃在某处的沟渠之中，难道还会大动干戈地进行防腐，加以捆扎吗？这样做岂不增加更多的麻烦，冒更大的风险吗？"

可是，马库斯·奥林斯对此似乎不屑一顾。他还在固执己见地说："胡安·米拉一定会张口讲话的。他只要一讲话，我们就会找到答案了。"

西蒙·阿克点着头。我明显地看得出来，他对马库斯·奥林斯的说法并不信服。

七

我们在里约热内卢街道上行走时，西蒙问我："你对此有何见解呢，我的朋友？"

"我猜想，我的看法同你是一致的：这是罪犯之间的一场火并，其复杂处在于，被害人究竟在何种情景下被杀害的。"

在前头，我们见到办公室的工作人员从各个大楼的窗户之中抛出来一批批的废文卷和旧卡片，其中还夹杂着一卷卷的卫生纸。这使我回忆起了在华尔街上进行游行庆祝时，从摩天大楼上纷纷扬扬地飞下来的彩色纸带。不过，这儿没有游行队伍。今天是除夕，工作人员们抛纸之举只是里约热内卢的一个古老习俗而已。

西蒙看着从上空缓慢地飘落到我们身旁的各种纸片，好像想起了我们曾听说过的这里另一种传统的庆贺除夕的方式。

"今晚我们去海滩吧。"西蒙毅然决然地说。

"你仍然认为，塞吉尔是作为祭祀用的供品而遭谋杀的，是吗？"

"我们总会找到一个答案的。"

临近傍晚时分，广阔的坎波卡巴那海滩上已经挤满了前来朝拜女海神耶曼雅的信徒们。他们竖起了一面面彩色的神幡，成行成排的三角旗在沙地上随风飘动着。

我们在人群的周围徘徊闲荡之时，我对西蒙说："这儿倒有点像美国加油站里的人们那么拥挤不堪。"

"这是他们的一种神圣的仪式，"他说，"是对女海神耶曼雅的信仰和依从。"

夜幕降临之际，海滩上已经点燃了成千上万支蜡烛。每一小堆的人们都排列成了特定的形状：有些人组成了十字形；有些人围成了一个圈，中间安放着奉献给女海神的供品；有些非洲血统者还组成了一个巫符。我们小心翼翼地穿过每一组人群时，似乎觉得在这里约热内卢海滩的沙地上，已经汇集了世界上各种各样的宗教信仰者。他们要祈神祷告，顶礼膜拜。

我们到了一个在烛光下闪烁着五颜六色陈列物的地点，那儿摆放着一瓶瓶的香槟酒和啤酒。这时西蒙郑重其事地提醒着我："千万要注意，不能打扰他们！"

"那些人也上这儿来喝酒庆祝吗？"我纳闷地问道。

"这些也是供品，它们用来祈求耶曼雅出海显形。"

我们走近了一大群崇拜者的眼前，他们围坐在一尊耶曼雅雕像的四周。女海神仍是穿着飘垂的蓝色长袍，我又忆起了罗塞塔和那张耶曼雅画像的惊人相似之处。

"看那儿！"西蒙紧紧地抓住了我的臂膀说。在前面，在成千支插入沙地中的蜡烛烛光照耀下的夜色之中，我看见了一个熟悉的身影。原来他正是请我们来到里约热内卢的律师费利克斯·布赖特，他正在饶有兴致地同一位口中叼着雪茄烟的老年妇女攀谈着。他一瞥见我们，马上停止了谈话，过来同我们打着招呼。

"场面壮观极啦，是吧？"费利克斯·布赖特律师说，"在这儿的海滩上准已聚集了上千人呢。"

"我没有料想到会在这儿碰到你。"西蒙对他说。

"为什么不呢？我那当事人的尸体就在这儿附近发现的嘛。就像你一样，我也有一种直觉，这些狂热的崇拜者也许会知道些什么。"

"你在与之谈话的那个妇女是何许人？"

"她叫班伯·英。她在这儿的人群之中是个传奇式的人物，能卜算出人间的一切奥秘，洞悉过去，预测将来。"

西蒙点着头说："这么说来，她也是我急需寻找的人呢。"在班伯·英尚未离去之际，西蒙在沙地上紧走几步，到了她的眼前。当她把脸转向我们时，我一清二楚地看清了她的尊容，其面目之丑陋可憎，实属罕见。她和耶曼雅的国色天姿恰成鲜明的对比。

"你什么方面需要由我解释呢，陌生人？"她问西蒙。

"我需要的解释，也正是我的朋友费利克斯·布赖特需要的解释——请您告诉我有关塞吉尔·科斯塔死亡的详情。"

老年妇女班伯·英似母鸡般"咯咯"地笑了起来。摇曳不定的烛光在我们的周围舞动个不停。

"我为什么要跟你谈这些呢？"

"费利克斯·布赖特先生说您是个传奇人物，能知悉人世间的一切隐秘。"

"是布赖特先生吗？"

"塞吉尔的死亡是否同献给女海神耶曼雅的祭品有关？"

"这件事要请耶曼雅讲了，我可一无所知啊。"

"那么，费利克斯·布赖特先生刚才又为何同你谈话呢？"

"就像别的任何人一样，他想知道今后之事。他给了我钱，让我为他卜算未来。"

"他上您这儿，为的是预个运的，对吗？"西蒙问道。

尽管西蒙未曾察觉到，可是我已看出了她想要的东西。我随即把一张折叠着的钞票塞到了她的手中说："老太太，请您为我们谈谈过去，告诉我们塞吉尔的死因吧。"

她乐不可支地拿了钱。在她还未开口之前，海滩下边出现了一阵骚动。我转过头来想看个究竟，但只见朝拜的人群浪潮般地往水边冲去。沙地上只有闪烁不定的烛光在晃动着。

费利克斯·布赖特再次在我们的旁边出现了。他说："他们准备在子夜时分携带着献给女海神的祭品，冲进拍打着的浪花之中。"

"不，"西蒙说道，"看来还有别的什么东西。"

在我们的后面，一个土著少年正在使劲地击着鼓。人们在高歌欢舞，到处都被狂热的气氛笼罩着。

"耶曼雅！耶曼雅！"

我们终于见到了她！她在成千支烛光的照明之下，像真正的女海神似的从拍打着的浪花中走了出来。

耶曼雅，大海的至高无上者！

"不能过来！"西蒙猛地狂叫了起来，在我未曾来得及阻止他的时候，他已对着她冲了过去，"不能过来！快转回去！你的生命已经危在旦夕了！"

可是，西蒙的叫喊声根本就压不住崇拜者们的高呼声。耶曼雅穿着飘垂着的蓝色长袍，戴着闪烁着星光的花冠，从浪花中一步一步地走了过来。那张画像复活了！当我意识到那位女海神正是乔装打扮的罗塞塔的时候，我突然听到了一声清脆的枪响。它在人们的高歌声和欢叫声中呼啸而过。那位女海神突然摇晃了一下，鲜血从她身上冒了出来。她的双膝弯曲到了水中，同时伸展开了双臂在祈求着……

"快抓住那个杀人凶手！"西蒙·阿克高呼着，"逮住他！"

与此同时，我已溅着水冲进了波浪之中，向着那个死命逃跑着的人影猛追了过去。我竭尽了一切可能缩短着和那个杀人犯之间的距离。

在我即将追上这个杀人犯的时候，他却突然掉过了头来。天哪！我竟又一次见到了停尸所里塞吉尔的面孔！我刹那间被眼前的形象震住了，不由得畏缩踌躇起来。此时，只见他举起手枪，黑乎乎的枪口瞄准了我的胸膛……我头脑里非常清楚：死神已经在拥抱我了。

在此千钧一发、九死一生的关键时刻，侦探马库斯·奥林斯不知从哪儿冒了出来。他饿虎扑食般地一下子压到了杀人犯的身上，把他紧紧地擒住了。杀人犯的手枪又一次"砰"地响了起来，可是，子弹却向月亮飞去了。我赶紧奔了过去，协助奥林斯制服他。

"西蒙！"我高叫着，"他是塞吉尔！他根本就没有死！"可是，西蒙走到了那个杀人犯的跟前，弯下腰来，一把撕掉套在他上唇的假胡子，随之说道，"塞吉尔早已死啦。他是卢以兹！他就像该隐那样，杀死了他的兄长[①]。"

八

"罗塞塔可能会活下去，"侦探马库斯·奥林斯在他的办公室中对我们说，"医师们使她交了一次前所未有的好运。"

"使我完全不可思议的是，"我转身对西蒙说，"卢以兹为何要冒如此大的风险枪杀罗塞塔呢？"

[①] 基督教《圣经》中亚当的长子，曾杀害了他的弟弟艾贝尔。

"这是由于卢以兹出了一个大错，而这一个差错只有罗塞塔一个人才会发觉。当然，我得从头开始讲述此事。"

"从对尸体进行防腐开始吗？他究竟为何要如此干呢？是想嫁祸于进行祭祀的海神崇拜者吗？"

"这当然是一个因素，但并不是主要的。卢以兹之所以进行尸体防腐，最重要的原因是为了隐瞒住杀害他兄长的具体日期。我现在确信，塞吉尔早在失踪前的一个星期就被卢以兹谋杀了。"

"那是不可能的！"我立即提出了异议，"塞吉尔要在店中站柜台，谁都能见到他！另外，那个秘鲁人胡安·米拉还同他在游艇俱乐部见了面，谈过话！"

"是这样。但是我们早已肯定了一件事，长不长胡子是塞吉尔和卢以兹兄弟俩的唯一区别，你说对吗？卢以兹在圣诞节以前一个星期的某个时候，毒死了他的兄长，并套上了假胡子，伪装成了塞吉尔的模样。今晚他在海滩上不是这样干的吗？人所共知，他们兄弟俩是轮流掌柜的，所以不可能同时在商店之中。这就非常轻易地为卢以兹提供了假冒的机会。为了不让杀人罪行暴露，他亲自为尸体做了防腐，接着把尸体藏了起来，直到圣诞节以后才抛进了海水之中。"

"那又为的什么呢？"我问道，"他的动机是什么呢？"

"卢以兹想得到胡安·米拉走私来的那批哥伦布航海时代以前的艺术珍品。我估计，卢以兹或多或少地已经得知了他的兄长的违法行为。他决定先把兄长干掉，这样，就可以独吞这批价值连城的奇珍异宝。接着，卢以兹就冒充他兄长去了游艇俱乐部，和胡安·米拉见了面。胡安·米拉上了大当，以为来接货的是塞吉尔呢。他以后当然对塞吉尔疾恶如仇，切齿痛恨了。"

"难道胡安·米拉一点也没有觉察到来人是卢以兹，而不是塞吉尔吗？"

"他平时同塞吉尔很少接触。还记得吗，他们一年中只见上两三次面。也许正是胡安·米拉打来的电话，诱发了这一杀人行动。看来，当时准是卢以兹接了那个电话。他假装是塞吉尔，和胡安·米拉通了话，并确定了接头地点。此时，他就决定立即杀死塞吉尔，然后乔装打扮一番，来个招摇撞骗。他托词迷惑了胡安·米拉，假惺惺地表示于次日如数付款。可是到了第二天，他宣称，他的兄长塞吉尔突然失踪了。"

"那么，木乃伊又做何解释呢？"

"卢以兹在此之前不能让警方发现塞吉尔的尸体，也不能让任何人知道塞吉尔已经死了一个星期。如果这样做，胡安·米拉准会发现异常并洞悉其真相。既然卢以兹已经作了尸体的防腐措施，他就着手把尸体似木乃伊般捆扎起来，并将其丢置于海中。这样一来，人们都会误认为那些信徒们杀死了塞吉尔，并把尸体丢进了海里。至于对尸体防腐一事，也就会被说成是祭祀品制作过程中的一个离奇古怪的方面。"

马库斯·奥林斯坐在椅子上显得异常地激动。他问道："今晚他究竟为何要杀害罗塞塔呢？"

"卢以兹忆及了他犯的一个大错误：塞吉尔每年都在圣诞节前好几天就给孩子们寄出圣诞卡。我曾去邮局询问了一下，如果圣诞卡在圣诞节以前到达收件人的手中，它就得在五六天以前寄出。罗塞塔已经抱怨过塞吉尔，说他今年竟没有给孩子们寄赠圣诞卡。卢以兹对此当然就恐惧万分,他担忧罗塞塔很可能会意识到,他的前夫死亡的确切时间要比一般人的说法早得多。如果罗塞塔一旦发觉并揭露出此事,对卢以兹来说,将无疑是致命的。为了来个杀人灭口,今晚他在上唇套上了假胡子,把自己伪装了一番,混入人群之中,想在罗塞塔化装成女海神耶曼雅从海中出现之际,一枪把她射死,妄图把罗塞塔之死和信徒们的祭祀再次联系在一起。"

西蒙稍做停顿以后,继续说着:"当罗塞塔化装成女海神耶曼雅在海边出现之时,我似乎觉察到了某种不祥之兆。我迅速观察着人群中的异常情况,当有人握着枪抬起手的时候,我就不顾一切地呼喊着向罗塞塔冲去,警告她不能走近人群,但当时海滩上欢呼狂叫,人声鼎沸,她根本就不可能注意到我。枪声终于响了起来……"

侦探马库斯·奥林斯钦佩地点着头说:"你可真是位多谋善断,料事如神的超群绝伦者,西蒙·阿克先生。你对整个案件怎么会如此一清二楚的呢?"

"你不妨看看下面一些事实:塞吉尔竟会离奇地不给孩子们寄赠圣诞卡;兄弟俩竟会长得如此惊人地相似;塞吉尔竟会中毒而死,试问,有谁能轻易地下手毒死他呢?只有同他居住在一起的人;有人竟为尸体做了防腐,而且把尸体似木乃伊般紧紧地捆扎起来。这样做必须有秘密的地点和足够的时间,有谁最有这种可能呢?最后一点,卢以兹在陈述中出了一个大漏洞:在圣诞节的前一天,他告诉胡安·米拉,塞吉尔失踪了。可是他后来对我们说,在圣诞节的早晨,他才意识到塞吉尔失踪了。"

我们和侦探马库斯·奥林斯先生告别以后,西蒙提议去海滩溜达闲逛一会。海滩的沙地上还留存着各种各样的乱纸碎片,比比皆是的蜡烛残桩、东倒西歪的香槟酒瓶子等。女海神耶曼雅未曾把香槟酒取走,然而酒瓶里的酒却早被别人喝个精光啦。

"看,费利克斯·布赖特先生在那儿。"我指着海边的一个孤零零的身影说。

"嗯,是他。"西蒙点着头。

我们走近费利克斯·布赖特的时候,他转身迎了过来:"你们把案子全部了结了,是吗?"

费利克斯·布赖特的语音中几乎带着哭腔。

"是的。"

"可是你们是为警方出的力,而不是为我干了事。"

西蒙点了点头说:"你把我从纽约招来,是为了寻取那些艺术珍品的,对吗?你作为塞吉尔的律师,对于他和胡安·米拉合伙搞走私文物一事,绝对不会一无所知的。塞吉尔被谋杀以后,你本人一直想得到那些走私来的奇珍异宝。我讲的话未有毫厘之差吧?"

"你怎么会知道这些的呢?"

"一直到昨晚才知道的,"西蒙说,"枪声响过以后不久,我就找到了那位丑陋的老年女巫班伯·英。我同她就在这海滩上散着步闲聊了一会。你花了钱求她卜算的是——那些走私来的稀世珍宝存放之确切处所。"

"可她一无所知啊。"

"她当然不可能知道。她的精神世界仅由一些虚无缥缈的东西构成的。你确实是白费钱了。"

"可是,你已经知道了吧?"

"我能猜嘛。那些哥伦布航海时代以前的艺术珍品肯定全部安放在卢以兹店中的陈列框架上，就像其他存货那样贴有价格的标签，等候着卖给从美国来的豪商巨富和头面人物。"

　　费利克斯·布赖特叹了一口气说："警方会先一步抵达那儿，我已没有什么份了。"

　　"现在已是新的一年子，我的朋友，"西蒙说，"新年，这是一个新的开端，应该把那些陈腐的想法远远地抛之脑后。请你和我们同返旅馆，好吗？在我们飞返纽约之前，一起喝上一杯告别酒吧！"

驿站

【日】松本清张

一

小冢贞一在秋末失踪了。

他带着简单的旅行用具出了门，并没有发生过什么异常。春天的时候，小冢从银行营业部长的职位上退了休。他告诉家里人要离开东京到各地去周游一番。由于他过去就很喜欢出门旅行，所以家里人没有多考虑什么，甚至没有确定他要去什么地方与何时回来就启程了。不过，这已是他的一贯作风了。

他家里只有妻子百合子和两个儿子。长子是政府雇员，去年结了婚住在丈人家里。如今家里只剩下今年刚从大学毕业已在某家公司里做事的次子。

警署接到了关于小冢贞一失踪并要求协助寻找的报告，这是百合子在丈夫出门后一个月提出来的。过去出门，虽然也从不说清楚什么时候回来，可是一般两个星期以后就会在家里出现的。然而这回却一反常态，竟毫无消息。

小冢在这家大银行里足足干了 25 年，颇有能力，很受上司的重视和提拔，以至在退休时，邀请他去担任该银行所辖某家子公司的名誉经理。这个职位，大家都认为是在职员退休时能够得到的非常优厚的照顾。但是他却拒绝了，理由是嫌麻烦，而他想到各地去游玩一番。

周围的人们都觉得他在业务上干得很出色，是个质朴却颇有些保守的人。据了解，他性格上有些孤僻，兴趣也不太广泛，只喜欢摄影、旅行和读书。通常这样的人很容易同异性发生不正当的关系，他却一点异常也没有过。就是偶尔参加什么宴会，也顶多奉陪两次就径直回家。从不陪着女郎兜风，甚至为了业务上的交际而打打高尔夫球的热情也似乎没有。

即便受到上司的垂青，他却和同僚们搞得很融洽，银行充满了对他的好评。

他之所以升到这样高的地位，大家都认为是靠了一股子顽强的干劲，加上巨大的努力。公认他的位置已经相当在这家银行占支配地位的学阀的高度。像他这样一个只有在地方小城市的高等商业学校毕业学历的人，一般来说，能干上个分行经理就算到头了。所以，在退休前，特邀他担任子公司的名誉经理这样的高级职务，就足以说明他的努力是多么受到赏识了。青年时代的小冢贞一，被大家夸作是"业务上的鬼才"；在这个世界上仅凭才能，其实未必就能出人头地，所以终究还是他与众不同的努力，才得到这般青睐。

他出走的理由很不清楚，家里从未发生过口角与纠纷。百合子是在他任地方分行经理时代通过别人的介绍同他结合的。即便如此，夫妻之间似乎相处得不错，因为在节假日，人们经常能看到他们一起到银座的饭店去进餐。

谢绝了担任子公司名誉经理以后，小冢贞一对一个职员说："在上司的照顾下我干了很长时间，有了家庭，也有了可以不受缺衣少食忧虑的些许资产。孩子们有的结了婚，有的大学毕业找到了工作，我做父亲的责任也算尽到了。现在，我心里很疲倦，以后大概应该静静地养一养了。至于那个职务么，以后觉得好了些的话，我还是要干的。"

的确，他的身体并不结实，身材虽不太矮小但很消瘦。退休前后，他总令人觉得有些沉默寡言。可是这种沉默却似乎和退休老人们通常表现的忧郁不太一样，这是在长期奋斗终于得到圆满结果时的清爽情绪。

他好像对银行的同事说过："我应该去个好地方，痛痛快快地玩玩。"

二

警署接到百合子的报告后，派了老练的警探呼野和年轻的北尾两人到小冢家进行调查。
一所中等却很潇洒的住宅，会客室虽然狭窄，却安排得使人感到洗练和沉着。小冢夫人百合子接待了两位警探。她有四十六七岁的样子，前额宽宽的，个子高高的，是个挺有气派的妇人。警探们向她仔细询问了小冢贞一出门时的情形，并请她在申请单上填写了当时的穿着和随身携带的物品。她说好像他临走时只带了一只仅装一些必需品的旅行皮箱，其他的是什么也想不起来了。

呼野觉得小冢太太很贤明，但是却使人觉得有些冷冰冰的。丈夫失踪了，家里却还是那么安静和有条不紊，丝毫没有一般人会表现出来的混乱。她冷静而有礼貌地一一回答了警探的询问。

如果是自杀，就一定会在什么地方留下一些蛛丝马迹，譬如写一封遗书，说些使亲朋们若有所思的话。可是百合子却相当平静地否定了警探的这种猜测：家里既没有找到遗书，也没有看到丈夫出门时的态度有什么改变或露出过口风使人回味出一些异样来。向亲戚们打听过，也没有肯定的回答。

警探又问道：

"打听这样的事情实在抱歉，请问在您的家庭里有没有发生过什么使小冢先生烦恼的事情？"

"不，并没有过那样的事情。听说在别人家里，倒时常有些各种各样的事情呢……"
她微笑着回答。所谓"各种各样的事情"，大概是那种乱搞男女关系而夫妻不和的事情吧。

"在我家里，那一类事情是绝对不存在的。所以先生们请不必认为我丈夫是自发地失了踪的。他一向出门都不告诉我去处，所以我担心他会不会在旅行目的地出事。"

"那么，先生走时带了多少钱？"

"那时我考虑到了旅行费用，查了一下才知道带得似乎多了一些。"

"请告知具体数目。"

"大约 80 万元左右。"

"哦?！这的确倒是带得不少。请问过去也有过这种情况吗？"

"没有过。所以我也很担心，但愿不要在这笔钱上面出事。"

"您是否也并不知道小冢先生带走这笔钱？"

"是的。"

"那么这笔钱的用途呢？"

"也不清楚。"

小冢夫人摇着头，呼野又问：

"小冢先生退休之后，好像说过不再工作而要去静养的话。不过，他是否有进行商业投资的兴趣呢？"

"我觉得没有。但是过去也有过几次没有跟我商量就买了股票的事情，所以……"

"但是旅行带这么多钱，是不正常的。"

他们了解了小冢贞一的简历。他是个在银行的地方分行里晋升起来的职员，在本行工作之前，曾先后出任广岛和名古屋两地的分行经理。十年前在广岛分行，当经理之前先干了两年一般职员。在名古屋分行做了两年经理之后就一直在东京，由本行的调查部长升到营业部长。

他对摄影和旅行感兴趣，而且喜欢独自出游。

当呼野问起小冢旅行都去过哪些地方时，夫人请他们略等片刻后，从里面搬出三大本摄影集。

打开摄影集，里面贴满了各地的风景照片，都是小冢在旅行时摄下的。从业余爱好者的水平来看，构图相当好，技术也不外行。北尾也是个喜欢搞摄影的年轻人，一眼就看出来些门道。

从这三本摄影集知道了小冢都去过哪些地方，包括福井县的东寻坊到永平寺，岐阜县的下吕温泉附近，长野县的木曾福岛，京都和奈良，和歌山县的串本，爱知县的蒲郡、犬山附近，都是些风景秀丽的著名旅游胜地。每个地方都拍了大约 20 几张，可以想象到他旅行时心情愉快，一个人走了许多名胜古迹。

小冢是个一丝不苟的人，他在每张照片下面都记着日期。呼野把这些一一记在手册上。

三

没有自杀的原因。

家庭那样美满；孩子们都成长起来，受完了大学教育，一个还结了婚；自己生活的道路已经大部分走完了。小冢贞一就处在这样可以从此放下心来的境况中。

如果他突然厌世而自绝的话，动机是什么呢？呼野始终弄不明白，他快到 48 岁，在警棍和形形色色案件的伴随下过了大半生，到这时候，也开始对退休以后的情况忧心忡忡了。在他看来，小冢贞一的生活道路真令人羡慕！

但是，假如小冢是自发地出走，根据以往的经验，就不得不从男女关系的角度来考虑了。这样的话，小冢的失踪就肯定和某个犯罪行为有联系。

警探们调查了小冢周围。在他的环境里都是相当有地位的人，大部分是银行的上层人物和一些社会知名人士。

自然这些人都为小冢的失踪十分担忧，所以对调查表示大力支持。然而，他们的一致评价是"一个正直安静的人"，却没有什么新的材料。

那位给小冢安排新职位的老前辈说：

"小冢君，怎么说好呢？好像丢了气力，退休后倒显得又安静又沉着了。交接业务的时候，他说：从此，家庭和孩子们都有保障了。我们恭喜他，都说：努力这么多年，终于有了善果，大家都非常高兴。我们如果有像小冢君这样美满的家庭，早就不干了。以后钓钓鱼，拾掇拾掇花园，真是太舒服了。当时大家大笑一场。总之，他好像是退了休就放了心似的。"

这种心理状态里，无论如何也无法看出自发失踪的痕迹。

只是在警探再三追问小冢有没有和女性来往过的时候，银行的一个职员说：

"我仿佛记得小冢先生接到过一个自称为大村的女人打来的电话。"

银行的营业对象里面有好几位名叫大村的，但是小冢接电话时的口气很亲热，所以估计不可能是这样的顾客。据说，最近就没有再打来过电话，那次电话是几年以前的事。警探不厌其烦地追问下去也再没有什么新鲜的材料了。谁也不知道小冢究竟有没有男女关系，一般银行里的人谁都有点儿把柄攥在人家手里，但小冢却似乎是一清二白的。

为了弄清这个电话的秘密，呼野特地再次拜访小冢夫人百合子。

"大村？"

她想了半天以后说："这样的电话，以前好像有过两三回。在最近，也就是我丈夫临出门之前又打来过一次。以前有的时候他不在家，我请对方留下话，可是对方回答我没有什么要紧事就挂上了。他回来的时候我告诉他，他只说是朋友的太太来告知托办的事。"

"哦，您是说小冢先生临行前，那个大村也打过一回电话吗？"

"是的，那是我接的，他马上拿过话筒回了话。倒也没说什么，只是简单答应了一句就挂上了，大村就打过这几次电话。"

百合子仍旧冷静而彬彬有礼地回答了警探的问题。

呼野站起身来告辞。他的视线忽然落在会客间墙上挂着的三张油画上，这是复制品，用强烈的色调描绘了南洋一带的土著年轻女子。

"请问这是高更的画吧？"

"是的。我丈夫很喜欢他的画。"

四

警方迅速向全国通告要求寻找小冢贞一的下落。这不是一个平平常常出门旅行的人，而是身上携带80万元的一笔巨款，所以很有可能遭到飞来横祸。福井、岐阜、爱知、长野、京都和奈良诸府县特别接到指示，要求在属下的温泉和疗养地附近，搜查有没有死于非命的人。根据设想，小冢这次很可能旧地重游。另外与此同时，当局也考虑到了：虽然小冢家庭内外一直很和谐，但从他本人在退休前后那种特别的情绪来判断，小冢仍旧有可能出于异常性格去自绝。

　　高更曾在太平洋塔希堤岛上与当地土著人生活在一起，并娶土著人泰胡娜为妻，著名作品有《死者的灵魂》。

　　然而，各地的答复却都是一致的："没有发现那样的人。"

　　很多刑警觉得根据小冢那种凡事一本正经的性格、那种把什么都看得太认真的脾气，很可能易于陷落到厌世的情绪里。从拒绝了退休的优厚照顾这个事实分析，他可能认为自己已经得到正果而可以安静地踏上走向终点的驿路，产生结束一生的心境。这样的设想，固然有些离奇，然而按照小冢的性格，也不无可取之处。

　　但是呼野却不这样想。他坚持："小冢一定还在什么地方活着。"向上司陈述了自己的想法并在提出方案得到批准以后，就动身西下了。

　　他和北尾一起来到东京车站，乘上夜班火车前往广岛。在车厢里，北尾问呼野：

　　"这次去广岛，是去调查小冢十年前当广岛分行经理的情况吧？"

　　他得到肯定的答复后又问：

　　"为什么从那里着手呢？小冢以后不是又在名古屋当过经理吗？如果案件和前任地有什么关系的话，名古屋是更理所当然一些，不经名古屋而直接到广岛是为什么？"

　　呼野回答道：

　　"北尾君，你在小冢家里不是看到过那几本他一个人旅行时拍的摄影集吗？那些地方，像东寻坊、永平、下吕、蒲郡、城崎、诹访、琵琶湖、犬山、木曾福、奈良、串本等地不都是很有名的地方吗？那些照片拍得很美，附近好像都是设有温泉或疗养地的。这是为什么？"

　　年轻人似乎没有弄明白。

　　"你要注意，根据小冢那种性格，单独旅行是不会跑到那些热闹的名胜古迹去的。相反，到荒山僻壤去，才和他的孤僻性格相符。"

　　"对，对。"北尾这才点点头。

　　"小冢既然一定很讨厌这些地方，可是他出门偏偏又是一个人，可见同他一起，一定还有另外一个人。"

　　"另外一个人？"北尾颇有些吃惊。

　　"这样设想是很自然的。当然了，那个人不会是男的，而肯定是女的。"

　　"女的？！可是……"

　　"我明白你的意思，你是觉得小冢没有什么男女关系吧？但那是在东京，在名古屋和广岛如何，尚是个疑点。"

　　"可是为什么这次不首先去名古屋呢？"

　　"从小冢以往旅行目的地来看，都是处于东京以西和广岛以东的。所以我判断：这两个人一定是每年两次分别从东京向西，就是小冢，还有从广岛向东，就是那个我们还不知道是谁的女人，到这个中间地带相会的。"

　　"哦，是这样的吗？"

　　"当然，从名古屋来看，诹访和蒲郡还是能够考虑到的。但是如果从名古屋来看，奈良和串本在名古屋以西就不好解释了，而且蒲郡和下吕也离名古屋太近了一点。所以还是假设是从广岛考虑比较自然。"

"但小冢在广岛是十年以前的事了，这种关系居然能保持这么长时间吗？"

"当然值得怀疑，可是从小冢在东京的那种似乎很干净的情况来看，并非不可思议。不管怎么说，两个人是一年见两次面的。你还记得有个叫大村的女人给小冢打过电话吗？这是东京都内电话，所以这个女人就不可能是那个同行者。可是是不是两个人的联络员呢？你看，两个人之间并未有过通信往来，大概就是为了不让小冢家庭内外的他人知道吧。所以，我估计这个打电话的女人是给他交换信件的。"

"她是谁呢？"

"从获得两人如此信赖来看，不是那个同行者的最亲密的女友，就是小冢亲近的友人。"

"如此看来，小冢这次出门，就是投到情人的怀抱里去了？"

"我是这样看的。他退休后那种放了心似的情绪，大概是为了日后该出走的时候的缘故。完成孩子的教育，出人头地，有名气和地位，留下一笔可观的财产，就开始自己的梦想，这是小冢很早以前就筹备的计划。"

"这么说，他一定是在广岛和那个女人跑到什么地方静悄悄地生活喽？"

"大概如此。你看见挂在小冢家会客间里高更的画了吗？这位法国大画家就是为了自己的第二次人生跑到南洋去的。人在长期艰苦奋斗之后才终于踏上通向生活终点的驿路的时候，是不是都在寻找自己失去了的自由呢？小冢已经看到自己的成就，完成了对家庭的责任，一定是有种'好了，以后的日子该真正让我自己来支配了'的感想。我看过高更的传记，画家曾说过这样的话，大意是：人总是为了后代而牺牲掉自己的一切，而后代们又为他们的后代而牺牲，这样愚蠢的事情周而复始，没完没了地继续下去。如果人类都这样盲目地牺牲的话，谁来创造崭新的艺术和美好的生活呢？……原文我记不太清楚了，大致上就是这个意思吧。所以小冢搜集高更的画，原意并不在画，而在于画家那种超然出世的思绪吧。高更的出走是为了他的艺术，为了他的画；小冢没有什么画，却有他的情人。"

五

清晨，到达广岛。两位警探马上来到银行的分行所在地，会见了刚刚出差回来的经理，秘密地谈出来意。

经理听后取了一张纸说："如果这样的话，我写下并按这个顺序，把小冢前任十年前那个时代的熟人请来如何？"

这样做当然是很稳妥的了。呼野二人就和这些人一一会了面。

他们了解到，那时小冢是单身在广岛工作的。由于食品和住房问题不好解决，他便把家眷留在东京。据说当时的经理夫人百合子听说在广岛美国原子弹的影响还相当严重的时候，曾拒绝和丈夫一起到广岛来。听到这些叙述，呼野眼前好像出现了百合子那种冰冷而又高傲的表情。

他们也了解到，小冢单身在这里工作了两年，和在东京一样，没有发生什么不正当的关系。这里的小冢，曾是一位严谨的分行经理先生。

这家银行很有影响，所以分行的门面也很可观，工作人员为数众多，其中自然也夹杂着女职员。呼野看到她们轻盈的身影，似乎想到了什么：

"经理先生，小冢先生在任时期的女职员，眼下还在这里继续工作吗？"

"已经过了这样长的时间——"经理回答，"所以一直留在这里的女职员已经没有了。大多数是由于结婚才辞职的。"

"这些人现在还有消息吗？"

"那就不太清楚了，人走了就一直没有联系过。对！我想起一年前，有位女职员也辞职了，她似乎就是从小冢先生时代一直留下来的，跟她打听一下可能会知道一些其他人的情况吧。"

"她的年龄是……？"

"三十五六岁吧。"

"也是由于结婚而辞职的吗？"

"不，据她自己说是同家里人关系不太好。不过也说不定是结婚，只不过怕年龄大，提起结婚有些难为情吧。"

"此人的出勤记录是否还在？我们希望查一查。"

经理觉得这两个家伙可真会麻烦人，皱着眉头唤来庶务科长，叫他去找一找。

庶务科长跑到档案堆中，挽着袖子找了好半天，好不容易才拖出来几本发黄的大册子。

"真麻烦你们了。"呼野一边说，一边接过出勤册。这个女职员名叫福村庆子，册子里"福村"一栏中端端正正地打着图章。他们翻阅着。

"这是什么？"

呼野忽然指着打在空格上的蓝色图章说。

"这是年假。我们银行，有一个一年休假20天的制度。平时如果营业很忙，不能休息的话，也可以分为两次，根据职员各自的方便，大致都是在春秋两季休假的。"

呼野查看这些记录，半年订成一册的话，6册就是3年的记录。他把福村休假的日期记了下来。

"这位福村庆子是从什么地方来的？"

"不大清楚，仿佛是从可部来的吧？从这里乘上可部城的车大约一小时就可以到了。好，就让庶务科长查查看，可能还有当时的住址记录。"

他没有说错，福村来自可部镇，警探记下来地址。如果没有结婚的话，还住在当地的可能性相当大。

他们向经理告辞，登上了开往可部的列车。

"果然不出我之所料。"

呼野颇有些得意地对北尾说着。他拿出手册又说："这个福村庆子肯定就是小冢的情人。你看，福村的休假日期和我记的小冢写在摄影册上的日期不谋而合。那么，当福村休假的时候，小冢也出门了。因为小冢在广岛待过，到福村这里来对她的影响不好，所以两个人就跑到了没有人认识他们的名胜古迹安安静静地聚会。而这回，小冢一定把他最后的人生献给了庆子。"

听到这里，北尾钦佩地说：

"您真是神机妙算。"

"现在，我们就去他们爱情的巢穴。"

六

火车奔驰了一小时。可部是个古老的城镇，市街正中河水欢畅地奔流着。这条河名叫大田川，下游流向广岛。依山傍水的美丽城镇，却由于不少陈旧腐朽的建筑物而被笼罩在一种衰老的气氛中。

站在福村庆子的那幢房舍前，可以望见架在大田川上的长桥。这幢房舍看样子从前是用来安放织布机的，结构开阔，其中一间是庆子长期租用的。房东是一个50岁上下的主妇。

听说这两位操东京标准口音的先生想见见庆子，她吃了一惊，然后脸上露出来一副复杂的表情。

"可是庆子姑娘已经得病死了。"脸上一副挺遗憾的样子。

这回该轮到两位警探大吃一惊了。

"死了?! 什么时候?!"

"差不多三个月以前吧。"

两个人对视良久。三个月以前，就是在小冢出门前一个月。一直坚信小冢和福村庆子现在在一起生活的呼野也发愣了。

小冢难道居然不知道福村的死讯就出门了吗？这不可能嘛。他肯定从那个打电话的女人那里得来消息了。那么人已经死了，为什么还要出走呢？

呼野向房东描述一番小冢贞一的相貌和穿着，问她在庆子生前死后有没有诸如此类的人来过这里。

老太太坐在那里摇着脑袋：

"没有，没有，那种样子的先生，咱和庆子姑娘一直住在一块儿，可一直也没见过呀。"

呼野觉得，福村庆子一年前辞退了银行的工作，正好也是小冢贞一行将退休的时候，所以肯定他们准备在这个时候结合。大概是正在忙碌地准备迎接情人的时候，她突然得了急病而不治了。

问题是她的死亡日期和小冢出门日期差距很大。小冢不会不知道女友的死，因为他出门前的确接到过"大村"打来的电话。而那"大村"……

"庆子有什么亲人来往吗？"

"嘿，那姑娘可一直是一个人过活，连个男人也没找过哇。"

"父母和兄弟姊妹也没有吗？"

"那些人早都死了。"

"那是谁来给她办的丧事呢？"

"是她的一位表姐呀，这位太太还特地从东京来，把整个丧事都给办完了。"

"什么?! 从东京——来的?!"

呼野的眼睛突然一亮。

"是呀，庆子姑娘还一直给她表姐写信呢。"

"您知道她这个表姐的地址和名字吗？"

"请先生们等一会儿，以前给咱们还寄来过一张贺年片呢，就请二位看看那个吧。"

她一会儿从里面拿出一张散发着霉气的贺年片。

"东京都大田区××町××番地，福树有西子"，呼野马上记下来。接着，"再请问，有没有人从东京给庆子寄钱的时候？"

"唉，那可是从头到尾都有哇，封皮上是她表姐的名儿。"

呼野匆匆忙忙地告了辞，离开了这幢房舍。

"北尾，事情不好了。"

他一面说，一面跑向当地的警察署。

"到底怎么回事。"

北尾跟在后面却摸不着头脑。

"马上和东京警视厅联系，迅速逮捕福村有西子！"

"……？"

"小冢贞一已经不在人间了。"

七

在东京逮捕了福村有西子和她的情夫山崎后，根据犯人的招供，在长野县的荒山里发现了被绞杀致死的小冢贞一的尸体，已经是死后大约两个月了。

事情是这样的：

福村有西子受到住在广岛的表妹庆子的委托，给她传递信件。这样，庆子和小冢的来往信件就一定要通过她，用她的名字投递。除此之外，小冢每月寄给庆子一笔钱也是用她的名字。

不仅如此，小冢和庆子休假期间在外地会面，也是通过有西子联系的。当庆子的信寄到的时候，有西子就挂个电话给小冢，由他自己来取。

这样有西子自然早就了解到小冢有退休后出走的决心。而庆子在小冢出走前一个月暴病去世，这个消息，有西子却向小冢贞一隐瞒下来了。

因为，独身的庆子死后遗留下来一笔数目很可观的钱。除了她积攒的薪水和奖金之外，还有小冢每月汇来的一笔款。这些钱是庆子准备将来和小冢同居时使用的。而小冢每月汇款自然也出于同样的目的。

福村有西子得知庆子之死后，马上奔赴广岛，料理表妹后事的同时，把存在银行里的那笔钱取了出来。

庆子名下的钱在她死后的归属是个悬案。道理上应当归还给小冢贞一，但这个利欲熏心的女人却不择手段地吞为己有了。

有西子的情夫山崎也知道这件事。他还不满足，猜到小冢出走还会带上一笔巨款，于是阴险地和情妇谋划了杀害他而掠夺这笔钱。这就是有西子隐瞒了表妹死讯的原因。

两人精心策划后，有西子便打电话告诉小冢说庆子某天在长野县某地同他见面。小冢当然深信不疑，欣然于当天动身了。

在约定的地方，有西子等待着小冢。她告诉他，庆子已经到了，狡猾地把他骗到荒无人烟的大山里。在那里，代替情人庆子等待着小冢的，却是阴险的山崎。

杀害了小冢之后，两人从他身上抢走了80万元。

这就是犯人的自供。

案件结束了。呼野拉上他那位年轻的同伴来到一家咖啡店。

"我好像还不太明白。"

啜着啤酒，北尾说。

"你大概一定觉得，小冢这个人，没有什么不满足的地方，那么安静的家庭，退休后得到一个舒服的地位，该快快活活地度过晚年。怎么会有那种离奇古怪的念头，对吧？"

"你还是个单身汉哪——"

年近半百的老警探深有感触地说：

"所以会怀疑这个，高更不是说过如果大家都为了后代而牺牲，那崭新的艺术和富于人类创造性的美好生活从何而来的话吗？我告诉你，不仅是艺术家，像你我这样的普通人也是这样的。在又长又平凡的人生道路上辛辛苦苦几十年，好不容易望到了幸福的终点，谁不想把一直忍耐到今天的个性统统解放出来，到那广阔的世界去自由自在地旅行呢？小冢这种想法，我也是有同感的。"

"您也这样想？"

北尾很有些惊愕。

"是的，我也这么想。"

呼野把杯子里冒着泡的褐色液体倒进嘴里以后，苦笑一下又接着说下去：

"不过，亏得我还没有那么多钱，只好沿着自己这条路一步步走向死了。你看，我还挺羡慕小冢的。但是，不正像我说的那样？高更热爱他的画；对小冢来说，代替画的是他爱慕的女人。可是我呢？北尾，什么也没有。那就只好忍耐下去吧。"

其实，呼野凄凉的微笑里所包含的，年轻人并不是一点也不明白，只是还没有那样深切地体会到罢了。

断崖上的情人

【日】笹泽左保

星期三晚上是香织与情人水沼的幽会之夜。在香织眼里，水沼是世上最强大的男人：个子高高，皮肤微黑，37岁就当上了大公司的销售部次长，所以尽管他早已有了妻子和孩子，但这并不影响香织对他的钟情眷恋。

市中心的"金翠"旅馆是香织和水沼的幽会之地，这家旅馆是水沼大学时代最要好的同学杉森开的。杉森在和歌山县还有一家旅馆，由太太照应。他自己是个业余摄影家，每年大部分时间都花在旅游采风的爱好上。今晚香织照例来到"金翠"旅馆与水沼幽会的客房，却不见水沼的人影，于是香织先沐浴，沐完浴对着镜子用肉色的唇膏涂掩着额头上的伤疤。那是一年前坐水沼的车时不当心碰破的。香织年方24，正值青春妙龄，她长得漂亮，又酷爱打扮。香织打扮完毕，又足足等了一个多小时，才盼来了水沼。

"对不起，让你久等了。"水沼一进门就微笑着打招呼。香织正欲嗔怪一番，见杉森站在门口，赶紧站起来道谢："一直承蒙您的关照，真是太感谢了……"杉森笑着点点头说："我们刚才谈了点事……对不起，我不打搅啦，你们请随意吧！"说完，他便告辞离去了。

香织心里很不自在，有什么大事，非得背着我到别的房间去谈，而让我干巴巴地等这么久呢？可是，经不起水沼在身旁不住地甜言蜜语，笑脸相迎，香织很快就把刚才的不快抛到九霄云外去了。过了一会儿，她想起了一件事："这个月的15日，我要到舞鹤市的老家去，参加老家的一个祝贺会，看来我俩要暂时分开几天了。"

"是吗，"水沼说，"15日是星期天，又是法定节日，可以补假一天。再加上星期六，一共有3天假。我正好要去宫津市办点事，那儿离舞鹤很近，我们可以一起去。宗方工程公司的大山专务想出让在那儿的一幢别墅，我们公司准备买下来做职工疗养所，上司要我去察看一下。"

"那太好了！"香织高兴地跳了起来。

在这庭园式的旅馆里，躺卧在豪华的客房床上，承受着水沼充满柔情的爱抚，香织恍如坠入了仙境……终于到了4月14日，说好下午6点半和水沼在区政府大楼前碰头。香织梳妆完毕时，才刚过五点半。还有一个小时，香织便打开电视机消磨时光。电视里正在播放"爱之谈话室"专题节目，主持人是目前最受欢迎的某女子大学文学系讲师高峰洋先生。

自从8年前发表了《从零开始的夫妇》和《没有孩子的夫妻之爱》两本书以来，高峰洋的知名度越来越高，他所表现出的对妻子的爱，赢得了众多妇女，尤其是中青年家庭主妇的喜爱。高峰洋的左手无名指上一直戴着一枚纯银戒指，上面镶有钻石。高峰洋在以前的节目里说过，这戒指是10年前生病时妻子高峰三千代所赠的珍贵礼物，祝愿他早日康复。他表示，在结婚20周年纪念时，他要在戒指上雕上妻子的肖像。所以香织对这枚小戒指的印象格外深刻。

6点20分时，香织告别了母亲，走出家门。她今天的穿着非常舒适漂亮，上身是全棉衬衫，下身是宽松式长裤，腰际系了一条银色的腰带，脚穿一双银色的细跟凉皮鞋。她手里拎着预备在祝贺会上穿的套装，慢慢地沿着路边走着。

一辆红色的新车在香织身边停了下来。水沼坐在驾驶室里，也是一身轻便的旅行装束，显得年轻潇洒，令香织分外着迷。高速公路夜景很美，春天气候宜人，空气中洋溢着令人陶醉的芬芳。汽车飞驶着，一对情人有说有笑，感受着从未有过的自由自在……宫津市东连舞鹤市，西濒日本海，是奥丹后半岛的顶端。远远望去，山海之间点缀着密密的欧式洋房，形成了宫津的别墅区。水沼驾车驶到一幢古典式两层楼小洋房前，说这就是大山专务要出让的别墅。水沼将车停在屋前草坪上，走出车来，兴奋地伸伸腰，深深地吸了一口新鲜空气。

香织笑着说："你辛苦了！"

因为晚上要去参加家族的祝贺会，所以她很关心时间安排，便问道："我们今天就在外面看看这房子吗？"

"哪里，里面当然也要看一遍，"水沼答道，"上司把房门钥匙都交给我了。"说着，水沼领着香织进了门。

楼里的家具已经撤空，显得空空荡荡。水电还能使用。水沼仔细地察看着每一间房间，既然是宗方工程公司的大山专务委托他出让别墅，而本公司又打算买下来当疗养所用，水沼当然不能马虎从事。

宗方工程公司是日本建筑业界最大的企业，水沼和香织所在的特殊合金公司在开发高层建筑用合金产品时，是以宗方工程公司为大主顾的。水沼凭借自己的才能，说服了宗方工程公司使用本公司的新产品，宗方公司一带头，其他建筑公司也纷纷上门。由于水沼的贡献很大，被破格提升为销售部最年轻的次长。

"好啦，只剩地下室了。"水沼说。"还有地下室？"香织随便问了一句。

一扇厚重的铁门封住了地下室，门上挂着一把大铁锁。开门走下几级石阶后，左边有一个小房间，右边是洗手间。地下室里没窗户，只有两个很小的出气孔。小房间很暗，不开灯什么也看不见。房里只剩下一张大沙发，此外便一无所有了。水沼拉着香织坐到大沙发上，香织温顺地依在他的肩膀上。

突然，水沼一把抱住香织，热烈地吻着她的嘴。不一会，他喘着粗气，吩咐香织："来，脱掉衣服……""不……不要！"香织大吃一惊，她不愿在这种地方与水沼亲热，拼命地躲开水沼伸向胸脯的手。

"你要拒绝我吗？"水沼亢奋不已，"我可从来没有被你拒绝过呀。我开了一天的车，神经高度兴奋，你，你能忍心不满足我吗？"面对水沼的强行求欢，香织毫无办法，只好放弃了抵抗。

一阵发泄之后，水沼像一摊泥似的瘫倒在沙发上。"快起来吧，我还要去舞鹤呢！"香织换上了带来的套装，推推水沼。

"我起不来了，你让我睡一觉吧……"水沼又困又倦，连动也不想动了。

香织见此架势，就说："那好吧，你就睡吧，我自己坐车去火车站。等我回来，我们再一起到市里去开旅馆。"

她担心会有人闯进来，就想出一个办法：把水沼锁在地下室，钥匙自己随身带走。水沼要上厕所的话，洗手间就在旁边，不必走出地下室。她把这主意告诉了水沼，水沼迷迷糊糊地回答："行啊，你把灯关掉好了。"

香织关了灯，就走进洗手间化妆。她理了埋头发，又涂了涂额头上的伤疤，这才离开了地下室。洗手间的灯她特意没有关掉，好让水沼起来时行动方便些。

她坐公共汽车到火车站，再换乘去舞鹤的火车。列车7点24分开出，8点11分就到了。在祝贺会上，香织拜见了古手川家族的长辈，又和亲戚们见了面。宴会之后是卡拉OK，不知不觉已经是晚上10点钟了。香织谢绝了亲戚的挽留，坐着出租车赶回别墅。

11点10分，出租车把她送到别墅门口，香织取出钥匙，打开大门。来到地下室前，她打开大铁锁，轻轻走下台阶，习惯性地先走进洗手间去打扮，直到把额前的伤疤遮掩得一点也看不出来，她才满意地走出来。

"什么时候回来的？"水沼醒了。

香织高兴地跑到沙发边，亲吻着水沼，说："事情办完了，现在已经11点多了，我们一起去市里的文珠庄旅馆吧。"

文珠庄旅馆就在火车站附近，是一家日本式庭院风格的建筑。月光下，景色分外妖娆。他俩开了房间，叫来了宵夜后，便打开啤酒庆祝这一次难得的旅行幽会。

在这居家气氛常有的客房里，看着大衣柜的镜子里映现出一对穿着和服睡衣的男女，香织感觉自己正在和水沼欢度新婚蜜月，不由得激动万分。

"真是太美好了。"香织依伏在水沼胸前，百般娇柔。

水沼轻轻褪去香织的睡衣，两人再度燃起炽烈的欲火……他俩醒来时已是第二天的中午了。香织打开电视机，收看12点钟午间新闻。电视里正播送一条新闻："据对今晨在京都府奥丹后半岛犬岬发现的两具尸体调查后得知，男性死者是在歌山县从事旅馆业的杉森，女性死者是东京的高峰三千代，即著名电视节目主持人高峰洋的妻子。高峰洋因有演讲任务，昨天去了九州的鹿儿岛……"香织和水沼一时惊愕得面面相觑，说不出话来。他们只喝了点红茶，就急急赶往犬岬。

犬岬是海岸边一块突出的长条岩石，宽2米，高出海面30多米。在杉森遇害的地方，已经有人放了一捧花。昨夜退潮时分，杉森从30多米高的岩石上掉下来，摔在下面的礁石上，当即就死了。昨夜是满月，月光很亮，绝不可能是失足造成的意外事故。他身上的钱包、驾驶执照等杂物都在，车钥匙也在，但现场并没有杉森的车，他的车是在文珠庄旅馆附近的停车场找到的。

那么，杉森是如何来到犬岬的呢？

晚上，犬岬地区几乎没有汽车来往。当地出租车司机也都没有载送过类似杉森这样的乘客。于是，只有一种可能：杉森是搭乘别人的自备车来到现场的。

阳光下，那条通往悬崖的狭窄小路闪现在山海之间，显得异常夺目。香织和水沼朝海里投下鲜花和日本清酒，合掌为杉森的亡灵祈祷。

"对不起……"有人在他们身后说话，香织一惊，和水沼同时转过头来。是刑警，那人年约40岁，面无表情地问水沼："你是杉森的友人？你能告诉我把鲜花和清酒投向大海是什么意思吗？你这么快就从东京赶来，是不是太快了一点？"

水沼摘下太阳镜："我叫水沼，投日本清酒是因为杉森平时爱喝一口。我正巧在奥丹后半岛办事，所以就赶过来了。"

"哦，是吧，能给我一张你的名片吗？我是本地警署的安西队长。"

水沼把名片递过去，问安西队长："高峰三千代也是在这里被害的吧？"

据警方调查，高峰三千代是被绞死后推下悬崖的。提包散乱在地，身上的30万元现金和价值550万日元的戒指不见了，但没有被强暴的迹象。据在鹿儿岛的高峰洋说，他们夫妇俩同坐飞机到达大阪，随后高峰洋去了鹿儿岛，三千代则在京都借了车，自己开车前往城崎温泉，那里是他们20年前度蜜月的地方。昨天，也就是4月15日，是结婚20周年的纪念日，两人说定，高峰洋演讲一结束就过来一起庆祝。昨天傍晚5点多，三千代在旅馆里吃了饭，6点左右说开车出去一趟，结果就再也没回来。

"会不会是强盗为钱财杀害了高峰洋夫人，恰巧被杉森撞见，便又一次被杀人灭口呢？"水沼问道。

安西队长断然否定："这不可能，犯罪时间不对。高峰三千代在挣扎抵抗时，手上的手表掉下了悬崖，摔坏的手表指针在8点零3分。而杉森掉下悬崖时，手表也砸在礁石上，指针是9点零1分，其间有一小时左右的间隔。何况，杀害三千代的凶手，当时肯定是开着三千代借来的车逃离现场的。"

说完，安西双眼冷冷地盯着水沼，厉声问道："你为什么要问得这么仔细？"

香织和水沼回到文珠庄旅馆时，已经临近黄昏了。旅行结束，又要返回东京了。香织穿戴完毕，水沼还在洗手间里。香织帮水沼从衣橱里取出衣服，并特意整整长裤，挂在椅背上。忽然，有一件亮晶晶的东西从水沼的裤袋里滚落出来。是一枚戒指。她捡起戒指端详着，是枚纯银戒指，上面镶着名贵的钻石，还刻有人像。她好像在哪里见过？想起来了，在电视里看到高峰洋戴过。他曾说要在结婚20周年时刻上妻子三千代的肖像。

这戒指怎么会出现在水沼的裤袋里呢？

香织从电视里看到，高峰洋昨天因有演讲没能赶到奥丹后半岛，直到今天早上才坐飞机到大阪见到夫人的遗体，他止不住地泪流满面。

可是，他却没有戴那只总戴在手上的戒指！按照常理，这戒指是妻子的赠物，此时高峰洋自然不该忘记戴上，以纪念夫人的不幸遇难。

可能是他丢了，那是在何时、何地丢失了这枚戒指呢？

水沼又是在什么地方捡到的呢？

香织百思不得其解。回东京的第二天，她就去公司上班了，连续两天没见到水沼，也没有他的消息。下午快下班时，接待室打来电话，说是有位叫水沼的太太要见她。香织心里一惊：一定是水沼夫人窥知私情后打上门来算账了。她硬着头皮来到会客室。

房间里坐着一位30多岁、皮肤白皙穿和服的女人，旁边一个就是在犬岬悬崖见过的安西队长，另一个看来是他的助手。

刑警怎么会和水沼太太一起来这里的？香织正在纳闷，水沼太太开了口："我是水沼的妻子京子，我刚刚知道我丈夫还有你这样一位年轻的情人。这是他今天早上打电话来向我坦白的。我想，不到无计可施的时候，他是不会这么老实的。"

香织垂下头，眼望着地上，一声都不敢吭。

京子看了她一眼，接着说："这次你们是成双成对出去旅行的吧？我现在不想斥责你……我心里痛苦得很。我来找你，是因为我丈夫的命运就掌握在你的手里……除了你以外，没有人能替他作证。"

"作证？"香织抬起头来，望着安西队长。

"是的。警方昨天拘留了水沼，因为他是一个重要的犯罪嫌疑人。水沼认为你可以证明他是清白无辜的。"安西毫无表情地补充道。

"为什么要怀疑水沼次长啊？难道他有杀人动机吗？"香织吓得脸色苍白。

"当然有。据被害人的妻子说，水沼曾向杉森借过 6000 万日元，水沼承认有此事，他们还立过借据。借出钱两个月以后，杉森要筹办个人摄影展，需要用钱，就催水沼尽早还钱，可是水沼连一分钱也没还。水沼的上司和水沼太太都曾听到水沼骂杉森，说他逼人太甚。可是水沼自己坚持说，案发的时候他正被你锁在别墅的地下室里睡觉，不可能出来……"别墅离犬岬只有 50 千米，行车一小时多点就能到达。从 7 点到 11 点这 4 个小时里，水沼完全有可能作案。正是这一点引起了警方的怀疑。可是这段时间，水沼正在地下室睡觉，不可能跑出来。香织坚决地摇了摇头说："这是不可能的！"于是，她陈述了一番地下室的封闭式结构。

安西说："那就麻烦你陪我们再去一次那幢别墅。"

安西带着刑警仔细检查了地下室和整幢别墅，确认了香织所说的都是事实。回到警署后，警方正式认定：水沼没有外出犯罪的可能，遂撤销了对他的拘留。

香织带着水沼又来到文珠庄旅馆，一进房间，水沼紧抱着香织，不住地亲吻着，感激不尽："真对不起，让你受惊了。"

随后，他说明了向杉森借钱的事："为了开发公司的新产品，必须仰仗宗方工程公司这个大主顾。我当时向杉森借了 6000 万日元，其中 200 万用在请客吃饭上，剩下的全设法孝敬了宗方工程公司的实力人物大山专务。这钱一时无法从公司里开支，只好向老同学、老朋友杉森暂借了。"

"哦，原来是这样。"香织叹了一口气。"那么这戒指怎么会到你手里的？"香织心中的疑团仍未释然，她从包里取出那枚钻石戒指。

水沼大吃一惊，一下子无言以对。

"你说呀！是怎么回事？"香织逼问道。"是……是和你一起在犬岬投撒鲜花和清酒的时候捡到的……""那怎么可能呢？当时刑警肯定仔细搜查过现场……""即使如此，也未必能发现夹在石缝里的小东西……"见水沼满脸羞愧的样子，香织不忍再追问下去了。看到值钱的东西，捡起来占为己有，也是常有的事，只是有点不太高尚。香织又仔细地看看戒指，发现背面刻有一个大写字母"M"。这是三千代名字的起首字母。

这戒指肯定是高峰洋的。据说，案发时高峰洋正在鹿儿岛演讲，可是，水沼从犬岬捡到的戒指又该做解释？高峰洋有什么理由要谋害自己的恩爱妻子呢？香织想了半天，还是找不出头绪来。她下定决心，为了水沼，为了爱情，她要介入这件离奇的案件，查个水落石出。

随着调查的深入，高峰洋的犯罪嫌疑越来越大。据他家的仆人反映，高峰洋夫妇的关系并不好，并不像高峰洋对外吹嘘的那样是"模范夫妻"。他们结婚已有20年，一直没有孩子。高峰三千代对丈夫无生育能力很不满，声称要领养孩子。高峰洋不顾夫妻关系已经恶化的事实，到处宣扬自己爱妻有道，博得了很多女性的青睐。三千代对此恼怒至极，多次当着仆人的面骂丈夫无耻，并提出离婚的要求。可是，高峰洋根本就不予理会。他很清楚，一旦离婚，自己苦心经营所得到的名声、地位等都将荡然无存。而如果三千代遇害丧命，高峰洋不仅可以摆脱痛苦的婚姻关系，也不会影响自己的形象，说不定还能获得社会更多的同情……4月15日和16日，高峰洋应邀赴鹿儿岛做两次专题演讲。15日的演讲时间是上午10点半到11点半，16日的演讲安排在下午2点半到4点。问题在于：在15日的演讲结束到16日下午的演讲开始之间，有20几个小时的间隔，没有人了解高峰洋在此期间的行踪。据他自己说，他是在旅馆的房间里准备第二次的演讲稿。可是，他既没有打过电话，也没有订过餐，旅馆服务员谁都没有见到过他。

假设高峰洋在15日中午12点40分离开演讲地妇女文化会馆，直接前往鹿儿岛机场，完全来得及赶上下午2点15分飞往大阪的航班。飞机在3点20分到达大阪后，再坐出租汽车赶往丰冈火车站；与此同时高峰三千代在傍晚6点从城崎温泉的万景阁旅馆开车出来，6点30分赶到丰冈火车站与刚刚抵达的高峰洋会合——夫妇俩依照约定在万景阁旅馆一起度过结婚20周年纪念日。这样的话可以推测：高峰洋坐上三千代的车后，把她领到犬岬。8点，高峰洋在犬岬绞死了三千代，把尸体推下悬崖，然后开着三千代的车回到城崎。他在城崎丢弃汽车，去火车站赶深夜1点58分开往大阪的列车，清晨6点36分到达。在大阪搭乘上午9点45分的飞机，65分钟后回到鹿儿岛。这样，高峰洋在下午1点回到旅馆，2点整，他又若无其事地出现在演讲台前，和大家一起谈笑风生……然而，居然有人为高峰洋作证了。一个名叫山花绫子的寡妇、女牙医来电告诉警方，她在15日傍晚5点左右于旅馆附近见过高峰洋先生，还请他在自己的手绢上签了名。山花绫子主动邀约警方到鹿儿岛见面，警署决定，由主办此案的刑警队长安西到鹿儿岛调查取证。在香织的坚持下，安西同意她一同随行。

在鹿儿岛一家旅馆，香织正在接待山花绫子。安西队长外出调查，所以委托香织先接待一下，等他赶回来再一起取证。山花绫子是一位典型的美人，肌肤细白，略施淡妆，乍看不过30岁。她神情忧郁，双眉微皱，进屋后不住打量香织，并不开口。这时突然有人走进来，大声地说："啊呀，这不是山花大夫吗？"一名50开外的胖女人走上前来向山花致意。"足有半年没见了！全靠您的手艺，我的牙齿再不疼了，真得好好感谢您呢！"

原来是山花的病人。

"我已经换了个工作，这是我的名片。"胖女人递过名片，也给了香织一张。上面印着：鹿儿岛旅行社导游仓之内铃江。

仓之内铃江的出现使山花很不安，她脸上掠过一丝惊讶，随即不客气地下了逐客令："我们正在谈一件重要的事情……""哦，对不起，对不起……"仓之内铃江知趣地告退了。

香织很奇怪：山花绫子为什么如此不顾礼节支走她的前病人？莫非是仓之内铃江的出

现对她形成了某种威胁？她一面思忖着，一面直截了当地点明了这次约会的主题："您是偶然在路上见到高峰洋先生的吗？"

绫子点点头，平静地回答："是的，那天我儿子要我替他去买幻灯片，在路上看见了高峰洋先生。他一个人在街上走着，穿着电视上常见的衣服：一件衬衫，外面罩着毛衣，戴着太阳眼镜。这样一位全国知名人士，走在街上一眼就认出来了。我上前去打了招呼，然后请高峰洋先生在我的手帕上签了名。"

回答看来是无懈可击。香织看着绫子，似乎是自言自语地说："真奇怪，在15日中午到16日下午这段时间里，全鹿儿岛居民中只有大夫一个人见到过高峰洋先生……"

"傍晚时街上行人很少，这有什么奇怪呢？"

"可是，在这段时间里，高峰洋先生并不在鹿儿岛……"

绫子闻听此言，勃然失色道："这太奇怪了！难道是我编造出来的吗？"

香织决定冒一下险，便转换了话题："我在想，像大夫您这样漂亮的美人，为什么不考虑再嫁人呢？您的容貌比实际年龄要年轻好多岁……"

"您太失礼了！"绫子生气地打断了话头。

香织仍不以为然地说："像高峰洋先生这样有名声有魅力的男人……您是不是挺喜欢他？不然的话，怎么会初次见到他就请他签名。"

"谈不上喜欢，只不过对他的见解很崇拜罢了。我并不是因为他是男人而请他签名。"

香织不再追问，她从提包里取出那枚镶钻石的银戒："大夫您大概也在电视上见过这戒指吧？这是高峰洋先生引以为骄傲的爱情信物，是他爱妻精神的写照。可是，我却在犬岬的悬崖上捡到了它。"

香织转动着戒指，等待着绫子的反应。

"我告辞了！"山花绫子脸色僵硬地站起来，自顾自地离开了屋子。

香织回到房间，马上打开电视机。荧幕上立刻出现了身穿丧服的高峰洋，他的脸上还有泪痕。也许是出于好奇，电视台记者也提起了那枚戒指。

高峰洋的回答很谨慎，他说："因为心情不好，并没注意到戒指丢失，可能是在犬岬祭夫人亡灵时遗失在那里了。"

"他肯定说了谎！"香织叫了起来。水沼是在案发的第二天即16日捡到戒指的。而此时高峰洋还在鹿儿岛，怎么会把戒指丢在犬岬呢？

正在这时，门铃响了，安西刑警走了进来。香织急切地问他："您怎么这么晚才回来？山花绫子已经走了。"

安西好像并不意外："我到矶庭园去了。去年2月，高峰洋为了静心写作，曾在矶庭园住过10天。那里是一座纯日本风格的古典庭园。"

香织提出了自己的疑问："我总觉得高峰洋好像和山花绫子有来往……""是吗？我调查到的情况是，山花绫子的丈夫去世已经10年，她一直和儿子、父母在一起，没有和男人有什么感情联系。10年来，她一直待在鹿儿岛，可算是个苦命美人了。这方面的证明人很多。相反，我们倒找到了有关水沼的新疑点……"安西告诉香织，杉森在去奥丹后半岛的前一天，曾经在琵琶湖北岸一家叫"福田屋"的小旅舍住过一夜。14日下午3点，他在旅舍给东京打过一次电话。调查得知，电话是打到水沼家里的，通话时间为3分钟左右。

这是一个很关键的电话！

案发的前一天，即星期六下午 3 点，距香织和水沼出发去奥丹后半岛半小时，杉森和水沼通过电话。杉森也许告诉水沼他要去犬岬拍照片，因为他对月夜景色特别入迷。这样水沼得知杉森的行踪后，一定会告诉他自己正好也要去奥丹后半岛，相约一起去犬岬。他可能要杉森在宫津火车站会合，让他把车停在文珠庄附近的免费停车场，然后坐自己的车前往犬岬……如果杉森再次催讨欠款的话，就……香织不敢再想下去了。

安西始终没有打消对水沼的怀疑，尽管香织证明了水沼没有作案时间。然而电话却表明：水沼和杉森同时出现在奥丹后半岛不是偶然，而是有计划的……这是一个重大的疑点。安西相信，杉森和高峰三千代两人在同一地点先后被害，也许是一种意外的巧合，而香织和山花绫子各自为一个自己喜爱的男人证明清白，则是出于一种共同的心态。

谁能保证高峰洋不是山花绫子这位美妇人的梦中情人呢？

香织一回到东京的家里就看到了一张电话留言，是水沼的妻子京子打来的。她约自己第二天到赤阪的一家大旅馆去见面。香织想了想，决定接受情人的妻子发出的挑战，迟早会有这一天的。

第二天她穿戴整齐，来到赤阪那家著名的大旅馆。京子早已等候在那里。

就座以后，香织沉默着等着面前这头河东母狮的发作。果然，京子一开口就出言不逊："我没工夫和你磨嘴皮，爽快点说吧，你要多少钱？"

"钱？……"

"是啊，你要多少钱才肯和我丈夫分手？快说吧，错过了今天的机会你一分钱也别想再要到了！"

通常要第三者走开总是以金钱来了结的。京子认为香织也不会例外，何况她还是个未婚女子。

"我从没想过……请您别这样看待我。"

"你是想和水沼结婚，对不对？别做梦了！我是不会答应离婚的！"

显然京子今天是有备而来的。以前是因为需要香织来证明丈夫的清白，所以一直强忍着没发作，现在既然已经排除了对水沼的怀疑，当然要斩断这婚外的情丝了。

"夫人，我上次就申明过，我没有要和水沼次长结婚的意思，我也不希望次长和您离婚，我是为了爱……"

"住口！"京子愤怒地打了香织一记重重的耳光，香织没有防备被击倒在地上。她又羞又气，捂着火辣辣的左颊，爬起来说："你这样蛮横，别想让我向你道歉！我要知道水沼次长自己的意思！"

京子对水沼的怒气终于爆发了："他还有自己的意思吗？！他这种人只会撑顺风船，一有什么事就躲起来，连自己朋友来电话都不敢接，一个劲地求我接。这样的人还会有什么自己的意思？"

听到这里香织忘了左颊的疼痛，忙问："您说的朋友，是指杉森先生吧？请告诉我，是不是杉森？"

"是又怎么样？"

"是不是在 14 日下午 3 点多打来的电话？"

"你怎么知道得这么清楚？"

京子无意中泄漏了一个重大的秘密。

香织跑出旅馆，不知该怎么办才好。她走进一家咖啡馆，茫然地坐了下来，胡思乱想中她记起了鹿儿岛那个叫仓之内铃江的胖女人。香织心里一动，从提包里取出她的名片，按照上面印着的电话号码打了个电话。

仓之内铃江提供了一个新的情况：去年2月到11月，女牙医山花绫子在鹿儿岛清水町开了一间诊所，仓之内铃江就是在那里就医时结识绫子的。后来因为求诊的病人不多，就关掉了诊所，回到原先供职的鹿儿岛市立综合医院。

香织想起来了，矾庭园不正是高峰洋去年2月小住过的地方吗？从他这次来岛演讲时下榻的旅馆到矾庭园，必定要经过清水町。假设去年高峰洋住矾庭园时牙痛发作，应该就近到"山花牙诊所"求医。当他见到守寡的美人绫子时，能不生怜爱之心吗？一个是生活在虚构的爱妻之家的痛苦男子，有声名有魅力；一个是含辛茹苦、身负重荷的落寞美妇，年正芳华，风韵犹存，两人由相识、相怜发展到相爱、热恋，不正是顺理成章的事吗？据仓之内铃江说，诊所关掉后她问了房东，房东说绫子还时常过来小坐，因为她订的是三年租期。这么说清水町的诊所旧址是绫子和高峰洋幽会的地点？

香织再次来到了鹿儿岛，一住下来，她就往绫子所在的市立综合医院挂了电话："上次我确实失礼了，不过……戒指的事您转告高峰洋先生了吗？"

"您说什么呀，我不明白……"不用询问，绫子知道来电者是谁，但她强自镇静。

香织胸有成竹地点明："假如您用清水町山花牙诊所的电话和高峰洋先生联系，谁也不会知道的。您去年不是在这里开过诊所吗？我现在就在清水町附近的电话亭里……"绫子哑然无声了。点明了清水町这个街名，无异于给她的爱情故事画上了句号。

"大夫，你是有妇之夫的情人，我也是；让我们一起来谈谈好不好？"香织的语气十分诚恳。

香织确实想知道，绫子为何要和高峰洋合谋杀害三千代。她推断，高峰洋绞杀三千代时，被正在犬岬拍摄夜景的杉森看见了，于是高峰洋为了灭口，把杉森也推下了悬崖。

"山花大夫，如果您答应满足我的这种好奇心，我愿意把戒指还给高峰洋先生。"香织又在电话中对绫子说。

"不必还了。"绫子终于开口了。

"那您看，我们在什么地方见面……"香织赶紧问。

"就在犬岬吧。"电话里传来了绫子幽幽的声音。

香织兴奋极了，一回到东京，她就打电话给水沼，把高峰洋和山花绫子的事详细地说了一遍。她要水沼陪她再去文珠庄旅馆重温旧梦，同时也是为了庆祝水沼得到真正的解脱。水沼很高兴地答应了，还说要在犬岬再一次为好友杉森祈祷冥福……在文珠庄旅馆，香织习惯性地走进洗手间。她取出肉色的唇膏，撩起额前的刘海，往伤疤上涂抹口红……猛然间，香织的心像是被什么东西重重地揪了一下。从镜子里看到自己的习惯性动作，她忆起了在别墅地下室的那一刻……香织眼前一黑，差点没倒下去。

"是安西队长吗？请您尽快赶到犬岬来！"趁水沼去洗手间的当口，香织急急地拿起电话机。没等回话，她就挂断了电话。

蒙蒙小雨中的犬岬分外荒凉，不见游人的踪影。云层遮没了远山近岭，海天一色，笼罩在苍茫的水雾里。香织和水沼撑着白色的塑胶雨伞默默无语地走着。犬岬静寂得令人心碎。

忽然断崖上晃出了一把艳红色的雨伞，香织赶紧走上前去。是高峰洋和山花绫子，他们已经先到了。几十米下的大海浪涛拍岸，发出悲壮的响声。

香织向高峰洋屈身施礼，高峰洋也深深地欠身还礼，微笑着说："这些天给您添麻烦了，真不好意思。"

"托您的福，我10年来第一次离开鹿儿岛……"他身旁的山花绫子穿着华丽的和服，满脸充满了灿烂的笑容。

香织惊诧不已，眼前这位爱情悲剧的女主角毫无悲色，反倒像个绝顶幸福的新娘。

"高峰洋先生，这个还给您。"她从包里取出戒指。

"不必了，把它交给刑警吧。"高峰洋仿佛并不在乎。

可是水沼一看到那枚戒指，顿时变得脸色灰白。

"能不能问一下，您杀害您妻子的动机是什么？"香织收起戒指。

"当然是为了和绫子结婚。"高峰洋挽起山花绫子的手。绫子微笑着，脸上充满了自豪。

这时安西带着另外三名刑警从大岭的另一端赶来了。水沼感到惊讶，露出了一丝恐惧。香织轻蔑地看看他，转过身平静地对安西队长说："我现在正式向您声明，我所做的有关水沼清白的证词撤销。"

安西露出微微一笑。

水沼绝望地叫起来："香织，你不要开玩笑！你明知道我被你锁在地下室里，根本就出不来，你……你为什么变得这么冷酷……你要给我作证呀……"香织转过身，撩起刘海把额头的伤疤指给安西看："这是我一年前坐他的车时撞破的。从那以后，我改掉发型，尽量遮掩住伤疤，还用肉色口红涂抹。每次出门前和回家后都要照镜子整理一番，已经成了习惯……"香织说到这里停了一下，看看水沼，又接着说道，"水沼熟知我的这个习惯，他利用了我对他的爱，把自己巧妙地伪装起来……"时间倒流到4月15日。香织和水沼驾车前往宫津。水沼故意半路下车吃饭，以便拖延时间。到别墅后他强迫香织与其发生肉体关系，随后借口太累，假装睡在地下室里。当香织在洗手间化妆时，他已溜走了。后来他又趁香织在洗手间时潜回地下室的沙发上。

水沼自以为有了香织作掩护，会把自己的罪行遮盖得天衣无缝。他怎么也没想到，犬岬，计划中杀害杉森的现场，在他的行凶之前已经发生过一起血案。他更没料到在犬岬出于贪心而捡起的那枚名贵的钻石银戒，既为高峰洋、也为他自己打开了通向坟墓的大门。

水沼没挣扎几下，双手就被铐上了。与此同时，那把红色的雨伞缓缓向犬岬的断崖顶端移去。"快站住，你们被捕了！"安西队长见势不妙，大声喝道。

"你们再往前走，我就服毒自尽！"绫子手指着步步进逼的刑警。她脸色苍白，挽着高峰洋向断崖顶退去。

安西领着刑警慢慢靠上前去。突然，他们扔掉那把红伞，纵身跳进了翻腾的日本海……雨小了，日本海的海平线渐渐显现。香织站在犬岬悬崖顶，任雨水拍打着自己的脸颊和额头上的伤疤，心中充满无限悲凉。

完美谋杀

【英】巴吉·伯杰斯

从大路到这幢大房子距离两英里的路，颠得人浑身骨头都要散架了。住在沿海岸线与世隔绝的小屋、农舍、村庄里的人们已经为数不多了，他们依然称它为"大路"。但是长久以来，与它连接的路上都少有车辆和行人通过，更别提它了，于是它渐渐湮灭在乡间野外。只有日常穿行于登弗来斯和科卡德布莱特这两个小镇之间的当地村民，在来回购物、做工、上学时，才感到有所不便。在一月份一个寒冬料峭的夜晚，这条路径上面唯一的过客是凄风、冷雨、匍匐前行的黑冰，以及夹杂着冻雨和雪花的喃喃低语。

奎克斯威尔大屋里面的人们没有一个知道这个小个子的到来。他们围坐在宽敞的客厅里，争论着一些无关紧要的话题。壁炉里的木柴燃烧发出火枪枪声般清脆的噼啪声，人们悠然自得；大炮轰鸣一样的狂风被关在窗外，无可奈何地将玻璃窗摇撼得吱嘎作响。

这个身影成功穿越两英里的路来到大屋，现在他看见了屋里温暖的灯光，感到了安全。他个子矮小，身材瘦弱。狂风猛烈地吹打着他，一会儿从正面阻截，他举步维艰；一会儿又将他往路边的水沟里推，像有一阵阵碎石瓦砾砸在他身上。葡萄大小的雨点将他的脸上砸得生疼。偶尔有一团嫩树枝抽打到他身上，提醒他注意躲避头顶上砸落的大树枝。

他的眼睛根本来不及看。在浓厚的夜色里，他的注意力，以及因人到中年而衰退的视力，全部集中在看清眼前的道路上。他不知道上一次的路面修缮已经过了多久了。这幢大屋最早建于 1800 年，它的主人曾在房子的里里外外和周边的道路上不惜工本和精力。那是个充斥着廉价劳动力的时代，也是鼓励海军军官做生意的时代。

理查德·特恩布尔从未达到过纳尔逊[①]或考奇雷恩[②]的成就，但他学会了怎样用军用快速帆船来赚钱。精通得到授权的海上劫掠是一项当地人的特长；特恩布尔家族的一个前邻居约翰·保尔去了美国，组建了一支海军。理查德·特恩布尔为了名誉和光荣而登上了军用快速帆船奎克斯威尔号，劫掠到了一大批法国宝藏——居然是一艘军舰，加上它所护送的财宝——然后再安全地被调回海军舰队，建造、配备、装潢奎克斯威尔大屋⋯⋯另一项任务是，找个门当户对的妻子来为他新的陆上司令部配备室内陈设品。

这条路在 1800 年一定是条非常幽雅的马车道。20 世纪的卡车、拖拉机和其他农用机械

[①] 1758～1805，英国海军统帅。
[②] 1775～1860，英国著名海军将领，退役后谋求仕途发展。

使得路面车辙纵横交错，坑坑洼洼，在上面走时人的胃里就会翻江倒海，浑身骨头都要散了架，就像驾船经过合恩角①一样。纵然就算劳动力依旧廉价，维修这条路的费用也高得令人望而却步。

大屋里人们无关紧要的谈话围绕着早点上床睡觉，好躲避屋外的风雨交加。哈欠和沉默使谈话出现了暂停。外面的小个子一会儿踩在一根掉下的树枝上摔了一跤，一会儿在车辙里崴了脚，一会儿又一脚陷进巴坑里而跪倒在路上。他又叫又骂，但没有人听到他的声音。他们第一次听见他，是他用沉重的黄铜门环敲出的狂乱的咔嗒嗒的敲门声。

一群人陷入了沉默，五双眼睛一起转向吉米·特恩布尔。他的脸上呈现出一股怒气，同时夹杂着疑惑：晚上这个时候会是谁？看见他这种反应，没有人蠢到会期待有人能回答这个问题。

咔嗒嗒的敲门声再一次打破了寂静……或至少跟鬼哭狼嚎的风声形成单调的对比。咔嗒嗒！咔嗒嗒！

"难倒没有人去开个门？"海伦·特恩布尔怒气冲冲地问她的丈夫。

特恩布尔夫妇的四个客人一齐从一场可能爆发的家庭争吵上移开了视线，盯着炉火看。主人的家里竟然没有一两个仆人，真是丢人。

吉米感觉到舒适的扶手椅引诱着他深深地沉入它的怀抱。他的妻子紧张起来，在椅子上身体前倾，手指不停地敲打着膝盖，两眼紧盯丈夫，试图要盯得他张皇失措而从铺满垫子的扶手椅上站起身来。

咔嗒嗒嗒嗒嗒！

"你真该死，吉米，你真该死！"海伦从座位上跳了起来，光着脚穿过客厅。她三十岁出头——比她的丈夫年轻二十岁——步履轻巧自如，那是她每周三次去登弗来斯体育馆健身的结果。

她伸出手，不耐烦地猛一把拉开了门，迎着狂风、暴雨，还有入侵者。管他是谁或是什么，她不知道，但她早已准备就绪，要对这个打搅了她舒适和满足的不知好歹的目标一顿劈头盖脸的数落和抱怨。

小个子的反应如同快速帆船一样的敏捷，不等她满腔怒气发作，他就抢着问："你们全都没事，是吧？"他抓住了她的胳膊，急不可待地往屋里推。他快步走过门厅，未经通报，未经邀请就进了客厅："感谢上帝！感谢上帝！我总算及时赶到了，你们还都在这儿。"

海伦·特恩布尔用力摔上门，跟着小个子衣服上滴滴答答的水迹进了屋。她站在小个子的身后，张大嘴巴，瞪大眼睛，身体松垮垮地站在那里，摸不着头脑。他身高大约五英尺四，瘦骨嶙峋，穿着商店里买来的廉价的棕色鞋子，灰色长裤，浅色便装短大衣。他浑身湿淋淋的，像从水里捞出来的，从头到脚全湿透了，衣服和手上泥浆斑斑。

"很抱歉……"海伦结结巴巴地说，刚才还气势汹汹，现在偃旗息鼓，她意识到客厅里面的五个人全都眼巴巴地等待着她的解释，猜测着是她将陌生人放进了大门。

"不，是我很抱歉，"小个子说，转过身面对着她，"请原谅我贸然闯入，但事情真的非常紧急。"

---

①南美洲最南端，以风大浪急、暗流汹涌而著称。

她可以看见他脸上的痛苦，带着些许的如释重负和些许的疼痛——他裤子的膝盖处撕破了，她能想象里面有割伤或擦伤。她正要问他碰上了什么事故，他警觉地一挥手。

"怎么这里只有你们六个人！第七个呢？那孩子在哪儿？"

六人轮流交换着眼色，猜想谁会拿起电话报警，把这疯子赶出去。

"应该还有个孩子，孩子在哪儿？"

"当然那是上个月了吧，亲爱的？如果你抬头看着星星认路的话，我想你在某个地方错过了一个拐弯。"

爱米丽·亨特向后靠在沙发上，酒精的作用使她的目光有点呆滞，笑容也变了形。她等着别人笑出声来，等着别人赞许她的玩笑。但是她只看到了大家尴尬的神色……以及小个子越来越强烈的焦虑情绪。

他大步走到了客厅中央，犹豫片刻，随后走到壁炉前面开始烤火取暖。

"对不起，先生……先生……"吉米·特恩布尔在椅子上前倾着身子。

"莫索普，佩格雷西·莫索普，"小个子说，微微躬了躬身，脸上带着彬彬有礼的微笑，"请原谅我贸然闯入，但——"

"佩格雷西（意大利作曲家，代表作有宗教音乐《圣母悼歌》和《F调弥撒曲等》——译者注）？"莫莉·麦肯德力克白天是个恪尽职守的英语教师，一直是个狂热的古典乐迷。

"我妈妈是这位作曲家的狂热追随者，他的曲子过去常使她哭泣。"莫索普先生解释道。他等待着别人仔细咀嚼这句话的意思。

莫莉脸上赞许的微笑仿佛是在说，这家伙是安全的，肯定不会有一个名叫佩格雷西——宗教音乐的作曲家——的人会对这群人造成什么伤害。她如释重负的微笑使得在场的每个人都放松下来，同时也使得莫索普先生从容大方地继续他的解释。

"请原谅我贸然闯入，"他重复道，"但是几天以来我一直被一个反复的梦境搞得心烦意乱。在梦里，我看见了这幢房子，这个客厅，还有七个人。我非常清楚地记得这个地方——跟我在梦里看见的一模一样。"

"慢着，莫索普先生，"吉米打断了他的话，"这听上去越来越像廉价恐怖电影里面的情节了。"

"哦，我知道，我知道。"莫索普摆出了一副安抚的姿态，"我没有疯，尽管我必须承认，这个星期以来我不止一次地认为我的脑子出了问题。不，这是真的，非常真实。我梦见了这个地方，你瞧，见到了你们，以及降临在你们身上的悲剧。我来这儿是为了阻止它。"

"现在是不是该把灯关了，只剩壁炉里的火光了？"

所有人全都转过头去盯着爱米丽。

"我的梦里不是这样的，"莫索普保证，"在我的梦里，灯全开着，但你们中间死了三个人。"

感觉上，炉火的热量和客厅里的温暖逐渐消退了。

"全都在这儿，跟我在脑海里看见的一模一样，除了那个孩子以外。是不是有可能，这孩子睡在楼上？"

"你认为我们当中会有三个人死去，莫索普先生？"海伦犹疑不定地说，不知道自己是该继续坐着还是站着。她决定还是站着，这样可以保持居高临下的优势，也可以对来客一览无余："哪三个？怎么死的？"

客厅里的六张脸表现出一致的怀疑……主要是警觉。这小个子肯定是疯了——至少是个怪人——但显而易见的是，他不会造成什么伤害，而且假如下饵引诱得当的话，他身上还有滑稽可笑的地方，可供大家娱乐几分钟。

"我不知道。"莫索普垂下脑袋，"我看不见，我只看见了尸体，我看见了尸体的形状。我看不见他们的脸。"

"等一等，先等一等！"警探艾里克·麦肯德力克站起身来，朝下瞪着小个子，"你从街上闲逛到这里，开始用有关于梦境和死亡的令人毛骨悚然的故事吓唬大家。你是谁？你在耍什么把戏？"

"我不是从街上闲逛过来，我是昨天从曼彻斯特开车过来的。我知道梦见的事发生在苏格兰的什么地方，就在这儿周围。我开着车，一整天都沿着海岸线来来回回地找，直到天黑以后才发现了这里。我转过一个弯道，终于认出了这幢房子和这些大门。我的车停下了，它莫名其妙就停了下来！不肯再走了。于是我只好一路走了过来，这路可真不好走。"

这个可怜巴巴的，像从水里捞出来的小个子没有必要对最后一个细节详加阐述。他站在炉火面前，水蒸气从身上升了起来，脚下汪起了一滩水。

"至于我是谁，我是佩格雷西·莫索普，钢琴调音师。以前在我身上从未发生过这样的事情，我从未有过类似的不祥预感。但我的梦是真的，所以我赶来救你们，这不是什么把戏，我没耍任何花招。"

麦肯德力克打量着这个小个子。他看上去焦虑万分，样子一团糟，但他显得非常真诚。那么只剩下他的神智是否清醒的问题。

"你以前来过这里没有，"麦肯德力克问，"比如说来度假？或许是经过这条路，透过树丛注意到了这幢房子？说不定你……"

咔嗒嗒嗒嗒嗒。

他们全都转过身去盯着前门。

海伦·特恩布尔离门最近。她带着一丝顺从和迟疑的表情朝着门口走去。她慢慢转动门锁，把门打开了一条缝。

"你来这儿干什么？"

当她把门拉开时，人们听见一辆汽车——一辆出租车——在车道上倒车；一个年轻女人大步走进了门厅。她从长及脚踝的大衣上抖落雨水，随后脱下大衣，甩在栏杆的一端，动作夸张地进入了客厅。

"嘿，爸爸，"她叫道，对特恩布尔笑了笑，又冲客人们招招手，"你们看见我好像并不开心。"

"你的女儿？"莫索普问道，他不等回答就说，"那么这孩子来了。"

新来者朝他看着。

"莫索普先生有个不祥的预感，科斯蒂，"莫莉解释道，"他来这儿是为了向我们警示危险，但他预料到会发现七个人。你，显而易见，就是没到场的第七个，那个孩子。"

"孩子？哦，爸爸，我还以为我已经长成个年轻姑娘了呢。"她拥抱了她的父亲，朝着莫索普的躬身示意投去轻蔑的一瞥，"你们都不会对一些花言巧语的迷信感兴趣吧，对不对？"

然而，这群人如同被卡住了脖子似的陷入了沉默。

终于，吉米·特恩布尔开口了："很抱歉，莫索普先生，我们有客人，而且我的女儿也从大学里回来了。听到你的故事我们都非常开心，但我想你也许该走了。"他拿起电话，开始按号码。"我给你叫辆出租车。"他摔下了听筒："见鬼，好像线路断了。"

海伦轻快地穿过客厅，拿起手提包在里面翻找："我找不到我的手机了，我一定是把它忘在什么地方了。"

一个接一个，他们全都伸手到口袋或包里。一个接一个，他们因为找不到电话而面露惊讶之色。

"这个……这个不可能发生。"吉米结结巴巴地说。

"在我的梦里，"莫索普说，"谁都找不到电话。凶手已经做了手脚。"

尽管熊熊的炉火散发出温暖的光芒，四面墙上的卤素灯精致幽雅，但是一种阴郁的气氛降临到这群人头上。

"莫索普先生，"艾里克·麦肯德力克用他最具威胁的语气说，"你已经表演得够多了，我的妻子很焦虑。我不想再听你的什么童话故事了。"

安迪·卡尔森，整个晚上最沉默寡言的一个，直到现在都没有开口说过一句话，站起身来穿过客厅，口袋里面的汽车钥匙叮当作响。"我汽车里有部电话。"他实事求是地说，然后走进了夜色，自认为说这么半天还不如采取实际行动。

"你的梦里究竟发生了什么，莫索普先生？"爱米丽的目光不再因酒精而呆滞，她放松的姿势已经被一种陌生的紧张所取代。

"我看得不十分清楚，"莫索普双手捂着脸，深深地吸了几口气，"我能看见屋子，我能看见车道，我能非常清楚地看见门厅和客厅。我甚至还能不用进屋就描绘墙纸、油画、壁炉台上的装饰品。"

莫索普战栗起来，转过身背对人们，做了个明显的伸手烤火的姿势。

"我能清楚地看见你们每一个人，"他继续说道，"除了……除了那个孩子。我看不见她，只知道在场的有个孩子。我想……我想或许我是通过她的眼睛看见的。"

注意力都集中到了科斯蒂身上。

她用力摇摇头："我从未梦见过这个地方……嗯，没梦见过有人死去。"她紧张地舔了舔嘴唇。她进门时的故作张扬不见了，取而代之的是一个十九岁少女的不善交际的木讷，仿佛希望自己回到童年时代，能有大人安慰她，告诉她根本就没有幽灵或者女鬼潜伏在阴影里面。

时间一秒一秒地过去了。科斯蒂不是唯一一个渴求安心和舒适的人。当卡尔森出现在门口的时候，期待的眼神都转到了他身上。

"我的电话被砸坏了，所有的车子都发动不起来了。"他站在门口宣布，袖子卷起，双手和工作夹克上油迹斑斑。

吉米·特恩布尔站起来仿佛要去取车钥匙。

"全坏了，吉米。连你的和海伦的车也坏了。有人割断了电线，破坏了电路。这些车根本就动不了了。"

卡尔森的话显示着不祥的权威。他在登弗来斯有家汽车修理铺，如果连他都发动不了车子，那么就没有人发动得了。

爱米丽开始低声地哭了起来。科斯蒂走过去坐到他父亲椅子的扶手上，双手搂住了他的肩膀，吉米下意识地拥抱着她。莫莉和海伦盯着炉火。卡尔森在门口徘徊，角色已经演完了，他想不出下一句台词该说什么。警探艾里克·麦肯德力克站着，力图使自己紧张的情绪平静下来，盘算着一个警察在这样的场合该采取什么行动。

"我认为，"莫索普继续说，"假如我通过这孩子——这位年轻女士——的眼睛看见了梦境，那么她是活下来的幸存者。我的梦没有告诉我是谁杀了谁，地点，时间，手段，原因。也许那就意味着你，年轻的女士，没有目击真正的杀人过程。"

"那么只要我们和科斯蒂待在一起，就什么事情也不会发生了？"爱米丽恳求莫索普点头，做出同意的姿势。

莫索普的脸上毫无表情，他茫然地陷入了沉思，心里猜测着这孩子是否就在谋杀现场。"也许吧，"他下了结论，"也许她是谋杀案的目击者，但她抹去了这个记忆，不让我在梦里看见。"

"这一切变得有点像弗洛伊德的心理分析了。"海伦·特恩布尔从咖啡桌上一把抢过卡尔森的烟盒，点燃了她四年以来的第一支烟。她头晕目眩地摇晃起来，第一口烟就使她觉得天旋地转："还有，这不是记忆，这事还没发生呢。"

"是还没有发生，而且也不会发生。"艾里克也从烟盒里面偷拿了一支烟，他这个星期的第一支，"这全是胡说八道，我们都变得焦躁不安，只不过因为有个疯子从雨里轻快地走进来。这儿没有人打算杀死任何人。然后莫索普到了，我们突然上演了一出希区柯克①的电影。"

"那你怎么解释失踪了的电话和被毁坏了的汽车？"科斯蒂的声音已经几近歇斯底里，"早在莫索普先生到达之前就一定有人非常卖力地干上了。"

"有人，"卡尔森说，"下定决心不让任何人离开这里或打电话求助。有人精心策划了这一切。"

他随着自己说话的节奏用力地晃着手强调这一点。只不过他的手可没有空着，他拿着的不是音乐会上的指挥家拿的细细的指挥棒，而是一把又大又重，可以用来杀人的扳手。现在这把扳手成了每个人注意的焦点。他的脸涨得通红。

"我……我从车里拿了些工具。我……我以为……"

"你以为你最好把自己武装起来。以防万一。"警探的语气表明他不打算容忍武器的出现。

"难道杀手是穆斯塔德上校，拿着个扳手在大玻璃暖房里面？"爱米丽咯咯笑道。

"住嘴！"莫莉扯着头发，开始抽泣。

"把那该死的东西拿走，卡尔森。"吉米·特恩布尔站起身来面对着他。

卡尔森后退了一步，扳手握得更紧了。

---

①美国著名悬念电影大师。

"你们没有人知道我要来,"莫索普的话打破了紧张的气氛,"我的车就停在大路上面。我想它只不过是没油了。如果我能从你们的油箱里抽点油过去……"

"车库里面有个五加仑的容器。"吉米解释道。

"你熟悉汽车吗?"莫索普问卡尔森,"或许你和我一起去的话,我们就能发动汽车了。这种天气走过去不容易,不过……"

卡尔森点点头,他不用再找借口就可以脱身了,对峙的僵局就此结束。他扣上外套的扣子,领着小个子走进了夜色。

剩下的六个人一言不发,坐在那里冥思苦想,躲躲闪闪的目光瞥来瞥去,满怀疑虑。不久,海伦站了起来。

"我去泡几杯咖啡。"她说,消失在厨房里。

"我来帮你。"她的丈夫跟了过去,向每个人保证,"加上一点威士忌,咖啡的味道会更好。"

"现在只有我们四个了。"爱米丽不无嘲讽地说。

时间一分一秒地过去了。厨房里偶尔传来咖啡杯的叮当声,抽屉和橱柜门的关闭声,然后新鲜浓烈的咖啡香味飘进了客厅。

海伦重新出现了,捧着个大托盘,上面装满了热气腾腾的杯子。咖啡的香味更浓烈了,但还夹杂着另外的芬芳,那是威士忌强烈而独特的味道。她把托盘放在咖啡桌上,希望成为所有人注意的焦点,但意识到没有人在看着她。她转过身去。

"吉米!"

她的丈夫站在门口,一只手拿着威士忌酒瓶,另一只胳膊底下夹着一把枪。

"吉米,别犯傻了。"警探麦肯德力克紧张得身体前倾,盘算着是该保持低调,还是果断地采取行动,把武器从主人的手里夺过来。

"爸爸!"科斯蒂脸色苍白,显然在颤抖,"爸爸?"

"没事,亲爱的,"特恩布尔安慰她,"我开始在想,开始怀疑我们当中哪一个破坏了汽车。"

"我们都是差不多的时间到的,"艾里克说,"没有人再离开过屋子。你站在这儿等着,你看见我和莫莉离开汽车走到门口。爱米丽和卡尔森就在我们后面。他们没有时间对汽车动手脚。不管是谁干的,他都会全身湿透,而且手上还会沾上油污。"

他瞥了一眼爱米丽。她裸露双臂,双手干净,指甲修剪得十分精致。就好像要证明她的无辜一样,她举起手让大家检查。

"卡尔森和我是直接进来的。"她说。

"莫索普浑身湿透了,"海伦说道,"我们不知道他在外面待了多久。他的手沾满了泥浆,他可能故意那么干,好隐藏手上的油污。"

"就是他编出有关死亡的荒诞无稽的故事。"警探继续说道。

"哦,上帝啊,他在外面和卡尔森在一起!"艾米莉站起来跟跟跄跄地朝门口走去。

艾里克·麦肯德力克一跃而起,一把抓住了她:"你留在这里。吉米,我想我最好拿上那家伙。"

特恩布尔想了一会儿,他动了动,好像要把枪递到警官伸出的手里似的,然后又犹豫了:"对不起,艾里克,我想还是由我拿着比较好。能不能……能不能我们两个一块儿去找他们?"

"不,吉米,"海伦恳求道,"你喝得太多了,你不能出去……"

她朝着麦肯德力克的方向几乎难以察觉地一撇脑袋,声音中充满怀疑。

"海伦,我……"警探看上去受到了伤害,"我是一名警察,海伦。"

"你不会是第一个杀人的警察,"她说的每一个字都穿插着义正词严的愤怒,"如果有人要和吉米一起去的话,那就是我。"

她运动员般的修长身材突然呈现出一副令人放心的自信。她当然不是脆弱得不堪一击的女人。

"我们可以一起去,"科斯蒂建议道:"我没看见任何人被杀。只要我跟你在一起,什么事都不会发生。"

"这真是疯狂,"莫莉揪着自己的头发,"我们是朋友,我们都是朋友,没有人想要杀人。在这个发疯的小个子没来之前,我们都非常开心。"

"可是,确实有人要杀掉我们之中的几个,"科斯蒂抱怨道,"某人费了九牛二虎之力把我们困在这里,没有电话,没有车。也许那个小个子没有发疯,他预言我们这里一共有七个人。你们没有人知道我今天晚上会来。见鬼,连我自己都不知道今天晚上要来,我只不过是心血来潮。我需要跟我爸爸谈谈,关于……"

"关于什么?"特恩布尔瞪着女儿,脑海里面闪现出怀孕、生病以及做父亲的最害怕的其他事情。

"我在大学里面碰到一点问题,"她接着说,"我的功课很吃力。我没法按时交论文。我……我有可能不得不退学。"

"所以你觉得莫索普有关梦境的故事有点道理?"警探是个追求理智的人,但他知道有些警察在不时地寻求心理学的帮助。他尽力保持开明的思想,但他的怀疑占了上风。

"他预言我们这里有七个人,"科斯蒂重复道,"现在他和唯一一个手上沾了油污的人到外面去了。要是直到卡尔森出去之前,车子都没有问题呢?要是他随后搞坏了车子呢?"

"我们只不过都是听他说,车子发动不起来了。"海伦环顾四周,征求大家的同意。"假如他实际上没对车子动过手脚,只不过在手上抹点油,好让我们相信他的故事?"

"当我们大家去餐厅吃饭时,卡尔森找了个借口说把什么东西忘在这里了。他有可能趁那个时候把电话都收起来。"莫莉在座位上侧过身面对着爱米丽。

"慢着!"爱米丽突然警觉起来,酒也醒了大半,"卡尔森只不过是我今天晚上的伴儿而已。我才认识他一个星期左右。如果他干了什么的话,跟我无关。"

"我要去检查一下车子。"吉米宣布。

"别一个人去,我跟你一起去,"海伦瞥了麦肯德力克一眼,"你留在这里,艾里克。看好其他人。"

麦肯德力克举棋不定。他妻子脸上恳求的神情使他下定了决心:"好吧。"

他们四个人等着,像船下了锚一样地坐定不动,神经像锚链一样绷紧了,陷入了各自的沉思。

时间一分一秒地过去了。

壁炉里的一根木柴突然发出"啪"的一声爆裂声。大家都跳了起来。爱米丽咯咯傻笑了几声。

外面，狂风摇撼着树木抽打着玻璃窗，掀起了窗帘上厚重的褶皱。

科斯蒂恳求地看着麦肯德力克："他们怎么这么久还不回来？"

麦肯德力克站起身来，安慰般地看了他妻子一眼："我就到门口，我能从那儿看见他们。"

其他人跟着他穿过门厅，看着他朝夜色里张望。

"吉米！海伦！"

麦肯德力克等着。

狂风凄厉地哀号着，大片的雨点打进屋里。麦肯德力克从脸上抹去雨水。

"吉米！海伦！你们在哪儿？"

回答的只有风声悲哀的叹息。

"科斯蒂，你父亲有手电筒吗？"

科斯蒂消失在厨房里，然后拿着一个黑沉沉的家伙回来了。麦肯德力克拿起它，强大的光柱照进了黑暗之中。他在汽车周围照了照，又转向房子右面以前是马厩，现在是车库的地方。

"吉米！海伦！"

仍然只有风在回答。

"我得出去看看。科斯蒂，我出去后锁上门。"

三个女人在紧闭的门后，簇拥着莫莉挤成一团。

寂静沉甸甸地压在她们头上，可她们谁也没有勇气开口说话。

咔嗒嗒嗒嗒嗒。

"是谁？"科斯蒂叫道，开门的动作做到一半，突然停了下来。

"是我，是艾里克。让我进去。"

她犹豫不决地打开了门。麦肯德力克闪了进来，砰的一声在身后关上门，然后插上了沉重的门闩。他浑身湿淋淋的，脸上没了血色，嘴唇冻得发紫。

他面对科斯蒂站了片刻，摇了摇头，然后快步走进客厅。等这些女人们都跟过来的时候，他正就着威士忌的酒瓶痛饮。

"他们在外边，我找到他们了。他们都死了，他们的脑袋……"

当他就着酒瓶又喝上一口的时候，他衬衫和手上的血迹清晰可见。再多雨水也冲不走这些血迹。

科斯蒂尖叫了一声，晕倒了。莫莉冲过去抱住了她的丈夫。爱米丽在小姑娘倒下的身旁徘徊，拼命地克制住恶心的感觉。

莫莉紧紧抓住她的丈夫："我们现在该怎么办？该怎么办？"

"我不知道。但是枪不见了。无论谁攻击了吉米，肯定把枪拿走了，"麦肯德力克环顾四周，"爱米丽，把灯关了。快点儿。"

他带领妻子穿过伸手不见五指的客厅，并俯身抱起了科斯蒂。

"快，帮我抬一下。在楼上我们会更安全。"

当他们设法把女孩从地板上抬起来的时候,她动了一下。麦肯德力克快速地拍打着她的脸。

"科斯蒂!科斯蒂!你父亲还有没有另外的枪,科斯蒂?"

她呆呆地摇摇头:"只有那把手枪。哦,上帝啊,爸爸!"

四个人飞快地上了楼,把自己堵在其中一间卧室里面。麦肯德力克找到了唯一能用的武器——科斯蒂以前的冰球棒。他们挤在一个角落里面,关了灯,听着楼梯或走廊里面的动静。麦肯德力克蹑手蹑脚地朝窗外张望,没有人移动的迹象。

万籁俱寂,时间在分秒流逝:他们侧耳倾听,间或眯着眼睛向窗外窥探。什么也没有。

然后一声枪响。

剧烈的震荡吓得他们全都跳了起来。

麦肯德力克拉开了窗帘往夜色中看去。他谁都没有看见。

咔嗒嗒。咔嗒嗒。咔嗒嗒。

他们听见楼道里回荡着微弱的说话声。

咔嗒嗒。咔嗒嗒。咔嗒嗒。

麦肯德力克挪开了顶在门后的一堆家具,把门打开了一条缝。

咔嗒嗒。咔嗒嗒。咔嗒嗒。

他现在能清晰地听到那个说话声了。

"救命,让我进去。我是莫索普。救救我。"

咔嗒嗒。咔嗒嗒。咔嗒嗒。

麦肯德力克挪到了楼道里,冲着前门大声质问。

"是什么,莫索普?你想要什么?"

"他杀了他们!"咔嗒嗒。咔嗒嗒。咔嗒嗒。"他杀了他们!"咔嗒嗒。咔嗒嗒。咔嗒嗒。

"但我抓住了他,抢到了枪。"咔嗒嗒。咔嗒嗒。咔嗒嗒。

麦肯德力克下楼一直走到门厅过道。

"究竟出了什么事,莫索普?"

"他用扳手砸晕了我。以为把我杀了。可我醒过来了,回到了这里。我发现了特恩布尔夫妇,他们都死了。我看见卡尔森绕着这幢房子在走,我跟在他后面。让我进去,让我进去。你们要是让我进去,说话就不会这么费力了。"

"告诉我究竟出了什么事,莫索普。"

"我溜到他背后。他以为我死了,没料到我还活着。我用一根树枝打倒了他,他爬起来,朝我扑过来。我抓住了枪,我想他死了,让我进去。"

"现在枪在哪儿?"

"在我手里,在我手里。让我进去!"

麦肯德力克快步走到厨房,打开了一扇窗。

咔嗒嗒。咔嗒嗒。咔嗒嗒。"让我进去!请让我进去!"

"听着,莫索普。我打开了厨房的窗子。我要你绕到屋子这边,把枪从窗口扔进来。一旦你这么做,我就放你进来。"

他等了一会儿,然后叫楼上的科斯蒂:"你父亲把手枪的子弹放哪儿了?"

"在厨房，"她一边回答，一边爬下楼梯，"我指给你看。"

等他们到达厨房的时候，听到有沉重的物体掉在地板上。麦肯德力克手里紧握着冰球棒，伏下身子爬过黑魆魆的厨房，在地板上找到了手枪，飞快地关窗并上了锁。他没看见外面任何人。

"在哪儿？"

科斯蒂指着他右边的一个抽屉。他爬过去在里面摸索着。他重新给枪装上子弹，占据了向前门射击的有利位置，示意科斯蒂开门。

"别挡着我的枪！"

她朝门口移动。

"莫索普！你在那儿吗？"

咔嗒嗒。咔嗒嗒。咔嗒嗒。"让我进去！"

他朝科斯蒂点点头。她打开门栓，抓住门把手，猛地一下拉开了门。莫索普几乎跌了进来，他摇摇晃晃，昏昏沉沉地穿过门厅，外套的肩膀处沾上的血迹已经变成了黑色。

"行了，莫索普。趴下！趴在地板上！"

他们找了一根晾衣绳，把小个子捆了起来。他们让科斯蒂拿着冰球棒，麦肯德力克溜到了外面。他在屋子旁边发现了卡尔森的尸体，身上被枪打了一个大洞。

警察一小时后赶到，三队警车停在车道上面。科斯蒂从车库找到了她的旧自行车，骑着两个轮胎瘪瘪的自行车去报警。在离她家最近的农舍，她拼命地敲门，直到狂怒的主人开门让她进去。

莫索普坐在回曼彻斯特的火车上。警方调查和法庭都听到了他的故事以及来自幸存者的证词。被大雨冲刷而剩下的少量法医证据也证实了他的叙述。卡尔森濒临破产的边缘，正在恳求特恩布尔借钱给他。然而特恩布尔发现有机会以低价收购卡尔森的公司并把他赶走。法庭最后下结论，卡尔森谋杀了特恩布尔夫妇，并且试图谋杀莫索普。莫索普最后因自卫杀死了卡尔森。

佩格雷西·莫索普现在成了大红人。报纸上刊登了关于他的梦境和死亡预兆的故事。名人身份给他带来了利润丰厚的独家报道，出版书籍，以及其他各种各样媒体的曝光机会。这位钢琴调音师从未受到过如此追捧。

然而他并不是一个彻头彻尾的快乐人士。他坐在火车上，看着掠过的乡村景色，他的思绪飘回到去年八月份爱丁堡节的那一天。他跟爱丁堡节签有年度合同，为其中一个音乐厅保养钢琴。不是费力的活儿。他手艺高超，别人付给他定金只是让他调试钢琴，这让他有了大量的空余时间。

有足够的时间在城里闲逛，沉浸到节日中狂热的梦幻般的生活里去。他在大街小巷游览，看小丑、演员和音乐家把每一个找得到的场所变成即兴的剧院。他游览了酒馆和俱乐部，倾听喜剧、音乐、戏剧和独白。

他尤其对一位另类艺术家感兴趣，这位艺术家出演了一部名叫《你想要完美谋杀吗？》的喜剧。这位喜剧表演家会拿他的观众做测试，看看他们想要杀死谁，以及为什么——例如吵闹的送奶人——然后进行即兴例行表演，设计最不可能、最荒唐的天衣无缝的谋杀来勾勒案情。

这位坐在他桌子对面的颇具魅力的年轻女人看上去特别忧伤。他看着她独自一人坐着，紧张地笑着，酒喝得稍微快了点，烈了点，即便是对一个学生来说。

他和她搭上了话。她孑然一身，需要和人交流。又喝了两三杯以后，她开始解释她有多么痛恨她的父亲，她的父亲怎样因为拈花惹草而逼得她母亲自杀身亡，他怎样对自己的妻子之死漠不关心，迫不及待地让他的情妇搬进大屋，然后和她结婚。

莫索普建议，也许她可以找一个愿意帮她的陌生人，他们可以在一起策划一场真正天衣无缝的谋杀案，设局让正义得到伸张，恶人遭到报应。

在爱丁堡节的一个月里，他们取笑她的父亲如何对一个当地的汽车修理铺感兴趣，对她想入非非的修理铺的主人如何面临着破产，她也许有可能打着经济利益的幌子说服他帮她一把……并且诱使他相信还有艳遇。

然后突然之间，梦幻变成了现实。他们花了几个月的时间设局并鼓足勇气采取行动。女孩建议，他们家的一个警察朋友被安排做目击证人，这真是一个天才之举。最后当所有琴键被调试好以后，他们的行动开始了。

他们的计划成功了，完美无缺，就像佩格雷西所谱的曲子一样精致。当事实上玩笑变成真正的谋杀时，卡尔森脸上呈现惊恐万状的表情。卡尔森心口上的刀伤被后来枪打的大洞所掩盖。卡尔森的扳手上保留着足够的法医证据来证明它曾被用于攻击特恩布尔夫妇，他的指纹是唯一被发现的指纹。法官甚至赞扬了貌似弱不禁风的莫索普的勇气，他不顾自己的伤势，折回来对付一个块头比他大得多的杀手。

莫索普本该是一个快乐人士，他有了钱，出了名。他绝妙的计划被绝妙地执行了，从而得到了满足感。他确信法庭已为他开脱了所有罪名，他没有留下任何尾巴。他和他的同谋是一条绳上的蚂蚱：一个去告发，另外一个肯定跑不了。

那么他为什么心烦意乱呢？因为大概两个星期之前，他开始担心年轻的科斯蒂可能要除掉他。因为两个星期之前，梦开始了——令人恐惧，惟妙惟肖，不寒而栗，无休无止，梦里的那个杀手他看不清面貌。

环环相扣的疑案侦查

博士的神秘失踪

【美】弗雷德里克·西姆纳利

接近傍晚时分,我又回到了阔别已久的母校——安尼斯医学院。

我是匆忙地赶到学院的,因为我收到了我的同学和挚友托马斯·阿普尔盖特博士的一封焦虑万分而又神秘莫测的来信,要我即刻去安尼斯医学院找他,有极其重要的急事同我相商,并要我不向任何人提及此行的缘由。可是,阿普尔盖特在信中未曾谈及事情的任何细节,因而,我就无从得知其究竟。我同阿普尔盖特分别已整整10年了,我们是莫逆之交,常在一起吐露肺腑之言。这样看来,阿普尔盖特信中提及之事肯定非同小可,这是毋庸置疑的。

我向一位年轻的同事作了交代以后,就乘坐下午的火车出发了。火车抵达福尔克豪斯车站以后,我换乘马车,沿着一大段崎岖不平的小路颠簸了许久,终于望到了安尼斯医学院的大门。

一、失踪离奇

我走进了阿普尔盖特所在系的办公室。里面坐着的是位脸色严峻的妇女,她以一种不友好的目光注视着我。

"办公室在晚上是不办公的。"那位妇女冷漠地说。

我随即向她递了一张名片,名片上写着我的名字:吉迪恩·夏普博士。

"我是来看望阿普尔盖特博士的。请您为我通报一下,好吗?"

当我一提及阿普尔盖特名字的时候,她的脸色骤变,显出一种惊愕和不可思议的神情。

"这……阿普尔盖特博士已经不在啦。"

"什么,不在?他上哪儿去了?"我问道。

"不,先生。他……他已不见了,失踪了。也许,格雷厄姆博士会告诉您一些情况的。他是系主任。"

她带我穿过了一段暗黑的走廊,轻轻地推开了一间办公室的门,走了进去。没过多久,她走了出来,把我请进了室内。随后,她就离开了。

我站在一张大办公桌的侧边。一位年迈的老人坐在椅子上，察看着我的名片。

"请坐吧。我是贾维斯·格雷厄姆，本系的负责人，"他没有欠一下身子，也没有把手伸出来，"您是夏普博士，是吗？"

格雷厄姆说完话，又看了一下我的名片。

"是的。我是来这儿看望我的好友阿普尔盖特博士的，格雷厄姆先生。听刚才那位女士说，阿普尔盖特博士失踪了？"

"是这样，失踪了。坦率地说，我认为他已经死了。"格雷厄姆那种神情和毫不转弯抹角的答话，使我一时瞠目结舌。

"他是前天夜里失踪的，"格雷厄姆接着说，"那天晚上，他在病理实验室做实验。可是，他一直未曾回到家里。夜里9点钟，阿普尔盖特的女儿叫她的丈夫来寻找了。"

"哦，她的女儿叫詹尼弗，是吧？"我记起了10年以前曾经见到过的他那美丽而又伶俐的女儿。

"是的，她叫詹尼弗·阿普尔盖特·温顿。她的丈夫是詹姆斯·温顿，是我们学院的财务负责人。阿普尔盖特同他们居住在一起，住处离这座教学大楼不远。"

我点着头，示意他继续说下去。

"年轻的温顿先生未能在实验室找到他的岳父，也没有在大楼的任何地方发现他。更令人奇怪的是，没有任何人见到过阿普尔盖特先生外出。可是，他毕竟失踪啦。到了半夜时分，温顿先生就来找我了。因为我是系主任，"格雷厄姆先生稍稍停顿了一下，"我随后就请来了警察。他们进行了一次彻底的搜索，可是仍一无所获。"

"温顿先生在实验室里是否发现了什么异常情况呢？有无搏斗过的迹象？"我随即问道。

"没有任何搏斗的迹象，在桌上只放有阿普尔盖特博士的一副眼镜。他是高度近视，离开了眼镜他就寸步难行了，不可能是偶尔遗忘在那里。"

格雷厄姆先生，您对阿普尔盖特博士所下的死亡结论，是否嫌过早了些呢？这里也许还存在很多别的可能性……

二、另一谋杀

"因为在5天以前，我们这里也曾发生过一起谋杀案。该案至今未破。警方认为，该谋杀案同阿普尔盖特的失踪事件似有某种内在的联系。"格雷厄姆先生说。

"5天以前发生过一起谋杀案！"我一面重复着格雷厄姆先生的话，一面在暗忖，这一起谋杀案应该在阿普尔盖特写信给我之前发生的。也就是说，阿普尔盖特已经知悉了这一案件！

"死者是我们这儿的尸体照管人。他是一位老人，名叫克劳德·汉克斯。"

尸体照管人专门负责保存和供给尸体，做教学和研究中的实验之用。我还记忆犹新，在病理实验室下面的深处有一个地下室。室内筑有一个很深的贮尸池，池中注进了化学药水，尸体全部浮在水面。尸体照管人根据实验的需要，用一根长长的金属抓钩把合适的尸体钩上来，送交实验室。这是一项使人感到恐怖而又憎厌的差使。

"那个尸体照管人汉克斯被人用利器打死了。我们的一个学生在老人居住的小屋里发现了他的尸体。"格雷厄姆继续说着。

"警方根据什么迹象来判断汉克斯之死和阿普尔盖特的失踪有所联系的呢？"

"无非就是这两件事情的本身而已，夏普博士。因为凶杀和失踪事件在我们学院是绝无仅有之事。"

"格雷厄姆先生，我想问一个冒昧的问题。你是否认为，阿普尔盖特的失踪会同什么人有关呢？"我直率地提出了这一问题。

"这就难说了。不过……前天晚间阿普尔盖特在病理实验室时，他的助手布卢姆先生曾见到过他。最后见到阿普尔盖特博士的人，很可能就是布卢姆了……"

"您的意思是否表明，布卢姆先生会是……"我试探地问他。

"这怎么说呢？阿普尔盖特博士和布卢姆先生正在合作从事一项研究。据说，研究颇有进展。如果阿普尔盖特博士已经死亡——或者说失踪吧——那么，他们合作从事研究的成果到头来恐怕只能归布卢姆先生一人所有了。"格雷厄姆先生的话中，显然带着某种明显的暗示。

我不想在此时做出任何判断，就站起了身，同格雷厄姆博士握别道："我耽误了您这么多宝贵的时间，委实抱歉之至。"

"您今晚总得有个安宿之处啊，夏普博士。我提议您住到博茨黑德旅馆去。那儿环境优美静谧，每天早晨都有去火车站的马车。如果您愿意，我很高兴用我的车子送您去旅馆。"格雷厄姆先生说。

"您真是太好了，谢谢您。不过……"我在门口的昏暗灯光下望着格雷厄姆先生说，"我不想明晨就搭乘马车去福尔克蒙斯火车站。我觉得，我还未到应该离去的时候。"

"哦？"

"我是来看望阿普尔盖特博士的，我……"

"好吧，您可以等候着，夏普博士。"

三、一次交谈

格雷厄姆介绍我去的旅馆委实舒服极了。翌晨，我向阿普尔盖特女儿的住处走去。

由于时间尚早，我决定步行先去校园转转，我的头脑里一团乱麻，该趁此时机稍微清理一下。

我的脚步不由自主地在教学大楼的病理实验室前面停下了。我见到实验室的门敞开着，就跨步而入。里面有一位年轻人，神情颓丧地坐在角落里，根本就没有意识到有人进来。

"早上好！"我和他打了一个招呼。

我的说话声使他惊了一跳。他望着我这个不速之客，未予作答。

"我叫吉迪恩·夏普，是这个学院的校友。看来，这许多年来学院的变化可真大呀！"

那个年轻人依然默不作声。

"我到处走走，您不介意吧？"我说。

"那当然。"年轻人说。

"我是这儿阿普尔盖特博士的老朋友。那……那可太……"那位年轻人随之站了起来，"阿普尔盖特先生两天前已经失踪了。我叫布卢姆，是阿普尔盖特先生的助手。"

哈！真是太巧了。昨晚格雷厄姆博士曾经提起过这位布卢姆先生。今晨有幸第一个见到了他!

"布卢姆先生,昨晚我已听说了此事。对此我非常震惊和难过。能否请您谈谈阿普尔盖特先生当晚失踪时的具体情景呢?"

"我没有多少能向您奉告的。两天前的那个夜晚,我刚要离开实验室时,阿普尔盖特博士进来了。他对我说,他准备在那儿再干一会儿。稍稍聊了几句,我就走了。约莫半夜光景,有人传来了格雷厄姆的话,问我是否见到了阿普尔盖特。这就意味着,阿普尔盖特博士未曾回家。我的住处离实验室较近,就立即去了那儿。当时来了不少警察。我随即把见到阿普尔盖特博士的情况告诉了他们。"

"当时是否有任何迹象呢?譬如说,阿普尔盖特先生留下字条什么的?"

"没有。桌子上只有他的一副眼镜和一支拉开笔帽的自来水笔。也许,他忘了把这些带走吧?"卢布姆先生说。

"你认为阿普尔盖特先生已经走掉了,还是……"

"不不,这我就不得而知了。多好的阿普尔盖特先生!他学问渊博,才华横溢。他的学识、能力和资历完全不在格雷厄姆先生之下。照理说系主任的职位非阿普尔盖特先生莫属。人们也一致认为,下届系主任的职务肯定将由阿普尔盖特博士担任。可是,唉……"

"非常感谢您,布卢姆先生。也许,今后我们还会见面呢。"话毕,我同布卢姆先生告别了。

四、温顿夫妇

我从病理实验室的后门走了出去。在后门旁边的园圃里,一个园丁正在挖去一棵棵的玫瑰花,嘴里在嘟囔着。

我走向了那位园丁:"劳驾,您知道詹姆斯·温顿先生的住宅吗?能否为我指点一下?"

"当然可以喽,先生,"那位园丁说,"您穿过这些树丛径直往前走就到啦。"

"我知道了。非常感谢。"

"不用谢。"园丁回答。

此时,我的好奇心转向了被那位园丁挖去的一棵棵玫瑰花株集中在 5 英尺见方的那块地上。

"这些玫瑰花既非得了枯萎病,又非虫咬,怎么会全部死掉的呢?"我边说边审视着那些玫瑰花的死株。

"鬼知道是怎么回事呢,先生。两天前我给玫瑰花修枝时,它们长得茁壮可爱极了。可现在,它们的根部已经全部烂掉了。过去我可从未见过这种事呢。"园丁气愤地说。

"但愿别的玫瑰花株长得好好的,不会出现这种现象才好。"我说完,就离开了园丁,向阿普尔盖特女儿的住宅走去。

詹姆斯·温顿先生的住宅是个老式的山墙建筑,住宅四周围有铁篱笆。篱笆门开着。我走了进去,敲了敲门。

一位年轻妇女开了门。她 20 岁光景,高颧骨,鹰钩鼻,身材纤细,满头金发披在双肩。她那大而深沉的双眼注视着我,眼珠子犹如水晶般蔚蓝。啊,这不正像阿普尔盖特的眼睛吗?她准是詹尼弗·阿普尔盖特无疑了!

"请问您是……"她柔和地说。

"你是温顿夫人吧?"我问。

"是的。"

"我是夏普。吉迪恩·夏普博士。您还记得吗?"

"记得,记得,当然记得喽。请您进来吧。"她闪到了旁边,为我让出了一条路。

"谢谢您。我已有很长时间未曾见到令尊了,这次是专程来看望他的。我得知他已失踪这一使人不安的消息。"

"詹尼弗,"一位年轻人从起居室进了客厅,"这位先生是谁?"

"噢,夏普博士,我来介绍一下吧。他是我的丈夫温顿先生。温顿,那位是夏普博士,是我父亲的好友。"

我同温顿先生握手问候了一番。温顿夫妇俩把我引进了起居室。

"要是我的岳父知悉您的到来,他将会多么欣喜啊。"温顿先生对我说。

在起居室里,坐着一位身材矮胖、头顶光秃、长着浓密的小胡子的中年人。

"道森探长,这位是夏普博士,是我岳父的好友。"温顿先生做了介绍。

"夏普博士,"道森探长问,"是什么风把您吹来的呀?"

"温顿先生已提及,我是阿普尔盖特博士的挚友,"我决定暂不提及收到过阿普尔盖特的信件一事,"我的来到纯属一般性的探望而已。昨晚我从格雷厄姆先生处已经得知了老朋友失踪一事,颇为震惊。"

"这是自然的事情。"道森探长说。

"夏普博士,"温顿夫人噙着眼泪说,"请您住在我们这儿,帮助我们找到父亲吧。"

"是啊,您一定要留下来。我们这儿的住房挺宽敞的。"温顿先生紧接着说。

道森探长捋了一下小胡子,做了一个手势说:"我得走了。温顿夫人,我一发现情况,一定会立即通知您的。"

我们一起把道森探长送到了门口。当我看到温顿夫妇离我们有相当一段距离时,就对探长说:"我相信,阿普尔盖特先生已经死去。我愿意协助您找到凶手。"

"不过,这是警方的事情。"道森望了一眼我那坚决的神情,又改口说,"好吧,那我们下午在警察局里碰头。"

当天下午,我顺便搭乘了温顿先生的车子去了警察局。在车上,我问温顿先生:"您在安尼斯医学院工作了多长时间啦?"

"我在3年前毕业于财经学校,后经阿普尔盖特博士的推荐,进了安尼斯医学院,担任财务负责人。"

"您何时认识阿普尔盖特小姐的呢?"

"也就在3年前。我们在前年结了婚。唉,6天前汉克斯被害,两天前岳父又失踪,使我变得焦头烂额,不知所措了。"

"这话怎么说呢?"

"汉克斯是学院的尸体照管人,专司负责保存和供应实验用的尸体。尸体是学院的一笔重要财富,购买一具尸体得花费重金。汉克斯被谋杀了,现在无人照管尸体,我真担心尸体会变坏。这样,这笔损失就太大了。最近我只得请了几名学生暂时负责照管尸体。"

五、屋中异物

我进了警察局，道森探长从桌旁欠起身子同我打了招呼。

"您根据什么肯定阿普尔盖特先生已经死去了呢？"道森问我。

"现在只是一种估计，做出最后的结论尚需一段时间。道森探长，我提议，我们先去尸体照管人克劳蒙·汉克斯的屋中查找一下。"

"我的部下已去看过了，未曾发现任何可疑之物。如果您认为有此必要，我可以奉陪。"道森探长说。

我同道森探长抵达了死者的小屋。屋中的陈设极为简陋，到处散放着各种零碎的杂物。

"全是些无用之物！"道森探长说。

"死者的废物也许恰恰是我们的'财宝'呢！"我幽默地说。

我随手拉开了墙上的一个破帘子，露出了一排壁架。上面杂乱地堆放着各式各样的瓶瓶罐罐、发锈的钉子、螺丝帽等。我打开了一个小罐子，里面竟塞满了4英寸长、两端扭曲成钩形的金属针。

"全是些鱼钩！"道森探长不屑一顾地说。

"不，我亲爱的探长，这可绝不是鱼钩！这是'钩唇针'，"我给他解释着，"当人死了以后，人的幽灵会遭到阴司的拷打。死者家属为了防止死者因遭拷打而喊出声来，吓坏活人，就用此种'钩唇针'钩住死者的上下唇，使之喊不出声来。"

"简直荒谬透顶，一派无稽之谈！"道森探长笑着说。

"这可是民间的迷信习俗，还在流行着呢。"我一本正经地说。

"汉克斯竟然收集起这种玩意儿来啦。"探长好奇地自语道。

我掏出了一块小手绢，小心翼翼地把几只"钩唇针"包了起来，放进了口袋。

"咦，你看这儿！"我的注意力集中到屋角，那儿放着三把长柄的铁锹，一把鹤嘴锄，一把短柄小斧。汉克斯小屋的周围没有花园，这些工具对他有何用处呢？我弯下腰，从工具上取下了一些泥土，放进了另一条小手绢之中，塞进了口袋。

"看来，汉克斯是个收藏家呢！"道森探长说。

"也许是这样，不过，这很难说。"我模棱两可地回答着。

六、尸池阴森

从汉克斯的小屋出来以后，我提议去汉克斯的工作地点一瞧。

"去检查那些尸体？"道森探长明显地流露出了不满的神色。

不过，他最后仍然听从了我的主意，同我一起去了贮尸池。

我们从病理实验室的一端跨阶而下，阶梯弯弯曲曲，越往下走，越显得阴森可怕。我们走到了一扇金属门的门口。进了门，就是一个大池子。老鼠在大池子旁边吱吱叫着，转悠着。当我们把一盏灯点亮以后，那些小东西全部躲到了壁角之中。

"温顿先生，是您在下面吗？"上面传来了人声，随后两位学生下了台阶。

"不，我们是夏普博士和道森探长。"我回答着。

"可怜的汉克斯，"其中一位年长些的学生说，"他年龄虽大，人可是再和善不过的了。"

"我们现在需要两具男尸和一具女尸，供实验用。"年轻的那位学生说。

两位学生铺开了三条帆布，并拿起了靠放在墙边的一根金属杆，金属杆的顶端装着钩子，用来钩起浮在水池中的尸体。

他们捞起了三具尸体，放在三条帆布上裹紧。其中的一位学生又从架子上拿起一只大桶，放在旁边的一个水泵下面，然后用劲把水抽到了桶里，再把水倒进池子之中，一直到池子里的水平面升到某一固定的标准线为止。

"我明白啦，"我在咕哝着，"池子里水平面的升降，是按尸体的多少决定的。"

"你在说什么来着，难道水池里面浮有阿普尔盖特的尸体不成？"道森探长问。

"我可没有见到阿普尔盖特的尸体，我正在考虑着另一个问题。"我若有所思地说。

七、公墓探秘

次日下午将近4点钟时，我同道森探长抵达了列在我名单上的第四号公墓。

"夏普博士，我可实在沉不住气了。您的葫芦里究竟卖的什么药？我整个下午跟着您东跑西闯，您究竟想找什么呢？"道森探长显得很不耐烦地埋怨着我。

可是，老天总算帮了我的大忙。终于，我在一块墓碑旁边停了下来，弯下腰察看了一番，并迅即掏出了藏在口袋里的那只手绢包，打开了从汉克斯小屋里的工具上收集到的泥土样品。

"道森探长，请看这儿！"

探长带着某种好奇奔了过来，蹲下身子，把头凑到了我跟前。

"您看，手绢包里的泥土同这儿的泥土完全一样！这是一种非常少见的红棕色黏土，这种土质在安尼斯医学院及其周围地区根本就不存在。我在前三个公墓里寻找时，也未曾发现这种黏土。可是，它到底被我发现啦！"

道森探长仔细地察看着这种土壤，看着脚下那似乎挖动过的坟墓，迷惑不解地问我："但……但这又能证明什么问题呢？如果你能揭示一下其中的奥妙，我将会感激不尽的。"

"我可以担保，这座坟墓是空的！道森探长，现在我已经没有时间向您做解释了。"我边说边拉着道森探长匆匆地坐进了马车。

八、安排奇妙

在马车里，我对探长说："现在我们需要做的事情多着呢。不过，我恳求您一定得按照我的要求去办理。第一，请您马上派警察去安尼斯医学院，并告诉院方，就说您已经探知了阿普尔盖特博士的失踪真相，并向他们表明，您已弄清了谁是谋杀汉克斯和阿普尔盖特的凶手。"

"夏普，您这不是太……我……"道森探长既惊愕万分又惶恐不安地嗫嚅着说。

"第二，请您通知学院院长，要他把下属的全部管理人员于今晚9时集中到病理实验室，您还得让所有的人知道，到时您将把那个谋杀犯当众揭露出来；第三，请您再派一名警察去温顿先生家中，告诉他们上述的安排。我确信，温顿先生夫妇俩到时肯定会出席旁听的；第四，请您行使您的职权，命令部分警察速来挖掘此坟。我可以用脑袋担保，该坟是空的！"我一口气把四个安排全部"亮"给了道森探长。

道森探长显然为我那种果断坚定、毫不动摇的决心所震动。他不由自主地掏出了笔记本，把我的四项要求一一记了下来。

"道森探长，还有最后一件事情：请您今晚8时左右务必到病理实验室下面的贮尸池旁边见我！"我说。

"又是贮尸池？"

"对！又是贮尸池？8点左右！到时我把杀人凶手交给您！"我把握充分，字字铿锵地说。

九、引"蛇"出洞

晚上7时未到，我独自一人悄悄地进了病理实验室，下了阶梯，径直走到贮尸池的旁边。我没有点灯，只是在黑洞洞的一个角落里等候着。

7时过后没有多久，台阶上响起了越来越清晰的脚步声。可是，脚步声又骤然停止了，似乎上面那个人在犹豫着什么，在窥视着什么。我屏住了气，在角落里耐心地等待着。过了15分钟光景，那个杀人犯似乎已经确信贮尸池旁边无人埋伏，就以一种快速的步伐从台阶上奔了下来，并点亮了灯。在昏暗的灯光之中，那个谋杀汉克斯和阿普尔盖特的凶手终于露出了真面目。果然是他——温顿先生！

温顿匆匆忙忙地拿起了那根靠在墙边的钩尸体用的长金属杆，弯下了腰，蹲在贮尸池的旁边，把金属杆在深深的贮尸池底下用劲地捣动着，似乎急需探明某事的究竟。

倏忽之间，我从屋角里走了出来，并站到了温顿先生背后的台阶上。

"我不会打搅你的，温顿先生。被你捆扎后沉在池底的那位可怜的阿普尔盖特先生终究会浮出水面的，你说对吗？"我冷冷地说着。

"啊？是你，夏普！你怎么会……"

十、原来如此

"好啦，温顿先生，让我们平心静气地回顾一下历史吧，"我边说边向他走了过去，"一切都该了结了。道森探长将……"

"不！"温顿发出了一声尖叫，退后了一步，把那根顶尖上带钩的长金属杆对准了我的脑袋，"不准你过来！快对我说，你怎么会知道？"

"是玫瑰花告诉我的，温顿。玫瑰花告诉了我阿普尔盖特博士失踪的地点。"我不快不慢地说。

"什么？玫瑰花？"

"你在杀死阿普尔盖特博士以后，深知要把尸体移出校园绝非易事，于是，你就决定把他丢于贮尸池中。你当然不会让博士的遗体浮在水面之上，你就在博士的身上绑了重物，把他掷进了池底。由于贮尸池中多了一个尸体，池水就超过了标准水位。为了不致引起人们的怀疑，你就用水桶把池水汲走了一部分，直到池水退回到固定的标准线为止。你把汲出来的池水倒在了实验室后门口的玫瑰花之中。这种浸泡尸体的药水对于玫瑰花当然是致命的，玫瑰花的根部很快就烂掉了。"我陈述完了这段话，又向他跨前了一步。

"滚开，夏普！我警告你！"温顿把那根带钩的长金属杆向我直戳了过来。我不得不倒退了几步。

"你同那位尸体照管人汉克斯做了一笔肮脏的交易，"我接着说了下去，并从口袋里掏出了几只从汉克斯小屋里的罐子中得到的"钩唇针"，向温顿展示了一下。"汉克斯从公墓里偷盗来了新埋不久的尸体，而你则欺骗校方，说是从医院或贫苦人家花钱购得，并利用你的财务负责人的职权，向校方索得大笔的钱款。我确信，你们合伙盗墓窃尸而得到的非法收入，远比你们的正当收入多上数十倍乃至数百倍。在此以后，也许汉克斯显得过分'贪婪'了吧？也许他企求的份额过多了吧？也许他打算同你摊牌了吧？这样，你就趁其不备杀害了他，来个杀人灭口，以确保万一。对吗？"说完，我又向温顿小心地跨出了一步。

"很可能就在不久以前，阿普尔盖特博士在解剖尸体时接连发现了尸体的裂唇现象。他很快就意识到，贮尸池里的尸体绝不是从医院或别处购得，而是从坟墓中偷盗而来。他立即怀疑到，这会不会同你有所牵连，因为你是学院的财务负责人，付出任何一笔购买尸体的巨款都得经过你的手掌。但是，他一直不希望你是合伙盗尸的一员。可是，当汉克斯被谋杀以后，阿普尔盖特深感问题的严重性。于是，他就给我发出了一封信，说有急事相商，要我速赴他处。"

我还未曾把话说完，温顿狂吼一声，把带钩的长金属杆向我狠戳了过来。我急忙再往后退了几步，因为我没有那么大的力气抵御这个比我强壮得多的年轻人。我后退到了安全的距离以后，又紧接着说了下去："当晚在病理实验室里，阿普尔盖特以强有力的佐证向你提出了质问。当你意识到你的合伙窃尸以及谋杀之罪已经暴露无遗，预感到自己的前途将会彻底断送掉的时候，你就对阿普尔盖特博士下了毒手，残忍地把他杀害了。"

我稍微停顿了一下，又继续说道："为了确证凶手就是你，为了引出你这条毒蛇，今日下午我请道森探长发出了几项通知。当你听说警方已经探明谁是谋杀犯时，你准会惶恐不安，丧魂失魄。你也肯定会在8时以前到贮尸池边探个究竟……"

温顿眼露凶光，满脸杀气，喘着粗气，犹如一头恶兽似的向我猛扑了过来。我急速地向台阶上后退去。可是，我被台阶绊了一下，一个趔趄跌倒在台阶之上。就在这刹那之间，温顿举起了金属长杆向我的头部疾砸了下来……我闭上了眼睛。我意识到，我即将被摔进贮尸池底下，同我的挚友阿普尔盖特作伴去了。

一声震耳欲聋的枪声把我惊醒了。我见到温顿的胸部已被鲜血染红，晃晃悠悠地跌进贮尸池里。

道森探长手中握着手枪，飞快地走下台阶把我扶了起来。我们伫立在池边凝视着。不一会，温顿那令人作呕的尸体从水池中慢慢地浮了上来。

改名换姓的人

【英】G.C. 索恩利

一、失事的汽车

1946年9月的一个夜晚，刑警罗伯特·塔夫脱缓步地巡视在霍尔路上。他看到一小队士兵向他走来。在队伍旁边走着的是一位军官。军官看到塔夫脱以后，迅即越过街道告诉他："弗利路的河边有一辆汽车出事了，车中还有一具尸体。"

塔夫脱看了一眼手表，已将近12点了，问道："您是怎么发现那辆汽车的，长官？"

"我和弟兄们去野外训练，在返回的途中，发现了那辆汽车。时间大约是11点半钟。"军官说。

"我们能从马路上见到汽车吗？"

"看来不行，汽车被岸边的一些树木遮掩住了。好啦，我们得继续赶路了。晚安！"

塔夫脱给他的上司考利打了电话，禀告了此事。

"我马上乘车赶到，你留在原地。我去叫内勒医生。我将尽快地同你会合。"考利答道。

两辆警车风驰电掣般地驶来，在塔夫脱的身边戛然停下。考利和内勒医生坐在第一辆车中，塔夫脱随即坐了过去。

汽车继续往前疾驰。他们毫不费劲地来到弗利路，把车刹住，走了出来。第二辆警车也紧接着停了下来。

"你们在这儿待命，"考利对第二辆车上的警察们吩咐着，"医生，请你紧跟在我的后面。塔夫脱，你在医生后面走。你们带了手电筒吗？"

"带啦，长官。"

道路在河岸的高处。他们慢慢地向河边走去。到了河边，考利停了下来，察看着一棵树。

"这一棵树折断了，"考利说，"有东西撞上了它。很可能就是那辆小汽车。"

在他们移动着的手电光柱中，岸边显露出一块黑乎乎的东西。

"出事汽车就在这儿，"考利说，"你们都跟在我的后面，一个紧接一个，不要让脚印踩得到处都是。"

他们在汽车旁边停了下来。汽车的一个车门和所有的车窗均已碎裂。

"我去看一下车里的人吧。"医生说。

"小心你的脚印。"考利提醒他。

医生把头伸进了车窗，发现车中人已经死去。

"暂时什么都不要碰。"考利一面说，一面在手电筒的光亮中察看着地面。在汽车的另一侧，他发现了几个脚印。接着，他审视了车牌。车牌的号码是CDZ2332。

"看来，汽车偏离道路以后，就把树给撞断了。车门和车窗同时被撞裂。"考利说。

接着，考利和医生好不容易才把车中的死者拖了出来，他们把尸体放到了离汽车较远的地方。

"死者多大年纪？"考利转过头问医生。

"30岁左右。"医生回答。

考利再次把手电筒照向地面上的脚印，并反复审视着。良久，他轻轻地自语道："这里有两种脚印，一大一小，说明有两个人走近过小汽车。"

"也许有一个士兵同那位军官在一块儿吧？"诺夫脱说。他们回到了路上，路面很硬，不可能找到任何痕迹。但在路边，他们发现了一些车轮的印迹。"汽车是从这儿驶离道路的，塔夫脱，"考利说，"那又为什么呢？"

"也许开车的人遇上了一辆汽车，就来了个急转弯。"

"可是路面很宽阔啊。"

"要么车上人在驾驶时打瞌睡了。这种情况也会发生的。"塔夫脱说。

"这有可能。"考利说，但他的语气并不肯定。

医生内勒走过来说道："车上人死了有两小时左右。"

"现在大约1点钟了，"考利说，"这么说来，他是在11点钟死去的，对吗？"

"很可能如此。"医生回答。

"塔夫脱，我们没有必要老在这地方停留了。夜里你就守在这儿，不要让任何人接近汽车。"考利命令着。

二、他从巴黎来

翌日，内勒医生给考利打了电话："我再次检查了尸体。车中人在死前没多久，曾喝过一些饮料，这种饮料能使人昏睡。我猜想，他在驾驶时已睡着了。"

"你的意思是，有人给他服了催眠药物？"

"这我不能断定，"内勒说，"那是应该由您弄清楚的事。我只能这样说，他喝了使他入睡的药物。"

考利放下话筒以后，塔夫脱走进了办公室，显得很疲惫。"我已经查明了车主的名字，长官。"塔夫脱说。

"哦，好样儿的！他叫什么？"

"车主的名字叫沃尔德，他住在镇上的白马旅馆。四天以前，他花了70英镑，购买了那辆汽车。那是一辆旧车。"

"好的,"考利说,"你得睡一个觉了。回家好好歇一下吧。我要去白马旅馆询问一些情况。这桩车祸看来非同一般。"

白马旅馆的老板是个胖子,他的名字叫斯塔格。

"您问的是沃尔德先生吗?"斯塔格得悉了考利的来意后说,"是的,他下榻于敝店,住在四号房间,不过他现在不在。昨天他开着那辆旧车外出了,说是要同什么人一起进餐。昨天夜间他未曾回店,今天他会回来的。他的衣物还在房间里呢。"

"他再也不会回来啦,昨天夜里,他死于车祸。"

"天哪!"胖子不由得坐了下来,"我太难过了,他还没有付账哪。"

"他何时住进来的?"考利又问。

"将近一个星期以前,是从巴黎来的。"

"他有什么与众不同之处吗?"

"不很多。不过他走路不太方便,因为他在战争中受过伤。他曾是法国的一名军官,腿被弹片击中过。"

斯塔格离开后,考利陷入了沉思:有人谋杀了沃尔德。有人在他开车前,让他服了安眠药物。是谁给他服药的呢?是什么企图呢?沃尔德外出同一个人用餐,此人是谁呢?除了军官外,另一个走近汽车的又是谁呢?

这时,一名警察走到考利身边,说道:"我找到一个人,他叫亨利·博尔曼。他同沃尔德在旅馆里谈过话。我要不要带来见您,长官?"

"请他进来吧。"考利说。

博尔曼穿着一身黑色的西装,长着一双机灵的蓝色眼睛。

"请坐,博尔曼先生。"考利说。

"谢谢。我对那位可怜的沃尔德先生略知一二,也许我能助你们一臂之力。"

"他是您的朋友吗?"

"噢,不不。可是我曾经同他谈过话。我在这儿的大学里执教法语。几天以前,我在白马旅馆用膳时,遇上了沃尔德先生。餐毕以后,我们坐在一起闲谈了起来。听起来,他的法语讲得真棒。"

"您能提供些什么情况呢?"考利问道。

"他曾经给我谈了一些他的身世。战时他是法国的一名军官,他受了重伤。他的头部和腿部都被弹片击中。他康复后,虽能走路了,但记忆力很差,已记不起英国的故居了,只得留在巴黎。过了几个月,他恢复了记忆,记起了他的名字和他的弟弟。可他讲了一件很奇怪的事情。"

"什么事情?"考利问。

"他改了姓,"博尔曼说,"以前他不叫沃尔德。"

"他为什么要改姓呢?"

"他想回到英国去,但不想让任何人知道他的真名。"

"这又是为什么呢?"

"事情还得从战前谈起。那时,他爱上了一位英国姑娘,他们打算完婚。可是,他的弟弟也爱上了那位姑娘。"

"哦，是这样。"考利说。

"他们的父亲去世后，因为沃尔德是长子，他继承了父亲的全部钱财和宅邸，成了富翁。当他要和那位俏丽女郎成婚时，战争爆发了，他上了前线。不久，国内的人都说，他已阵亡了。可事实上，他并未死。他想起了英国的亲朋好友，认为应该返回祖国，可是，沃尔德又有些犹豫不决，因为人们都以为他已不在人世，加上对那位英国女郎的思念又给他带来了烦恼。他的弟弟也许已经把所有的家产占为己有，过着安富尊荣的生活。沃尔德究竟该怎么办呢？他当然可以直接回到故乡，走进屋子，说一声：'我回来了。'可他不愿意这样做，他不想给那位姑娘带来不幸，因为他仍然爱着她。于是，他就改名换姓悄悄地回到了这儿，为的是在向那位姑娘倾诉衷肠之前，能得知个究竟。"

"嗯，我明白了，"考利说，"他弟弟叫什么名字呢？"

"我不知道，"博尔曼站起了身，"我没有更多的东西奉告了。这些情况对您也许有用吧？"

"非常有用。太感谢您了，博尔曼先生。"

"如果您什么时候需要我，可以随时在大学里找到我。再见！"

三、沃尔德是谁？

"沃尔德既是改名换姓，那么他的真名究竟叫什么呢？"考利一边自言自语，一边把"沃尔德"的姓名写在纸上。

他在桌子上翻开了电话号码簿，寻找以"沃"字开头的名单。可是他找不到"沃尔德"这一姓氏。

"如果我想改名换姓，我该怎么做呢？"考利思索着，但他找不到合适的答案。

"可能'沃尔德'这一姓氏包含着某种含义吧，世界上叫'沃尔德'的大有人在。他们使用它总会有某种原因的。究竟是什么原因呢？"

考利把"沃尔德"这一拼音一分为二，并把后面的部分移到了前面。这个姓氏就成了"德沃尔"。

他再次打开了电话号码本，查找"德沃尔"这一姓氏，结果又是一无所获。

考利并不泄气，仍然抓住"沃尔德"这一姓氏不放。他把"沃尔德"这一拼音倒过来念，并很快地写下了另一个姓氏：雷德劳。

"就是它！"考利叫了起来，"我敢断定，就是这个姓氏！"

考利的手指，在电话号码簿的页数上飞快地翻动着，查阅着以"雷"字开头的名单。

电话号码簿上终于亮出了"雷德劳"这一姓氏。雷德劳住址：弗利路"高树"住宅。

考利满意地笑着。"弗利路，"他平静地重复着，"弗利路！"

考利连忙把塔夫脱叫进了办公室，问道："你知道镇上有个叫雷德劳的人吗？塔夫脱。"

"雷德劳是一位律师，住在弗利路。长官。"

"雷德劳的脚很大吗？"考利问。

"这我不清楚。"

"塔夫脱，你听我说。汽车里的死者叫沃尔德，但他在战前不是这个姓氏。如果把'沃尔德'倒过来念，那不就成了'雷德劳'吗？这两个人很可能是兄弟。我很想得知弗利路上那位雷德劳的详情。你还没有娶亲，对不对，塔夫脱？"

"是的，长官。"塔夫脱惊讶地答道。

"难道没有姑娘对你青睐吗？"考利问。

"长官，您的意思是……"塔夫脱迷惑不解地问。

"当你碰上娇美的女郎时，她会对你含情脉脉呢，还是冷若冰霜？"考利亲切地问他。

塔夫脱低下了头，回答说："长官，我想，姑娘还不至于从我的身旁跑开。"

"好极了！"考利接着说，"姑娘们不会从你的身边溜开。塔夫脱，听我的吩咐，你坐上一辆警车，立即回家更换衣服，把你最好的西装穿上，使你看起来更加风流潇洒。今天，你就不是警察了，是一个电话局的修理工。你马上把汽车驶到弗利路去。你准备走进一个名叫'高树'的宅邸，这是律师雷德劳先生的住处。你把汽车开过宅邸，然后停下车，步行去'高树'住宅。你不要走正门，可以从后门进入，要仆人领你去电话机那里。"

"为什么？长官。"

"我要你利用这个机会同仆人们交谈，探听雷德劳先生的情况。我这就告诉你具体的步骤。你到了后门，就要以一个电话修理工的身份出现在仆人们的眼前。你对他们说，电话有点故障，需要检查一下。他们会带你前往的。"

"要是雷德劳先生在家呢？长官。"塔夫脱问。

"不会在家。下午5点钟以前，他一直在学院街的办公处。"

"要是雷德劳的夫人在屋子里，那该怎么办？"

"如果她在家中，你就离开屋子。"

"假设她不在住宅，那我又该如何行动呢？"

"你可以同仆人们闲聊。仆人们中肯定会有一个是年轻姑娘。你就抓住时机和她亲昵地交谈。你个子高高的，长得结实健壮，她会喜欢上你的。塔夫脱，你要笑逐颜开，不要显出一副愁眉苦脸的样子。接着，她会把你需要知道的一切讲给你听的。我想得知雷德劳先生的近况。他有兄长否？家里经常有来客吗？上星期二有没有客人来访？就是这些，你能做到吗？"

"我将尽力而为，长官。"塔夫脱挺不乐意地回答。

"如果仆人们中间有那么一位如花似玉的姑娘，这个下午你将过得非同一般。现在你可以走了。记住，要显得精神焕发。"

塔夫脱走出警察局，按照考利的设计来到了"高树"住宅的后门。一位长着红头发的俊俏姑娘开了门。

"下午好，"塔夫脱说，"我是来检修电话的。小姐，您能带我过去吗？"

"电话机有毛病了吗？"她问道。

"电话局里就是这样说的。不过您该知道，电话局里那些老爷们常常是没事找事干，不让我们有闲暇的时候。也许电话机本来就是完好无损的。说实话，小姐，我对这一活儿简直是厌烦透了。不过，最好还是让我检查一下，您看可好？"

"当然可以啦，"姑娘回答说，"请进吧。我叫玛丽。"

"谢谢,玛丽。我叫汤姆。"

"请坐,汤姆,"她说道,"我马上就带您去修理电话机。我先给您沏一杯茶来。屋里没有别的人啦,连厨师也外出了。"

"那好!"塔夫脱应答着,显得格外高兴,"既然没有任何人在家,我就先去看一下电话机吧。它在哪儿?"

她把塔夫脱带到电话机旁。塔夫脱把话筒举到了耳朵旁边,并拨弄着机子里的几个小零件,对着话筒说了几句。玛丽站在那里凝视着塔夫脱,她喜欢他那燕颌虎颈,气宇轩昂的外貌。塔夫脱拿出了一个小本子,在上面写了一系列的数目字。

"那些数目字是什么意思呀?"玛丽问。

"我没有必要告诉您了,"塔夫说说,"即便告诉您,您也不会懂。玛丽,只有电话局的人,才知道它们的含义。"

"您过来坐吧,"玛丽说,"我这就去沏茶。"

塔夫脱亲切地向她道了谢。他们一起坐了下来。

"您喜欢在这儿做事吗?"塔夫脱问道。

"喜欢。近来这里没有多少事情可以干的,因为只有雷德劳先生在家。他的太太在两个星期以前就外出了,所以显得挺清静的。"

"可这是一个大宅子哪,"塔夫脱说,"到这儿来做客的人多吧?"

"不,并不很多。上星期有个人来此用过餐,可是雷德劳先生没有邀请其他客人一起来。"

"他其实有一个小一些的住宅就足够了,"塔夫脱继续在闲扯着,"对于像您这样一位漂亮的姑娘来说,大宅邸中的杂事就显得太多了。您主人干吗要购置这么大的宅院呢?他有很多子女吗?"

"他没有子女。这所住宅并不是购来的,那是他父亲的遗产。他父亲故世以后,住宅归雷德劳先生的兄长所有。他的兄长战时在伦敦,于是雷德劳先生就住在这里了。"

塔夫脱喝了几口茶,又问道:"他兄长现在何处呢?"

"噢,他已死啦,在战争中阵亡了。这个大宅子现在属于雷德劳先生所有。他同他哥哥的未婚妻结了婚。她长得盖世无双,漂亮极啦。汤姆,您应该见到她才是!"

"不过我深信,她再美也比不上您呀。"塔夫脱说道。

玛丽笑了起来。"您自己才是个英姿飒爽的美男子呢,"她说,"要不要我再为您沏些茶来?"

"谢谢您,不必了。"他说,"我得走了。"

"再稍微坐一会儿吧。"玛丽说。

"不,玛丽,我不能再停留了。电话局里在等着我呢。"塔夫脱非常喜欢玛丽,可是雷德劳即将从办公处返家,他不能再待下去了。

塔夫脱离开住宅,径直往警察局找考利,但没有找到。这时考利正站在离雷德劳办公处不远的街旁,以看报作掩护,观察着雷德劳办公处的动静。5点钟过后没多久,一位白发苍苍的老人走出了办公处,紧接着一个小男孩跳跳蹦蹦地走下了阶梯,后面跟着一位姑娘。

突然,一个穿着入时的二十七八岁的男子出来了,考利随即看了一下他的双脚,那个人的双脚果然很大。

四、凶手的下场

警察局里，考利和塔夫脱会面了。塔夫脱把了解到的情况向考利做了详细汇报，考利满意地频频点头，然后说："你和我一起出发，去见见那位雷德劳先生。"

不久，他们到达了雷德劳的"高树"住宅，进了他的房间。

"晚上好，雷德劳先生，"考利说："我是警察局的官员。我想把星期二晚上汽车失事案的情况调查清楚。我能问您几个问题吗？您是懂法律的。"

雷德劳的脸色顿时变了："我完全可以把知道的一切告诉您，可是我对此一无所知呀。"

"星期二晚上贵府有人做客，请问他是何人？"

"我是律师，"雷德芳说，"对于来我处委托我办事的人，我得保密。"

"嗯！您的那位客人是上贵府谈事情的，对吧？"

"是的。"

"好吧，我不想问您业务范围内的事了。我只想知道那个人的姓名。"

"我不能告诉您。"雷德劳回答。

"雷德劳先生，您有兄长吗？"

塔夫脱的双眼紧紧地盯住了律师的脸。那张脸越加苍白了："我以前有过一位兄长，可是他在战争中牺牲了。"

"这对您应该是件乐事喽。"考利说。

"您这是什么意思？"雷德劳恼怒地问道。

"这个嘛，弗利路上的大宅邸原来是属于他的。但是，在他阵亡以后，不就变成您的了吗？也许，大笔的钱财也就转移到了您的手中。这难道不是一件乐事吗？您还娶了一位女郎，她本该是您兄长的夫人，对吗？"

"您究竟在啰唆些什么？"雷德劳高声喊着，"您来这里是了解汽车里面死者的情况的！"

"车里那位死者的姓氏也是雷德劳。"考利说。

"不，他叫沃尔德。报纸上说得很清楚。"

"那个人确实称自己为沃尔德。可是在战前，他叫雷德劳。他同您的姓氏完全一样。雷德劳先生！确实很奇怪！可能他就是令兄吧。也许，令兄在星期二白天还是安然无恙，可是到了夜里，他却一命呜呼了。太使人不可思议了！那晚客人离开后，您乘车上哪儿啦？"

"我哪儿也没有去。"雷德劳说。

"我亲爱的先生，您不应该这样回答。您的汽车确实驶离了贵府。谁驾驶的汽车？是您的夫人吗？"

"星期二晚上，我的夫人不在家。"

"那么，究竟是谁驾驶的汽车？只能是您！您给令兄喝了一些使他麻醉的药物饮料，接着，您就跟踪着令兄的汽车。令兄在驶车过程中睡着了，车子冲向了河岸。您刹住了车，走了出来，跑到车旁察看了一下令兄，为的是弄清楚他确已死亡。是不是这样？"

"您在胡扯些什么呀？"雷德劳火冒万丈地高叫着，"我好多年未曾见到兄长了。他在1940年就已阵亡。在小汽车撞到树上以后，我完全没有这种可能见到他。"

"您怎么会知道汽车撞到了树上的？"考利追问道。

"无可奉告。"

"汽车确实撞到了树上，"考利接着说，"可是这一消息从未披露过。您是怎么知道的？"

雷德劳沉默了，脸上充满了恐惧。

"星期二晚上我没有走近任何汽车。"雷德劳气急败坏地说。

"雷德劳先生，在汽车旁边有一些脚印，其中的一个脚印相当大。您的双脚很大呀。那个脚印仍然在汽车旁边呢，能否请您跟我一起去一趟，把您的脚放在那个脚印的旁边比试一下？我们现在就走吧。如果您刚才讲的话属实，您根本就用不着担心。走吧！"

雷德劳站了起来，一只手飞快地塞进了嘴巴。

"快阻止他！"考利猛地喊了起来。但为时已晚，雷德劳的脸顷刻发紫，随即倒地死了。

愚蠢的名探

【英】乔艾丝·波达

"我是格拉特。"为了避免引起不必要的误会,这个女人慎重地接着说,"格拉特小姐。"

"格拉特小姐,是你发现尸体的吗?"

"是的。"

"你是被害者沙塔·洛夫斯基的女管家,是吗?"

"在某种意义上可以这么说。"

由于她天生具有不让须眉的个性,因此算是一位不好应付的证人。可步入中年的德瓦探长,根本无视她这种强硬态度,把第一阶段的调查交给年轻的手下后,坐在最舒服的一张椅子上。

"这个家有一半是属于我的,"格拉特小姐不情愿地说明,"因为这房子是我父亲留给姐姐和我的,姐姐过世后,她的儿子当然就只继承她那部分遗产。"

"令姐的儿子就是被害者沙塔吗?"马格雷加刑事组长问道。他是探长得力的助手。

"我姐姐曾和一个好吃懒做的波兰人同居,"格拉特小姐说,"虽说我外甥一直由我照顾,但我们只不过生活在同一屋檐下罢了。"

"是吗?"马格雷加附和道,"你能否把发现尸体时的情况详细地告诉我?"

"那是发生在今天早上八点的事,由于他没有出来用早餐,我便到休息室去看,结果却发现这种情形。"同时,她也提到在地板上,尸体的轮廓已经被人用粉笔画出来。

"作案时用的枪,留在房屋角落里。"

马格雷加听完后,问道:"你曾经见过那把手枪吗?"

"好像是他借来的,他一向都把它连同子弹装在书袋里,我早就觉得他这样做未免太傻了……"她发现马格雷加面露疑色,立刻改口说,"他从事商业广告工作,是自由职业的设计家。"

"原来如此,"马格雷加似乎有所领悟,"沙塔究竟在何时开始携带这把枪?"

"前天,是从伦敦带回来的,当时他曾说这把枪支可以配合宴会的气氛。"

马格雷加将对方语无伦次的话加以组合:"你说宴会?"

"星期日中午举行的,"格拉特小姐做出一副恶心的样子,"我替他送食物,停了十分钟就离开了,因为我知道他们会做出一些不伦不类的行为。"

"客人何时离开的?"

"两点左右,因为当天只是供应廉价的葡萄酒……"

马格雷加皱着眉头说:"这似乎是一次很不愉快的宴会。"

"本来就不可能愉快的。"格拉特小姐肯定地说。

"沙塔是否单身?"

"看起来应该是独身,他很早就离婚,他太太受不了他的放荡行为,和一位加拿大籍男人私奔了。此后,我外甥持续惹出绯闻。可以说他是个色情狂,只要有女人在周围,他便会动心。"

马格雷加问道:"你认为这次案件是出于女人的嫉妒心?"

"要不就是那些女人的丈夫们起了嫉妒。"

"会不会因为金钱上的问题?"

突然传来一阵鼾声,两人扭过头,看到德瓦探长睁开惺忪的睡眼。

格拉特小姐露出惊讶而又戒惧的神情,她知道对方是苏格兰场刑事科的高级警官,可是她实在无法接受这个事实。她一直不敢相信这位态度狂傲、身材臃肿的笨蛋,竟然是个鼎鼎有名的探长。尽管这么想,她也不敢过分轻视对方——也许对方那种态度,正是一种大智若愚的伪装!

"你所谓的金钱,究竟是指什么呢?"

德瓦探长露出阴霾的表情:"当然是指留在被害者手边的钱。"他指着家具齐全的休息室说:"你看,这么多财产,一旦这位叫什么的男人死去,这个家将是属于谁?"

格拉特小姐仿佛面临有生以来的第一次挑战,不安地说:"当然是我的,我是他最亲的人,我也曾要他立遗嘱,可是……"

德瓦探长好像又对一切不感兴趣了,这是因为他遵守分层负责的原则,将一切工作交给他的得力助手。

马格雷加轻咳了几声后说:"格拉特小姐,能否说明沙塔邀请了哪些人参加宴会?"

格拉特小姐若有所悟:"对了,一定是其中某个人干的。"

马格雷加突然有一种奇妙的想法——如果自己能以一般市民的身份来侦查案件,也许效果更佳。

格拉特小姐看到德瓦探长拉过一张椅子,抬起那双穿着破旧马靴的脚搁在椅子上,忍不住一阵恶心。她算着有嫌疑的人说:"有年老的霍卡斯,或许他会因为女儿曾被沙塔伤害而怀恨在心,可目前他患有关节炎。他女儿巴莉达·霍卡斯也应邀参加宴会,她与我外甥沙塔曾交往密切。还有贝芝若曼,这个女人已经和他先生离婚。"

"她与你外甥有亲密交往吗?"

格拉特不耐烦地点点头:"只要穿裙子的女人在身边,他是不会轻易放弃的,即使是穿长裤的女性,也逃不出他的掌心。"

"还有谁?"

"德丝里女士,当地人都称她为玛莉·威德,她和乔妮·威士比都属于欲求不满的人。洛德尼·加塞和他夫人史普吉。还有巴格雷·里斯先生的夫人。对了!威比安·伊斯特霍姆那孩子也来了。这就是所有客人的名单。"

马格雷加看了一下记事本："只有三位男士。"

"如果连威比安也算在内，还有三位，"格拉特点点头，"不过，那孩子今年只有十六岁，因为他连开车都不会。"

马格雷加猛然抬头："你所谓的开车是……"

"当然是凶手的车子。"

"凶手的车子？"马格雷加不由自主地反问。

"是的，"格拉特小姐回答，"昨晚八点半左右，不知是谁开车前来这里，大约停了十分钟就走了，但杀人及消灭指纹用不了十分钟。"

"你是说你听到枪声？"马格雷加变得颓然无奈，"这太好了，刚才为什么没提这一点呢？"

"我根本没听到枪声，"格拉特小姐立刻纠正说，"我希望你说话要慎重些，你应该镇定地听我说，昨晚有一辆车子驶进这条死胡同，而转角处只有我们这一家。但我并没有听到枪声，因为电视上正播西部影片，时常出现射击的镜头。"

"等一下，"虽然很不满意格拉特那种狂傲的态度，可马格雷加已顾不得那么多了，只是全神贯注地推断整个案情，"你住在最内侧的房间，如果听不到休息室传出的声音，又怎能听到车声呢？"

"我可没说我听到车声。"格拉特小姐语气不善地回答。

"那么你看到车子喽？"

"不！当时我正在房间看电视，由于画面忽然模糊，所以猜想一定是车子经过，使电波受到干扰而引起的。不久，可能对方关掉引擎，所以画面恢复正常，可是大约十分钟后，当车子的引擎发动准备离去时，画面再度模糊。"

"一定是参加宴会的客人之一，"格拉特小姐自信地说，"因为星期天下午客人们开车离去时，也出现同样的现象。"

"可干扰电波的东西不只车子一种。"马格雷加问道。

格拉特小姐顽固地说："不可能的，当天下午与晚上电视画面所出现的模糊完全相同，我还记得星期天下午我正在看电视转播的曲棍球赛。其实，只要调查这些客人的车子中，哪一辆能使电视画面出现同样模糊的现象就可以，如果你觉得这项工作苏格兰场的警官难以进行，我可以替你们办。"

幸好此时德瓦探长又坐直了身子，他微笑地注视着格拉特小姐，冷不防冒出一句令人惊愕的话："你这里有热咖啡吗？"

格拉特小姐虽然想向这位肥胖的探长挑战，但一番思索后，终于怯弱地说："我立刻去准备。"

德瓦探长朝着格拉特小姐离去的背影说："再加块蛋糕当然更好。"

他回头看着马格雷加："真是有求必应。"

他忍不住大笑起来。

德瓦探长脸上洋溢着令人嫌恶的笑容："看来你对这女人无可奈何。"

"一个令人反胃的老太婆。"马格雷加不高兴地说。

德瓦探长伸了伸懒腰："那个女人说得也对。"

"探长，我觉得她的判断错误。"

"为什么你这么肯定？"

马格雷加不愿加以反驳，因为他发现格拉特小姐的推断能力并不亚于德瓦探长。

"例如那支可疑的枪，虽然只有参加宴会的人知道休息室里有枪和子弹，可也不能据此一口咬定凶手就是其中的一个，或许是别人用那把枪杀死他的。"

德瓦探长搔搔头："你说这起凶杀案是临时起意吗？"

"当然也有可能是预谋，不过休息室里既然有枪，因此，我认为有可能是凶手临时起意。"

"呃！"德瓦探长似乎没耐性仔细推敲。

"格拉特小姐提到昨晚有人驾车前来，或许与本案有关。"

"就时间上来判断或许如此，"德瓦探长说，"而且和法医的鉴定也相符合。"

听到德瓦探长已得知验尸报告，马格雷加微微感到惊讶。

"探长，那只是最初的推断，"马格雷加说，"有些凶杀案要经过法医解剖后，才能确定死亡时间。格拉特小姐认为那辆干扰电波使得画面模糊不清的车子，是查出凶手唯一的证据，但使电视画面模糊的原因很多，而且我听说使用电动刮胡刀时，电视影像也会模糊……"

德瓦以轻视的眼神看了马格雷加片刻后说："其实也可针对这点来调查。"

"是的，探长。"马格雷加严肃地回答。

德瓦探长伸了一个懒腰说："那你快去吧！"

"探长，有必要这么急吗？"

"你去吧！那女人由我应付。"德瓦探长傲慢地说。实际上，他是为了独享两份点心。

德瓦探长吃完所有点心后，不胜遗憾地看着眼前的杯盘叹了口气，然后回头看了一眼格拉特小姐。

格拉特小姐也摆出反击的气势。她已大略了解德瓦探长的能力，也明白他那令人作呕的打嗝声及狼吞虎咽的吃相，是令人失去戒备的高明手段。

没想到德瓦探长却道出了一句毫不相干的话："夫人，洗手间在哪儿？"

格拉特小姐无可奈何，只好默不吭声地带这位不受欢迎的人物到楼下的洗手间，然后自己再回到休息室。

好一阵子，德瓦探长总算回来了。"喝咖啡的缺点就是会找不少麻烦。"

说完，慵懒地坐下，面带笑容，说："不过现在舒服多了。"

格拉特小姐拼命地压抑激动的情绪，她故作冷静地问："还有什么地方需要帮忙？"

但德瓦探长似乎不愿失去这位旗鼓相当的对手，一面四处找烟，一面亲切地说："要去写生吗？"

"是的，我从事广告设计。"

"哦！难怪楼下洗手间尽是风景明信片，"德瓦探长接着说，"是否艺术家的作风都与常人不同？"

"或许吧！"格拉特小姐勉强应答，其实，她最不愿意谈到洗手间那些风景明信片。

"我觉得贴风景明信片要比贴壁纸效果更佳，"德瓦探长肯定地说，他正为找不到烟抽而苦恼，"而且比铺瓷砖还经济。"

"这只是个人喜好不同罢了。"格拉特小姐平板地回答。

德瓦探长若无其事地说："好像缺了一张……"

格拉特小姐猛然抬头，一言不发地站起来冲到楼下。

不久，她怒容满面地回来："究竟是谁在恶作剧？"说完，便开始在橱柜里搜寻。"一定是前来参加宴会的客人干的，正好剥掉内侧墙壁正中央的那一张。目前我无暇去换壁纸，只好先找另一张来代替，虽然彼德要我把多余的明信片收好，可是……"

"我想那张明信片一定很精彩吧！"德瓦探长打趣说，"你家大概有不少让人销魂的明信片吧！"

"笑话，我家哪来那玩意？"格拉特小姐用力拉开抽屉，"那是一张美丽珍贵的明信片，图上是一位身穿农民服装的意大利少女，最吸引人的是那件刺绣的裙子。"她接着说："那是难得一见的明信片，而且，从邮戳上可以知道是从意大利寄来的。"

平时从不把时间浪费在问话上的德瓦探长，为了打发无聊，只好接着问："寄件人是谁呢？"

"我没有偷看别人明信片的习惯。"

德瓦探长那毫无血色的脸，露出令人嫌恶的笑容："我想你的语气可以缓和些。"

"是你这么问，我才这么回答，其实根本没有寄件人的姓名……"格拉特小姐脱口而出，又猛然闭上嘴。

"明信片上只有戳印，这真是一件有趣的事。"德瓦探长等着对方继续说下去。

"里面大致是说，如果我俩长相厮守，那该多好！但愿你也和我一样，内心正如一把火燃烧着。"格拉特小姐故意翻箱倒柜，寻找一张替代的明信片。半晌后，她收拾好杯盘径自离去。

不知不觉，他又沉沉睡去，直到被马格雷加唤醒。

他睁开蒙眬的睡眼，一时竟不知自己置身何处，而马格雷加却迫不及待地报告这段时间的行动，说已转告交通科，要求苏格兰场的警官将所有办案的警车加以处理，使其不会干扰电波，同时召集参加宴会的客人，准备在当天下午接受德瓦探长询问。

"别开玩笑了，"德瓦探长慌忙推卸责任，同时眨着睡意犹浓的眼睛问，"对了，现在几点？"

多年的经验，使马格雷加知道此刻如何回答："探长，离此地不远有一家供应午餐的餐厅。"

下午似乎过得特别快，马格雷加更加肯定自己当初悲观的判断是正确的——涉嫌人都已接受过调查，可情况并不理想。

霍卡斯医生看来已不久于人世，根本无法杀人了，他的女儿巴莉达也有当晚不在现场的证据。

当两人进入巴格雷·里斯家的客厅时，马格雷加还不了解德瓦探长的想法。里斯是位经验老到的律师，因此当马格雷加对他夫人问话时，她也只是回答"是"或"不"等简单的字眼。

德瓦探长心情越来越沉重，为了拖延时间，他接着问里斯夫人是搭何种交通工具参加宴会的，对方却回答是步行。

当他们来到德丝里女士家时，德瓦探长已现出疲态。当德瓦问起凶案时，她辩驳说自己当时被三位男士请去表演节目，因此星期五下午直到夜晚都有不在场证据。

"时代进步了，我们女人也必须具有绅士风范。"

当探长问她为何要参加只供应葡萄酒、乳酪的宴会时，她面无表情地回答事先并不知道会是这种情况。

德瓦探长拖着沉重的脚步离开德丝里家时忍不住大叫道："我快受不了了！"

马格雷加也有同感，但他仍然希望德瓦探长有始有终，于是他要求道："探长，忍耐点，只剩下一家了。"

加塞夫妻表现出一副拒人千里之外的态度，对问话只是一味地回答"不知道""没听到"，甚至回答："真可怕。"

史普吉轻声说："说起来真不好意思，我一回来就呕吐。"

"垃圾桶还在浴室呢！"洛德尼紧皱着眉头对马格雷加说，"幸好我有一个强壮的胃，要不然也会像她一样。沙塔那家伙真差劲，竟然供应那么拙劣的酒。"

在马格雷加笔录时，德瓦探长默默不语地埋坐在椅子上。当发现探不出任何线索，也得不到任何茶点时，决定不再多费口舌。

但他又不肯轻易作罢，于是在加塞夫妻送他们到门口时说："今天只是例行调查，等掌握了线索，必再登门造访。"

"好的，"洛德尼笑逐颜开，"你们不是还要检查弹痕、解剖尸体吗？"

德瓦探长发现本案的涉嫌人都不好惹。"相信我们会再来的，"德瓦探长说得很肯定，"你们休想逃到国外。"

"如果不放心，可以扣留我们的护照呀！"史普吉镇定地说，"这样我们不就寸步难行吗？何况我们今年已到海外旅游过。"

德瓦探长感兴趣地问："哦？你们到哪里旅游了呢？"

"到阿玛菲旅行两周，"史普吉脸上浮出自我陶醉的神情，伸手扶住丈夫的手臂说，"那是个好地方，你说是不是呢？"

当德瓦探长与马格雷加一起回到巡逻车后，探长立刻问："阿玛菲在什么地方？"

"意大利，在罗马南方，探长，你是否有什么新发现？"

德瓦探长拍拍马格雷加的肩膀说："嗨！到你家喝杯茶？"

马格雷加讶异地说："回到局里不就有茶喝了吗？"

德瓦探长只好吩咐马格雷加加快速度开到当地警局。

"在我休息时刻，"德瓦探长转身对马格雷加说，"你去申请逮捕令。"

"逮捕令？"马格雷加讶然失色，"要逮捕谁呢？"

"就是刚才那家伙，难道你没发现吗？"

"洛德尼？为什么逮捕他？"

"因为他杀人，你真是迟钝得让我失望，这件事连三岁小孩也会看得出的，"德瓦探长又以缓和的语气说，"被害者喜欢将他人寄来的明信片贴在一楼的厕所墙上。"

"真的吗？"马格雷加问。

"案发当天下午，一名参加宴会的客人上厕所时，将墙上其中一张风景明信片撕下。"

马格雷加插嘴说："探长，请说详细一点。"

"我真拿你没办法,"德瓦探长低笑出声,但马上正色说,"你知道吗?被害者是⋯⋯"

"探长,他是沙塔·洛夫斯基。"

"你应该知道他浪荡成性的吧?我问你,如果你发现妻子在风景明信片上写些淫荡内容寄给别的男人,你会怎么做?"

"探长,请等一下。"

"死者的姨妈记得那张被撕下的明信片是从意大利寄来的。她还记得里面的内容,上面没有签寄件人姓名,但如果是你太太写的,你应可认出她的笔迹吧?那是一张珍贵的明信片,贴在墙上很显眼。"

"难道你只凭一张从未见过的明信片就逮捕洛德尼吗?"

德瓦探长不以为然地说:"你太笨了,很明显是参加宴会的客人之一将那张风景明信片撕去,这不是很合理的推断吗?"

"那也并不一定是洛德尼撕的。"

"明信片是从意大利寄来的,寄件人一定是他妻子。"

马格雷加立刻答道:"但也有可能是别人撕的呀?"

"确实,可除了洛德尼外,谁会撕下风景明信片而又杀死沙塔呢?"

德瓦探长疾言厉色地说。

"探长,沙塔的几位朋友也参加宴会,可能是其中一位看到明信片内容后,因嫉妒而萌生杀机⋯⋯"

德瓦探长义正词严地说:"你又判断错误了!明信片是贴在一楼厕所内侧墙壁的正中央,一定是男人撕下的,这一点你应该明白吧?参加宴会的男士有三人,年事已高的霍卡斯先生及十六岁的威比安不可能是凶手,因为他们都无法开车,因此可以判断凶手是洛德尼,你快点行动,吩咐人检查他的车子,只要他的车子会干扰电波,影响电视画面,凶犯就呼之欲出了。"

马格雷加哭丧着脸说:"探长,难道你真的相信格拉特小姐的证词?"

"她是个直肠子女人,即使要她上法庭作证,她也泰然自若的,"德瓦探长靠在椅背上一边说,"她绝对不会推翻自己的证词,而且⋯⋯"为了怕被别人听到,他压低声音说:"而且那女人作证绝对可靠,我们可以把洛德尼的车子稍微动点手脚,让它可以干扰电波,影响电视画面,这并非坏事,你了解我的意思吧?而且这件事轻而易举,只要倒些酒在引擎上便可完成。"

马格雷加顽固地说:"探长,我还是不同意你的看法,虽然你一直认为那张风景明信片是最重要的线索,但这不能证明是男人撕下的⋯⋯"

"我简直是对牛弹琴,"德瓦探长大声说,"真是朽木不可雕!那张风景明信片是贴在厕所内侧墙壁正中央,也就是马桶正上方,刚好与眼睛平行,你该了解了吧?女人如厕都是坐着,根本不必面对墙壁,所以只有男人才会注意到那张明信片。"德瓦探长以轻视的眼光看着马格雷加:"你再笨,不可能连这一点都想不通吧?"

"洛德尼就是看到那张风景明信片的内容,才知道妻子红杏出墙,所以回家后让妻子服下安眠药,再开车到沙塔家作案。现在你都明白了吧?"

德瓦探长悠然自得地说。

救生员

【美】堂·多特

本尼的小屋是鸡尾酒吧,无人陪伴的妇女很少敢去,尤其在星期六晚上。爱莲诺·麦修斯是少数几个例外之一。丹尼独自坐在绿色赛车里,他望着她随意进了小屋的门。现在五分钟已经过去,再过五分钟时间就够了,可以去"偶然"碰见她,不会引起她的怀疑。要是再等,又可能发现她在跟别人来往。还有,他越早把她带出酒吧,自己的脸被人回忆起的危险就越小,尽管不必过多担心。他在一周之内已经看见她跟四个不同的男人回过家了。

身穿T恤、工装裤、旅游鞋的丹尼来到女人面前时,她还是一个人。丹尼叫了一份啤酒,随意地转向了她。女人露出了笑容,轻轻张开浓抹的嘴唇。

丹尼皱着眉头,装出回忆的样子:"我们好像见过?"他对她非常了解,完全可以。

她正盯着他那蓝色的眼睛:"长得这么帅,亲爱的,你就不用编台词了。"

他捏着指头吧一声响。"想起来了。"他向她提起了沙滩上的事,她也想起来了,便坚持要请他喝一杯。有过那样的关系,她告诉他,至少也得请他喝一杯。

后来,他俩回到了她的家,进了小客厅。他从唇边拿开酒杯时,波旁威士忌就燃烧着他的双颊,他几乎突然流下泪来——他希望她没有注意到。她自己喝威士忌却满不在乎,有如激烈赛事之后的少年棒球队员喝樱桃香汽水。

此刻,她快要睡着了,把头靠到了他宽阔的胸脯上,双腿几乎蜷缩到了身子底下。面前的咖啡桌上有个瓶子,剩下的酒已不到两指深。她猛然一个激灵,坐正了身子。

"酒快没有了。"说这话时她的舌头已经大了,嘴唇一咧,露出个异样的笑。

她像水手抓冰镇啤酒一样,攥着瓶颈往嘴里灌:头一仰,酒瓶一翘,酒不见了。手麻木地垂了下来。威士忌从下巴上滴落,然后,她仍然闭着眼睛,醉醺醺地微笑着说:"嗨,又把你的名字给忘了。"

"我叫埃德。"他说假话。其实,告诉她真名也没有关系,因为……但造成不必要的机会总是愚蠢的。

"埃德,对,是这个名字,想起来了。"她往躺椅上一倒。

他知道她只有二十六岁,但看上去已有三十五或四十。面孔瘦削,脸颊深陷,有了皱纹。若是丰满些,她可能还有魅力,甚至说得上漂亮,但现在,她眼上的化妆色在流,厚厚的粉也已是斑驳陆离,看上去很放纵,她未老先衰了,成了被抛弃的人类渣滓。对自己,对任何人都已没有了用处，不会有谁想念了。

电话铃响起来，丹尼下意识地伸出手去，却及时停了下来。电话铃又响了，催人去接。那声音对他的刺激有如在炎热的太阳下连坐了几个钟头，再突然跳进冰凉的海水里。他的手在发抖，他突然尖锐地意识到自己曾如何通宵不安，而现在事到临头，又老是感到紧张。

电话铃响到第四次，爱莲诺·麦修斯仍然似乎没有听见。她已经睡着了，睡了个短促而沉酣的酒鬼觉。现在她醒了，迷迷糊糊地眨巴着眼睛，瞥了丹尼一眼，似乎在问他：那声音那么烦人，你干吗不让它停下。同时伸手拿起电话。

"哈喽。"她说，等了等。丹尼听见一个男人的声音，嗡嗡的，不大清楚。她鼻子一皱，丹尼无法确定是生气还是厌恶。

"我告诉过你别来烦我，我们俩早分手了！"她闭上眼睛听了一会儿，摇摇头，"我们已经谈过了，卡尔，不！不！不！我不再试了。不，不能见你。不愿意谈。"她啪的一声扔掉了话筒。

通完话她清醒了些，然后想起了自己所在之处，跟谁在一起——这人还几乎是个孩子，但是可以占领她的心，使她遗忘。她从桌上的钵里取出一支香烟，用两只哆嗦着的手敲着打火机，丹尼没有帮她。她狠狠地抽了一口，吐出好大一串烟雾："别担心，我们已经分手了。他在写离婚申请。这些人早晚是要写那玩意的。"

她四面望了望："做个好孩子，到厨房再给爱莉①拿点喝的来，行不？"

"你不觉得自己喝够了吗？"

她一拍桌子，香烟掉了下来："你，一个素不相识的人，也来这一套？为什么每个人都在想改造我？听着，宝贝，我偏要喝，我喜欢喝。我就是个酒鬼，我就是想年纪轻轻便死掉！这是我自己的事，对不对？"她按捺不住了，双手捂着面孔，抽泣起来。

丹尼弯下身子拾起她的烟，放进烟灰缸，站了起来。他还不到二十一岁，高高的个头，宽宽的肩膀，皮肤晒得很黑。T恤袖下露出鼓突的二头肌。金发剪成平头，给太阳晒得淡了。他的面貌是男性的英俊与女性的秀丽的一种奇怪结合。眼睛呈深沉的海洋蓝，颧骨凸出在宽阔的颌骨之上。"对不起。"他转过身子，轻轻地离开了她。

她望着他穿过起居间："嗨，去厨房走那边，酒在厨房里！"

他停下步来回头望着她："我去浴室。"

"哦。"她咯咯地笑了，用手遮住了嘴。

来到浴室，他用手巾包着手打开浴盆的水龙头，仔细调整好冷热。浴盆渐渐满了。他进来时没有关门，从她的脚步声他知道她摇摇晃晃地踅过了客厅。她在门口出现了，他转过身来。

"你在干什么？"

"在放洗澡水。"他微笑着平淡地回答，面颊上露出两个酒窝，眼睛打量着她，带着冰一样的严寒。"我以为你会……喜欢洗个澡的，"他改变了态度，"我以为……"他感到心不在焉，也不在乎了："……洗个澡会很舒服。"

"要我洗澡？"她望望他，望望浴盆，又望了望他的脸，"你发疯了？"

---

①爱莉：爱莲诺的爱称。此处女人指她自己。

他心里闪过一个念头，向前走了几步，双手向她的喉咙卡去，她趔趔着后退。他站住了，努力控制住了自己。

"你疲倦了。"他深深地吸了口气。"我觉得你在浴盆里泡一泡会很舒服，而且，"他告诉她，把手放到她肩上，"我还可以给你洗洗背。"

她放下心来，神经质地笑了。"嗨，这种事我还从没听说过。不过我喜欢，喜欢，"她亲吻他的嘴唇，她的呼吸刺激着他的鼻孔，"那以后又干什么？你是想把我塞进温暖、舒适的被窝去吗？"

"走着瞧吧，为什么不可以？"他笑了，"有可能的。"

"行呀，我可没想到。"她解开了扣子，从头顶拉下了外衣，随后又脱下了长内衣、裤子和乳罩。脱光之后她全无顾忌地站在他面前。他对她一直没有动作。她到浴盆里坐下，往温水里滑下去："唔，真舒服。"

他拿起肥皂和浴巾，用肥皂搓洗着浴巾，肌肉沿着手腕和前臂跳动着。他在她肩上不声不响地打着肥皂，用手指轻轻搓揉她的皮肤，双手向她的脖子靠近。

她闭着眼睛："唔，多周到的服务。"

"手伸给我。"他把浴巾摊在手心，她把双手放进浴巾。他的手指像钢筋一样攥紧了，捏得她的指头血行不畅。他看出了她眼里的恐惧。他一只手攥住她两只手，往她的胃部一拉，对她的中路揍去。

她痛得直挣扎。他从身边的架子上抓来一条毛巾。经过这一吓，她完全清醒了。

她张开嘴想叫，他已把毛巾塞进她嘴里，再把她脑袋往水里摁。她乱踢乱打，想挣脱他的手。他攥住她的双手往她胃上狠狠地敲，敲得她直吐气。她再也没有力气挣扎了，她软了，使劲摆动着脑袋，想挣脱他的手，却被他摁在水里，并从她嘴里及时抽掉了毛巾。

不能窒息死，必须淹死。这一点很重要。她必须淹死，只能淹死。

他把她摁在水里，对着瓷砖的黑色方框闭上了双眼，开始缓缓地数起数来：一，二，他不知道她是什么时候停止动弹的。数到二十，他停了下来，低头望着她的身子。

龙头出水太快，排水孔来不及流走，便从浴盆边上漫溢出来。他跪在地板上，工装裤从膝盖以下全湿了，成了深色。

他站起身时水已流满了浴室地面。他在她头上仔细包好毛巾，再次用手巾关了龙头。水流一停，房间便显得极度宁静。

离开房间前，他又停留了一会儿，确认了自己没有摸过任何可以留下指纹的东西。他又在起居间里逗留了很久，擦干净了他用过的杯子和威士忌酒瓶。在出门踏进黑暗之前，他还把大门把手上的指纹也擦了个干净。

洛杉矶的夜潮湿而阴冷，笼罩着一层淡淡的朦胧的雾。安迪把没有标志的巡逻车靠到人行道旁时，已是半夜十二点了。史都·布莱克从最近的公寓里蹒跚地走了出来。公寓是朴素灰白的方形建筑，很像监牢。

安迪·埃廷杰看见那大个儿青年向汽车笨拙地匆匆跑来，忍不住笑了。他这新来的搭档一定在咒骂几年前作出当警探的决定的日子。小青年满心想的只是它的迷人之处，对于未来并不考虑，比如从温暖的被窝里给吵醒，匆匆钻进冰凉的夜里，去看一个通常是更冰凉的尸体。对于事情的后半截，若没有被迫体验过几回，小青年是设想不到的。如果这二十三年来安迪每次晚上出这类事都留有凭证,他就可以要求局里给他发养老金了。

安迪过街来到车前,一扭把手开了门,史都上了车,轻轻地关上了门。

"倒是个好孩子。"

史都睡眼惺忪地望着他:"当然啦,干吗把大家都惊醒——因为我们是笨蛋,不知道该什么时候回家睡觉吗?"

安迪有一种冲动,想拿史都那才六个月的新娘子开玩笑。可他说的却是:"希望有固定的上班时间吗?那你就早该去当牙医了。"

"我老头子也总说这话,"史都皱了皱眉,"事实上萨莉那天说的也是这话。"

"已经?"

"你是什么意思——已经?我们结婚已经快七个月了。"

"对不起,小伙子,我忘了你已是个老新郎了。"

"又是浴盆案件?"

安迪点点头。"这回是在威尔夏区这边。刚报了案安德鲁斯就通知了我。女的。丈夫发现她死后浮在浴盆里,在——"他望望自己的表,"二十分钟以前。"

"跟另外几个案子类似?"

"安德鲁斯认为很类似。所以叫了我。"

"为什么就没有人在白天,在正大光明的时候,被杀害?"

"婴儿都是凌晨三点出生的,道理相同。"

史都哼了一声:"问了一个愚蠢的问题。"

安迪望了望身边那年轻人。史都二十五岁,原是个足球运动员,健壮、漂亮,一头浓密的、桀骜不驯的棕发。在两人一起工作的一个月里安迪没有少提醒他那头发。

"我知道,我耳朵还痒痒着呢。可哪儿有时间上理发店呢?"

"你抱怨什么呀?我还恨不得有头发,上理发店去理理呢。"安迪用手摸了摸自己的秃顶。两人哈哈大笑。

三十分钟后他俩在一幢粉刷过的白色西班牙式建筑前停了车。那房红瓦盖顶,窗户上有铁栅栏。车道上已停了一辆巡逻车。

一个红脸的警官为他俩开了门。"嗨,安迪。"

安迪点点头,从警官肩膀上望进去,看见一个人坐在长沙发上。"那是麦修斯吗?"

"是的,长官,"警官低声回答,"一直坐在这儿,整个时间都在呻吟、啼哭。"

"这儿就你和他?"

"是的,长官。检验室的人马上就到。"

安迪来到长沙发边,介绍了自己和搭档。麦修斯站起身来和他握手。这是个中年人,穿一身剪裁得体的深蓝色套装。

"是你发现你妻子尸体的吗,麦修斯先生?"

麦修斯狠狠地点头,开口想回答,却被一阵哽咽堵住了。

安迪打量了一下房间。除了大门,还有两道门。一道通向厨房,一道通向走廊。地毯上有两行湿脚印,一条指向浴室,一条指向走廊的门。安迪仔细看了看。

"我来看浴室,麦修斯先生情绪好些之后,你可以问问他情况。"

史都点点头:"好的。"

但凡有了案子,都是安迪第一个进入凶杀现场。他一个人进去了。他不提出要求,别人是不能进去的。有些生手对此觉得难以理解,但史都从不打扰他。安迪靠着墙壁绕开湿脚印走。

浴室地板是湿的,浴盆里的水面跟溢水口的下沿齐平。浴盆里的女人头上裹了一块毛巾,盖住了脸,第一眼看去像在做美容浴。仔细一检查,却发现她已不再呼吸。他完全保留了他看见她时的样子,离开了她,连毛巾都没动一动。一块白色的肥皂浮在她的腿边。安迪注意到它外面泡软了厚厚一层——肥皂留在水里就是那样子。没有取手印的机会。除了地板是湿的和浴盆里那女人,他没有发现异常的东西——没有挣扎的迹象,也没有什么破绽。他检查房间时听见史都在隔壁问麦修斯。

麦修斯说:"我按了三次门铃,她没有回答。她的车停在屋子前面。她到哪儿都从不走路。时间已经很晚了。我确信她在家里,灯还开着,我担心是出了事。"

"你为什么会那么想呢,麦修斯先生?"

"你看,爱莲诺,我妻子,老是跑来跑去,她,她,在酒吧跟人见面,把他们带回家来。我只要一离开这城市,她就到处乱跑,以为我不知道,"他痛苦地停了停又说了下去,"总之,我等了很久,然后才进了门。我身上还带着钥匙。"

"你现在还带着钥匙吗?"

安迪笑了。小伙子审案有点入门了。要抓住嫌疑人细微但重要的话柄需要本领。

"我们分手已经两个月。就是因此我才想回来设法弥补的。"

如果那女人换了个死法,或者麦修斯没有给他留下正派人的印象,安迪是可能立即对他发起攻的。他处理过的丈夫因为想和好却终于杀了妻子的案件很多,足够写一本书了。通常都是发现妻子跟男友在一起,于是把两人一起杀死。

"说下去。"史都说。

"我进了门,叫她的名字,却没有回答,于是在屋里找了一圈,这才发现了她。"

"你什么东西都没碰吗?"

"只拿了电话报警。"

"在她生前,你是什么时候最后一次见到她的?"

他一时没有出声,然后说:"是在大约一周以前,我今晚之所以想见她,也是这个道理。我离开了她很受不了。我非见她不可——即使她不让我来。"

"她什么时候跟你说这话的?"

"我九点左右给她打的电话。她,她把我的电话挂了。"他嗳嚅着说。

安迪回到了小客厅:"她好像心情不好,是吧?"

"不,不比平常更不好。没有不好到我可以想象她会自杀的地步。"

"自杀?"安迪和史都同时说。史都让安迪问下去:"你以为她是自杀吗?"

"当然,怎么可能不是呢?我一直就担心会出这种事。"

安迪摇摇头:"我看不像,麦修斯先生。一个人要淹死自己事实上是不可能的。"

"那就是意外事故了,是吧?也许是她撞伤了脑袋,也许是晕过去了。"

"关于这一点,验尸官能告诉我们更多的东西,"安迪已经确信麦修斯跟案子无关,"今天晚上就谈到这里吧，麦修斯先生。我知道今天是星期天。我希望你明天到我的办公室来一趟——我指的是今天。很重要的。"

麦修斯拿手巾擦了擦脸，擤了擤鼻涕："我还得上班，我真不知道怎么去上法，但还是得去。我是个导弹工程师。我们在搞一个紧急项目。如果我星期一上午没有把该做的工作做完，就会有两百人窝工。"

"有时候埋头工作倒是好事。"安迪根据自己的经验说，他的妻子在高速公路上死于车祸的第二天，他就已在东洛杉矶侦破着一桩斧头凶杀案。

"我四点钟可以结束工作，那时我就来。"

"我并不要求你，但那很重要。我怀疑你的妻子并不是意外死亡，而是他杀。你现在能想出些线索，帮助我们寻找杀害了她的凶手吗？"

麦修斯茫然地摇着头："不，爱莲诺酗酒，但是没有敌人。认识她的人都喜欢她，帮助她。"

"行了，我们明天再谈吧，你现在可以走了。"

麦修斯含糊地说了声谢谢便慢慢地站起身子，向门边走去。却又停下脚步，满心疑问地望了望那浴室。

麦修斯刚走，两位专家就到了。地毯很厚，吸水性也强，保留下了脚印。他们在最深的脚印里倒了石膏模。

在安迪的五次案件里，脚印都是第二条线索。在他的第二起杀人案里他发现过几根金色的头发，一英寸左右，受害者虽然无法抓住，却在挣扎时拉扯了下来。

"我们有很多的事可以做了，长官。在头发颜色和鞋的大小上。"史都并不太受鼓舞。

"我见过的案子太多了。我们有了头，也有了脚，要做的就是找出身子。"

药物检验的帮助不大。"现在还说不准。但是我估计她其实是淹死的。根本没有伤害和掐脖子的痕迹，没有淤青也没有挫伤。看不出任何伤痕。尸检之后我们可以知道得多一些。"

"死亡多久了？"安迪问。

"泡在热水里，把问题弄复杂了。不过我估计是三四个钟头。"

"你们有很多事都靠估计吗？"史都说。

验尸官望着安迪："来了个新手吧？"

"是的，又给我派来了一个。"安迪耸耸肩。趁验尸官没看见，对史都递了个眼色。他估计新手都会觉得不愉快。

国王海滩是一座海滩城市，地处拉谷纳海滩和马里布之间，几乎就在洛杉矶正西。到了夏天，这个海滩比附近大部分海滩的游客都少些。那里沙虫多，却没有地方停车。海滩太辽阔，从你能侥幸找到的任何停车点下水，都得走很长的路。

季节已晚，是最后的几拨度周末的人群了。丹尼一向不喜欢看见夏季的结束和海滩游客的稀疏。午后常有的大风越刮越猛，浪涛更加猛烈地拍打着海岸。那天日子过得很慢，他已从海流撞击的地方先后救出了一个中年生意人、一个十多岁的少女和两个冲浪的游客。

他坐在守望塔椅子上，每过几分钟就扫视海面一眼。他看浪上的人就像读书上的字一样轻松。游泳的人出差错就像是印刷颠倒一样惹眼。在需要抢救的人里，最明显的大部分是游得太远、太脱离人群的人。

他还没有往下面看，就已意识到那姑娘的存在。他感到她的目光落在自己身上。

"嗨，丹尼。"她在那里，抬头望着他。这姑娘十八九岁，金色的长发在风里飘动。她笑了，他也忍不住微笑回答。从时尚的标准看，她那件单件头的蓝色游泳衣还不够暴露，但是穿在她身上却比大部分穿比基尼装的姑娘还性感。她那青春的身子即使穿个松垮垮的土豆口袋也能好看。

"嗨，玛姬。"

"你又救了一个人了，整个过程我都看见了。"她的眼睛闪着光。她抬起头用手遮住阳光时，头发在肩上跳跃。她每天都要向他说些同样的话，称赞他是多么了不起。他根本弄不清他救了她的命跟了不起有什么关系——他是一周以前救了她的，但并没真当回事。她那公开的英雄崇拜弄得他很尴尬，却也喜欢，同时也喜欢她。

他离开椅子，下了扶梯来到沙滩上。

"今天几个？"

"什么几个？"

"你知道的，傻瓜。救了几个人？"

"你是说我从水里救了几个人吗？"

"说吧，丹尼，几个？"

"只有四个。听着，玛姬，他们很可能都没有淹死的危险。我只是不让他们等到游到太远才感到疲倦而已。"

"对，肯定，"她严肃起来，"丹尼，我有什么地方不合适吗？"

"你是什么意思？"

"我是很丑还是怎么的？已经整整一周了，你连我的电话号码也没要过。"

"我们是不能做那类事的。而且，你怎么知道我没有查过你的号码？我有你的姓名和地址。你还记得我们填的那个卡片吗？"

"那你为什么不给我打电话？"

"我一直忙着，也觉得不好意思。"

"你又在瞎说，丹尼，我没有电话，我爸把它注销了。"

"他好像很严格呢，那他要是知道你在海滩上跟一个陌生小伙子说话，会怎么想？"

"可你不是陌生小伙子，你是救过我的命的小伙子。他想跟你见面道个谢，怎么样？"

"那好，你今天晚上有没有事？"

她激动地咬了咬下嘴唇说："没有。"

"你愿去吃个晚饭，看场电影吗？"

"丹尼，我非常愿意，六点左右来，行吗？"

四点三十分，卡尔·麦修斯走进了警察局。

"谢谢你来了，麦修斯先生，"安迪和他握了手，"我尽可能谈得短些。"

安迪向他宣布了他的宪法权利，请他同意为谈话录音。麦修斯坚持说他并不需要律师在场："我没有需要隐瞒的东西。不需要律师来帮助我告诉你们真实情况。我来这儿是帮助你们追捕杀人凶手的，不是想办法摆脱自己干系的。我估计律师会告诉我的话是：什么话都不说。那样的话，我们就谈不出什么结果了。"

安迪很欣赏这人的真诚。但是他也看见过许多分明清白的人因为没有律师的帮助卷进了很大的麻烦。不过安迪不愿强调这一点。

"我要你从头说起，从你遇见麦修斯太太的时候开始，呃，一直谈到现在。什么东西都别遗漏。你心里想起的一切，全都告诉我。"

卡尔·麦修斯跟爱莲诺相识已有一年半。两人是在一次晚会上遇见的，后来就恋爱了，两个月后结了婚。那时她并不喝酒。她曾打算告诉他，她原来酗过酒。但是他没法子相信。她以前结过两次婚，非常想生孩子。但是过去的两个丈夫都没能给她孩子。麦修斯告诉安迪她是如何在大约一年以后喝起酒来的，自己又是如何在已经太晚的时候才意识到她是因为觉得自己有了缺陷才转向酒精的。

谈话快结束时麦修斯说："我在浴室里发现她时，确实认为她是自杀的，她多次说过想要自杀。我真认为她几周以前就自杀过，她想在海里淹死，可救生员及时赶到了她身边。在国王海滩有一股很厉害的回头水流，她……"

"在国王海滩？"

"我们每次有机会都去海滩玩的。"

安迪的胃膜上似乎有蝴蝶在扇动翅膀。安迪说过，但凡零星印象能拼凑出个什么东西时，他胃里就会有蝴蝶翅膀扇动。有些老手则说是腿上发痒，或是耳朵发烧，或是口干舌燥，像拳击手觉得下一轮会取胜时一样。这一回蝴蝶翅膀又扇动了。

安迪站了起来。

"麦修斯先生，我不再耽误你了，你对我们很有帮助。"

"你想问我的就是这些？"

安迪对麦修斯很有好感："现在就谈到这儿。需要你的时候希望能找到你。"

"好的，我照办。"

麦修斯一离开，安迪立即找出了另外几桩浴室谋杀的档案。他觉得自己想起的是第三次案件，亦即约翰逊案件。他想对了。他在跟约翰逊的妻子的谈话里查出来了。他读了文件副本。

"侦探爱廷杰：你还有什么别的话要告诉我们吗？"

"约翰逊太太：有件事很有趣，不过在一周以前，可怜的里昂纳德几乎在海里淹死了——在国王海滩——可这回他却是淹死在这儿，在他的浴室里。"

为了检验自己那"第六感"，他打了七个电话，花了一个小时。几个碎片拼镶到了一起。五个受害者全是前四个月在国王海滩的浪花里救回来的。

安迪拨了史都的号码："我就在办公室，十五分钟之内赶到这儿。我们有活儿干了。"

史都到达之前，安迪已经安排好到保罗·朗利的办公室，跟他见面。朗利是国王海滩的海滩救生队队长。

他们到达时，朗利正等着他们。朗利是个红头发的、有雀斑的、个子魁梧的人。他不明白两人为什么要找夏天在国王海滩工作的全体救生员的名单。他们把想法告诉他之后，他做了个更好的建议——查被救人员的资料。救生员必须为每一个被救人员填一张白色的卡片，上面记有他们的姓名、年龄和地址。一共是五个名字，全都在那里，下面签的是同一个名字：丹尼·格鲁恩。格鲁恩住在爱尔塞贡多附近。他们急忙往那里赶去。

按了铃，应门的是个白头发的妇女。安迪向她说明了身份："我们是在找一位叫丹尼·格鲁恩的先生，太太。"

"那是我儿子，"她的目光暗淡了，"你们干吗找——丹尼没有做过错事。他是个好孩子。从来不做坏事的。"

"他在家吗？"

"不在，他跟一个姑娘约会去了。一个可爱的姑娘，他告诉我的。"

"你认识那姑娘吗？"

"不认识，丹尼没告诉我她的名字。他不一定都告诉我他跟谁……"

安迪打断了她的话："那不重要，格鲁恩太太，这是个紧急问题。我们不能不搜查丹尼的房间。"

"但是我认为你们没有……"她开始抗议。

"你的儿子今天上班是不是带回来一个包裹？"安迪瞟了史都一眼，见到他脸上那困惑的表情。

"我不知道，他进屋的时候我没看见他。"

"是个钟，一个小钟，是装作开玩笑放在你儿子那救生站的。实际上是个炸弹。我们不知道它设定的爆炸时间。"安迪没有理会史都的咳嗽声。规则有时是可以放松的。

"谁会……"

"我们没有时间解释了，格鲁恩太太，"安迪口气急迫，"你的儿子有可能把它留在家里了。我看我们检查时你最好离开这屋子。"

"你们有把握……"

"对，太太。沙滩上有个愣小子可能吃醋了，因为他的女朋友老和你的儿子调情，"他转身对史都说，"任何时候都可能爆炸，史都，你最好送老太太到外面去，让我来检查。用不着让我们俩都冒险。"

史都点点头，使劲抓住了那女人的胳膊。安迪等着他们俩出了门。

他找到了那小伙子的房间。作为大学生的房间，它情况倒是不错。床没有整理，几本男性杂志散乱在床前。睡衣挂在椅背上，各种锦旗占了墙壁的一半空间。总而言之像个正常的、成长中的青年的小窝儿。安迪在床垫下搜索，在厕所里寻找。厕所角落里有一双网球鞋，是湿的。地板上有一个扔掉的纸板盒子，安迪在纸板上画出了那鞋的轮廓，折好，放进了外衣口袋。如果他把鞋带走，他就会像是冒充的了。何况没有搜查证，那鞋也不能被接受为证物。

他在柜子最下层的抽屉里找到了想找的东西。一本小笔记本，上面是一页又一页的名字。大部分名字都用线画掉了。有的还打上了叉。安迪认出了已经画了叉的五个人的名字。

还有四个名字空着。他把那本子塞进口袋，深深地吸了一口气。

快要出门时他又想起了另一件事。他去到浴室，浴盆上有一把头发梳，是男人用来梳短发的那种。他从梳子上取下了几根头发，放进了一个他一向带着的小信封。

"那东西不在里面，"他出来告诉格鲁恩太太，"你的儿子有一辆车，是吧，太太？"

她告诉他俩她儿子的车的样子。他们又在一张汽油信用卡发票上找到了他的驾驶证号码。

他们告诉格鲁恩太太别担心孩子的安全，他们一定会在出事之前把她的孩子找到的。

回到车上后，史都却觉得这事办得未必恰当："你并不是非那样做不可的，你把她都吓糊涂了。"

安迪让他看了那本小黑本子："我非得节约时间不可，那姑娘马上就要出事了。"

安迪打电话要求派车到丹尼家来，史都看着名单。

"我懂得你的意思了，似乎还空着四个名字，其中三个是女人。"

"对。"安迪只说了一个字。他想的是丹尼·格鲁恩的妈妈谈到的那个可爱的姑娘。

他们俩沿着塞帕维达前进时，浓雾已经从海上滚滚袭来。

"你们家人都挺好的，玛姬。"丹尼说的是真心话。

"谢谢，他们也挺喜欢你的。"

"你怎么知道？"

"因为爸爸今天对我的最晚时间要求不严。他不喜欢我的约会对象时，就会严格要求在十二点三十以前回家。"

"他把你管得倒挺严的。现在的父母亲这样做的不多了。"

"我倒不在乎，"她微笑了，"这事爸爸很公平。有些姑娘的家里人对她们做什么、去哪里了、跟谁在一起都不注意。那样做我不喜欢。"

丹尼瞥了她一眼："为什么坐那么远？来，靠过来，我就不用喊叫着说话了。"

"我还以为你不好意思呢，"她挪了过来，靠近了他，却没有挤着他，"我们到哪里吃东西去？"

"就照我告诉你爸爸的话，到瑞东多海滩去。我希望你喜欢吃鱼。"

"非常喜欢。"

安迪和史都发现那三个女人当中有两个有电话号码。安迪给一个打电话，史都给另外一个打。安迪打的女人住在托朗思，跟他丈夫一起。安迪对那男的扼要地解释了情况，没有谈细节；要求他把妻子留在家里，直到警局再给他们去电话。另一个姑娘是仁爱姐妹学校的女生，史都和她爸爸谈了谈。她爸爸同意把她从姐妹会宿舍接回家来，情况明朗了再回去。第三个姑娘是玛姬·兰道夫，电话本上没有她的号码。

两个警探急忙往玛姬家赶。

到她家时，玛姬的父亲说"一个很漂亮的小伙子"已把她带走了一个小时。安迪觉得弄得他们太惊慌也没有意思，便告诉他们需要找那小伙子问些问题——是例行的查询。"他们说了晚上打算怎么过吗？"史都问，"他们要去什么地方？"

"我们家姑娘要去的地方我们总是知道的，"兰道夫先生说，"他们打算到瑞东多海滩去吃晚饭，然后就去看一场猫王的电影。"

"他们说过在什么地方吃晚饭没有？"

兰道夫太太插嘴道："没有，但是丹尼说他知道一个吃鱼宴的好地方。"

"要看什么演出吗？"

两人都摇头。

"我觉得已经够了，可以动手了。"安迪告诉史都。他们给了兰道夫家一个电话号码，姑娘一回来就打电话给他们。却没有告诉这家他们会派一辆车来守候。

他们俩到达瑞东多海滩城的边界时，雾非常浓，车速降到了每小时五至七英里。从街道上几乎看不见商店的门面。

"浓雾选中了一个出大事的夜晚。"史都抱怨。

"真的，太不好办事了。"

玛姬擦擦嘴，取下餐巾。

"好吃吧？"丹尼不需要问，她的盘子已经吃得干干净净，只剩下了鱼骨头。

"太难吃了，我是为了礼貌才吃的呢。"她回答，然后对着他脸上那吃惊的表情哈哈大笑。

他笑了，玛姬身上那种带感染性的热力向他扑来。一周以前他毫不怀疑地决定，在这个世界上应该有她的地位，救了她是值得的。于是放心了。

"你为什么那么久以后才约我出来玩？我只好一整周每天都来和你谈笑吵闹，等得我都急死了。"

"我很少出门，而且真像我说的很腼腆。"

"你第一个救了她的命然后又约她外出的姑娘就是我吗？"

他犹豫了一会儿，回答："是的，事实上是的。"

她瞪大眼望着他的眼睛："能够救许多人的命，一定是非常美妙的。"

"我受的训练就是为了救命的。"

"我的意思是说，那感觉一定很美妙。我相信你已经救了一百条命了。"

"三个夏天，至少有一百了，我估计。"

"啊，那会不会让你觉得——啊，我不知道怎么说了。"

"它给我的感觉就是：我在干活儿。他们为这个给了我工资。我可不喜欢唠叨这个问题。"这类谈话让他神经紧张。他想放下这话题。

他那轻微的爆发令她吃了一惊。她点了点头，没再说什么。两人很快吃完了餐后甜点。

走出门来他问道："你确实想看电影吗？"

"怎么？我让你生气了，你想送我回家了？"

"当然没有。你是我很久以来第一个能谈得来的人。我很想谈谈话。我有些事想找人谈谈。我们到防波堤上走一走吧。"

"在这样的大雾里？"

"肯定会很有意思的。"

她只犹豫了一会儿："行，走吧。"

防波堤距离餐馆有两个街区。他们把他的车留在了停车场，便开始往雾里走。她紧紧地搂着他的胳膊。"别放松我，"她告诉他，"小伙子，我还没有见过这么浓的雾呢。"

一声汽笛划破了空气。

玛姬犹豫了："我害怕。"

"怕什么？跟我在一起有什么好怕的？"

"连面前的东西都看不见，这就带了邪气。"

商店很早就关了门。他俩沿着防波堤的一边走，丹尼靠栏杆引路，玛姬走在内侧。两人像盲人一样摸索着。

走了五分钟，玛姬说："你不是打算告诉我什么吗？"

"我不知道是否该告诉你。"

"为什么不该？是个错误吗？"

"不，我不觉得是错误，也并不真是错误。就是说，我没有把握。只是非告诉一个人不可，"他住了嘴，"我可以相信你吗？你能保证不告诉任何人吗？"

"肯定，我保证，丹尼，是什么事？"

他知道他可以信任这个姑娘，可以把一切都告诉她。

安迪和史都在瑞东多警察局已经做好计划。约瑟夫逊探长急于帮忙。

市里的警力随时待命。每一辆警车都在检查自己的巡逻区的餐馆。安迪估计如果丹尼说的是实话，这两人可能现在还在某个当地的吃食店里。第一步是检查停车场，寻找丹尼的绿色汽车。雾太浓，查车场只能步行。警车以每小时五英里的时速在围绕城市行动。

安迪和史都不熟悉这个地区，选择了集中了大部分餐厅的三个街区部分。他们也都步行。

他们在上一个街区结束的地方找到了安迪的汽车，停在"奥托洞窟"里。两人检查了自己的枪支，走进了海味餐厅。史都给警察局打了个电话，向他们通报了自己的地方，而安迪则向女收银员打听。餐厅里空空如也。

"对，我记得他。高个儿，金发，漂亮，跟一个样子很可爱的姑娘在一起。他们一个小时以前就离开了。"

"你有把握？"

"他们是我们今天晚上唯一的顾客，大哥。"

"他的车就在外面后头。"

那姑娘耸了耸肩："说不定是散步去了。说不定是出门上防波堤去了。"

史都走过来听见了对话。两人交换了眼色，安迪说："到防波堤上去了。给约瑟夫逊打个电话，让他派几个人去防波堤。还叫他出动海岸警卫队，我们可能需要他们。"

"好的。"史都点点头。急忙去打电话。

"去防波堤最快的路怎么走？"

"沿街道往下走一个街区，再前面一个街区就是了。要是没有大雾是决不会走错的。"

丹尼在没有人的防波堤尾告诉了玛姬夏天开始时出现的事："我救了那人的命后不过一个星期，我就在报纸上看见了他的照片，照片占了整个的头版。他挑选的这个小姑娘才六岁，他告诉她说她妈妈受了伤，然后带她去坐车，却把她掐死了，把那可怜的小东西扔到了灌木丛里。"

"人怎么能干出那样的事来，丹尼？"

"不是人，是魔鬼。我以前在报纸上也见过这样的事，但是这一回却不一样。我要是没有把他从海上救起来，他就会淹死，死掉，那个小姑娘就还会活着。几周以来我想的就是这件事。"

"这事你不能怪自己，那是命运。"

告诉了她后他觉得心里好过了些。他知道现在可以相信她了，可以把一切都告诉她了。

她是能够理解的。

"关于那个小姑娘，我想了很多，晚上睡不着觉。她真应该这样死去吗？那个魔鬼被救了起来就是为了让他活到干出那样可怕的事的时间吗？或者是，那家伙早就该死，而我却干预了呢？"他最后的话说得很激烈、很愤慨，"是我帮助杀死了她的。要不是因为我，她现在还会活着。我是有责任的。"

"丹尼，你，这责任你不能负。"

"我有照片，"他取出皮夹子，展开照片让她看，"是从报上剪下来的。这样一个美丽的小东西，褐色的大眼睛，梳着小辫。"想起这事丹尼眼里泛出了泪光。

"那家伙是要进焚化室的，丹尼。"

"没有错，他必须死，但是他应该在海里淹死，"他的声音凶狠了，"我有个秘密要告诉你。是关于一个同事的。他认为我们救的人里有一些原是注定要死的——不是每一个，说不定只是其中的几个，因此他在把他们救上来之后，又去审查了他们的生活。他跟踪他们，想查明他们值不值得救。"

"我不明白，丹尼，那能有什么好处？"

丹尼沉吟了一会儿，笔直地望着她的眼睛，估计着她的反应，然后告诉她："他把他们杀掉了。"

"那是发疯！是凶杀！"

"不，不，不是凶杀。"他要怎么样解释才能让她理解呢？"他杀死的是早就该死的人。"怎么回事？她怎么在往后退呢？"他们的命是他救的，他有权取走他们的生命，毁灭他们。"

"这一切都是他告诉你的吗？"

"是的，因为是我在救了那疯子之后让他开始这么干的。那事使他开始了思考。"

"我们必须告诉警察，丹尼。这道理你难道还不明白？他也跟那个杀死了小姑娘的人一样是疯狂的。"

"什么？"他抓住了她的双肩，"别那么说！"

"你弄痛了我。"

"你说，说他不是疯狂！"

"丹尼，住手！"

"你说！说他不是疯狂！"他扭转她的身子，直到她背对着低矮的木质栏杆。

浓雾消散了一点儿，两人的目光相遇了。现在他知道不会有人理解自己了。他居然以为她可能理解他，实在愚蠢。"你理解我，对不对？"

"不，丹尼，我不理解。"

"你撒谎，你要去找警察告发我了。"

浓雾里回荡起丹尼的名字："格鲁恩，丹尼·格鲁恩！"丹尼听见了，停止了说话，听着。玛姬张开嘴尖叫。她大口吸气时，丹尼抓住了她，一手去捂她的嘴，却把她上半身推出了栏杆。

"我发誓我听见了那边有人叫喊。"史都坚持说。

"我也听见了。"安迪眯细了眼，想看进浓雾里去，却没有用，连伸在眼前的手也看不见。手电筒完全失去了作用。

"我们牵手搭个人桥,从防波堤上拉过去,以免他从我们身边溜走。"

"值得一试,好了,弟兄们,咱们像玩'圈玫瑰'一样牵起手来。"安迪走在行列右尽头,扶着栏杆指引方向。他们前进时能听见堤下的涛声澎湃。

"慢一点,我们也没有把握他就是我们想抓的人。何况即使是,也还有个姑娘跟他在一起。"

还没走出多远,他们就听见一个姑娘惊恐的尖叫。大家停下了脚步。

一个瑞东多人说:"我觉得她要掉下水去了。"

"跑步前进。"安迪下令。大家开始慢跑,仍然手牵着手。

有个人一头撞到了安迪身上,安迪往后一倒,一个沉重的身子压到他身上,手指要掐他的喉咙。安迪和史都牵着的手分开了。

"安迪,你没事吧?"史都的声音几乎是对着他的耳朵在呼叫。

安迪的喉头咕噜了几声,立即双手出击,掐着他喉咙的手突然放松了,他身上的压力也消失了。

"安迪,是你吗?说话呀,你!"

"我还躺着呢。"安迪大叫道,揉着喉咙。他隐约见到两个人影在栏杆边扭打,彼此挥动拳头。有人大声地哼叫了一声,有个人影不见了。

"史都?"安迪小心地问,从肩上的皮带里取出枪。

"是我。我没事,我们那'朋友'下水了。我想我打中了他的喉咙。不知道他是否能游到岸边。他在……"

"救命!救命!"姑娘的声音传来,很微弱,只能依稀听见。

"来呀!"安迪沿栏杆奔跑着大叫,"她给冲得更远了。"

"继续叫,我们好找你。"史都浑厚的呼喊透过浓雾传出。

他们向叫声跑去,叫声却消失了。他们停下了脚步。

"跑过她了,"安迪转过身来,撞上了史都,"往回走。"

他们往呼喊声慢慢倒了回去。

"我觉得她现在就在我们下面,"史都的声音坚定而自信,"我要下水了。"

"等等,你不能跳,一到下面你就什么都看不见了。"

史都紧张地笑了:"看不见更好,我有点恐高。你要是听不见我的声音,就继续让她喊叫。"

史都往栏杆外翻,安迪想抓住他的手臂却已来不及。史都已跳进浓雾里,消失了。

海岸救生队三十分钟解决了问题。史都和玛姬抓住了一根结满贝类甲壳的木桩,都受了点擦伤,很疲倦,冻了个半死,但是没有问题。

小船向海岸开了过来,安迪倒了两杯热咖啡,递给了缩在毯子下的史都和姑娘。"按照设想,我们应该是头脑,而不是英雄。这话有人告诉过你吗?"

"没有,长官,"史都天真地回答,"没人告诉过我,书上也没说过。我们俩总有一个得要下去,我觉得我最有机会,所以就跳了。"

安迪腰板一挺:"喂,等一等,我还没那么老吧。"

"我不是那意思,我的意思不过是,我脑袋上头发多,到了冷水里还不至于冻坏脑子,可你呢，哼……"

安迪哈哈大笑，拍了拍他的肩膀："好了，别再说了，人猿泰山。"

小船把两人送上了岸，又回去搜寻丹尼·格鲁恩。两小时后把他找到了，脸朝下漂浮在水面上。安迪估计是史都那一拳空手道把杀人犯打晕了，落水后无力救自己了。他很希望相信他是淹死的。这对那五位死者虽没有帮助，却表现了一点意义。

蓝宝石十字架

【英】G. K. 切斯特顿

头顶上的苍穹慢慢地由孔雀绿变成孔雀蓝，悬在天顶的星越来越像真正的宝石。三名侦探悄无声息地潜到枝叶茂密的大树后，在死一般的寂静中站在树后，第一次清楚地听到了两个奇怪神父的谈话……

船在晨曦的一抹银色光芒和粼粼海水的绿色光波之间，泊靠在了埃塞克斯海岸的哈维奇港，放出乱糟糟的一大群人，像苍蝇一样四散乱飞。这些人当中，我们必须跟踪的那个人，无论如何也说不上引人注目，也不因他的着意装扮而使人一见眼明。他那身花哨的假日服装，和他那满脸公事公办的神气有点不相称。但除此之外，在他身上没有一点引人注目的地方。他的服装包括一件瘦小的浅灰色夹克衫，一件白背心，一顶系有灰蓝色祥带的银白色草帽。在衣着及草帽的映衬之下，他的瘦削的脸显得黑黝黝的。脸的下端有一撮西班牙式的黑色短须，使人联想起伊丽莎白时代的皱须。他以游手好闲人士的认真神气抽着一支香烟，浑身上下一点也显示不出在他的夹克衫的掩盖下，藏着一把装满子弹的左轮手枪，他的白背心掩盖着他的警察证章。而在他的草帽下面，也看不出他就是欧洲最有能力最有才智的非凡的人物之一。他就是瓦伦丁，巴黎警察局局长本人，世间最有名的侦探。他从布鲁塞尔到伦敦来执行本世纪最了不起的一次逮捕行动。

大盗弗兰博到了英国。三个国家的警察费尽周折追踪这个犯罪老手，终于从比利时的根特追到了布鲁塞尔，又从布鲁塞尔追到了荷兰的胡克港。推测他可能会利用当时正在伦敦召开的"圣体会议"，在与会人彼此不熟悉的混乱情况下，乔装打扮成低级神职人员，或是同会议有关的秘书什么的，从而来到伦敦。不过，瓦伦丁并没有把握。没有人能对弗兰博有把握。

自从这位犯罪大王突然停止在这个世间捣乱以来，到现在已有许多年了。他停止活动之后，正如有人说的罗兰①死了之后一样，地球上异常平静。但是弗兰博在他的鼎盛时期（当然，我的意思是说他的猖狂时期），却是一个与恺撒大帝一样，形象生动，全球皆知的人物。几乎每天早上，日报上都刊登着他刚刚逃脱一件非凡罪行的应有惩罚，又在进行另

---

①罗兰：法国中古时代著名骑士，骁勇善战。

一件非凡罪行的消息。

弗兰博是个身材高大的加斯科涅（法国西南部）人，胆子和他的躯体一样大。有些最激动人心的故事讲到：他如何在自己兴致上来之际，把一名官方刑事侦探倒提起来，让他头顶着地倒立着，去清醒头脑；他又怎样一只胳膊挟着一名警察，在利沃里的路上大步飞跑。

说到他的令人难以置信的体力，则一般都用在一些尽管有失公家体面，但却没酿成流血惨案的场面——这样的评说乃是公允的、不过分的。他的真正罪行主要是一些富有创造性的大规模抢劫。他的每一次盗窃都堪称一件新奇的罪行，每一次作案都足以构成一个新鲜故事。例如他在伦敦经营过一家赫赫有名的泰洛林牛奶公司，他这公司没有奶牛场，没有奶牛，也没有送奶车，更没有牛奶，但他差不多有一千个订户。他只是靠把别人门前的小奶罐换上标签，放在自己的主顾门前，以这种简单操作来为他的订户送奶。

也正是他弗兰博，在截取偷看了一位年轻女士的全部信贷函件后，把他自己写的信用照相机拍成胶片，印在显微镜的载物片上，印得非常非常之小，以和她保持通信关系，使她既莫名其妙又甩不掉。以此对她搞了一个非同寻常的恶作剧。

不过，弗兰博的每一次新作品都普遍地以简单明了为特色。据说，他有一次在深夜把一条街的门牌号码全都重新漆过，仅仅是为了把一个旅客引入他设置的圈套。十分肯定的是，他发明了一种轻便邮筒，放在僻静的郊区角落，等待着有人往里边投入汇款单。

最后一点，据人所知，他还是一个令人惊奇的杂技演员。尽管他块头那么大，跳跃起来却轻便得像只蚱蜢。又能像猴子一样隐入树顶。因此大侦探瓦伦丁出发来找弗兰博的时候，心里完全清楚，即使找到了对手，自己的冒险也远没有完事大吉。

但是怎样去找他呢？大侦探瓦伦丁仍然在揣摩，心中无底。

只有一点可以肯定，那就是任随他伪装得多么巧妙，也无法掩饰他那独特的身高。要是瓦伦丁的敏锐眼光一下子看到一个高个子的卖苹果的女摊贩，一个高个子近卫兵，甚或于一位雍容富贵的高个子公爵夫人，他都可以当场逮捕他们。但是，他在火车上一路风尘，还就没有看到一个可能是弗兰博伪装的人，正如一只猫伪装不了一头长颈鹿一样。对火车上的人他已经弄清楚了。在哈维奇上火车或是在中途上车的人当中，身高肯定都不到六英尺。有一个矮小的铁路官员旅行到终点，三个矮小的蔬菜农场主乘了两站路下车，一个矮小的寡妇从埃塞克斯的一个小城上车，一个矮个的罗马天主教神父从埃塞克斯的一个小村子上火车……说到最后这个人，瓦伦丁放弃了观察，几乎笑了。这个小个子神父具有那么多东方平原人的气质，他的脸又圆又呆板，像诺福克汤圆。他的眼神像北海一样深邃。他带着几个棕色纸包，几乎没有办法把它们收拢来。毫无疑问，"圣体会议"从各地的淡泊无为的人士当中吸引了不少这类人物，他们令人不可思议，无依无靠，仿佛是从地里挖出来的鼹鼠。瓦伦丁是法国的极端型怀疑论者，他不喜欢神父，但是他会同情他们。而这一位神父可以引起任何人同情。他有一把破旧大伞，经常落到地上。他似乎不知道自己的往返车票上，标注的正确的终点站究竟在什么地方。他以呆子般的单纯向车厢里的每一个人解释他的小心，因为他的一只棕色纸包里有一些用纯银和蓝石头做的东西。他那埃塞克斯人的坦率和他的圣人般的单纯，不断地把瓦伦丁这个法国人逗乐，直到神父总算在斯特拉福德带着他所有的纸包下车，又回来取他的伞。他取伞的时候，瓦伦丁发善心地警告他，别因为要小心而此地无银三百两，把自己身上的银器告诉给大家。但是他一边和神父讲话，一边睁大眼睛望着另一个人。这个人沉着地注视着任何人，不管是穷人阔人，还是男人女人。这人足有六英尺，至于弗兰博呢，他还要高出四英寸。

瓦伦丁在利物浦站①下了火车，踌躇满志地感到迄今尚未漏放过弗兰博。他到苏格兰场②办理了身份合法手续，约定必要时请求帮助。然后他点燃另一根香烟，在伦敦街上信步漫游。在维多利亚车站背后的街道和广场散步时，他突然停步驻足。面前是一个古老、别致、宁静的广场，非常典型的伦敦模式，整个广场出人意料的寂静。周围是高大单调的房屋，既显得豪华而又无人居住，广场中央是长满灌木的场地，看起来像太平洋上的绿色小岛那么荒凉。四边建筑中有一边比其余三边高出许多，像座高台。这一边的自然线条，被伦敦的可赞赏的意外因素破坏无遗——这是一座饭店。他感到自己仿佛是从索霍区③走错了方向而来到此间的。这里有长得过分引人注意的东西——栽在钵里的矮小植物，有长长条纹的、柠檬黄和白色的百叶窗。这种窗户临街而设，在伦敦通常七拼八凑的布局中，显得分外高大。一段阶梯从街上直上前门，仿佛太平门的楼梯直通到了二楼窗前。瓦伦丁在黄白色百叶窗前站着抽烟，琢磨良久。

奇迹最令人难以置信的地方，就是它的发生。天上几片云聚拢成为人类眼中的星形。远处旷野中陡然耸立起一棵大树，十分像个巨大的问号。这都是在几天前亲眼看到过的。纳尔逊海军元帅死在胜利的那一刻。一个叫威廉斯的人十分偶然地谋杀了一个叫威廉森的人，这听起来好像谋杀了自己的孩子。简而言之，在生活中有巧合的成分，人们如果认为它乏味，就会永远失去它。正如美国侦探小说家兼诗人爱伦·坡那看似矛盾实则正确的说法所表白的："智慧必须指望不可预见的事。"

阿里斯蒂德·瓦伦丁是个莫测高深的法国人，法国人的才智是特殊的和独一无二的。他不是"思想机器"④，因为那是现代宿命论和唯物论的没脑筋的用语。机器只是机器，因为它不能思维。但他瓦伦丁是个有思维的人，同时又是个平平常常的人。所有他的奇妙成功，看起来就像是有魔法，实际上都是来自坚持不懈的推理，和清晰而寻常的法国人式的思维。法国人不是靠任何看似矛盾实则正确的说法来震动世界，而是用实际上不言而喻的道理来震动世界。他们至今都在实践某种不言而喻的道理——就像他们在法国大革命的时候那样。但是确切地说，瓦伦丁明白理性，明白理性的极限。只有对开汽车一无所知的人，才会大谈特谈开汽车不用汽油的神话。只有对理性一无所知的人，才会在没有坚实基础的情况下，大谈特谈无可争辩的第一原则的推理。而瓦伦丁现在就没有坚实的基础，只能死死地抱住第一原则不放。弗兰博在哈维奇不见了。如果他竟然在伦敦出现，他可能是温布尔顿公共网球场上一个高个子流浪汉，也可能是大都会饭店里一个高个子的宴会主持人。在这样明显的一无所知的情况下，瓦伦丁有他自己的看法和办法。

在这种情况下，他期待着不可预见的事。如果他不能追随有理性的思路，他就冷静而小心地追随没有理性的思路。他不用去可预料的地点——银行、派出所、可能约会之处，

---

①利物浦站：伦敦中东部铁路始发及终点站。
②苏格兰场：即伦敦警察厅。
③索霍区：伦敦中部一地区，以多外国饭店及作家艺术家居住而闻名。
④《思想机器》：1907年出版，和《探案中的思想机器》（1908）同为美国作家雅克·富特雷尔的畅销神秘小说，主角奥古斯塔斯教授为推理侦探。作者雅克于1912年死在泰坦尼克号客轮上。

而是要系统地到不可预料的地点去：敲敲每所空房子的门，弯进每一条死胡同，走进被垃圾封死的每一条小巷，绕着每条弯路走，徒步走出大路，等等。他富有逻辑地为他的这种几近疯狂的做法辩护。他说如果一个人有线索可寻，那是最糟糕的路子。如果根本没有什么线索，那才是最好的路子。因为一些引起追捕者注意的稀奇古怪的地方，也许正是引起被追捕者注意的地方。一个人开始的某个地方，可能刚好是另一个人停下来的地方。关于上到店铺的那段阶梯，关于那个寂静、古老、别致的饭店，都有些什么在引发他这个侦探的罕有的浪漫幻想，使他决定随意去试试。于是他走上阶梯，在靠窗子边的一张桌子前坐下，要了一杯不加奶的咖啡。

上午已经过去一半，他还没吃早饭。桌上摆着另一个人吃剩的早餐，这才使他想到自己还饿着肚子。于是他又叫了一只水煮荷包蛋。他默默地往咖啡里加了白糖，一直想着弗兰博。他回想弗兰博每次是如何逃脱的，一次是用指甲刀，一次趁一所房子失火，一次是必须去交一封欠邮资的信，一次是让人们通过望远镜看一颗要毁灭地球的彗星。瓦伦丁认为自己的侦察脑筋一点不比罪犯的差，但他也清醒地认识到了自己的不利之处。"罪犯是富有创造性的艺术家，侦探只是评论家。"他带着辛酸的微笑对自己说，慢慢地把咖啡杯举到唇边，很快又放下——他加的"白糖"是盐。

他望了望装着白色细粒的家什，当然是糖罐，正如香槟酒瓶子装的是香槟酒一样不会弄错，这罐里装的是白糖。他奇怪他们为什么会在里面放盐。他四下看看是否另有正统的家什。对，有两个盐瓶，装得满满的。也许盐瓶里的辛辣调味品有些什么特色。他尝了尝，是白糖。他疑惑地向饭店里四下张望，看看把糖放进盐瓶把盐放进糖罐这种独特的艺术风格是否还有其他表征？除了白纸裱糊的墙上给溅了点黑色液体之外，整个地方显得整洁、轻快、平平常常。他按铃叫侍者。

侍者匆忙赶来，在清晨时刻头发还是乱蓬蓬的，睡眼惺忪。瓦伦丁侦探并非丝毫没有幽默感，他让侍者尝尝白糖，看是否符合这家饭店的崇高声誉。结果侍者突然打了个呵欠，陡然清醒过来。

"你们每天早上都和顾客开这么巧妙的玩笑吗？"瓦伦丁问，"拿盐换糖当笑料，从来不会使你们感到乏味吧？"

侍者弄懂这种讥讽后，结结巴巴地保证说饭店绝对没有这个意思，这一定是个最奇怪的错误。他拿起糖罐来看看，又拿起盐瓶看看，显得越来越莫名其妙。他突然说声"请原谅"，就匆匆走开。几秒钟后，饭店老板和他一起赶来。老板也检查了糖罐，然后检查了盐瓶。他同样一脸莫名其妙的神色。

突然侍者似乎发音清晰起来，几句话冲口而出："我想……"他结结巴巴地说，"……我想，就是那两个教士。"

"什么两个教士？"

"那两个把汤泼在墙上的教士。"

"把汤泼在墙上？"瓦伦丁重复道，他确信这一定是个意大利隐喻。

"是的，是的。"侍者激动地说，一边指着白色壁纸上那块黑色污点，"泼在墙上那里。"

瓦伦丁带着疑问望着老板，老板用比较详尽的报告来解围。

"是的，先生，"他说，"这是真的，不过我认为这和糖盐没有关系。今天一大早，门板刚取下，两位教士就来这里喝汤。他们俩都很安静，受尊重。一个付了账出去，另一个完全称得上慢动作教练，过了好一阵才把汤喝完。最后他也出去了。只不过在走开的那一瞬间，他很巧妙地拿起他只喝了一半的杯子，把汤泼在墙上。我当时在后面的房间里，侍者也在后面房间里，我出去时，看到墙上泼有汤，而店里空无一人。这没造成什么特殊的损害，但这是让人讨厌的无礼行为。我想在街上抓到那个人，不过他们已经走远，我只注意到他们转过街角走进卡斯泰尔斯街。"

　　侦探站了起来，把帽子戴到头上，手杖拿在手里。他已经打定主意，在他脑海里一片漆黑之际，他只有顺着一个隐蔽的手指所指的方向走去，而那个手指隐蔽得很深。他付了账，冲出玻璃门，很快就转到另一条街了。

　　还好，在这么高度兴奋的时刻里，他的眼光仍然保持冷静和敏捷。走过一家店面时，什么闪光从他身旁掠过。他走回去看，那是一家蔬菜水果店，一大堆鲜货整整齐齐地摆在露天地里，均标明了品名和价格。两个最显眼的货格里，各放着一堆橘子，一堆坚果。干干的坚果上，有一块纸板，上面用蓝粉笔非常醒目地写着："上等柑橘，一便士两只。"在橘子堆上同样清楚而准确地写明："最佳坚果，每磅四便士。"瓦伦丁先生望着这两块标价牌，想到他以前遇到过的这种高度狡诈的玩笑，而且就是最近。他转而注意那红脸膛的水果商，见他正为了这颠三倒四的商品广告而气哼哼地往街两头张望。水果商什么也没说，只是很快把每块纸牌放回原处。侦探悠闲地倚着手杖，继续仔细观察这家店铺。最后他说道："我想问你一个与实验心理学和思想结合有关的问题。"

　　红脸店主用威胁的眼光望着他，但他还是高高兴兴地摇动着自己的手杖道："为什么在一家蔬菜水果店里，会有两块标价牌放错了地方，好像因为有个戴铲形宽边帽的人刚来伦敦度假？或者如果我没说明白的话，那么是这样：把坚果标成橘子是一回事，一高一矮的两个传教士的出现又是一件事，这两件事有什么神秘的关联吗？"

　　商人的眼睛瞪得滚圆，差不多要突出来了，他有那么一刻似乎就要扑到这个陌生人身上去。最后，他怒气冲天、结结巴巴地说："我不知道这和你有什么关系。不过要是你是他们的一个朋友的话，你可以告诉他们就说我说的，如果他们再来和我的苹果捣蛋，那么不管他们是不是神父，我都要敲掉他们的脑袋。"

　　"真的？"侦探非常同情地问，"他们弄乱了你的苹果吗？"

　　"他们之中有一个这么干了，"愤怒的店主人说，"把苹果滚得满街都是。我要不是得捡苹果的话，本来是可以抓住那混蛋的。"

　　"这两个神父朝哪个方向走的？"瓦伦丁问。

　　对方迅速回答："左手第二条马路，然后穿过了广场。"

　　"谢谢。"瓦伦丁说着像个魔法仙人一样不见了。在第二个广场的对面，他发现有个警察，就问："急事，警官，你看见了两个戴铲形宽边帽的教士吗？"

　　警察哈哈大笑起来："哇，我看见的，先生。如果你问我的话，他们有一个喝醉了，他站在马路当中，昏头昏脑……"

　　"他们向哪条路走的？"瓦伦丁急忙打断他的话。

　　"他们在那里上了一辆黄色公共汽车，"警察回答，"是到汉普斯泰去的。"

　　瓦伦丁向他出示了自己的公务证，匆匆地说："叫两个你们的人跟我去追。"说完精神抖擞地穿过马路，他的精神感染了那个笨拙的警察，使他也立即行动起来。一分半钟之后，这个法国侦探就与一位警察和一名便衣在对面的人行道上会合了。

"嗯，先生，"警察笑容满面但傲气十足地说，"什么事——"

瓦伦丁突然用手杖一指："上了这辆公共汽车后我会告诉你们的。"他边说边在车流中东躲西闪地飞奔上前。三人终于气喘吁吁地挤上了黄色公共汽车的上层座位，警察说："坐出租车要快十倍。"

"太对了，"他们的领队平静地说，"如果我们能知道我们往哪里去的话。"

"那么，你要往哪里去？"另一个人瞪着眼问。

瓦伦丁皱着眉抽了几口烟，然后拿开香烟说："如果你知道一个人在干什么，就会赶在他前面。但是如果你只是猜想他在干什么，你就会落在他后面。他闲逛你也得闲逛，他停下你也得停下，走得和他一样慢。这样你就可以看到他在看什么和做什么。我们现在所能做的就是注意观察异常的事。"

"你的意思是哪种异常的事？"警察问。

"任何。"瓦伦丁回答，重又陷入完全的沉默。黄色公共汽车好像连续几小时都只在北边的马路上爬行。大侦探也不再解释什么，也许他的助手对他的差事觉得越来越怀疑，但又不好开口问，如同他们越来越想吃午饭而又不好开口要求一样。时间慢慢消逝，早已过了午饭时间。伦敦北部郊区的马路好像该死的望远镜一般越抽越长。这就像某种旅行，一个人总觉得自己终于快到了地球的尽头，然后又发现只不过到了伦敦北部的别墅区——塔夫特奈尔公园。伦敦在一长串小酒店和整个的灌木林中隐没。接着他又出现在灯火辉煌的繁华街道和炫目的旅馆中。这就像穿过十三座各不相连而又紧挨一道的平凡城市一样。但是尽管冬季的暮色已经笼罩着他们前面的马路，巴黎来的大侦探却仍然沉默、警惕地坐在那里，注视着街道两边从车前面向车后滑动。等他们从摄政王公园东南的卡姆丹城后边离开的时候，警察差不多已经睡着了。在瓦伦丁跳起身来拍拍两人的肩膀，喊驾驶员停车的时候，他们做了个近乎跳起来的动作。

跟着瓦伦丁摇摇晃晃地下车走上马路时，他俩还没明白为什么下车。当他们朝四周张望，想弄明白是怎么回事的时候，发现瓦伦丁正得意扬扬地指向马路左边的一扇窗户。那是一扇大窗户，构成一家金碧辉煌的酒店的当街门面。窗口是为盛宴订座的地方，标明"饭店"二字。这扇窗子和旅馆前面的一排窗户一样，装有磨砂刻花玻璃。玻璃中央刻着一颗巨大的星，像嵌在冰上的星。

"终于找到线索了，"瓦伦丁摇着手杖喊道，"有破玻璃窗的地方。"

"什么窗？什么线索？"主要助手问，"嗳，有什么凭据说这和他们有关系？"

瓦伦丁勃然大怒，几乎折断了他的竹手杖。

"凭据？"他叫道，"妈的，对付这个人要凭据！唔呀，当然，这里同他们没关系与有关系的机会比是二十比一。但是我们还能做别的什么呢？你们难道看不出，我们要么必须追随一个荒诞的可能性，要么回家去睡大觉！"他重手重脚地走进饭店，后面跟着他的伙伴。三人很快就被安顿在一张小餐桌前，吃他们这顿晚午餐。这时从里面往外看那打破了的玻璃上的星形，可他们还是怎么也看不出什么名堂来。

"我看到你们的窗子被打破了。"瓦伦丁付账的时候对侍者说。

"是的，先生。"侍者回答，弯腰忙着数钱，瓦伦丁给了他一笔丰厚的小费。

侍者直起腰来，一脸温和而不容误解的激动神色。

"啊，是的，先生，"他说，"很奇怪的事，您说呢，先生。"

"真是的。给我们讲一讲。"侦探带着漫不经心的好奇心说。

"呃，两位穿黑衣服的绅士进来，"侍者说，"是两个外国的堂区神父，像是来旅游的。他们安安静静地吃了一餐廉价午饭。其中一个付了账出去了，另一个正要走出去时，我发现他们多付了三倍的钱。于是我对那个将要走出门的神父说：'喂，你们付得太多了。'可他只是说：'哦，是吗？'说得很冷静。我说：'是的。'拿起账单给他看。哎呀，这可是个怪人。"

"你这是什么意思？"侦探问。

"嗳，我可以凭七本《圣经》发誓，我本来只该收四便士，但现在我看到我收了十四便士，看得一清二楚。"

"嗯，"瓦伦丁叫道，脚下慢慢移动，可是眼光却在冒火，"以后呢？"

"门口那个堂区神父走回来，非常安静地说：'对不起，弄乱了你的账。不过这多余的是用来付那窗户的。'我说：'什么窗户？'他说：'就是我要打破的这扇窗户。'他用他的伞把这倒霉的窗玻璃给打破了。"

三个客人一齐叫了起来，警察气都喘不出来地说："是我们在追的逃跑了的疯子吗？"侍者饶有兴趣地接着讲他的故事。

"有那么一瞬间，我简直给弄昏了头，什么也做不了。那个人走出去会合他的朋友转过街角。然后他们两人飞快地走上布洛克街，尽管我绕过那些挡路的东西去追他们，但也没能追上。"

"布洛克街！"侦探一说服他的两个外国同事，就开步往那条大街飞奔而去。

随后的旅程把他们带过一条像隧道一样的光秃秃的砖路，街道上灯光稀疏，窗户罕见，仿佛是一条修在所有建筑物背后的街道。暮霭渐深，就连那个伦敦警察也难于分辨出他们是在往哪个方向走。不过侦探却相当有把握，他们终归会到达汉普斯泰德的荒原某地。突然，一扇里边点着煤气灯的凸出的窗子，在暮色中像牛眼灯一样地突现出来。瓦伦丁在一家装修得花里胡哨的小糖果店前面停了一会儿，稍稍犹豫后便走了进去。在五彩缤纷的糖果中，他十分庄严地站住，小心仔细地买了十三支巧克力雪茄——显然他是在准备一个开场白，但已经不必了。

店里有一个态度生硬，年龄稍大的女人，满脸疑问地望着他的优雅外表，当看到他身后的门口堵着个穿蓝制服的警察时，女人的眼睛顿时警觉起来。

"唷，"她说，"你们要是为了那个包裹而来的，那么我已经把它寄走了。"

"包裹！"瓦伦丁重复道，这回轮到他用疑问神色望着对方了。

"我是说那个绅士留下的包裹，那个教士绅士。"

"看在老天爷的份上，"瓦伦丁第一次真正地露出热切坦率的神色，俯身向前道，"看在老天爷的份上，告诉我们到底出了什么事。"

"嗯，"那女人有点怀疑地说，"两个教士大约半小时前进来买了些薄荷糖，谈了一会儿话，然后出去向荒地走去。但是过了一小会儿，其中一个跑回店里说：'我掉了一个包裹没有？'嗳，我到处看，看不到。所以他就说：'不要紧，不过如果找到，请把它寄到这个地址.'他留下地址,给了我一先令作误工钱。奇怪的是,后来竟然在刚才找过的地方找到他掉的一个棕色纸包,我按他说的地址寄走了。现在我想不起详细地址了,好像是在威士敏斯特什么地方。那个东西那么重要,我想警察也许是为这个来的。"

"他们是为这个来的,"瓦伦丁简短地说,"汉普斯泰德荒地离这儿近吗?"

"一直走十五分钟,"那女人说,"你就会看到荒地。"

瓦伦丁跳出商店就跑,其他两位勉强小跑跟上。

他们走过的街道狭窄,布满阴影。当他们出其不意地走出街道,便是一大片一无所有的空旷地和广阔的天空,他们惊奇地发现黄昏仍然那么明亮。孔雀绿的苍穹没入暗紫色的远方和正在变暗的树木之中,变成一片金黄。犹有余辉的绿色还深得足可以看出一两颗亮晶晶的星儿。所有这些都是日光的金色余晖在汉普斯泰德边沿和那有名的被称为"健康谷地"的洼地上反射出的。在这一地区漫游的度假人并不是完全分散的。少数一两对奇形怪状地坐在长凳子上,远处零星分散着一两个姑娘,在失声唱出强劲的曲调。上天的光荣在人类惊人的庸俗中沉沦暗淡下去。

瓦伦丁站在斜坡上,望着谷地对面,一眼看到了他要找的东西。

在远方分散的黑黝黝的人群中,有两个特别黑的穿教士服的人影。尽管由于远,他们看起来很小,瓦伦丁仍然可以看出其中的一个比另一个矮得多。虽然另一个像学生似的弓着身子,举动尽量不惹人注目,但仍然可以看出其个子足有六英尺多高。瓦伦丁咬紧牙关向前走去,不耐烦地挥舞着手杖。到他大大地把距离缩短,把两个黑色人影像在高倍数显微镜中放大的时候那样,他又看到了一些别的事情。这是使他震惊,不过多少也在他意料之中的事情。不管那位高个子神父是谁,矮的那位却是身份确凿的,他就是在哈维奇火车上认得的朋友,那个矮胖的埃塞克斯小本堂神父,他曾对他的棕色纸包提出过警告。

此刻,事情既已到了这个地步,一切便终于合理地吻合起来。瓦伦丁今天早上打听到,有一位从埃塞克斯来的布朗神父,带着一个镶蓝宝石的银十字架,是一件价值连城的古文物,目的是让参加"圣体会议"的诸位外国神父观赏。无疑,这就是那块"带蓝石头的银器",布朗神父断然就是火车上那个容易受骗的小个子。此刻瓦伦丁发现的事情,弗兰博也发现了。毫不奇怪,当弗兰博听说有个蓝宝石十字架时,便起心要偷。这种事在人类史上实在是屡见不鲜的。弗兰博当然会以他自己的手法来对付这个带雨伞和纸包的小个子——这也是理所当然的。他是那种一旦牵着了别人的鼻子,就能够一直把别人牵到北极去的人。像弗兰博这样的演员,把自己装扮成神父,再把真正的神父骗到汉普斯泰德荒原那样的地方,实在也只是小菜一碟。现在,案情在怎样发展已是昭然若揭的了。对小个子神父的无依无靠,瓦伦丁心中油然而生同情之感,想到弗兰博竟会对这么天真的牺牲品打主意,不由得义愤填膺。但是,瓦伦丁想到了自己和弗兰博之间发生的一切,想到了使弗兰博走向胜利的一切,于是他的脑筋里翻腾起其中最细微的道理来。从埃塞克斯的一位神父手里盗窃蓝宝石银十字架,同往墙纸上泼汤有什么联系呢?又同把橘子叫作坚果、同先付窗户钱然后打破窗户等有什么关系呢?他总算可以追踪到结果了,但是不知怎么的,他却错过了一段中间环节。他失败的时候(这是极其少见的),通常是掌握线索而没有抓住罪犯。这次却是抓住了罪犯,但还没有掌握到线索。

他们尾随的两个人正像黑头苍蝇一样,爬上一座顶部葱茏的庞大山体,他们显然在交谈，也许并没注意到他们在往哪里走。但可以肯定，他们是在往荒原的更荒凉更寂寞的高地走。当追逐者接近的时候，他们就不得不像偷猎那样，不体面地在树丛后面矮下半截身子，甚至在深草中匍匐前进。由于这些不利落的行动，猎人就更加接近他们的猎物，近到足可以听到他们谈论时的小声话语了。但是分辨不清字句，只有"理智"这个字眼几乎是大着嗓门不断说出的。由于地面的突然低洼和灌木丛的障碍，侦探实际上已经见不到他们尾随的目标了。十分钟的焦急不安之后，才又看到了这两个人。他们在一座圆顶的山脊之巅，俯视着绚丽多彩而又难免苍凉的落日景色。在这个居高临下却又被人忽视的地方，有一张快散架的陈旧坐凳，两位神父坐在凳上，仍然在一起进行严肃的谈话。渐渐暗下来的地平线上仍然呈现出一片奇怪的绿色和金黄色的光，上方的苍穹正慢慢地由孔雀绿变成孔雀蓝，悬在天顶的星越来越像真正的珠宝。瓦伦丁示意伙伴，同时悄没声息地溜到那棵枝叶茂密的大树后，在死一般的寂静中站在树后，第一次清楚地听到了两个奇怪神父的谈话。

听了一分半钟之后，一种糟糕透顶的怀疑慑住了他。也许他在静静的夜色之下，把两个英国警察拖到这种荒地来干这种差事，真是糊涂之至，比在杨柳树上找无花果的人脑筋清醒不到哪里去。因为两个神父的谈话完全像神父，学识渊博，从容不迫，极其虔诚地谈论着神学上玄妙难解的问题。小个子的埃塞克斯神父，圆脸转向越来越强的星光，另一个讲话时低着头，仿佛他不配看星光。但是你在任何白色的意大利修道院，或是任何黑色的西班牙主教大堂，也不会听到比他们的谈话更纯真的言语了。

他听到的第一句话是布朗神父讲话的尾巴："……他们在中古时代说的是天堂不受腐蚀。"

高个子神父点点低垂的头，说："啊，对的。这些现代的不信宗教的人求助于他们的理智。但是，谁能做到身居于大千世界而又感觉不到其上空肯定有一个奇妙的宇宙呢？在那里，理智是绝对超越情理的。"

"不，"另一神父说，"理智永远是合乎情理的，即使在最后的地狱的边境，在茫茫人世即将灰飞烟灭之际，也是如此。我知道人们指责教会贬低理智，但是恰恰相反，教会在这个世界上，独独尊重理智，独独确认天主是理智所承认的。"

高个子神父抬起他严峻的脸，对着星光闪烁的天空说："但是谁知道，在这个无限的宇宙中——"

"只是物质上的无限，"小个子神父在他的座凳上一个急转身说，"不是在逃避真理法则的意义上的无限。"

瓦伦丁在树后由于默默地憋着一肚子狂怒，把手指甲都弄裂了。他似乎听到英国警察的窃笑。自己仅仅是凭空猜想，就把他们从那么远的地方带来，来听两位温和的老神父暗喻式的闲聊。烦恼中，他没听到高个子教士的同样巧妙的回答，他再听时则又是布朗神父在讲话："理智和正义控制着最遥远最孤寂的星球，看这些星啊，它们看起来难道不像钻石和蓝宝石吗？你可以随心所欲地想象，异想天开地涉猎植物学和地质学，想到长满多棱形宝石叶子的磐石森林，月亮是个蓝色的月亮，是颗巨大的蓝宝石。但是不要幻想所有这些乱七八糟胡思乱想的天文学会在人的行为上使理智和正义产生哪怕最细微的差别。在蛋白石的平原上，在挖出过珍珠的悬崖下，你仍然会找到一块告示牌，写道：严禁偷盗。"

瓦伦丁觉得这是他一辈子干下的最蠢的事情，简直就像栽了个大跟头。他正要从蹲得发僵的姿势中直起身来，然后尽可悄无声息地溜掉，但高个子神父的绝对沉默使他停了下来。终于，高个子神父又讲话了。说得很简单，头还是低着，手放在膝盖上。

"呃，我仍然认为其他世界在理智方面比我们高。上天的奥秘深不可测。就从我个人而言，我只能低下我的头。"

然后，他的头仍然低着，姿势声音丝毫没变地说："就把你的蓝宝石十字架拿过来，好吗？我们在这里都是单身一个人，我可以把你像撕稻草娃娃一样撕得粉碎。"

丝毫没有改变的姿势和声音，对这个改变了话题的令人振聋发聩的内容，无异于增加了奇特的强暴色彩。但是，古文物的守卫者似乎只把头转了个罗盘上最轻微的度数。他不知怎么的仍然带着一副傻相，面朝着星光。也许他没听懂，或者，也许他听懂了，但由于恐怖而僵在了那里。

"对，"高个子神父以同样不变的低声、同样不变的静止姿势说，"对，我就是弗兰博，大盗弗兰博。"

停了一会儿之后，他又说："喂，你给不给那个十字架？"

"不给！"另一个说，这两个字的声音非常特别。

弗兰博突然抛掉他的所有的教士伪装，露出强盗身份，在座位上向后一靠，低声长笑了一下。

"不给，"他叫道，"你不愿把它给我，你这个骄傲的教士。你不愿把它给我，你这个没老婆的寡佬。要我来告诉你为什么你不愿给我吗？因为它已经到了我的手里，就在我胸前的口袋里。"

埃塞克斯来的小个子在夜色中转过他那似乎茫然的脸，带着"私人秘书"[①] 的怯生生地迫切地说："你——你肯定吗？"

弗兰博愉快地叫了一声。

"说实在的，你像那出喜剧一样让人发笑，"他叫道，"对，我十分肯定你是傻瓜，于是做了一个和你那原纸包一样的复制品。现在，我的朋友，你怀揣的是复制品，我身上的才是真珠宝。一套老把戏，布朗神父——一套很老的把戏。"

"是的，"布朗神父以原有的奇特，迷迷糊糊的神气搔着头发，说道，"是的，我以前听说过。"

犯罪巨人以一种突然发生的兴趣俯视着这个乡下佬小神父。

"你听说过？"他问，"你在什么地方听谁说过？"

"唉，我可不能告诉你他的名字，因为他找我是来向天主悔罪的，"小个子简简单单地说，"他过了二十年富裕日子，完全靠复制棕色纸包。所以，你明白了吧，我开始怀疑你的时候，立刻就想到了那可怜的家伙。"

"开始怀疑我？"歹徒越来越紧张地重复道，"你真的就因为我把你带到这个荒凉的不毛之地，就精明地怀疑上我了吗？"

"不是的，不是的，"布朗神父带着道歉的神气说，"你瞧，是我们初会面时，我就怀疑你了。你袖子里藏着的有穗状花絮，带刺的手镯，向我透露了你是谁。"

[①] 私人秘书：1884 年上演的三幕喜剧，英国名喜剧演员查尔斯·亨斯·霍特里爵士写作。剧中创造了一个喜剧式的天真教士，即私人秘书，此处借喻。

"见你的鬼,"弗兰博喊道,"你怎么会听说过我有穗状花絮带刺的手镯的?"

"哦,你知道,每个教士都有自己所辖的一小群信徒,"布朗神父有点无表情地扬起眉毛,说道,"我在哈特尔普尔当本堂神父的时候,就有三个戴这种手镯的人。所以当我最初怀疑你的时候,你难道没有看出来?当时我打定主意,要确保十字架的安全。我想我对你的注意是密切的,是吧?所以在最后看到你调包的时候,我又把它掉回来了,然后我把真的留在后面,难道你没有看出来吗?"

"留在后面?"弗兰博重复道,声调第一次在得意之外,掺入了别的音符。

"嗯,好像是这样的,"小个子神父依然不动声色地说:"我回到糖果店,问他们我是否掉了一个小包,还给了他们一个特定地址,叫他们如果找到包就寄到那里。还给了他们足够的钱。嗯,我知道我没有掉小包,不过在我走的时候故意把它留下了。所以,与其说这小包还跟着我在走,还不如说已经让他们寄给了我在威士敏斯特的一个朋友。"然后他有点悲伤地说:"我是从哈特尔普尔那里的一个穷人那里学来的,他经常用他在火车站偷来的手提袋这么干。不过他现在进了隐修院了。哦,你知道了,这种事应该明白。"他以同样至诚道歉的神气,摇着头发说:"当了神父,就没有办法了,人们总要来对我们讲这类事。"

弗兰博从里边的衣袋里掏出一个棕色纸包,撕开,把它扯得粉碎。里面除了纸和铅条之外什么也没有。他一跃而起,以一个巨人的姿态喝道:

"我不相信你,我不相信像你这样的矮脚鸡会做出所有这些名堂来。我相信那玩意儿还在你身上。如果你不把它交出来,哼,我们都是光棍一条,我可要动武啦。"

"不,"布朗神父也站起来,简单地说,"你动武也得不到,因为首先它不在我身上,其次还因为我们不是孤零零的。"

弗兰博止步不前。

"在那棵树后边,"布朗神父指着说:"有两个身强体壮的警察和一位世上最有名的侦探。你问他们怎么会到这儿来的吗?哎呀,当然是我把他们引来的。我怎么引来的?嗳,你喜欢听我就告诉你。天主降福你,当我们在罪犯阶级当中工作的时候,我们不得不弄懂二十件这类的事。嗯,我不能肯定你是强盗,拿我们自己的一位教士当恶棍是永远不行的。所以我只是测验你一下,看你是否会现原形。一个人发现咖啡里是盐的时候,一般都会大惊小怪。如果他不大惊小怪,他必定有某种原因保持沉默。我把盐和糖调换了,而你保持沉默。一个人如果发现他的账单大了三倍,他势必提出反对。如果他付了账,他就有某种不愿惹人注意的动机。我改了你的账单,而你付了账。"

全世界似乎都在等着弗兰博跳起来,但他好像被咒语定在了当地,被这极端的怪事弄得目瞪口呆。

"嗳,"布朗神父动作迟缓而头脑清醒地说,"你不会给警察留下任何痕迹,当然别人就不得不留下。在我们到的每一个地方,我都仔细地做了点什么,使我们在这一天的其余时间里可以谈论。我没有造成很大损害——泼脏的墙,打翻的苹果堆,打破的窗子……但是我保住了十字架,十字架总得保住。到现在它已经在威士敏斯特了。我有点奇怪,你为什么没有吹驴子口哨①来拦住我。"

---

① 吹驴子口哨:盗贼黑话,意为"当场"。

"用什么?"弗兰博问。

"我很高兴你从来没听说过这个词,"神父做个怪相说,"这是肮脏事。我敢肯定,你为人太好,当不了吹驴子口哨的人。我本来不该离开现场的,我的腿不够棒。"

"你究竟在讲些什么呀?"

"我以为你懂得什么是现场的,"布朗神父惬意地表示惊奇,说,"哦,你本来不会出那么大错的。"

"你到底怎么懂得这些讨厌东西的?"弗兰博喊道。

教士单纯的圆脸上浮现出笑容。

"哦,我想是由于当了没老婆的寡佬的缘故,"他说,"你从来没有忽然想到过吗?一个除了听人们道出真正的罪恶之外几乎无所事事的人,不可能不知道人类的全部邪恶。但是,实际上我这行业的另一方面也使我知道你不是神父。"

"什么?"强盗大张着嘴问。

"你攻击理智,"布朗神父说,"那是违反神学原理的。"

神父转身去收集东西的时候,三个警察从树影中走出来。弗兰博是个艺术家兼运动员,他退后一步,潇洒地向瓦伦丁鞠了个躬。

"别对我鞠躬,"瓦伦丁声音清楚,态度安详地说道,"让我们两个都向我们的师傅鞠躬吧。"

两人脱帽鞠躬,伫立了一会儿,而那个小个子的埃塞克斯神父则眨巴着眼,四处转动着找他的雨伞去了。

鱼饵与线索

【美】爱德文·希克斯

我让小艇改变了方向，向小湾外驶去，却见另一艘小艇对准我快速闯来，四十匹马力的舷外马达全力冲刺，虽然已逼近了我，仍没有丝毫减速，直到最后一秒钟船尾那大个儿才把马达全部关掉。湖水掀起巨浪，轰然卷来，露茜（我那小艇的名字）疯狂地颠簸着。这要是出现在城内的街道上，我是会因为危险驾驶给他开罚单的。

原来是昨天才认识的渔村小屋的朋友比尔·怀特和他的两个伙伴。怀特六十左右，自称是俄克拉荷马城的石油人，打扮得像个花花公子，红外衣，红软帽，咔叽服装。船头那人中等个子，穿着马虎，大约四十五岁，手上拿一副野战望远镜，见我的小艇那颠簸样子，觉得刺激，对我放肆地笑着。卸任警察的直觉告诉我，这人仇恨警察，是个危险家伙。

"嗨，这儿，乔·查威斯基，"怀特招呼我，"跟我的渔友们认识认识，法兰克·卡普利诺和吉姆·布朗。法兰克在望远镜里观察你，见你钓到了那条大鲈鱼。我们认为应该到这儿来瞧一瞧，看你用的是什么饵。鲈鱼呢？让我们瞧瞧有多大。"

"不知道你们几位想要，"我说，"我又不要吃它，放掉了。"

布朗咒骂起来，卡普利诺往水里吐唾沫。

"我真不明白，你们这些鬼人开了几英里的船来钓鱼，运气不错，钓到一条大的，竟然会放掉了。"卡普利诺尖刻地说。

警察是习惯别人发脾气的，血液不那么容易沸腾。我没理会卡普利诺的话，只打量布朗。这是个颇难对付的小青年。年轻，二十出头，个子特别大，至少二百三十磅，八成有六英尺三四。重量级拳击手的肩膀，全身分量只靠长腱子的骨头和肌肉，上上下下没有一丝脂肪，是个体型完美的标本。

卡普利诺是一见扔帽子就能杀人的一类，你可以估计到他能干什么，但是布朗的破坏力却是最大的。因为你就拿不准他会搞出个什么来。布朗的脸晒得很黑，眼睛却是蓝色的，看上去像个大孩子。个子大，友好，天真——有点过分天真。我从痛苦的经历中学会了尊重娃娃脸的小青年。你就不知道一个像布朗这样的满脸友好的娃娃脸少年犯会干出什么事来。

我对怀特说："我正收拾好准备离开这儿，你们如果愿意，就可以在这小湾里钓。"

我发动马达，卡普利诺咯咯地笑了，让野战望远镜落到挂在脖子上的皮带上，右手伸进外衣去取左肩鼓起的一个什么东西。此时怀特一只制止的手却落到卡普利诺手臂上，像是主人稳住一条快要扑向陌生人的恶狗。

我很高兴离开那里。我越过湖面开到了一片露在水上的枯树林梢。我在那里搜寻一个浮在水面的小浮板标志。这个标志是一块木板,用铁丝坠锚固定在湖底。标志着莓鲈鱼区域。

找到标志后我拴好船,准备好竿子、渔线和浮标,上了些小鱼作饵,开始钓莓鲈鱼。这是懒汉的钓法。我在莓鲈鱼区一坐几个小时,大部分时间都在打盹儿,享受十月的阳光。下午一点半左右,莓鲈鱼开始咬饵,我动手拉鱼,一直拉到疲倦了才住手,却只留下了几条大的。大约一小时后,忙乱结束,莓鲈鱼回家睡觉去了,我也回去了。

在那里打瞌睡时我在蒙眬中梦见了我的过去,我在思念我的妻子露茜——我的船就是以露茜命名的,她去世已经五年。我还想起了两个野性的年轻牛仔约翰逊和索尔,我让他们当了便衣警探,虽然那次努力几乎要了我的命。我几乎是使用了体力才把自己三十年来在警察部队杀死的十一个人推回了坟墓的;然后我想起了比利·席尔司顿,他是我的好朋友。

他刚开始做警察时跟我闹翻过一回——那已是模糊、遥远的往昔的事。我的巡逻路线是从一号街到主楼宾馆胡同,席尔司顿的巡逻路线是从宾馆胡同到十三号街。我们一周巡逻七个晚上,一班十二小时。警察抓了人第二天是要到市法庭出庭作证的,上一次法庭得在二十四小时里再用去一两个小时,而且要着装整齐。我们的薪水是每月八十元,但在那时八十元是好收入。

一天接一天醉汉老往我的线路上逛。一天又一天我尽忠职守押着他们经过主楼宾馆到市监狱去,第二天还得睡眼惺忪地红着脸去上法庭。

有一天晚上,似乎不会再出现醉汉了,我已疲倦得要死,盼望着匆匆吃点东西就上床睡死过去。可离下班只有五分钟时,一个晃晃悠悠的家伙又在胡同里找上了我。我抓住那可怜家伙的两个肩膀摇晃他,"告诉我,"我大吼,"你们这些醉鬼为什么往我的线路上走?"

"为什么?"醉鬼打着酒嗝儿说,"是那边那警察叫我到这儿来向你报到的。"

这时我才恍然大悟。第二天五点才过,我刚开始上夜班,却在主楼宾馆胡同遇见了比利·席尔司顿。比利身材跟我完全一样,大约重二百四十五磅,六英尺高。我径直走到他的面前:"你就这么干吗?"我冲着他的脸大吼。

"你是什么意思,乔?"比利满脸堆笑地说。

"你他妈为什么老把你的醉鬼往我的巡逻线上送?让我每天少睡两个小时。"我撒手就给了他脸上一巴掌,响亮得像甩鞭子。

比利守住阵地,回敬了我一记耳光,我俩坚持扇耳光训练达五分钟之久。双方像草原上的公牛犊子一样顽强,头顶头决不退让。英格索尔局长来了,抓住我俩的领子,我俩还在顶牛。

"你们这两个小狗东西在干什么呀?想要对方的命呀?"

局长把我俩带回办公室,就警服的尊严问题火烧火燎地训了我们一顿,还威胁说要罚我们一个月工资。然后才放我们俩腼腆地傻笑着回去巡逻。

一星期后我们才听说,耳光事件是住在街对面公寓房里的警长见到的,是他给局里去的电话:"趁你部下的警察还没出人命,赶快来这里!"

可怜的比利 1944 年在南太平洋一个海岛上给日本人的子弹打死了。

整个时间我都赖在秋季的阳光里，享受着它的温暖，对露茜的思念所引起的孤独感时时萦绕着我。俄克拉荷马的花花公子比尔·怀特，杀手型的卡普利诺和娃娃脸的年轻巨人吉姆·布朗都叫我忘到了脑后。

那个三人组合有一点东西不对劲。我感觉到，也很明白。可我也知道罪犯、黑帮和流氓都是不钓鱼、不打猎的，也不喜欢户外生活。然后我就对自己说，啊，算了吧，乔·查威斯基，你已经不是警察了。但是我仍然有颗警察的心。

我驾着小艇回到河湾时，松林梢头已是一片夕照的嫣红——我是在太阳升起时在河湾里钓到那条大鱼的。

那天早晨法兰克·卡普利诺已经伸手拿家伙，不管他们是不是钓鱼的，我也没有见到枪，但那动作我见到了，而且我也肯定，如果不是怀特阻止了他，他是会把我一枪轰出小艇的。而现在我到了这个地点，完全没有了依据，连武器的影儿也没有——我把一切能让我联想到警察工作的东西都留家里了。

我在渔区浅水处投放了些漂浮的红头人造鱼饵，没有成功，便回了码头往我的小屋走，想匆匆吃完饭便躺上软和的床。我开车回家时隔壁小屋拉起的百叶窗透出的亮光和收音机的尖叫告诉我，怀特、卡普利诺和布朗都在家。我希望他们可以早点结束，好让我睡一会儿觉。

可我还没进屋那娃娃脸的巨人吉姆·布朗已经在那里："查威斯基先生，过来跟我们一起喝喝酒吧，喝上一杯对你会有好处的。"

"不喝了，谢谢，布朗，我累得要死，想吃点东西就睡觉了。"

"哦，来呀，查威斯基，我们钓到了几条鱼，想让你看一看呢。"

我跟那小伙子进了房间，房里有浓烈的烟草味儿，收音机声音大得可以震破耳膜。"关掉那吵死人的声音。"怀特大叫，他好像是屋里唯一不喝酒的人。可是没人动弹，他只好自己去关掉了。

"你看，查威斯基先生，我们照你那一套办，今天可钓到了几条好鱼。"布朗说。

卡普利诺说了些又像咒骂又像玩笑的话。第四个人从厨房进屋了，这人大约四十五岁，金头发白皮肤，即使胸脯佝偻着也有六英尺高，长腮帮突下巴，呆滞的绿色目光。在烟草的浓雾里这新来的人看上去就像个行走的僵尸。他手上拿一只沉重的长柄锅，锅里是热气腾腾的莓鲈鱼。他把鱼摆进桌上的盘子里。卡普利诺和布朗拿起叉子扑了上去。精瘦的大厨得意地笑着："慢慢吃，还有同样大的一锅呢。"

"坐下，"怀特说，"坐下，查威斯基，跟我们一起吃顿晚饭。"

我坐了下来，一盘鱼放到了我面前，烹饪之精美令人吃惊。

五个人动手贪婪地吃起鱼来。我自己饿得像狗熊，他们也似乎跟我差不多。

"我还没有把你介绍给我们的大厨呢，"那精瘦的家伙收拾完桌子回厨房之后怀特说，"他算得上是一个怪人，他的这东西不大集中。"他敲敲自己额头："可他是七个州里最好的大厨。名叫伦尼·哈穆，在奥玛哈海滩被一粒机枪子弹射穿过胸膛。"

"我今天早上没见到他。"我说。

"我们是在他做完房间清洁后才接他走的。他钓鱼不算什么好手，但是来作钓鱼旅游时偶尔也喜欢去湖上走走。"

"好了，谢谢你们的晚餐，它肯定省了我不少麻烦。你们在哪里钓到这些莓鲈鱼的？"

"就在今天早上我们看见你那地方。我们回到码头，买了一些你用的那种漂浮的人造鱼饵。"

"你是说幸运牌的？"

"对，颜色和大小都一样，完全相同。"

"是的，有时那鱼饵在那里也能用，谁也说不清楚。我还以为你们是用小鱼作饵钓来的呢。"

"不是，就用的你今天早上那一套。"

回房之后我的确激动了起来。用抛撒式幸运牌漂浮人造鱼饵是钓不到莓鲈鱼的，在水面上尤其钓不到。莓鲈鱼喜欢咬的人造鱼饵必须是能跟小鱼一样在水里闪亮的。常常在水下几英尺。但我开始有了睡意。我想听听新闻再上床。

我打开了收音机。三个台播出的都是摇滚乐。新闻时段还没到。我调到了警事信息，却立即清醒过来。布莱克利市警局和佳兰德县治安办公室正闹得空中电波热闹非凡。那天正午四个戴袜子头套的匪徒抢劫了布莱克利市第一国家银行。四个人抢走了四万五千元现款。他们坐的是一辆堪萨斯州牌号的红色敞篷车。一小时后敞篷车在一个树林里被发现了。那是在联邦 279 国道在布莱克利市西北约二十五英里与国家森林公路交叉的地方，也就是在松峡湖南尽头再往南四分之一英里处的一座小山下。

四个州发动了一场联合行动，搜捕银行劫匪。但是到目前为止警官们追寻的已经是一条冷却的线索。我听了对那四个人外形的描述。一个人个子高大，两个人中等身材，对第四个人的说法各有不同。有人说那人高，有人说那人弯腰。袜子头套完全遮去了劫匪的五官长相。

过了一会儿我关上了收音机和房里的灯，回到住处的饭厅。几个渔民和他们的老婆在看打斗电视片。住房管理员山姆·威罗比正在水龙头边收拾。管码头的吉姆·泰勒坐在柜台边上吃着已经嫌晚的晚餐。

我来到柜台边找了个靠近泰勒的凳子坐下，叫了一份香草冰激凌。我喜欢香草冰激凌。

"我那房间的隔壁房的四个人，我不知道他们白天是不是开车出去过？"我一边舀着冰激凌一边问。

山姆擦着柜台上的水迹。"你也问这个呀？"他压低嗓子说。

"你是什么意思？"

"布莱克利银行抢劫案之后，陆续有六七个执法人员来问过。今天下午他们搜查了所有的房间，包括你的，屋里床下查了个遍，还查了所有的汽车。什么都没有发现。"

"没有枪？"

"没有，只有一支打蛇和射着玩的 0.22 口径步枪，许多渔民常带的那种。你的朋友就有一支。"

"他们的车呢？今天去过什么地方没有？"

"我不知道。泰勒说他们四个人今天全天都在湖上钓鱼，跟别的人一样，是这样吗，吉姆？"

泰勒点点头："他们开了两艘小艇出去。来这里之后他们还是第一次要两艘船呢。"

"我不能理解的是，"我咧开嘴笑了，说，"他们钓莓鲈鱼的办法。他们今天晚上请我吃了一顿。他们说那莓鲈鱼都是用水面大鱼饵钓来的——幸运牌大鱼饵。可这种事我以前从没听说过。"

泰勒哈哈大笑："这些可怜鬼。他们星期一就到了这儿，一条鱼也没钓到过。今天有个人莓鲈鱼钓得太多，吃不了，送了他们一顿——在他们差不多跟他同时回码头的时候，大约是下午四点吧。那边看打斗电视的人里左边那位就是。他会告诉你情况的。"

"啊，这倒还说得过去，"我说，"我非常明白那鱼不是他们所说的那样弄来的。你是说他们今天全天都出去了，一条鱼也没有钓到？"

"我一辈子也没有见过那么勤快的钓鱼人。你才出门他们就出去了。三个人一艘船，大概三小时后又回来了——我上面说过的。又来租了一艘船，说是连他们的厨房师傅也得带出去。几分钟之后厨房师傅就下了码头上了船。那是个高个子，佝着腰，病恹恹的。他们还拿他的钓鱼本领打哈哈。那人倒是一点也不生气。他跟那个长相难看的黑家伙坐一艘船，大个子青年和俄克拉荷马老笨蛋坐一艘船。两艘船都折回头往湖上开，走的就是你的方向。直到下午四点或者稍晚才离开湖面回来——我刚才说过的。这回他们倒真在狠抠那厨子。说是他们把冰柜从这艘船往另外一艘上放时，那厨子一松手，让冰柜掉到十五英尺深的水里去了，啤酒什么的也全没有了。"

泰勒付了账，取了一根牙签，大踏步出了餐厅。"你那四个邻居有什么事让你不高兴了吗，乔？"威罗比问。声音很低，不让泰勒听见。

"是的，"我说，"也许是因为我还没有摆脱老习惯，仍然认为自己是个警察吧。三十年佩警章带武器的习惯两个月是很难摆脱的。"

"这倒是真的，我看。"

"以前在这里见过这四个人吗？"

"没有，"山姆说，"从来没见过。"

"执法人员检查他们的房间和汽车时，你肯定他们什么也没有发现吗？无论什么都没有？"

"他们几个全都清清白白，"威罗比说，"除了那支 0.22 口径步枪之外——我告诉过你的。他们常带那枪上船，但是今天没带。一点出格的东西都没有，完全没有。"

我向那钓莓鲈鱼的人挪过身子，那人正在看电视里最后一轮打斗。他抬头看了我一眼，点了点头。但是我一直等到打斗结束，打出了胜负才说话。

"今天莓鲈鱼是什么时候开始咬你的饵的？"

"大约十一点。差不多到一点半或两点才停，我估计。快正午时来了两个人。我问了问他们时间——我老把表留在屋里，怕弄湿了。他们说是十二点。几个笨蛋一整天就没见过一条鱼咬食——上帝才知道为什么。后来我在码头遇见了他们——他们正好回来，我就给了他们八条或十条莓鲈鱼。"

我久久难以入睡。觉得隔壁屋里的人似乎比爆竹还要紧张。但是他们在整个湖上都留下了不在抢劫现场的证明。他们不可能抢劫了布莱克利的银行。你既然在湖上钓鱼自然是不可能又抢银行的。而这四个人又确实在湖上。

啊，算了，也许我真的老了，脑子成糨糊什么的了。可我心里的一切都在尖叫，说我正坐在一场银行抢劫案顶盖上，应该把它炸出一个大窟窿来。但整个事件又无法拼合到一起。那四个人跟我自己一样都在湖上。湖上到处都有人见到他们。他们那车也一整天没离开过钓鱼地。于是我把自己那衰迈的心灵转到别的事上，睡着了。

第二天我去湖上时，太阳已经老高。我睡过头了一个小时，左腰那当海军时的伤又痛了起来，这标志着气候马上要有变化。东边的天也红了。"早上红，水手须当心；晚上红，水手好开心"。在我读懂气象标志之前很久鲈鱼就已感觉到了，它们还在跟夕阳西下时一样不高兴。啊，好吧，只要湖水开始翻起浪花，我就打道回府睡觉去，或者就过湖到布莱克利警局附近去嗅嗅，看他们是否发现了什么迹象——找到了银行劫匪的什么线索没有。

我用桨静静地划进河湾，然后把工具箱里的一切都扔给了鲈鱼，可是它们并不来吃。然后我就开始偷偷地、静静地撤出河湾。这样做时我已变成了一条有心计的鳝鱼。我要到别的地方去捉藏在深水里的鱼。形象的说法是：有东西笔直地撞到了我的眉心上。

我掉回船头又往河湾中心划去，我所看见的不是幻象。从湖岸出去大约一百英尺有一个漂浮的木头标志，是一块新的松木木板，大约三英尺长。上面固定有一根闪亮的铜丝，一直通到湖水深处！

这样的标志是渔民或湖上人家常用的。它的用处很多：或是指明好的渔场；或是指引方向，或是标志深度。可昨天早上这儿却没有这个标志。它可能是昨天晚上才到那里去的，因为我从那里经过时时间太晚，所以没有看见，也有可能我虽然在它旁边几英尺经过，却忽略了。

我让小艇靠近了标志，抓住铜丝，开始往上拽。铜丝底下吊着个什么异常沉重的东西。我用背扛了铜线拽，那东西开始动了。我把它慢慢地拽了上来。小艇开始倾斜，差不多斜到了船舷上缘。

我一把一把地往上拽，拽出了全部闪亮的铜丝，一共约有二十五英尺。这时我在水下几英尺看见了它——闪亮的金属。那是一个钓鱼人用的大冰箱，盖子已经上锁。还有个经过橡胶处理的口袋，用铜丝固定在冰箱上！

我哼哼着使劲拽，把那东西拽上了船，连铜丝带一切，然后才坐下来海豚般地喘气。舷外摩托快速前进的轰鸣声从湖心传进了我的耳里。我回头一看，一艘小艇正向我开来，在水上犁出大片大片的水花。该是我走掉的时候了。

等到我发动马达起步时，那艘小艇离我已不到两百码。为保住自己我放开了节流阀，加足了马力，往湖岸方向拼命飞驰。那小艇加足速度向我对直追来，掀起片片水花。小艇上是我的三个小屋邻居。毫无疑问他们是在追赶我。到我全速前进时，那小艇已把距离缩短到了一百码。

我们向北部的湖岸开去。我依靠那二十五匹马力的舷外马达坚持着。怀特和卡普利诺在挥着手叫喊。因为摩托的轰鸣他们的话我无法听见，但我对他们的意图一清二楚。我只要被他们捉住，就只好跟铜丝和冰箱一起沉到水底，只是不会安装浮子，标志出尸体的所在。

有什么东西打在了冰箱顶上，吱的一声反弹出去，掠过了湖面，却不是大黄蜂。他们开始使用那支 0.22 口径步枪了！我尽可能把我这二百五十磅的身子缩到马达背后，不断地加着马力,向前面一个小岛驶去。开过小岛我转了个九十度的急弯,向港口方向疾驰,然后又完全折回,躲到小岛背后飞跑,再折回头似乎又想开向湖心。

几个转折叫怀特等人感到意外,为我赢得了一点距离,虽然不多。风开始转凉,远处的湖面正中泛起了小小的白浪,我向对岸约一英里半外的一个暗礁丛生的地区冲去。我谨慎地望着前方的水面,心里感谢慈悲的主:那天早上出发前我在油箱里加满了油。

一分钟过去了,我看见了我在寻找的东西:另一个标志。一块下面接铁丝的漂浮在水面上的木板。我绕着那个标志往右舷一拐又倒了回来,好像打算再绕回去。

尾随我的船立即掉过头来,对我要划出的弧线横插过来,打算以此与我缩短足足五十码距离。两颗子弹在我耳边呼啸而过,卡普利诺逼上来了。

然后,那情况就发生了,我一直祈祷的情况!追我的船撞在了浅水里的暗礁带上。撞击声在空中回荡,船上的三个人被抛到空中,然后又一个个从水里冒出——卡普利诺、哈穆,然后是怀特。他们喷着水咒骂着,发现自己站在了齐腰的水里,离湖岸足有半英里远。他们船的船头撞了个粉碎,反扣到水面上。那支 0.22 口径步枪也在碰撞时撞掉了。

我关掉马达,绕了回去,在三位湿淋淋的客人五十码外缓缓地转圈:"现在你们被流放到了一片低水位时露出的礁石上。我劝你们权且留在此刻的地点,别想往别的地方跑,除非你们有他妈的能游过海峡的本领。离开这儿向任何方向游出去,湖水都有五十英尺深,而浪花又正在掀起。你们还是留在这里当乖娃娃吧。说不定还能让鼻子保持在水面上。"

"我还不会游水呢!"怀特大叫起来,看来他确实吓坏了。

"现在这样子就算糟吗?"

回码头后我让吉姆·泰勒帮助我把冰箱和橡皮口袋搬出了小艇,并交给他看管。

我来到住处给布莱克利市警察部门打了个电话。"对,全部都在!"我说,"他们是开船逃跑的,不是开车。他们把钱放在一个用橡胶加过工的口袋里,塞进一个钓鱼人用的冰箱①里。他们又把冲锋枪和其他武器放到另一个橡皮口袋里,然后把这一切一股脑儿用铜丝挂到一个浮在水面的标志之下,扔进湖里——让它们留在那里静候局面冷却。他们很可能把抢劫用的袜子头套和服装也都绑缚上石头,扔水里了。那套服装一脱,下面就是他们钓鱼时的服装。

"是的,队长,他们触了礁,全都搁浅在水里,像粘蝇纸上的几只苍蝇,动弹不得。三个。好的,我立即把第四个捆起来,做好准备,等你来时专门上交。你尽可以慢慢来。"

山姆·威罗比瞪大了眼睛。"那高个儿还在下面屋里,我几分钟前还见过他的。"山姆从柜台下取出一支霰弹猎枪,又把一支点四五口径的自动步枪递给我。

"你那枪全都放下,"我说,"枪是会打死人的。这事你别掺和,山姆,小屋里那地方可是没有枪的,这是你说的话。我估计自己还算得上男子汉,能制服他。"

"可你没有他年轻。而他的个子也跟你一样大,乔。"

"这正好把成年人和娃娃区别开来,山姆。"

我慢吞吞地往下面的小屋走,一路上拼合着零碎的片段。我这想问题的家伙不太灵光,真正管用的时候,对显而易见的问题也得花上三十分钟才能想明白。但是这回我在路上就

---

①这里的说法跟前面不同,原文如此。前面的说法是:"一个经过橡胶处理的口袋,用铜丝固定在冰箱上。"

想明白了。抢劫那天那三个人第一次到湖上去时，厨工伦尼·哈穆并没有跟他们去，他早已进了布莱克利城。他们逃走时用的车就是他偷来的。他把那车停到湖边一座小山另一面的森林里，然后才在约定的时间跟他们在湖岸会面。他们把他送到他们那小屋附近的某个地方让他下了船，进了他们那小屋。另外三个人才回到码头，又租了一艘小艇和马达，到码头去等候。那时哈穆才下码头跟他们见面。这样，表面看去，他好像刚做完家务出来。

然后四个人就匆匆上了两艘船，开过湖面，向大家知道的钓鱼地区开去。但是他们一离开码头，就拐弯开向了南岸，在那里靠了岸，从岸边的某个藏匿地取出武器，再步行四分之一英里，翻过小山，找到隐藏在那里的车。然后他们才进了布莱克利城，完全照日程安排在十二点抢劫了银行。他们带了抢来的赃物，紧急赶回，扔掉车翻过山来，很快又回到船里。这时他们就开始在湖上招摇，到处让人看见。又对那钓莓鲈鱼的人撒谎，说那时还在正午（抢银行才在正午），实际上那时已差不多两点。其余的情况就是大家都知道的了。

我没有敲邻居那钓鱼小屋的门，一扭门把手就进去了。我说不定制伏不了那年轻人，但是我乐意试试。布朗一眼就看出了我的来意，没浪费一句话便像进攻的公牛一样下了床，从右面一拳打来。那一拳从我左耳擦过，没有打中，我却舒开右腕，一个勾拳打去，正中他的中路；再用左手柔道掌劈在他的后颈窝上。他的下巴下落时我的膝盖已从下面顶了上来。作为一个老头儿，这两招还真算得漂亮。吉姆·布朗再也不会认为我老了。就是说，等他醒来看见布莱克利市的警察时，就不会那么想了。

步步惊心的杀人谜案

蜡泪

【法】乔治·西默农

这是一个不寻常的案件。不过,像这一类案件,有了作案现场的平面图,有了调查材料,通过推理和科学的侦查方法,是可以做出结论的。更何况,警长梅格雷离开刑事警署的时候,对案情已经了如指掌。

因为出事的地点并不远,所以他预计这次出差用不了多少时间。可实际上他却做了一次长时间的疲惫不堪的"旅行"。

他乘坐又旧又老的小火车,来到离巴黎100多千米的韦特欧劳。这种小火车简直是荒唐可笑,只有在埃比那勒地方印制的纪念画片上可以见到它们。下车以后,他向周围的人打听,想叫一辆出租汽车。可人们都用惊奇的眼光看着他,以为他是在开玩笑。那么剩下的那段路怎么走呢?只有坐面包师傅的小推车了。可是,他终于说服了那位开小卡车卖肉的老板,老板答应送他一趟。

"您常去那儿吗?"警长一边谈着他要去执行任务的村子,一边问。

"一星期去两趟。多亏您'照顾'我,这不是又增加了一趟嘛!"

其实,梅格雷就坐在离那个村子40千米的卢瓦尔河畔。但是他完全没有想到,在奥尔良森林里,还能找到一个这样偏僻落后的小村庄。

小卡车行驶在森林深处,两边都是高耸入云的大树。走了约10千米以后,终于到达一片林中空地,一个小小的村庄坐落在空地中央。

"是这里吗?"

"不是。是前边那个村子。"

雨停了,树林里很潮湿。阳光蒸发起白茫茫的水汽,使人感到窒息。树枝是光秃秃的,脱落的枯叶正在霉烂,不时发出咔咔的响声。有时还看到远处一团团磷火闪着光亮。

"常有人来这儿打猎吧?"

"那一定是某位公爵……"

车继续往前开,又来到一片林中空地。这块地方比刚才经过的那一块地方要小一点儿。30来所简陋的小平房把一个有尖顶钟楼的教堂紧紧地围在中央。这些房子没有一所不是百年以上的,那黑色石板的屋顶,看上去就使人觉得扫兴。

"请您把车停在鲍特玉姐妹家的对面。"

"我想,大概是在教堂前边……"

梅格雷下了车。卖肉老板把车退到稍远一点的地方停下来，打开汽车的后盖儿。村子里几个爱管闲事的女人围了过来，她们看着新鲜的猪肉，却没有决定买还是不买。因为按照惯例，这一天不是来车卖肉的日子。

出发之前，梅格雷已经把前次来过的侦察员所画的平面图研究得相当透彻并且记在脑子里。现在，他闭上眼睛都能毫不费劲地在这所房子里走动。

梅格雷走了进去。房间是那样阴暗，幸亏他记住了图上标出的位置，否则简直是寸步难行。

这是一家店铺，它的古老和陈旧像是在对我们的时代提出挑战。仅有的几束光线，透过缝隙射在几幅古旧的油画和室内的家具上。在这阴暗对比很强烈的房间里，墙和那几幅油画一样，都蒙上了一层模糊不清的灰暗颜色。偶尔可以看到瓷瓶和铜器在光线照射下闪闪发亮。

鲍特玉家的两位老小姐自出生以来就一直住在父母留给她们的这所房子里，如今已有65年了（姐姐至少有65岁，因为妹妹已经62岁了）。长久以来，房子里的一切陈设都丝毫没有改变：柜台上放着称和装糖的盒子；货架上的食品杂货散发着桂皮和香草的气味；甚至连喝茶用的小桌子也放在原来的地方。在一个角落里，并排放着两个油桶，大桶里装的是煤油，小桶里装的是食用油。再往里边有三张桌子，左边的一张，由于用的时间太久，已经褪了颜色。桌子两侧摆着没有靠背的椅子……

左侧的门开了，进来一个32岁的女人。她挺着肚子，腰间系着一条围裙，怀里抱着一个小孩，站在那里看着警长梅格雷。

"这是怎么回事？"女人说。

"我是来做调查的。您一定是这家的邻居吧？"

"我叫玛丽·拉考尔，铁匠的妻子……"

梅格雷看见挂着的那盏煤油灯，不知道这个小村庄里没有电灯。

没有人邀请他，梅格雷就进了里屋。这里一片昏暗。幸亏有两根正在燃烧的木柴，借着这一点亮光，梅格雷看见一张大床，床上铺着很厚的褥子。红色鸭绒被鼓鼓囊囊的像个大球。床上躺着一个老太婆，一动不动，脸色灰暗而呆滞，只有那双眼睛证明她还活着。

"她总也不说话吗？"梅格雷问玛丽·拉考尔。

"不说。"玛丽用手势做了回答。

梅格雷耸耸肩膀，然后坐在一把藤椅上，从口袋里掏出一叠材料……

案件发生在四五天以前，案子本身并没有什么特别轰动的地方。鲍特玉姐妹二人同住在店铺里，为了攒钱，过着十分节俭的日子。在这个村子里，她们还有三处房屋。她俩因为吝啬而出了名。

星期五夜里，邻居们的确曾经听见了什么动静，可是并没有引起注意和不安。

星期六拂晓，一个农民从这里经过，发现一间屋子的窗户大开着，他走近一看，大喊起"救命"来。

窗户旁边，穿着睡衣的安梅丽·鲍特玉躺在血泊中，她的妹妹玛格丽特·鲍特玉面朝墙躺在床上，胸部被砍了三刀，右面颊被砍裂，一只眼睛上也有刀伤。

安梅丽当时没有死，她推开窗户想去报警，可就在这个时候，由于失血过多而晕倒在地。她的 11 道伤痕都不算太严重，而且这些伤痕都在肩部和右侧。

五斗柜的第二个抽屉开着，在那些散乱的衣物上边，人们找到了一个发霉变绿的皮夹子，想必姐妹俩在这里面珍藏着各种证件和票据。在地上找到了一个存折，一些产权证书，房屋租约和各种各样的发票。

奥尔良地方有关部门对这个案子已经做了调查。梅格雷不仅有详细的现场平面图，而且还有照片和审讯记录。

死者玛格丽特在出事后两天就被埋葬了。至于安梅丽，当人们要送她去医院的时候，她拼命地用手抓住床单，死也不肯走，她的眼神似乎在命令人们：把她留在家里。

法医断定安梅丽身体的主要器官没有受到伤害。她突然沉默不语，一定是因为受了惊吓。她已经 5 天没开口了。虽然一动不动地躺在那里，可是她在观察着周围发生的一切。现在也是这样，她的目光一直没有离开警长梅格雷。

在奥尔良检察总署做了调查以后的 3 小时，一个男人被捕了。一切迹象表明他就是凶手。这个人叫马尔赛，是已经死去的玛格丽特的私生子。玛格丽特在 33 岁的时候，生了一个儿子，现在已经 29 岁了。村里人都说，他先在一个公爵家里当仆人，后来在树林里靠砍柴过日子。他住在芦邦底池塘旁边，离他母亲家有 10 千米。过去那里是一个农场，现在农场已经荒废了。

马尔赛被关在一个单人囚室里，梅格雷到囚室里去看过他。这完全是一个没有教养的野蛮人，有好几次，他离开家几个星期也不告诉他的妻子和 5 个孩子。这些孩子从父亲那儿得到的拳头比得到的别的东西要多得多。另外，他还是一个酒鬼，是一个堕落的人。

梅格雷想在案件发生的具体环境中，重读一下那天晚上对马尔赛的审讯记录。

"那天晚上 7 点钟左右，我骑着自行车到了'两个老太太'家，她们正准备吃晚饭。我从柜台上拿起酒喝了几口，完了就到院子里杀了一只兔子，把皮剥掉，我母亲就拿去炖。像平常一样，我姨妈嘴里嘟囔着，因为她一向讨厌我。"

村里的人都知道，马尔赛常来母亲家大吃大喝，母亲不敢拒绝，姨妈也怕他。

"那天，我们还吵了两句嘴，因为我从柜台里拿了奶酪，切了一块……"

"那天你们一起喝的是什么酒？"梅格雷问。

"是店里的酒……"

"你们点的什么灯？"

"煤油灯……吃过晚饭以后，母亲有一点不舒服，就上床休息去了。她叫我打开五斗柜的第二个抽屉，把她的那些证件票据拿出来。她给了我钥匙，我拿出来以后就和母亲一起数发票，因为到月底了……"

"皮夹子里还有别的东西吗？"

"还有一些产权证书、债券和借据，还有一大沓钞票，有 3 万多法郎……"

"你没有到贮藏室去过吗？你点过蜡烛没有？"

"没有……9 点半钟，我把那些票据都放回原处，然后就走了……经过柜台的时候，我又喝了几口烧酒……要是有人对您说，是我杀的那两个老太太，那是撒谎……您最好去审问南斯……"

梅格雷不再继续审问马尔赛，这使马尔赛的律师感到非常惊奇。

至于南斯，他的名字叫亚尔高，因为他是南斯拉夫人，所以人们就叫他南斯。这个古怪的人，战后在国内待不下去，就来法国住下了。他是个单身汉，一个人住在隔壁店铺一所房子的小厢房里，他的职业是在森林里赶大车。

他同样是个酒鬼，最近以来，鲍特玉姐妹已经不再接待这个顾客了，因为他欠她们的钱太多了。有一次，马尔赛也在母亲的店里，母亲让他把南斯赶出店去。为了这个，马尔赛还把南斯的鼻子打出了血。

在鲍特玉姐妹家的院子里，有一个马棚。南斯租了这个马棚存放马匹，可是从来不按期交租金，所以姐妹二人就更加讨厌他了。现在这个南斯拉夫人大概正在树林里运木材。

梅格雷手里拿着调查材料，按照自己的思路向壁炉走去。在报案的那天早上，人们从炉灰里发现了一把锋利的大菜刀，刀把已经被烧光了。毫无疑问，这就是作案的凶器。刀把儿既然没有了，指纹也就无处可查了。

与此相反，在五斗柜的抽屉和皮夹子上，却有许多马尔赛的指纹，而且只有他一个人的指纹。

桌子上放着一个蜡烛盘，上边布满了安梅丽的指纹。

"我看您是不打算开口说话了！"梅格雷点上烟斗，不耐烦地抱怨着。

然后，他弯下身子，用粉笔把地板上的血迹标了出来。这些血迹的位置早已被画在梅格雷手中的平面图上了。

"您是不是可以在这儿待几分钟？"玛丽·拉考尔问梅格雷，"我要把饭锅放到炉子上去……"

玛丽出去了。只有警长和老太婆两个人留在屋子里。梅格雷虽然是初次到这儿来，可是出发之前，他已经用了一天一夜来研究这些调查材料和平面图。奥尔良地区的侦查工作做得很不错，不然他会遇到更多的麻烦。研究了材料以后，梅格雷已经有了自己的估计。因此，现在当人看到眼前的环境比他想象的更肮脏更落后的时候，也就一点也不感到意外了。

梅洛雷是农民的儿子。他知道，在一些小村庄里，直到今天，人们仍然过着十三四世纪的生活。然而，当他突然来到这林中的小村庄，来到这店铺，来到这间屋内，面对着躺在床上的受伤的老太婆，面对着老太婆那警惕的目光的时候，他的心情是那样的不平静。只有当他参观一所医院或一个收容所，看见那些缺胳膊少腿、身心受到摧残的人时，才会有同样的心情。

在巴黎，他开始研究这个案件的时候，曾在侦查报告稿纸的边缘空白处写过以下几个值得思考的问题：

（1）为什么马尔赛烧掉了刀把儿，而没有想到他的指纹还留在柜子和皮夹上？

（2）假定他用了蜡烛，为什么要把蜡烛又拿回房间里，并且把它熄灭？

（3）为什么血迹不是从床边到窗户旁的一条直线？

（4）为什么马尔赛不从通向村里的后院门逃走，而从前门逃走？难道他不怕别人认出来吗？

有一件事情使马尔赛的律师感到失望：就是在两个老小姐睡觉的大床上，找到了马尔赛衣服上的一个扣子。这是一个带绒边的猎服上面钉着的扣子，扣子的样子有一点特殊。

"在剥兔皮的时候,我刮掉了一个扣子。"马尔赛肯定地说。

梅格雷又看了一遍手中的材料,站起身来,看着安梅丽,脸上露出一种滑稽的微笑。心想:您没办法再盯着我了,我这就离开这间屋子。他真的推开贮藏室的门,走了进去。这是一个破旧的小套间,黑洞洞的,只有从天窗上透进来的一点点亮光。里面堆着木柴,靠墙的地方放着几个木桶。前边的两个桶是满的,一个装着葡萄酒,另一个装着白酒。后面两个桶是空的。侦察员们曾经注意到,其中的一个桶上,有蜡烛点燃时滴下的蜡油。可以证明,这些蜡油就是从屋里放着的那根蜡烛上滴下来的。

奥尔良的侦查报告上这样写道:

"这些蜡泪很可能是马尔赛去喝酒的时候留下来的……他的妻子承认他回到家的时候,已经喝得酩酊大醉。他是骑自行车回家的,路上留下了歪歪斜斜的车轮痕迹,也可以证明他的确是喝醉了……"

梅格雷想找一件工具,可是周围没有。于是他回到屋子里,当他推开窗户时,看见两个小男孩站在不远的地方注视着这所房子。

"小朋友,你们去给我找一把锯来,行吗?"

"一把锯木头的锯,是吗?"

梅格雷的背后,那张没有血色的脸,那两只眼睛射出的冰冷的目光,总是随着警长粗壮的身影不停地移动。不一会儿,两个小孩子跑回来,他们给梅格雷拿来一大一小两把锯子。

玛丽·拉考尔又进来了。

"我没有让您等得太久吧了?我把孩子送回去了……可是我还得回去照料她……"

"请您过几分钟再来……"

"我去把火烧上……"

梅格雷正希望她不要来打扰。一次又一次,已经够麻烦了。警长回到做贮藏室用的小套间,走到那个有蜡痕的木桶旁,把锯子对准桶口,开始锯了起来。

他蛮有把握地认为将会发现什么。如果说今天早上他可能还有疑问的话,那么当他来到这里以后,环境和气氛已经使他确信自己的估计——安梅丽·鲍特玉,就是他要找到的那个人。

姐妹两人之间的隔阂不仅仅是由于吝啬,难道还有怨恨?当警长走进这间屋子的时候,难道没有看见柜台上放着的一大堆报纸吗?这是一个很重要的线索。上次的侦查报告忽视了这一点:两位老小姐还负责代销报纸。安梅丽有一副眼镜,但是平时不戴,她的眼镜是看报用的,她常常看报……

现在警长把分析推理上的最大障碍排除了。

梅格雷认为:这个案件发生的根本原因就在于怨恨。这由来已久的怨恨产生于姐妹两人的独身生活。共同生活在一所窄小的房子里,甚至睡在同一张床上,她们有着共同的利益……

但是,玛格丽特有一个孩子,她曾经有过爱情。而她的姐姐,甚至连爱情的幸福也没有享受过!在15年至20年的生活中,玛格丽特的孩子曾经在她们共同的抚养下长大成人。以后,他独立生活了。可是他常常回来,回来就大吃大喝,不然就是要钱!然而钱是属于姐妹两人共有的。既然安梅丽是姐姐，自然工作的时间比妹妹长，她赚的钱，总体来说也比玛格丽特要多。

日常生活中有许多琐事，譬如玛格丽特给儿子烧兔肉吃，马尔赛把店里卖的奶酪切一块拿走，可是母亲并不说他……这些都激起了安梅丽的不满和怨恨。

安梅丽常常看报，一定看过对一些重大案件的分析和报道，因此知道指纹在破案中的重要性。

安梅丽怕她的外甥。当玛格丽特把她们两人秘密放钱的地方告诉马尔赛的时候，安梅丽生气极了。而那天晚上，玛格丽特竟然叫儿子亲手去数弄这些票据，安梅丽更加恼火了，因为她知道马尔赛对这些财产早已垂涎三尺。但是，她不敢说出来，只好憋一肚子怨气。

"哼，有一天这小子会把我们俩都杀死的！"

梅格雷断定，这句话安梅丽在妹妹面前不知重复过多少次了！

警长一边思索，一边用力锯那个大桶，他热得把帽子摘掉，大衣也脱下放在另外的木桶上。他在想：兔子……奶酪……突然又想到马尔赛留在抽屉和皮夹上的指纹，还有那个扣子……那时候，他母亲已经躺在床上了，没有来得及给他缝上这个扣子……假设，马尔赛真的杀了母亲，那么他为什么不把皮夹子里的东西全部拿走，反而把它们扔在地上！是不是南斯干的呢？不，不会，他是不认字的。梅格雷肯定这一点。

安梅丽的伤口都在右侧，伤的地方不少，可伤口都不深。正是这一点，最先引起警长的怀疑。他设想，安梅丽准是笨手笨脚，又怕疼痛，才把自己砍成这个样子。她并不想死，又怕被疼痛折磨的时间太长，所以作案以后，打算推开窗户喊邻居……然而，命运嘲弄了安梅丽，当她还没有来得及喊醒邻居的时候，就晕倒在地上了。整整一夜也没有被人发现。事情就是这样发生的，经过也仅仅如此而已。安梅丽杀死了正朦胧入睡的妹妹玛格丽特！为了使马尔赛不再惦记着那些钱财，她制造了一种假象——钱都不见了。于是，她往自己的手上包了一块布，拉开柜子抽屉，打开皮夹子，把票据等东西扔在地上……

之后，她留下了蜡烛的痕迹……

最后，安梅丽在床旁边砍伤了自己，又跟跟跄跄地走到壁炉旁边，为了消灭指纹而把作案用的菜刀投进了火里。然后，她推开窗户……地上的血迹已经证实了这个过程。

梅格雷的工作接近尾声了……他突然听到了一个声音，像是角斗场上绝望者的嘶喊。他转过身去，看见门开了，一个稀奇古怪、阴森可怕的影子出现在面前：穿着短衫和衬裙，手臂和上身缠着绷带，呆滞的目光死死地盯着他。这正是安梅丽·鲍特玉，身后跟着扶着她的玛丽·拉考尔。此时此刻，一种难以形容的心情使梅格雷几乎丧失了说话的勇气。他希望赶快结束工作离开这里！桶口终于被锯开了，一个纸卷儿从里面露了出来，这不是别的，正是一些借据和修铁路时发行的公债券。这些东西是从桶口处塞进去的。这关键性的发现，也没有使警长兴奋起来。

他想马上离开这里，或者像那个庸俗的马尔赛一样，去喝一大杯或者一瓶英国罗姆烈酒。

安梅丽半张着嘴巴，仍然沉默不语。要是现在她失去了控制的话，一定会倒在玛丽的怀里，而玛丽一定会摔倒，因为她比安梅丽瘦弱得多，更何况正在怀孕。

眼前的一切难道是发生在我们的时代？不，这是另一个世纪和另一个世界的生活场景！

梅格雷感到无限惆怅和痛苦。他一步步朝前走，安梅丽一步步往后退……最后，他把那一卷票据扔在卧室的桌子上。

"去把村长找来。"梅格雷对玛丽·拉考尔说。他的声音有些嘶哑，因为他觉得连喉咙都发紧："我要让村长来当旁证……"

然后，他对安梅丽说："您最好还是去睡觉……"

尽管由于职业的需要，他养成了好奇和不动感情，可是现在，他却不愿再多看她一眼。他背转过身去，一动不动地站在那里，只听见背后的钢丝床发出吱吱的响声。村长来了，却不敢走进来。

村里没有电话，不得不派一个人骑自行车到韦特欧劳去。警车和卖肉老板的小卡车走得一样慢，他们终于来到了……

天空还是那样惨白，西风摇动着树枝。

人们问他："您有什么新发现吗？"

梅格雷心不在焉地回答，他并没有因为任务的完成而感到轻松，他在思考别的问题。他知道，这个案件一定会成为刑事犯罪问题的研究重点，这不仅对巴黎，而且对伦敦、对伯尔尼、对维也纳，甚至对纽约也同样有意义。

橡皮喇叭

【英】罗伊·韦克斯

一

如果你到伦敦警察厅去打听一下悬案侦缉处，人家就会老实告诉你，根本没有这样一个机构，因为它如今已经不叫这个名字了。不过，尽管该处现在不再有办公的场所，它的精神却仍然滞留在我们大家都特别引以为自豪的那些索引卷宗之上，这一点你倒尽可放心。

这一部门成立于爱德华七世的兴盛时期。凡是其他部门所置之不理的案件，都由这一部门接受过来。例如，一个人本来罪证确凿，但却被宣判无罪，他们就把有关这个人的一切证据、线索记录归档。他们的文件架上堆满了本来可以送交罪证陈列馆去的证物——但现在仍然留在这儿。他们收存的照片，都是年轻的侦缉队员永远感到头痛的东西，因为他们觉得早该想个办法把这些东西送交犯人照片陈列室去保存了。

此外，有民众本来是为了协助公安部门办案，提供的却是一些无价值的情报和荒唐的推论，这些人也被打发到这个部门来。进入该部门的手续很简单，只要由负责处理某一案件的高级官员写一份证明，说明所提供的情报毫无根据就行了。

根据情理与常识推断，这一部门的档案，收藏的都是不正确的情报。他们主要以猜测推度开展工作。有一回，他们把一个人的姓名偶然进行了同音异字的推测，居然捕获、绞死了一个杀人犯。

该部门的职责，就是把毫无逻辑关系的人和事进行结合。总之，他们赞成反科学侦探法。他们总是依靠机缘、侥幸办案，用来抵制犯人赖以逃避逮捕的侥幸手段。他们常常把一个案件和另一案件混淆起来，推理虽然错误，有时也会凑巧得出正确的结论。

乔治·蒙西和橡皮喇叭案件就是一个例证。

而且请注意，这只橡皮喇叭和乔治·蒙西没有逻辑关系，和他杀害的女人没有关系，和他杀人的环境背景也没有关系。

二

乔治·蒙西在满 26 岁之前和他寡妇母亲一直在奇彻斯特居住。家庭开支全靠他们的药店①维持。药店由蒙西太太负责，经营非常得法。店里还有一个经理和两个店员，乔治就是店员之一，他最近刚参加工作。至于他的少年时期，我们只知道他获得过一份日校奖学金，为期三年，在第一年年底，从表面上看虽则不是由于品德不佳，可是他的奖金却被撤销了。他几次想取得药剂师执照，都未成功，结果只得在店中负责售卖香皂、热水袋和照相材料。

他这份工作周薪两英镑。每礼拜六他把全部收入上交母亲，然后老人家再将其中15先令交还给他作为零用。老人家对其余部分虽无任何用场，但还是把钱留下。她这样做只是为了培养他的自尊心罢了。至于老人家还为他添置衣服，负责他的其他一切开支，他并没有注意到。

乔治没有朋友，也没有一般青年人所具有的爱好。他的全部业余时间，几乎都是和他母亲一起度过的，他很孝顺。他母亲是一个和蔼而又非常武断的女人，她似乎没有注意到他儿子的孝心中有几分幼稚——他事事听他母亲的主意，宁可牺牲自己的自由。

母亲死后，他再没有继续在店里的工作。他在奇彻斯特鬼混了大约8个月，然后将全部买卖顶出，等遗嘱生效后，他获得了800英镑的一笔款子，还有2000英镑3个月后也可以到手。他对这笔遗产显然并不清楚，结果，他对这些钱并未提出申请，同时律师也不知道他的去向，所以直到他的姓名见报时，这2000英镑仍然在他名下分文未动。

他是一个正常但脑子有些迟钝的青年。因为你可以看到，他在卧室的墙上贴满了当代女演员的照片以及从黄色周刊上剪下的无名美女像。说起来，他还有点天真，他竟然把这些照片作为临别纪念，送给了他家那位上了年纪的老厨工了。

他将800英镑分别用钞票和金币取出来，告别了家乡，到伦敦去了。他偶然在皮姆里考找到一个经济而又相当体面的住所。然后，他冒冒失失、土里土气地开始出门见世面去了。

当年正是《风流寡妇》②轰动全伦敦的时候。大概由于某人偶然的介绍，他晃晃悠悠走到达里戏院，买了一个花楼座③看戏去了。

当时正是伦敦社交季节的开始。我们可以想到，假如在他身旁不时碰巧也有一位身穿常服的女人，那么他穿着他那套成衣便装坐在花楼里一定会觉得格外难堪的。

这个女人叫黑尔达·卡赖宓小姐，43岁。她即使算不上太丑，也确实没有半点迷人之处。尽管人长得很利落，老式穿着相当讲究，也全无济于事。

最后，乔治·蒙西这段稀奇的未婚经过全部进入了悬案侦缉处。

这是两位有点不同寻常的人物。他们的接触有些离奇古怪。两人在散戏后一同挤到走廊上，才开始说起话来。他们说话的声音，似乎从一片羞涩胆怯、庸俗虚伪的迷雾中传了出来，结果还是由她抢先开口。

"如果你不介意，我没有经过介绍就主动和你说话，咱们两个，我和你，好像怪不好意思的，不管怎么说。"他的回答听起来有些异乎寻常。

"是的，当然啦！"他说，"你以后还到这儿来吗？"

---

①药店：英国药店一般兼卖化妆用品和一些杂货。
②《风流寡妇》：奥地利音乐家雷哈尔写的轻歌剧。
③花楼座：戏院楼座底层，观众应穿晚礼服入座。

"是的,当然啦!有时我一礼拜来两趟。"

接着在两周之内,他们两个去看了三次《风流寡妇》,不过其中头两次他们没有碰见。第三次是一个礼拜六晚上,卡赖宓小姐请乔治·蒙西第二天早晨陪她到巴特寺公园散步。

现在他们那股羞怯劲不见了,两人突然跨入友谊之门。乔治·蒙西接受了她的午餐邀请。然后她带着乔治走进一幢拥有 8 个房间的大房子——是她自己的——布置得很舒适,其中还住着由她扶养的一位姑母。因为除了房子之外,卡赖宓小姐还有一笔稳妥可靠的投资,每年有 600 英镑的进款。

不过这些因素在乔治·蒙西看来,几乎全然无足轻重——因为他的 800 英镑到现在花去了还不到 50 镑。所以在这个阶段,他确实没有打算和卡赖宓小姐结婚的念头。

三

他们两个都没有职业,所以随时都能见面。卡赖宓小姐就为乔治承担了导游伦敦的任务。她父亲原来是个乐乐呵、醉醺醺、偷工减料的营造商,生活放荡不羁,而她和她父亲全然相反,思想极端呆板严肃。她带着乔治游览了伦敦塔,大英博物馆以及其他一些地方,她一边走一边大声朗读一本旅游指南。他们既不去戏院,也不上音乐厅,因为卡赖宓小姐觉得这都是一种轻浮的表现——只有《风流寡妇》例外。她认为这是歌剧,因而是有教养的。可是乔治·蒙西样样都很喜欢,这也真怪。

这位矮小自满的老处女,在年龄上比他大 16 岁左右,无疑触动了他同情的心弦。不过对于他在卧室墙上乱贴知名的美女照片这一点,她全然不能迎合迁就。

从此她再也没有去看《风流寡妇》。不过蒙西自己却偷偷溜到达里戏院去过一两次。《风流寡妇》实际上为他提供了一种梦境生活。我们可以断定,他在想象中把自己当成了约瑟夫·寇恩先生;而寇恩先生每晚扮演普林斯·丹尼娄[①],他在戏中对待美丽的莎妮娅那种睥睨无礼的态度,反而促使莎妮娅在最后一幕中更加坚定地倒向他的怀抱。这种幻想,对于一个来自乡下,刚刚失去羞怯之心而又缺乏智力的青年来说,的确危险万分。

一天晚上,在他陪伴卡赖宓小姐回家之后,对面走来一个使女,一见之下使他大吃一惊,他那股羞怯劲的确半点也没有了。这个使女原来是出来送信的,离卡赖宓小姐家大约 50 几码。即使说她长得不像或者根本不像扮演莎妮娅的李莉·爱尔丝小姐,起码从她当时戴着的白帽子和系着的飘带上看去,的确显得非常可爱,而且满面笑容,又亲切又自然。

自然了,她就是我们后来知道的爱瑟尔·妃布拉斯。她和乔治·蒙西一起待了五六分钟,然后又是这样一次离奇而简短的对白。

"真怪,像你这样的姑娘会给人家当使女!你哪天晚上休息?"

"明天 6 点。你问这个干吗?"

"我到这个路口来等你。我保证来。"

[①] 普林斯·丹尼娄:《风流寡妇》中的男主角。

"得两个人保证才行。我叫爱瑟尔·妃布拉斯,如果你想知道我的姓名的话。你叫什么?"

"丹尼娄。"

"哟,你怎么叫这样一个名字!丹尼娄什么?"

乔治预先没有料到要编造一个假姓名,所以现在很为难。他又不好说姓"史密斯"或"鲁滨逊",于是就说:"普林斯。"

你会看到,乔治不是一个很有头脑的人。第二天晚上当妃布拉斯见到他的时候,除了看《风流寡妇》之外,他想不到有任何可去之处。他甚至那样愚蠢,还递给她一张戏单,不过她没有看那些角色的名字。一开幕,她就完全被李莉·爱尔丝迷住了,她像当时的每个漂亮姑娘一样,认为自己和那位女主角长得很像。因此她根本没有注意约瑟夫·寇恩先生和他那个角色的姓名。假如她当时发现到那种颠倒姓名的愚蠢行为的话,可能就会对他有所怀疑。这样一来,乔治·蒙西也许会长命百岁,寿终天年了。

但是她并没有发现。

四

总之,爱瑟尔·妃布拉斯取代了乔治梦中幻想的美人,他感到格外满意。生活开始甜蜜起来。白天他和卡赖宓小姐大享友谊之乐,但是这种乐趣丝毫没有影响他对那个漂亮女仆的痴情恋意。

9月初是爱瑟尔应该休息的时间。她和乔治在沙森特整整玩了两个礼拜。乔治每天都给卡赖宓小姐写信,说他母亲有一位药店同业朋友在休假,现在请他替班工作。他还居然找到当地一家药店替他转信。信上的姓名写的都是"乔治·蒙西",而在旅馆里,他们两个登记的却是"D. 普林斯先生和太太。"

戏剧中的普林斯·丹尼娄是一位有名的挥金如土、浪荡逍遥的人物——而现实生活中的丹尼娄·普林斯也不甘落后,他紧步戏中人物后尘。因此毫无疑问,爱瑟尔·妃布拉斯在大享空前之福。他们住的是一整套房间("哟!一个浴室完全归咱们两个人用,随便什么时候洗澡都行!")。

他为她包了一辆汽车,还带着司机——当时是15英镑一天。还为她准备了香槟酒,在他劝引之下,能喝就随时让她喝上几杯。此外还为她买了一些十分贵重的礼品。

在这种情况下,两个礼拜一过,她竟然回来上工了。这真有点奇怪,不过她的确回来上工了。爱瑟尔毫无唯利是图的表现。

回到伦敦以后,乔治见到卡赖宓小姐高兴极了,他们又没完没了地散起步来。他差不多每天都到她家吃午饭或晚饭。一次宝贵的活动——这次到沙森特短短的旅行花去他800英镑中的一大部分。

每天得早早起来抓空才能和爱瑟尔去胡混上几分钟,这真有点讨厌。由沙森特回来以后,抓空胡混这几分钟已经失去了它原有的魅力。除此之外,爱瑟尔还有半天休息和礼拜天的假日呢,为了应付礼拜天,势必要费些脑筋,对卡赖宓小姐大扯其谎。

10月中旬,他又开始偷偷去看《风流寡妇》了。这是不祥之兆,因为这说明他又开始从现实回到了梦境。在这个当儿,现实已经失去愉快的兴致了,代替的是哭哭啼啼,斗气吵嘴。

11月初,爱瑟尔向他提出极为充分的理由,要求择日结婚。这个问题到现在一直不明不白地未加肯定。他打算不管她死活,一甩了之。说来也奇怪,最后她扬言要找卡赖宓小姐进行当面揭发,这样才算扭转了局面,使乔治拿定主意要化险为夷,和她结婚了事。

五

一个有雾的上午,他用丹尼娄·普林斯这个名字在亨利埃特大街婚姻登记处和她结了婚。妃布拉斯夫妇从班伯利赶来参加了婚礼。他们对这次婚礼的排场虽然不太满意,不过从社会观点来看,这场婚姻总算是提高了爱瑟尔的身价。

"你们到哪儿去度蜜月?"妃布拉斯太太问道,"我的意思是说——如果你们打算度蜜月的话。"

"沙森特。"没有头脑的乔治说。果然他第二次又带她到沙森特去了。这一次用不着住整套房间了,于是他们住进一个家庭小旅店。住在这里的行商们由于看到这位新娘相当可怜,对她很客气,因而乔治吃起醋来。本来天气很坏,乔治硬要带她去散步,结果他自己却得了重感冒。在爱瑟尔的脑子里,这个小镇本来和香槟酒与沐浴盐①结下过不解之缘,而现在桉树油与热杂拌威士忌②却占了主要地位。但是他们只得坚持把两个礼拜住完,因为乔治早已告诉过卡赖宓小姐,说他又在沙森特为他母亲那位药店同业朋友替班工作。

根据悬案侦缉处的档案材料,他们是在11月30号乘三点一刻的车离开沙森特的。乔治买的是头等票。而三点一刻的车是一次普通直达快车,不过当时去伦敦的乘客几乎不到20个人。在一节头等车厢中只坐着一个男人,还带了一个裹着红头巾的婴儿。爱瑟尔打算上这节车,可能是希望那个男人会请她照料那个孩子。结果乔治不肯,他认为非到万不得已时,绝不和孩子打交道,于是他们就到另一节车厢去了。

然而爱瑟尔似乎带着某种喜悦的心情,在期待着即将来临的大事一样。她在沙森特时,看到有些专为接待夏季旅客开设的商店在冬季也在营业。在离开沙森特之前,她到一家商店去了一趟,买了一大包东西。她有一种可怜的想法,认为乔治看到这些东西一定会高兴的,于是她把包袱打了开来。

包袱里有一个小孩玩的水桶,一把小得不像样的木锹,一只和木锹大小相配的帆船,一块沙森特岩石和一只橡皮喇叭,喇叭柄上裹着红蓝羊毛。这是一只小孩喇叭,橡皮做的,伤不着孩子的牙床。喇叭嘴上包着橡皮,里面装着一个发声的金属小笛。

爱瑟尔把喇叭放到嘴里吹了起来。

在幻想中,也许她听到自己的孩子在吹喇叭。也许,在度过了一个孤苦悲惨的蜜月之后,她拼命想抓机会开开心,同时希望他能作陪,甚至也许能一起尽情欢闹一番。至于实

---

①沐浴盐:在澡盆中放的一种香剂,浴后全身发散着香味。
②桉树油和热杂拌威士忌:用作医治伤风感冒的药品。

际情况，还得以乔治的说法为准。

"我说了'别这么吵人啦，爱瑟尔——我想看报呢'这一类的话。然后她说'我想搞点音乐开开心'。她还是接着吹喇叭。于是我就把它夺过来，从窗口扔出去了。我没有伤害她，她好像也不大在乎。为了这件事我们再没有争吵过。我接着看我的报，一直看到伦敦。"

他们在芬车池大街取了行李，就离开了车站。爱瑟尔可能把那包玩具扔了，因为以后再没有听到她提起过。

临打扫车厢时，在头等车厢的座位下，发现一具裹着红头巾的婴儿尸体。以后经过证实，孩子不是直接被杀害的，而多少像自己抽风死的。

不过在这件事没有公布之前，伦敦警察厅像捉拿凶手一样，在追寻那个带孩子上车的男人。然后侦缉队员们搜查了沙森特的商店，发现他们只卖出这一只喇叭——买主是个女人，老板不认识。线索到此就中断了。

结果这只橡皮喇叭进了悬案侦缉处。

六

在他们从沙森特正式度蜜月回来时，800英镑还剩下150几镑。乔治带她到拉德布鲁克·格鲁夫租了几间带家具的房间住了下来。几天之后，他们又搬到同区一家经济公寓去了，为此还添置了30英镑的家具。

她好像没有向他问起过任何可使他尴尬为难的有关钱财的问题。每天早饭后，他离开公寓，假装去上班。其实他是到伦敦西区瞎逛，等着和卡赖宓小姐见面。他尤其喜欢在礼拜天到巴特寺那一家去吃午饭。当然啦，现在他只是把老办法前后掉了一个头，这一次该向爱瑟尔编造那些难以编造的谎言了。

"近来你好像大变样了，乔治，"卡赖宓小姐在一个礼拜天午饭后说，"我想你在和一个芭蕾舞女演员同居吧。"

乔治虽然不太懂芭蕾舞女演员是什么人，不过这个名字听起来令人作呕。由于实在不愿意再编造新谎言了，于是说道："她不是芭蕾舞女演员。她过去一直当用人。"

"我真的只想弄清楚一件事，"卡赖宓小姐说，"那就是：你是不是喜欢她？"

"不，我不喜欢她！"乔治十分坦白地说。

"你在一辈子当中遇上这种事，真可惜——你是专搞科学的。为了你自己，乔治，为什么不把她甩掉呢？"

是啊，为什么不呢？乔治在纳闷，这一点为什么早没有想到呢。只要他一搬家，不再叫这个可笑的名字，事情也就差不多算了。他立刻回去收拾行李。

当他回到公寓时，爱瑟尔对他的接待格外热情。

"你对我说你要到'主日兄弟会'去，你是说了！其实你就根本没有着他们的边，因为你是到巴特寺公园找那位卡赖宓小姐去了。因为我在跟着你，看到了你。然后你又回到她家，劳瑞尔路门牌15号，这件事我以前不知道。你竟然看中了一个干瘪瘪的老处女，真叫我莫名其妙。现在该叫她知道知道她是在用别人家男人的膀子。出不去今天，我就去找她。"

她急急忙忙戴帽子、穿外衣，而乔治冲过去拦阻她，不料一只脚卡在盒式煤气炉上。由于他们已经安装了煤气灶，这件东西就没有用了——爱瑟尔早在几个礼拜前就应该拿开的，可是现在就把它当作熨斗架使用了。

乔治随手把小煤气炉拿起来。心里想，如果她真去找卡赖宓小姐吵架，他自己就不能再到那儿去了。于是他立刻把她推到床上，然后拿起小煤炉就往下砸——一连砸了好几下。

他把所有的毛巾，以及刚才找到的一切能吸收水分的东西，统统塞到床下面去了。然后自己洗了洗，收拾好一个手提箱，就离开了公寓。

他把箱子提到从前的老住处，说他又搬了回来，然后及时赶到巴特寺那一家餐馆吃晚饭去了。

"我已经照你的话办了，"他对卡赖宓小姐说，"账跟她算清了。以后再也不会来信了。"

礼拜日晚上，公寓下一层的住客报了警。礼拜一的晨报纷纷登出这件凶杀案的消息。通缉丹尼娄·普林斯的工作从此开始了。

礼拜二，死者的父母被采访过后，死者的身世就出现在礼拜三的晨报上。

"1907年11月16日，我女儿与普林斯在亨利埃塔大街婚姻登记处结婚。他立即带我女儿到沙森特度蜜月。他们在该地停留了两周。"

在劳瑞尔路的尽头，有一小堆人围在死者最近还在那儿当过佣人的那家房子前面目瞪口呆地看热闹。离15号门牌才50码！不过，即使卡赖宓小姐注意到这群人，也没有人听到她对这件事向谁发表过意见。

过了几天，伦敦警察厅才知道，丹尼娄·普林斯这个人是找不到的。其实，这件事果不出所料，完全和乔治想的一样简单。他一搬家——他这段倒霉的婚姻就算结束了。即便又加上这次凶杀案，也没有使问题复杂化。因为他没有留下任何线索。

你瞧，乔治·蒙西和丹尼娄·普林斯之间没有任何关联，所以乔治被捕的机会很小，只有当他碰巧遇到一个知道他叫普林斯的人才有可能。一个是旅馆老板，一个是沙森特男服务员和一个女服务员，一个是拉德布鲁克·格鲁夫的房地产经纪人。当然啦，还有爱瑟尔的父母。不过这些人当中，只有那位房地产经纪人住在伦敦。

有一位律师，也是一个统计员，他常常计算各种平均数来消闲解闷。他的结论是：乔治·蒙西被捕的机会，等于他一连23次赢得"加尔各答跑马大赛"头奖的机会。不过这位律师对于悬案侦缉处利用不合逻辑的猜测办案方式会歪打正着的例子，没有计算在内。

七

当通缉丹尼娄·普林斯的呼声正喧嚣一时的时候，乔治·蒙西却在埋头找工作，结果只过了两个礼拜，就在瓦汉姆的一家药店找到一份工作。他负责售卖香皂、热水袋和照相材料等一类货物——周薪2英镑，另外还有一点提成，用来鼓励他的工作热情。

复活节时，他和卡赖宓小姐到教堂结了婚。这位小姐为此动员了他先父的一切友好相识，当他们看到她穿着白缎子礼服，披着白色面纱举行婚礼时，不禁哑然失笑。现在乔治刚参加工作不久，不便向老板请假，于是这对新婚夫妇的蜜月因而从免。至于那位姑母老太太，在侄女每年 100 英镑的赞助下，进了贫民院。结果乔治再度住进了一幢宽敞舒适、井井有条的大房子。

在他们短短的新婚生活中，这对极不般配的夫妻，似乎过得非常美满。已故的卡赖宓先生的亲朋旧友，一听见乔治心不在焉地叫他妻子为"卡赖宓小姐"时，就会露出讥笑的样子。这些人实在不通人情，那就不再同他们来往，把他们忘记吧。

他的两镑周薪，和妻子不劳而获的收入相比，似乎微不足道。不过事实上，这也是他们婚后幸福的基础。每礼拜六他把全部工资交给他妻子，他妻子留下 25 先令，然后再把其余的 15 先令交还给他作为零用，因为他们两个都认为吃饭付钱，对他的自尊心是必不可缺的因素。她常常看报，替他出谋划策。大多数男人所有的爱好，她似乎都不许他染指，不过乔治对此却毫无怨言。

春去夏来。每个人对爱瑟尔·普林斯在拉德布鲁克·格鲁夫一家公寓中被害事件，几乎都忘记了。从这个词的任何真正含意来看，说乔治也把它忘记了，大概是不会错的。他读书太少，不知道有一种流传的说法，那就是杀人的罪行对凶手永远纠缠不放，只要一提到，就叫他心惊胆战。

一天早上，他听到老板对他说了下面这几句话之后，他并没有任何反应："现在有这么一桩橡皮喇叭的买卖，我进了一些。可以标一先令一便士一个。放一个在你的柜台上吧，和橡皮奶嘴摆在一起，想办法找带小孩的妇女来买。"

乔治打开装着橡皮喇叭的纸箱子，从里面拿了一个出来。喇叭柄上裹着红蓝羊毛。他把喇叭放在橡皮奶嘴旁边，接着就把它给忘了。

八

还有一个店员叫韦尔金斯，他虽然持有药剂师执照，却并不因此而孤高自傲。一天午饭后，为了消磨这段无聊的时间，拿起喇叭吹了起来。

猛然间，乔治带着爱瑟尔坐上了火车，同时告诉她"不要这样吵人"。当韦尔金斯放下喇叭之后，乔治发现自己在瞅着喇叭，同时觉得那些红蓝羊毛特别可恨。他把喇叭拿了起来——当初爱瑟尔那只喇叭被他扔出火车窗口时，摸上去就和这只一模一样。

现在绝不能认为是乔治感到悔恨。实际上是那只橡皮喇叭在使他非常清楚地记忆起爱瑟尔，唤醒了酣睡在他内心深处的力量。爱瑟尔本来非常漂亮，活泼，爱说爱笑。这些优点，每逢乔治情绪高的时候总是感觉得到的——而他的情绪通常总是很高，尽管当时他也有不少苦恼。

总之，这只喇叭产生了一种令人迷惑怅惘的感觉。为什么一切事物不能始终如一呢？爱瑟尔只是在做了他的妻子以后才变得完全不能容忍，因为她缺乏条理性，没有真正照料过他。现在他既然和卡赖宓小组结了婚，假如能再见爱瑟尔的话，哪怕是，比如说吧，在礼拜三晚上和隔周的礼拜天，生活就会立刻充满了愉快和幸福……有一位太太带着一个小姑娘——也许家里还有一个小娃娃——走了进来。他劝这个女的买一个喇叭，但买卖没有成。

第二天，他居然自己承认那只喇叭弄得他心烦意乱，在 12 点 45 分到一点一刻，趁着韦尔金斯出去吃午饭时，他拿起喇叭吹了吹。在刚要关门之前，当时韦尔金斯也在，他又吹了吹。

乔治不善于自我欺骗。本来压抑下去的种种渴望，终于被这只喇叭掀动起来。第二天他开出一张一先令一便士的发票，掏出一先令一便士零钱放进现金出纳机，随手把喇叭塞进了衣袋。在当天晚饭之前，他将喇叭扔进了烧热水的炉子。

"房子里有一股臭味。你往炉子里扔了什么，乔治？"

"没有什么。"

"你说实话。亲爱的。"

"一个橡皮喇叭，老在我柜台上摆着。实在把我气火了，真的。我花了一先令一便士就把它烧了。"

"这太傻了，不是吗？这样你的零花钱就不够用了。像这种情况，我觉得我不能再补给你一份。"

没有关系，乔治让她不要着急。同时心里在想，有这样一个老婆实在走运。她能让你循规蹈矩，一发现你有点差错，就能及时提出来给你纠正。

3天之后，老板清点了存货。

"我看那只喇叭已经卖了。再摆上一个吧。这可能是桩好买卖。"

于是这桩买卖又重新开始了。乔治，你会发现，虽说毫无头脑，可是他在自我克制方面倒是把好手。现在爱瑟尔在支配着他那种精神恍惚、如醉如迷的生活的另一侧面，假如他听任自己让这些往事不断挑逗下去，他自己明白，他和他妻子的那种幸福美满生活就要受到威胁。

这些橡皮喇叭，算上家里烧掉的一个，一共6打。老板要卖一先令一便士一个。13先令一打。然而每打又有13个。这个账算起来就有点麻烦。不过最后他还是把总数算对了。他又计算了一回，把数字仔细"验证"，才算放心。800英镑，他只剩下23英镑了。

蒙西太太有个相当漂亮的鳄鱼皮化妆用品箱，是她自己买的，却故意说是"新郎送给新娘的礼品"。

第二天，乔治借口说他要从店里带些东西回家过圣诞节，借用了这只鳄鱼皮化妆用品箱子。他把箱子提到店里，又说箱子里装着他的晚礼服，准备到一个朋友家去换，免得夜里回家麻烦。因为大家都知道他娶了一位"有遗产的老婆"，所以无论是韦尔金斯或老板，对他有一套晚礼服和一只鳄鱼皮化妆用品箱子，是不会感到特别惊奇的。

12点45分，又趁店里只有他一个人的时候，他把半箱（差一个）橡皮喇叭塞进了那只鳄鱼皮箱子。等老板吃完午饭回来后，他就说："阿鲁史密斯先生，所有的橡皮喇叭都叫我卖掉了。一个老家伙走进来，说他替一个孤儿院办事，于是我就劝他包圆了。"

"包圆了，是吗？他没有要打折扣吗？"

"没有，阿鲁史密斯先生。我看他有点神经病。"

阿鲁史密斯先生使劲瞧了瞧乔治，接着又瞧了瞧那个现金出纳机。6打差一个，一先令一便士一个——4英镑3先令5便士，的确怪事一桩。不过时不时地总会碰到异想天开的顾客，结果那天到了最后，阿鲁史密斯先生的惊奇也自然消失了。

一个人要是从瓦汉姆到巴特寺，要坐地铁到维多利亚火车站，然后再坐火车走。根据乔治·蒙西那天晚上把鳄鱼皮箱带到维多利亚车站这件事来看,这就证明他打算把橡皮喇叭拿回家去,可能埋在花园里,也可能想别的办法处理。不过这样一来,他说他要带一些东西回家过圣诞节这样的事,就交代不了了。

这一点关系不大,因为那只鳄鱼皮箱那天晚上就根本没有进家。当他从地铁走上最高的那层台阶时,箱子忽然从手里被人夺走了。

箱子一被抢走,乔治首先就觉得去了一块心病。他早就发现这些橡皮喇叭是不能烧的,这的确会为他惹出很大的麻烦。他知道那只箱子是 15 个金币买的。而原有的 23 英镑,在花剩下之后,第二天还足够买一只新的箱子。

九

第二天店铺关门的时候,乔治和韦尔金斯在收拾东西,阿鲁史密斯先生在看报。

"喂,蒙西!你听这一段。'杰克·蒙代尔,37 岁,无固定住所,今晨于维多利亚车站附近,窃得鳄鱼皮化妆用品箱一只,此案由拉姆斯顿先生进行审理。拉姆斯顿先生询问警方箱内装的是什么东西。——玩具喇叭,阁下,橡皮做的。一共 77 个。拉姆斯顿先生:77 个橡皮喇叭!好,这下子警察局就的确再没有不组织乐队的理由了。——(笑声)'"阿鲁史密斯先生也笑了,同时接着说:"蒙西,这可真像你说的那个疯子。'"

"是的,阿鲁史密斯先生。"乔治无动于衷地说,然后心满意足地回家接受他太太的批评去了,那是关于今天下午送货上门的一只新鳄鱼皮箱的问题。这只箱子看去会同原来的一只不大一样,因为原来那只是定做的。虽然两只是在同一家店里买的,而且店老板为了照顾乔治,仍照原价不变。

与此同时,警察局在报上登了通知,寻找这只鳄鱼皮箱的主人。由于第二天上午仍然无人认领,警方只好根据箱子上的招牌,带着箱子找到皮箱店来。

据制造商说,这只箱子是去年为一位卡赖宓小姐定做的——这位小姐后来结了婚,而且就在前一天,她丈夫蒙西先生,还要求完全照原样定做一个,不过最后他买的是一件成品。

"给蒙西先生打电话,叫他来认箱子——同时把这些橡皮喇叭也带走!"警官说。

蒙西太太接了电话,并且告诉了蒙西工作的商店的地址。

"一个药店的店员!"警官说,"我看一定有鬼。这些喇叭可能就是他们店里的货物。可能是他偷来的。不要打电话——直接过去吧,看看老板是不是发现他的货物少了。先找他,再找蒙西。"

警长到瓦汉姆之后,被请进柜房。然后立刻问阿鲁史密斯先生是否丢了 77 只橡皮喇叭的货物。

"没有丢——是我们前天卖出去的——不错,77 个!更正确地说,是我们的店员乔治·蒙西卖的。喂,蒙西!"乔治正好走过来。

"你把橡皮喇叭卖给一位说是和孤儿院有关的顾客先生——是前天的事——对不对?"

"对,阿鲁史密斯先生。"乔治说。

"没有要打折扣就包圆了,"阿鲁史密斯先生得意地说,"4 英镑 3 先令 5 便士。我还可以告诉你另外一件事，是前几年，有一个男的也是走进我这个铺子——"

警长觉得脑袋嗡地晕了一下。这个店员把77只橡皮喇叭卖给一个离奇古怪的男人。货物当时付款就拿走了——而结果这些东西却又落到这个店员老婆的化妆品箱子里。

"前天在维多利亚车站，你可有一只鳄鱼皮化妆用品箱子被人偷了，蒙西先生？"警长问道。

乔治觉得左右为难。假如承认那只鳄鱼皮箱是他老婆的，那他就得向阿鲁史密斯先生坦白，说他连折扣都没打就把77橡皮喇叭全部巧妙地卖出，完全是扯谎。

"没有。"乔治说。

"哼，我想也没有。这是哪儿搞错了。我想就是箱子铺的老板弄错了。对不起，打搅你了，先生！再见！"

"等一等，"阿鲁史密斯先生说，"那天你的确拿来一个鳄鱼皮化妆品箱子，蒙西，里面还装着你的晚礼服。而且你的确也是走维多利亚车站回家的。可是那些喇叭又是怎么回事呢？警长，假如那批货物是在柜台上卖掉的，那不可能又到了蒙西先生的箱子里去的。"

"我不知道他们为什么要到这儿来调查，阿鲁史密斯先生，真是没影儿的事，"乔治说，"我想现在门面上需要我去照顾照顾了。"

乔治很伤脑筋。于是他请了一会假，早早回家了。他告诉他老婆，他如何跟警察扯了谎。至于喇叭问题他也说了实话。接着她立刻让乔治把他原来讨厌喇叭的道理也说了出来。结果当警察把原来那只皮箱送上门来的时候，被她断然否认了。

根据法律，这只箱子的所有权无法强加于蒙西一家人身上。在审讯抢劫犯杰克·蒙代尔之前，这只鳄鱼皮箱以及77只橡皮喇叭交悬案侦缉处保管。

在离这只箱子几尺高的一层架子上，放着乔治·蒙西大约在7个月之前乘坐沙森特直达芬车池大街那趟三点一刻的快车时，从车厢窗口扔出去的那只喇叭。

办案人员从箱子里拿出一喇叭，放在架子上和那只喇叭比了比，两者之间没有一点逻辑关系。他们只是猜想其中可能有点关联。

他们尽力把瓦汉姆和沙森特两个地方挂了挂钩，没有得出结果。接着又追查了瓦汉姆77只喇叭的来龙去脉，发现乔治·蒙西把喇叭放进鳄鱼皮箱之前一段时间，问题都很简单。

他们又回到沙森特的那只喇叭上去，于是在档案中看到：那只喇叭的买主不是那个带孩子的男人，而是一个年轻妇女。

然后他们查了查年轻妇女和沙森特之间的相互参照材料。这时他们发现了一个无头案——爱瑟尔·妃布拉斯凶杀事件。他们看到："1907年11月16日，我女儿与普林斯在亨利埃塔大街婚姻登记处结婚。他立即带我女儿到沙森特度蜜月。他们在该地停留了两周。"

11月16日再加上两个礼拜，就是1月30号。这正是那只橡皮喇叭在铁路旁找到的日子。

一只橡皮喇叭（可能）是一个年轻妇女扔在铁路上的。结果这个妇女被杀害了（身边没有橡皮喇叭）。6个多月之后，一个青年男人在77只橡皮喇叭上大做文章，表现得离奇古怪，异乎寻常。

这种联系完全不合逻辑。不过悬案侦缉处是专门处理没有逻辑关系案件的部门。他们把这种荒谬的推测——用保密记录方式——通知了侦缉队队长雷森。

雷森从班伯利把妃布拉斯老夫妇带到瓦汉姆。

他给了他们5个先令，接着打发他们到阿鲁史密斯的店里去买一个热水袋。

假眼

【美】加德纳

一、假眼之窃

梅森律师精神抖擞地走进事务所，朝书桌上的信札文件望了一眼，蹙起眉头。

秘书泰娜小姐向梅森戏谑一笑："您不是巴望处理完一桩凶案后再来一件吗？"

"不一定要凶案。我喜欢审理情节惊险的案子，以难对付的检察官为对手，最终出奇制胜。"

梅森身为律师，不仅在法庭上担当被告辩护人，而且具有充当侦探的高超本领，是一位富于正义感、行动果敢的律师。

"那个装有玻璃眼珠的男人怎么回事？他不是今天要见我吗？"梅森坐下后说。

"您是说皮特·布尔内特先生吗？他已经在隔壁，他四十五六岁，卷曲黑发，有点古怪，好像有什么烦恼，是一个浪漫幻想家，一旦钻了牛角尖，说不定会杀人的。"

梅森事务所经常接待各式各样稀奇古怪的主顾，秘书泰娜对人有敏锐的观察力。

"他的哪只眼睛是假眼？"梅森问。

"根本分不出来。"

"好吧，收起文件，叫他进来吧。"

泰娜又一次含笑点了点头，打开了接待室的房门。布尔内特大步迈进房门，朝梅森律师伸出了一只手。梅森一边和他握手，一边好奇地盯着他的两只眼睛："梅森先生，您看得出哪只是假眼吗？"梅森摇摇头，于是布尔内特微微一笑，颇为自得地讲开了。

"制作精致的玻璃眼珠是一门艺术，在美国，能做这种假眼的人最多不过13个。一枚上乘的假眼，只要眼穴没受伤，是看不出和真眼的区别的。"

"难怪您的两只眼睛都能生动灵活地转动哩。"

"当然能转动，我的眼穴没有伤。不过，人类的眼睛富于变化，瞳仁白天比夜晚小，睡眠不足，或饮酒贪杯，眼睛会充血变红。我有半打用于各种场合的假眼，前天晚上参加一个宴会时，因为喝酒，我安上了一枚充血的假眼。不料，我的假眼被人偷了，还留下个冒牌货来顶替。"

"您怎么知道是冒牌货？"

布尔内特先生从口袋里取出皮匣子，并打开盖，皮垫上摆着四枚假眼。

布尔内特从皮匣子取出一枚假眼，梅森用手小心接过来，心里感到悚然："这玩意儿做得挺棒。"

"哪里！这是偷走我假眼的贼换置的便宜货，瞳仁变形，颜色混浊，血管也过于发红……您瞧，和这儿的假眼比较，精致假眼和便宜货差别就显而易见了。"

梅森将另一枚假眼放在掌上对照，的确大不相同。

"这么说，犯人从这个皮匣子里偷走了您的充血的假眼，换上了一只劣等货，它为什么要这么做呢？"

"正因为我不明其究竟，才忧心忡忡前来讨教呀。我担心，会不会有人为了栽赃于我而行窃呢？"

"您的意思是如果有人犯案，警察会查明假眼是您的？"

"对。让假眼专家一瞧、马上知道是谁做的，就会回答：'这是华盛顿街 3902 号的皮特·布尔内特先生的假眼。'"

"也就是说，您担忧您的假眼被用于杀人事件？"

布尔内特稍事迟疑，点了点头。

"请放心，我将按照您的要求保护您。"梅森开了个价，爽快地应承下这桩案子。他把冒牌的假眼还给布尔内特，将另外那只精致的假眼装进自己的衣兜。他尔后慢悠悠地说："如果警方一开始在犯罪现场发现了您的假眼，便会寻找假眼的主人并确定是您。可是如果警察一开始发现的是另外一只假眼，一定会去寻找这只假眼的失主。第二次又发现另外一只假眼时，还会采取和第一次同样的行动。到了第三次，即使发现的是您真正的假眼，警方也会认定和前两只同属一人。"

布尔内特眨巴着双眼："这——，您的意思我不大明白。"

"仔细思考一下就会明白的，您的假眼做工精巧，简直是艺术品，但是，了解这一点的只有像您这样的行家。"

"原来是这么回事，我总算明白啦。也就是说，梅森先生，如果您事先制作出我的假眼的仿制品，把它们撒在犯罪现场，就可以使我的假眼蒙混过关喽。"

布尔内特迅速攥住梅森的手，高兴地上下摇动："哎呀，您的头脑确实灵敏！"

梅森微微一笑，他不喜欢热烈的恭维，他顺势转移了话题："布尔内特先生，您的眼睛什么时候受的伤？"

"24 年前。我那时当推销员到处旅行，有一天乘坐的火车脱轨了，我失去了一只眼睛。"

梅森同情地点了点头："您总算奋斗到了今天，布尔内特先生，以后，如果发生了什么意外，请和我联系。"

"那就拜托啦。"布尔内特朝刚才进来的那个门走去。

这时，桌上的电话铃响了，是隔壁接待室打来的："先生，有一位叫巴莎·马库伦的女士要见您。她的弟弟哈里·马库伦跟她一起来的，他们不肯讲为何而来，姐姐一味地哭，弟弟闷声不响。"梅森答应过一会儿再见他们，放下电话，这时，布尔内特突然停住脚步，发出惊愕的声音："啊，这不是哈里吗！你在这儿干什么？"

梅森快步向前，抓住布尔内特的肩膀用力往回拽："等一等，这儿是律师事务所，不允许您在这儿会见客人。"他将接待室的门紧紧关上:"您认识里面的那个小伙子吗?"布尔内特有些张皇失措:"嗯,有些了解。小伙子叫马库伦。"

"他到这儿来的事您知道吗?"

"不……"

"那么您为什么一看见他就脸色发青呢?"

"我脸色发青?不可能,我和马库伦没有特别的关系。"

梅森把手搭在布尔内特的肩上:"那么请从这儿走。哟,您浑身哆嗦得像在打摆子。怎么回事?"

"哪里,没什么。"布尔内特惊慌地走到走廊上。

他一走,梅森通过内线电话命令泰娜秘书:"请把德累克侦探请来,告诉德累克从走廊的门进来。"

不一会儿,走廊响起叩门声,一高个子男人默默地点点头走了进来。来人是德累克侦探。这幢大楼还设有一家侦探事务所,这些私人侦探随时听梅森调遣。

梅森开门见山地说:"德累克,有件事情你马上去办。你懂假眼吗?"

"假眼?是玻璃球吗?不,不懂。"

梅森从衣兜里掏出假眼,递给德累克侦探:"去饭店租一间房,找一个假眼批发商定购,就说我现在打算买半打和那只一模一样的充血的假眼。"

"复制假眼是怎么回事?我必须直接找批发商订购吗?"

"不必。我不希望对方知道你的相貌。要是事后知道是你就糟了。"

"这么一来,警察日后会审查我的吧?"

"哪儿的话,真到了那种地步,我会帮助你的。"梅森不以为然地说,德累克侦探耸了耸肩。

"得啦,和你搭伙会短命的,不过有你保驾倒也放心。"德累克把假眼揣进衣兜,从走廊的门出去了。

梅森对泰娜秘书说:"好,把马库伦姐弟带进来吧。"

他记得,这两人在外面等候好久了。

二、高利贷男女

接待室门开了,两人走进来。姐姐巴莎约莫二十六七岁,举止文雅;弟弟哈里则像个颓废青年。

"喏,你们有什么事?"梅森问。

巴莎直愣愣地盯着梅森问道:"刚才从这儿出来的客人是谁?"梅森轻轻地摇摇头:"别打听了,这儿是律师事务所,不说其他客人的情况。喏,您有什么事?"

"我弟弟哈里遇到一件麻烦事……您听说过巴沙德先生吗?"

"是金融商吧?是个名声不大好的贷款人。"

"我弟弟哈里半年前开始在他手下工作,令人羞愧的是,盗用了3000多美元。昨天巴沙德先生发觉了此事,威胁如果明天不如数归还,就把弟弟交警察。"

梅森目光锐利地注视着哈里，哈里忸怩起来。

"哈里，你把偷来的钱用到什么地方了？"

"不是偷，我原打算在他没察觉的时候还给他。"

"明天有如数偿还的把握吗？如果还不上，你要被送进拘留所的。"

哈里只是耸耸肩，姐姐代为答道："我有1500元存款，剩余部分想分月偿还。所以想请您和巴沙德先生谈谈，不要向警方指控我弟弟。"

"这么说，你要负担弟弟的生活，还打算用自己的工资偿还被你弟弟挪用的钱？"

"是的。"巴莎噙着泪水说。哈里插嘴道："我绝不给姐姐增加分文负担。"

"那你打算怎么还？你偷的钱用在哪儿了？"梅森追问。

"这事怎么好说。要紧的是你和巴沙德先生商量好，让他再缓几天。"

"如果希望我帮助，就请老实讲明白。"

"交给一个人去赚钱生利了。"哈里气哼哼地回答。

姐姐悲伤地瞧了瞧如此任性的弟弟，转身面对梅森。

"我弟弟大概交了坏朋友，肯定是那个人怂恿弟弟偷钱，作了赛马或什么事的赌注。"

"是用什么方法窃取的？"梅森问。

"弟弟负责保管借单。向巴沙德先生借了钱的人，因为利息高得吓人，都在到期之前还钱。这时，他伪造假借单，把还回的钱据为己有。由于还没到期，巴沙德先生没有察觉借单是伪造的。弟弟把偷来的钱交给同伙，用于赌博什么的。并在期满时把钱还给事务所，扔掉伪造的借单。"

"是这样，可是这事怎么败露了的呢？"

"期满之前还了钱的人在高尔夫球场偶尔碰到巴沙德先生。这时，巴沙德先生要那人还钱，对方吓了一跳，检查了事务所的借单，发现是伪造的。这样，弟弟贪污的事便败露了。"

梅森目光尖锐地注视着哈里，慢慢地说："是这样。要是你们一分钱也不还给巴沙德先生呢？"

哈里吃了一惊："如果不还我要被抓进拘留所。"

"像你这样的无赖，拘留所是最合适的场所。"

哈里生气了："哼，我不是来听你说教的！"

姐姐巴莎面色苍白，含着泪水拼命央求，梅森为她的真诚感动。

"好吧，我想想办法。不过你这么迁就，他永远不能自立于世。哈里，从今天起和你的坏朋友一刀两断吧。"

哈里红着脸低下了头。

梅森抓起桌上的电话，对泰娜秘书说："请给巴沙德先生打电话。"电话很快就接通了，梅森对着话筒说了一番话后，撂下电话问哈里："巴沙德怎么知道你到这儿来了？"

"是我告诉他的。巴沙德威胁我要向警察投诉，我也不甘示弱，说我要请培利·梅森律师辩护。"

梅森缄口不语，厌恶地瞅着这个狂妄的年轻人。

倒是他姐姐巴莎出言哀切地抓住他的胳臂说："梅森先生，非常感谢您。"说罢，拉着弟弟走了。

也许是为姐姐着想，晚上 8 点 30 分，梅森来到了巴沙德的事务所。他拉开金融商的门，走了进去。这时，蓄着短髭的五十开外的巴沙德走了出来。他目光敏锐地打量着梅森，然后看了看表。巴沙德打开经理室进去，从隔壁房中传出打字的声音。巴沙德按下桌上的电铃，打字的声音停止了。从旁边屋里走出一个戴眼镜的青年。巴沙德问："库尔默，哈里盗用的确切金额是多少？"

库尔默毫无表情地回答："三千九百四十二元六十三美分。"

巴沙德冲梅森微微一笑，目光冷酷而狡诈。

"可是哈里·马库伦即便想还也没钱啊。"梅森也微微一笑。

"钱肯定在他的同伙手里。让那家伙还就行了。"

"那么，他的同伙为什么不还钱呢？"梅森平静地询问。

"也许是赌博输光了，不管怎么说，我要向警方控告哈里，收回我的钱。"

"明天还你一千五百元现金，剩余部分每月还三十元。你同意吗？他姐姐帮他还，她只有这么多钱。"

"她的生活与我无关。一点点地还钱，我可倒霉啦。"巴沙德刻毒地说，梅森不由得怒火中烧。

这时候，门开了，走进来一位苗条、美丽的中年妇女。她朝梅森莞尔一笑，她是巴沙德的妻子。巴沙德夫人显然听到了刚才的对话，迟疑地说："如果是哈里的姐姐来还钱，请你不要太苛刻了，她挺可怜的。"

"你最好不要对我的工作多嘴多舌。你退下去吧。"巴沙德冷漠地拒绝了。巴沙德夫人犹豫片刻，转身出去。

巴沙德从椅子上站起来，冷淡地说："那么，梅森先生，和你的谈话也到此结束。"

梅森大步穿过办公室，砰的一声关上接待室的门，走了出去。他坐上停在外边的汽车，忽然察觉身后的座位上藏着一个人。他吃惊地回头一看，原来是巴沙德夫人。夫人说："求您快点关上门，沿这一带开车，我有话跟您说。"

梅森犹豫了一下，驱动汽车，拐过一个街角，停了下来。巴沙德夫人从后座上探过身，说道："请按我丈夫说的去做，他是个能把别人的最后一滴血榨干的残酷无情的人，不知他还会干出什么事来。"

"夫人，您是为了说这个，特意溜出来的吗？"

"不是，我还有别的事请求您。我不能外出，我整天处于丈夫监视之下……我丈夫是个可怕的人，如果我背叛了他，会被他杀死的。"

巴沙德夫人不仅是声音，甚至连面庞都颤抖起来。

"您究竟想和我商量什么？"

"我想和我丈夫分手。我有另一个爱着的人。"

"如果是这样，赶快和你丈夫离婚好啦。"

夫人还没回答，梅森从汽车的反光镜上发现被跟踪了，刚才一辆车停在后面再也没动。

"什么？难道是……"

巴沙德夫人吃了一惊，朝后窗望去，立即发出肝胆俱裂般的悲鸣。

"请从前面的十字路口拐弯，把我送到家门口。"

梅森慢慢把车开到巴沙德家门前，停下车，巴沙德夫人迅速跳下车去。

这时，黑暗中出现一个人影，蛮横走上前来，原来是巴沙德。

"梅森先生，你刚来就邀我妻子去约会吗？"

梅森从车上下来，叉开双腿横阻在巴沙德面前："不，不是的。"

巴沙德怒火爆发，扑打过来，接着，一个男人迅速向梅森身后悄悄靠近，右手握着一把螺丝钳。

"嘿，你想开个玩笑？"梅森朝他迈出一步，认真摆好姿势。

巴沙德被梅森的气魄所慑服，畏怯了。梅森瞪了他们俩一眼，钻进了自己的汽车。开了一段路，梅森找到一个公用电话亭，把车停下，给巴莎打电话："谈判破裂了，巴沙德不肯让步，请你想办法撕开你弟弟的嘴，让他的同伙还钱。"

"可是我弟弟不说啊，"巴莎在电话的另一端哭诉道，"梅森先生，求求您啦。请再去巴沙德先生那儿。"

"我毫无兴趣把这事转告巴沙德，你可以去聘请别的律师。"

"那么？梅森先生不再帮助我了吗？"

梅森略为沉吟地挂断了电话。

三、三只手枪的"自杀"

这天夜里梅森躺在床上翻阅心理学著作，电话铃响了。

传来惊恐万状的巴沙德夫人的声音，他忙问："出了什么事，夫人？"

"我丈夫打伤儿媳妇逃走了，儿子狄克勃然大怒，扬言等老头子回来就杀死他。"

"把警察叫去如何？"

"那么一来，我儿子就会被捕。请求您，快来吧。"

"好吧，我去。"梅森一撂下电话，立即从车库开出车，在深夜的大街上飞驰起来。抵达巴沙德家时，巴沙德夫人已战战兢兢等在金融商的大门前。门开了，一个瘦长的年轻人走了出来。"哎，妈妈，这次我非把老头子……"

年轻人看见从车上下来的梅森，猛然闭嘴。巴沙德夫人介绍："这是我儿子狄克。"梅森爽快地要和狄克握手，狄克笨拙地从兜里伸出右手。梅森抓住对方的手，用力往身边拽，迅速搜摸他的衣兜，掏出了装在里面的一支 0.38 口径的手枪。

"和你没关系。"狄克非常生气。

梅森把枪口贴近鼻子闻了闻："有最近开过枪的味道呀。"狄克盯着梅森，哑口不言了。

"您儿媳妇在哪儿？"梅森问。

巴沙德夫人把梅森领进接待室，看见一个躺在沙发上、身穿茶色套服的女子。她好像昏迷过去了，头上盖着一块湿毛巾。"这是狄克的妻子，不过她和狄克结婚的事还瞒着我丈夫，"巴沙德夫人轻声说。

梅森只见她额头边有红色伤痕，看来打得不轻。"为什么会搞成这样？"

"不知道。总之我丈夫打了她，坐上停在外面的汽车逃走了。"

"那么，夫人想要我做些什么？"

"我丈夫施行暴力，我想以此和他离婚。这可以成为离婚理由吧？"

梅森对巴沙德夫人的离奇要求感到惊讶，考虑了一会儿，向狄克发问了。

"你是母亲的同党，和父亲关系很坏吧？"

"无所谓坏，他是继父。"

"那么夫人带着狄克改嫁巴沙德是什么时候？"

"15年前。这15年来，妈妈受尽了死去活来的折磨。"儿子狄克嘟哝道，看来他非常痛恨继父。

梅森抓起旁边的电话，打给警察本部："喂，警察本部，我是富兰克林大街9682号的狄克，这儿出了一件大事，一个老头儿喝醉了，打伤了一个女人……他有些不正常，不知会干出什么事，请派警官来行吗？"

梅森放下电话，躺在沙发上的女子动弹了一下；巴沙德夫人温柔地抚摩着女人的头发。

女人闭上眼睛，叹了口气，这时，巴沙德夫人走到梅森的身边，低声说："请您把刚才的手枪还给我。"

"您要做什么，夫人？"

"必须在警察来之前藏起来。"

梅森从兜里拿出枪还给她，她把它装进西服用手捂住；此时，狄克同自己的妻子小声交谈后，然后站起身。

"海泽尔说，打她的不是老头子。"

"这不可能呀。"巴沙德夫人说。

"可是海泽尔说不是，她说，她敲办公室门，老头子把门打开时那屋里还有一个男人，但背冲着门。不知是谁。老头子说，现在正忙着。于是海泽尔在外面等了十分钟。突然门开了，那个男人走出来，关上电灯，打算向外走。他蓦然发觉海泽尔在那儿，便朝她转过身来。据说从办公室门的玻璃上透出了灯光，一只眼睛空洞洞的。海泽尔吓了一跳，发出一声惨叫。那男人走过来打了她。海泽尔拼命撕下对方的假面具，瞧见他是一个从未见过的凶相毕露的独眼男人。他使劲殴打海泽尔后逃掉了。"

"独眼男人？狄克，是一种错觉吧？"

"不，确实是独眼男人。是吧，海泽尔？"

"那个假面具在哪儿？"梅森趴下来在地板上搜寻，发现用复写纸做的假面具掉在沙发下，假面具眼睛的部位挖了两个洞。

"就是这个……我看见对方的脸，一张可怕的脸呀……"

海泽尔说着，从沙发上站起来，梅森问："打你的男人是一只眼睛吧？"

"嗯，一只眼睛没眼珠，黑洞洞的。"

"不对，绝对不对。"突然，巴沙德夫人大声呻吟地表示反对。

梅森不加理睬，继续向海泽尔提问："那男人打完你，是从这扇接待室的门逃出去的吗？"

"哎呀，记不清了。"

"你听到他开车逃走的声音了吗？"

"我确实一点也不知道,失去了知觉。"

梅森打开办公室的门瞧了瞧,唯有电灯孤零零地闪着光,别无任何异常。他又打开巴沙德的豪华的经理室,里面黑暗无光。"电灯开关在哪儿?"梅森问。巴沙德夫人按下门旁的开关,电灯亮了,就在室内变得明亮之际,巴沙德夫人发出恐怖的叫喊。

梅森不由倒吸一口凉气,呆立不动了。

巴沙德仰面倒在床上死了,不知什么原因,毛毯裹住了他的脑袋,旁边的桌子上放着一台打字机,里面夹着一张纸。

"哎呀,好像是遗书,写的什么?念念看。"狄克激动地说。

梅森低声念道:"我决定结束自己的人生。我是失败者。我赚取了财富,但失去了家人的尊敬和爱情。不为人爱的人是空虚、寂寞的,我已丧失了生活的劲头。我决心终止自己的人生。假如我朝自己开枪的话……"遗书至此突然中止了。

梅森念完遗书,发觉死者右手紧紧地攥着。他在尸体旁弯下腰,掰开死者的手指,一只充血的假眼一眨不眨、阴森可怖地瞪着他。巴沙德夫人似乎吃惊地喘息了一声。梅森朝她回过头来:"夫人,您对这只假眼有所猜测吗?"

"不,并不特别……"

"那么,我决定从这事中撤身,因为你们无须我的帮助。"

梅森正要离开,巴沙德夫人惊惶地拽住了他:"等一等,梅森先生。"

"那您告诉我真话吗?"

"是的。可是请到后边别的地方……"

"警察很快就要来了。"梅森把大家推出门外,关掉了经理室的灯。"哎呀,我不留神把手绢掉在里面了,能不能不去管它?"巴沙德夫人突然喊道。梅森说:"那不行,快点捡回来吧。"巴沙德夫人返回经理室,在里面翻腾了一会儿拿着手绢出来了。

乘警方还没来,梅森拨电话给秘书泰娜:"请你马上到我的事务所去,现在有位叫海泽尔的年轻女人要去那儿,请听她讲述并速记下来,不要让她见任何人。"

梅森挂断电话,让已经清醒的海泽尔到他的事务所去;他又问巴沙德夫人:"还有别人知道这件事吗?"

"我丈夫的秘书库尔默知道。他今天晚上从电影院回来,看见有人从大门跑出,他觉得奇怪,就进来了。"

"您对他怎么解释的?"

"我说,没有任何值得担忧的事,命令他回自己的房间去。"

"尔后他干了什么?乘警察还没到,我见见他。"梅森说。

见他这么说,狄克主动带梅森去住宅二楼秘书的房间,狄克想立即上楼,梅森一把抓住他的胳膊,使他停下脚步。

"你刚才拿的手枪是什么时候开的枪?"

"昨天和海泽尔兜风时在林子打的。"

"为什么要这么做?"

"老头子总是虐待妈妈,所以我想在关键时刻用来吓唬他。"狄克回答完立即下楼去了。

梅森穿过走廊,也不叩门便猛然将房门推开。一个戴眼镜的青年正躺在床上看报纸,他吓了一跳。"你是库尔默吧?"梅森问。

"律师就可以进别人房间不敲门吗?"库尔默勃然大怒。

梅森刚要说什么、蓦然发觉桌上有张便笺。那是他写给巴莎·马库伦的电话号码,他便悄然放进自己的口袋。然后问他:"你今晚出去看电影了吗?据说你回来时瞧见一个男人从事务所大门逃出来?"

"嗯,瞧见了。"库尔默露出轻蔑的一笑。

"那么你知道那男人是谁喽?"

"这不是你应该知道的事。你有什么权力闯进我的房间百般盘问?"

这时,传来警笛声。梅森敏捷地冲到走廊上,跑下楼梯,回到毗邻的办公室。

几乎与此同时,两名警察吵吵嚷嚷地闯了进来。

警察进入里面的经理室。他们用手电筒在屋里照了照,然后打开门旁的开关。屋中豁然明亮了。警察看到倒在地板上的尸体,一下子紧张起来。

"有谁听到枪声?"

没有人回答。

"一定是用毛毯裹住手枪使枪声消失的,瞧,那里有用来自杀的手枪哩。"

警察指指掉在死者右手边的一支手枪。

梅森见状大吃一惊,那正是刚才从狄克身上缴下,又还给巴沙德夫人的那支枪。

警察掀开盖在死者头上的毛毯,发出激动的叫喊:"嘿,瞧啊,毯子下面还有一支,有用两支手枪自杀的人吗!这是他杀!"

梅森悄悄审视巴沙德夫人侧着的脸庞,只见她紧咬双唇,恐怖地颤抖。

梅森还来不及说什么,凶杀科的人员来了,开始检查现场。

梅森与其他人退回接待室,决定等待调查结果。

等待期间,他问:"夫人,您为什么要把手枪放在那种地方?"

"没有手枪就不像自杀了。我做梦也没想到毛毯下面还有一支手枪。这下麻烦了吧?"

"您丈夫不是自杀呀。检查一下子弹,就能知道是用哪支枪打死的。而且,那支枪上有你、你儿子和我的指纹。"

巴沙德夫人的面色变得苍白了。

"夫人,您事先知道他已死在经理室?"梅森直视她的眼睛。

"不。不是。"

"那么是您儿子杀的?"

"不是。"

"好吧,我相信您。不过因为您同您丈夫的关系不好,警察会怀疑您有杀人动机。如开始调查,请您歇斯底里大发作。这么一来,警察拿您无可奈何,我们赢得了时间。"

梅森给她传授争取时间的作战方法。这时候,办公室的门开了。凶杀科的霍尔科姆警官招呼梅森过去:"嘿,你到这儿来有什么事?都干了些什么?"

"什么也没干。我来后看到一位年轻的女士受了伤,昏迷过去了,据说被什么人打了。"

"那个女人现在在哪儿?"

"她情绪不好,被送到能安静待到明早的地方去了。"

"什么！你把杀人事件的重要证人藏起来了！"

梅森故意双目圆瞪，做出大惊失色的样子。霍尔科姆警官厌烦地皱起眉头："梅森，开玩笑得有个限度！你见到尸体了吧？"梅森说："他不是自杀吗？打字机上有遗书啊。"警官啐了一口："用打字机打的遗书，谁都能打。自杀的人会用三支手枪吗？"

"什么？三支？"……梅森吃了一惊。

"一支掉在地板上，一支藏在毛毯下，还有一支在巴沙德的衣兜里。如果有意自杀，干吗不用自己的手枪，偏偏准备三支呢？"

霍尔科姆警官像是把梅森捉弄了一番，洋洋得意地笑了起来。接着他沉下脸："喂，梅森，你把头部挨打的姑娘藏到哪儿去了？"

"在我的事务所里。"梅森这时意识到必须交出这个证人。

霍尔科姆警官招来部下，命令道："给警察总部打电话，让他们把藏在梅森事务所的女人带走。即使是破门而入也没关系。"

四、面具下的罗曼史

梅森回到事务所，泰娜秘书告诉他，警察已经来过，把事务所翻了个底朝天。

"他们把那姑娘戴上手铐押走了吧。"

泰娜露出惊诧的神情："不是您把她藏到别的地方去了吗？她没有来。"

"唔……怪哉，姑娘究竟逃到哪儿去了？"梅森板着脸，陷入了沉思。

"刚才德累克侦探托人捎来个包裹。"泰娜秘书递过来一只小纸盒，梅森打开盒盖，只见里面用棉花裹着六枚布满血丝的玻璃假眼。

"泰娜，你知道布尔内特先生的电话号码吗，请马上给他挂电话。"

泰娜拨动号盘，把听筒递给梅森，电话很快接通。

"喂，布尔内特先生，立即到这儿来，否则您将遇到非常大的麻烦！"

"他遇到麻烦了？"泰娜秘书担心地望着梅森。

"高利贷商哈特利·巴沙德被谋杀了。死时右手握着一只充血的假眼。"

"这么说，凶手是偷走布尔内特先生假眼的人。死者手中攥着的假眼如果是布尔内特先生的……"

"如果海泽尔的话属实，凶手恐怕就是布尔内特。她挨凶手打时，揪下了凶手的面具，瞧见了他的面孔，据说是一个独眼男人。布尔内特是独眼人，我认为海泽尔是掌握这一案件关键的证人，然而她却消失得无影无踪。"

梅森对那个女子的行为感到非常不可思议。

"可是，布尔内特先生认识被害人巴沙德先生吗？"

"不知道。但是他今天早上到我的事务所来时碰见了哈里，他当时打了个招呼，说不定布尔内特通过哈里认识巴沙德。"

"另外，毛毯和黑色面具也令人莫名其妙。"

"是啊，凶手为了遮掩枪声，把手枪藏在毛毯里走进了经理室，这样，巴沙德几乎毫无抵抗地被击中了。他为什么瞧见凶手而不起疑心呢？"

"是因为从背后开的枪。"

"不，是从正面，从非常近的地方开的枪。"

"那么，凶手肯定是不会引起巴沙德怀疑的人喽。他是谁呢？"

"首先是巴沙德夫人。再就是儿子狄克。此外，海泽尔姑娘因为是狄克的妻子，大概巴沙德也会相信她，不加怀疑的。"

"再有呢？"

"还有两个人。一个是司机詹姆士，一个是库尔默秘书。可是从经理室窜出来的犯人用黑色面具遮脸，面具是匆忙准备的。"

"有什么必要犯罪后戴上面具呢？"泰娜觉得难以理解。

"当然是不想被人看见脸，最不可思议的是，尽管这个男人是独眼，却在面具上开两个洞！"

梅森讲到这里，沉思起来，而后让泰娜给德累克挂电话。电话很快接通了："嗨，德累克，你赶快把有关高利贷商巴沙德的情报尽可能地搜集来。今天夜里巴沙德被谋杀了，巴沙德夫人和儿子狄克的情况也要调查，还有，皮特·布尔内特的情况也请彻底查一查。"

"嘿，梅森，你知道现在几点钟吗！"

"不行，要争分夺秒。请你动员部下采取最快行动。"

德累克无可奈何地应允了。

梅森刚撂下电话，皮特·布尔内特一头闯入。他气喘吁吁，额头和脖颈汗水淋淋，突然发现放在桌上的六枚假眼，便拿起来瞧。这时梅森冷冷对他说："布尔内特先生，您丢失的假眼找到了。"

"什么？在哪儿找到的？"

"一个名叫哈特利·巴沙德的男人攥在手里被人杀死了。"梅森说。布尔内特的脸登时变得苍白。

"令人担心的事情到底还是发生了。真可怕。梅森先生，犯人一定就是偷假眼的家伙。他为使我蒙遭冤枉才把假眼放在死者手心。"

"您认识哈特利·巴沙德先生吗？"

"不，不认识。一次也没见过。"

"他的儿子狄克·巴沙德呢？"

"嗯，知道。"

"在巴沙德手下工作的哈里您认识吧？就是今早您在这儿见到的那个小伙子。"

"嗯，有一面之缘。"

"您是否知道他私吞钱财？"

"嗯，略有所闻。"

"那么您知道一个叫库尔默的男人吗？他是巴沙德的秘书，一个长着水蛇腰的年轻人。"

"嗯，知道。"

"巴沙德的司机呢？"

"啊，知道。是个高个、浅黑皮肤、冷酷无情的人吧。"

"叫海泽尔·亨维克的年轻女人呢？"

"海泽尔?……不,不知道。你究竟为什么打听这些事儿?"

"因为你对我隐瞒了什么。巴沙德家里的人你全部知道,为什么唯独不认识巴沙德?这难道不可疑吗?您和巴沙德夫人又是什么关系?"

布尔内特的脸又红了,渗出了汗珠。

"您说假眼被小偷偷走,换成仿制品,是撒谎吧?"

"嗯,对不起。我丢了假眼是实情。"

"您最后一次见到巴沙德夫人是什么时候?"

"实际上……我今晚还去了巴沙德夫人那儿,但不是去的事务所,是到他私宅去看巴沙德夫人。"

"秘书库尔默目睹从屋中逃窜出来的男人就是您吧?"

"这么说,那家伙看清我的脸了?"布尔内特情不自禁地惊慌起来,"不可能!那时候库尔默站在马路对面,我先注意到他,为了不让他看到我的脸,我扭头逃掉了……"

就在梅森问话之时,走廊突然响起了粗暴的叩门声。泰娜刚把门打开,霍尔科姆警官带着两名部下闯了进来。他用犀利的目光盯着布尔内特:"你就是皮特·布尔内特吧。现在以杀害巴沙德的嫌疑逮捕你。"警官迅速给布尔内特戴上手铐,命令两名部下将他强行带走。

"梅森,突然打搅了你们的谈话,对不起啦。"霍尔科姆警官以微笑炫耀他的胜利。

"不必客气。警官先生,请你不久再来,我随时恭候。"

霍尔科姆警官气哼哼地把门砰的一声关上,扬起重重的脚步声走了。

梅森这天度过了一个不眠之夜。

第二天早晨,梅森来到自己的事务所,泰娜告诉他,刚才警察局打来电话,说他的汽车在警察局对面,据说今天凌晨两点违章停在消火栓前。

"海泽尔真是不知好歹,这女人确实是个谜。"梅森嘟哝道。

说完,梅森拉开抽屉,取出假眼匣子,那里面是昨晚德累克买回的假眼。梅森打开匣子,拿出两枚假眼,分别揣进左右衣兜。剩下的四只让泰娜收在保险柜里。

这时候德累克侦探走了进来。由于睡眠不足,他双眼红肿。昨晚,他调动二十名部下连夜调查。他此刻坐下来点燃一支烟,慢悠悠地说起调查情况。

"那是二十年前的事,一个宁静的村庄里有一位名叫西尔比娅·巴库利的姑娘。她是一个纯情、美丽,长着一双水汪汪的大眼睛的姑娘。这是她的照片。"德累克从口袋里掏出一帧褪了色的照片递给梅森。

"她经历了悲怆的爱情,从村子里消失了。恋人名叫皮特·布尔内特。他是衣料推销员,那时他还有两只完好的眼睛。纯真的西尔比娅对年轻的推销员一见钟情。无论父母怎么反对,也斩不断她对布尔内特的情思。一天,布尔内特收到西尔比娅姑娘的一封信,信中说她好像怀孕了,希望早些和布尔内特结婚。他决定马上到西尔比娅身边去。可是命运的岔道出现了,汽车翻了车,布尔内特受了重伤。颅骨碎裂,一只眼睛撞伤,还失去了记忆。"

"西尔比娅日夜等待,不见布尔内特来,也收不到他的消息,她认定自己被遗弃了。肚子渐渐大了,她来到都市,生下孩子之后靠当打字员为生。这时,她和巴沙德相识了。巴沙德被西尔比娅的美貌吸引，向她求婚。她并不太喜欢巴沙德，但她想，如果和巴沙德结婚，生活会富裕起来，于是违心接受了求婚。结了婚她才知道巴沙德残酷无情。由于这个原因，西尔比娅的儿子狄克非常憎恨他的继父。而住进医院的布尔内特恢复记忆出院后，开始寻找恋人西尔比娅。他终于找到了西尔比娅，请求她和自己结婚。西尔比娅也仍然爱着布尔内特，但却怕和丈夫巴沙德分手，难下决心。"

梅森插言问道："狄克知道布尔内特是自己的生身父亲吗？"

德累克侦探耸了耸肩："我哪能了解得那么清楚。以上是巴沙德夫人悲怆的爱情故事，今早我往巴沙德夫人家里打电话时只有狄克在家。"

梅森听了一惊："看来夫人也失踪了，得查明夫人的隐身之所。"

德累克道："这事不难。我昨晚买的六只假眼能派用场吗？"

"假眼挺精致。可惜到手晚了一步。"

"听说巴沙德尸体的右手中握着一只充血的假眼，所以我也感到迟了一步。梅森，你原打算把那只假眼换下来，防止布尔内特受牵连吧。"

梅森不置可否。只是让德累克赶快把巴沙德夫人的藏身之所找到。

五、犯罪嫌疑人和调查犯

这时，马库伦姐弟突然来访。弟弟哈里依旧嘟嘟囔囔。

"梅森先生，我在报上看到事件的报道，我们的事会不会因此发生变化？"

"当然会变化，说不定夫人同情哈里而不向警方控告了。"梅森解释道。

"可惜晚了，"哈里生硬地说道："我把钱全部还给巴沙德了。3942美元63美分，喂，姐姐，走吧，咱们在这儿没事儿啦。"

"等一等！"梅森以严厉的口吻叫住他们，"你在巴沙德被杀几小时之前还的钱？"

"半夜十二点左右。"

"还的是现金吧。这笔钱是怎么弄到的？"

"与你无关。"哈里反抗道。

"恐怕有关，"梅森笑吟吟地说，"你还的现金，巴沙德收到哪儿了？"

"装进钱包，放到口袋里了。"

"可是警察检查尸体时，兜里只有25元现金，警察会怀疑你假装去还钱，杀死了巴沙德，夺过钥匙，打开保险柜，取出伪造的借单逃跑了。"

"啊……梅森先生，您认为我弟弟杀了人吗？"巴莎惊叫起来。

但是梅森丝毫不理会她，目光逼视着哈里："我再问一遍，你从哪儿弄到那笔钱？"

"现在不想说。"哈里厚颜无耻的讪笑着。这时，桌上的电话铃突然响了，是德累克侦探打来的。德累克告诉他，警察对打字机上的遗书做了鉴定，认定那架夹着遗书的打字机并不是打遗书的打字机，并且找到了打遗书的真正的打字机。

"谁的打字机？"梅森问。

"是巴沙德夫人卧室里的便携式打字机。并且遗书是用触摸方法打的——也就是说打字熟练的人不需逐一看键盘，用手指迅速打出来的。我曾说过巴沙德夫人婚前当过打字员吧。

说不定那份遗书是夫人打的呢。"

德累克侦探低声诡秘地说着；梅森把听筒贴着耳朵，沉思了片刻，说："喂，巴沙德夫人还没找到吗？"

"还没有。"

梅森让他赶快找，他转向巴莎·马库伦问道："昨天上午我给你那张上面写着我公寓的电话号码的纸在哪儿？"

"姐姐，说出来就完蛋啦。"

哈里慌忙阻止，但姐姐巴莎已先一步回答了："交给哈里了。"

哈里愤愤地咂嘴，梅森再次转向他，严厉地问道："哈里，你把那张纸弄哪儿去了？"

"那张纸掉在巴沙德夫人卧室前的走廊上。据说被秘书库尔默捡到了。"

"啊？库尔默……笨蛋！你在撒谎。"

哈里由于过于惊慌，面部肌肉抽搐着。

"昨晚你还巴沙德的钱之前去见巴沙德夫人了吗？"

"不，没有。你干吗总是打听巴沙德夫人的事儿？"

"夫人房间里有一架便携打字机，对吧。你用过吗？"

"偶尔被夫人叫去帮她打书信。因为夫人有时手痛。"

"巴沙德的经理室里也有一架打字机吧，巴沙德书写文件时用那台打字机吗？"

"用的。他用两根手指笨拙地一个个字母地按。"

"那是因为他不会触摸方法。你怎么样？"

"我当然会。能像机关枪似的打得飞快。"

哈里炫耀般地舞动五根手指，模仿打字的动作。

梅森一动不动地盯着对手，然后慢慢说道："巴沙德自杀的遗书不是在他的打字机上而是在巴德夫人屋里的便携式打字机上打的。并且打字的人是触摸式打法的老手。"

听到这里，哈里身子一跃蹿到门口。

姐姐巴莎从椅子上站起来，拽着弟弟的手在门旁站住，盯着梅森："你是律师。我知道律师有不将主顾的秘密泄露出去的义务。弟弟挪用钱财的事库尔默知道，他若对警察说，弟弟就要被怀疑。"

"哼，要是那个水蛇腰的秘书说出去了……"

哈里刚说一句，又突然把话咽回，用脚一踢门走了。

梅森坐在椅子上，身体如同石头般一动不动，用手指尖当当敲着桌角。直到电话铃声响起三遍，他才伸手拿起听筒。里面传来德累克的声音："我的部下找到巴沙德夫人的藏身之所。她住在安伯萨达饭店，化名西尔比娅·罗通，不过有三个刑警在监视她。"

"唔……我必须避开刑警会见夫人。"

"这太难了。你现在去，正好落入警察的圈套。"

"德累克。我俩立即一同前往，在电梯处碰头。"说罢，他立刻动了身。

片刻，梅森到了饭店。

梅森穿上清洁夫的白制服，右手拿着橡胶清扫用具，德累克侦探也同样化了装，双手拎着两只盛了水的桶。他们乘上运货电梯，走上安伯萨达饭店的六楼。一名刑警在走廊上转悠，监视着。他们装作若无其事，径直走到最里面的房间门前。德累克背朝房门，悄悄背过手去敲门。没有回答，他从兜里掏出一串钥匙，一个个插进钥匙孔试探。很快，响起了钥匙的转动声，两人迅速潜入房中。

"巴沙德夫人住在右边那个房间吧，德累克？"

"对。不过要是让刑警发现了可就要命啦。"

"别犯愁啦。安全带在哪儿？"

梅森从德累克手中接过安全带，系住腰间，然后翻到窗外。

德雷克从窗子里探出身，将桶递了出去。梅梅森接过桶，拿起海绵，佯装擦窗，当当地敲着玻璃。从这里往对面望，屋中，一个女人正倚在床上休息。她被敲窗声惊起，慌忙跑到窗前，是巴沙德夫人！她蹙起眉察看，梅森打着手势让夫人开窗。夫人拉开插销，打开玻璃窗，惊愕地眨动双眼。

梅森将水桶轻轻地放在窗台上。

"夫人，没有多少时间啦，请认真听我说，您为什么用假名住到这儿？"

"我的精神太疲惫了，想在风波平息前休息两三天。"

"如果现在逃之夭夭，警察肯定怀疑。走廊里有刑警监视，电话交换台也窃听打给你的电话。"

"啊，不得了啦，怎么办呢……"

梅森制止住巴沙德夫人的悲鸣，继续问："昨晚我离开后发生了什么情况？"

"霍尔科姆警官一个劲地盘问我，我假装歇斯底里大发作，这么一来，警官害怕了，请来了医生，我打了针，在卧室睡下了。"

"后来呢？"

"我儿子狄克偷偷从后门把我带出来，到了这个旅馆。"

"住下之后都和谁通电话了？"

"嗯，早上和狄克……哎呀，让警官窃听到了，一定会怀疑是狄克杀的呀。"

"布尔内特先生被捕的事，您知道吗？"

"布尔内特？他是谁？我不认识他。"

"夫人，不要对律师说谎呀。他是狄克的生身父亲吧？"

巴沙德夫人被梅森一语道破，脸色变得苍白，梅森继续问："昨天晚上布尔内特先生去了府上吧？"

"是的，来过。"

"几点钟离开的？"

"海泽尔在接待室昏厥之前离开的。"

"你丈夫死时右手握着的假眼是布尔内特先生的吧。"

"我想可能是的。"

"海泽尔·亨维克是什么时候和狄克结婚的？"

梅森急速地询问着。他站在六层窗外的身影随时有可能被刑警发现，所以他十分急躁。

"就在前不久，因为瞒着我丈夫结的婚，昨晚海泽尔第一次登门问候。"

"还有，昨晚你见到哈里·马库伦了吗？"

165

"没有。"

"夫人，每次改变话题你都要说谎话！"

"不是谎话，我确实没见到哈里呀。"夫人斩钉截铁回答。

"可是他说昨晚到你家去了。有充足的证据。"

"那么是去见我丈夫的吧。"

"海泽尔说敲你丈夫房门时，有个男人，也就是犯人正在屋里，那是谁？"

"这我也不知道，假如有人待在房里的话，一定是从后门进去的。"

"是这样。他知道那个后门吗？"

"唔，当然。他在我家干过活。"

"皮特·布尔内特先生知道吗？"

巴沙德夫人显得难以启齿，嗫嚅道："他也知道。他来看我时，时常从后门进来。"

梅森沉着脸，目不转睛地瞅着巴沙德夫人："昨晚布尔内特先生一直和你待在你的二楼房间里吗？"

"那……不，他出去了一次。"

"去哪儿了？"

"司机詹姆士盯我们的梢，布尔内特放心不下，出去观察一下。"

"这是什么时候的事？"

"在我打发海泽尔去丈夫的事务所之前不久。"

"这么说，他可能在那时见到了你丈夫。"

巴沙德夫人的面色再度变得苍白。

话问到这里，这时候，德累克侦探忽然从隔壁的窗子招呼他。梅森惊慌地往脚下瞅去，只见霍尔科姆警官带着可怕的表情正从下面五楼的窗口往上瞧。梅森故意踏翻了盛水的桶，以掩护自己，水桶里的水迎面浇到霍尔科姆的脸上，就在这一瞬间，梅森抓住德累克伸过来的手，飞身跃到旁边的窗子上，跳进屋中。

两人打开门，沿着备用楼梯往下走。备用楼梯走到二楼就是尽头。两人下到二楼时，霍尔科警官出现在楼梯上，呵斥道："站住！再逃跑就逮捕你们。"两人顺着二楼的走廊慌忙跑着，打开电梯飞身跳进去。与此同时，霍尔科姆已奔到走廊上。但在这千钧一发之刻，梅森他们乘坐的电梯已关上了门。

两人走上屋顶花园，脱掉清洁夫的制服，轻轻地扔进盆栽花木的阴影中。梅森率先来到走廊，试着叩一扇房门，见没人应声，德累克用钥匙打开了门，两人偷偷溜进去。总算虎口脱险了，梅森往床上一躺，决定睡一觉。他想，躲过风头再说，不一会儿，床上就响起了鼾声。

六、假眼的控告

第二天，梅森要泰娜向专家了解玻璃眼珠固定在眼穴里的方法及如何摘下来。这时德累克侦探走进来，一看见梅森就乐了，他想起了在饭店里的冒险行动。

"梅森，下一个任务是什么？"

"想请你调查海泽尔的情况。那天晚上，她一定发生了下述三种情况中的一种：被凶手诱拐，或是开车时出了事故，再就是潜逃了。可是罪犯不清楚她的长相，所以无法拐骗。假设出了交通事故，警察该知道。由此看来，只能是潜逃了。"

"她为什么突然逃跑呢？说不定是有什么前科？"

"可能。她在接待室醒来从沙发上站起时跟跟跄跄，双手扶过窗户玻璃。请你通过玻璃上留有的指纹，弄清她的身份。"

"是接待室的门吧，我们可忙得不亦乐乎。"

德累克尽管大发牢骚，还是干劲十足地走出去。

他刚走，一个虎背熊腰，蓄着唇髭，脑袋很大的汉子敲门进来了。这是刚刚被任命为地方检察官的博格先生。"你好，梅森，这次的案件由我审理，跟你打个招呼，我希望在法庭上堂堂正正和你交锋。"检察官温和地说。

"博格检察官，您究竟想对我讲什么？"梅森问道。

"听说你为了使自己的被告不获罪，多么肮脏的诡计都能使出来，像个魔术师。"

"不，如果被告确实清白无辜，为了证明这点，我才和你们这些检察官和警察较量，而对无端的怀疑使用计谋是合法的。"

"我明白了。请把名叫海泽尔·亨维克的女人交给我。"

"她在哪儿，我也不知道。"

"你让那姑娘逃走，躲到什么地方去了？"

"不，她是开我的车失踪的。"

"她是亲眼看见凶手的唯一的证人。把这个重要的目击者藏起来，我们可不会听之任之。根据情况，可以把你作为同案犯抓起来。"

博格检察官顿时显示出敌意，但梅森平心静气地答道："不知道就是不知道。"

"好吧，梅森，请在 48 小时内重新认真考虑。"

博格检察官狠狠瞪了梅森一眼，把门砰地关上。

泰娜对博格气势汹汹的架势感到惊讶，焦虑地说："我们必须采取什么行动了。怎么干？"

"48 小时足够啦。"

梅森满怀信心地微微一笑，他相信早已派出的德累克会有收获。

因此，当德累克回到梅森事务所时，他立即问："取到海泽尔的指纹了吧？"

"当然取到了。请交情不错的鉴定科科员鉴定，弄清了一件骇人听闻的事儿。"

"就是说，那女人的指纹已被警方记录在案"。

"她是一个杀人魔鬼，吓一跳吧？"

"啊，真的吗……"

"迄今为止，那女人已经和几个男人结过婚。每次结婚，男人死了，女的都狡猾奸诈地将财产攫为己有。"

"她和几个男人结过婚"？

"不知道。从一个丈夫的尸体中化验出毒药砒霜。于是引起警方怀疑，便把她另外几名丈夫的尸首从墓穴中挖出来，原来他们被灌进了更多的砒霜。警方虽把她抓起来审问过，但却没掌握关键性的证据。就在警察收集证据期间,她用锉刀锉断拘留所的铁窗逃脱了。"

经验丰富的梅森被这意外消息弄得惊慌失措,不由吹了声口哨。

"只有一个叫斯奇温·查马兹的人,婚后第二天自己逃跑了,所以那女人没来得及下手。"

"那个杀人恶魔确实叫海泽尔吗?"

"的确。警方有她的半身照。"

梅森深思了片刻,"喏,德累克,如果告诉斯奇温,我免费为他办离婚手续,他会高兴地接受吗?"

"会。"

"那么请马上把他带到这儿来。我给他办离婚证书。"

"梅森,你究竟打什么主意?"

德累克觉得奇怪,梅森微微一笑:"审判的时候要个小把戏,给博格检察官来个乘其不备。世间最难的事莫过于形容女人的相貌了。瞧瞧警方在报纸上刊登的海泽尔通缉令:身高1.58米,体重51千克,27岁,细长脸,黑眼睛,这种长相的女人街上一天能看到几个。"

"不错。那又怎么样呢?"

梅森没有说明,他走进隔壁的秘书室,对泰娜悄声说道:"你能不能去职业介绍所,找一个二十六七岁,身高1.58米,体重51千克左右,细长脸,黑眼睛,失了业,生活窘迫的女人?"

泰娜应声走了。梅森吩咐完,又回到德累克身边。

"德累克,你有熟识的报社摄影记者吗?请他给巴沙德家的所有人拍照,就说要登在报纸上。"

"你拿这些照片干什么?"

"这是秘密啊。请他们在巴沙德被杀时坐的桌前拍摄,让他们把脸冲着东边的窗子。"

德累克应承下这个古怪要求,刚准备出去,电话铃声响了。

梅森抓起电话,里面传出哈里激动的声音:"喂喂,我简直是个笨蛋,我终于发觉自己一直被人当枪使。我准备说出实情。"

"哈里,你的决心下得好。来吧,我等着你。"

"不,不行。我受到监视。请你务必到这儿来。我现在化名乔治·波蒂。住在梅丽兰德饭店904房间,我豁出命见你。"

"喂,请告诉我和你一起偷窃金钱的同伙是谁?"

"不能在电话里告诉你。你若打算来就迅速一点。"哈里异常激动地叫喊道。

梅森在便笺上记下"梅丽兰德饭店,904室,乔治·波蒂",他装进信封,然后叫来德累克:"我有急事出去。如果十五分钟内没接到我的电话,请把这信封拆开。"

梅森把信封交给泰娜后立即从房中冲出去,确认饭店四周没有埋伏才从侧门走进。为了不被接待员看见,他快速登上电梯。来到九楼,正好走廊无人。梅森没叩904室的门,轻轻把它推开,就在这一瞬间,他倒吸一口气,愕然站立不动了。

原来哈里面朝下倒在床上,右手握着一把刀子,刀尖刺进了他的心脏,衣箱开着,里面的东西被倾倒一空。梅森小心翼翼地四下察看，然后走近尸体，从口袋里掏出一枚假眼，用手帕擦了擦，尔后将其塞进哈里左手的指缝里。然后，他蹑手蹑脚走回门旁，用手帕抹去把手上的指纹。

一下电梯，梅森往自己的事务所挂电话。

"好啦，泰娜，把刚才的信封烧掉吧。"

他从饭店侧门溜出来，又吃惊地停下了脚步，原来他的汽车后面停着一辆警车，好像警方正在进行监视，这时，又开来了一辆警车，凶杀科的霍尔科姆警官跳下来，和第一辆警车上的警察们指着梅森的车，悄声交谈起来。

梅森转身回到饭店，这次他径直走到了接待员面前。

"听说一个叫哈里·马库伦的年轻人住在这儿。是吧？"接待员查看了住宿登记簿，摇了摇头。

梅森拿起接待处柜台上的电话，给警察总部打电话。

"喂喂，请找凶杀科的霍尔科姆警官接电话，让他到梅丽兰德饭店来……我是梅森律师。"

梅森撂下电话，突然有人拍他的肩膀，梅森扭过头："哎呀，警官先生，我正给你打电话哩。"

"找我有什么事？"霍尔科姆警官奇怪地瞪着梅森。

"你知道哈里·马库伦吗？有个不肯通报姓名的男人给我打告密电话，说哈里藏在这个饭店里，于是我就给你打了电话。"

"那么你已经见过哈里了？"

"没有。我刚才在接待处询问，他们说没这个男人住在这儿。"

梅森回答完，又朝接待员转身问道："也许他改了名姓住在这儿哩。他是个二十四五岁的年轻人。脸上长着粉刺，头发发红。"

"噢，他住在904室。名叫乔治·波蒂，一个半小时前来的。"

"到底在这儿啊。喂，警官先生，怎么样，一起去见他吗？"

霍尔科姆警官把梅森甩在身后，率先登上电梯，上到9楼，霍尔科姆在打开904室房门之前，拽住梅森的胳膊，独自进了房间。

不一会儿，房门慌忙地开了，霍尔科姆警官奔了出来，他神情张皇，面色苍白。

梅森慢条斯理地问："哈里不在吗？"

"不，在里面。但已经什么也不能说了。梅森，你可以回事务所去啦。"

霍尔科姆警官钻进房中，关上门，从里面上了锁，梅森耸了耸肩，扑哧一笑。他把耳朵贴在门上一听，传来霍尔科姆打电话找博格检察官的声音。

梅森吓了一跳，赶紧离开饭店。

他跳上自己的汽车，用眼睛的余光望着盯梢的警车，驱车回到了事务所。

一进泰娜所在的秘书室他便说："喂，泰娜，不得了啦。咱们再不快点……"

梅森突然闭住嘴，屋隅有人晃动，原来布尔内特笑嘻嘻地从椅子上站了起来。

"梅森先生，多亏您，我得救啦。"

梅森大出所料，身体顿时变得呆然、僵硬。

"是你啊！可你怎么从拘留所出来的？"

"霍尔科姆警官把我释放了。一个半小时以前。"

"巴沙德夫人在哪里？"

"不知道，大概正受到检察厅的盘问吧。"

梅森深深叹了口气，身体颓丧地松软下来。

"布尔内特先生，您被释放太不妙啦。说不定是您一生最大的不幸。"

"杀人嫌疑涣然冰释，被无恙释放，怎么是不幸呢？"布尔内特怔怔地问道。

"我以为你必然被关在拘留所，所以要了个计谋。可是这么一来，这个计谋……"

梅森因为计划被出乎预料打乱而大为不悦。

这时候，门猛然被粗暴地推开了，博格检察官闯了进来。他冲布尔内特扬了扬手。

"皮特·布尔内特，你被捕了。这回再也不会释放你啦。你从前的恋人巴沙德夫人坦白了一切。她已经被捕了。"

"布尔内特先生的罪名是什么？"梅森向博格询问。

"不用说，是杀人。而且这次是两起杀人案的犯罪嫌疑人。"

博格检察官抓住布尔内特的肩膀，强行把他带走。

梅森迅速回到自己的办公室，从保险柜中取出四枚带血丝的假眼，他把它们一个个地用锤子敲碎，装在口袋里的那枚假眼也被敲得粉碎。

七、伪证对圈套

梅森隔着桌子敏锐地观察着一个黑发黑眼女人，她是泰娜从职业介绍所找来的，相貌和身材符合梅森的要求。

"你的姓名和年龄？"

"瑟玛·贝宾斯。27岁。"

"让你做什么就做什么吗？"

"是什么工作？不，只要有工作，什么都行。"她以不顾一切的口吻回答。

"好，请你马上坐飞机去里纳市。到了以后用你的名字租间公寓，然后立刻把公寓的地址打电报告诉我。"

内华达州的里纳市以离婚手续简便闻名，想同丈夫或是妻子分手的人，只要来里纳市住上一星期，然后向法院提出离婚就可以了。

"在里纳市租了公寓之后怎么办？"瑟玛·贝宾斯困惑地问。

"在一个男人交给你文件之前待在公寓里别动，他会问你是不是名叫海泽尔，你就回答说叫瑟玛·贝宾斯。不过你知道他要送文件来。"

"这是不是违反了某条法律？"

"哪里。是我写的文件，不涉及法律。但是过后你将被警察抓起来……不，不必担心，不是正式的逮捕，尽管放心。只不过是要受到一点盘问。"

"如果受到盘问怎么问答？"

"一言不发"。

瑟玛·贝宾斯考虑了片刻，"我干这工作能得到多少钱？"

"给你500美元。200元为定金。剩余工作结束付清。"

"嗯，我愉快地接受，立即出发。"

这时，电话铃响了。泰娜拿起电话，对梅森说："德累克问可不可以进来？"

"行，泰娜。请把贝宾斯小姐藏在你的秘书室，告诉德累克从走廊的门进来。"

泰娜把一切安排好后，德累克走进来。

"巴沙德家的人的照片拍完了。明天可以冲洗出来。只是没能拍下秘书库尔默的相片。"

"为什么？不在家吗？"

"不。在家。但他说讨厌照相，看来他打算充当检察官一方的证人，向博格检察官提供什么绝密情报。"

"这也不错嘛。其他人的相片怎么样？面部表情有没有什么不自然的地方？"

"詹姆士哭丧着脸；狄克一本正经的。我说，梅森，哈里是在哪个饭店被杀的？"德累克突然压低了声音："据说他死时手握着玻璃假眼。你能不能再给我看一眼我交给你的那套假眼？"

梅森说："那些假眼已不在这儿了。"

"弄到哪儿去了？如果警察查到假眼批发商，知道是我买的，我就会被当作凶手啦。"

德累克侦探浑身发抖，梅森笑道："别担心。就交给我吧。博格检察官通知说准备后天开庭审判，所以，在此之前还有一事相求。请你坐今晚的飞机去里纳市，给一个叫作海泽尔，或是泽尔·查马兹，也许叫海泽尔·巴沙德的女人送一份文件。"

"嗯，终于找到那个杀人魔鬼了吗？"

"那女人所在的公寓地址，我回头打电报通知你。"

"好。不过，别忘了不把我送进局子的约定呀。"德累克不安地走出去。

梅森以点头作答，接着按电铃叫泰娜："请马上起草斯奇温·查马兹的离婚文件。打官司的对手是海泽尔·查马兹，或叫海泽尔·亨维克。有时叫海泽尔·巴沙德。"

泰娜秘书被这一长串名字吓得张口结舌，直愣愣地瞅着梅森。

八、律师与检察官之间

法院终于开庭审判。审判长以威严的声音宣布开庭。

博格检察官颇为自信地点了点头，新闻记者们一齐打开笔记本，拿起笔。因为听说著名律师梅森深信两名被告无罪，许多记者前来采访。泰娜秘书也在座无虚席的旁听席中。第一名被传的证人是司机詹姆士。

博格检察官发问："你什么时候开始在巴沙德先生手下工作？"

"18个月以前。"

"在此之前的职业是什么？"

"私人侦探。"

梅森吃了一惊，扭头朝被告席上的布尔内特和巴沙德夫人望去。布尔内特面无表情；巴沙德夫人面色苍白，看来她并不知道司机詹姆士是私人侦探。

"那么，受雇期间，你被吩咐做开车以外的工作吗？"

博格检察官话音刚落，梅森便以极其轻蔑的口吻说道："也就是说，证人詹姆士是被雇来暗中监视巴沙德夫人的喽，并且是有事无事都要装模作样地向雇主巴沙德告密喽。"

听见这番话，博格检察官面红耳赤，提出抗议。

审判长用木槌敲了敲桌子："梅森律师，检察官讯问时，请不要擅自发言，另外，法庭不允许捉弄证人的发言！"

"对不起，检察官，我道歉。"

梅森低头致歉，不过脸上浮现出计谋得逞的笑容。

博格检察官重新振作起来后，再次向詹姆士司机提问。

"巴沙德先生遇害的那天，你看见他的尸体了吧？那时现场有什么人在场？"

"有凶杀科的霍尔科姆警官以及侦察人员。"

"死者手里有什么？"

"有一只玻璃假眼。"

"当时，一名侦警为了日后鉴定，当着你的面给假眼做了一个记号吗？"

"对。用黑墨水或者是硝酸银在假眼背面做了记号。"

博格检察官从桌上取出一枚假眼，递给詹姆士。"是这只假眼吗？请仔细瞧瞧。"

"对，就是这只。"

"你原来也见过这只假眼吗？"

"是的，杀人案发生的头天晚上，我在巴沙德夫人的屋里发现了它。"

于是，梅森大声抗议道："我对刚才的证词有异议。不能断然肯定证人詹姆士于事件发生头天晚上在巴沙德夫人房中发现的假眼必定是检察官现在出示的这只。我之所以这么说，是因为侦警给假眼做记号是在第二天晚上杀人事件发生后。"

博格检察官发出一阵窃笑："梅森律师，请听詹姆士证人把话说完再发表异议。"

詹姆士于是继续说："是这样的，在巴沙德夫人的房间发现这只假眼时，我手上带着钻石戒指，所以用钻石在假眼背面画上了一个小小的十字。"

"你为什么要划个痕迹？"

"以我当私人侦探的经验，如果这只假眼日后成为某种证据，有必要事先做记号加以区别。"

"我刚才递给你的假眼上有十字痕迹吗？"

"对，有。"

詹姆士一回答完，博格检察官就拿过假眼交给审判长："审判长，我将这只假眼作为物证A提出。梅森律师，你还有异议吗？"

"没有异议。"

梅森善罢甘休了，因此博格检察官继续询问："那么詹姆士证人，前一晚，你在什么情况下在巴沙德夫人屋里发现这只假眼？"

"那天晚上，我从夫人的房前经过，听见一男一女低语。因为巴沙德先生命令我调查夫人的行为，所以我叩了门。于是我听见房间里有人慌慌张张地跑动，开窗，关窗的声音。夫人让我等了好一会儿，最后才拧锁开门。"

"后来呢？"

"我说：'夫人。您丈夫说家中好像来了小偷，让我看看门窗关好没有。'我检查了窗户，发现窗台上有鞋后跟的痕迹，而且还很新。一只假眼掉在地板上。我乘夫人不注意，偷偷拾起来装进了口袋里。"

"再往后呢？"

"我一走出夫人的房间，就在那只假眼的背面用戒指上的钻石划了一个痕迹，尔后交给了巴沙德先生。"

"巴沙德先生见后怎么说？"

"他想知道失主是谁。因此我找了假眼专家做了调查。"

"可以了。这以后的事情，请专家作证词。梅森律师，有疑问请提吧。"

这回梅森代替博格检察官开始对詹姆士司机提问。

"在巴沙德夫人的房前听见低语时，你从钥匙孔往里窥看了吧？你看见男人的身影吗，暗探先生？"

听到梅森讥讽揶揄，旁听席爆发哄堂大笑。

"钥匙孔很小，什么也没看见。"詹姆士司机面颊发红，嗫嚅道。

"那么，你听到声音有可能是收音机里传出来的。"

"不，的确是一个活生生的男人的声音。"

"但是你并没有看见那男人吧？"

"嗯，是的，不过……"

"那么后来巴沙德先生被打死时，凶手是坐他的车逃跑的吗？"

"不是。"

"你为什么能这么明确地断言呢？"

"发现尸体之后，巴沙德夫人说犯人开她丈夫的车逃跑了，我立即去车库，两辆汽车都在我放的位置上原封未动。所以肯定是夫人撒了谎。"

梅森盯视着詹姆士司机，说："询问至此结束。"

全场窃窃私语后归于沉静。下一名被传唤出庭的证人是假眼专家贝茨博士，贝茨博士描述了制作与肉眼难以区别的精致的假眼的技术。博格检察官将作为物证 A 的假眼递给贝茨博士，就是那只攥在被杀的巴沙德手中的假眼。贝茨博士仔细地审视之后说："这是一流技工制作的，已经用了好长时间了，此外，佩戴它的人具有很强的酸性体质。"

"您为什么连这一点也知道？"

"这只假眼的边缘变色磨损了。酸性的体液一渗入玻璃，玻璃就变色，变脆，寿命缩短。"

"那么，博士，请顺带检查一下另一只假眼。这是另一名被害人哈里·马库伦手中的假眼。"

博格检察官从一个新信封中取出假眼，递给贝茨博士。

"这是随处可售的便宜的成品。只有一点不同的是，事后在白眼珠上烧了细小的血管，改制成了充血的假眼。此外，眼珠边缘完全没有变色，是尚未使用过的新货。"

"审判长，这只假眼作为物证 B 记录在案。梅森律师，如果有反对提问，请吧。"

在博格检察官的催促下，梅森站了起来，以若无其事的口吻问贝茨博士："充血的假眼是为什么场合准备的，博士？"

"佩戴假眼的人非常讨厌别人知道自己戴假眼。为了不为人所知，他们准备了白天用的、夜晚用的。睡眠不足和喝醉酒时用的各种各样的假眼。"

"如果假眼镶嵌合适是分辨不出来的，那么怎样把假眼装进眼眶？"

"利用真空的作用。使假眼和眼穴之间不留一点空气。"

"取下装好的假眼很困难吧？"

"不，不困难。用力向下扒下眼睑，使空气进到假眼后面，假眼就脱落下来。"

"这要戴假眼的人自己弄吧？是把下眼皮尽可能往下拽吗，博士？"

"嗯，不尽量下拽就摘不下来。"

"这么说，戴假眼的人杀了人，躬身瞧尸体时，假眼是不会自行脱落的吧，博士？"

旁听席上发出惊愕的喊声，大家全部明白梅森的提问是为了澄清什么问题。

"不会那么容易地脱落下来。"贝茨博士干脆地回答。

"那么博士，假设凶手离开杀人现场时一只眼睛里没有眼珠的话，那一定是凶手本人有意摘下来的吧？"

"对。特别是像物证A那样精致的假眼，自己不去摘取，是绝对不会脱落的。"

另一方的博格检察官听到这里，急躁不安起来，因为形势被梅森搞得急转直下，他在重新考虑下一个作战步骤。

博格检察官慌忙传上新证人。证人名叫萨尔比，是眼镜店的老板。

"萨尔比先生，你的店里卖带血丝的假眼吗？"

"不卖，我的商店主要卖大众化的便宜货。"

"最近是不是有顾客去买？"

"嗯，有一个，在这儿。就是他。"

萨尔比手指的是坐在被告席上的布尔内特。众人的视线一齐投向他，但是他抱着胳臂，毫无表情地一动也不动。坐在他旁边的巴沙德夫人惊恐不安，面无血色。博格检察官斜眼看着布尔内特，继续向萨尔比证人提问。

"被告布尔内特是哪一天去买假眼的？"

"本月14号上午9点。他说，丢失了充血的假眼，我问其原委，他说：'昨晚去拜访往日的恋人，不料被下人发现，跳窗而逃把放在西服口袋里的假眼丢失了。'"

"你的话合情合理，看来被告布尔内特预先知道要发生凶杀案，为了使自己免遭怀疑，有计划地准备了替代的假眼。"

梅森站起来，不客气地走到博格检察官身边。

"把第二只假眼，也就是物证B借我用用。"

博格检察官磨磨蹭蹭地交给梅森，梅森走到萨尔比证人身边。

"请仔细看看这只假眼。这是你的商店卖的东西吗？"

"不，不是。我的店铺不出售带血的特殊假眼。"

听到这个回答，梅森暗自发笑。这只作为物证B的假眼是他让德累克买的，博格检察官对此不加调查，就认定是布尔内特买的。

九、漏洞不同于空子

法庭休息了一会儿。

德累克扒开旁听席上的人群，快步来到梅森跟前。这时，治安警察夹着半打报纸走进法庭。他跑到博格检察官座位前，递给他一张报纸。

检察官焦急地翻开报纸看了起来。

梅森不时朝检察官瞥一眼，同时向德累克问道："怎么样？"

"惨败。还是请你看看报吧。"

"蠢话。我更想知道你为什么工作失败。"

"遵照你的命令，我飞到里纳市。到达后我去邮局一打听，泰娜秘书的电报已经到了，告知我给其送离婚文件的那个女人的公寓。我把电报装进兜里，去旅馆订了房间，脱下衣服进了浴室。可是我洗完澡穿衣服时，忽然发现装在兜里的电报不见了。看来是警察从我抵达里纳市的时候起就跟踪我了。"

"这么说，在你入浴时进来的服务员是警方的密探喽。"

"肯定无疑。后来，我去了那女人住的公寓，我问她是不是海泽尔·查马兹，女人面无表情地回答说：'不。'我留意观察她，觉得她长得很像杀人魔鬼海泽尔·亨维克。于是我从兜里掏出文件，女人立即像背诵台词一样说：'我叫瑟玛·贝宾斯。不过你若送来给海泽尔·亨维克或者是海泽尔·巴沙德，或海泽·查马兹的文件，我收下来。'尽管我觉得她有些怪异，但还是按照吩咐把文件交给了她。就在这时，对面的门突然开了，几名刑警把我和女人包围起来。刑警们把我撇在走廊上，把女人推进屋里，粗暴地加以盘问。"

德累克侦探说完话，梅森紧蹙双眉，慢慢翻开报纸。两行大标题立即跳入眼帘：

去向不明的证人在里纳市发现
著名律师梅森涉嫌助其逃跑

这时，博格检察官面带坚冰般的冷笑，走到梅森面前，神情像是猫在摆弄老鼠。

"梅森律师，由于发生非常重大的情况，如果你没有异议，审判延期到明天。"

"发生了什么重大情况？"梅森沉着反问。

"巴沙德杀人案的唯一见证人海泽尔·亨维克在里纳市找到了。"

"喔，那么她已经到法庭来了吧？"梅森佯装不知。

博格检察官心中火起，发难道："那女人藏在里纳市，你比谁都清楚。"

梅森冷冷地哼一声，这时，休庭结束，再度开庭。博格检察官扯开嗓门喊道："库尔默出来。"

"你的职业？"检察官问。

"巴沙德先生的秘书。三年前开始在他那儿工作。"

"你很了解被告西尔比娅·巴沙德夫人吧？"

"当然。她是巴沙德先生的太太，所以我非常了解。"

"巴沙德夫人就她丈夫的生命保险，向你打听过什么？"

"巴沙德先生被害前三天,夫人把我叫去,问我是否知道她丈夫上了多少钱的生命保险。"

"巴沙德夫人很早之前就非常关心她丈夫的生命保险,这么说,可以认为她为了保险金而杀死自己的丈夫喽。"

博森检察官向被告席上的巴沙德夫人恶意说道。

梅森律师反应灵敏地大声说:"审判长,我有异议——检察官刚才的发言不是严肃的询问,而是荒唐的想象——请取消他的发言。"审判长点点头,说:"异议认可。"

"对不起,审判长。"博格检察官老老实实地表示了歉意,但嘴角却挂着得意笑容,他继续提问。

"那么提下一个问题。你认识布尔内特吗?"

"认识。我曾见过他来找巴沙德夫人。"

"杀人事件的那天晚上,你看见他了吗?"

"我目睹他从事务所飞奔出来。"

"你和他打招呼了吗?"

"没有。但通过街灯时,他的面孔照得很清楚,所以我知道是他。"

"尔后你干了什么?"

"我走进事务所一瞧,只见巴沙德夫人和她儿子狄克正在接待室里,看上去非常激动不安。我恍惚瞥见屋隅的沙发上躺着一个人。'夫人,出了什么事吗?'我问。巴沙德夫人把我推出门外,说:'没有任何可担心的事,你回自己的房间去吧。'于是,我回到二楼里侧的房间。"

库尔默对答如流。博格检察官冲梅森露出信心百倍的微笑。

梅森此刻慢悠悠地站起来,走到库尔默跟前。

"后来警察来调查时,你又被叫到事务所,看见了巴沙德先生的尸体吧?"

"对。"

"据说躺在沙发上的年轻女人亲眼看见了从里面的办公室出来的凶手,如果再次见到凶手,她能清楚地指认出来。这话,你从什么人那儿听说了吗?"

"我从霍尔科姆警官那儿听说有这么一位目击者。"

"听说凶手逃跑时,那女人所在的接待室没开灯,很暗。但是因为办公室的门玻璃透出光线,所以她撕扯下凶手的黑面具时,看清楚了凶手的脸。有这话吧?"

"是的,我也听到这种说法。"

"还听说因为女人背朝着门里透出的光线,所以凶手看不见她的脸吧?"

"听说了……"库尔默支支吾吾地低声回答。

"库尔默证人,假设凶手戴上了面具,可以认为他是为了掩藏自己的面孔吧?"

"我想是的。"

"然而,这名凶手在黑面具上开两个窟窿,故意使人看不出他是独眼人,你听到这事,不认为凶手很奇怪吗?"

"这个,不太清楚。"

"再提一个问题。凶手为了掩盖枪声,用毛毯裹住了手枪,但是怎么可能夹着毛毯,走入经理室，靠近巴沙德先生开枪而不引起他的怀疑呢？"

"我想那是不可能的。因为巴沙德先生十分小心警惕。"

"尽管如此，他还是几乎未加抵抗，连装在衣兜里的枪都未拔出就被杀死了。是这样吧？"

梅森连珠炮般地发问，突然，在超员的旁听席后面发生一阵骚动。

"我们是警察！请让开道！"喊叫者是霍尔科姆警官。

审判长皱着眉，慌忙敲响木槌："肃静！不论是警察还是什么人，吵闹要以侮辱法庭罪受到处罚，法庭正在进行审判。"

"审判长，我有一个请求。"博格检察官及时站了起来，语气坚决果断。

"审判长，霍尔科姆警官现在带进来一个最重要的新证人，我想询问这名新证人，这样做就能立刻证明被告布尔内特是凶手。因此，现在证人席上的库尔默已经不需要了。请命令他退席吧。"

可是梅森不甘示弱地断然说道："我表示异议。我现在正在对库尔默证人提出反问，随意中止反问是非常不妥当的。"

博格检察官面红耳赤，盯视着梅森："审判长，新的证人是一名对检察官方面怀有敌意的女士。她一直逃避警察的追究，躲藏起来，那个新的证人是报纸上说的名叫海泽尔·亨维克的女人。"

"那么证人库尔默可以退下去。下面请传海泽尔·亨维克出席。在此之前休息五分钟。"

审判长郑重宣布后退出法庭。

十、敲山镇虎或以假乱真

霍尔科姆警官分开旁听席上的人群，抓住女人的胳膊，把她带到检察官座位前。这是个头发乌黑、身材苗条的年轻女人。博格检察官让她坐下来，低声对她问问题。可是不管问什么，瑟玛·贝宾斯只是咬唇、摇摇头，不做答复。

博格检察官渐渐失去了耐心，提高嗓门，恫吓道："你若是打算装聋作哑到底的话，审判长有权以侮辱法庭罪送你进大牢。"

然而，女人还是一言不发。

博格检察官渐上愠色，可梅森却满不在乎地享受着喷烟吐雾的乐趣。

一名新闻记者打开照相机闪光灯，给低头不语的瑟玛·贝宾斯、焦急气恼的博格检察官、面带冷笑吸着香烟的格森律师一一拍照——明天的报纸大概要大幅刊登这些特写镜头了。

审判长再次在法庭落座："再次开庭，传新证人出庭。"

"海泽尔·亨维克，站到证人席上去。"博格检察官由于过于恼怒，大声呵斥道，但是那女人还是一动不动。

"嘿，没听见吗？举起右手宣誓，然后坐到证人席上。"

"我不叫海泽尔·亨维克。"

"那你叫什么？"

"瑟玛·贝宾斯。"

"那好，瑟玛·贝宾斯，请宣誓，然后到证人席上去。"

她悄悄踌躇了一下，举起右手宣誓，坐到了证人席上。

博格检察官拉开嗓门，开始询问："你曾使用过海泽尔·亨维克这个名字吧？"

她犹豫起来。于是梅森以好心的保护者的口吻插言道："贝宾斯小姐，您如果不想回答这个问题，就不必回答了。"

博格检察官由于询问被打断，非常生气："梅森，你放跑了她，还要担当她的辩护人吗？"

"是的，博格检察官先生。贝宾斯小姐，您没必要回答刚才的问题。"

"不，有必要回答。这是重要的询问。"

梅森微笑着，仿佛在宽慰她："贝宾斯小姐，没有必要回答。您可以这样说：'根据宪法规定的权利，我拒绝回答于我不利的问题。'"

瑟玛·贝宾斯莞尔一笑，鹦鹉学舌般照此复述。

博格检察官失望地叹息着，显然承认自己失败了。

但他很快又重新站起来，再次向贝宾斯小姐开炮："巴沙德先生被杀时，你在他的事务所吧？"

瑟玛·贝宾斯又一次向梅森求救。

梅森诚实地伸出了援救之手："这个问题也请拒绝回答。"

博格检察官咬牙切齿地瞪了梅森一眼，开始从另一个方向发动进攻："贝宾斯证人，你认识培利·梅森先生吧？"

"是的，认识。"

"你是在梅森先生的劝说下去的内华达州的里纳市的吗？"

女人又一次感到为难，向梅森投去求援的目光，于是梅森代为答道："省一点工夫，我代替她直接回答吧，给她旅费、让她去里纳市的正是我。"

博格检察官大惊失色，发出惊讶的喊声："你说什么！身为律师的你，在法庭上承认给正受到通缉的女人一笔钱，让她逃跑吗？"

"是的。"

因为梅森回答得干脆，连审判长都惊愕地探出身子："关于这一点。身为审判长的我，要求你加以说明。"

"我明白了。为了不使审判变得更加混乱，由我亲自说明情况。哈特利·巴沙德先生被谋杀的那晚，一名年轻的女子正待在接待室里。这时，蒙着黑面具的凶手从里面的办公室走出来。面具在眼部开了两个洞，而且其中一个洞里没有眼珠。女人见状惊呼起来，凶手揍了她。这时，她撕扯下面具，看见了凶手的真面目。但是女人背对着从办公室门的玻璃上透出的灯光，所以凶手看不见她的脸。凶手又一次打她，使她昏厥过去。凶手大概以为她死了，便逃之夭夭了，可是她还活着。所以，审判长，这女人正是看见离开杀人现场的凶手之面孔的唯一证人。"

"这么一来，梅森律师，你把如此重要的证人隐藏起来，就是犯了大罪啊，你承认你的罪行吗？"

"审判长，请你听我把话讲完。凶手有计划地谋杀了巴沙德，从准备毛毯盖枪声和准备了用打字机的假遗书这两点可以证明是蓄意谋杀。但是逃跑不是预先的计划。我这么说，是因为面具是杀人后用桌上的复写纸仓促做成的。而且，难以理解的是，尽管从后门逃走，不会被任何人看见，可凶手却是从外间的接待室逃走。凶手明明知道有个年轻女子等候在接待室。不仅如此，他还有意做了一个能看出他缺少一只眼睛的面具，让那女子瞧。

"那么凶手为什么要这么做？因为被害人巴沙德遇害时手中攥着一只玻璃眼珠。凶手注意到这一点，很快想出假眼的诡计。那只假眼并不是从凶手的眼眶里偶然脱落的。专家贝茨博士证明，镶嵌适合的假眼只要本人不去摘，是绝对不会自行脱落的。所以，被害人巴沙德手中的假眼不是凶手的。然而，凶手为什么在逃跑时故意摘去假眼，让目击者看到自己是独眼人呢？审判长，其缘由只有一个，即凶手确信没有人知道他镶嵌着假眼。他还知道死者巴沙德手中的假眼是谁的，认为假眼的失主会被误认作凶手遭到逮捕。"

说到这里，梅森稍事停顿，于是审判长不解地说道："梅森律师的这番话确实有意思。但他没提供任何证据，仅仅是为了推理而推理。"

"不，有证据。看见凶手的海泽尔女士从沙发上站起来时，由于步子蹒跚，双手支撑在办公室的玻璃上。所以玻璃上留下了她的指纹。我指示德累克侦探对指纹进行调查，其结果令人震惊。她竟是警方通缉中的杀人魔鬼，是个专门和有钱的男人结婚，然后一个个加以毒死，夺取遗产的可怕女人。"

审判长大为惊骇，木然地瞅着梅森。博格检察官也因惊愕而瞠目结舌。梅森从容不迫地继续发言："她和狄克秘密结了婚。但是，她的婚姻是法律禁止的重婚。她还有一个名叫查马兹的丈夫。两天后他和她闹翻了，从此失去了踪影。那么，我现在为以上所述事实提供证据。这是杀人魔鬼海泽尔·亨维克犯罪记录的复印件和她留在门玻璃上的指纹照片。如果博格检察官肯赏脸一阅，我将感到欣喜之至。"

梅森故弄玄虚地拿出了物证。

博格检察官颤抖的手接过了证据，立即开始核查。海泽尔的犯罪记录中印着她的头像和指纹。还有一张是双手的指纹照片。博格检察官拿着这张照片问梅森："这就是印在办公室门玻璃上的指纹吗？"

"是的。就是那个自称叫海泽尔的女人的指纹。怎么样？和杀人记录里的指纹完全一致吧？"

"唔……完全相同。"

"那么，检察官先生，请和现在坐在证人席上的瑟玛·贝宾斯小姐的指纹对照一下。"

博格检察官走到瑟玛·贝宾斯证人身边，检查了她的指纹，和照片上的加以比较。

"呀，不一样。这么说贝宾斯证人不是目睹凶手的那个女人了？"

博格检察官由于懊丧而面色赤红，跺着双脚。

由于情况意外地反方向逆转，法庭陷于混乱之中。审判长命令休息十分钟。梅森律师和博格检察官随即被叫进隔壁的房间。"因为审判过程节外生枝，我想和你们商量一下。"审判长开诚布公地说。

博格检察官盯着梅森说："审判长，我有兴趣和梅森律师谈话。我要逮捕他。"

"逮捕的理由是什么?"

"他犯了教唆瑟玛·贝宾斯罪，让她装扮成海泽尔·亨维克去里纳市从而欺骗警察。"

梅森微笑回答："这事我全然不知，让贝宾斯小姐装扮亨维克的指控也不成立，贝宾斯小姐以自己的真名住在里纳市的公寓里，我命令德累克侦探给她送文件时，她也清楚地说明自己的名叫瑟玛·贝宾斯，埋伏在公寓里的刑警们想必是目睹了这一切，我想，你的指控与我根本无关。"

"但是，梅森，你为什么要使用这种煞费心机的偷梁换柱之计蒙骗我们?"检察官带着反咬一口的语气问道。

梅森神情严肃地回答："凶手最害怕的是唯一的目击者海泽尔出庭作证，但是凶手却不知道女人长得什么样。所以，如果我让一个和亨维克相貌相似的女人站到证人席上，我想，凶手必定会仓皇出逃的。我从一开始就相信布尔内特先生是无辜的，因为假如他是凶手，就不可能让自己的假眼握在死者巴沙德手中，也不会戴上故意露出没有眼珠的空眼眶的面具。真正的凶手利用无人知道他戴着假眼这一点，企图把凶手的罪名嫁祸于独眼的布尔内特先生。那么，除布尔内特先生之外的还有没有佩戴假眼的人呢? 为了弄清这一点，我让人在日光照射的窗边为巴沙德家的人拍摄半身像。真正人眼的瞳仁会随着光线的强弱改变大小，而假眼不能做出这种调节。因此，如果在强光下拍摄戴假眼的人照片，其两只瞳仁的大小就会不一样。我注意到，秘书库尔默声称讨厌照相，没让拍摄。因此当贝宾斯小姐坐到证人席之际，大概他以为贝宾斯小姐正是能够明确断定他是凶手的唯一的证人，因而惊惶之至。所以还是赶紧找一找库尔默在什么地方吧。博格检察官。"梅森话音刚落，电话铃突然响了起来。

审判长拿起电话，立即递给了梅森。

电话是泰娜秘书打来的："刚才我站在旁听席的后面，注意是否有人慌慌张张、鬼鬼祟祟地逃跑，我发现了一个人——库尔默!"

"跟踪他了吗?"

"嗯，他现在在犹尼昂机场。再过 22 分钟飞机就起飞了。库尔默买了这一航班的机票。"

"泰娜，你留神不要被发觉，"梅森瞥了一眼手表，对博格检察官说，"再过 21 分钟库尔默就将从犹尼昂机场起飞了。请命令霍尔科姆警官逮捕他吧。要带上手枪武装起来。"

十一、第二个假眼人

在霍尔科姆警官去逮捕犯人后，博格检察官多少有点不好意思地问梅森："可是，你在向库尔默提出反问时，为什么没有当场指出他就是犯人?"

"当时还没有决定性的证据。"

"梅森律师，能不能把案件的真相从头加以说明呀。我实在是摸不着头绪呢。"审判长插言道。

梅森点点头，兴致勃勃地说开了："库尔默是哈里盗用资金的合谋者。他俩一起贪污了巴沙德先生的钱。布尔内特先生是巴沙德夫人从前的恋人，狄克的生身父亲。在车子颠覆事故中失去一只眼睛的布尔内特先生，花了许多年寻找离家出走的恋人的踪迹。

"他直到最近才找到，可她已和巴沙德先生结婚了。布尔内特先生去拜访了巴沙德夫人，极力劝说她和巴沙德先生分手，和自己结婚。在案件发生前一天晚上，当密探的詹姆士司机警觉到他俩正待在一起时，布尔内特先生慌忙跳窗而逃。然而，跳窗逃走时，他把假眼失落了，不是镶嵌在眼眶中的假眼，而是装在西服背心口袋里的备用假眼。当密探的司机捡起来，交给了巴沙德先生。巴沙德先生仅仅看到这只假眼，不能断定在妻子房间里的男人是谁，但是秘书库尔默装有假眼的事，只有巴沙德先生知道。所以他怀疑库尔默，进行了调查。结果他知道了库尔默和哈里勾搭起来盗用资金的事。

"在案件发生的当晚，哈里去了巴沙德先生家和同伙库尔默商量对策。恰巧这时巴沙德夫人正打发狄克的新婚妻子（海泽尔·亨维克）去问候丈夫巴沙德。另一方面，巴沙德先生正因假眼之事叫进秘书库尔默，大概还追问了盗用资金的事。库尔默拿了裹在毛毯中的手枪从后门进去，向巴沙德先生开了枪。

"然后他把准备好的假遗书夹在打字机上，从保险柜中抽出成为盗用资金证据的假借单，用复写纸做了一个简易面具，打算使待在外间接待室里的女人（海泽尔·亨维克）看到凶手是独眼男人后再逃走，谁知库尔默的面具被那女人扯了下来，露出了真面目，因此他勃然大怒，把女人打倒在地，冲到了门外。他跳上巴沙德先生的汽车，在街上绕了一圈，然后开回车库存好车，假装刚刚从电影院回来的样子。他来到接待室一瞧，昏厥过去的海泽尔并没有死，因此他感到忧虑。他想杀掉她。然而巴沙德夫人妨碍了他，他被撵了出去。

"无可奈何之下，他回到自己的房间，把事情向同伙哈里讲明，告诉哈里，巴沙德先生已死，不必还钱了。如果被警察怀疑，就说钱已经还了。他认为这么一来，因为大笔款项在巴沙德先生死时不翼而飞，所以警察肯定会以为是持枪的强盗干的。"

"你怎么知道事件的全部真相的？"博格检察官困惑不解地问。

"靠普通的推理呀，首先，凶手是熟练打字机的人，因为伪造的遗书是用触模式方法打出来的，库尔默擅长打字。其次，凶手是挟着毛毯进巴沙德先生房间而不会引起怀疑的十分熟悉的人，因为巴沙德先生几乎未加抵抗就被杀害了。再次，凶手是自认为没人知道他配假眼的人。正因如此，他故意暴露出自己是独眼人，他认为，这么一来，怀疑就会落到假眼的失主身上。"

"这么说，哈里由于为了告诉你事件的真相被同伙库尔默杀死了？"

"也许。"

"可是哈里的尸体也攥着玻璃假眼是出于什么动机呢？"检察官疑虑重重地盯着梅森。

梅森佯装没听见，打了一个哈欠，瞥了眼手表，这时，门被鲁莽地推开了，三名记者惊慌地冲了进来。

博格检察官吃惊地问道："嘿，出了什么事？"

"犹尼昂机场发生了枪战。霍尔科姆警官负了伤，库尔默被打死了。库尔默为什么要逃到机场去？"

一名记者轻轻走到梅森身旁，低声说："梅森先生，请把真相告诉我们吧。这是你玩的一个最大的把戏吧？"

"我不知道"。

一天后，梅森正在办公室看报纸。报纸第一版刊登着博格检察官的大幅照片，下面写着这样的大标题：不屈不挠的博格检察官，终于使真正的凶手落入法网。泰娜秘书对此感到十分窝火。但梅森只是付之一笑。

"杀人魔鬼海泽尔·亨维克怎么样了？"泰娜问。

"很快就会被警察抓住。"梅森的眼睛射出光芒。

不祥的旅馆

【日】佐野洋

一

"西村先生，电话！警察署的。"女职员梅泽康子把话筒高举齐眉，尖声呼喊西村贡。

西村离椅起身，心想："果然来了！"从昨天起他就期待着这个电话。他看看手表：10点45分。时间也不出所料。他觉得自己渐渐兴奋起来，便自我告诫道："不能疏忽大意！现在正需要演技。"

于是，他又回身坐下，故意撇撇嘴唇，装出嘲弄的口吻说："不像，不像！还是老一套！这骗得了谁呢？"

日东汽车工业公司设计部的全体职员，被西村这句话惹得哄堂大笑。唯有受到嘲笑的梅泽康子羞得满面排红，模样未免可怜。

这天是4月1日。在这间办公室里，人们一早就互相哄骗，愚人节的游戏已经做了好几遍。所以，梅泽康子刚才说"警察署的电话"，除了她自己和西村以外，没有一个人相信。

"哎呀，不是骗人嘛！是真的！对方说，事关重大，非找西村先生不可！"梅泽康子见笑声此起彼伏，似无止尽，不由得歇斯底里哇哇大叫。

有人说道："哈哈哈！你就死了这条心吧！"

西村暗忖："不妨去接电话了。"他起身对梅泽康子笑着说："好好，我来给你解围，甘愿上当，怎么样？"他走过去拿起了话筒。

"喂喂，我是西村呐……"

"西村贡先生吧？我是浦田警察署。没工夫寒暄了，请问夫人是叫加代子吗？"

"不，是佳由子。这名字少见，常有人弄错……"

"哦哦，是佳由子！大概是电话里听错了。是哪几个字呢？"

西村对"佳由子"三字做了说明。

"那么……夫人昨晚上去热海了吧？"

"对，是去热海了。她怎么了？"

西村明知故问。他知道回答是什么。他故意大声说话，让同事们都能听见。不过，也许根本无此必要。同事们对警察署在愚人节打来的这个电话，早就在好奇地侧耳细听。

"嗯——夫人嘛，今天早晨去世了。"

果然不出所料！西村心里暗暗地笑了。由于一切都在按照计划进行，他感到心满意足。可是，尽管他心里高兴，嘴里却怒吼起来：

"喂喂！我虽不知你是哪一位，可你也得有点儿常识，懂得什么事情能开玩笑，什么事情不能！尽管是愚人节，也不能拿死人的事骗人！真缺德！"这愤怒也是演技。为最坏的情况着想，如果警方因佳由子之死而怀疑他，此刻在场的同事们便会为他作证："他听了电话，起初还不相信呢！"这是西村的神机妙算。

"唉，这可不是开玩笑！真不凑巧。这是真的嘛！刚才热海警察署打来电话，说夫人已经去世，想请你马上去一趟。"

"啊？你说什么？我没喝酒，不过请再说一遍！"

对方的警官恐怕已经出汗了。看来他一边说话，一边在考虑怎样才能说服西村相信。

"我是说，虽然热海来的电话说得不很清楚，不过夫人确实已经去世了。还有，她的遗体在潮见庄旅馆，请你去认领。就是这么回事。听清了吗？是潮见庄！"声音到此中断了。看来警察已尽其责，准备挂话筒了。

"啊，等等！"西村连忙叫住对方。这倒不是演技。如果警方对这个电话采取了录音措施（不过日本的警察似乎没有这份机灵），那么下面所说的话，也许会给警方以西村"清白"的印象。

"喂喂，说我妻子去世了，究竟是怎么回事呢？到昨天为止，她一切都很正常……"

"这是初步通报，具体情况还不清楚。好像是暴死……"

"暴死？跳海了吗？"

"哎呀，有了详细报告，我再通知你吧。"

电话断了。西村仍把话筒举在耳边，呆若木鸡。他要让别人看到他听说妻子不幸死亡时处于虚脱状态。然而他的头脑正在空前迅速地运转，思路格外清晰。他呆呆地站着，心里反省道：至此为止，还没有漏洞吧？他的回答是：一切顺利，没有任何漏洞。

"出什么事了？"梅泽康子走过来，关心地询问。西村假装闻声猛醒。他看看四周，发现他成了众目之的。"说我老婆在热海死了，叫我去领遗体……"他说到这里，切断话头，转向科长说道："所以，请让我今天早退。"

也许是出于礼貌，科长连忙起身答话：

"啊，快去吧！不过，这太突然了！夫人怎么会去热海？"

"唉，女子学校时代的同学会呀。星期六和星期日人多杂沓，就选在工作日了……"这都是实情。自从一星期以前，佳由子就乐滋滋地盼着这次热海之行。想到此事，西村竟有些感伤，真是不可思议。

西村在做回家的准备时，一个同事说："啊，你等等。再问一遍，看是否确有其事。"

他说着，便给浦田警察署挂电话。他问对方，三分钟以前，警察署是不是给日东汽车公司挂了电话？回答自然是"挂了"。

同事们满怀同情地目送西村离开公司。

西村出门走了大约50米，把四周环顾一遍；确信无人跟踪，也无人监视。便走进了公共电话亭。拨号以后，他要真田药局的女药剂师大江房子接电话。

大江房子是佳由子的表妹。去年春天，她通过了国家药剂师考核，在真田药局参加工作。这以前，她在药科大学念书时，寄宿在西村家里。她比佳由子年轻6岁，精于梳妆打扮，富于肉感。

她称佳由子为"表姐"，称西村为"表兄"。不过，她在毕业前一个月的某天夜里，就改称西村为"贡"了。毕业后，她搬出了西村家，如今独身住在公寓里。

"房子吗？出大事了。佳由子死了！"房子刚拿起听筒，西村便抢着说道。

"啊！你说表姐？"电话里传来房子嘶哑的声音。看来她很吃惊。

二

"啊？你说表姐？"房子话刚出口，便想起了今天是4月1日。"不行不行，我不上当！不过，你也真够老奸巨猾了！"她说罢，冲着话筒吃吃直笑。

不过，她是笑西村过于天真。她想："把平时的心愿假托愚人节的谎言说出来，说明他天真过度。"

房子又心花怒放了。她想：从这一句话里，就可见西村平时巴不得妻子死去了。她也知道，西村是为了她才怀有这种丧天良的心理，而她自己也希望佳由子早日死去。

西村是房子的第一个男人。房子直到现在，对于爱上这个男子仍无悔意。正因为有了这份爱情，她觉得寂寞的日子也过得颇有意义。不过，这种充实感偶尔也有撇下她的时候，使她感到难熬的孤寂。西村领着房子上旅馆时也从不过夜，他必须赶回家去。这是害怕佳由子的缘故。西村告别房子时，约定再会的时日，说声"下次见"，便匆匆而去。房子总是紧咬嘴唇目送他的背影，心里想着："他那两条手臂恐怕又要去抱佳由子了。"这一来，她感到自己的两手臂部一阵刺痛。

所以，她本人也企望着佳由子的死亡。更确切地说，她对佳由子怀有杀意。

房子对这杀意在心里萌芽的那个日子记忆犹新。有一天，西村走到真田药局，购买避孕药品。在这以前，西村总是到房子的药局购买佳由子使用的化妆品。由于他是房子的亲戚，药局老板对他格外优惠，同意折价出售给他。西村为了节省几个小钱，竟然到情妇的店里为妻子买东西，房子虽对他的这种愚钝感到吃惊，但很奇怪，她居然没有为此生气。"他把化妆品买回去，表姐自然欢喜。可她的丈夫是为了和我见面才到这儿来呀！"房子如此达观，也许是居高临下蔑视佳由子的缘故。

不过，对于购买避孕药一事，房子就不能如此心平气静地轻易放过了。她也想过，西村到她的药局来买这样东西，也许是故意要在她心中煽起炉火，而她自以为受过女人的最高教养，是不愿意为妒忌之类的感情所驱使的。然而，她无法控制自己的情绪。

"他把那种药片……"房子想起了西村和她在旅馆里匆匆幽会时给她施用那种药片的情景，便联想到西村也是以同样的手法给佳由子施用同样的药片。她仿佛嗅到了西村身体的气味，听到了他那激烈的喘息。她想到："这不是为了我，而是为那个佳由子！"这一来，房子怒不可遏了。而她却不能对此公然提出抗议。佳由子是明媒正娶的夫人……西村和佳由子即是夫妻，房子凭什么指责他把妻子抱在怀里呢？"看起来，得下决心！"房子想道，"必须制止佳由子继续做西村的妻子。"可是若要西村离婚，即便是一厢情愿地考虑，也是无论如何不可能的。首先，西村无力支付离婚赡养费。他们在目黑住所的那所房子，也是佳由子名下的财产。他之所以娶了佳由子，就是因为看上了她的房产和嫁资。如此看来，除非杀死佳由子，房子的心就无法得到安宁……

于是，房子心怀杀意，精心策划，并已把计划付诸实行……

"喂，不是骗你！"西村急不可耐地答复房子，"起初我也以为是谎话，看来是真的死了！"

"哼！愚人节骗人，被我看破了，还不承认，一点儿不爽快！"

房子嘴里这么说，心里却是一阵惊喜："这么说，那个计划到底成功了？"

"我发誓好不好？不是说谎！昨天她上热海参加同学会去了，可那边说她死了。"西村的口气一本正经，听上去绝不像骗人。

"是吗？"房子咽下一口唾沫。她竭力平定翻滚的心潮。即便是对于西村，她也不愿流露内心的狂喜。"是什么病？"

"还不清楚，警察说是暴死。"

"果不其然！"房子想到，"毫无疑问了，佳由子成了那个计划的牺牲品。"

"贡，打算怎么办？"

"嗯，领回遗体再说吧。你呢？"

"当然和你一起去。"

不过，房子并非想去看遗体，而是另有目的。她想："想必警察还没有发现那件东西吧？"她要神不知鬼不觉地做完最后一道手脚。

两人约定40分钟后在东京站中央入口处的车站旅馆餐厅会合，便切断了电话。

搁下话筒以后，房子在她身边的木椅上坐下了。接着，她从玻璃橱上拿了一片药用维生素胶姆糖塞进嘴里。她是不抽烟的，思考问题时总爱嚼胶姆糖。

不过，她没法冷静地思考。她明明知道应该思考的主题是佳由子之死和今后的对策，可是她的中枢神经某个部分似乎略有异常。在学生时代，她曾试饮兴奋剂以坚持彻夜不眠，当时的感觉和现在颇为相似。这种心理状态可以解释为缺乏现实感。"表姐死了。"房子想到，"对，是我杀死的！是我用远距离杀人法杀死的。"然而她紧接着又反问自己："这是真的吗？这是否可信？不会是圈套吧？"

对于杀人害命，她全无负罪的感觉。人必有一死。佳由子现在不死，再过三十年、四十年，还是免不了一死的。现在死去，不过是提早一点罢了。何况佳由子临死时还深信丈夫是爱她的。所谓幸福，是一种主观意识。既然如此，佳由子的一生可谓幸福了……"可是，她真的死了吗？"房子仍然甩不开这个念头。如果真的死了，她倒是选了个令人满意的地方辞别人间。她死在热海，自然没有房子的干系，就连西村也摆脱了嫌疑。

房子把胶姆糖吐出来，用锡箔纸包上，扔进字纸篓。"光想没有用，还是上热海看看再说吧。"

房子站了起来。

三

　　西村比房子先一步到了约定地点。不过女招待刚把西村所要的咖啡送来，房子便推开餐厅的玻璃大门走进来了。

　　房子身披一件天蓝色束腰外衣，露出一身黑色西装。她身材高挑，穿着高跟鞋行走时发出节奏划一的笃笃声，十分引人注目。就连对顾客中的年轻美女司空见惯的女招待，也忍不住扭头看了几眼。西村想到："每见她一次，她就增一分姿色。"他心里充溢着满足之感。这感觉是天蓝色的，那正是房子身上的色彩。"这美女终于是我的妻子了！"这一来，他的表情豁然开朗，哪里像个即将去认领妻子遗体的男人！

　　"等急了吧？"房子问道。话刚出口，她就意识到这语气与过去两人幽会时一般无二，便连忙闭上了嘴唇。过了一会儿，她又说："这一次，真叫人伤心……"

　　"唉！"西村也赶紧叹息一声。房子见他锁眉皱脸，心想："他毕竟爱着妻子吧？"果然如此，她便是徒劳无益了。

　　房子就座以后，面对西村，觉得还是不把那件事对他讲明为好。

　　"刚才我又给警察挂了电话，据说佳由子是自杀。"

　　房子一路上走来，已经反复做过表情练习。此时她两眼大睁，显得惊诧万分。

　　"哦？怎么自杀？跳海吗？"

　　"不不。好像是氰酸钾。"西村说得又快又急，接着便垂下两眼，手指敲着"和平鸽"香烟的烟盒。

　　"是吗！可她干吗要自杀呢？难道她发现了咱俩的事情？"房子听说警方判断为自杀，知道事情沿着她铺设的轨道发展，心里踏实了许多，说话也就流畅了。

　　"我想不是……"

　　"假如是为这个，我可受不了！叫我怎么办呢？"

　　"怎么办？可是佳由子绝不是那种女人，要是她发现了咱俩的事情，她才不会自杀呢！要自杀也会事先歇斯底里大闹一通，叫我没法下台！"

　　"就是嘛……"房子一边随声附和，一边没话找话，"可是难道丝毫没有这种迹象吗？"

　　"啊，她满以为我根本干不了这种事情！"西村说罢，闭上了眼睛。房子见了他这副表情，心想："看来他对表姐毕竟有几分恩爱！"

　　西村闭上双眼，正在开动脑筋。他想：佳由子成了他那个杀人计划的牺牲品，这件事对房子也只好隐瞒。

　　在赶来餐厅的路上，他想如有合适的机会便向房子挑明这件事，要求房子同心协力掩饰罪行。杀害佳由子这一举动本身就证明了他对房子的爱情，所以房子未必会责怪他心肠太狠。不过，从刚才交谈的情况看来，房子对佳由子之死好像并不感到欢喜。她甚至说，如果佳由子是因为察觉了两人的关系而饮恨自尽，她会"受不了"。当时房子的表情很像意识到了自身的罪责而负疚于心。即使佳由子真是自杀，房子尚且如此惭愧，倘使她知道佳由子实为西村所杀，她恐怕会惊骇不已，以致发疯吧？西村认为："这条路走不通。"房子的这种态度，难免给他招致嫌疑。而当警方把他疑为杀人犯时，房子恐怕就会拒绝嫁给他了。岂止不肯嫁给他,说不定根本就不容他亲近。这样一来,杀害佳由子这件事本身便失去意义了。他再次叮嘱自己:"还是把秘密藏在心里吧。"

房子见西村总不睁开眼睛,感到惶惶不安。她如此周密地制定计划,如此大胆地付诸实行,似乎只是自作多情之举,并不能讨得西村的欢心。

西村从前就有这种在交谈中突然陷入沉思的习惯。

"你在想什么呀?"

经房子一问,西村连忙回答:"嗯?哦,想工作上的问题呢。"

房子不信。她想,恐怕西村是为妻子哀伤,为负罪之感所纠缠吧。然而房子没有责怪他。在这种时候,自己受到冷落,感到孑然一身的悲凉,也许是与有妇之夫恋爱的女性不可避免的一种惩罚。

不过,房子暗中期待着,佳由子死后,西村将会改变这种习惯。"可他没变……"

房子觉得这样僵持下去很不是滋味,便把手伸过餐桌,轻轻拍了拍西村的手背。

"喂,该走了吧?"

"啊,是该走了!"

两人起身离开了餐厅。

四

西村贡决意杀害妻子,是在两周前的一个夜晚。

那天早晨,吃罢早饭,西村在读早报,佳由子对他说:"哎,最近房子不来啦,怎么回事呢?"

在佳由子面前,西村不愿多谈房子的事情。

"这不奇怪。房子那么漂亮,男朋友成群结队,约会都忙不过来嘛。"

"是吗?可我替她担心哪!这姑娘挺骄傲……"

"骄傲?"

"是呀。有一次,她说什么'单身汉像小孩一样不懂事,怪没意思的'。要是她和有妇之夫闹出什么笑话,可就麻烦了!"

西村听说房子对妻子讲这种话,对房子的怜爱之心油然而生。女人一旦坠入情网,总想找个人说说心事。这好比做了件新衣裳,想穿给朋友们看一看。"眼下在恋爱",说明这个女人现在具有魅力。房子自然也想对别人谈谈自己的恋爱,可是她有口难言。她的恋爱在社会上没有立足之地。"不可告人"的寂寞之感,恐怕把房子逼到了非常孤独的境地吧。也许她实在不堪凄苦,才以抽象的说法,泛泛而论地向佳由子流露了自己的心思吧。西村为房子的这种心理而感伤。

"不过,没准真有其事呢。她这种情况,年轻男子怕靠不住吧?"

"要真是这样,可就麻烦了。哎,男人有了妻子,还会爱别的女人吗?"

"这个嘛,可能的吧。"

"你也可能?"

"呵,我也是男人嘛!"

"啊，龌龊！要是你干出了这种事情，我可饶不了你呀！"

"饶不了我？拿我怎么样？"他假扮笑颜，做了个怪相，心想，"不妨听听她怎么说，也好做个参考。"

"先把那个女人杀死，我也自杀！"佳由子说罢，又添上一句，"要不然，我就索取一百万元赡养费，跟你离婚！"

西村认为，这两个回答，佳由子确实是敢想敢为的。佳由子确有歇斯底里的一面。若是撞在她的月经期，她很可能一怒之下杀死丈夫的情妇。即使不杀，也会闹得天翻地覆，还可能采取往情敌脸上泼硫酸的非常手段。而且看她执念之深，完全可以相信她在离婚诉讼中会索求超过法定数目的赡养费。离婚后还会纠缠不休，使西村永无宁日。西村认为这都是无可置疑的。

不过，仅仅如此，还不足以使西村萌发杀妻之心。只要一如既往，能有瞒着妻子与房子幽会的机会，也就罢了。岂料佳由子又说出一番话来："反正你得小心点儿！邻家的夫人说，就在最近，她看见一个很像房子的姑娘从涩谷的温泉浴场走出来。"

"哦？那她也看见房子的男伴了？"

"是呀，说是很像你呢！"

"哼哼，胡说八道！"西村这样搪塞过去。

然而过后想来，觉得佳由子很可能对两人的关系有所觉察。西村不曾利用涩谷的旅馆与房子幽会，所以邻家太太见过一对与他们相似的男女一事，恐怕是佳由子编造出来的。可是她为什么编造这种谎话来问我呢？答案十分明显：这是想套出秘密。她想用话试探，看丈夫做何反应。我自以为做得十分隐秘……也许是无意中有什么疏忽……

得知妻子有所察觉，西村十分不安。何况他已有先入之见，认为佳由子完全掌握底细之后，任何手段都使得出来。与房子争吵的佳由子；被硫酸腐蚀了面孔，满脸裹着绷带，只留下眼睛的房子。这些情景交替重合，映在他意识的屏幕上。离婚判决时复杂繁忙的景象，也在他脑子里一一闪现。

"既然佳由子已经察觉，就只有两条路可走了！"西村认为，他或者是与房子分手，或者是把佳由子置于死地，别无他途。

可是，西村不愿跟房子分手……

五

房子拟定杀害佳由子的计划，最初有一半是处于幻梦状态。她设想各种计划，单是推敲这些计划，就使她深感满足了。这是因为，她脑子里已经构思出幸福的结局：计划全部成功之后，获得自由的西村，便会向她求婚。但在这个阶段，可以说还只是一种游戏而已。

可是，渐渐地，这种游戏占据了她每天的大部分时间。无论是在药局的配方室里阅读学术著作，还是在公寓里向火织衣，她的思绪总是被牵到这种游戏里。

有一天，她突然心生一念，便打开笔记本，把计划写录下来。

房子首先确定：这个计划既不能使她自己涉嫌，也不能让西村蒙受怀疑，这是必要的条件。如果结局是他们两人任何一方被捕服刑，杀害佳由子都是毫无意义的。

这就非常棘手了。如果使用凶器，那么不是房子访问佳由子，就是房子把佳由子请来，二者必居其一。但是这两种场合都很可能被人目击。如果使用毒药，由于职业关系，手头上有现成的毒品，然而怎样让对方服药，却是难以处理的问题。如果把毒药混在食物里面，还是少不得上佳由子家里走一趟。这就有危险。还有一个办法，就是把药放在糖果点心里面，作为礼物送去，不过这就有可能误杀西村。切实地想来，方才知道杀一个人竟是如此为难，这使房子十分惊讶。

对于自行设计独创性的杀人方法，房子已经绝望了。于是她把过去读过的侦探小说中描述的杀人计谋一一回想起来，试图选择合适地加以利用。可是这办法也未奏效。首先是手枪很难到手，而密室谋杀对日本式住宅又不适用。"难道无计可施吗？"她认为自己没有想到点子上，于是继续探索。

其间，她突然想起了大学时代在"应用化学"课时里听过的一堂讲义。授课者是K教授，他在授课时讲过一个故事。教授把它作为闲谈，所以没有记录的必要。但是房子对此深感兴趣，还是作了笔记。

她从抽屉里拿出笔记本，翻到那一处。

考虑到牙膏可能被人吞咽下去，其中不应含有害物质。这是因为，人们难免将牙膏的成分伴随唾沫咽下，只是分量很少罢了。

这几行文字下面，写着一个小标题：《吉塔·克丽捷斯库谋杀案》。

这个案件的内容如下。

1933年，在罗马尼亚首都布加勒斯特，美丽的女演员吉塔·克丽捷斯库不幸死亡。根据解剖结果，警方断定为自杀。其父提出，女儿无理由自杀，必是他杀无疑。但由于拿不出证据，警方拒绝受理。没有线索说明有人具有杀害吉塔的动机。

然而其父仍不死心，他指控工厂技师利比由·契乌列为杀人凶手。据调查，利比由确有杀害吉塔的动机。吉塔五年以来一直是他的情妇，可是不久前与他断绝了关系。而且，她原定近期内嫁给外交官霍特·库扎。因此利比由很可能出于妒忌而杀害吉塔。

但是，警方对利比由的行迹进行侦查，发现他于吉塔死亡一周前便已外出旅行，而吉塔死亡时他不在布加勒斯特。既然他分明不在现场，就不能将他逮捕。对他的住宅进行了搜查，结果一无所获。于是仍以自杀论定。可是有一名热心的警察听说利比由之弟亚历山大·契乌列是个医生，便前往拜访。他与亚历山大交谈时，发现在两本书之间藏着一支注射器，便警觉起来，单刀直入地询问亚历山大为什么把注射器搁在那里。亚历山大吓慌了，马上坦白说："一个月前，哥哥借走了这支注射器。后来我知道哥哥为情妇吉塔·吉丽捷斯库之死受到嫌疑，很是担心，便上哥哥家里取回了注射器。"

警察立刻将那支注射器交送检验，但并未验出致吉塔于死地的氰化物。可是利比由借用注射器确系事实，而时间又是在一个月前。于是，警方对被害者吉塔的住所作了更为细致的搜查，找到了一支牙膏管。他们从管子里挤出一点牙膏加以化验，发现牙膏里混有大量氰化物。再挤出一点化验，却是纯净的货色。这就说明，凶手利比由曾拧开牙膏管盖，将注射针插进管内，注入毒药，然后外出旅行，造成与罪案无涉的假象。

房子反复推敲这个吉塔·克丽捷斯库谋杀案。远离被害者而将其杀死，是个绝妙的办法。这不同于直接给死者服用氰酸钾，因为被害者并非在刷牙时当场倒地，所以警察不会想到死亡与牙膏有关。恐怕要到解剖尸体时，发现牙床上渗入了氰化物，才会对死因产生怀疑吧？所以只要赶在警方发现死因以前上佳由子家里走一趟，把牙刷和牙膏替换回来就行了。至于注射器和药品的处理，由于职业关系，是很简单的。

这样就只有一个问题了，她必须保证西村绝对不去使用那支牙膏。若能想出一个办法，让西村不用那支牙膏，而让佳由子独自专用，那么问题就解决了⋯⋯

要想出这个办法也并不困难。

首先必须准备行动。

房子会见西村时，接吻之后，便说："贡，你的嘴臭呀！"

"哦？"西村用手擦擦嘴，毫不掩饰地露出不高兴的表情。

"对不起。真有一股烟臭味呀。你用的牙膏是什么牌子？"

西村说出了牙膏的牌名。

"啊，怪不得！下次我给你带最好的牙膏来吧。专给抽烟的人用的，含有一种药物，可以分解尼古丁。用它刷牙，牙齿的黄色也会褪掉。"

那次幽会以后，西村在真田药局露面时，房子便交给他一支吸烟者使用的牙膏和一支新上市的女用牙膏。

"记着，这是你的，那一支给我表姐。那是新产品，很受欢迎，含有佳味香料。"

当然，那支女用牙膏，已经用注射器从管口注进了毒药。

在注射毒药以前，房子做过试验。她往另一支牙膏里注射了食用红，通过实验得知，若要在一星期后挤出毒药，应该注射到何种深度。在此基础上，她才执行计划。

这是六天前发生的事情。所以，如果佳由子在得到那管女用牙膏后便开始使用它，那么现在她的死期确实已经到了。

六

另一方面，西村贡也曾慎重地考虑谋杀佳由子的计划。

首先，他考虑应该采用什么手段。

最先想到的是物理手段。绞杀、扼杀、用利器刺杀，或者把妻子从高处推下⋯⋯

可是，他的法医学知识等于零。他认为，采用这类方法杀人，警方显然会判断为他杀，而他很可能会留下某些痕迹。例如若用两手扼颈，被害者的脖子上会留下挣痕，于是便可据此推知凶手的身高和用力程度，这种例子是听说过的。这种情况，恐怕采用任何杀人手段都是不可避免的吧？用利器刺杀，血迹难以处理；从高处往下推，若果当即死去还无妨，可是只要在临伤死前苟延残喘若干时间，就有可能为第三者所知。

就这样，西村的计划是个难产的胎儿。

然而正值此时，佳由子告诉西村：3月31日晚将在热海召开女子学校时代的同学会，她很想去参加。西村自然同意了，佳由子难得出门一趟，到了那一天，我要和房子痛痛快快乐一场！

"啊，当然要去！老是得不到休息，你会未老先衰的！"就在西村对佳由子说这句话的时候，他突然想到一个主意，能不能利用这个机会下手呢？

若能设法让佳由子死于热海，谁会怀疑身在东京的西村贡呢？问题在于，怎样才能在任一时刻和任一地点杀死一个人呢？

此后两日间，他深入探索这个问题。结果发现，唯一的办法就是投毒杀人。而且，如果能使警察当局判断为自杀，那就是最理想的了。于是他仔细分析各种情况。

首先，警察会就自杀原因对他提问（如果能让妻子留下遗书，那就天衣无缝了，无奈那是毫无希望的）。

他怎么回答呢？他应该说："要说原因嘛，现在回想起来，近来她总是烦躁不安，也就是神经衰弱吧？"

"哦，是这样！不过，导致神经衰弱的原因是什么呢？打个比方，是不是丈夫的爱情转向别人了……"

"这不可能！我品行端正，洁白无疵！"

"可是总得有个原因吧。你一无所知吗？"

"这倒也是！"西村假装思索片刻，又说："有一种可能，但不能肯定。她最近很想要个孩子，可这种事情……"

"有小孩吗？"

"一个也没有。我以前也是想要的，可如今死了这条心。也许我们夫妻某一方是有缺陷的吧。"事实上，婚后六年之间，这对夫妻一直采取避孕措施。西村认为，生儿育女要耗费巨大的能量，倒不如把那份能量用于建设一个富足的家庭。佳由子也赞成这个主张。她究竟是出自本心拥护，还是单纯为了顺从西村，这就难说了……不过，没有人知道这个内情。在警方看来，西村夫妇不是很像一对"求子不得的伤心配偶"么？警察会说："是吗？真叫人同情哪！大概就是这么回事了……"这样一来，便会赢得当局的同情。

警方会如此推理：佳由子一心想要小孩，其欲望恐怕是相当强烈的。每天早晨送丈夫出门以后，整天牵挂着这件事情。一天又一天，空虚而又孤寂。为了排遣愁绪，她满怀希望地到了热海，以为出席同学会能使她的心情又变得年轻活泼。事与愿违。参加聚会的老同学大部分都有了孩子，其中有个同学的小孩四月份刚上小学，这反而更加刺激了佳由子对孩子的渴望。自己不能生儿育女的寂寞感和空虚感，骤然变得格外强烈。于是，佳由子服毒自尽了。

"可是，她来热海的时候怎么带着毒药呢？"西村故意提出这个问题，可以为自己打掩护。

"一个人患了神经衰弱，时常想到死亡，总是随身带着毒药嘛。"

"是吗？我要是早发现就好了……"

于是，一切便告结束。新闻记者也会相信警方的看法，写出如下的报道："佳由子夫人苦于无儿无女，以致神经衰弱，遂于发作时饮毒身亡。"

西村想到："看来这是行得通的。"于是他遵循这条路子实行计划。

3月31日早晨，西村临出门时，交给佳由子两颗巧克力糖丸。其中一颗是金纸包的，一颗是银纸包的。

"这药能治两日醉呢。明天早晨吃下去就行了。"

"两日醉！"佳由子笑了，"放心吧！我可不像你，不会狂喝滥饮的。"

"哎呀，就算喝得不多，总有一部分酒精留在体内嘛。据说这是最有害的。尤其是妇女，它会分解女性荷尔蒙，导致皮肤粗糙……"西村说得活灵活现。他想："无论如何得叫她明天早晨把这颗巧克力吃下去！"这"导致皮肤粗糙"的说法一语惊人，打中了要害。

佳由子立刻认真地问道："是吗？要把两颗一起吃掉，对不对？"

"啊，先吃包金纸的，过三分钟再吃包银纸的，这就行了。稍有点苦味，所以掺了巧克力。"

"知道了，先吃金纸的。"佳由子站起身，把两颗巧克力糖丸放进手提包。西村认为这就等于已经成功了。他在下工厂时，往金纸巧克力丸里掺了工业用氰酸钾。

吃下那颗巧克力，佳由子过不了三分钟就会一命呜呼。所以，她枕边会留下一颗银纸包的巧克力糖丸。警方会立即对剩下的这颗巧克力进行化验。结果找不出任何异常成分，这是理所当然的，因为西村没给银纸巧克力掺任何东西……也许会有一个聪明的警察提出一种假设说："佳由子服毒以后，由于味觉难受，想吃下这颗巧克力调解苦味，可是来不及吃下去就死了。"

西村想到："巧克力丸是没法查出来源的。"这两颗巧克力，是从银座一家糖果店里买来的，西村去买的时候，正是店里顾客最拥挤的当口。

西村最后对佳由子说道："啊，对了！我忘了嘱咐你：这药要在喝酒以后过了一段时间才能吃，否则没有效力。"

这是西村的预防之策，以免佳由子在宴席上当场吃下那颗巧克力。

这一来，计划就毫无漏洞了。

七

湘南电车比较宽敞，大约因为这一天不是节假日。西村和房子在窗边的席位上相对而坐。邻席上空无一人。

"你还记得咱们上大阪时的情景吗？"房子主动拉开话题。大约半年前，西村曾去大阪出差。当时房子从横滨乘上同一列火车，两人一道旅行。房子心想："那时我只要和他在一起就觉得满足了，根本没想到要杀死表姐，夺取她的丈夫。"

"嗯，还记得。那时你兴高采烈。那身白衣对你太合适了！"

"那现在呢？现在不美了？"

"我没这么说……"西村闪烁其词。

房子又想："他终究还是惦着死去的表姐吧？"

西村觉得，房子上车以后，与他们先前会合时表现得有所不同。尤其是提起他们过去一道旅行的往事时，她的兴致稍有提高。这件事在某种程度上改善了西村的心境。他想："如果她还像刚才那样沉溺在犯罪意识里，连今后的设计也没法跟她商量。"

不过，他自己有几分心事，倒也是实在的。在尽情享受同房子一道旅行的乐趣之前，他必须先把自己的思绪整理清楚。

到达热海之后，刑警们少不得对他盘问一通。应付的办法，早就预想好了，而且经过了反复练习。不过，他仍然放心不下。他打算把能够设想到的一切提问统统拿来审问自己，从而备下一套无懈可击的回答。他想:"就像参加中学入学考试以前那样做好准备。"当时,父母亲按照入学试题集向他提问,反复进行口头问答的练习……

"哎,你怎么啦?是呀,我很理解你为表姐去世而悲痛的心情……"房子又抽了抽鼻子。

"哎呀,说不上悲痛嘛。说实话,倒是松了一口气。"西村慌忙答道。不过,他算定了这样回答准能讨好房子。

"真的吗?"房子说着,把头缩到西村面孔的下方,窥探他的神色。她万没想到,西村竟会公然说他"松了一口气",所以房子一时不知说什么才好。

"当然是真的!咱们不必提心吊胆了嘛!"西村说罢,点燃了香烟。房子悄悄地望望四周。她想:"要是有谁听见了,怎么得了!"然而,看来没有任何人对他们表示关心。

"这真叫我高兴呐!"房子轻声表白。西村最爱听房子说"真叫我高兴呐"这句话,所以房子也就常常有意这么说。接着,她耸耸肩膀,又悄声说道:"表姐呀!你一定在天国对我们发火吧?"

西村见房子耸肩动臂,心想:"怎么?房子又显出本来面目了!不过,要是她在警官面前表现这种态度,会露马脚的!"

"哎,房子!"他轻声呼唤。

"什么?"

"咱俩一起跑去,警察会不会生疑呀?"

"不会呀!我是表姐的表妹,有血缘关系嘛!"

"是吗?可我总不放心。佳由子死了,我觉得痛快,可千万别流露在脸上!"

"就算流露在脸上,又有什么关系呢?哪一条法律规定了亲人死后必须悲痛?"

西村想:"这倒也是!他认为,要求房子谨慎从事,未免不合情理。房子以为佳由子真是自杀而死的。一方是杀人凶手,另一方却与罪案毫无干系。先前他和房子不能畅快地交谈,原因恐怕就在这里。"

"这人究竟是怎么回事呢"?房子有些担心地想到。"佳由子死了,我感到痛快,可千万别流露在脸上",这话的真正含意是什么呢?房子觉得需要谨慎从事的应该是她自己。她的担心是有理由的。"这是因为我就是凶手!"可是西村居然也为此操心,这就非常费解了。房子嘴里衔着香烟,怀着诧异的心情,看着无精打采地眺望窗外景色的西村。

西村心里惴惴不安,只因为房子的气色过于开朗。他担心两人今后的关系会招致警察的怀疑。他觉得,还是适度地透露真相为妙。他应该暗示曾往巧克力糖丸里投毒一事,这样房子才会配合他假装哀痛。想到这里,西村说道:"哎,房子,其实呀……"

"嗯?"

"啊,没什么!"西村欲言又止,突然改变了主意:还是不说为好,他噤口不言了。他想起了先前在餐厅里与房子会合时的情形。如果说出了真相,房子固然会在警官面前为他做一番精彩的表演。可是事情完结以后,她一定会和西村分道扬镳,这岂不断送了西村的一番苦心!

房子也在默默地沉思。她自以为明白了西村想说什么。她推测那句话的后半截应该是这样:"其实呀,我知道佳由子是你杀害的!"不过,他无疑是不愿伤害房子的感情,于是截住了话头。房子确信就是这么回事。正因为西村察觉了她的罪行，所以刚才还担心她会把秘密暴露给外人。若非如此，西村的担忧就毫无理由可寻了……

房子咬住嘴唇，心想："怎么办才好呢？"

八

走进潮见庄旅馆，西村便向老板说明来意。这位老板身穿皮上衣，约莫50岁。他毫不掩饰自己的不快，也不答话，领着这对男女走进一个挂着"丝柏房"木牌的房间。

房间里已经坐着两个男人和一个年近30岁的瘦条型女人。在他们旁边的地铺上，躺着一个脸上盖着白布的人体。那三个人见西村和房子走进房间，其中一个系深蓝色领带的男子说："啊，是西村贡先生吧？我是热海署的泷口警部。远道赶来，辛苦了！可是刚到就得麻烦你，请辨认遗体吧。"他说着，一把掀开白布。

这无疑是佳由子，而且分明已经死了。不过，据书本上说，氰酸钾中毒的典型症状是皮肤呈青紫色，这在佳由子身上却看不出来。

"可她肯定是死了。"西村想到。这一瞬间，他觉得心里某一部分极度紧张，其余部分却反而松弛下来。这是一种奇怪的感觉。

"是内人。"他简短地说道。

"果然如此！那么得马上解剖遗体了。我们认为是氰酸钾中毒，不过还得履行手续……"泷口警部说到这里，用目光对另外那个男人示意。

那个男人和潮见庄的老板不慌不忙地给佳由子脸都盖上白布，弯身去抬遗体。

"表姐！"

这时候，房子发出一声尖叫，很似凄厉的哀号。她扑到地铺上，一把抱住佳由子。

西村着慌了。他唯恐房子一时感情冲动，无意中暴露了他们之间的关系。"表姐呀，原谅我吧！我和表哥……"如果她张口说出这样的话，显然会引起警察怀疑。于是，他赶紧走上去，摇着房子那丰腴的肩胛劝慰道："房子呀，你得冷静些！"

房子用手绢捂住眼睛，嘤嘤哭泣，站了起来。西村认为有必要为房子的感情冲动做出解释，便说道："这是内人的表妹，以前住在我们家，去年春天才搬走。和内人就像亲姐妹一样。"

"哦哦。"泷口警部嘴里应着，实际上却好像漠不关心，也许是习惯了这种场面的缘故吧。西村想到："热海一带的警官都给温泉泡得昏头昏脑了吧？"

警部说话了："虽然不是时候，可我还想提几个问题……"

"哦，这就来了！"西村想着，故意摆出正襟危坐的架势。

"啊，请问吧。"

警部拿出笔记本。这时候，仍然用手绢捂着两眼的房子说："嗯——我想整整容再来。"

"啊，请便，请便。出门左拐就是洗脸间。"警部详为指点。房子起身出去了。

房子到了走廊上，在手帕掩盖下伸伸舌头，心想："这警官对女人倒挺殷勤。"接着她按照指点快步走去。

刚才走进"丝柏房"时，她首先查看佳由子枕边有没有牙膏和漱洗用具之类的东西。

如果毒药过早发作，佳由子就来不及收拾这些东西，所以洗漱用具就会留在她身边，而警察不久也会注意到其中的奥妙。在这种场合，就必须钻个空子把那些东西藏起来。可是，她发现佳由子身边没有牙膏之类。于是她松了一口气："肯定是讲究整洁的表姐忍着气闷的痛苦把它们收在手提包里面了。"那只手提皮包就搁在房间一隅，摆得稳稳当当。不过危险仍然存在。凭房子的经验，住旅馆的人常常把随身携带的物品忘在洗脸间里。特别是有人在等着你漱洗完毕的情况下，更容易忘记把手镜、肥皂和牙刷这些小件物品装回洗漱用具盒里。佳由子也可能疏忽大意的，万一她把牙膏忘在洗脸间了，结果不堪设想。"能不能想个办法去查看一下又不至于引起怀疑呢？"

于是她想出了扑到尸体上恸哭的主意。哭得泪流满面，要去洗洗，人家绝不会疑心。她还知道，男人对于哭泣的女人总是宽大为怀的。所以，这是一箭双雕……

洗脸间很好找。她迅速地环顾四周，见走廊上远近无人，便走了进去。然而洗脸间里根本没有牙膏或牙刷。

房子更加自信了："这一来，十有八九可以放心了。"于是，她随便洗洗脸，便往"丝柏房"走回去。

西村摆好回答提问的架势，觉得眼前的场面和预想中的大相径庭，便有些不知所措了。

在他想象中，佳由子身边应该围着一大群女客。至少佳由子那几位密友，时常上西村家里走动的，无论如何应该在场。可是房间里只有一个女人，看似佳由子的老同学，但西村并不认识她。这个妇人在西村走进房间时，只是默默地行了个鞠躬礼，此后再也不望西村，老是沉静地注视着她自己的膝盖，身子几乎纹丝不动。看来她对佳由子的死深感悲痛。"想来佳由子生前不会与这个女人有什么深交，可是她……"西村对这个妇人在场特别挂心。

还有一件事使他忧心忡忡，那就是佳由子的遗体凭靠的枕头边并不见那一颗巧克力糖丸。在他的预想中，那里应该剩有一颗银纸包裹的巧克力，和一片从糖丸上剥落下来的金色包装纸。而且，他还想好了下面的一问一答："夫人有躺在床上吃巧克力的习惯吗？"

"嗯——好像没有……"

不过，死者枕边为什么不见巧克力糖丸呢？稍一思考，也就立刻明白了。他恍然大悟："哦，一定是交给鉴定部门化验去了！"可想而知，尽管这里的警察在温泉里泡昏了头脑，他们毕竟不会忘记采取这样的基本措施。

除这几点以外，提问和回答都是按照他的预想进行的。

房子回到"丝柏房"，在离西村稍远处就座。这种做法，也许难免给人以不自然的印象，但她很想看到西村回答警部提问时的表情，所以甘冒风险。

当时，西村正在诚惶诚恐地低声回答问题："这倒使我想起来了。她急切地想生孩子，可是……"

"有孩子吗？"

"一个也没有。也许我们夫妻某一方是有缺陷的？如今我也死心了。"

"什么？"房子想到，"岂有此理！"她知道西村买过避孕药。既然想生孩子，又何必买避孕药呢？

她再次窥探西村的表情。西村说话时，眼光落在他正对面的警部的膝头上，但他或许感到了房子的视线,斜眼向她投去一瞥。那眼神竟是十分阴险,是房子在他眼睛里从未见过的。房子不由自主地回避那道目光,然后想到:"看来他正在挖空心思编造表姐自杀的动机。也许他以为表姐之所以寻死,是因为知道了我和他的关系。他担心警部疑心及此,便捏造另外一种动机。"

房子如此解释西村睁眼瞎说的原因。这一来,她被竭力掩盖两人私情的西村感动了,对那阴险的眼神并不在意。

"原来是这样!"警部说着,合上了笔记本,"说来未免失礼了:你们养不出小孩,原因恐怕在丈夫这一方。"

"嗯?"西村不相信自己的耳朵。

"唉,夫人已经怀孕啦!你没发觉吗?"

房子大吃一惊,忙朝西村望去。就在这一瞬间,坐在他们身后倾听警部与西村之间问答的那个女人,发出一声短促的叫喊,当即起身离座,朝门外跑去。

西村从警部这里得知,佳由子已有三个月身孕。这件事对他好似晴天霹雳。紧接着,一个念头一闪而过:"这莫不是警方的圈套?"然而警部并没有留心察看西村的表情。"难道真有其事?真是岂有此理!"他脑子里纷乱如麻,不知说什么才好。

自从他们结婚以来,西村一直用避孕药防止生育,从不曾失败。难道偏偏是这一次……

"啊,恕我没有早说。"对于西村的心慌意乱,警部似乎毫不顾虑。他说起了另一件事情:"刚才跑出去的女人,就是情夫的妻子……"

西村根本不懂这话的意思:"情夫……情夫……"

"啊?"

"唉,和夫人一起服毒的就是那个女人的丈夫呀!"

"哦?除了内人,还有人死了?"

西村嘴里发问,心里却在思忖:"有两个人分吃了那颗巧克力?差错究竟出在哪儿呢?"

房子的脑子里立刻浮现出一幅场景。

早晨。洗脸间里。佳由子洗漱完毕,正要回房。一个陌生男人走来,面带难色,自言自语:"这家旅馆怎么不备牙膏呢?"

佳由子听见了这句话。

"先生,如果女用牙膏也行的话,请用我的吧。"

男人道谢之后,便用那支牙膏……

想到这里,房子心里发慌了:"要是这样,那支牙膏会在哪儿呢?"

"西村先生,这么说你并不知道?我们通知了浦田警署的,也许他们对你难以启齿吧。你夫人是与一个男人殉情自杀呀!"

"可内人说是同学会……"西村没有把话说完。他想:"那是佳由子骗我吧?"

"为了解释清楚,还是从头说起吧。"警部再次拿出记事本,边看边说。

据警部说,前天夜里,佳由子偕同一个男人住进了潮见庄。他们在留宿登记表上填写了如下内容:原岛研一(37岁),妻加代子(31岁),住东京都新宿区下落合二丁目。今天早晨,女招待叫他们起床,发现他们双双死在同一张床上。枕边有一张纸片,好像包过药剂。经检验，纸片上有氰酸钾。男方身上带有名片，女方所带的手提皮包内侧有名片，于是很快就查明了两人的真实身份。

"也就是说，从夫人的角度看来，她和丈夫长年在一起未怀小孩，而这一次却有了身孕，肯定会暴露她的外遇。她想瞒着丈夫堕胎，可是想不出妥善的办法。怀孕的迹象一天比一天更明显，她觉得走投无路了……"

警部以同情的语气结束了他的说明。

九

警部走后，西村和房子面面相觑，双方都是神色茫然。过了一阵，还是房子先开口："万没想到表姐有了情夫！"

"啊！"

"怎么？你吃醋了？"

"怎么是吃醋呢……只是觉得很难相信。"

"确实不可思议，不过这样一来，咱们就可以卸掉心上的负担了，对吧？她不是因为知道了咱俩的事而自杀的嘛……"

"嗯……其实她用不着这么死心眼。向我坦白她有了情夫，我也不会生气……"

"为什么？因为自己也有情妇？"

女招待走进房来，打断了他们的交谈。她来问两位客人是否在这里过夜。

"是啊，索性在这儿等到遗体火化以后再把骨灰带回去，今晚就在这儿留宿吧。房间得另换一间。还有——这是不用说的，两个铺位要分开。"

房子背着女招待伸了伸舌头。

"啊，对了！还有一件事。给贵店添了很多麻烦，待会儿请老板来一趟吧，我想向他道歉。"

"是，我都照办。那就先请入浴吧。二位入浴时，我把行李搬到'桐木房'去。"

女招待走了。

"怎么样？来个家庭合浴吧？"西村说道。

"想得倒美！仍然有这份胆量？"

"哈哈哈……那好，今天就委屈一下吧。"

两人嬉笑调情，说些不合天良时宜的鬼话。

从温泉里出浴以后，西村回到"桐木房"。这时房子尚未出浴。

已经死去的佳由子，仍然摇曳着西村的思绪，但那与房子公开同居的期待，更多地占据了西村的心。此刻房子大约还泡在温泉水里，西村的心多半牵挂在她的身上。他的渴望与时俱增："现在的这对夫妻，与过去的那对夫妻迥然不同。"接着，西村起了一个青年人的念头。他和房子即将重新建立起新的关系，为了新起点上的第一次接吻，事先应该尽可能地消除口里的烟味。于是，他把佳由子的那只小提包打开，取出那套女用漱洗用具，离开房间去刷牙。

房子把房间环视一遍，发现毛巾架上挂着一条湿浴巾，便知道西村已经出浴了。他不在房间里，也许是上厕所去了吧。"乘此机会把那管牙膏处理掉吧。"房子把佳由子的小提包打开一看，方知里面没有洗漱用具。她想：牙膏很小，说不定藏在底下了。于是她伸手在包里探摸。没有牙膏，倒是找到了两颗巧克力糖丸。她记得西村曾经嘴对嘴给她喂过巧克力。这回忆使她心里涌出一股蜜泉。"今天也要这么干！"她剥下金色的包装纸，用嘴衔住了巧克力糖丸。接着，她等着西村回房。

然而西村迟迟没有出现。她等得不耐烦了，便把糖丸吃了下去。"还有一颗呢，用它接吻就行了。"

大约 10 分钟后，旅馆老板发现了两人的尸体。客店里怪事迭起，他只好自叹倒霉了。

遗产谜案

【英】阿瑟·柯南道尔

那是个阴湿沉闷的晚上，雨水不停地鞭笞着窗玻璃。夏洛克·福尔摩斯脸色凝重地注视着窗外，表情显得极度困惑和百无聊赖。我正要问他我是否可以离开的时候，他突然咕哝道："亲爱的华生，你不觉得手头没有案子可办，生活显得特别乏味吗？"

"嗯——这至少表明没有人被暗杀、遭抢劫或被诈骗。"我说。

福尔摩斯深深地叹了口气，眼睛骨碌碌转了两下，咬了咬牙关，然后十分缓慢地说道："亲爱的华生，如果你以为这会儿没有人来找我就意味着没有人在犯罪的话，那你就大错特错了。"

他的话虽有些尖刻、粗鲁，但并非不友善。不过我还是坚持我的观点。

"有一点可以肯定，一旦那些受害人，或是寡妇、鳏夫遇到麻烦，他们一定会来向你求救的，对吗？"

"那不一定。并非所有的受害人认为那些坏蛋对他们所做的坏事都严重到非要来找我的地步。此外，并不是每一个受害人都认识我，所以有些人是不会来找我的。"

我不得不承认他所说的有一定道理，但我还是无意改变我的观点。我还没来得及反驳他，他就一本正经地说："华生，我们双方都有道理，所以我觉得，如果我们一味地在这个话题上争论不休的话，那只会损害我们的友谊，我可不愿意这样。"

"我也不想损害我们的友谊啊。"我说得没像他那么严肃。

夏洛克·福尔摩斯瞥了一眼壁炉架上的镀金时钟，打了个哈欠。就在这时，传来一阵急促的敲门声。他看上去对有人来访感到有些意外。像往常一样，他漫不经心地向门口走去，以十足的绅士派头打开门，对他这种做派自打我们成为朋友以来我就司空见惯了。

走进门来的是一位高挑、漂亮，但有些腼腆的年轻女子。福尔摩斯示意她在他的一张扶手椅上坐下。她毫不犹豫地坐了下来，福尔摩斯背向壁炉面向她站在那儿。这位女子在她的手提包里摸索了一阵，然后从里面抽出一条手绢轻轻擦了几下眼睛。作为一个医生，我自然而然地注意到了她红肿的眼睛。显然她刚哭过。

福尔摩斯做了一个深呼吸，然后开始用非常随和的语气和这位女子说话。

"亲爱的珍妮·维戈尔，从南丁格尔街到这儿路程还不算太长，旅途不那么疲劳吧？"

"噢，我感觉很长很累，"她答道，然后吃惊地坐直了身子，哽咽着眨了几下眼睛，抬头看着福尔摩斯，声音颤抖地轻声问道，"你怎么知道我的名字和我从哪里来？"

福尔摩斯暗自窃喜地解释说:"你找手绢的时候我不礼貌地盯着你的包里看。你的地址清清楚楚地绣在包里。如果没说错的话,是绣在包里层的上面。所以当你打开包时我能够一目了然地看到你的地址。至于你的名字嘛,它就用蓝线绣在你的手绢上面。"

"哎哟,"维戈尔女士惊讶地叫道,"经你这么一解释,原来事情竟这么简单哪。"

"我只不过是注意观察罢了,"福尔摩斯答道,"我相信你到我这儿来是想征求意见而不仅仅是惊叹我的观察力吧!"

"嗯,福尔摩斯先生,我相信你不会怪罪我这么傻里傻气地贸然来拜访你吧。我希望并且相信你不会因为我要说的事情过于复杂而撒手不管。"

"在我还不知道事情的来龙去脉之前,我不能决定是否接手你的案子,"福尔摩斯几乎是以命令的语气说道,"把事情发生的经过原原本本地告诉我。不遗漏任何细节,即使你认为是微不足道的或是无关紧要的,因为它们也许正是我所要探询的至关重要的线索。叙述时别停下来,除了歇口气。现在,请吧,说出你的故事。"

维戈尔女士悲伤地绞着手,然后开始了她的叙述。

"你瞧,福尔摩斯先生,我父亲是因为钱而结婚的,仅仅是为了钱。我母亲嫁给我父亲的时候对此一无所知。她是一笔巨额财产的继承人,我不知道这笔遗产的最初数额是多少。我外公去世后,我母亲为她亲爱的父亲守丧六个星期,之后我母亲和父亲就结婚了。我母亲是我外公唯一的孩子,所以全部财产就留给了我母亲。外公的遗嘱中没有留给我父亲任何财产,所以他当然什么也没有得到。他想他是够幸运的了,娶了外公财富的唯一继承人。他开始乞求我母亲给他一些她所继承的钱。我母亲自然会给他一些,但他越要越多。我母亲开始讨厌他的这种要求,但为了避免伤害感情,她自然没有表露出来。就是从那时开始,我母亲才意识到她丈夫之所以和她结婚并不是因为爱,而是为了她的钱。认清了这一点,我母亲深感厌恶。第二天,她去找了她的律师,而且立了遗嘱把大部分财产留给了我大哥,一小笔钱留给了我另一个哥哥和我。什么也没给我父亲留下。"

"你父亲什么也没有?"福尔摩斯问道。

"一点儿都没有。"维戈尔女士回答。

"为什么?"福尔摩斯问。

"我母亲说因为他没有为她做过任何事情,而她已经给了他很多钱,她看不出还有什么理由要给他任何财物。"

"我明白了,"福尔摩斯嘀咕道,"请继续说下去。"

维戈尔女士咳嗽了一声,然后继续说道:"我母亲立好遗嘱一个星期后,突然在一次干活中死去了。医生对我说她可能是被毒死的。一听到这话,我不由得陷入极度的悲伤和忧虑之中,同时心中也生出疑团,但是我想象不出谁会杀死我母亲。"

"确实如此,"福尔摩斯说,"请继续。"

"我大哥也立了遗嘱,以防万一有什么不幸降临到他的身上。家族的遗产都分配给了我的两个哥哥和我,而我父亲,还是什么也没得到。"

"我完全理解。"福尔摩斯说。

"一星期后,我大哥的尸体从泰晤士河里被捞出来。"说到这里,维戈尔女士抽噎着用手绢擤了几下鼻子。我看得出来,福尔摩斯对所听到的一切感到非常悲愤。他眼睛转向天花板,咬牙切齿地一阵阵喘着粗气。

终于,维戈尔女士停止了抽噎,福尔摩斯开始询问她。

"维戈尔女士,我肯定你和你哥哥也都已经立了遗嘱,声明万一你们死了,剩下的财产归谁所有。"

"哦,是的,"维戈尔女士承认道,"我哥哥和我昨天立了遗嘱。我们俩都同意把财产留给一个我父亲不知道其存在的人,也就是我丈夫。可以肯定,我父亲全然不知我丈夫的存在,所以——"

"你怎么如此肯定你父亲不知道你丈夫的存在呢?"福尔摩斯打断她的话问道。

"他一个劲地催我嫁人,就在昨天他还跟我这么说,所以他不可能知道我已经结婚。只有我母亲、我已故的哥哥和我二哥知道这件事。你知道,我们是秘密结婚的,所以我父亲一点儿也不知情。"

"哦哟,你们的家庭真怪啊,神秘兮兮的。听了你说的这一切后,我有一种直觉,那就是你认为你父亲是唯一的犯罪嫌疑人。你希望我找出杀害你母亲和你大哥的凶手。我说得对吗?"

"太对了,"她说,"可是现在,福尔摩斯先生,我必须得回去了。如果时间待长了父亲会起疑心的。在我家门前的擦鞋垫下面有一把备用钥匙,福尔摩斯先生,如果你需要查看我父亲的房间寻找你认为有用的证据的话,你可以用它开门。父亲差不多每天下午都要去俱乐部,所以你可以趁他不在家的时候溜进去。我多半白天上班,但晚上都回来的。"

"你喜欢弹钢琴?"福尔摩斯问。

维戈尔女士吃了一惊,然后瞪眼看着福尔摩斯。

"是的,福尔摩斯先生,你怎么知道我会弹钢琴?"她不解地问道。

"居然没猜错,"福尔摩斯自言自语道,"我总是对一些我素不相识的当事人充满好奇。我告诉你吧,维戈尔女士,你的鼻梁上留有很明显的戴眼镜的印子,所以你肯定是做常用眼睛的工作。还有,当你在包里摸索的时候,我注意到你的手指非常灵活,在包里把不要的东西拨拉到包的两边,然后抽出手绢。灵活的手指意味着两种可能。要么你是一个弹钢琴的,要么你就是一个裁缝。如果你是弹钢琴的,你的手指尖应该是平平的,而你的指尖确实是平的,所以你是一个弹钢琴的。"

"哦,现在我明白了。"维戈尔女士迷惑地答道。

"如果你两三天后再来,我可能会告诉你一些消息。"

"谢谢你,福尔摩斯先生。我希望并且相信你会把凶手送上法庭的。再见,福尔摩斯先生。"维戈尔女士轻声告别道。

"我也希望如此。"福尔摩斯回答,然后打开了房门,她旋即飘了出去,好像穿着溜冰鞋一样。他以惯常的动作,干净利落地关上门,然后穿过房间,调暗灯光。做完这些后,他快速走到窗前。

"啊哈,一辆四轮马车!"福尔摩斯对我说,"那是她的马车吗?啊哈,显然是的!我感到纳闷,一个弹钢琴的怎么可能付得起马车钱,更不要说是四轮马车了。她的某些地方很可疑,包括这个案子。"

"福尔摩斯,很晚了,"我说,"我想我该回去了。如果我在外面时间太久我妻子会担心的。"

"确实如此，"福尔摩斯说，"我很理解。华生，我希望你明天能再来这儿。晚上六点怎么样？"

我点头应允，与他道了晚安后就离开了他的寓所。我乘坐一辆双轮双座马车往家里驶去，一路上我都在想这个案子，深感案情复杂。但是，我对福尔摩斯充满信心，他能轻而易举地脱去此案的神秘外衣。

我的一天不紧不慢地过去了，好在我终于处理完最后一位病人，可以前往贝克街了。我匆匆地来到福尔摩斯的寓所，结果还早到了几分钟。我发现福尔摩斯正在抽他的老烟斗。

"啊，华生，"我正关门的时候他叫道，"我想这个案子得花些时间去分析推断。"

"可是你已有疑问了，是吗？"我问。

"噢，我总是提出疑问，这是我的工作嘛。如果没有疑问，那我就不是一个侦探了。"此时，福尔摩斯喝了一些像水一样的东西。但从他第一口吞下去的反应来看，我知道那显然比清水的浓度要强烈得多。

"在这个奇特的案子中，很难得出谁会是最终罪犯的结论。母亲死后，大儿子是受益人；大儿子死后，二儿子是受益人；如果二儿子死了，女儿和她的丈夫是受益人；如果女儿死了，那么这位丈夫还是受益人。也就是说，在任何情况下，父亲都不会成为受益人。然而这并不能确保她父亲就是清白的。一个父亲杀死自己的妻子，然后再杀死自己的大儿子，对此我确实感到难以置信。我假设可能是这个家族里某个不常来往的熟人，或可能是一个过去的仇人干的。但我现在还没有确凿的证据，所以我不能做任何假定。"

"大哥恰好在他母亲遇害一星期后被害。如果凶手准备杀害另一个哥哥的话，那么他会在明天动手。我完全不清楚他会用什么手段去杀人。"

夏洛克·福尔摩斯从椅子上跳将起来。

"走，华生，我们必须尽快赶到南丁格尔街。我想到维戈尔女士家里四处搜寻一下，那儿也许会有一些线索能使我明天保住她哥哥的命。"

"怎么说服她父亲？他肯定不会同意你在他家里寻找线索的。"

"如果他是个好父亲，而且是清白的话，那他绝对不会反对。"

为了满足自己的好奇心，我跟在福尔摩斯的后面下了楼。来到街上，我看到他四处张望寻找着出租马车。而后我们俩又急匆匆地走到贝克街街口，以期能拦到一辆马车。终于，一辆双轮马车孤零零地以慢得不能再慢的速度懒洋洋地从雾中驶来。

"马车！"福尔摩斯大着嗓门喊道，"南丁格尔街。如果在二十分钟内到不了那儿，我是不会付钱给你的！"

我们终于到了。有生以来，我从没乘坐过这么颠簸的车。一路上，马车嘎嘎地响个不停，而且颠得极其厉害，就算我的骨头颠散了架我也不会感到丝毫的吃惊。我所有的关节好像都丧失了活动能力。当我的双脚再一次踏在坚实的大地上时，我感到无比的欣慰。

福尔摩斯拽着我的胳膊把我拖到维戈尔女士的屋前。在门前的擦鞋垫下面找到了钥匙后，我们两个人溜进了屋。进门就是一个通风很好的大客厅。沿大厅两边有几扇桃木门。福尔摩斯打开左边第一扇门，像刚才进大门时那样悄无声息地走了进去。我紧跟其后。当我们俩都进去后，他锁上门，走到房间的另一头开始仔细检查书桌上的个人信札。与此同时，我在左侧的五斗橱上查看往来函件。几分钟后，福尔摩斯低声对我说："维戈尔女士似乎对她的父亲有偏见。"

"我也感觉到了。"我低声答道。

"你是否注意到，华生，她在述说那两起死亡事件的时候，暗示她父亲是逃脱不了干系的，甚至表明她怀疑他有罪？这使我产生一种想法，那就是：即使她父亲是清白的，她也想让她父亲被判有罪。我想这就是为什么她要告诉我们藏钥匙的地方，以希望我们能够找出一些证据证明她父亲有罪。"

我继续查找信件。在我看完所有的书信，而且发现没有任何与我们想要的有助破案的蛛丝马迹后，我觉得对五斗橱的抽屉也应该检查一下，以防它们藏有任何相关的线索。我打开的第一个抽屉里有一本大开面、红色封皮的本子，扉页上印着金色的"日记"字样。这是这位父亲的，也是他今年记的日记。我翻到他妻子去世那一天的日记。他是这样写的："在家里待了一整天。妻子在工作中死去。简七点钟下班回来告诉我她母亲的死讯。我感到非常震惊，哭了很久。这真是一个巨大的损失。"

这时福尔摩斯来到五斗橱旁。

"我显然什么也没有找到，华生。"他以他惯用的冷冰冰的口吻嘟囔道。"这是什么，华生？"他问道，"父亲的日记本！太好了！这既能证明他无罪，又能证明他有罪。"

"他的清白嘛，"我说道，"那就是妻子被谋杀的那天，他在家里；而他儿子死的那天，他也在家里。"

我正在苦思冥想还有谁会是凶手时，福尔摩斯打断了我的思路。

"从内容看，这显然是一本非常私密的日记，"福尔摩斯推理道，"墨迹是自然干透的，所以墨迹的蓝颜色远比用过吸墨水纸的蓝色要深得多。也就是说，日记里所记载的都是事发当天写的。比方说，他落款是5月1日，就是在5月1日那天写的。这位父亲显然是清白的。在这儿我们不会再发现什么了，我们走吧。"

我们像进来时一样快速离开了这所房子。招呼了一辆路过的马车，我们很快回到了贝克街，在福尔摩斯的寓所里我们在烧得旺旺的炉火旁暖和着身子。

炉火熄灭时，夜已很深了。我便动身回家。尽管这个案子有着许多疑点，但我相信它一定会真相大白的。我断定福尔摩斯会把谜底藏几天，最终目的是为了揭露凶手。我很高兴自己发现了那本日记，因为它证明了那位父亲的清白。

第二天，我的诊所像往常一样平淡无奇。终于能够去贝克街了，这真是一种极大的解脱。一踏进福尔摩斯的寓所，我发现他目不转睛地看着窗外。我也走到窗前，站在他旁边瞥了一眼窗外。只见维戈尔女士步下马车，向福尔摩斯的住房走来。

"是维戈尔女士，华生。"

"我也看见了。"

"她进来后我们什么都别说，华生。"

"好的，我知道。"

"她一定不会料到我们已经弄清楚她父亲是清白的。如果这一点被她知道的话，我的计划就完了。"

不一会儿，响起一阵急促的敲门声，接着维戈尔女士走了进来。她急急忙忙走到炉火旁,坐在那儿的椅子上,开始使劲儿地搓着双手想使它们暖和起来。

"她没有两天前来这儿时那么腼腆了。那天她也是坐在这把椅子上。我想我必须做出些牺牲,因为这完全是尽义务。"福尔摩斯对我耳语道。

他大步向壁炉走去,在一张扶手椅上坐下。

"维戈尔女士,"福尔摩斯开口道,"我得请你过两天再来。到那时,我就可以搞清这个案子的来龙去脉了。我可不想耽搁你去林肯郡你丈夫那儿。你的火车十五分钟后就要开车了。"

"你怎么知道?"维戈尔女士急切地说道。

"你的火车票有一截被塞在你的手套里,上面的终点站一目了然。两天后再来吧,维戈尔女士。到那时,我就能了结此案。请回吧。"

维戈尔女士离开了房间,我们透过窗户注视着她的马车沿贝克街飞驰而去。

"华生,你想去林肯郡做一次旅行吗?"

"当然,我正好顺便小憩一下。"

"那么,快,我们走吧。"

几分钟后,我们的马车嘚地来到尤斯顿火车站的拱门下面。福尔摩斯指给我看维戈尔女士的四轮马车。

"很明显,她已经下车,而且很有可能已经上了火车。"

"你怎么知道的?"我小心翼翼地问道,希望得到一个直截了当的答复。

"四轮马车是固定在椭圆形的弹簧架上的,如果有人坐在里面,弹簧会被压下来。而她车上的弹簧一点儿也没有被压的迹象,因此我断定车是空的,此时维戈尔女士不在马车里。"我摇着头,叹服福尔摩斯的观察力。

福尔摩斯看出我有点儿无所适从,便拉起我的胳膊挤过人群来到售票处。买好票后,我们急急忙忙赶到2号站台登上了火车,脚步匆匆地走到指定的车厢,一屁股坐到自己的座位上,然后大大地松了一口气。

令我吃惊的是,福尔摩斯从桌子底下塞给我一个假发套要我戴上,说是以防维戈尔女士路过这儿认出我们。

"如果她怀疑在这列火车上有人跟踪她的话,她就会带着我们在林肯郡兜圈子,然后趁我们不备时溜掉。在这一点上她比我们有优势,因为她熟悉这个地方。她担心自己会被跟踪,这可以从如下两点上看出:第一,她在火车启动之前几分钟到访贝克街,使我们几乎不可能与她乘坐同一趟火车。第二,她把她的马车停在尤斯顿火车站的大门前,知道我们会看到它,并希望我们以为她还在车里。这会使我们没有足够的时间去买票以致减少我们乘上火车的可能性。"福尔摩斯解释道。

接下来的旅程是平淡无奇的。一小时后,火车到达林肯郡。我们跟在维戈尔女士的后面出了火车站,随后我们的马车跟着她的马车驶往她丈夫在林肯郡的住宅。在她丈夫住宅附近我们找了一家旅馆住下。第二天清晨六点钟,我们开始监视那所住宅。

毫无结果地监视了半小时之后,福尔摩斯说:"这个凶手很聪明。我今天早上仔细阅读了时报上的死亡公告栏,看看维戈尔女士的哥哥是否会在昨天被害。结果没有他的名字。这也可能意味着他就是凶手。我认为维戈尔女士是清白的,因为如果她杀了她哥哥,那她会处于一种极其不安的状态之中。可昨天上午她来贝克街时显得相当镇静,而且脸色也很好。凶手一般在杀人后至少十二小时之内会脸色苍白。考虑到这一点,所以我说她没有杀人。"

几分钟后,维戈尔女士匆匆忙忙从她的房子里走出来,顺原路返回火车站。过了五分钟,一个可能是她丈夫的男人也离开了屋子,不紧不慢地跟在她后头。我们也等了五分钟,然后借助于福尔摩斯的万能钥匙,我们溜进了他们的房子。这是一所阴暗、邋遢而且非常简陋的房屋。来到起居室,福尔摩斯穿过房间,朝放在房间那头角落里的书桌径直走过去,从那里可以看到外面的花园。他开始翻看搁在书桌上的手稿。

"真可悲,"看了一会儿后他说,"故事里没有情节,也不生动。这儿少了一个省略号,那儿还有一个分离的不定词!"他在一页稿纸上边用手点戳着边数落道。他猛地把手稿往桌上一摔:"简直狗屁不通嘛!"他又一次反感地说道:"我敢打赌,华生,他的书肯定卖不出去。我检查右边的抽屉,你检查左边的抽屉。"

最后一个抽屉上面有一把结实的挂锁。"我的万能钥匙马上就能解决问题。"福尔摩斯抿嘴轻声笑着从口袋里掏出钥匙。

打开抽屉后,福尔摩斯那灵活的手指迅速地翻着里面的东西。其中包括一个小玻璃瓶,几张发票,数份伦敦地图和一本蓝色硬封面的本子,扉页上有凹凸的"日记"字样。福尔摩斯一把抽出本子急切地翻看着日记的内容。终于,他找到了他要找的。那是维戈尔女士的母亲去世的那天记载的。它这么写道:"岳母死了。"而在这两天之前所写的则更有意思:"起了个大早,七点十五分到伦敦拜访岳母。两天后,按要求所用的量就会见效了。明天得待在家里,还有后天一整天,以免被怀疑。"

"这桩案子已渐露端倪。"福尔摩斯说道。他把日记递给我,然后拿起那个空玻璃瓶。我飞快地扫视了日记本里记载的一些内容,然后阅读玻璃瓶上的标签。上面的文字是用大写字母的黑体字写成,所以字迹非常清楚:"瓶内液体中水和毒剑蛙之毒的含量比例为14:1。饮用半瓶的量两天后就能致一个健康的成年人死亡。这是一种鲜为人知的毒药。由于水的稀释,测不出任何毒性。特别要注意的是,用后48小时毒性将发作。一旦药力生效,饮用者将在几秒钟内死亡。"

"写得太糟糕了。"福尔摩斯把日记和瓶子放回抽屉,锁上挂锁。然后我们离开了那所房子,赶往火车站,在那儿,我们登上了下一趟即将返回伦敦的火车。旅途中,福尔摩斯向我解释了一些有关这个案子的情况。

"放瓶子和日记的抽屉上锁只有一个原因,就是他不想让他妻子打开这个抽屉。大哥之所以在河里被发现,原因也很简单。西敏士大桥是他上班的必经之路,而他在桥上停下来凭栏眺望涌动的河水时毒性发作了,随后掉进了河里。由于他的肺里充满了水,所以一般都认为他是被淹死的。"

"她丈夫还有一瓶这样的蛙毒,今天的某个时候他会用它毒死她另一个哥哥。我们的责任就是要在他动手前阻止他!"

"福尔摩斯,我有两个问题要问你。"

"问吧,我一定回答你。"

"你怎么那么肯定他还有一瓶毒药?毒剑蛙到底是什么毒药?"

"我发现了购买这种毒药的发票。上面清楚地表明是两瓶。抽屉里只有一个瓶子,所以他一定还有一瓶。至于你问的蛙毒嘛,它是生长在南美洲丛林里的一种红黑相间的蛙。印第安人打猎时把它的毒汁抹在他们的剑梢上。尽管这种蛙非常之小,但它是世界上最毒的东西。"

不一会儿,火车驶进了尤斯顿火车站。我们急匆匆向出口走去,很快坐上一辆双轮马车向贝克街驶去。一到福尔摩斯的寓所,我们赶紧吃了点东西,然后就赶往英格兰银行。

路上,福尔摩斯对我说起他是怎么知道维戈尔女士的哥哥在英格兰银行工作的。

"我们在搜查维戈尔女士的住宅时,我发现了她的通讯录。上面有她哥哥的住宅和工作地址。我们现在去银行,希望能及时劝阻他今天一整天都不要喝任何东西。"

一到银行,福尔摩斯就奔上台阶冲了进去,同时命令一位警察紧跟着他。福尔摩斯急速地向一条通道走去,突然在一扇镶有松木的门前停了下来,门也不敲就闯了进去。

维戈尔女士的兄弟正面向窗户往一个杯子里倒葡萄酒。与此同时,维戈尔女士的丈夫正把一个小玻璃瓶子里的东西往她哥哥的茶杯里倒。毫无疑问,就连我这样一个只有最基本的观察能力的人也能看出是怎么回事儿。妻兄正在接待他的妹夫。后者要喝一杯葡萄酒,而当毫无防备的妻兄离开桌子为他倒酒时,他乘机把毒药倒进他妻兄的茶杯里,希望他转过身来后喝完这杯茶。我们正是在毒药被倒进茶杯里的当口闯了进去。

"啊哈!逮你个正着!"福尔摩斯叫道,从他手里一把夺过毒药瓶子,然后递给维戈尔女士的哥哥。"现在你该明白我们为什么要打断你们的会晤了吧,詹姆斯?"福尔摩斯问道,并看着他。

"我明白,福尔摩斯先生。可是,你是怎么知道我的名字的?"

"你门上的姓名牌上用黑体铅字写着呢。"

这时,维戈尔女士的丈夫开口说话了。

"我不打算在这个时候创造出一个戏剧性的场面,但我十分清楚你们已经决定了我的命运。"他夺过那杯茶一饮而尽,"福尔摩斯和我都十分清楚,两天后我将会死去。在短暂的服刑期间,我不指望受到款待或优待。我知道监狱的服务也是要花费很多钱的,我不希望浪费更多的钱。"

之后,他被同福尔摩斯一起来的警察铐上了手铐,带到门外。詹姆斯衷心地感谢福尔摩斯救了他和他妹妹的生命。随后,我和福尔摩斯各奔东西,他回贝克街,而我则回家把我们这次的历险经历记录下来。

为了不让维戈尔女士太伤心,福尔摩斯告诉她凶手已经淹死在海里了。维戈尔女士不再怀疑她的父亲,而她的丈夫两天后会死在监狱里。

鲜花与凶手

【英】H.C. 贝利

几天没案子，福琼就有点心神不宁了。

"啊，亲爱的，别总是这副鬼样子，"福琼夫人不满地说，"别忘了，下午还要到母亲家去参加茶会！"

"我最讨厌在人们面前装样子。"

书房里电话铃响了。福琼咕哝着去接电话。片刻之后他回到餐厅，脸上的愁云一扫而光，而且帽子已戴在头上。

"男人生来是工作的，女人呢，大概是留在家里哭泣的吧。"

他吻了一下发愣的妻子，说："只好请你替我向母亲问好了。"

"是哪个鬼东西打的电话？"

"是史密斯大夫打的。"说着，福琼已跨出门外。

福琼开车向史密斯大夫家疾驶。刚才电话里史密斯大夫对他说，赫斯夫人受伤了，有人发现她昏迷不醒地躺在水塘边。

史密斯大夫家住塔温特镇。车到门口时，大夫已在门口等他。

"说说情况吧。"福琼急不可耐地问。

"真不该找我！"史密斯大夫皱起了眉头，"赫斯夫人原来是我父亲的病人，后来也一直找我看病。但不久前我们吵了一架，她就转到狄隆大夫那去了。狄隆那家伙和好多女人有来往。您是知道这种男人的，福琼先生。"

"您是说狄隆大夫和赫斯夫人有关系？"

"哼，跟赫斯夫人的侄女也许关系更深。"史密斯大夫对狄隆大夫耿耿于怀。

"那么说是这位侄女请您去的？"福琼有点不耐烦了。

"噢，不，是布里特先生请我去的。"

"这位布里特先生又是谁？"

史密斯大夫东拉西扯地讲了下去。

福琼耐着性子听他讲，总算把这些人的关系听清了。

赫斯家是本地的名门望族，可是却人丁不旺，现在只剩下赫斯夫人孀居在家，和侄女瓦莱莉·凯莉住在一起。她虽年近七十，但身体硬朗，而且脾气火暴。凯莉小姐属于那种现代派的女人，自称什么都知道。那位布里特先生，是赫斯夫人的外甥，但没和她一块住。

赫斯夫人摔伤时他不在塔温特镇上，出事第二天他才赶回来，发现姨妈伤势严重，就要把史密斯大夫请去……

如果福琼不打断他，他会一直讲下去。

"你刚才说赫斯夫人是摔伤的？"福琼问。

"这是他们告诉我的。他们先请了狄隆，我是第二天才去的。我去时赫斯夫人仍然昏迷不醒，今天还是如此。"

"现在有人看护赫斯夫人吗？"福琼问。

"晚上有一个护士守夜，白天是凯莉小姐看护。那个护士对我说，第一天晚上赫斯夫人在昏迷中说过话，她听到像是说'推倒'等几个字。"史密斯大夫抬眼看福琼。

福琼身子一震，问："赫斯夫人还说过什么吗？"

"凯莉小姐坚持她姑妈什么也没说。护士说昨天晚上再没听到什么。看伤势，我也不太相信她能说话。"

"好吧，"福琼说，"咱们马上去赫斯夫人家。"

几分钟后，福琼把车停在赫斯庄园大门口。

在客厅里，史密斯大夫介绍福琼和布里特先生见了面。握手时福琼把布里特打量了一下，看来他是个随和的人，也许在军队服过役，浑身上下收拾得相当整洁。

"我想看看赫斯夫人的情况。"福琼说。

"请稍等一下，我已差人去叫凯莉了。"

正说着，凯莉小姐走进客厅。

"您就是福琼先生？"凯莉小姐和福琼握了握手，"狄隆大夫马上就到。"

"对，我们还是等一下狄隆大夫。"史密斯大夫说。

"非要等他？"布里特笑着说。

"给福琼先生上茶。"他对一个仆人说。

凯莉小姐的目光一直没离开福琼："我姑妈一直昏迷，他们告诉您了吗？"

"她没再说什么吗？"福琼问。

"她根本就没说过什么。"

"啊，是这样。"福琼低声道。

茶端来了。跟着进来一只黑色的波斯猫，毛色光亮，雍容富态，它用它那金黄色的眼睛把客厅里的人扫视了一遍。

"它的名字叫'皇帝'，我姨妈的宠物。"布里特说。

"好漂亮的皇帝！"福琼说，"我想它饿了，也来喝茶了。"

"是的，该喝奶了。"凯莉边说边从奶瓶里倒出一碟牛奶放在地上。皇帝对着牛奶嗅了嗅，转身走到客厅门前。

"也许是怕生人吧。"福琼走过去为皇帝打开了门。

门开了，一位三十多岁、风度翩翩的男子走了进来。

"您就是福琼先生吧。"他冷冷地对福琼说。

"您就是狄隆大夫了。什么时候去看赫斯夫人？"福琼问。

"请便。"狄隆大夫说着向客厅外走去。

"赫斯夫人的情况一直如此。"护士说。

"第一天晚上呢?"福琼问。

"第一天晚上很不安静,好像要说什么。"

"是这样?"福琼又问护士,"她说了什么没有?"

"好像说'推'、'推我',我不肯定她是否在说胡话。"

"就是说你也不能肯定,对吧。"狄隆尖刻地插了一句。

"我可以肯定她说到'推'字。"护士说。

"早晨你下班时她像现在这样吗?"福琼问。

护士想了想,说:"我说不清楚,不过现在似乎更糟了。"

"这种严重的摔伤总是时好时坏。"狄隆大夫对护士说。

"你说得不错。"福琼走到床前,俯下身去。

赫斯夫人面色苍白,面容扭曲。福琼把手放在赫斯夫人的额头上——冷冰冰的。他想,摔伤病人一般是要发烧的。

他抬头问狄隆大夫:"旁边有方便的房间吗?"

"我们可以到凯莉小姐的书房去。"

凯莉小姐的书房收拾得一尘不染。室内没什么陈设,只有一大瓶鲜花摆在柏木书桌上。

"你们对这件事怎么看?"福琼问。

"赫斯夫人严重摔伤,骨折加脑震荡。"狄隆大夫说。

"您认为她是摔伤吗?"史密斯大夫冷冷地插话道。

"恐怕我们还得考虑一下赫斯夫人说的话吧。"

"我要考虑的是她清醒时说的话。"狄隆大夫愤愤地说。

"好了,好了,都不要激动。"福琼摆摆手说。

狄隆看看福琼,用嘲讽的口吻说:"您不谈谈您的看法?"

"我嘛,"福琼微微一笑说,"我在考虑增加一个护士。"

"什么意思?"狄隆大夫脸涨得通红。

"您脾气真大,狄隆大夫。"福琼离开窗台,踱到书桌前。

"我只是想赫斯夫人需要一位训练有素的护士。"说完,他像又想起了什么,走进赫斯太太的卧室。

福琼走近床头柜,看了看小柜上摆着的一只白瓷壶和一只茶杯。

"刚才忘了问了,"他对护士说,"你们给她都吃了什么?"

"狄隆大夫说每隔四小时给太太喂一点牛奶。"

"她喝了吗?"

"第一次喝了一点。昨晚上没好好喝,有两次好像要呕吐。"

福琼俯下身去注视着赫斯夫人的脸。她脸上有一种奇怪的痛苦表情。福琼翻开赫斯夫人一只眼皮,看到瞳孔有些扩大。

福琼起身对护士说:"从现在起不要给她任何东西吃。"

这时,凯莉小姐冲了进来,后面跟着狄隆大夫和布里特。

凯莉小姐疾步走到福琼面前说:"狄隆大夫说你说要添一个护士。我们不需要!"

"福琼先生可不这样认为。"狄隆说。

"我说狄隆大夫，您就不要再火上浇油了，"布里特半开玩笑地说，"再说，你们既然请他来，又不照他说的话办……"

"我可没请他来！"凯莉小姐嚷道。

"瓦莱莉，你总不至于反对为你姑妈再请一个护士吧？"

凯莉小姐瞪了布里特一眼，又转向福琼："我为什么就照顾不了我姑妈呢，福琼先生？"

"因为责任太重。"

"你不如直说你不相信我。"

福琼看了她一眼，问狄隆："您也反对再请一个护士？"

狄隆一愣，忙说："如果你坚持，那就请吧。"

福琼看到他飞快地瞥了凯莉小姐一眼。

凯莉小姐问福琼："您认为我姑妈的情况很严重吗？"

"是的，非常严重。"福琼一字一顿地说。

凯莉小姐脸色苍白，她似乎站立不稳。

"好吧，就照您说的做吧。"她说。

"这样最好。"福琼说，眼睛却看着狄隆大夫。

"我不会反对的。"狄隆大夫愠怒地说。

晚饭后福琼到花园散步。可以看到他和园丁仆人聊天。

晚上他回到了那间给他收拾出来的客房，手里拿着赫斯夫人床头柜上那把瓷壶和茶杯。他把茶杯放在灯光下仔细检查着，茶杯底部几粒微小的黑颗粒引起了他的注意。他取了小瓷壶中的牛奶，含在口里品味着。

第二天一早，福琼把一只信封扔进了镇上的邮筒。

早饭后，福琼又走上花园中的那条小径。

当雪茄烧到他的手时，他从沉思中猛醒过来。

眼前是一片盛开的金雀花，煞是好看。突然，他停住了脚步：眼前一棵金雀花连枝带干被一块砍去了。

新近才砍的。是谁把这盛开的金雀花连枝带干砍去的呢？

回到别墅，福琼直上二楼。在赫斯夫人卧室门口，他看到一个女仆在赶那只波斯猫。那女仆对他说："它想进夫人房里去。"

福琼摸了摸猫，说："是不是想喝牛奶了，'皇帝'？"

"不是的，"女仆说，"这两天它对牛奶碰也不碰一下。"

福琼打开门，"皇帝"爬上床，蜷曲在赫斯夫人身边。

福琼看到，尽管赫斯夫人脸色仍很苍白，但呼吸已平稳多了。

福琼走到凯莉小姐书房前。敲敲门，没有人应。他推门进去，反身把门关上。他用探寻的目光四下扫视。突然，他的目光停在那一瓶鲜花上。

在那一束花中，福琼发现了一枝金雀花！

他走到书桌前。一本很旧的羊皮面的书引起了福琼的注意。

这是一本用拉丁语写的古代民族习俗。书中夹有一只书签，他把书翻到这一页。这一页最上面写着：无生命之物的怨恨和友善。中间有一段被人划了线：这样，在金雀花丛下安眠入睡的人将被这致命的毒剑所击中。作者解释道：致命的毒剑指金雀花的花朵和花籽。福琼翻到书的扉页，上面有一颗赫斯家族的盾形纹章。这时，他听到门外有脚步声，于是赶快把书放回原处。门开了，进来的是凯莉小姐。

"想必您知道这是我的书房。"

"我以为在这里能找到你，"福琼微笑着说，"我想告诉你赫斯夫人情况有好转。"

凯莉小姐的脸由苍白变成绯红，她嚷道："她当然会好转的。狄隆大夫说您疑神疑鬼，可却什么也没有捞到。"

福琼下楼来到客厅，他拿起电话，拨了他实验室的号码。

"哈喽，普里斯特！有结果吗？我估计是金雀花碱。"

"那可是很原始、毒性很低的毒剂啊。"电话里说。

"是的，所以症状也不明显。"

放下电话，他决定到赫斯夫人摔伤的那个池塘去看看。

走过布里特的房门，他听见里边有人对话。

"亲爱的姑娘，我们没借口赶他走。"这是布里特的声音。

"他在各个房间乱窜。"凯莉小姐的嗓门又尖又高。

沿着花园边上的一条小渠，他来到那个池塘前。池塘围堤用石头砌着护坡，坡底有五六米宽，靠外的斜坡上长满一人多高的茅草。走上堤顶，福琼看到堤下水边有两个人，其中一个人把一根棍伸进水里在试深浅。他招呼了一声，那两人抬起头来。那两人竟是身着便服的苏格兰场警长贝尔和一名警官。更使福琼惊讶的是，贝尔警长告诉福琼他们是为赫斯夫人摔伤的事来的，而且他们对福琼在这里调查也是一无所知。贝尔拉着福琼在塘边一块大石头上坐了下来，向福琼谈起他们掌握的一些情况。

贝尔谈的情况主要有下列几点：

一、史密斯大夫到苏格兰场去报了案。他说他的一个女病人摔伤了，但伤势和摔伤的过程有些蹊跷，怀疑被人谋害，所以请求警方调查。但他对福琼却从没提到此事。

二、赫斯夫人每天晚饭后有散步的习惯，这个池塘又是她最爱去的地方。她这个习惯在塔温特镇上人人皆知。她散步时有时是凯莉小姐陪着，但更多的时候是她自己。

三、赫斯夫人在镇上的居民中的人缘很不错。贝尔说，唯一的例外是史密斯大夫。镇上人说，史密斯原来和赫斯夫人关系不错，但有一次他对赫斯夫人说狄隆大夫和凯莉小姐私下有来往，赫斯夫人嫌他破坏了赫斯家族的名誉，两人大吵了一架。这次赫斯夫人摔伤后，凯莉小姐找的是狄隆大夫，但布里特先生回来后，硬要请史密斯大夫。

四、赫斯夫人摔伤的当天傍晚六点多，有人看见凯莉小姐和狄隆大夫也在池塘附近散步。仆人发现赫斯夫人躺在池塘边上的时间是八点左右。几天来，他俩从未对人说过当天他们在水塘附近散步的事。

贝尔说到这里停住了。他看到福琼盯着池塘中央几株随风摇摆的芦苇出神，他额前刚才还很明显的皱纹此时却不见了。

贝尔知道，福琼额头上的皱纹是他紧张思索的标志，一旦这些皱纹消失了，离结案也就不远了。

福琼听贝尔半天不说话了，转过头来，好像问贝尔："假设是凯莉小姐和狄隆大夫将赫斯夫人推下池塘，动机是什么？"

贝尔很快地说："只有凯莉小姐和布里特先生可以继承赫斯夫人的遗产，凯莉小姐又在布里特先生之前，因此，如果赫斯夫人死了，她的遗产将主要由凯莉小姐继承。至于狄隆大夫，他很可能成为凯莉小姐的丈夫，因此，只要凯莉小姐成了富翁……"

福琼说："也就是说，谋害赫斯夫人是为了得到遗产。有这个动机的有两个人——凯莉和布里特。从继承顺序上说，凯莉所得的好处要多，从作案时间上看，当时凯莉就在附近，而布里特是第二天才赶回来的。这两点都对凯莉小姐不利。"

"是的，凯莉小姐作案的可能性极大。"贝尔说。

"假如证实确实是凯莉小姐干的，将会判多重的刑？"福琼慢悠悠地问。

"将会判死刑。"贝尔肯定地说。

"这就对了。这是个不错的结局。"福琼自言自语。

"什么，你说什么？"贝尔没听懂福琼的话。

"噢，没什么，"福琼站起来，"我是说我该回庄园去了，到时候我会给你电话。"

贝尔也跟着站了起来，"你已经有了头绪？"

"是的。不过因为还没有掌握全部真相，所以我一直没有惊动罪犯。这个谋杀案是够险恶的，赫斯夫人摔下池塘只是开始，后来又有人对她下了毒。"

"好家伙！"贝尔叫出声来，"这倒像是医生干的事。"

"反正是可以进入赫斯夫人卧室的人。"

"下的什么毒？"

"我估计是金雀花碱。"福琼说。

"投毒案中很少听到这种东西。你怎么想到的？"贝尔问。

"是猫喝牛奶提醒了我。赫斯夫人那只猫对它的牛奶连碰也不碰。它不喝牛奶必定是嗅到了什么怪味。"

"你想是谁干的呢？"

"那只猫没告诉我，不过，要不了多久我们会再见面的。"

"小心罪犯狗急跳墙。"贝尔说。

回到庄园，福琼先上楼去看了看赫斯夫人。她的情况稳定多了，苍白的脸上有了点血色。护士告诉他，赫斯夫人又说话了，赫斯夫人说的是"是谁推我"。福琼又去了藏书室。几分钟后，他带着满意的神情走了出来。在藏书室的一个书架上，他找到了早先在凯莉小姐书桌上放着的那本书。

福琼走进客厅，给他的实验室挂了电话。

"哈喽，普里斯特，情况怎么样啊？"

"你是正确的，牛奶里含有超量的金雀花碱。"电话里说。

"请写一份分析报告，我到时候有用。"

福琼挂上了电话。

吃晚饭时，布里特、凯莉和狄隆都来到餐厅。

福琼对狄隆说："我们现在得对赫斯夫人的伤势会诊一下。"

凯莉小姐看了福琼一眼，冷冷地说："要不要我回避？"

福琼一摆手，说："我希望全家成员都在这里听。"

"哼，恐怕不能指望我会帮什么忙。"凯莉小姐说。

"好了，表妹，安静一会儿吧。"布里特把手搭在她肩上。

"激动有什么用？先听听福琼先生说什么。"

"有些情况你们恐怕还不太清楚，"福琼喝了一口咖啡说，"赫斯夫人在昏迷中前后说过两次话，每次她都说到有人推她，因此可以肯定她是被人推倒的。"

"两次！"凯莉小姐叫了起来。

"她第二次说话是什么时间？"狄隆问。

布里特的目光从凯莉和狄隆身上扫过，最后落在福琼身上。

"今天下午。这一次她说得比较清楚。"

"她的情况好起来了？"凯莉抓住狄隆的胳膊摇了两下。

"我说狄隆，你没想到我姨妈会开口说话吧。"布里特说。

"胡说，我说过她有好的希望。"狄隆涨红着脸说。

"我来到庄园后，你们猜我发现了什么？"福琼问。

"谁知道你干了些什么？"凯莉用讽刺的口气说。

福琼没理会，接着说："赫斯夫人不仅受了摔伤，有人还对她下了毒！"

"上帝！"布里特惊叫了起来。

"下毒？"狄隆嘴里喃喃地说。

"我把她喝的牛奶送去化验了，里面含有超量的金雀花碱。"

"金雀花碱？从来没听说过这个名词。"布里特说。

"听说过金雀花吧？"福琼用手一指餐桌上的一只大花瓶。他站起来，从那一束各种各样的鲜花中抽出一支金雀花。

他把那只花抖了抖，几粒花籽落在他手心里，"把它们磨成粉，这就是牛奶里的毒剂。花园里有很多金雀花，而你们家就有一本用拉丁文写成的书，书中讲了怎样用金雀花籽制毒剂。"

"今天早上你看到那本书了？"凯莉小姐脸色苍白。

狄隆大夫不安地看着她。

"是的，今天早上我到过你的书房，但你们恐怕不知道，我还去过花园、池塘、藏书室。好了，现在我要回房间，就此案写一个报告送苏格兰场。"他看了看狄隆和布里特，缓慢地说："现在清楚你们自己的处境了吧？"

"你已经有怀疑对象了？"布里特说，"你应该让我们知道！"

"应该？"福琼打断了他，"该做什么我自己还不清楚吗？"

福琼卧室窗前有一张写字台。福琼走到写字台前伸手推开窗户，窗外正对着那大花园。福琼坐下来，推开报纸伏案疾书，然而，每写几行就停下，倾听窗外的动静。月亮被乌云遮掩着，窗外一片黑暗，只有卧室的灯光在窗外灌木丛上撒下点点光斑。

突然，福琼听到花园里有一种轻微的异样声，就像一头野兽踩着脚下松软的落叶在悄悄接近窗口。福琼轻轻把桌上的墨水瓶拿到手里，仔细分辨着响动的方位。借着室内射出去的光线，他看到两丛灌木的间隔处有一个黑影。他以极快的速度把墨水瓶向那黑影掷去，同时一闪身躲开窗口。几乎同时，传来一声巨响，室内墙上一个大镜框被击得粉碎。紧接着，窗外又响了一枪。

几秒钟后，庄园里乱了起来，楼上楼下传来纷乱的脚步声。

福琼从窗后走了出来，又坐到他那把椅子上。

窗外传来一声尖叫，是凯莉小姐的声音。片刻间她冲进福琼的卧室。她面无血色，喘得说不成话："福琼……先生，他……"

福琼站起身来，把她按进沙发里说："别害怕，先不要出去。"

他走出卧室，在客厅里拨了苏格兰场警长办公室的电话。

福琼来到他卧室的窗下。

地上，一个人仰面朝天躺着，还有一个人跪在他身边。

"大家回屋吧，警察会来收拾现场的。"福琼平静地说。

狄隆大夫抬起头来说："已经死了。"

"这第二枪他倒是打得很准。"福琼说。

"可第一枪的枪伤呢？他身上湿乎乎的并不是血呀！"

"第一枪是冲我打的，他身上的是墨水。"

狄隆大夫伏下身去，喃喃地说："他为什么……"

"为什么？"福琼说，"你还是先看看他的手枪吧。"

狄隆从死者手里拿下手枪，对着灯光看，惊叫起来："怎么？这是……我的手枪。"

"那就对了。"福琼微笑了。

"您早已知道这是我的手枪？"

"没那么肯定，我想应该是你的或凯莉小姐的手枪。"

"是我的。两个月前镇上有几户被盗，赫斯夫人害怕，成天唠叨。我就把我的手枪借给了凯莉。"

"布里特也一定为你的这一举动而高兴呢。"福琼说。

"可他为什么要对您开枪呢？"狄隆问。

"嘀，你竟问出这么天真的问题，"福琼说，"如果我被打死了，而窗外地上扔着一把有你名字的手枪，家里又人人皆知你曾把手枪借给凯莉小姐，你们还能够洗得清吗？"

"您一开始就知道是他下的毒吗？"

"当时我没抓到证据，所以我要表示出对所有的人都怀疑。"

"布里特为什么非把史密斯大夫拉进来呢？"狄隆又问。

"他知道史密斯大夫对你和赫斯夫人忌恨于心，所以他把他牵扯进来，好转移我的视线。"

远处传来警车尖厉的警笛声。

"好了，这里留给警察处理吧。"

在客厅里，福琼点上一支雪茄，坐在大沙发里。

一会儿，狄隆大夫扶着凯莉小姐也来到客厅。

"福琼先生，"凯莉小姐的声音微弱而颤抖，"他，为什么要干这事？"

215

"就为了不让你继承这座庄园。"

"当时布里特并没有在现场啊！"狄隆说。

"只要有一辆汽车，是很容易造成不在现场的假象的。"

"您是怎么知道的?"凯莉小姐的眼睛瞪得大大的。

"根据现象和推理，"福琼面露得意之色，"第二天布里特赶到这里，看到赫斯夫人并没有摔死，怕她会说出不利于他的话，于是就在牛奶里下了金雀花毒剂，他的这一招真是聪明绝顶。"

"那么您原来认为是我干的?"凯莉小姐叫了起来。

"你要那样想可就低估我了。当我在你房中发现了一束金雀花，又在你桌上发现了那本书后，我就断定不是你干的。真正的罪犯没这样愚蠢。"

"我也奇怪那本书怎么跑到我房里来了，我很害怕，就悄悄把它放回了藏书室。"

"我在藏书室看到那本书了，我猜那是你干的，不过这很危险，换个人也许又成了你的一条罪状。"福琼笑道。

"啊，真可怕!"凯莉小姐长长地叹了口气。

"好了，"福琼站起来，"过几天等赫斯夫人好一点后，由你们向她解释这一切吧。"

第二天早上，福琼来到赫斯夫人的卧室。

赫斯夫人和"皇帝"都在床上安睡。福琼搔了一下"皇帝"的肚子。"皇帝"睁开眼，对着福琼愤怒地叫了一声。

疑云重重的惊世骗局

红发会

【英】阿瑟·柯南道尔

一

一天,我到贝克街去,见到我的朋友正在和一位身材矮胖、面色红润、头发火红的上了年纪的先生在深谈。

"你来得正是时候,华生,"我的朋友说罢,转身对客人道,"威尔逊先生,这位先生卓有成效地协助我办过许多案件。我相信在处理你的案件时,他也会助我一臂之力的。"

福尔摩斯对我挥挥手,示意我坐下来,他自己重新回到座位上坐下,指尖合拢来。这是他准备思考问题时的习惯动作。

"你还记得吧,华生,我说过,真实的生活比想象中的情景更奇特、更有意思、更复杂。"

"我曾对你说过,我发现这种说法很难令人信服。"我说。

"你是说过,但是你会同意我的观点的。这位杰贝兹·威尔逊先生就有一个故事,可能是我好些时候以来所听过的最稀奇古怪的故事。威尔逊先生,可不可以请你费心,看在华生大夫的分上,再从头讲讲你的故事?"

福尔摩斯的当事人傲慢地挺起胸膛,从大衣里面的口袋里掏出一张又脏又皱的报纸。我想用福尔摩斯办法研究他,但是看不出多少名堂来。看来,威尔逊是一个普普通通的靠打工过日子的人——身材矮胖、自以为是、动作迟钝。他穿着一条宽松下垂的裤子,里面穿着一件颜色灰暗的背心,背心上系有一条金表链,还有一小块四方形的硬币,来回叮当晃动着。穿着一件不太干净的夹克衫。身上唯一引人注目的是他那一头火红色的头发,和脸上那副不高兴的表情。

福尔摩斯注意到我的举动,微微一笑:"威尔逊先生一度干过体力活,到过中国,最近写过不少东西。除了这些显而易见的情况以外,我推断不出别的什么来。"

威尔逊在坐椅上挺直了身子,惊讶地打量我的朋友。

"这些情况你是怎么知道的?"他问,"不错,我曾干过体力活——最初就是在船上干木匠活的!"

"你的右手比左手大了一圈,"福尔摩斯说,"你用右手干活,所以右手的肌肉比左手发达。"

"那么写作呢?"

"你右手袖子上足有五寸长的地方闪闪发亮——这是写作时在书桌上磨出来的。你的左手袖子的手腕部位也闪闪发亮,那是你手靠在桌面上造成的。"

"也被你说对了,那么,在中国待过又是怎么看出来的?"

"你右手腕上文着的鱼,只能是在中国文上的。我对文身花纹做过一番研究。用浓淡不一的粉红色给大大小小的鱼着色,是中国的一大特技。此外,我看见你的表链上还挂着一块中国钱币。那可是一目了然的。"

威尔逊开怀大笑起来。"好啊!"他说,"开始时我还以为你能掐会算呢,看来也没什么奥妙可言。"

"我这下觉得,华生,"福尔摩斯说,"我的这番解释是失算了。威尔逊先生,你找到那个广告了吗?"

"找到了。"他说罢把那广告递给了我。我念了起来:

红发会

现有一职位,凡红发会会员皆有资格申请。报酬为每周四英镑,工作轻松。凡红发男性,身体健康,智力健全,年龄超过二十一周岁者,即符合条件。应聘者请亲至舰队街教皇院七号红发会办事处提出申请。

"太不可思议了!"我读了两遍后,不禁喊道。

福尔摩斯开心得"咯咯"地笑了起来。"可不是,是不可思议,"他说,"好啦,现在就来听威尔逊先生讲的故事。华生,你先把报纸的日期记下来。"

"1890年8月27日——正好是两个月之前。"

"我在科伯格广场开了个小当铺,"威尔逊说了起来,"我是尽心尽力了,可只勉强维持生计。我只雇得起一个伙计。要不是他为了学会做这种生意自愿只拿一半工资,恐怕我连这个伙计也雇不起。"

"这位乐于助人的青年叫什么名字?"福尔摩斯问。

"文森特·斯波尔丁,"威尔逊答道,"其实他的年纪也不轻了。让我请一个比他更精明的伙计,我也无能为力。他本来可以到别处去赚更多的钱。可是,我为什么要劝他多长几个心眼呢?"

"可不是,"福尔摩斯说,"你遇上了这么好的伙计真是交好运了。也许你也会遇上广告上所说的好事儿。"

"啊,他也不是十全十美,"威尔逊先生说,"他老拿着照相机到处拍照,然后就跑到地下室去埋头冲洗底片。但是,他是个好工人。在斯波尔丁把这则广告给我看前,我对自己的生活还是心满意足的。'要是我自己是个红头发的人那就好了,'他说,'红发会现在就有个空缺!谁要是得到这个职位,那简直是发了笔小财。'

"我从没有听说过什么红发会,它害得斯波尔丁神魂颠倒。他说,我最适合去干这个职位——一年可以轻而易举赚到几百镑,而且几乎不用干什么活。他说,这个红发会,是一位古怪的美国百万富翁创办的,他想帮助与他一样红头发的人过上好日子。为此,他才把自己大笔财产留给红发会。我听了很动心,但是我说,那就有千千万万的人争着抢这一碗饭吃呢。

"'人数没有你认为的那么多,'斯波尔丁说,'我听说,头发的颜色得是种独特的红色。譬如说,像你的头发那样。干吗不去试试,看到底怎么样?'

"于是我就去了。斯波尔丁陪着我去的。舰队街挤满了人,他们都长着深深浅浅、你能想象得出的各色红头发!我绝望之余打算打退堂鼓了,可斯波尔丁死活不让。他推着我使劲从人堆中挤过去,到了前面,见到办公桌后面坐着一个头发火红的男子。'这位是杰贝兹·威尔逊先生,'斯波尔丁说,'他对你们的空缺很感兴趣。'

"'他是个十分理想的人选。'那人说罢,从椅子上跳了起来,仔细地查看起我来——那举动有点失体统。后来还抓住我的头发,使劲拉了拉,我痛得直叫唤起来,他这才松手。'对不起,'他说,'我得弄清,那是不是假发,是不是染成的。你不知道来碰运气的各种人都有!'

"那人——就是邓肯·罗斯——把其他人都打发走了,那个职位就给了我。告诉你吧,我别提多高兴了。他给我立了规矩:工作时间从上午十点到下午两点。这时间很理想——大多数开当铺人的买卖多半在晚上,斯波尔丁说铺子的事他会替我照管的。报酬是一周四英镑。这也很好。我该做的只是在办公室里待上这几个钟头。如果我擅自离开岗位,就立即被辞退。我的工作是抄写《大英百科全书》,从第一卷开始。第二天我就走马上任了。连续八个星期我都这么干着。我差不多已经抄完了'A'为首的词条,不久就可以开始抄写'B'为首的词条了。突然,事情宣告结束—就在今天上午!我去上班,办公室的门上钉了这么一张字条。"他举着一张白色卡片,上面写着:

红发会业已解散,此启。
1890 年 10 月 9 日

"我去找房东,"威尔逊接着说,"我问他,哪里找得到我的雇主邓肯·罗斯先生。可他说,从没听说过罗斯这个人,也没听说过这样一个团体。我把罗斯的长相给他说了说,他说:'哦,你是说威廉·莫里斯吧。他是律师,他的办公室在翻修,暂住我的屋子。这是他的地址。'我连忙赶去找他,可那是一家工厂,不是法律事务所,谁也没有听说过罗斯或者莫里斯这个人,也没模样跟他相像的人。我实在不愿丢掉这笔外快,福尔摩斯先生。你能不能帮帮我?"

"这个案件,我说什么也不愿错过的,"福尔摩斯说,"请回答我几个问题。那个斯波尔丁把广告拿给你看的时候,在你那里干多久了?"

"约莫一个月。"

"你是怎么找到他的?"

"他是看到我登的广告跑来找我的。"

"当时只有他一个人来求职吗?"

"不,来求职的有好多好多人。"

"你为什么挑中他呢?"

"因为他要的报酬低。"

"他是什么模样?"

"小个子,体格健壮,虽然至少已是三十岁的人了,但脸面光光的。他的前额有一块被硫酸烧伤的白色伤疤。"

福尔摩斯十分兴奋地在椅子上立起身子:"果然不出我所料!他还在你那里干活吗?"

"当然在。"威尔逊说。

"谢谢,"福尔摩斯说,"这就好办。今天是星期六,但愿星期一前我们就可以办好这件案子。"

威尔逊握了握我俩的手,走了。

二

"这事太稀奇古怪了,福尔摩斯!"我说。

"一般地说,"福尔摩斯说,"越是稀奇的事,事实上越不神秘。反是普通无奇的罪行解决起来才最棘手,因为此种案件毫无独特之处,才令人无从着手。咱们出去走走,如何,华生?"

我们在科伯格广场附近溜达了一阵。威尔逊的当铺就在这一带。这里还有几家其他的商行、几座小房子——一个平平常常的地方。福尔摩斯上下左右打量了一番,全都心中有数了。他到了威尔逊当铺前,停了下来,用手杖使劲地敲打了几下人行道,随后便敲起了当铺的门。一个小伙子应声跑了出来。他就是威尔逊所描述过的那人。

"劳驾,"福尔摩斯说,"我俩迷路了。请问去……"

那年轻人给我们指了路,我们就离开了。

"看来,"我说,"你对威尔逊的伙计还挺感兴趣哩。想来你是来看一看他吧。"

"不是看他这个人,"福尔摩斯说,"是来看他裤子膝盖。想看的我都看到了。咱们再到附近看看去。"

威尔逊当铺后面的那条街比科伯格广场热闹得多。福尔摩斯观察了每一座建筑物和那川流不息的忙忙碌碌的行人。"那边是一家卖报纸的小店、素菜馆、一家大银行、马车停靠站,"他说,"现在看来,威尔逊的问题不像我原先想象的那样,这并不是件有趣的小案子——问题大着哩。我还有点事要办。今晚你能不能帮我点忙?"

"那还用说!什么时候?"

"十点钟在贝克街见面——华生,你把手枪拿来。咱们这两条命可能还得仰仗它哩。"

三

当天晚上,我到了贝克街,见到的不止福尔摩斯一个人。我认识的警察局的侦探彼得·琼斯也在;还有一个人,经介绍,知道他是梅里韦瑟先生。

"今晚,"福尔摩斯说,"琼斯要去逮捕约翰·克莱,他是个杀人犯、盗窃犯、造假货的老手。对你来说,梅里韦瑟先生,今晚就值三万英镑哩。"

福尔摩斯领着我们回到了我们上午去过的那条繁忙街道。在梅里韦瑟的带领下,走过一条昏暗的通道,穿过大大小小几道门,一一打开门锁,过后又锁上。最后到了一个很大的地下室,里面堆满了板条箱。

"你们这个地下室上面防得确实严密。"福尔摩斯举起提灯,看了看地下室,说。

"想从地下进来同样难上难。"梅里韦瑟边用手杖敲打着地板边说。"哎哟!"他惊叫起来,"听声音是空的!"

"别说话!"福尔摩斯嘘声道,"你这要使我们这次的使命全盘泡汤的。请你在那个箱子上坐下来!"他命令我们全都在一个昏暗的角落里坐下来,别发出声响。他自己拿着提灯和一只挺大的放大镜,跪了下来。他边爬边仔细检查粗糙的石地板,特别是石板之间的缝隙。不久他高高兴兴地跳了起来:"我们起码还有一个小时好等,在我们的红发朋友威尔逊先生睡觉前,他们是不可能采取任何行动的。他们想要得到所要的东西,手脚得快,这样就留有充裕的逃跑时间。华生,我相信你已猜到了,现在我们在什么地方:我们是在今天下午见过的那家大银行的地下室里——就在威尔逊先生店铺拐角的那条路上的银行地下室里!"

那家银行我当然看见过,可当时我看了并不在意。

"这位梅里韦瑟先生,"福尔摩斯手指着我们的东道主,接着说了下去,"是这家银行的董事长。他可以告诉你,我们那些聪明的朋友图谋些什么。"

"我们的法国黄金!"董事长低声说,"几个月以前,我们向拿破仑政府借来了三万枚法国金币,但一直没有开箱。我坐着的这个板条箱里就有两万法国金币。你们都知道,喜欢金币的大有人在。所以存放的地方我们是保密的。但是我们得到警告,据说犯罪分子已有所觉察。不过只有今天福尔摩斯先生来找我后,才意识到危险早已逼近了!"

好一会儿福尔摩斯让我们要小声说话,后来他禁止我们决不能开口出声。他蒙上了提灯,要我把手枪掏出来,做好准备。他问警方侦探琼斯,威尔逊店铺的前门——犯罪分子另外的唯一的退路—有没有派人守候。回答说,有人守候了。

我们坐着等着。地下室的空气又冷,又潮,又处在这一片黑暗和寂静中,给人压抑窒息之感。我又兴奋,神经又紧张,虽然要等待的时间只有一个半小时,但颇有度日如年的感觉。

我感到肌肉已经痉挛、僵硬,想不声不响地伸伸手脚,突然隐约发现闪现着的亮光。光是从石地板下出来的!很快点点微弱的火星连成了一束明亮的光。接着从地板下伸出一只手,摸索起洞口周围的石板来。手不见了——突然响起摩擦声,一块石板被翻了起来。随着一束提灯的亮光照亮了昏暗的地下室,地板的洞口露出一个脑袋。

一张清秀的孩子般的脸察看了一下昏暗的地下室,但没有发现我们。原来他就是那天早些时候福尔摩斯向他问路的家伙!他从洞里钻了上来,转身小声说:"没事,阿奇!"接着又露出一个脑袋——一头蓬乱的火红头发。"赶紧动手吧,免得——"

说时迟,那时快,福尔摩斯闻声从躲藏的地方一跃而出。"老天爷!赶紧去拿,阿奇!"福尔摩斯一把揪住第一人的衣领的时候,那人喊道。琼斯扑过去一把抓住了阿奇,但是他双手抓到的是衣服碎片,这个眼看着就要被抓住的贼的衬衫被撕下一块。

被福尔摩斯紧紧抓住的那个人竭力想掏出手枪,但是福尔摩斯身手比他快,手中的鞭子一下打在这个歹徒的手腕上,手枪"当"的一声飞掉了。"约翰·克莱,那是徒劳的!"福尔摩斯不动声色地说,"你到底还是被抓住了。"

"说得倒也不假,"对方装得十分冷静地回答说,"可你没抓住我的朋友。"

"不对,"福尔摩斯道,"三名警察正在门口恭候他呢。"

"真的！"约翰·克莱说，"你干得不赖，先生。"

"彼此，彼此，"福尔摩斯说，"你出的那个红发会的点子漂亮极了。"

琼斯走上前去在克莱的手腕扣上手铐。克莱瞪着眼睛，愤恨地挺直背脊。"我请你们不要用你们的脏手碰我！"他对琼斯说，"如果非要与我说话，那就用'先生'和'请'字，我可是皇族后裔。"

琼斯暗自发笑，对自己的俘虏说："好吧，先生。请往上走，先生，我们将用马车把阁下送到警察局去。可以吗？"

"这才像个样子。"克莱不屑地说。他对福尔摩斯、梅里韦瑟和我都深深鞠了个躬，然后跟着警探大踏步走了出去。

"福尔摩斯先生，我真不知道该如何感谢和酬劳你才好！"梅里韦瑟握着我朋友的手，说。

"此前我已注意到约翰·克莱的罪恶行径，"福尔摩斯说，"我肯定银行会付给我报酬。但是，抓住这个歹徒才是我最大的报酬——此外有机会听到威尔逊先生有关红发会的很不寻常的故事！"

四

当天晚上回到贝克街，我们在炉火前坐了下来。福尔摩斯把我所不知道的有关这案子的其他细节全讲给我听。

"华生，你看，"他说，"从一开始就十分明显。报纸上那则稀奇古怪的广告，那个红发会，和抄写《大英百科全书》的职位——这一切的目的只有一个，那就是把这个并不怎么聪明的杰贝兹·威尔逊先生每天支出店铺几个小时。我一听说威尔逊的新伙计心甘情愿为那么点小钱干活，我就断定他一准有非常强烈的理由想待在那里，而不到别的地方。"

"你怎么知道的？"我问。

"威尔逊没有妻室，也没有女儿，那么克莱就不是为搞风流事而来的。威尔逊不是个有钱的人，所以也不是为了钱——至少不是为他的钱。威尔逊的家里或当铺里没有什么值钱的东西。后来威尔逊提到这个伙计特别热衷照相，这可有点不寻常，而且老是往地下室钻。地下室！一听威尔逊说到自己伙计的模样，我就断定，我的对手是伦敦最出色、胆子最大的罪犯之一。"

"你早就认识克莱了？"我问。

"彼此没见过面，但我知道他那些罪恶行径，听人说起过他的长相。"

"所以那次我们才去散步！"

"说对了，"福尔摩斯道，"你还记得我说过这个伙计裤子膝盖吗？两只膝盖很脏，皱巴巴的，磨薄了。这些情况说明，他长时间跪着——挖东西！肯定是挖地道。可为什么挖地道？一旦我在那拐角处看到那家银行，我明白了，便马上去找警局和银行的董事长。"

"你怎么能断定他们会在当天晚上动手呢？"我问。

"太简单了，华生！唔，他们不是给威尔逊留过条子吗，他们已没有必要支开他了——地道已经挖好了。他们得赶紧动手，免得地道被人发现，金币也有可能被运走。星期六比其他日子对他们更合适。只有到星期一银行开门营业，被盗的事才可能败露，这中间就有两天的时间可供他们逃离犯罪现场，远走高飞。"

"妙极了！"我被说得五体投地，赞叹道，"你这番推理真精彩。"

"小事一桩，仅作消遣而已，"夏洛克·福尔摩斯打个哈欠，接着说，"但愿过不了多久再来一桩小案件，好用来打发这枯燥无聊的日子！"

首相绑架案

【英】阿加莎·克里斯蒂

既然战争和战事都已成为过去的事情，我认为我现在可以无须担心，向世人透露一下我的朋友波洛在民族危急时刻所起到的重要作用。这件事一直作为机密，没有只言片语向新闻界透露过。但是，既然需要保密的时代已经过去，我觉得它应该被公之于世，让全英国的人都知道我的这位风趣、古怪的矮个子朋友对英国做出的重要贡献。他的过人才智使英国避免了一场重大的灾难。

有天晚饭过后——我将不指明具体的日期，只说那时正处于英国的敌人正在鹦鹉学舌般地喊叫"缔结和约"的时期就足以使大家明白了——我和我朋友正在他的房间里坐着聊天。从军队退职之后，我被安排从事一项新工作。每天晚饭之后，我到波洛这里来，和他谈谈他手头遇到的任何令人感兴趣的案子已经成了我的一个习惯。当时，我正和他讨论人们都在议论的那个敏感的话题——一次对英国首相戴维·麦克亚当先生的未遂的暗杀行动。报纸上披露出来的那条消息很显然是经过了国家有关部门的严格审查，没有报道任何细节，只是首相幸运地脱险，子弹只轻轻擦过了他的面颊。

我认为我们的警察应该感到耻辱，竟然如此粗心大意，几乎使这样的一件阴谋在我们国家得逞。我也很能理解暗藏在英国的德国间谍会不惜高昂代价来冒险采取这样一次行动：正像首相的同事们给首相起的绰号那样，"斗士麦克"向当时盲目地、普遍地接受的所谓和平妥协的势力进行了毫不留情的坚决斗争。

他不仅仅是英国的首相——他本人简直就代表着英国的形象；如果没有他的力量和领导，就会使英国陷入瘫痪状态而受到毁灭性的打击。

波洛正忙于用一块海绵擦拭一件灰色套装；从来也没见过像赫尔克里·波洛这样衣着讲究的人，整洁和秩序是他的特殊嗜好。现在，屋里到处充斥着苯的气味，他很难和我全神贯注地谈话。

"再过一会儿，我就可以和你好好聊一聊了，我的朋友，我马上就要干完了。这一小块油污——它太让人讨厌了——我要除掉它——好了！"他挥了挥手上的海绵。

我又点上了一支烟，笑了。

"最近有什么有趣的事吗？"过了一两分钟，我问他。

"我帮了一位——该怎样称呼这种人呢？——'清洁女工'找到了她的丈夫。这是非常棘手的一件事，很需要动些脑筋，因为我有一个想法，就是当他被找到的时候他会不高兴。

你会怎样想？就我来说，我很同情他；他是一个有辨别能力的人，他不愿失去他的独立。"

我笑了起来。

"好了！这块油污终于去掉了！现在，我听候你的差遣。"

"我刚才问你，你对企图谋杀麦克亚当有什么看法？"

"简直是小孩的把戏！"波洛迅速地说道，"我根本没有把它当成一件严肃的问题来想。用来福枪来搞暗杀——从来也不会成功。那是一种陈旧过时的武器。"

"这次几乎就要成功了。"我提醒他。

波洛不耐烦地摇了摇头，他正准备申辩的时候，房东太太探头进来，通知他楼下有两位先生急于要见他。

"他们不肯说他们的名字，先生，但他们说事情非常重要。"

"让他们上来吧。"波洛说着，仔细地将他的灰裤子叠了起来。

几分钟后，两位来访者被领进了房间。一见他们，我的心就猛跳起来。来的原来是两位国家要人，一位是埃斯泰尔勋爵，众议院领袖；他的同伴伯纳德·道奇先生是陆军部的要员，据我所知，他是首相的一位密友。

"你是波洛先生吗？"埃斯泰尔勋爵有些怀疑地问。我的朋友略一躬身。这位大人物看了看我，有点犹豫地说："我的事情很机密。"

"当着黑斯廷斯上尉的面，您可以无拘无束。"我的朋友说着，向我点头示意让我留下来，"他不够绝顶聪明，是的！但是，对于他的谨慎和守口如瓶，我可以保证。"

埃斯泰尔勋爵还在犹豫，但是道奇先生却突如其来地插话道："噢，那就快说吧——别绕弯子了！目前，在我看来，整个英国都会知道我们很快就会陷入困境难以自拔；时间就是一切。"

"请先坐下，先生，"波洛彬彬有礼地说，"您来坐这把大椅子好吗，勋爵大人？"

埃斯泰尔勋爵有些吃惊地问："您认识我？"

波洛微笑着说："当然认识。我每天读带照片的报纸，又怎么会不认识您呢？"

"波洛先生，我是因为一件十万火急的事情来这里请您帮忙的，我必须要求你们绝对保守秘密。"

"您已经听赫尔克里·波洛说过了——我无须重复！"我的朋友趾高气扬地答道。

"这件事与首相有关。我们正处于极度的困境之中。"

"我们几乎无路可走了！"道奇先生插话道。

"那么说他的伤势很重了？"我问。

"什么伤势？"

"枪伤呀。"

"噢，那事，"道奇先生用不值一提的口吻说，"那都过去了。"

"正如我的同事所言，"埃斯泰尔勋爵接着道，"那已经过去了，幸运的是子弹打偏了。我希望对于第二次尝试，也能够说是我们的幸运。"

"那么说又有了一次？"

"是的。虽然不是同样的性质，波洛先生，这次的情况是首相失踪了。"

"什么？"

"他被绑架了！"

"这不可能！"我呆头呆脑地喊起来。

波洛向我投来目光，要我注意，我明白现在我最好闭口不言。

"不幸的是，表面上看来似乎不可能的事情，却恰恰成了事实。"勋爵说。

波洛又看了看道奇先生："刚才您说过，先生，时间就是一切，这话是什么意思？"

他们俩交换了一下眼神，然后埃斯泰尔先生说："波洛先生，您肯定已经听说了，盟军会议即将举行。"

我的朋友点了点头。

"由于众所周知的原因，会议的时间地点没有向外透露任何消息。但是，尽管事情对报界保密，可在外交圈内已是人人皆知的了：会议将在明天，也就是星期四晚上在凡尔赛举行。现在你可以明白我们所面临的严峻局势了，我也不向您隐瞒首相与会是多么的至关重要。在我们中间，德国间谍鼓吹和煽动起来的所谓和平不抵抗的思想已经十分活跃。大家一致认为，首相旗帜鲜明的立场和坚定的个性将会给会议带来转机，他的缺席可能会导致极为严重的后果——很可能是不合时机的和灾难性的所谓暂时和平。我们目前找不到一个可以代替他的人，只有他才能够代表英国。"

波洛的脸色变得非常严肃起来："那么说，您认为绑架首相的直接意图是想阻止他出席会议吗？"

"我是这样认为的。事实上，他那时正在前往法国的途中。"

"会议肯定要召开吗？"

"会议的召开时间就是明天晚上九点整。"

波洛从口袋里掏出那只大怀表。

"现在是差一刻九点。"

"还有二十四小时。"道奇先生想了想说。

"二十四小时零一刻，"波洛纠正道，"不要忘了那一刻钟，先生——它可能会很有用处。现在，请讲述一下绑架事件的详细情况。它是发生在英国，还是发生在法国？"

"在法国。麦克亚当先生今天早上到了法国，今天晚上他应该作为总司令的客人留在那里，准备明天再动身去巴黎。他是乘坐驱逐舰被护送过英吉利海峡的。防空军总司令部的一辆车在布伦迎接了他。他们离开布伦，可是根本没有到达他们应该到的地方。"

"什么？"

"波洛先生，那是一辆冒名顶替的车，真正的车在一条小路上被发现了，司机和防空军司令部的那位军官被堵着嘴绑在了座位上。"

"那冒名顶替的车呢？"

"现在仍然逍遥法外。"

波洛做了个不耐烦的手势："令人难以置信！它肯定不会长时间地逃匿在外。"

"我们也这样认为，这看起来需要进行彻底的搜索。法国方面已经处于军事戒备状态了。我们有理由想象那辆车不会被藏匿很久，法国警方和我们伦敦警察厅的人，还有部队，都在严密搜索。就像你说的那样，这事真是令人难以置信，然而，到目前为止，还没有发现任何线索。"

这时有人敲门，一名年轻军官手里拿着一封厚厚的、密封得很严实的信走了进来，他将那封信交给了埃斯泰尔勋爵。

"刚刚从法国寄来的，按照您的吩咐，我给您送来了。"大臣迫不及待地将信撕开，对那军官低声说了几句，军官便离开了房间。

"这是最新消息！这份电报刚被译出来，他们找到了第二辆车，还有那位秘书丹尼尔，他被施麻醉剂，堵着嘴巴，捆着手脚扔在一个被遗弃了的农场上。他什么也记不清，只记得他嘴和鼻子被人从背后捂上了，他曾挣扎着想解脱出来，但未成功。警察相信了他所讲述的经过。"

"他们没有发现别的东西吗？"

"没有。"

"也没有发现首相的尸体吗？那么，还有希望，但这事很奇怪，为什么他们要在早上企图枪杀他之后，又费这么大的周折要让他活下来？这究竟是为什么呢？"

道奇摇了摇头："只有一件事是肯定的，他们决心不惜一切代价来阻止他出席会议。"

"只要还有一线希望，首相就会按时出席。但愿上帝保佑，不要为时太晚。现在，先生们，请给我从头至尾仔细地讲一下整个事情的经过，我还必须知道今天早上发生的这起枪击事件的情况。"

"昨天晚上，首相在他的一位秘书——丹尼尔上尉的陪同下——"

"丹尼尔上尉就是陪他去法国的那个秘书吗？"

"是的，就像我说的那样，他们乘车到温莎。在那里，首相有一次安排好的会见。今天上午早些时候，他返回城里，在从温莎返回城里的路上，发生了那起未遂的枪杀事件。"

"请您稍等一下，这位丹尼尔上尉的情况您了解？您有他的资料吗？"

埃斯泰尔勋爵笑了笑："我想您会问到这个问题的。我们对他了解不多，他的家庭背景并无特殊之处，他在英国军队供职，是个特别能干的秘书。在语言方面，尤其富于天赋，我相信他能讲七种语言，正是由于这个原因，首相才选中他，由他陪同，一起去法国。"

"他在英国有什么亲戚吗？"

"有两个姑姑。一位是埃弗拉德夫人，她住在汉普斯特德；一位是丹尼尔小姐，她住在阿斯科特附近。"

"阿斯科特？是不是靠近温莎？"

"是的。我们并没有忽略对那里的搜查，但什么也没发现。"

"那么您认为丹尼尔上尉最有嫌疑了？"

埃斯泰尔勋爵的声音里有一种难言的悲苦，他回答道："波洛先生，在目前的情况下，要我说排除任何嫌疑的话，我都会犹豫的。"

"好了。现在我明白了，大人。按照惯例，首相一定会处于警察的严密保护之中，这应该使他能够避免任何不测，对吗？"

埃斯泰尔勋爵点了点头："按道理应该是这样的。首相的车在前面行驶，一辆满载便衣警察的车就会紧随其后进行保护。麦克亚当先生对此并无察觉。由于他的性格，他是个无所畏惧的人，如果他知道有警察跟着他，他会毫不客气地请他们离开。但是，警察自然会按照他们自己的安排行事。事实上，首相的司机欧莫菲就是刑事调查部的成员。"

"欧莫菲？这是个爱尔兰人的名字，对吗？"

"是的，他是个爱尔兰人。"

"他出生在爱尔兰的什么地方？"

"克莱尔郡，我想是那里。"

"噢，请继续讲下去，大人。"

"首相的车向伦敦方向行驶，车是封闭的，他和丹尼尔上尉坐在里面；第二辆车像往常那样紧跟在后面。但不幸的是，首相的车在路上无缘无故地偏离了公路。"

"是在一个公路转弯处吗？"波洛插话说。

"是的，可是您怎么知道是这样？"

"噢，很显然该是这样的。请继续讲下去！"

"不知道什么原因，首相的车离开了公路，"埃斯泰尔勋爵接着说，"警察的车不知道前面转弯了，继续沿着公路向前开。首相的车沿着小路没走多远，突然被一伙蒙面人围住了。那位司机——"

"就是那个勇敢的欧莫菲！"波洛沉思着说。

"那位司机，急忙踩了刹车。首相将头伸出窗外，立刻有颗子弹射了过去，然后又射来一颗。第一颗子弹擦伤了他的面颊，第二颗打偏了。司机此时已意识到所处的危险处境，便紧踩油门往前冲去，将那伙人冲散。"

"虎口余生啊！"我在一旁紧张地说了一句。

"麦克亚当先生对自己所受的轻伤拒绝张扬，他坚持说那只是被划破了点皮，他们将车停到了当地的一家小医院，在那里进行包扎——他当然没有暴露他的身份。然后，又按照日程的安排，驱车直奔卡莱·科洛斯。在那里，有专列在等着他，以便驶往丹佛。由丹尼尔上尉向焦急的警察叙述了所发生的事情之后，按既定的安排他们乘专列前往丹佛。在丹佛，他们登上了等候在那里的驱逐舰。在布伦，就像你知道的那样，那辆冒名顶替的汽车上面插着英国国旗正等着他，所有一切都伪装得天衣无缝。"

"这就是您能告诉我的所有情况吗？"

"是的。"

"您确定没有任何遗漏之处吗，大人？"

"噢，有一件很特殊的事情。"

"是吗？"

"首相的车，在卡莱·科洛斯将首相送走之后，并没有返回伦敦，警察急着要找到欧莫菲，于是立即进行了搜索。最后，车被发现停在索霍区的一家声名狼藉的小餐馆外面，那个小餐馆是众所周知的德国间谍的秘密聚会场所。"

"那个司机呢？"

"哪里也找不到他。他也失踪了。"

"这么说，"波洛沉吟着说道，"总共有两起失踪案，首相在法国被人绑架，欧莫菲在伦敦失踪。"

他目光锐利地看着埃斯泰尔勋爵那表情十分无奈的脸。

"我只能告诉您，波洛先生，如果昨天有人对我说欧莫菲是个叛徒，那会笑掉牙的，可是今天我不知该如何看待这件事。"

波洛严肃地点了点头,他又看了看他的大怀表。

"我的理解是我对此事可以全权处理,对吗?先生们,我必须有完全的自由去我想去的任何地方,按照我自己的方式来调查。"

"完全正确,一个小时之后,有辆开往丹佛的专列,还有伦敦警察厅的人、一位司令部的军官和一位刑事调查部的成员将陪您同往。他们会完全按您的盼咐行事,您对此还满意吗?"

"非常满意。在你们离开之前,请允许我再问一个问题,先生们,你们为什么要来找我?在偌大一个伦敦,我默默无闻,鲜为人知。"

"我们来找您,是因为贵国一个相当伟大的人物的特别推荐。"

"您是说我的老朋友皮裴特?"

埃斯泰尔勋爵摇了摇头。

"比您那位上司老朋友皮裴特的地位要高得多。他的话从前是比利时的法律——将来还会是的!英国发誓会帮助他的!"

波洛的手飞快地举起来,夸张地做了一个敬礼的动作:"但愿如此!我的主人并没有忘记……先生们,我,赫尔克里·波洛,将全心全意地为你们效力。愿上帝保佑,一切还能来得及。不过,这里有疑点,我还搞不清楚。"

"好了,波洛,"当两位大臣走出去,我关上门后,便不耐烦地对波洛叫道,"你对此事究竟是怎么想的?"

我的朋友正忙着收拾旅行包,他动作迅速而敏捷。他沉思地摇了摇头。

"我不知道该怎么想,我的大脑现在不灵了。"

"为什么还要绑架他呢?你不是说只要在他头上来一枪就能解决所有的问题了吗?"我急切地问。

"请原谅,我的朋友,我可不是那意思。毫无疑问,他们的目的并不仅仅是要绑架他。"

"可为什么呢?"

"因为不确定的消息会制造混乱,这是一个原因。如果首相死了,那将会是一场可怕的灾难,可是,人们还是会正视这种灾难的。但现在,一切都陷入了瘫痪状态,人们对前途感到难以捉摸。首相会重新出现呢,还是从此消失了?他是死了还是活着呢?没有人知道。在他们弄清事情的真相之前,什么事也做不了。而且,正像我告诉你的那样,不确定的消息使人产生恐惧,那才是他们想制造出来的效果。然后,如果绑架者把他秘密地关押起来,他们就处于非常有利的地位,能和两个方面都谈条件。德国政府不会那么轻易付钱的。但是,毫无疑问,在这种情况下,那些绑架者会使他们开出支票的。最后一个原因是,他们这么做所冒的风险也不会使他们被处死。啊,他们所犯的只是绑架罪。"

"那么,如果事情真是这样的话,他们为什么先前试图开枪打死他呢?"

波洛露出了生气的神情:"啊,这正是我难以理解的地方!这很令人费解——简直是愚蠢透顶!他们为绑架做好了一切安排——安排得天衣无缝——然而他们制造的戏剧性的枪击事件,却败坏了整个计划。这简直就像一部人为编造的电影,毫无真实感。一伙蒙面人在离伦敦不到二十英里的地方就开枪袭击首相,真像天方夜谭一般!"

"也许他们是两个完全独立的团伙,彼此各干各的事?"我这么说。

"噢,不,不可能有这么巧合的事儿!那么,下一个问题是——谁是这案件中的叛徒呢?首先,无论如何其中一定是有叛徒的,但会是谁呢?是丹尼尔,还是欧莫菲呢?肯定是他们中间的一个,否则的话,首相的车是不会突然偏离公路的!我们不可能设想首相本人要对自己的谋杀负责,是欧莫菲自己转动的方向盘,还是丹尼尔强迫他做的呢?"

"这肯定是欧莫菲自己干的。"

"是的。因为,如果是丹尼尔命令欧莫菲做的话,首相肯定会听到。他会问丹尼尔为什么要这样做。在这件案子中,综合所有的情况,有太多的'为什么',它们相互矛盾。如果欧莫菲是个诚实可靠的人,他为什么将车开离公路?但如果他不可靠的话,他为什么又重新发动了汽车,而当时的情况是已经射出了两发子弹——他这么做,事实上等于救了首相的性命。另外,如果他可靠的话,为什么在离开卡莱·科洛斯后,立刻将车开到了众所周知的德国间谍聚会场所呢?"

"这确实是一团糟。"我说。

"让我们给事情理出个头绪来。我们对这两个人的信任和怀疑的地方都在哪里。首先判断一下欧莫菲:他值得怀疑的地方是他开车离开了公路,他出生于克莱尔郡,是个爱尔兰人,他失踪的方式很令人怀疑;他值得信赖的地方是他迅速地再次发动了汽车,挽救了首相的生命,他是位伦敦警察厅的特工。而且,很显然他是肩负上司的特殊使命被安排作首相的司机的,他是一个很受信任的特工。然后,我们再来看看丹尼尔的情况:他令人怀疑的地方并不多,只有两个事实。一个是对他的家族历史和家庭背景,我们一无所知,对他们以前的历史一无所知,再者是他作为一个不错的英国人,他会讲的语言太多了!请原谅我,我的朋友,就语言来说,你的知识远远不够!现在,让我们看一下对他有利的事实。我们掌握的情况是,当他们找到他时,他被施了麻醉剂,堵上了嘴巴,捆住了手脚——这样看来,他似乎很难和此事有什么瓜葛。"

"也许是他自己将自己的嘴巴堵上,然后又将自己捆了起来,以逃避嫌疑。"

波洛摇了摇头:"法国警察在这种事情上是不会出问题的。另外,他一旦实现了他的目的,首相被安全地绑架了之后,他再留在那里是没有多大用处的。当然,他的同伙有可能会给他施麻醉剂并堵上他的嘴,但我看不出他们这样做的意图是什么。首相被绑架之后,他对他们来说就没有什么用处了。因为他在有关首相失踪的案件被调查清楚之前,他肯定会被严密地监视起来。"

"也许他是希望给警察制造一个假象。"

"那他为什么不早些这样做呢?他只是说有东西压住了他的鼻子和嘴巴,然后便失去了知觉。他没有制造什么假象,这听起来很符合事实。"

"啊,"我看了一眼时钟说,"我想我们最好马上动身去车站。在法国,你可能会找到更多的线索。"

"可能吧,我亲爱的朋友,但我有些怀疑,对我来说,在那个可疑地区的范围内,至今没有发现首相,是很难使人相信的,要把他藏匿起来可不是件容易的事。可以说是困难重重。如果两个国家的军队和警察都找不到他,我又怎么能找到他呢?"

到了卡莱·科洛斯,我们又见到了道奇先生。

"这位是巴恩斯侦探,伦敦警察厅的;这位是罗曼少校,他们俩完全由您来指挥。祝您好运。这件事很糟糕,但我还没有放弃希望。现在必须出发了。"说完,那位大臣疾步走开了。

我们和罗曼少校随便寒暄了几句。在站台上的一小圈人的中间,我认出了一个矮个子正和一位高大英俊的男人谈话,那人就是波洛的老朋友——贾普警察,他被公认是伦敦警察厅里最聪明、最优秀的警官之一。他走过来,热情地问候我的朋友。

"我听说你也参与了这项非常棘手的工作。到目前为止,他们还能很严实地掩盖着这一切,但我不会相信他们能将首相藏得太久。我们的人正准备在法国境内实施一次严密的搜索行动,法国警方也在这么做。现在,我认为找到首相只是一个时间早晚的问题。"

"应该如此,如果他还活着的话。"那位高个子侦探巴恩斯阴沉着脸说。

贾普的脸也沉了下来:"是的。但是不知怎么回事儿,我总觉得首相还活着,而且安然无恙。"

波洛点点头:"是的,是的,他还活着。但怎样才能及时地找到他呢?我和你一样,也不相信他能被藏很久。"

哨声响了,我们排队上了火车。然后,拖着一阵慢慢的、不情愿的汽笛,火车开动了。那是一次奇特的旅行。伦敦警察厅的人围在一起,将法国北部的各种地图放在面前,手指急切地对着上面星罗棋布的村庄和密密麻麻的公路指指点点,每个人都有自己的理由和看法。波洛这次一点也不像以往那样能言善辩,他只是静静地端坐在那里,双眼凝视着前方,脸上的表情像个茫然不知所措的孩子。我和罗曼谈了一会儿,发现他很令人愉快。到达丹佛时,波洛的行为引起了我的极大兴趣,当这个矮个子登上船的甲板时,两只胳膊紧紧地抱着我的肩膀。海风吹得正急。

"天啊,"波洛喃喃低语道,"这真是可怕。"

"振作起来,波洛,"我叫道,"你会成功的,你会找到他,对此我深信不疑。"

"啊,我亲爱的朋友,你误解了我的意思,是这可恶的海!晕船——这是多么可怕的痛苦。"

"噢!"我很窘迫。

听到了发动机的第一声震动声,波洛呻吟着,紧紧闭上了他的眼睛。

"如果你要看的话,罗曼上校那儿有张法国北部的地图。"

波洛不耐烦地摇了摇头。

"不,不!让我安静一下,我的朋友。看看你,再想想我,你的胃和大脑肯定非常协调一致。雷沃格有一套对付晕船的很有效的办法,就像这样慢慢地,深深地吸气——呼气,慢慢地这样——将头从左边转到右边,在两次呼吸之间数六下。"

我离开他上了甲板,他独自做晕船操。

当船慢慢驶入布伦港的时候,波洛又出现了,衣着整洁,面带微笑,向我低声宣布雷沃格的那套晕船效果惊人,非常成功。

贾普的食指还在地图上搜索着那些路线。"真荒唐!首相的汽车从布伦驶出,在这里,他们分开了。现在,依我看来,他们把首相装入了另外一辆车,明白了吗?"

"噢,"那位高个子警官答道,"我坚持继续严密监视各个口岸,十有八九是他们将他绑架到了一艘船上。"

贾普摇了摇头，说："这样做太显眼了，何况当时已有立即封锁口岸的命令。"

当我们上岸时，天刚破晓。罗曼少校扶住波洛的胳膊说："这儿有一辆军车正等候您的吩咐，先生。"

"谢谢您，先生，不过，我现在还不打算离开布伦。"

"什么？"

"是的，我们要住到这家靠近码头的旅馆里。"

他真的说做就做，到那家旅馆里定了一个单间。我们三个人跟在他后面，对他此举迷惑不解。

他飞快地看了我们一眼："这样不符合一个好侦探的做法，对吗？我知道你们是这样想的。一个好侦探应该充满活力，他应该跑前跑后；应该在弥漫着尘土的公路上把自己折腾得精疲力竭，用一个放大镜搜索每一点可疑的痕迹，追踪汽车轮胎的印痕；他应该搜集被扔掉的烟头和用过的火柴……对吗？这就是你们的想法，是不是？"

他挑衅地看着我们说："但是我赫尔克里·波洛就要告诉你们，一个好侦探不是这么做的！真正的线索应该在里面——这儿！"他拍拍他的前额，"明白吗？我根本就不必离开伦敦，对我来说，安安静静地坐在我的房间里就足够了，所有的问题都在这里面的这个小小的大脑里，它们悄悄地、神秘地行使着自己的职责，直到突然叫人拿来一张地图，我用我的手指定一个地点——这样——我说：'首相就在那里！'就是这样！通过演绎、推理和逻辑分析，一个人就可以做成任何事情！这次紧张忙乱地一头扎到法国来是个错误——就像是小孩在玩捉迷藏的游戏，但是现在，虽然可能为时过晚，我还是要立刻着手按照正确的途径开始工作。从大脑里面做起。安静下来，我的朋友们，求求你们。"

整整长达五个小时的时间内，这个小个子坐在那里一动不动，瞪着的眼睛像猫眼一样不停地眨着，他的绿眼睛变得越来越绿。伦敦警察厅的警官显然对此嗤之以鼻，罗曼少校也觉得乏味而显得不耐烦，我也发现时间慢得令人厌倦。

最后，我站起身，尽可能悄无声息地踱步来到窗前。事情正在变成一场闹剧，我暗暗替我的朋友担心，如果他失败了，我倒希望他失败得不是这样令人可笑。透过窗户，我看到外面每天都要离岸的船只向外喷吐着浓浓的烟雾，慢慢地驶离港口。

突然，我被波洛的声音打断了。

"朋友们，我们出发了！"

我转过身来，发现我的朋友容光焕发，他的眼睛激动地闪着光，胸膛剧烈地起伏着。

"我一直都像是个盲者，我的朋友们，不过现在，我终于看到了光明。"

罗曼少校急忙向门口走去："我来叫车。"

"不需要，我用不着它了。感谢上帝，风总算是停了。"

"你是说您要步行吗，先生？"

"不，年轻的朋友，我可不是圣·彼得。我更喜欢坐船渡海。"

"要渡过海去？"

"是的，要分清条理，就必须从头开始。这件事情的开头是发生在英国，所以，我们要返回英国。"

三点钟的时候，我们重新回到了卡莱·科洛斯的码头。不顾我们所有人的劝告，波洛一再反复重申从头开始不是浪费时间，而是唯一正确的途径。在路上，他就和罗曼一直在低声交换意见，罗曼迅速处理了许多从丹佛发来的电报。由于罗曼为我们办理的特许通行证，我们在最短的时间内经过了许多地方。在伦敦，一辆警车正等着我们，里面坐着便衣警察，其中一个将一份打印好的名单递给了我的朋友。看到我询问的目光，他解释道："这是伦敦西部一定范围内的所有地方医院的名单，我是从丹佛发电报来让他们为我准备的。"

我们急速地穿过伦敦的大街小巷，来到了巴斯公路上。一路上，我们经过了很多小的市镇，我渐渐地意识到了我们的目的。我们穿过温莎一直向前走，最后走到了阿斯科特。我的心猛地一跳，阿斯科特就是丹尼尔的姑姑住的地方。我们现在追踪的是丹尼尔，而不是欧莫菲。

我们的车在一幢整齐的小别墅前停住了。波洛跳下了车，摁响了门铃，我看到他为难地皱着眉头，脸上也显得愁容满面，很明显，他自己也不满意。有人出来开门，他被领了进去。不一会儿，他又出来了，迅速钻进车里，用力地摇着头。我的希望开始退去。现在已经过了四点钟，即使是他发现了确凿的证据，对丹尼尔提出指控，那又有什么用呢？除非他能让什么人说出他们在法国扣押首相的确切地点。

我们返回伦敦的路上不断地停车，我们不止一次地从大路上转弯，时时在一些小的建筑物前停下。我可以毫不费力地认出我们所停下的地方都是些地方医院，波洛在每个医院里只花几分钟时间，但是每停一次，他的亢奋情绪就增加一分。

他对罗曼低声说了几句什么，罗曼回答道："是的，如果我们向左调转车头，你就会发现他们正在桥边等候。"

我们上了左边的一条小路，通过车灯，我辨认出有一辆车正等候在路的一旁，上面有两个穿便服的人。波洛走下车，和他们说了几句，然后我们又调转车头向北行驶，那辆车紧紧地跟在我们的车后面。

我们行驶了一段时间，目标也越来越明确，就是伦敦北部郊区的什么地方。最后，我们来到了一幢很高的房子面前，那座高大的建筑位于距公路不远的地方。

我和罗曼留在车里，波洛和另外一名警官下了车，来到门前摁响了门铃。一个衣着整洁的女仆开了门。那位警官说话了："我们是警察，我们奉命搜查这幢房子。"

那个女孩尖叫了一声，一个个子高高的漂亮的中年妇女从她身后走了出来："关上门，埃蒂丝，我看他们像是要入户抢劫的歹徒。"

但是波洛迅速地将他的脚踏进门里，与此同时吹了声口哨，其他的警察立刻蜂拥进那所宅院，并将门紧紧地封锁住。我和罗曼大约等了有五分钟，正诅咒他们不让我俩参加行动，这时，门重新被打开了，进去的人都出来了，还押着三个俘虏——一个女人和两个男人。那个女人和其中一个男人被带到了后面的车上；另一人被波洛亲自押着上了我们的车。

"我们必须和其他人一起走，我的朋友。不过，一定要特别照顾这位先生。你不认识他，对吗？好了，让我来给你做一下介绍，这位是欧莫菲先生！"

欧莫菲！我们的车重新启动的时候，我惊奇地张大嘴巴，瞪着他看，他并没有戴手铐，但是我想象得出他是不会试图逃跑的，他坐在那里，眼睛盯着前方，好像是茫然不知所措。不管怎样，我和罗曼对付他还是绰绰有余。

使我奇怪的是我们还是一直保持向北的方向行驶,这么说,我们不是要返回伦敦了!我更加迷惑不解。突然,车放慢了速度,我认出来了,我们已经接近了汉顿·哈雷杜姆。我立刻猜到了波洛的想法,他想乘飞机去法国。

这倒不失为一个高妙的主意。只是从事实上看,这并不实用,发封电报会比我们亲自去快得多,时间就是一切。他应该把营救首相的光荣留一点儿给别人分享。

当车停下来时,罗曼少校跳下车,一个便衣警察坐到了他的位子上,和波洛交谈了几分钟,然后立即离开了。

我也下了车,抓住了波洛的胳膊。

"我祝贺你,老朋友!他们给你讲了首相的藏身这处了吧?但是,你看,你应该立刻向法国方面发电。如果你亲自去的话,那就为时过晚了。"

他莫名其妙地看了我一两分钟。

"不幸的是,我的朋友,有些事情是不能用发电报来做的。"

我们正说话的时候,罗曼少校回来了,他身旁还跟着一位身穿空军制服的军官。

"这是雷尔上尉,他将护送您飞往法国,你们立刻起飞。"

"请您穿暖和点儿,先生,"那位年轻的飞行员说,"如果您愿意的话,我可以借给您一件大衣。"

波洛看了看他那只大怀表,喃喃自语地说:"是的,还有时间——时间刚刚来得及。"然后,他抬头对那位年轻的军官礼貌地略一躬身:"我谢谢您,先生。不过,坐您飞机的人不是我,而是这位先生。"

他说话的时候,朝旁边挪了一步,一个黑影从黑暗中走过来。来人原是被带到另一辆车上的那个男俘虏。当灯光照到他脸上的时候,我不禁大吃一惊。

他原来就是首相!

"看在上帝的分上,请将事情的来龙去脉告诉我吧。"当然,波洛和罗曼驱车返回伦敦时,我终于耐不住,请求波洛道,"你究竟是怎样将他偷偷带回英国的?"

"没有必要偷偷带他回来,"波洛毫无表情地回答,"首相从未真正离开英国。他是在从温莎到伦敦去的路上被人绑架的。"

"什么?"

"我会给你讲清楚这一切的。首相坐在他的车里,他的秘书坐在他身旁,突然,一块浸了麻醉药的布捂到了他的脸上——"

"可是,这是谁干的呢?"

"是那位聪明的语言专家丹尼尔上尉。首相一失去知觉,丹尼尔立刻抓起话筒,命令欧莫菲调转车头,向右开去。司机丝毫没有觉察到也没有怀疑所发生的事情,就照着办了。沿着那条车辆稀少的路走了几十码远,就有一辆大轿车停在前面。很显然,那车是抛锚了。大车的司机挥手示意欧莫菲停车,欧莫菲便减慢车速。那个陌生人就走上前,欧莫菲将头露出窗外,这时,很可能就是瞬间发生的动作,麻醉药的把戏又重复了一次。几秒钟之内,两个昏迷不醒的人被拖出车外,送进了停在旁边的那辆大轿车上。两个替身坐在了他们的位子上。"

"这不可能!"

"你难道没看这惟妙惟肖的模仿名人的表演吗？要模仿一位大家都认识的名人是再容易不过的事情了。扮演英国的首相总要比扮演别的什么人要容易得多。至于说欧莫菲的替身，在首相失踪以前，没有人会去过多地注意他。在首相失踪之后，他就会将自己藏起来不再露面，他径直驱车离开卡莱·科洛斯，到他朋友聚会的地方去。他进去的时候是欧莫菲，出来时就变成了另外一个截然不同的人，欧莫菲已经失踪了，他在身后留下了相当难引起别人怀疑的迹象。"

"但是那个假扮首相的人可是被很多人看到过！"

"他并没有被那些熟悉和接近他的人看到过。丹尼尔尽可能地保护着他，使他不和人们直接接触。另外，他的脸被用绷带扎了起来，他的举止行为有任何异常之处，都可以解释为这样一个事实，即因为他遭到了暗杀袭击的结果。麦克亚当先生喉咙一直不好，在发表重要演讲之前，他总是尽量少用嗓子。这种欺骗很容易维持下去，直到法国。到了法国，要想这样做就既不可能，也没有必要了。于是——首相就在那里失踪了，而贵国的警察都匆忙越过英吉利海峡去法国寻找，没有人回头仔细想一想第一次'枪击未遂'事件中的所有细节，因而，制造一件发生在法国的绑架案，以及丹尼尔被人用麻醉药巾捂住嘴的说法就很容易让人相信了。"

"那位扮演首相的人呢？"

"他和那个假冒的司机可能会作为犯罪嫌疑人被捕，但是他解除了扮演的假象，恢复自己本来的面目之后，没有人会怀疑到他们真正的角色——做梦都想不到。最后，他们会因缺少证据而被释放。"

"那真正的首相呢？"

"他和欧莫菲被押在车里，直接带到了埃弗拉德夫人的房子里，那房子在汉普斯特德。她是丹尼尔所谓的姑姑，事实上，她是一个警察通缉已久的间谍。这是我送给贵国警察当局的一个价值不菲的小小的礼物——更别说还有那个丹尼尔了！啊，这是个聪明的计划，但是他没有料想到赫尔克里·波洛会具有如此高超的才智！"

我想我的朋友一时的自负和骄傲是很有理由得到原谅的。

"你是从什么时候开始怀疑到这件事的真相呢？"

"当我按照正确的方法开始工作的时候——也就是说从大脑里开始思考问题的时候。我一开始搞不清枪击事件的目的——但当我发现首相用绷带扎着脸到法国去是它真正的意图时，我才开始明白。当我沿途查看从温莎到伦敦沿途所有的地方医院时，发现那天上午根本没有人见过像首相的人在那些小医院里上过绷带，包扎过脸，这下我就肯定了！之后的一切，对于像我这种智力的人来说，简直就是小孩子的把戏。"

第二天早上，波洛给我看了他刚刚收到的电报，电报上没有发报地址和签名。电文如下：及时赶到。

当天晚些时候，晚报报道了盟军会议的情况，报道特别强调了与会者热烈欢呼戴维·麦克亚当先生的情况；他激动人心的演讲，给人们留下了深刻的持久的印象。

一便士邮票遇险记

【美】艾勒里·奎因

"哎呀！"老安克说，"可怕呀，奎因先生，我说真可怕。纽约快成了什么样子了？他们来我的书店啦——警察，还有淌着血的，打得头破血流啊……奎因先生，这是我的老主顾哈兹立先生，他也遭劫了……哈兹立先生，奎因先生就是报上登过的那个顶出名的侦探。他是理查德·奎因探长的儿子。"

艾勒里·奎因大声笑着，从老安克的柜台上伸直了身子，握了握哈兹立的手："您是这一重大案件的又一个受害者哈兹立先生吧。您瞧，老安克正在用一席血淋淋的倒霉故事来款待我呢。"

"啊，这么说，您是艾勒里·奎因了。"这个矮小而虚弱的男人说。他戴一副眼镜，镜片厚得简直就像瓶子底儿，身上带着乡巴佬的气息。"是啊，命不好，被抢了。"

艾勒里用疑惑的目光环视着老安克的书店。"不是在这儿吧？"安克的书店缩在曼哈顿中部的一条支路上，就挤在大英鞋店和卡洛琳夫人的商店当中。这样的地方是极少可能被强盗们选为他们作案的场所的。

"不，"哈兹立说，"如果在这儿被抢，我至少还可以剩下一本书的钱呢。不是在这儿。事情发生在昨天夜里10点钟左右。我昨天下班很晚，刚离开第四十五街上的营业所，走在大街上，一个年轻人挡住了我的去路，向我借火。街上很黑，静悄悄的，连一个人影也看不见。我也不大喜欢这个人的做派，不过我觉得借给他一盒火柴不至于带来什么危险。我正在口袋里摸索着掏火柴，这时，我发现他用眼盯着我夹在胳膊下的书看，好像在想法弄清书名。"

"是什么书？"艾勒里迫不及待地问道。因为他个人酷爱书籍。

哈兹立耸了耸肩，说："一般的书，就是那本非小说类的畅销书《欧洲在动乱之中》。我干的是出口买卖，因此，希望不断地得到国外行情的最新情报。这个年轻人点着了烟，还给我火柴，咕哝了一句，好像在说谢谢，我又开始继续走我的路。我只记得有个东西猛击我的后脑勺，接着，什么也看不见了。我仿佛记得我倒下去了。当我醒过来时，我发现我躺在地沟里，帽子和眼镜排在马路一边。我感到昏昏沉沉，分不清东西南北。我很自然地想到我被拦路抢劫了。我身上带着不少钱，袖口上还有一副钻石链扣呢。不过——"

"不过，当然，"艾勒里笑着说，"抢走的只有《欧洲在动乱之中》那本书。妙极了，哈兹立先生！这倒是一个令人感兴趣而又迷惑人的问题。您说说抢劫您的人是什么样儿好吗？"

"这个人满脸胡子。戴一副眼镜，像是墨镜。能记得的就是这些了。我——"

"他呀，他什么也说不出来，"老安克尖酸地说，"他像你们所有美国人那样，又瞎，又聋。可是，那本书，奎因——那本书，为什么有人想偷这种书呢？"

"不仅如此，"哈兹立说，"昨天夜里回到家一看——我住在新泽西的东奥伦治那里——发现我的住所也有人闯进去过！猜猜看，奎因先生，我丢了什么？"

艾勒里瘦削的脸上显出欢快的神气："我可不是用水晶球占卜未来的算命先生。但是，如果这里有犯罪的连续性，那么我猜想被盗的该是另一本书。"

"猜对了。正是我的另一本《欧洲在动乱之中》。"

"您这倒叫我糊涂了，"艾勒里用颇为异样的口气说，"哈兹立先生，您怎么会有两本？"

"两天前，我从安克的书店里又买了一本，是准备送给我的一个朋友的。我把它放在书橱上面。这本书不见了。窗户大开着——被强行打开的，窗台上有手印。很明显，是入户抢劫。虽然我家里有很多值钱的东西——有钱也有东西——可都没丢。我立即报告给东奥伦治警察所，但他们只是在现场走来走去，向我做着鬼脸，最后一走了之。我想他们一定以为我是个疯子。"

"没丢别的书吗？"

"没有，就只有那一本书。"

"我真不明白……"艾勒里摘下夹鼻眼镜，若有所思地开始擦起镜片来，"能是同一个人吗？如果是，那么昨天晚上他能有时间在您到家之前就到东奥伦治撬门抢劫吗？"

"是的。我从地沟挣扎着爬出来就报告给了一个警察。他把我带到附近的警察所，他们问了我一大堆问题。他有充分的时间再一次作案，因为我直到第二天凌晨一点钟才回到家。"

"我说，安克，"艾勒里说，"你说的那件事开始应验了。请原谅，哈兹立先生，我该走了。再见！"

艾勒里离开了老安克的小书店，直奔中央大街。他登上警察总部的台阶，冲着值班人亲昵地点点头，就向着他父亲的办公室走去。探长不在办公室，于是艾勒里摆弄起他父亲办公桌上的乌木刻的拍提永[①]小雕像，一面沉思着。过一会儿，他走出办公室去找他父亲的行动组长维力巡官。他在记者室找到这位庞然大物，他正冲着一个记者大发雷霆。

"维力，"艾勒里叫道，"别骂娘了，走吧，我想了解一些情况。两天前，在第四十九街第五和第六林荫路之间跟踪跟丢了一个人。这个人是在我的一个叫安克的朋友开的书店里不见的。警察所他们熟悉内情。安克告诉过我这件事。可我想了解一下不带渲染的详细情况。好朋友，你把警察所的报告拿给我看看，好吗？"

维力巡官歪了歪他那又大又黑的嘴巴，瞪了瞪那个记者，悻悻地走了。10分钟之后，

---

①拍提永（1853～1914）：法国人类学家，人体测验法的发明者。

他手里拿着一张纸回来,于是艾勒里全神贯注看了起来。

事实经过看来还算清楚。两天前的中午,一个光着头,没穿外套的男人从离安克的书店只隔三家的一幢办公楼里跑出来,满脸淌着血,嘴里喊着:"救命啊,救命!警察,救命啊!"巡警麦克隆立即跑过去。这个喊救命的人大声嚷着,说他的珍贵的邮票给抢了——"我的黑色一便士!"他不停地喊,"我的黑色一便士!"——他还说满脸黑胡子戴深蓝色墨镜的强盗刚刚逃走。麦克隆在几分钟之前见到过这样一个人走进附近那家书店里去了,举止行动,有些古怪。麦克隆拔出手枪冲进老安克的书店,那个集邮商跟在后面大声喊叫。刚才是不是有一个黑胡子戴蓝墨镜的家伙到你书店里来了?老安克说:"啊!他?有,有,他还在这儿。"哪儿?在里屋。他在里屋查阅什么书呢。麦克隆和满脸淌血的汉子一起冲到书店的里屋。可是屋里却空无一人,里屋通往小巷的门大开着,原来人已经跑了。显然是由于刚才警察和受害者冲进来而闻声逃走了。麦克隆立刻搜查了邻里,但作案者已销声匿迹,无影无踪了。

巡警于是记下了报案人报告的案情。他说他叫佛利德里茨·乌尔木,是经营珍贵邮票的商人。他的营业所设在隔着三家门脸的大楼第十层楼上的一间屋子里。这个营业所是由他和他兄弟阿尔伯特合伙经营的。这天他正在向应邀前来的三个集邮者展示一些珍贵邮票。其中的两个人已经离开了。乌尔木正转过身,背冲着第三者。此人满脸胡子,戴一副蓝墨镜,自称艾夫里·本宁森。在乌尔木刚转身时,说时迟那时快,他从后面用铁棍猝然猛击马尔木的头部,打得乌尔木颧骨骨折倒在地上,处于半昏迷状态。作案者异常冷静,用同一根铁棍(报告说,根据受害人的叙述,可能是强盗惯用的撬棍)撬开了他收藏珍贵邮票的一个玻璃柜,从放在柜中的一个小皮盒里抢走了一枚非常珍贵的邮票——"维多利亚女王黑色一便士邮票"——然后,又把门反锁上,匆匆地逃走了。受害者用了好几分钟才把门打开,跟了出来。麦克隆随乌尔木到他的营业所,仔细检查了遭抢劫的那个放珍品的柜子,记下了当天早晨三个在场的集邮者的姓名和住址——特别记下"艾夫里·本宁森"——然后潦潦草草地写好现场报告,就离开了。

另外两个集邮者的名字叫约翰·欣契门和杰·斯·彼得斯。警察所已有一位侦探分别拜访过这两个人,然后又到本宁森那里。该本宁森,按说就是那个留黑胡子戴蓝墨镜的人,他却根本就不知道这件事,而且他的个子也不像乌尔木所说的那样高。他说他从来也没有接到过乌尔木弟兄的邀请去参加什么私下交易。不过,他曾雇过一个人,这个人满脸胡子,戴着蓝墨镜,不过只待了两个礼拜——他是应本宁森的广告来当助手,协助保管他的私人集邮册,工作得蛮不错。但是干了两周之后,没有说明任何理由,也没有提前说一声,就突然失踪了。侦探注意到,他是在乌尔木搞私下交易的那天失踪的。

为找到这个自称威廉·普兰克的神秘助手的一切尝试都没有成功。此人早已消失在纽约市几百万人之中了。

故事到此还刚刚开始。因为第二天老安克又向当地侦探报告了一个离奇的故事。安克说,前一天晚上——就是乌尔木被窃的当夜,他很晚离开书店去吃晚饭,书店由一个上夜班的伙计值班。这时,店里走进一个人要看《欧洲在动乱之中》这本书,而且全买下了,一共7本,叫值班的伙计大吃一惊。这个人就留着黑胡子,戴着蓝墨镜。

"要不是个疯子,就是个笨蛋!"维力巡官喊道。

"不，不！"艾勒里笑道，"他既不疯，也不傻。实际上，他这样做，我认为，理由非常简单。"

"不，你听着，事情还没完呢！刚才有人告诉我，此案一波未平，一波又起了。昨晚警察所又报上来了两起较轻的盗窃案子。一起发生在布朗克斯住宅区，一个叫作霍奈尔的男人说，夜里他的房间被盗了。你猜怎么着？被盗的又是从那个老家伙安克的书店里买来的《欧洲在动乱之中》！别的什么也没有丢。这本书也是两天前刚买的。另一起发生在格林尼治村，一个叫珍妮特·米肯斯小姐的家在同一天晚上被盗。窃贼把她前天下午从安克书店里买来的《欧洲在动乱之中》一书偷走了。多离奇呀，啊？"

"一点也不离奇，维力。你得动动脑筋，"艾勒里拍了拍自己头上的帽子，"跟我来，你这个大块头，我想再找老安克谈一谈。"

他们离开了总部来到住宅区。

"安克老兄，"艾勒里亲昵地拍着这个书店老板小老头的秃脑袋说，"小偷从你的里屋逃走的时候，你手里还有多少本《欧洲在动乱之中》？"

"11本。"

"可是那个小偷当晚返回来买这本书的时候，你手里只有7本了，"艾勒里嘴里低声咕哝道，"因此，两天前的下午，从中午到吃晚饭时一共卖了4本。好啦！安克，你登记你顾客的名字吗？"

"当然！买书的人本来就不多，"老安克有点沮丧，"我把他们记在我的通讯录上了。你想看看吗？"

"此刻对我来说再没有比这更需要的了。"安克把他们领到书店的后面，通过一扇门走进了那间霉味刺鼻的里屋，两天前那个小偷就是从这屋子临街的那扇门逃走的。这个房间打了隔断，隔开的那面是个小卧室，地上到处是纸片、旧书、一堆堆乱七八糟的东西。这位年老的书店老板打开一本又大又厚的账册，把他那干巴巴的食指贴在嘴边沾湿了，开始一页页地翻了起来："你想知道那天下午买《欧洲在动乱之中》这本书的4个人，是不是？"

"是啊。"

安克把一副绿色银丝眼镜腿儿挂在耳朵上，像念经似的哼起来。

"哈兹立先生——你见过的那个人，奎因先生。他这是第二次买这本书，就是在他家被窃的那本。下一个是霍奈尔先生，是个老主顾。下边是珍妮特·米肯斯小姐，哎呀！第四个是切斯特·辛格门先生，地址是第六十五街东3—12号，就这些。"

"上帝保佑你，"艾勒里说，"日耳曼人办事办得有条有理，维力，干侦探也得有一副好本领才行呀。"小卧室临街的那一面还有一扇门，和里屋的那扇门一样，这扇门也通往后街小巷。艾勒里弯下腰来一看，门锁从门框上裂开了，他开了门，外头的那一面已经掉下来，残缺不全了。"是撬开的，"维力一面点头一面大声说道，"这小子是个老练的魔术大师呢！"

老安克瞪大了双眼："撬开的！"他惊讶地尖声叫了起来："可是这个门从来也没用过！我也没留神，还有，那个侦探——"

"对于当地人来说，够骇人听闻的了，维力，"艾勒里说，"安克，丢了什么东西没有？"

安克跑到一个陈旧的书橱跟前，书橱里的书一层一层整齐地排列着，他焦急地用颤抖的手开了锁，像一只老鹰仔细地检查书橱，然后长长地叹了一口气。"没丢，"他说，"那些珍贵的书……没丢什么。"

"那么我该祝贺你了！"艾勒里轻快地说道，"不过，还有一件事要问你，你那个通讯录记载你顾客的工作和住址，是不是？"安克点了点头。"太好了，安克，谢谢你。你总归可以向其他顾客说出事情的全貌来的。来，维力，咱们再拜访切斯特·辛格门先生去。"

他们离开了书店，走到第五大街时往北拐了一个弯，直奔居民区走去。

"事情已经很清楚了，就像秃子头上的虱子，那是明摆着的事，"艾勒里说着，迈着大步，跟上了维力，"再清楚不过了，巡官。"

"奎因先生，在我看来，案情还很离奇。"

"正相反，一系列事实都极合逻辑。作案者偷了一枚很珍贵的邮票，他躲进了安克的书店，设法钻进了书店的里屋，他听见巡警和佛利德里茨·乌尔木走进书店里来，于是开动起脑筋来，如果身上带着邮票被抓住……你瞧，维力，同一本书而且又不是很有价值的书连续被窃，唯一的解释只能是盗窃者普兰克在里屋时把盗来的邮票夹在书架上的一本书里——这本书恰巧是《欧洲在动乱之中》，就是在书架上存放着的那几本《欧洲在动乱之中》当中的一本——然后，急急忙忙地逃走了。可是，无论如何，他还想再次拿到这枚邮票——乌尔木叫它什么来看？——'黑色一便士'？随他叫去。所以，当天晚上他又回来盯着书店，等安克一离开，他就向那个伙计如数买走了那里放着的《欧洲在动乱之中》。他只买到了7本，而邮票又不在买来的这几本书里，要不然他为什么后来偷别人在当天下午买走的其他几本呢？他是一不做二不休，索性干到底。在这7本书里他没有找到那枚邮票，于是深夜又回来从小巷破门而入——一望散落在地上的门锁便知——到安克那间小小的办公室，翻阅了流水账目，得到了当天下午买走那几本《欧洲在动乱之中》的人的名字和住址。第二天夜里拦路抢劫了哈兹立；普兰克显然是在哈兹立从办公室出来就开始跟踪了。普兰克立刻发现自己弄错了，他抢到的那本书已经旧了，他意识到这不像是前天买的。于是，他立即匆匆赶到东奥伦治，因为他知道哈兹立的住址，又偷走了哈兹立新买的那一本。运气不佳，又没找到那张邮票。于是，他穷凶极恶地去到霍奈尔和珍妮特·米肯斯小姐那儿偷走了他们那本书。当天下午买这本书的人当中现在只剩下一个人，而且我们还不知道他的情况，这就是为什么我们现在去找辛格门的原因。如果普兰克在窃得霍奈尔和米肯斯小姐那两本书之后还找不到那枚邮票的话，他肯定会去辛格门那里。因此，如果可能的话，我们就在那里要这个诡计多端的窃贼就范。"

他们发现切斯特·辛格门是个年轻的大学生，和父母一起住在一套破旧的公寓房间里。他的那本《欧洲在动乱之中》还在他的手里，是作为政治经济学的参考书而买来的，他把那本书拿出来给他们看。艾勒里仔细地把书一页一页地从头至尾翻了一遍，连邮票的影子都没有。

"辛格门先生，你发现这本书里夹着一枚旧邮票吗？"艾勒里问道。

大学生摇了摇头："先生，我买了这本书还没来得及看呢！邮票？什么时候发行的？您知道，我自己就收藏了一些。"

"和你没关系。"艾勒里急忙搪塞道，因为他已经感到集邮迷的病态狂热来了，于是便和维力立即结束这次访问，匆匆离开了。

"很明显，"艾勒里对巡官解释说，"这个狡猾的普兰克肯定不是在霍奈尔的书里就是在米肯斯小姐的书里找到了那枚邮票。维力，就发案时间说，哪一起在先？"

"记得好像那位米肯斯女士是在霍奈尔之后被抢的。"

"那么这枚黑色一便士是在她买的那本书里夹着……现在到了那幢办公楼了。我们再去看看佛利德里茨·乌尔木先生吧。"

大楼10层楼上1026号房门的磨砂玻璃上用黑字写着：

乌尔木
旧邮票及珍贵邮票商

艾勒里和维力巡官一起走了进去，发现这个营业所不小。墙上挂满了镜框，镜框里面分别镶嵌了数以百计的邮票。有的盖了邮戳，有的没盖邮戳。桌上放着几个特别的个柜子，里面显然装着更珍贵的邮票。屋子里的东西堆得乱七八糟，这儿也有发霉的气味，和老安克书店里的霉味惊人的一样。

三个男人抬起了头。其中一个颧骨上贴着十字形膏药，看来无疑就是佛利德里茨·乌尔木本人了。他是个瘦长的德国老头儿，头发稀疏，有一种集邮者怪僻的狂热表情。第二个人和第一个人一样瘦长而年迈，戴着绿色眼罩，和乌尔木长得特别像，只是从他那摇摇晃晃的动作和颤抖的双手看出他比乌尔木年长。第三个人是个长得很结实的矮胖子，有一张毫无表情的脸。

艾勒里作了自我介绍，同时又把维力巡官介绍给他们。那第三个人警觉地竖起耳朵倾听："莫不是那个艾勒里，艾勒里·奎因？"他说着一面蹒跚地走过来。

"我叫希佛莱，保险公司调查员。见到你很高兴，"他使劲握了握艾勒里的手，"这两位是乌尔木兄弟俩，这里的主人，这一位叫佛利德里茨，那一位叫阿尔伯特。那笔买卖和抢劫案发生的时候，阿尔伯特·乌尔木先生刚好不在。真遗憾！要不然那个强盗是可以抓住的。"

佛利德里茨·乌尔木激动得上气不接下气地说起德语来了，艾勒里边听边微笑着，每四个字点一下头。"我明白了，乌尔木先生，当时的情节是这样的：你给三位著名的集邮者邮寄了请帖，邀请他们来参加一次珍贵邮票的特别展览——目的是出售。两天前的上午，有三个人赴约而来，自称名叫欣契门、彼得斯和本宁森。欣契门和彼得斯你见过面，但是本宁森你却没有见过面。是不是？好。前两位在此买了几枚。你认为叫本宁森的那个人却迟迟不肯离去，结果把您打倒在地上——是吧，是这样的吧？我知道了所有这一切。请让我看一下撬开的柜子吧。"

弟兄俩把他带到屋子中间的一张桌子跟前。桌上有一个扁平的柜子，盖子是普通薄玻璃做的，镶在长方形的细条木框里。透过玻璃可以看到若干裱好的邮票直接陈列在黑缎子底上。缎子正中放着一个小皮盒，开着盖儿，盒底上那块白垫说明原来上面放着的邮票已经不翼而飞了。在被撬开的柜子上可以清楚地看到铁棍撬过的痕迹，共有四处。柜子的扣吊也拧成了两半。

"哼，不是个行家，"维力巡官轻蔑地说，"完全可以用手指拧开锁头，开那个盖。"

艾勒里鹰一般敏锐的目光，一下子被展现在眼前的一切吸引住了。"乌尔木先生，"他转身对着带伤的商人说,"你说的那枚'黑色一便士'邮票是放在这个皮盒子里的吧?"

"对,奎因先生。不过窃贼撬开箱子的时候小皮盒子是关着的。"

"那他怎么会那样准确地知道要抢的目标呢?"

佛利德里茨·乌尔木小心翼翼地用手摸了摸脸上的伤:"这箱子里的邮票不出售。这是我们收藏到的精华。这个柜子里无论哪一枚邮票都值好几百块钱。不过,那三个人在这儿的时候,自然我们谈到了这些珍贵的邮票,而且我还打开这个柜子给他们看了我们这些很值钱的邮票,所以他看到了'黑色一便士'。奎因先生,您知道他是个集邮家,否则不会专挑这枚特别邮票偷的。说起来这枚邮票还有一段有趣的来历呢!"

"我的天!"艾勒里说,"这些玩意儿还有什么来历?"

那个保险公司的希佛莱哈哈大笑起来:"可不是。正因为佛利德里茨·乌尔木先生和阿尔伯特·乌尔木先生弟兄俩拥有两枚最为奇特的、一模一样的珍品,他们在集邮界才久负盛名。集邮家称作'黑色一便士'的邮票是1848年首次发行的英国邮票。这种邮票到处都有,并不值钱,甚至未盖邮戳的一枚也只值17块半美元。但是,奎因先生,他们两位收藏的那两枚邮票一枚就值3万美元。这就是为什么这件失窃案如此严重。说实在的,我们公司与此案有很深的牵连,因为那两枚邮票都是实价保险了的。"

"3万美元!"艾勒里不觉惊叹起来,"一张破纸片值那么多钱,这是怎么回事?"

阿尔伯特·乌尔木局促不安地把绿眼罩往下拉了拉:"因为我们这两枚邮票有维多利亚女王的御笔签字,道理就在这里。罗兰·希尔爵士于1839年在英国创立了标准邮政制度,是他负责发行这种黑色的一便士邮票。女王陛下十分高兴——英国和其他国家一样,克服了种种困难才成功地建立了邮政制度——于是就在头两枚黑色一便士邮票上签了字,把它们送给了邮票的设计者——我不记得他的名字了。是女王陛下的御笔使它们值那么多钱。我兄弟和我十分荣幸地得到了这两枚世上唯一的珍品。"

"另一枚在哪儿?我倒要看看那样值钱的邮票,开开眼。"

兄弟俩赶忙奔到屋角里隐约可见的一个大保险箱前。回来时阿尔伯特手里捧着个皮盒子,好像是捧着一大批金器似的,佛利德里茨惴惴不安地扶着他的胳膊肘,就像是一个受命保护这批金器的武装卫士。艾勒里用手指夹着邮票翻来覆去地看。邮票又厚又挺,大小和一般的邮票一样,长方形,无齿孔,黑色花边,正中是维多利亚女王侧面头像,全部套黑色。在脸部呈浅灰色的地方显出了两个小小的首字母——V. R.,是用黑墨水写的,已经有些褪色了。

"两枚邮票像双胞胎,一模一样,"佛利德里茨·乌尔木说,"连首字母也一样。"

"很有意思。"艾勒里说着,一面把盒子还给他们。弟兄俩急忙走回去把邮票放回保险箱的抽屉里,小心翼翼地把保险箱锁好。

"您把柜子里的邮票给你那三个客人看过之后,自然是把柜子关好的了?"

"当然了,"佛利德里茨·乌尔木说,"我把那枚黑色一便士邮票的盒子关好,然后又把柜子锁上了。"

"三张请帖是您亲自送走的吗?我看您这里没有打字机嘛!"

"奎因先生,我们的一切书信都由1102房间的公用速记员代劳。"

艾勒里阴郁地向两位邮票商道了谢,向保险公司的人挥了挥手,用胳膊肘轻轻碰了碰维力巡官肉乎乎的肋骨，两个人于是走出了房间。在1102房间里，他们遇到一位面部轮廓分明的年轻女人，维力巡官亮出警察的徽章，于是艾勒里很快就拿到了乌尔木那三张请帖的复写副本，读了起来。他记下了他们的名字和住址，两人就走了。

他们首先拜访了名叫约翰·欣契门的那位集邮家。他是个满头白发，身体肥胖的老年人，一对眼睛炯炯有神。但举止鲁莽，不善交际。他证实了两天前他到过乌尔木的营业所。他也认识彼得斯。但他过去从来未见过本宁森。黑色一便士邮票嘛，他当然知道。集邮界谁都知道乌尔木兄弟收藏着这珍贵的一对孪生邮票。有维多利亚女王御笔的那张小纸片，在集邮界赫赫有名，久负盛望。邮票失窃的事，简直是胡说八道！至于本宁森，他欣契门不知道有这个人，也不知道是谁冒名顶替的，反正他根本就不认识本宁森。他欣契门在发案之前就离开了那儿，因此，他欣契门对于谁是窃贼毫无兴趣，他唯一的要求就是让他一个人待着，不要打搅他。维力巡官本能地表示出某种敌意来，但艾勒里咧着嘴直笑，用他那钳子般有力的手抓住巡官的胳膊，把他拉出了欣契门的家，他们乘地铁返回城里的住宅区。

J.S.彼得斯是个又高又瘦的中年人，脸色蜡黄。他倒是个热心肠，恨不得立刻帮忙。他说他同欣契门一起在第三个人未走之前就离开了乌尔木的营业所。在这以前，他也从未见过这第三个人，不过他曾经从其他集邮者那里听到过本宁森这个名字，而且也颇为知道有关黑色一便士邮票的来历。不仅如此，两年前他还曾试图向佛利德里契·乌尔木购买一枚，但乌尔木拒绝出售。

"集邮。"当他们走到外面时，艾勒里对维力巡官说。后者好像被"集邮"二字刺痛了，他的脸痛苦地抽搐了一下："集邮是个奇怪的嗜好，上瘾的人为此而如痴如狂。我敢说这些集邮的家伙们会为一枚邮票而互相残杀的。"

巡官皱皱鼻子："现在我的鼻子怎么样了？"他很焦急地问道。

"维力，"艾勒里回答说，"它看上去很好——和原来大不一样了。"

他们在一幢靠近哈得逊河用褐色沙石砌的旧房子里找到了艾夫里·本宁森。他温文尔雅，殷勤好客而且彬彬有礼。

"没有，我根本没接到过那个请帖，"本宁森说，"听我说，我雇用了一个自称是威廉·普兰克的人来照料我的邮票，处理大量邮件。每个认真集邮的人，通常总是有大批邮件的。这人懂行，干得很好。两周当中，给了我极大的帮助。一定是他在中间截取了乌尔木的请帖。他看到了钻进他们营业所的机会，于是跑到那里自称艾夫里·本宁森……"他耸耸肩："在我看来，这对一个肆无忌惮的人来说，是易如反掌的。"

"从发案的那天早晨起你就不知道他的下落了，是不是？"

"是啊，不辞而别了。他逃走了。"

"他在你这里都干些什么，本宁森先生？"

"集邮助手的日常事务：分类啦，编目录啦，贴邮票啦，处理来往信件等。雇用他的那两周，他就同我住在这里，"本宁森不满地咧了咧嘴，"你看，我是个单身汉，这么大的房子就我一个人住。说实在的，虽然他脾气有点古怪，我倒还是愿意他同我做伴。"

"古怪？"

"是啊！"本宁森说，"这个人性情孤僻，沉默寡言。他的东西不多，而且我发现这些东西也在两天前不见了。他好像也不大喜欢见人。我的朋友或集邮家们到我家做客时,他总是回到自己的房间去,好像他不喜欢与人交往似的。"

"这么说,再没有第二个人能补充有关他的情况了,是不是?"

"很遗憾,没有了。他的个子很高,应该说已经年迈了。不过他那副深蓝色眼镜和又浓又黑的胡子却使他处处与众不同。"

听到这里,艾勒里懒散地松开他那长长的四肢,颓然躺在椅子上:"我对人的习性格外感兴趣,本宁森先生。一个人的特征、癖性常常是我们借以识破和逮住罪犯的简单的依据,这一点,我们这位巡官,也可以作证的。请你再好好想一想,他还有哪些古怪的习性?哪怕是细小的。"

本宁森撅着嘴唇,显出一副焦急,而又十分专注的神情。突然他脸上露出喜色:"啊,对啦。我想起来了,他吸鼻烟。"

艾勒里和维力巡官互相交换了一下眼色。"真有意思,"艾勒里笑着说:"你知道我父亲——奎因探长——也吸鼻烟。我从小就养成了连我自己也觉得莫名其妙的癖好,就是喜欢看吸鼻烟的人弄鼻孔的动作。普兰克他吸得很勤吗?"

"我说不确切,奎因先生,"本宁森皱皱眉头答道,"实际上,在他和我相处的两周时间内,我只见过他吸过一次鼻烟,而且我总是和他在这间房子里一起干活。那是上周,我偶然有事出去了一会儿,回来的时候发现他手里拿着一个刻有花纹的精致的小盒子,鼻子对着手指夹着的什么东西哧哧地往里使劲吸着。他很快把盒子放在一边,好像他不愿让我看到似的。其实,天啊,我并不在乎,只要不在这儿吸烟就行。因为,我过去一个粗心的助手的一支香烟,引起过一次火灾。我不想让这种事重演。"

艾勒里又来了精神,笔直地坐了起来,开始饶有兴趣地拨弄起他的夹鼻眼镜来。"您大概不知道这个人住在哪儿吧?"他慢条斯理地问道。

"不知道。我当初雇用他恐怕是考虑欠周。不够谨慎,没防这一手,"集邮迷叹了口气,"幸亏他没偷任何东西。我所收藏的这些邮票也值不少钱呢。"

"毫无疑问,"艾勒里高兴地说着,站了起来,"本宁森先生,我能不能用一下您的电话?"

"请吧。"

艾勒里查了查电话簿,打了几个电话,说话声音很低,本宁森和维力巡官都听不清他在说些什么。他放下听筒,说:"本宁森先生,您能否抽出个把钟头来,我想请您和我们一起进一趟城。"

本宁森似乎有点吃惊,但很快笑着说:"好吧。"他伸手拿上衣。

艾勒里从外面叫来一辆出租汽车。三个人驱车到了四十九街,在那家小书店门前停了下来。艾勒里说声"对不起,等一等",抬脚跑进书店。过一会儿,他和老安克走了出来。老安克两手哆里哆嗦地锁了门。

在乌尔木兄弟的营业所里,他们发现保险公司来的那个希佛莱,还有安克的老主顾哈兹立都已聚在那里等着他们。

"很高兴你们光临,"艾勒里兴奋地和他们俩打招呼,"你们好,乌尔木先生。咱们开个小会。我想我们该把这桩案子了结了,而且按奎因的路子,哈哈!"

佛利德里茨·乌尔木搔了搔头皮;阿尔伯特·乌尔木则坐在一个角落里,双腿蜷曲,两眼蒙着绿眼罩,这时点了点头。

"我们得等一会儿,"艾勒里说,"我也邀请了彼得斯先生和欣契门先生到这里来。大家都请坐吧。"

他们多半沉默不语,心神忐忑不安。艾勒里却轻轻地吹着口哨,在屋子里踱来踱去,有时好奇地察看着墙上镜框里的珍贵邮票。没有一个人说话。维力巡官用疑惑的目光盯着他。这时门打开了,门口出现了欣契门和彼得斯,他们突然停住,面面相觑,愣了一会儿,耸耸肩,姗姗走了进来。欣契门皱着眉,满心已不快。

"你在搞什么名堂,奎因先生?"他说,"我可没工夫奉陪。"

"没有什么了不起的事,"艾勒里答道,"啊,彼得斯先生,您好。我想用不着介绍了吧……请坐,诸位!"他的声音有点尖刻。他们于是坐了下来。

这时,一位矮小精悍,头发灰白的老人出现在门口,向里凝视着。维力巡官大吃一惊,而艾勒里却兴高采烈。他点点头,叫道:"请进来,爸爸,请进来吧!您来得正好,戏还没开场呢。"理查德·奎因探长抬起他那松鼠般的小脑袋,机敏地环视了被召集到这里的一帮人,然后关上了门。

"你究竟为什么把我叫到这里来,孩子?"

"没有什么惊心动魄的事情,爸爸。这不是谋杀案,反正不是您所擅长处理的那类案件,不过,也许会使您感兴趣。先生们,这是奎因探长。"

探长咕哝了一声坐了下来,并掏出他那个褐色鼻烟盒,照着长期以来养成的习惯,美滋滋地吸起鼻烟来。

艾勒里安详地站在排列成一圈的椅子中间,看着一张张好奇的脸:"你们老集邮迷们叫作黑色一便士的邮票盗窃案。"他开始说道:"曾经提出了一个很有意思的问题。我是有意用'曾经'这个字眼儿的,因为此案已破。"

"是那件在总部听说的邮票抢劫案吗?"探长问道。

"正是。"

"破案了?"本宁森问道,"奎因先生,我想我一点也不明白。您找到普兰克了吗?"

艾勒里满不在乎地把手一挥:"就威廉·普兰克先生本身来说,我根本就不大热衷于抓他。你们想,他戴着墨镜,留着黑胡子。任何一个熟悉侦查学的人都会告诉你,人们通常总是从外貌特征来认人的。黑胡须引人注目,而墨镜给人留下深刻的印象。实际上,在座的哈兹立先生,根据安克的说法,他的观察力极差。他是在朦胧的路灯下看见窃贼的,但即使这样,他事后还回忆出此人留着黑胡须,戴着墨镜。这一招人人都想得出,并不怎么高明。我们完全有理由认为普兰克存心要给人留下这种特殊的面部特征,我坚信他一定经过乔装打扮,黑胡须是假的,而且通常也不戴墨镜。"

大家都点头表示赞同。

"这是罪犯心理三特征中第一个也是最愚蠢的一个特征,"艾勒里笑笑,突然转过身来对着探长说,"爸爸,您是老鼻烟了,您每天把那倒霉的褐色烟尘往鼻子里吸几次啊?"探长眨眨眼睛。"噢,半个来小时一次吧!有时候差不多和你们吸烟那样勤。"

"这就对了。本宁森先生刚才告诉我普兰克在他家工作的那两周里,他只见普兰克吸了一次鼻烟,只有一次!不容忽视的是本宁森每天和他在一起工作。请注意,这一点很有启发性,很能说明问题。"

从他们那茫然若失的表情上,可以明显地看出他们正身处云里雾中,分不清东西南北,摸不着头脑。然而有一个人除外,那就是探长。他点了点头,变换了一下姿势,开始冷静地观察周围人们的面部表情。

艾勒里点着了一支香烟,嘴里小口小口地喷着烟。"好,"他说,"这是第二个心理因素。第三是普兰克为了用暴力抢到一枚珍贵的邮票而在公开场合下猛击了佛利德里茨·马尔木先生的头。任何一个窃贼在此情况下最要紧的就是要快,因为乌尔木先生只是被打昏,随时都有可能醒过来喊人;某个顾客也可能到这里来;阿尔伯特·乌尔木先生也可能突然回来——"

"稍等一会儿,孩子,"探长说,"我听说那个什么邮票有两枚,我想看看还在这儿的那一枚。"

艾勒里点点头说:"你们哪一位请给拿一下那枚邮票好吗?"

佛利德里茨·乌尔木站起来,懒洋洋地走到保险箱前。他转动了数码,打开保险箱的铁门,伸手在里面翻了一阵,然后拿着盛有另一枚黑色一便士邮票的皮盒子走了回来。探长好奇地仔细打量这张厚厚的小纸片。和艾勒里一样,他对这张值3万美元的旧纸片,不免感到肃然起敬。

老探长听到艾勒里对维力巡官说"巡官,把你的手枪借给我"时,吓了一跳,手里的邮票差点儿掉在地上。

维力把手伸到裤子后兜里,摸出一支警察通常佩带的长筒手枪,与此同时,他的肥厚的下巴一阵抽搐。艾勒里接过手枪,若有所思地掂了掂,然后,抓住枪托朝房间当中被抢劫过的那只柜子走去。

"先生们,请看这里,我再把第三点说明一下:为了打开这个箱子,普兰克用了一根铁棍。撬盖时,他发现必须把铁棍伸进箱盖和箱子前脸之间,往里插了四下,因为在箱盖上留下了四个印。

"现在,诸位可以看到,箱子上面是薄玻璃,而且是锁着的。而那枚黑色一便士邮票就在里面的皮盒子里。普兰克大概站在这儿,而且,请记住他手中拿着铁棍。先生们,你们可以想象一个窃贼为了争取时间在这种情况下该怎样做?"

他们都瞪大了眼睛,一眨也不眨。探长紧抿双唇。维力巡官的脸上开始泛起一丝微笑。

"这一点太清楚了,"艾勒里说,"请看,我是普兰克,我手里的手枪是铁撬棍,我站在这个柜子跟前扒着看……"夹鼻眼镜后面的两眼突然一亮,他高高举起手中的枪,接着故意把枪管冲下朝着薄玻璃箱盖砸下来。阿尔伯特·乌尔木一声惊叫,佛利德里茨·马尔本想站起来,还没站直,两眼怒目而视。艾勒里的手到距离玻璃只有半英寸时突然停止。

"住手,别砸玻璃,你这个莽汉!"蒙绿眼罩的商人喊道,"你只会——"

他蹿到柜子跟前,伸出颤抖的双手,像要保护柜子和里面的东西。艾勒里狞笑着,用枪口顶住他的肚皮:"很高兴你让我住手,乌尔木先生。举起手来。快!"这时他惊魂未散,浑身发抖。

"呃,呃,怎么回事,你这是要干什么?"阿尔伯特·乌尔木气喘吁吁地说着,飞快地举起了双手。

"我的意思是说，"艾勒里彬彬有礼地说，"威廉·普兰克就是您，您的兄弟佛利德里茨是您的同谋！"

乌尔木弟兄俩坐在椅子上直打战，维力巡官嘴角挂着一丝冷笑看管着他们。阿尔伯特·乌尔木完全垮了，全身剧烈地颤抖着，就像狂风中的一片杨树叶子。

"我不过使用了一种十分简单的，几乎是初级的推理，"艾勒里开始说道，"先说说第三点。为什么这个窃贼不采取用铁橇砸碎玻璃这个最符合逻辑的办法，而宁愿浪费宝贵的几分钟时间用撬棍四次去撬盖子呢？很明显，是为了保护箱子里的其他邮票免遭可能的破坏。就像阿尔伯特·乌尔木先生刚才的精彩表演一样。那么，哪些人最关心其他的邮票呢？是不是欣契门、彼得斯、本宁森，或是普兰克呢？当然不是。最关心这些邮票的人只能是邮票的主人——乌尔木兄弟。"

老安咯咯地笑起来，用胳膊肘轻轻碰了碰探长："瞧见了吧！我不是早就说过他精明强干吗？我呢，连想也没想到过。"

"那么普兰克为什么不偷柜子里的其他邮票呢？一般说来，小偷是不会放过那些邮票的。但普兰克没这样做。要是两位乌尔木先生是贼，盗窃其他邮票就毫无意义了。"

"奎因先生，关于鼻烟又是怎么回事呢？"彼得斯问道。

"好，在普兰克和本宁森一起工作的那些日子里，他只有一次放纵自己吸鼻烟。从这一事实看来，结论是明摆着的。因为有鼻烟瘾的人随便什么时候想吸就得吸，自己是控制不住的。普兰克并没有这种烟瘾。他那天吸的也不是鼻烟。那他吸的是什么东西呢？嗯，是粉状毒品——海洛因。有海洛因瘾的人又是怎样的呢？面容憔悴，萎靡不振，面黄肌瘦，几乎是皮包骨头。而最主要的是这种人还有一双泄露真相的眼睛，他们的瞳孔因海洛因的影响而萎缩，这一点又可以为普兰克戴墨镜做出解释。他戴墨镜有两个目的：一是用作伪装，以防被人识破；二是隐藏眼睛，怕它泄露了他吸毒的真相。但是当我注意到阿尔伯特·乌尔木先生——"这时艾勒里走到畏缩成一团的阿尔伯特·乌尔木面前，扯下他的绿眼罩，露出一双呆滞、萎缩得极小的瞳孔——"戴这个眼罩乃是心理学上的证据，证明他就是普兰克。"

"是的，是的。不过，盗窃那些书又是怎么回事呢？"哈兹立说。

"那是一个精心策划深谋远虑的阴谋的一部分，"艾勒里说，"阿尔伯特·乌尔木既然伪装成窃贼，那么满脸伤痕的佛利德里茨·乌尔木必是同谋无疑。乌尔木兄弟既然是窃贼，那么这一系列盗书事件就不过是他们玩弄的障眼法而已。抢劫佛利德里茨，从书店逃跑，跟踪偷盗《欧洲在动乱之中》，所有这些都是精心策划，为掩人耳目而制造的假象。其目的就在于证明这一切确系外人所作，使警方和保险公司相信邮票确已被盗，虽然事实不然。目的当然是要获得那笔保险费而又不放弃那枚邮票。他们是集邮狂！"

希佛莱费劲地扭动了一下他那矮小肥胖的身子："妙极了，奎因先生，但他们监守自盗的邮票在什么鬼地方呢？他们把它藏在哪儿呢？"

"这一点，我认真地思考了很长时间，希佛莱。因为我演绎的三部曲不过是犯罪的心理学根据。从乌尔木手中找到被盗邮票才是真凭实据。"探长在机械地翻来覆去地看着那第二枚邮票。"我反复考虑这个问题，"艾勒里接着说，"问我自己，'什么地方最有可能藏匿这张邮票呢？'我记得这两枚邮票是完全相同的，甚至连女王的御笔首字母也完全相同，所以我说，如果我是两位乌尔木先生的话，我就要像爱伦·坡的著名故事中的人物一样，把它藏在最显眼的地方。什么地方最显眼呢？"

艾勒里叹了口气，把手枪还给了维力巡官："爸爸。"他叫道，探长则感到有些内疚："我以为您如果让在座的哪位集邮家仔细检查一下在您手指间夹着的那第二枚黑色一便士邮票，就会发现那第一枚已用无腐蚀树胶正精确地贴在第二枚上！"

半耳男人

【日】横沟正史

一、雨中的半耳男人

一个夏日的傍晚,骤雨倾盆。从甲州那边蔓延过来的雨云,眼看在武藏野的上空扩展开来,遮天蔽日,丝缝不露。树林和田野眨眼间便被笼罩在暴雨之中。紧接着,电光在昏暗的地面上横扫而过,雷声轰鸣,似乎天翻地覆,其中夹杂着大树爆裂似的响声,也许是滚地雷落在了附近。

"哦呀,老天爷真威风!"

医科学生宇佐美慎介缩着湿淋淋的双肩,钻进井之头公园旁边一间不知供奉哪位神祇的小庙,不觉仰天发出上面那句感慨。他今天到住在三鹰的朋友家里去玩了一阵,此刻正在归途中,打算直接赶回本乡的寓所,急匆匆地直奔吉祥寺车站,不料在路上碰上了阵雨。

毫无办法。早知如此,向朋友借把伞该多好,而现在已后悔莫及。慎介决定等到雨势减小再上路。于是,他动手脱下透湿的西装。正在这时候,又有一个人钻进庙里来。慎介知道有人进了庙,无意中朝来人望了一眼,可是,这一望竟吓得他倒抽了一口冷气。这也不无道理,那来人的模样,是世上罕见的:红衣红裤,外罩红裙,头戴尖帽,帽上垂着红缨,而且,脸上还戴着怪样的滑稽面具。

在当时那种场合,不由得人不发怵。慎介一时茫然不知所措,话也说不出来了。不过,慢慢一想,竟是一件毫不奇怪的事情。

那人是个走街奏乐的化妆广告人。就是在街上"咚锵、咚锵"敲锣打鼓、迈着怪步招徕顾客、广结人缘的化妆广告人。这么一想,慎介便安心了。可是,紧接着,他差点儿"啊呀"地叫出声来,气氛又紧张了。对方似乎还不知道有慎介存在,举止很不正常。他像是在等待什么人,老是朝对面的林荫路上打探,口里发出充满恐怖意味的自言自语:"嘿嘿嘿,这场雨是天助我。没有人来打岔啦!下决心干吧!"

慎介听到这些话,吓得缩起了身子。"这场雨是天助我"——"没有人来打岔"——"下决心干吧"——不论怎么说,这些都不是平平常常的话。

他到底想干什么呢?慎介紧盯着他的一举一动。可是化妆广告人一无所知。突然,那怪人又把身子往前面探去。这是怎么啦?慎介朝对面一望,只见有个人从阴雨蒙蒙的林间道路上一溜烟似的朝这边跑来。出乎意料,那是个只有十三四岁的可爱的少女。

少女没打伞,浑身透湿,她看见小庙,便一阵猛跑进来,正在这时,冷不防广告人叉开两腿往她前面一站。

少女"啊"地叫了一声,向后倒退几步。那怪人突然使劲地抓住她的肩膀,飞快地向她问了一些话。只可惜雨声哗哗,雷声不绝,那些话听不分明。这时,只见少女的脸上露出了强烈的恐怖表情。

"不,不!那种事情,我不知道!"

少女说着,撞倒对方,企图逃走。广告人重新抓住她,冷不防地把手伸进她的腰包。

"哎呀!来人呀!有强盗!"

慎介再也不能保持沉默了。

"混蛋,想干什么?"

他大喝一声,跳了出来,一把抱住广告人的腰。看来,他很懂柔道的秘诀,功夫一丝不苟,对手被他摔倒在地上,像皮球一样滚动。

"你、你干什么?"

"哼,还来吗?"

广告人一轱辘爬起来,马上又朝慎介冲过去,可是,他的手刚刚挨到慎介,身子就又一次摔回到地上去了。

"怎么样?还敢来吗?"

"畜生!"

广告人再次爬起来,从面具里面对慎介射出恐吓的目光。可是,大约他觉得自己终究不是对手,不一会儿就扭转脚跟,往正在势头上的大雷雨当中一溜烟逃去了。慎介目送着他的背影,忽然发现了一件奇怪的事情。

那广告人的右耳朵好像被咬掉了一样,缺了一半。

"怎么样?没伤着哪儿吧?"

慎介转向少女,只见她嗦嗦发抖,急忙朝自己鞠了个躬。

"谢谢您。多亏您……"

她说话的神态与年龄不相称,显得十分老成。她只有十三四岁,正当备受怜爱之年,然而却因劳累而憔悴,一副忧心忡忡的模样。

"你认识刚才那个男人吗?"

"不认识,一点儿也不。他突然窜到我跟前……啊,我怕!"

她说话之间,似乎还心有余悸。

"你是不是带着什么东西,正是那家伙想得到手的?"

"没有,这个,那是……"

少女突然住口不说了。看她的样子,其中必有蹊跷,不过慎介并不追究。他说:"不管怎样,还是小心点为好。你的家在哪里?"

"在那边不远。哦,就是那三所并排的房子中靠角上的那一所。"

"哦,知道了。这样吧,我顺便把你送回去。要不然,那家伙再返回来,就麻烦了。"

"好,谢谢您!"

雨，下得小了。喧闹了一阵的雷声已经远移，西边的天空也已云开雾散了。慎介与少女并排走着，若有所思地说道："喏，我总觉得在哪儿见过你，也许是弄错了人吧？"

"没错，这个——"

少女欢喜地抬眼望着慎介，接下去说："因为我是诚林堂的店员呀！"

"呵，是这样！怪不得——"

慎介不觉又望了望少女的脸。

诚林堂是本乡的一家大书店。少女是那里的店员，慎介是那书店的老主顾，其实少女早就认出了他。

"你每天从这地方到本乡去吗？不简单呵！家里有些什么人？"

"只有哥哥和我两个。"

"哦？没父母吗？他们是干什么的？"

"嗯，这个，是……"少女结结巴巴地说着，接着把话岔开去，"哥哥有点儿怪。他干些什么，我也不大清楚，只听他说是搞一件很了不起的发明，现在一心扑在那上头。可是，他身体很弱，而且，我们很穷……"

"呵，我懂了！于是你就去干活了。"

"是呵。直到五年前，我们家还挺有钱，可是出了一连串倒霉的事情，父母亲相继去世，钱都花光了……不，我并不在乎自己穷，只是哥哥不能称心如意地进行研究，使我觉得比什么都可惜。"

少女的语调十分低沉。大约因为她吃过种种苦头，还在这般年纪，又是个女孩子，竟有意想不到的坚定之处，使慎介感动不已。

"令人佩服！你叫什么名字？"

"叫鲇泽由美子。多谢了，这就是我的家。"

少女停住了脚步。眼前是一所俭朴的平房，门边有一块写着"鲇泽俊郎"的门牌。这恐怕就是她哥哥的名字。

"呵，进去坐会儿好吗？哥哥也要向您道谢呢！"

"别这么说，一点儿小事……好吧，失陪了。"

"哎呀，请稍待一会儿——哥哥！哥哥！"

由美子打开门，钻进屋子。刚进屋，便"啊呀"叫了一声。

慎介刚走开两三步，听到叫声吃了一惊，回转身子，接着，不由自主地也走进屋子，到得里面一看，他也吓了一跳。

不太宽敞的房子里面，东西被翻弄得乱七八糟，而且房子中央有个病弱的青年，想必是由美子的哥哥俊郎。他嘴里塞着东西，全身被五花大绑，动弹不得。

由美子连忙把他嘴里塞的东西拿出来。

"哥哥！哥哥！这是谁干的？"

"广告人。戴着假面具的广告人——"

"啊？广告人？"

"是他。那家伙到这儿来，想抢走那件东西，就是每年的今天送到咱们这儿的童话式的礼物……"

他说着，忽然看见慎介站在屋子里，不知为什么，他马上不作声了。

二、童话式的礼物

第二天，慎介还在为那件不可思议的事情烦恼。

那个奇怪的广告人为什么要袭击由美子和她的哥哥呢？那兄妹俩是穷人，想来不会有什么特别值钱的东西。要是由美子的哥哥已经完成了他那项发明，广告人的行为也许是为了猎取它，可是根据俊郎所说，他才刚刚摸到点眉目，没有做成值得盗窃的成品。

想到这里，慎介忽然记起了俊郎无意中泄漏出来的那句话："想抢走每年的今天送到咱们这儿的童话式的礼物。"

是的，俊郎就是这么说的。

童话式的礼物究竟是什么呢？说是"每年的今天送来"，昨天是 8 月 17 日，那就是说，每年逢 8 月 17 日，就有人将某种奇妙的礼物送给那兄妹俩，而那广告人则想得到那礼物。是不是这么回事呢？

这事情充满了神秘，慎介今天从早晨开始就为它伤脑筋。

今天碰巧是星期日，他待在寓所里，把门关上，老是想着这件事。正想得烦躁时，没想到由美子上门来拜访了。

"我今天想好了，要把事情的原委全告诉您。我和哥哥商量过，他也说要仰仗您的大力帮助才好。"

说着，由美子露出了沉思的神色。

"呵呵，什么事情？只要力所能及，我愿意效劳。"

"谢谢您。我们家里发生过各种各样稀奇古怪的事情呢。"

接着，由美子把事情说明了。内容大致如下：

由美子昨天说过，她的家直到五六年以前还是相当富裕的家庭。

由美子的父亲是从事航海运输业的，他有一条"北极星"号运输船，船虽小，也算不错了。可是，距今五年以前，父亲乘上那艘"北极星"号往千岛去，归途中遇上了可怕的暴风雨，连人带船沉没到海底去了。

那是五年前 8 月 17 日发生的事情。但那还只是不幸的开端。母亲在惊痛之余，患急症而死。而且，父亲似乎曾筹划着什么大事业，把全部财产倾囊投入其中。父亲一死，身后没留下一文钱。于是，由于飞来横祸骤成孤儿的兄妹俩，便坠入了贫困的深渊。

不过，从那以后，每年一到 8 月 17 日，就有人给兄妹俩寄来礼物，寄方是什么人，没有写明。

有时候，礼物是钱，有时候却是昂贵的宝石。兄妹俩无从猜测馈赠者究竟系何人。由于这件事一直持续了五年，兄妹俩每当提到它，总是说"童话式的礼物"。他们想，既然礼物是每逢父亲的忌辰寄来的，一定是某个与父亲很亲近的人，暗中守护着亡人的两个孤儿。

"原来是这样！那么，昨天就是那奇妙的礼物到来的日子呀！"

"是的。"

"来了吗？"

"来了。"

"哦？那么广告人就是要抢它了。怎么，抢走了吗？"

"没有。实际上——"

由美子深深地吸了一口气，接着说："只有昨天，礼物不是寄到家里，而是寄到我的工作地点诚林堂。我就是在带着礼物回家的路上遭到了广告人的袭击呵！多亏您，帮了我的大忙！"

"那就没事了。哦，是钱吗？"

"不是。"

"是宝石？"

"也不是。只有一封信。请您看看。我不知道怎么办才好，特意来和您商量。"

慎介接过由美子递给他的信，念道：

小姐：

看完这封信以后，请马上到杂司谷的"七星庄"来。我，这封信的笔者，如今得了不治之症，行将就木。在瞑目之前，我一定要对着小姐忏悔我的罪过，而且，还有东西要移交给你们兄妹二人。今天是8月17日，这是个什么日子，想必小姐是永生难忘的。到我这里无论如何不会遇到什么坏事，千万千万请小姐来走一趟。如果小姐单身不便，和哥哥一起来也行，如果哥哥正在病中，不妨请一个可以信赖的人陪伴小姐同来。只是陪伴者得绝对保守秘密，并且与警察署没有关系，请千万注意。

就这样吧，小姐。

这是我，一个垂死的人对人间的唯一拜托。请来吧，请来吧！拿着这封信到"七星座"来，给守门的人看一下，我那忠实的部下——守门老头就会给您带路的。

"七星庄"主人
致鲇泽由美子小姐

又及：忘了说一句，要提防半耳男人。那家伙想要我的命，不，不仅要我的命，还想要小姐兄妹的性命！千万千万，遇到半耳男人，要小心提防。

这封信的文章和笔迹都不怎么好，可是内容之离奇，弄得慎介也目瞪口呆。

"所谓半耳男人，就是昨天那个广告人哪！"

"是呵，就是他！所以我害怕得不得了。我和哥哥商量了好一阵，可是他病得走不动。于是请您……"

"好！我陪你一道去，"慎介坚决地表示，又说，"可是，由美子小姐，对这一点你作何想法呢？从这件事与8月17日有着神秘的关系来看，它是否与沉没的'北极星'号有关？"

慎介的这句话一语道破了天机，他的想象与事实完全吻合。

没过多久，慎介与由美子来到了杂司谷。一打听，立刻找到了"七星庄"。那是一座庭院宽敞的高级公馆，可是，对于由美子和慎介，却不知为何显得有点儿阴森森。

"就是这家公馆！"

"对啦，这儿写着'七星庄'呢。"

慎介按了门铃。里面马上出来了一位白发披至肩头的弯腰驼背的老头儿。他一见到由美子，眼里便涌出了泪水，用颤巍巍的声音说道："啊，迟了，小姐！来迟啦！"

一听这话，慎介的呼吸急促起来，他说："啊？迟了？老爷爷，是不是这儿的主人，已经……"

"是呵。先请进吧。"

老仆人说着，把客人让进门，领着他们走进一间客厅。在客厅里，摆着一个 50 岁左右的男人尸体，它的周围缓缓地缭绕着线香的烟。由美子一看那人的面目，是完全陌生的。

"小姐，请仔细看看他呀。就是这位先生，每年 8 月 17 日给你们兄妹寄去礼物。他就是这儿的主人。昨天，他是多么盼望您来呀！直到临终的时候，还一遍又一遍地叫着小姐的名字。"

老仆人说着，和刚才一样，眼里又冒出了泪水。

"由美子小姐，你认识这个人吗？"

"不，一点儿也……"

"是呵，我相信小姐不会认识。不过说出他的名字来，或许还记得起。这位先生名叫莜原传三，是沉没的'北极星'号船上的一级海员。"

听到这里，由美子与慎介不约而同地对视了一眼。

"老大爷，这位莜原先生为什么每年要用那样奇怪的方法给由美子兄妹寄礼物呢？还有，他要移交给兄妹俩的是什么呢？"

"这个，请听我说吧。昨天夜里，主人知道见不着小姐了，就对我忏悔了一切。然后，他吩咐我把那些话转告小姐……"

老仆人说出来的，是一段可怕的故事。

由美子的父亲到千岛去，是为了干一件重大的秘密事情。那件秘事就是到千岛采掘沙金，这是件极大的事业。而且，由美子的父亲成功了，他带着许多袋沙金，得意扬扬地登上"北极星"号。

可是他遇上了那场大暴风雨。载着沙金的"北极星"号带着由美子的父亲沉入海底。当时，有人从"北极星"号上面平安地逃脱了出来。

逃生者除了眼前这位莜原传三以外，还有一个当伙夫的山崎八郎。两个人在船将沉没之际坐上小划子逃生，而且顺便带走了不少的沙金袋，堆在划子上面。这样，划子漂流了几天，那期间，两人为了瓜分沙金而吵闹格斗，最后，莜原把山崎推下了海里。

后来，莜原平安脱险，拿出一部分沙金在这里盖屋定居。由于禁不住良心的谴责，每年到了 8 月 17 日，即"北极星"号沉没的那个日子，他就秘密地给由美子兄妹寄送礼物。

然而好景不长，近来发生了可怕的事情。原以为已经落海身死的山崎竟还活着，他终于找到了莜原的住所，威逼着要分得一半沙金。可是，莜原如今已悔过自新，他认为沙金理所当然属于由美子兄妹，因此断然不能交给别人，于是他把沙金藏起来了。

"请等一下。那个山崎，是不是一只耳朵缺了一半的人？"

"哎，呵，是、是的，"老仆人不知为何吃了一惊，用手弄了弄头发，马上接着说，"刚才说过，主人把沙金藏到什么地方了。他没有把地点告诉我，就去世了，因此……真可惜呵！"

慎介突然微微笑了笑，说："可是，老大爷，这所房子为什么取名叫'七星庄'呢？"

"这是因为庭院里有七尊天女像，那些天女的额头上有星星，所以一定是星星女神。主人特意造了那些神像，那就是'七星庄'这个名称的来由，因此……"

"好吧，请领我们上庭院去看看。"

慎介同由美子一起，跟在老大爷后面走到庭院里。果然，宽敞的庭院里这儿那儿竖着七尊天女像。慎介在天女像之间巡回走了一会儿，突然想起了什么，把炯炯有神的目光转向由美子。

"由美子小姐，看到这七位天女的位置，你联想到了什么吗？嗨！这些天女的位置恰如北斗七星一样，形成勺子的形状，不是吗？"

"呵，您这么一说倒真像！"

"还有，这是连小学教科书中都写着的。你想想看，把北斗七星下端的两颗星星连起来，将那连线向右延长，在延长到约为两星之间距离五倍处的位置上，有什么东西？"

"呵，明白了！是北极星呀！"

由美子说着，不觉深深地吸了一口气。

"是呵，正是这样！那么把这两尊天女像连起来，将连线延长五倍，啊哈，就到了那棵樱花树！就是在那棵樱花树底下，埋着从'北极星'号船上带出来的沙金！"

慎介在话没说完的时候，就突然转过身子，紧接着，朝突然摆开了架势的老仆人扑过去，冷不防将他摔倒在地，然后骑到他身上。

"呵，宇佐美先生！您这是怎么啦？"

"哈哈哈哈！由美子小姐，你还不知道这家伙的真面目呢。哈哈，这家伙就是昨天的广告人，也就是山崎八郎，半耳男人！"

说着，他把手指伸进对手那垂至肩头的白发里，猛地一拉。呵！是假发！假发一拉开，就露出了那被咬剩下的半只耳朵！

"就是这家伙！他以为那封信里面写了沙金的下落，昨天就袭击了你和你哥哥，结果失败了，于是返回到这儿来，逼问莜原。大约在催逼之下，对方终于死了。于是他遍屋搜查，还是不知道沙金的所在，因此这一回化装成老仆人，等着你到这儿来。他想，也许莜原在写给你的信中说明了沙金的下落。刚才，我看见这家伙无意中流露出对自己的右耳担心，立刻识破了他的假象。可是，这家伙也真笨，坐过那么久的船，却连北斗七星与北极星的秘密都不知道！哈哈哈哈！"

慎介把咬牙切齿悔恨不迭的歹徒山崎结结实实地绑了起来，欢快地笑了。

沙金果然是埋在樱花树下。

那理所当然是属于由美子的哥哥俊郎的财产，因此现在他可以自由自在地进行研究了。

他研究的内容虽是保密的，但可以知道那是非常了不起的东西，如今已快要完成了。

对于这一点，有两个人比谁都更为感到欣慰，不用说，他们是妹妹由美子及其新交的密友宇佐美慎介。

黑手帮

【日】江户川乱步

再讲一个明智小五郎破案立功的故事。

这个案件是我认识明智一年左右的时候发生的。它不仅充满着戏剧性的情节，引人入胜；还因为当事者是我的一个亲戚，更使我难以忘怀。

通过这个案件，我发现明智具有猜解密码的非凡才能。为了引起读者的兴趣，让我将他破解的密码内容，先写在前面。

早就想看望您，但始终没有机会，延至今日，非常抱歉。连日来，天气转暖，最近一定前去拜访。前赠小物，不成敬意，蒙你礼赞，深感不安。手提包是我闲来无聊，为了解闷才拙手绣成的。甚至担心会受到你的批评呢。时令不正，请多多保重身体。再见。

这是一张明信片的内容，一字未动地抄下来了。从文字的涂抹到各行文字的排列，一切都保留了原文的样子。

那么，让我来讲这个故事。当时我为了防寒避冬，同时也带了一点工作，正住在热海温泉的一家旅馆里。每天除了洗洗温泉外，就是外出散步或静卧休息。同时也利用空闲时间写点什么，过着极其悠闲舒适的日子。当我洗完温泉出来，心情愉快地、暖洋洋地坐在向阳走廊的藤椅上，漫不经心地浏览着当天报纸的时候，突然看到一条重要消息。

当时在东京有自称"黑手帮"的一伙强盗，为非作歹，肆无忌惮，虽然警方多方侦察，但始没有破案。昨天刚抢劫了某某富翁，今天又袭击了某某贵族，而且传说又愈来愈离奇，弄得首都人心惶惶。报纸的社会版上也每天不断地大登特登这方面的消息。今天继续用特别引人注目的《神出鬼没的怪贼》这样的三栏大标题加以渲染。由于我看惯了这一类的消息，因而它并没有引起我的兴趣。但是在那条消息的下边，在有关黑手帮的被害者的各条消息中，使我非常吃惊地看到了"××氏遭到袭击"的小标题下登出的十二三行消息。我所以感到吃惊，是因为消息中提到的××氏是我的伯父。消息写得很简单，只说是××氏女儿富美子被怪贼拐骗，赎金1万元也被骗去。

我出生在一个极其贫困的家庭。在来温泉休养之前，一直靠卖文为生。但不知为什么伯父却是一个很富有的财主，担任两三家大公司的董事。这样，他就有足够的条件成为黑手帮的目标。伯父过去事事都非常照顾我，所以不管怎样我也必须赶回去看一看。真怪我粗心大意，伯父家的这场意外灾祸，甚至赎金都被骗走这样的事，当时我竟全然不知道。我想伯父一定往我们住处挂过电话，由于这次旅行我没有告诉任何人，他们没有办法和我取得联系。因此我只是在报纸上发表了这条消息之后才知道的。

我匆忙地整好行装赶回东京，立即跑到伯父家。到那里一看，伯父夫妻二人正在佛像前笃诚恭敬地敲着太平鼓和木梆子，反复念诵"南无妙法莲华经"七个字。我知道他们一家都是日莲宗信徒，对佛祖非常虔诚。在念经时间如果不是事先约好就是最熟悉的人也是不准出入的。我觉得有些奇怪，因为当时并不是念经的时间。上前一问，原来事件还没有解决，尽管赎金已经按照强盗的要求交出，但是那个宝贝姑娘还没有给放回来。在精神万分痛苦又无能为力的时候，只有反复念诵《南无妙法莲华经》，以求佛祖保佑，搭救他们的女儿。

这里有必要介绍一下黑手帮。那是几年前的事，有的读者还可能记得当时的情景。他们总是先把被害人的子女拐骗走，作为人质，然后要求巨款赎金。他们在恐吓信上详细地指定某月某日某时，携带现款若干元到某地。黑手帮的头目准时地等在那里。就是说赎金要由被害人直接交给强盗。这是多么放肆和大胆；不过他们在行动上却十分谨慎，不论拐骗也好，恐吓也好，接受赎金也好，干得干净利落，不留一丝痕迹。如果被害人事先到警察署报告，交赎金的地方埋伏有便衣警察，不知道他们从哪里得到了消息，决不到那个地方去。而且那个被害人的人质随后就要遭到残酷的迫害。看来黑手帮案件不像是社会上犯罪青年那样轻举妄动，肯定是一些有头脑而且极为大胆的家伙。

且说被强盗光顾的伯父一家，从伯父伯母开始，个个吓得张皇失措，面无人色。一万元的赎金交出去了，可是女儿并没有回来。这使得在实业界被称为"计谋多端的老狐狸"的我的伯父，也束手无策了。这就是他一反常态，肯于向我这样一个小毛孩子商量求助的原因。我的堂妹富美子当时十九岁，长得又很漂亮。所以，当交了赎金之后还没有放回人来，自然使人担心她会不会遭到强盗们的毒手。否则，便是强盗们看到伯父容易被敲诈，一次不满足，就两次、三次地威胁，继续要赎金。不论怎样，对伯父来说，没有比这件事更令人担心发愁的了。

伯父除富美子外还有一个儿子。可是他刚念中学，做不了什么事。这样，我便充当了伯父的参谋，同他一起商量对策。经过仔细地打听之后，我发觉强盗的做法不像传说那样的简单，而是非常巧妙，甚至有些像妖魔鬼怪一类怕人。我对犯罪、侦察这类事情具有异乎寻常的兴趣，在大家所熟知的《D坡杀人案》中，有时我甚至想去冒充业余侦探。如果可能的话，甚至还想和那些专职侦探较量一下。当时尽管我动了不少脑筋，可是最后并没有成功，因为根本没有发现任何线索。这次，虽然伯父也到警察署报了案，但靠警察能解决问题吗？至少从到今天为止的侦察情况看，是没有把握的。

这样，我很自然地想到了我的朋友明智小五郎。如果委托他办这个案件，肯定会弄出个眉目来的。我便把这个想法说给伯父。伯父这时的心情是能请来商量的人愈多愈好。再加上平素我已多次讲过明智的侦察本领，因此，尽管伯父还不十分相信他的才能，但还是让我请他来。

我乘车到那家熟悉的纸烟铺去，在二楼那间装满各类图书的四铺席半的房间里见到了明智。碰巧的是他从几天前已经着手搜集黑手帮的材料，正在对材料进行他拿手的推理。从他的口气听来好像已经理出了一些头绪。我把伯父的意思一说，正是他求之不得的实际案例，于是他很爽快地应诺下来。我立即带他一起到伯父家去了。

不一会儿，明智和我便同伯父面对面地坐在伯父家那间修建得非常考究、摆设又十分风雅的客厅里了。伯母和寄居在伯父家的学仆牧田也出来参加谈话。牧田作为伯父的保镖在面交赎金那天曾一同去过现场。他是为了补充情况被伯父叫来的。

忙乱中送上来红茶、点心等。明智只拿了一支待客用的进口高级香烟，彬彬有礼地吸着。伯父身材高大，又兼营养过多和很少运动，所以非常肥胖。他不愧是实业界的老手，就是在这样的情况下，也没有减少他平素的威严。

伯父的两旁坐着伯母和牧田。由于两个人都长得很瘦，尤其是牧田，异乎寻常地矮小，这就愈发衬托出伯父的魁梧。双方见面略事寒暄后，尽管事前我已经简要地介绍了情况，但明智仍提出希望再详细地讲一讲事件的经过，于是伯父便开始介绍起来。

"事情经过是这样的：6天前，也就是13日那天中午，我的女儿富美子说到朋友家去玩，便换了衣服出去了。一直到晚上也没有回来。这时由于我们已经听到黑手帮的可怕传说，我的妻子首先担心，就往女儿的那个朋友家打电话询问，回答是今天根本没有去过，我们这才慌了神。接着尽我们所知，给她所有的朋友家都挂了电话，回答都是她没有去。后来又把学仆和经常来往的车夫都召集起来，四面八方到处寻找，整个夜晚眼也没合地过去了。"

"对不起，我打断了您的话。请问，当时有人确实看到小姐外出了吗？"

明智这样问后，伯母替伯父回答说："啊？据说女佣和学仆他们确实都看见了。特别是一个叫阿梅的女佣说，她记得亲眼看到了小姐出门后的背影，可是……"

"以后的一切便不清楚了，住在附近的人或来往走路的人，也没有人看见您家小姐吧？"

"是的，"伯父回答说，"女儿没有坐车，是走着去的，因此，如果遇到熟人是会被看到的。正如您所见到的，这条街是个僻静的住宅区，虽说是住得很近的邻居，也很少有人出来走动。我也尽可能地到处打听，却没有一个人看见过我的女儿。因此，我正在犹豫：是不是要到警察署去报案。就在第二天中午刚过，收到了大家都担心的黑手帮来的恐吓信。果然不出所料！当时确实是惊恐万分。我的妻子竟哭个没完没了。恐吓信也顾不得送警察署了。信的内容是携赎金1万元，于15日午夜0时，到T草原的一棵松树下。送款人只限一人。如果报告警察署，则杀死人质，作为报复……收到赎金后第二天，将送还你家小姐。写的大概就是这些。"

"这封恐吓信，经警察调查，结果发现了什么线索吗？"

"啊，据说没发现任何线索。用的是到处都出售的一般信纸和茶色单层的、很便宜的信封，也没盖邮戳。刑事警察说笔迹也没有什么特征。"

"警察署对检查这类东西有很完整的设备，大概不会错的。不过邮戳是哪个局呢？"

"不，没有邮戳。因为它不是邮来的，是谁投进门口的信箱里的。"

"又是谁把它从信箱里拿出来的呢？"

"是我，"学仆牧田突然用异乎寻常的声调回答说，"信件都是由我归拢一起交给太太的。那封恐吓信就夹在13日午后第一次送来的信件里。"

"究竟是谁把它投进信箱里的，这个问题……"伯父补充说，"我问过了附近的交通警察。虽然经过种种调查，情况却一点儿也不清楚。"

明智这时陷入沉思之中，他好像要从这些没有什么意义的简单问答中努力发现什么似的。

"那么，以后又怎样了呢？"不一会儿，明智抬起头来接着问下去。

"我甚至想到警察署去报案，让他们侦缉处理，但我想虽然是强盗的一封恐吓信，他们说要女儿的命，也不是做不出来的。这时，我的妻子也出来拦阻。我也认为没有什么比女儿更宝贵的了。因此，虽然有点舍不得，还是决定出1万元赎金。

"恐吓信的规定，方才已经说过是15日的半夜0点，地点是T草原的一棵松树下。我稍稍提前做了准备，把百元一张的钞票1万元，用白纸包好装在衣袋里。恐吓信中写着必须一个人去。由于妻子特别不放心，劝我带一名学仆去，想来也不会影响强盗的活动。于是便带了牧田，以便一旦发生什么紧急情况可以保护我。这样我和牧田便到约会的那个偏僻冷静的地方去了。说来可笑，我活到这么大年纪第一次买了一支手枪，然后把枪让牧田拿着。"

伯父说着苦笑了一下，我想象当天夜里那种惶恐的情景，禁不住地要笑出声来，好不容易才压了下去。我仿佛看到身材魁梧的伯父，带着矮小丑陋、又有几分迟钝的牧田，在漆黑的夜里战战兢兢地向现场走去时的奇特情景。

"我们在离T草原四五百米前下了汽车。我打着手电照着路，才勉强地来到一棵松树下。因为天黑，牧田不用担心被人发现，尽量顺着树荫，保持十多米的距离跟在我的后面。你知道一棵松树周围是一片灌木林，也不知道强盗会藏在哪里，真觉得毛骨悚然。可是我忍耐着，一动不动地站在那里，足足等了30分钟，牧田，你在那段时间做什么来着？"

"是，我在离主人20来米的地方，俯卧在繁茂的树丛里，手指抠着手枪的扳机，眼睛盯着主人的手电光。时间相当长了，我觉得像等了两三个小时似的。"

"那么你说一说，强盗是从哪个方向来的？"

明智热心地问着，他显得非常兴奋的样子。我从他开始用手搔蓬乱头发的动作中觉察到这一点。

"好像是从对面来的，也就是说从我们来路的相反方向来的。"

"他的衣着举止怎么样？"

"没有看清楚。好像穿一身黑衣服，从头到脚都是黑的。只是脸的一部分在黑暗中看起来有些发白。我没看清楚，因为当时我怕强盗生气而把手电筒闭了。这样，我默默地把钱包交给了他，本来想问问女儿的事，刚要开口，那个强盗立刻把食指竖在嘴前，用力地发了一声：'嘘！'我认为这是暗示我不要开口，于是便什么也没有说。"

"以后又怎样了？"

"就是这些了。强盗用手枪对着我，退着走去，慢慢地远了，消失在黑暗里。我一时身子一动都不敢动地站在那里。那么待了一会儿，就向后面小声地叫了一声牧田。于是，牧田从树丛中悄悄地走了出来，战战兢兢地问我：已经走了吗？"

"牧田君，从你藏身的地方也能够看见强盗的身体吗？"

"呵，一是因为天黑，二是树木太密，所以没有看见强盗的身体，不过我听到了好像是强盗走路的声音。"

"以后又怎样了呢？"

"所以，我刚说咱们回去吧，牧田又说要检查一下强盗的足迹，他的意思是以后报告警察时那会成为很重要的线索。是这样吧？牧田！"

"是！"

"找到了足迹吗？"

"这个吗？"伯父也露出了困惑的神情说，"我非常奇怪，竟没有发现强盗的足迹。这个我们绝没有看错，听说昨天刑事警察也去了现场进行侦察。由于地方偏僻，其后也没人去过，我们两个人的足迹还都清楚地留在那里，此外，没有任何别的足迹。"

"啊！那可太有意思了，能不能请你再详细地讲一讲。"

"露出地面的只是一棵松树下那块地方，它周围有的地方堆着落叶，有的地方长着青草，是留不下足迹的。在露出地面的地方只留下我的木屐的痕迹和牧田的鞋印。不过强盗为了走到我站着的地方取钱总该留下足迹的，可是却没有。从我站着的地面到长草的地方距离最短，但也是有一丈多远。"

"那里有没有什么类似动物的足迹？"

明智有意的又问了一句，伯父显出惊讶的样子反问道："啊！你说什么动物？"

"比如说，有没有马的足迹和狗的足迹或别的什么？"

我听了这个问答，想起了很久以前在斯特兰杂志或别的什么书上看过的一篇犯罪故事。讲的是一个男人把马的蹄子绑在脚上往返于作案现场，因而巧妙地避免了怀疑。明智一定也是想着这种可能性。

"呀！这样的事我可没留心，牧田，你注意了没有？"

"是，我也想不起来了，好像并没有那样的足迹。"

明智又陷入沉思。

我开始从伯父那里听到这件事时就想过：这个案件的中心是没有强盗的足迹。那的确是匪夷所思。

沉默长时间地继续着。

"然而，不管怎样，"伯父又接着说了起来，"这个事总算过去了，我便放心地回了家，相信第二天女儿会回来的。因为我很早就听说，愈是厉害的强盗，就愈能信守诺言，这是强盗的道德。我认为他们不会说谎，因而放心。可是结果怎样呢？今天已经是第四天了，女儿还没有回来，真的叫人无话可说。再也不能默不作声了，于是，昨天把详细情况报告了警察署。可是警察也因为有许许多多的案件要办，没有把这个案件放在心上，正在这时，听家侄说和你是好朋友，就一切拜托你费心帮忙了……"

伯父讲完之后，明智对某些细节提出了种种疑问，又把事实一个一个地加以核实，这些就不必细讲了。

"可是，"明智最后问道，"最近你家小姐这里收没收到什么可疑的信件？"

对这个，伯母回答说："凡是寄给女儿的信件，一定都要由我先看一下，因此假如其中有可疑的情况会立即发觉的。可是，最近并没有发现什么可疑的地方……"

"不，就是极平常、无关重要的情况也好，希望把你注意到的情况如实地谈一谈。"

明智好像从伯母的谈话里发现了什么似的，接二连三地问个不停。

"不过，我认为这些都和案件没有多大关系……"

"总之，请你说说看。有些情况常常会预料不到的给我们提出线索。"

"那么，我就说一说。大约一个月前，从一个我们过去从未听说过名字的人那里经常地给女儿寄来明信片。记不得是什么时候了，有一次我曾问过女儿，来信的是不是学生时代的朋友，女儿只是'嘿'地答应了一声，好像有什么事瞒着我似的。我也觉得有些奇怪，本来想再仔细地问她一次，这期间就发生了这个案件。有些具体情节已经记不清了，听你方才一说才忽然想起来，就是说，女儿失踪的前一天，收到一张奇怪的明信片。"

"那么，能不能让我看看那张明信片？"

"当然可以。大约放在女儿的文件匣里。"

于是，伯母把那张奇怪的明信片找了出来。一看那上面的日期，正像伯母说的那样是12日，发信人由于匿名的缘故，只写了"弥生（阳历三月）"，而且盖有市内某邮局的戳记，信上写的就是故事开始写的，"早就想看望您……"

我也曾对那张明信片，反复地揣摩，但并没有发现什么异常的地方。只不过有些句子的确不大像少女应该说的话。但是，明智怎么想的呢？他把它当成一件大事似的，用非常郑重的语气说要暂时借用一下那张明信片。当然这是不会遭到拒绝的，伯父立即答应了。我对明智的想法一点也不明白。

这样，明智的问话终于结束，伯父迫不及待地忙着问他的意见。

于是，明智想了又想，回答道："不，我只是问您一些情况，还说不出有什么成熟的看法……总之，做一做看，说不定两三天之内能把小姐给你们送回来。"

且说，由伯父家中出来，我们两个人肩并肩地走向归途。那时，我准备了很多话想了解一下明智的想法。可是他却说，侦察只不过刚刚有了点头绪。至于今后怎么做，他一句也没有说。

第二天，我吃过早饭，立即到明智的住处。因为我非常想知道他对这一案件的想法，以及解决这个案件的途径、办法。

我想象着他埋首在书籍堆中，聚精会神、冥思苦想的样子。由于我们俩关系非常密切，我只和纸烟铺的老板娘打了个招呼，就急着要登上去明智屋子的楼梯，这时有人叫住了我。

"啊，今天他不在呀！很少见的今天他一大早就到什么地方去了。"

我多少有点吃惊地问他到什么地方去了，据说并没有留下什么话。

大概已经开始工作了吧，尽管这样，经常早晨睡懒觉的明智，这次能这么早地外出办事是过去很少有的。我这样想着，又回到我住的公寓。因为我有些不放心，隔一会儿又来找明智，但是去了几遍明智都没有回来。最后等到第二天的中午，还没有见他回来。我有些担心起来。纸烟铺的老板娘非常着急，到明智的屋子里看是不是留下了什么字条，结果也没有。

我觉得应当把这个情况告诉伯父，便马上到伯父家。伯父伯母夫妻两人还是那样在佛祖前念经呢。我说明情况，伯父、伯母大吃一惊，这回不是连明智也被强盗弄走了吧！因为是请他侦察这个案件的,所以连我们也有很大责任。如果真的发生了那样的事情,对明智的母亲可怎么交代呢?伯父全家又慌张起来了。我本来对明智十分信赖的。认为他万无一失,不会出什么问题,却也被周围的恐慌情绪所感染,也担心起来。在束手无策中时间滑过去了。可是,当下午我们齐聚在伯父的饭厅里,正左思右想拿不定主意的时候,送来了一封电报。

"富美子同行现出发。"

这出乎意料的电报是明智从总带千叶拍来的。我们都高兴得情不自禁地喊起来。明智平安无事,女儿也能回来。无精打采、死气沉沉的一家立刻变得活泼热闹起来,就像要迎接新嫁娘一样。

我们都焦急地等待着。当笑容满面的明智出现在我们眼前的时候已经是傍晚时分了。脸庞稍稍有些消瘦的富美子跟在他的后面。由于伯母怕富美子疲劳,只让她回到卧室躺在床上休息。为了表示祝贺,我们面前送来了事先准备好的酒菜。伯父夫妻殷勤地握着明智的手让他到上座,千百遍地说着感谢的话。那是一个十分危险的案件,对明智的感激是毫不过分的。对手是动员了国家的警察力量也长期未能奈何他的黑手帮。尽管明智是侦探名家,但这么快、这么轻而易举地把女儿领回来,这是谁也没有想到的。明智不是靠自己一个人的力量把案件解决了吗!伯父伯母像欢迎胜利归来的将军似的,盛情款待,这是完全应该的。他是一个多么令人钦佩的人啊!这次就连我也佩服得五体投地了。大家都凑过来想听听这位大侦探的冒险故事。以便了解黑手帮究竟是怎么回事。

"非常抱歉,我什么也不能讲。"明智表现出有些为难的样子说。

"尽管我多么鲁莽,但一个人总是不可能把那些强盗都逮捕起来的。我经过种种考虑的结果,想出了一个极为稳妥地把你家小姐救出来的办法,也就是说让强盗无条件地退还一切的办法。这样我便和黑手帮有了个约定,即黑手帮方面送回你家小姐退还1万元赎金,同时保证将来也绝不对你家动手。我呢,不仅有关黑手帮的事一概不对外人讲,同时保证将来也绝不参与逮捕黑手帮的活动。我想只要府上蒙受的损害得到补偿,那我的任务就算完成了。所以我想适可而止,免得稍一疏忽出现不好收拾的局面。于是我便答应了强盗的要求回来了。因此,请你们不要向我询问关于黑手帮的一切情况……这是那笔1万元现款,请你查收。"

这样说着,他把用白纸包着的1万元交给了伯父。特别感兴趣的侦探经过听不到了。但我并没有失望。对伯父他们也许不能说,再怎么严肃的约定,对于像我这样的好朋友,他会如实地告诉我的。这样一想,我便急不可耐地盼着酒宴快点结束。

对伯父夫妻来说,只要自己一家平安,逮捕不逮捕强盗,那是无关紧要的。为了表示对明智的谢意,不断地交杯敬酒,酒量不大的明智立即双颊通红,那总是笑呵呵的脸现在更是满面春风。热烈地交谈着案件之外的闲话,客厅里一片爽朗的笑声。在酒宴桌上大家都说了些什么,没有记在这里的必要。只有下面的一段对话,我想多少能引起各位读者的兴趣。

"不,您就是我女儿的救命恩人了。我在这里发誓,将来如果你有什么事情需要我,不论多么难办的事,我一定尽力完成,你看怎么样?现在你有什么事需要我办吗?"

伯父举杯向明智敬酒,笑容满面地说。

"那多谢你了!"

明智回答说:"举个例子说怎么样。我的一个朋友某君,非常仰慕你家小姐,不知道能不能把你家小姐嫁给我那个朋友?"

"哈哈……,你真有办法。不过只要你保证那个人的为人,我是不会拒绝把女儿嫁给他的。"伯父相当认真地说。

"我的朋友是基督教徒,这一点你以为如何?"

明智的话作为即席凑趣给人的印象是有些过于严肃。虔诚的日莲宗的伯父稍稍表现出有些不快。

"好的。我是非常讨厌基督教的。不过这次不是别人而是你提出来的要求,让我考虑一下看。"

"那就多谢了!不定什么时候,会有人来求婚的。请你不要忘记你方才说过的话。"

这一段对话,使人感到有些莫名其妙。如果把它看成是开玩笑当然可以。但如果讲的是真话,也很有可能。这时我想起了巴里摩戏剧中易罗德·霍姆斯,通过一个事件认识了一个姑娘,以后相互爱恋,最后终于结婚的故事情节,想到这里我偷偷地笑了。

伯父一直热情招待,诚恳挽留。但由于时间太久了,便告辞出来。伯父把明智送到大门后,说:"为了略表感谢的一点心意。"也不管对方怎样谢绝,硬把装有 2000 元的钱包塞进明智的衣袋里。

"不管你和黑手帮有什么约定,总可以把情况告诉我吧!"

我从伯父家里出来,迫不及待地向明智问道。

"啊,当然可以,"出乎意料,他很轻快地答应了,"那么让我们一起喝点咖啡,再慢慢聊吧!"

于是,我们走进一家咖啡后,选择了一个靠里边的偏僻的地方坐下来了。

"这个案件侦查的出发点,就是从现场没有脚印那件事开始的。"明智要过咖啡之后,开始讲他的侦探经过。

"那件事至少有六个可能。第一种解释是:你伯父和便衣警察没有发现盗贼留下的足迹,因为贼是可以用兽类或鸟类的足迹欺骗人们的。第二种解释是:这个想象也许有点离奇——比如盗贼用在一个什么地方或是走钢丝,总之是用一种可以不留下足迹的办法来到现场。第三种解释是:你伯父或牧田把强盗的足迹踩掉了。第四种解释是:也许是非常偶然的巧合,你伯父或牧田的鞋和强盗的鞋一样。这四种,经过现场的仔细侦察是可以弄明白的。再有第五种解释是:强盗并没有到现场来,也就是说你伯父出于他的什么需要而演出了这场独角戏。第六种解释是:牧田和强盗是一个人。

"总之,我感到有到现场侦察一下的必要。就在第二天立刻到 T 草原去了。如果在那里没有发现第一到第四种情况的痕迹,那么就只剩下第五和第六两种可能,这样侦察的范围便可以大大地缩小。

"可是,我在现场有一个新的发现。那些警察有一个很大的疏忽。原来地面上有许多被什么尖硬的东西扎了似的痕迹,特别是这些痕迹全都藏在你伯父的脚印(更多的是在牧田的鞋印)之下。乍一看是很不清晰的。看到这些,在我脑海里萦回的种种想象中,忽然想起一件事。真是一个出色的想法呀，那就是和学仆牧田的瘦小身躯非常不相称的宽大的丝绸腰带，不是打着一个很大的结子捆扎起来的吗？从后面看起来稍稍显得有点滑稽。我偶然想起了这件事，这样我好像什么都明白了似的。"

明智这样说着，喝了一口咖啡。然后，不知为什么用一种令人焦急的眼光看看我。遗憾的是我缺乏那种能力，可以跟得上他的推理进行思考。

"那么，结果怎样了呢？"

我由于恼恨自己而大声喊起来。

"总之，方才说的六种解释中第三和第六都说对了。换句话说，学仆牧田和强盗是一个人。"

"是牧田！"我不禁叫出声来。这是不合情理的，那样一个憨厚的、诚实的男人……

"那么，"明智沉着地说，"把你认为不合理的地方一个一个地说说看，让我来回答。"

"那多得数不胜数。"我稍加考虑后说。

"第一，伯父说强盗比他这个大个头还高二三寸，那样就应当有五尺七八寸。可是，牧田不正好相反是那样矮小的男人吗？"

"相反，正因为是这两个极端，所以才有加以怀疑的必要。一边是日本人少有的高个汉子，一边是近似畸形的矮小男人。这的确是一个鲜明的对比，可惜的是鲜明得有些过分。如果牧田使用再稍短一点的高跷，我也许会被他迷惑或欺骗过去。嘻嘻嘻嘻，明白了吧！他把高跷弄短后事先藏在现场，不用手拿着而是绑在两只脚上，就凭着这个干的。因为是大黑夜，又离你伯父有五丈多远，具体情况是看不清的。他在完成了强盗的任务之后，为了消灭高跷的痕迹，才又在那里借口调查强盗的足迹来回走动的。

"像这样骗小孩子的勾当，为什么你伯父竟没有看穿呢？第一、强盗穿的是黑衣服；而牧田平时却总是穿一身雪白的乡下手织布。再有便是那条丝绸腰带。真是一个好办法。用那样宽的黑绸从头到脚地团团围起来，牧田的小个子当然便看不出来了。"

因为事实过于简单，我有一种被人捉弄了似的感觉。

"那么，是不是可以说，牧田就是黑手帮一个成员。真奇怪，黑手帮……"

"咳！你怎么还在想那样的事？今天你的头脑反应有些迟钝。你伯父也罢，警察也罢，甚至连你都毫无例外地患了黑手帮恐怖症。当然，由于当前的形势，这也是可以理解的。如果你能够像平素那样的冷静，根本用不着等我，你自己也完全能够解决这个案件。这和黑手帮根本没有任何关系。"

的确，我的头脑真的糟透了。愈听明智的说明，对事件的真相反而愈发糊涂起来。数不尽的问号，一团糨糊似的塞在我的脑袋里，甚至不知应从哪里问起。

"方才你说和黑手帮有了约定，怎么又说这些荒唐无稽的话呢？第一，我不明白，如果是牧田干的，他这样默不作声地听之任之不是很奇怪吗？其次，牧田那样的人，是不会有拐骗富美子、并把她藏了几天的本事的。不是说富美子离家那一天，他整天在我伯父家中，一步也没有外出吗？像牧田这样的人，究竟能否干出这样的大事来，还有……"

"确实是疑问重重，漏洞百出。不过如果你能把明信片上的暗码文章解开，或者至少你能认识到这是一篇暗码文章，也就不会那样感到奇怪了。"

明智这样说着，拿出那一天从伯父那里借来的那张署名"弥生"的明信片。（各位读者，对不起，还要请你们重新读一下开头那一段文字。）

"如果没有这个暗码文章，我肯定也不会怀疑牧田的。所以，应该说这次破案的起点是这张明信片。但不是一开始就明确地认为它就是暗码文章，只是对它有些怀疑。怀疑的理由是这张明信片恰好是在富美子失踪的前一天收到的；其次是字迹虽然经过精心的模仿，仍然总有些像男人手笔。再有就是当你伯母问到富美子时，她的表情有些异样等等。不过，你再看看这张明信片，就像在原稿纸上抄写似的每行各写十八个字，确实写得很工整。不过，在这里让我们横着划上一条线看。"

他说着拿出铅笔，在原稿纸上画了一条横线。

"这样一来就容易理解了。你顺着这条线横着看下去，哪一行都夹杂有一半左右的假名但是只有一个例外，就是沿着最高的这条线各行第一个字都用的是汉字。"

"一好割此外叮袋自吒歌切"

"噢，是吧！"他用铅笔横着指点着说明，"把这个完全看成是一种偶然，那倒有些奇怪了。男人写的文章姑且不说。一般说来假名多于汉字的妇女文章中，是不会出现这样各行头一个字清一色用汉字这样的写法的。因之，我认为有研究一下的必要。那天晚上回来之后，我集中地思考这个问题。幸而我对暗码做过一些研究，所以比较容易地解开了。让我再解一下。先将汉字的第一行择出来加以研究。表面上看来好像是扶乱猜会似的，一点也弄不懂是什么意思，会不会和什么汉诗和经文有关系，经过查对也不是。在进行各种猜测过程中，我突然注意到有两个字被涂抹掉。在写得如此干净漂亮的文章中，竟有这样被抹掉的地方，我感到有些奇怪。而且两个又都是第二个字。我凭过去的经验知道，用日语写暗码时最困难的是浊音和半浊音的处理。抹掉的文字会不会是为了它上面的汉字的浊音而耍的花招？如果真是这样，这个汉字应当是每个字都代表一个假名。想到这种程度是比较容易的，但再往下接着推理就困难了，费了多少心血，吃了多少苦头暂且不谈，让我先说说结论吧！总之一句话，这个汉字的笔画是钥匙，而且汉字的左偏旁和右偏旁都分别计算。例如"好"字左偏旁是三画，右偏旁也是三画，所以就组合成33。把那张明信片的各行头一个字改成数字表则是这样：

一好割此外叮袋自吒歌切
左偏旁 0103100503031106031002
右偏旁 0302020202　020402

"看这个数字表，左偏旁数字大到11，右偏旁数字则只到4，这是不是符合于一个什么数？例如是不是表示把五十音按照什么样的形式排列起来的顺序？可是把五十音图的字母横排起来一看，数字恰好是0，这也许是偶然的巧合，但试试看。假设左偏旁的数表示子音（横读）的顺序；有偏旁的数表示母音（竖读）的顺序，这样一来，'一'只有一画，没有右偏旁，则是'啊行'第一个字即啊。'好'，因为左偏旁是三画，所以应是'沙'行；右偏旁三画则应是第三个字'斯'，这样猜对下去、译成假名则成为：

啊斯伊齐鸡心巴西也基……

"果然是暗号密码。翻译过来就是'明日一时新桥驿'。这个人对密码也是个内行。使用密码通知时间和地点给一个年轻的姑娘，而且那手迹多半又像出自男人之手。在这种情况下，只能认为是男女幽会的联系，还能有别的什么考虑吗？因此这个事件就不像黑手帮干的了。起码在缉捕黑手帮之前要调查一下这张明信片的发信人。可是这个发信人除了富美子之外没有其他人知道，这可使人有点为难，但是如果把这件事和牧田的行为联结在一起加以考虑，疑团便迎刃而解了。我所以这样说是因为富美子是一个人由家里逃出去的。她总会往父母处写封道歉的信，这一点和牧田管理收发信件的工作联系起来看就发生了曲折的情节。结果信是这样：牧田注意到了富美子在谈恋爱，像他那样有生理缺欠的人，猜疑心特别重，于是他把富美子寄给家里的信撕掉，然后把自己写的黑手帮的恐吓信送到你伯母那里。这和恐吓信不是从邮局寄来这一点也是一致的。"

明智说到这里，稍稍停了一下。

"真没有想到。不过……"我还有许多疑点要问。

"你等一下，"他打断了我的话又继续说了下去，"我检查了现场，然后顺路到你伯父家门前等候牧田出来。随后，他像被派出来到哪里办事的样子出来了。我巧妙地把他骗到这家咖啡店，正好是我们坐的这张桌子。我一开始就和你一样，认为他是一个诚实的人，所以我以为这个事件可能潜藏着什么更隐蔽、更奥秘的内幕。于是我让他放心，保证为他保密，根据情况还可以给他以必要的帮助。最后他终于交代了全部情况。

"你也许认识服部时雄这个人吧，由于他是基督教徒的关系，不仅对富美子的求婚遭到了你伯父的拒绝，而且还不准他到你伯父家里来。那个可怜的服部被弄得毫无办法。这样的老人真太糊涂了。但是，就连你伯父那样的人，也没发觉富美子和服部正在热恋。当然富美子也由于年轻不懂事，本来即使不这样离开家，自己是亲生女儿也不会有什么问题的。但姑娘的心太单纯了，她认为尽管有宗教的偏见，如果木已成舟，你伯父也就不会硬结拆散。于是她想出了一个狡猾的办法，用突然出走吓唬一下你那顽固的伯父，迫使他同意这桩婚事。总之，两个人手拉手地偷偷地到服部的一位住在农村的朋友家里快乐去了。据说从那里也发出了几封信。这些信都被牧田撕碎扔掉了。我为此到千叶县去，这一对男女对家中发生的'黑手帮'事件毫无所知，完全陶醉在甜蜜的爱情里。我苦口婆心地整整劝了他们一个夜晚，这事办起来真困难。最后，作为条件是必须想办法让他们两人结合在一起，这才好不容易地使他们离开，把富美子带回来，不过，这个条件看来也好像能够办到：从今天你伯父的口气看。

"那么，现在再说说牧田的事。这里也涉及男女关系的问题。他很可怜地巴巴达地掉着眼泪。别看那样的男人也有个恋人。对方是什么样的人还不知道，估计多半是被商人或别的什么人引诱上了圈套。总之，为了要把那个女人搞到手，需要一大笔钱。听他说还打算在富美子回来之前先行逃走。我深深地感到爱情力量的伟大。那样一个愚蠢的男人竟能想到这样一个巧妙的骗人的办法，可以说这完全是爱情的力量……"

我听完之后，不由得叹了一口气，难道这不是发人深省的事情吗？

明智大概也谈得很累，显得筋疲力尽。两个人长时间地沉默着面面相觑。

不久，明智突然站起来说："咖啡完全凉了，咱们回去吧！"

于是我们分别各就归途。在分手之前，明智像想起了什么似的把方才从伯父那里收到的装有 2000 元的钱包交给我说："在你得便的时候，把这个交给牧田吧！告诉他这个作为他的结婚费用。你说呢，他是一个可怜的人呐！"

我愉快地答应下来。

"人生真有趣！我今天竟当了两对爱人的月下老人。"明智这样说着，发自内心地笑了。

敦厚的诈骗犯

【日】西村京太郎

一

这个男子的脸很陌生，可见是个初次光临的顾客。

他的年纪大概五十上下，也许是肝脏不太好的缘故吧，脸色显得异样的苍黑，样子不太讨人喜欢。不过，理发师要招揽顾客，就得搭讪应酬，就笑脸相迎，嘴里说着："您来了，请进。"

男子盯着晋吉的脸看了看，然后一声不吭地在镜子前坐了下来。接着，他似乎有点困，打了个小小的哈欠。有些顾客也真是奇怪，他们一踏进理发店就直想瞌睡，这个男子恐怕就属于这一类人。

他的头发生得比较硬，夹杂着一些白发。晋吉一面用水把他的硬发沾湿，使它不竖起来，一面看着镜子里的男子，问："要分头路吗？"

他依旧闭着双眼，嘴里"唔唔"地低声搭着腔表示同意。男子的下眼皮松弛，喜欢探究原因的晋吉猜想，这肯定是生活没有规律的结果。（这位顾客的职业究竟是什么呢？）

晋吉一面剪着头发，一面不时向镜中的男子偷偷地觑上一眼。晋吉有一种习惯，对于顾客的职业，爱做种种推测，而且常常猜对。然而，只有今天这位来客，晋吉却怎么也判断不出他的职业来。

今天不是星期天，两点钟刚过，要是普通的职员，这时还在忙于公务呢。

但也没有那种由于退休赋闲在家，因而给人一种悠然自得的感觉。

要说他是商店老板吧，总觉得还要再稍稍老实点，再说，这一带的店主人，没有一个是他不认识的。

"不会是个无赖吧"晋吉这样想，不过，来客给人的印象虽然不太好，恐怖的气氛倒是没有的，晋吉百思不得其解，心里就越发想知道这个男子的职业。

"天气总是这么热，真不好受。"

晋吉一边动着剪刀，一边和男子搭话。

"是啊。"

男子回答，眼睛仍然闭着。

"平时不大看见您，是住在附近一带吗？"

"喔。"

男子的回答含糊其词，但并没有勉强回答的感觉。要是嫌麻烦而不愿说话，他本可以不开口的。

"请原谅，不知您这位先生是做什么工作的？"

"我的职业？"

"嗯。"

"你看像干什么的呢？"

"刚才我就在考虑，做过各种猜测，但怎么也猜不出来。虽说我这人还是善于猜中顾客的职业……"

"哦，是吗？"

"服务性行业，对不对？"

"不。往后你会明白的。因为从今以后我要经常来麻烦你呢。"

"这，真是太感谢了。"晋吉殷勤地鞠了个躬。

洗过头发，还要修面刮胡子。晋吉将蒸热的毛巾从男子的脸上取下后，刚涂上一层肥皂沫，男子反过来询问晋吉了，眼睛还是闭着不动："这理发店是你一个人独自经营的吗？"

一看他问出这样的话来，晋吉觉得，这男子虽然给人以不大容易接近的印象，但他的性格倒也许是喜欢讲话的呢。

"和我妻子一起，两个人经营。她今天带着孩子上亲戚家去了。"

"就你和女主人俩？"

"嗳，马马虎虎凑合着搞呗。"

晋吉耸了耸肩膀笑笑，接着抓起剃刀。

他用手指尖将男子脸上的皮肤轻轻一捏，皮肤干枯并缺乏弹性，粗糙得很。这种脸是很难刮的。

"眉毛下面也要修吗？"

"喔。"

男子没有异议。接着，他忽然睁大眼睛，从下往上瞅着晋吉，说："你的名字，是叫野村晋吉吧？"

"不错，可是……"

晋吉一愣，但接着就说："啊，您是看到门口的招牌了吧。"

"不。你的事情，我早就知道了。"

"哦？我并不认识您哪，可是……"

"我可是了解有关你的许多事呢。"

"是吗？嘿。"

"比如说，三个月之前，你驾驶的那辆轻便汽车，曾经撞倒过一个从幼儿园回家的小女孩。"

晋吉拿剃刀的手停在空间不动了,脸也唰地一下子失去了血色。

晋吉觉得,在自己的眼睛底下,男子的脸好像在急剧地膨胀,有点古怪。

"那女孩死了呐。"

男子好像很轻松,接着,又慢条斯理地说:"你啊,出了事以后一定非常注意看报吧,可见你是知道这条死讯的咯。"

"当时,没有人在场,看来,警察也找不到肇祸人。其实啊,有一个人亲眼看见了,只有一个!这个人就是我。你的脸色发青了呀。"

"现在,我不会去对警察讲什么的,所以你别担心。还是请你赶快替我刮脸要紧,涂上了肥皂这么搁着,愈来愈痒了。"

"真对不起。"晋吉笨嘴笨舌地回答,并将手里的剃刀凑近男子的脸。手指尖微微有些颤抖。男子却笑了。

"喂,你不要用剃刀戳我呀。"

晋吉咕嘟一声咽了口唾液,小心翼翼地将剃刀触及男子的面颊,皮肤发出"喳喳喳"的声音,一种滞涩的感觉传到晋吉的手上。

男子的情绪似乎很好,他又将双眼闭上了:"那辆轻便汽车,你大概已经卖了吧。"

"嗳。"

"唔,这样做比较保险。"

"顾客先生。"

晋吉停住了手,用一种拼一死活的眼神瞪着男子的脸,男子脸上的皮肤很粗糙,显得比较厚。

"你究竟有什么目的?"

"怎么回事呢?"

"是来我这儿敲诈吗?"

"咱们别说这些吓人的话好不好。我有个习惯,只要一踏进理发店,心情便舒坦起来,并且要打瞌睡。我要睡了,麻烦你理得仔细一点。"

男子只说了这几句话,便不作声了。

晋吉一面往刀布上篦剃刀,一面瞅了瞅自己映在镜子里的面孔。脸色还发青,并有点痉挛的样子。

"沉着,镇静"!晋吉对自己这么说。这个男子不是说过不想去报告警察吗?他要是存心去报告,不会过了三个月还不见行动呀。可见他这句话多半可以相信。

这男子的目的,肯定是敲诈。

银行存折上的数目字在晋吉的脑海里浮现出来了,是二十六万元左右。目前这个理发店是借别人家的,所以总希望有那么一天,搞一家属于自己的理发店。存款就是为此目的而积攒下来的。要是能让这个男子忘却那件车祸的话,这一笔钱全部给他,我也愿意。钱,还可以再攒。

然而……

晋吉想起以前看过的有犯罪内容的影片。哪里有什么犯人只敲诈一次就洗手不干的事呢？所有的电影都是说：犯人一度敲诈成功，尝到了甜头，就会一而再地去犯。今天这个男子，一定就是这样的人物。要是那样，我自己开口说出存款的数目，岂不是愚蠢之极吗？

好歹总算完成了任务：来客的脸修好了，头发也吹过风了。

"你手上的功夫真有两下呀！"

男子好像十分满意，照着镜子，用手按了按头发。本来是睡眼惺忪的眼睛，现在却发出炯炯的光芒。

"你干这一行，已经很久了吧？"

"十年喽。"

"那我可以放心了。由于心有所动而让我'咔嚓'吃一剃刀这种事，大概不至于发生吧。"

男子一边嬉笑一边说。晋吉却默默无言。因为刚才这个男子突然讲到交通事故的时候，晋吉脑子里飞快地闪过一个念头：他想用手里的剃刀杀死这个男子。

"手艺高超。"

男子重复着这句话，从理发椅上下来，对着镜子从头到脚打量着自己，显得很满意。

"从今以后，我打算时常来麻烦你替我理发。"

"从今以后？"

"因为，我很想和你这样有本事的师傅一直打交道哪。"

男子装腔作势地用手指轻轻掸了掸两肩，然后说道："唔，多少钱？"

"四百元。"

"你的手艺很出色，这不算贵。"

男子从衣服里面的口袋里，拿出一张纸片，并在上面添写上"钱四百元"几个字，然后放到晋吉眼前，说：

"这是收据，给。"

男子一面这么说，一面很满意地看着自己在镜子里的身影，对晋吉说：

"看来往后常常要用到它，所以我预先把它印好了。"

确如男子所说，纸片上，除了中间空出金额这一栏外，上边和下边已分别印有"野村理发店台鉴"和"五十岚好三郎"这两个名字。

看来，这男子的名字是叫五十岚好三郎了。不过，比起男子的这个名字来，晋吉却是面对着"野村理发店"这几个印刷字，脸色一阵阵发青。

因为晋吉觉得，男子既然拿出印好的收据来，可见他是拿定主意了。今后，这个男子存心要一次一次来敲诈勒索了。填进空栏里的数目字，今天虽是四百元，但是下一次，数目字肯定会增大。而再下一次，又会更大……

二

晋吉被噩梦所惊吓，醒了过来。

那个男子来过之后，已经过去五天了，但只要晋吉一睡着，毫无疑问，就会被内容相同的噩梦所惊吓。

梦里出现的景象是：家里的东西被掠夺光了，一家三口成了乞丐，沿途乞讨。

晋吉抬起身来，全身浸透了汗水，一看钟，差不多快十二点了。

夜里，晋吉想这思那，没法入睡。刚有点迷迷糊糊，天倒要亮了。因此晋吉起床就比较迟了。

作为一个手艺人，晋吉是落伍了。他用冷水"呼哧呼哧"地擦了把脸，然后套上白色的罩衫。

晋吉踏进店门，只见妻子文子正在店里给附近的孩子理发，文子一看到晋吉进来，便有点放心不下，说："不要过分勉强自己呀。"

"勉强？我又没生病！"

"不过，近来你不是常常盗汗吗？"

"您丈夫身体不好？"

陪孩子来理发的母亲注意地探视着晋吉的脸。普吉勉强装出一副笑脸回答：

"有一点儿，伤风了。"

这时，先前那个男子慢腾腾地走进了店门。

"欢迎，请。"

在商业地区长大的文子用开朗的语调招呼来客。晋吉背过脸去，没有正视。

男子在一把空椅子上坐下来。晋吉的表情很尴尬，他无可奈何地凑上前去，对男子说："你的头发还没有长长呀。"

晋吉尽量地挖苦他，男子却和前几天一样，闭上了眼睛，说："今天想麻烦你替我修修面。"

接着，又慢腾腾地说道："虽说自己也可以刮，但我对你上次的手艺很欣赏，所以还是跑来请你给修修。"

"非常感谢。"蒙在鼓里的文子说着，脸上浮出了笑容。

男子睁开眼，望着文子。

"这一位是女主人吧。"

"嗯。"

晋吉用含混不清的声音表示没错之后，让来客平躺在椅子上。男子又闭上眼睛，样子十分惬意。

"真是个漂亮的美人儿啊，而且这么勤劳。"

"看你说的……哪里谈得上什么美人呵。"

文子故意嗲声嗲气地说。晋吉想，难道这个男子想把我妻子都牵涉进去吗？

"夫妇俩一起赚钱，积蓄一定很可观吧。"

男子说道。晋吉很敏感，脸色变得很紧张，他明白男子这句恭维话骨子里的意思，要是夫妇俩一起赚钱并有所积蓄，那就很值得敲诈一下了。

文子却照字面领会男子的恭维话，答道："并没多少积蓄。"

说着，文子笑了。

晋吉不放心男子和文子交谈，便将蒸过的毛巾敷在男子的脸上。这时，晋吉的脑海里忽然闪过一个念头：如果像现在这样，隔着毛巾狠命在下按的话，就可以把这个男子闷死。不过，晋吉还是动作缓慢地掀开毛巾，脸上毫无表情地替男子修面。

面才修好，男子便和上次一样，对着镜子满意地打量了一番，然后取出那种纸片来。

"修面多少钱？"

"两百元。"

"这个价格很公道，不能算贵。"

男子的话音里带有奉承的语气，他很快地在纸片上写了几笔。晋吉接过纸片，脸都发红了。

上面填着：

五千二百元整。

"好，我在前面的那家咖啡馆等你。"

男子在晋吉的耳边轻轻说了一句，再一次装模作样地照了照镜子，便慢慢地走出理发店。

"他妈的！"

晋吉不禁骂出声来。这时，文子已替小孩理完了发，她正拿着晋吉打弹子盘得来的水果糖递给小孩，听晋吉这么一声骂，文子吃了一惊，回过脸来问道："你这是怎么啦？"

"没什么。"

晋吉慌忙摇了摇头。那桩交通事故，晋吉连文子都没告诉过。撞死幼儿园小朋友这种事，晋吉不能对文子说，因为文子这个做母亲的，也有一个与死者年龄相仿的女儿。

"阿香她为什么……"

"幼儿园放学，不一直是一点钟吗？现在刚过十二点呀。"

"哦，对、对、对。"

晋吉苦笑了一下，又对文子说："我出去一下。"

晋吉趿着凉鞋，走过三家门面，进入"紫苑"咖啡馆。

咖啡馆里没什么人，空荡荡的。那男子坐在最里面的一张桌子边，他对着晋吉举手打了个招呼。晋吉一落座，男子就说："这咖啡店给我的印象不错。我想，从今以后这店就作为我们的联络场所吧。"

"联络场所？"

"因为当着令夫人的面，你大概不太方便吧。唔，收据上写着的那个数目，你总带来了吧？"

"拿来了。"

晋吉从口袋里抓出一张折拢来的五千元钞票，丢到男子面前。

男子微微一笑，便把钞票藏进衣服里面的口袋。

"那么，合计起来，我已从你那里借到五千六百元，我会把账目记得一清二楚的。"

"其实你并不打算还……"

"不错，可你别这么唠叨好不好。"

"你可知道,对我们夫妇来说,这五千元钱是一笔多大的数目吗?我们夫妇俩一起干一整天,还常常赚不了五千元呢。"

"这不干我的事。"

男子无动于衷,接着又说道:"可我觉得,花这么一点小钱,交通事故的秘密就不至披露,毕竟是便宜的。"

"是那孩子突然冲过来引起的,我踩了刹车,可已经来不及了。就是说,这个事故是没法避免的。"

"你说的这种话,警察会相信吗?"

"你是现场亲眼看见的人,你应该很清楚。"

"是呵,究竟是怎么样的呢?要是我到警察局去,证明你超速开车,而且开车时还东张西望,结果究竟又会怎么样呢?"

"他妈的!"

晋吉不禁用拳头捶着桌子,勃然大怒。可是,那男子依旧嘻嘻笑着。这张笑脸似乎在说,随你怎么发怒,你也奈何我不得。

"那么,我告辞了。"

男子拿着付钱单子,慢慢地站起来。

"这咖啡钱,我自己来付吧。托你的福,我要松动多了,手头也不那么拮据了。为了这咖啡再写一张一百元的收据也太麻烦了。"

三

五天以后,男子那张苍黑色的脸又出现了。他要修一下面。文子头脑简单,高兴地认为这是一个好主顾。这一次,男子填上了一万零二百元的金额。

晋吉想,照这样下去,下一次他再来,也许又得翻一翻,变成两万元了。而再下一次呢,他将要索取四万元,这样的话,我马上就得破产,我们一家三口就要同那场噩梦里的情景一样,徘徊在十字街头了。

"一定要想想办法",晋吉急躁起来,能不能去警察局控告五十岚好三郎,说这个男子敲诈自己呢?不行!要是那样做的话,三个月以前的交通事故便会败露,这个男子将会不顾事实地出来作证,说什么:车速过快啦,驾驶车子时东张西望啦。

那样就得去服徒刑。要是光自己一个人的话,坐坐监牢也没什么大不了,但是我有妻子和孩子啊。

晋吉左思右想,最后想出了一个对抗的办法:男子把三个月之前的交通事故作为把柄,向我敲诈。看来,我也只有采取抓住对方弱点的办法,同他针锋相对。

既然他来敲诈我,那么,他从前至少也作过案,理应有过见不得人的事,我就抓住这一点来干。

星期一是店休。这天,晋吉去神田拜访一个侦探社,报纸上登过该社的广告。

名字显得气派不小,叫作"大东京侦探社",可是登门一看,其实是一家小小的公司,只占用一幢三层楼水泥建筑物的第二层。楼梯很陡，往上走时，还咯吱咯吱作响。晋吉上了楼，看到灰蒙蒙的玻璃门上漆着金字，"大东京侦探社"，不过，那金颜色已有些剥落了。

里面只有一个矮个子男人，三十二三岁的样子。他对晋吉说："其他的职员，全部出去调查了。"事实是否真的如此，那就不得而知了。

看到侦探社这副寒碜相，晋吉一边心里嘀咕着，怕办不了吧。一边有点不安地对那个侦探说："我想拜托你们替我调查一个男人……"

对方便在桌子上打开笔记本，问："是身份调查喽。"

"反正，只要与这个男子有关的，不论巨细，都想请你们调查一下。"

"他的名字？"

"五十岚好三郎。"

"看名字像是个演戏的。住址？"

"就是这点不知道。"

"不知道住址，那很难进行调查。"

"住址虽不知道，但他要来的地方是知道的，所以你们可以到那里去跟踪他。"

晋吉向侦探提出要求：五十岚到店里来时，自己使用电话通知，请侦探接电话后，就到"紫苑"守候。

"你说不论巨细都要调查，具体说来，调查到什么程度便算可以了呢？例如，连他从前是否作过什么案也要调查？"

侦探发问了。晋吉听对方讲到"作过案"这几个字时，愣了一愣。不过，马上又恢复了平静，说道："反正，有关这个男子的事情，我都想了解。"

就在晋吉委托侦探社调查的第二天，五十岚好三郎又突然晃进理发店来了。

"胡子长得真快，一转眼又长长了。"

五十岚摩挲着下须，同时慢腾腾地在空椅子上坐下来。晋吉发现，今天，五十岚在西装的胸前口袋里，放着一条红色的手帕。晋吉拼命压抑着厌恶的心理，将热毛巾敷在对方的脸上，趁此机会，晋吉去拨了电话。昨天那个侦探的声音出现了，晋吉简短地说了一句："拜托你了。"便挂断了电话。

当晋吉转回来掀掉热毛巾准备修面时，五十岚把眼睁开，说："修面时还去打电话，你可真忙啊。"

这话的口气既像是慰劳，又像是讽刺，真弄不清楚究竟算哪一种语气。接着又说道："'拜托'？这电话真有点儿蹊跷！"

"我是向朋友借钱，好给你带走呀。"

"你这种手法可是老一套了。"

"什么叫'老一套'！"

"你别指望会引起我的同情，这是白费心思的。而且，我从你那里一共只不过借了一万五千八百元。一家三口人，夫妇俩都在挣钱，少说也应该有二三十万的储蓄吧。所以，向朋友借钱什么的，你这是在胡扯。"

晋吉没有搭腔，篦起剃刀来。他示威似的故意把刀篦得"咻咻"直响。可是五十岚却依旧舒舒服服地闭着眼睛，仿佛情绪很好。

男子能看透电话的那一方不像是晋吉的朋友，这说明他这人很精明。但是，看来他并没有发觉是私人侦探。要是我这一次能抓住男子的弱点，就叫他哑口无言。一万五千八百元钱也要叫他送回来。

"女主人今天为什么……"

五十岚闭着眼睛发问。晋吉拿着剃刀靠上前，回答说："在里面吃饭。我们是替换着吃饭的。"

"夫妇俩都出来挣钱就有这个苦处。"

"你听清楚了！光我一个人被你敲诈得也够了。如果再牵涉到我妻子和女儿，我就杀死你。"

晋吉说着，还将剃刀在男子的眼睛上方挥动。五十岚眯起眼睛，看看晋吉的脸，又看看闪闪发亮的剃刀。

"我可没有敲诈你呀，我只是向你借钱罢了。收据也清清楚楚早就给你了。"

"其实你根本没打算还……"

晋吉简直感到恶心，这么说着。但五十岚已经把眼睛闭上了，并说："请你快一点儿好不好。"

面一修好，五十岚理所当然似的在那种收据上填了二万零二百元，送给了晋吉。

"你到那个咖啡馆去等我。"

晋吉说这话时，脸朝着一旁。他故意过一段时间才到"紫苑"去。白天，咖啡馆照旧是空荡荡的，而侦探正坐在靠近入口的地方看报。

晋吉从侦探旁边走过，差一点没擦着侦探的身体，然后，朝坐在里面角落里的五十岚走去。

晋吉将两张一万元的钞票往五十岚面前一丢，坐都没坐，说道："拿着它快滚，一看见你的脸就恶心。"

"不要看见我这样讨厌嘛。今后，我们还要一直交往下去呢。"

五十岚笑了笑，便站起来。

那小个子侦探朝晋吉丢了个眼色，便尾随着五十岚走出咖啡馆。

四

侦探社的报告迟迟没有送来。到了第三天，总算来电话联系了。于是，两个人在"紫苑"会面。

"关于五十岚好三郎这个人，只要能够调查的，已经全部调查过了。"

侦探说这话时，脸上充满了自信。他从提包里拿出薄薄的一叠调查报告放到晋吉面前。晋吉接过报告，对侦探说："你当面谈一谈就更感谢了。五十岚究竟是什么人呀？"

"五十岚今年五十三岁，电影演员。哦，不，说得准确一点，曾经当过电影演员。"

"演员？"

"也上过好几次电视，可是，无论在电影里还是在电视里，他只是跑跑龙套。由于他长相不好，所以扮演的角色，多半是刻薄的高利贷者，或者是诈骗犯。"

"诈骗犯？"

难道他这次是在现实生活里干起电影和电视里的角色吗？

他几次三番对着镜子打量自己，看来也是可以理解的了，也许是他当演员养成的习惯。

"他的表演技巧实在太陈旧，所以电影和电视也就渐渐地不大用他了。现在，好像已没有人来请他演出了。"

"那么，他手头很拮据喽？"

"毫无收入，而且，其他什么事都做不来。"

"家庭呢？"

"有一个妻子。年纪比他小一轮，还有个儿子，刚进大学念书。"

"没有收入，怎么送儿子上大学呢？"

"好像是由女的搞点副业来勉强维持，看来生活相当困苦。"

对晋吉来说，这是一个坏消息。这个男子没有收入又要送独生子上大学，那么，对钱肯定是来者不拒，多多益善了。这么一来，他绝对不会放过晋吉——这株煞费苦心才抓到手的摇钱树。他也许想靠晋吉吃一辈子呢！

"他在作案方面有些什么情况？"

晋吉带着一丝期望问道。

但是侦探回答得很干脆："没有。我见过好几个从前和五十岚好三郎共过事的人，我向他们打听了，可是，他们都异口同声地说，这个男子虽然专门扮演坏人，但他天生却是个老好人，从不做什么坏事。"

"我看，他们这些人的眼睛有毛病。"

"呃？"

"不，没什么。"

晋吉一脸不高兴的样子，摇了摇头。

说他是一个老好人……

他们一定不了解他是个伪君子，也可能是他一旦贫困潦倒，就变成凶相毕露的坏人了。但不论是什么原因，在晋吉眼里看来，这个男子只能是只豺狼，一只茹毛饮血的饿狼。假使他从前没有作过案，当然就没法反过来挟持他了。

"即使没有作过案，舆论方面有什么情况吗？你有没有听到什么有关他的丑闻吗？"

"简直没有听到过。唯一带有批评性质的话是：喜欢电影，但没有才气，这是他的致命伤。哦，还有……"

"还有什么？"

"今天半夜要放映的电影里有五十岚好三郎，是十年前的片子，片名叫《杀死恶人》。"

报告就是这么些，晋吉耗去调查费一万元。

对于这个男子的情况，虽说只有个轮廓，但他的真面目已有所了解，这也许算是晋吉的一个收获。不过，保护自己免受敲诈的方法，晋吉却一个也找不到。如果他跑来要钱，

晋吉仍旧不得不像前几次一样，乖乖地把钱递过去

那天夜里，晋吉独自一人看了电视台半夜放的电影，这是一张旧片子。在配角名单的最后部分，出现了五十岚好三郎的名字。虽说侦探预先已经告诉过晋吉，应该是意料中的事，但一看见这个名字，晋吉还是吓了一跳。

电影是一部典型的武侠片子。故事内容并没什么可取的地方：美男子兼英雄的男主角，把统治街道马路的众流氓打得落花流水，最后和女主角卖花姑娘结合了。

五十岚扮演敲诈女主角的刻薄的高利贷者。他在女主角面前晃着借据，胁迫她做自己的小老婆。演技很拙劣。扮女主角的女演员也确实蹩脚，因此，两人一对演，简直就成了幅漫画。

紧接着的情节是五十岚被小流氓杀死了，于是，晋吉便关掉电视。

正如侦探所说，他真是个拙劣的演员。晋吉觉得，难怪电影也好，电视也好，都把他拒之于门外，这可不是没有道理的。

然而，他敲诈晋吉的做法却并不笨拙，作为演员，他是个失败者，但当个真正的诈骗犯却并不逊人一筹。

又到了第五天。

五十岚今天又该来了吧，而这一次要求的数目，可能比上一次再加一倍：四万元。

晋吉思想上已有所准备，走进店门。可是，过了中午，到了黄昏，不见五十岚的影子。天黑了下来，八点钟一过，要关店门打烊了，但五十岚那苍黑发肿似的脸还是没有出现。

晋吉松了一口气，喝着茶，打开晚报。

"啊呀！"晋吉看到晚报的社会版上登着五十岚好三郎的照片。

《援救幼儿，老人负伤》，这是标题。据晚报报道，一个幼儿奔到马路上，五十岚好三郎正好路过此地，他为了援救幼儿，跃到车前，脚部负伤。幼儿得救了；报上登载着脚被包扎起来的五十岚抚摸着幼儿脑袋的照片。

"我拼命奔过去，幸好，孩子得救了。但谁都会这么做的呀。"

这是五十岚发表的谈话。

晋吉怎么也想象不出，报纸上登出来的五十岚，会和敲诈自己的男子是同一个人。

当时是怎样的一幅情景？晋吉没有目睹，不了解。不过，跃到车子前面去，理应有被轧死的危险。为了拯救一个素不相识的幼儿，这个男子甘冒生命的危险，可是他又恬不知耻地来敲诈自己，这二者之间究竟有什么共同之处呢？

但是，报上的照片怎么看也不会错，就是他！不是一个同名同姓的人。而且，从发生事故的场所来看，是在五十岚往理发店来的途中，是在他前来敲诈的半路上，而他却奋不顾身地救了一个幼儿，他这是生着一副什么样的神经呀？晋吉对五十岚这个男子是愈来愈不理解了，不过，晋吉想在这种不理解当中找到一丝希望。

也许他是突然改邪归正，拯救了幼儿吧。这样的话，不是也可能停止对我敲诈吗？

然而，到了第三天的下午，晋吉明白，那只不过是自己一厢情愿的希望而已。因为五十岚瘸着腿又在店里出现了，苍黑色的脸与平时一样。

五

"你大概在想，要是我在前天的事故中死了就好了，对吗？"

五十岚小声地讥讽着说，一边照例让晋吉替他修面。

"可是，遗憾得很哪，我还是这样健壮。"

"你打算和我纠缠到哪一天为止？"

"也许是一直到死，因为我对你很中意呀。"

"一直到死？"

晋吉不禁大声嚷起来，旋即又慌忙缄口不作声了。

因为文子正在一旁给一个年轻的男人理发，她已经吃了一惊，转过脸来了。

"没什么事。"

晋吉对文子说。五十岚闭着眼在发笑。晋吉真想揍他的脑袋，但总算使劲忍住了。

修好面，就像变戏法的人要从衣服里取出鸽子来一样，五十岚装模作样地从里面的口袋里取出那种收据来，并理直气壮地填上了"四万零二百元"，送到晋吉面前。

虽说晋吉思想上有所准备，知道钱数会一倍一倍地翻上去，但看到收据，他的脸色还是变了。

"难道你认为我手头有着这笔钱吗？"

晋吉一面留意着文子，一面压低了声音瞪着五十岚这么说。

五十岚抬起沉重的眼皮，看了看挂钟，说："现在还只有两点钟哪。"

"这是什么意思？"

"我是说，三点钟之前，银行的门是开着的。"

五十岚笑了笑，又说："好，还在那个咖啡馆等你噢。"

说完便走出了理发店。

这时，与其说晋吉是在发怒，倒不如说他是感到绝望了。晋吉知道，敲诈这玩意儿，一旦尝到了甜头，就会永远干下去。而且，敲诈的金额也会不断加码。下一次，一定要提出八万元了，人的欲望是没有底的。

晋吉瞒着文子，从储蓄里取出四万元交给五十岚，但是，事情已到了连晋吉自己都无法再容忍下去的地步了。晋吉想，既然不能上警察那儿去，那么，唯一可行的办法是从五十岚身边逃走。

当夜，很晚了，晋吉也不说什么理由，对文子说："我想搬家。"

文子瞠目结舌了，问："为什么？好不容易才和一些主顾混熟了，你却要……"

"反正，我讨厌这地方。我忍受不了。"

"阿香怎么办？幼儿园又非得换一个不可了……"

"你要是不愿意，哪怕就我一个人也走，离开这儿。"

晋吉是在发吼了。文子呢，脸色发青，说："好好好，听你的。"

接着又说道："搬到别的地方去也行。不过，有一件事我想问问你。"

"什么事？"

"这次的事情是不是和经常来店里的那个五十二三岁的顾客有关？"

"没有关系。"

晋吉背过脸去，语气很不高兴。

文子也不再向下问。

第二天，一家三口搬到了东京郊外。他们没能真正远离东京，这是因为晋吉和文子都生在东京，他们没有故乡可归。

晋吉夫妇俩除了理发又没有其他手艺，所以到了新地方，还是不得不挂出理发店的招牌。

理发店总算搞得像个样子了。这天，文子带着阿香到新的幼儿园去，晋吉坐在店堂里的椅子上，累得筋疲力尽。

五十岚的勒索，加上这次搬家，二十六万元储蓄已经用得差不多了。今后，不得不再勤俭刻苦一点，慢慢地攒。

要到什么时候，我才能不必租人家的房子而有自己的房子呢？

都是因为五十岚这个家伙。晋吉想到这里，感到门口有人进来，他便反射性地回过头，说："请进！"

晋吉一边说着，一边笑脸相迎，但笑容还未展开，便在中途僵住了。

进来的这个男子就是五十岚好三郎。

"真叫我好找啊。"

五十岚毫不在意地说。一边将狭窄的理发店仔仔细细扫视了一遍。

晋吉只是默默无言地盯着五十岚，由于愤怒，嘴唇微微有些颤抖。可是五十岚无视晋吉这种情绪，在另一只椅子上坐下来，说："请你同平常一样，给我修一下面。"

口气闲悠自得，接着又说："那收据，我也好好地带来了。"

"唔，请你快一点好不好。"

五十岚的话使晋吉条件反射似的从椅子上下来，向蒸毛巾器走去。晋吉脸上很不自在，取出了毛巾，然后动作机械地将五十岚坐着的椅子放倒，把热毛巾敷到自己眼睛底下那张苍黑色的脸上。

敷在脸上的毛巾一拿开，五十岚便睁开沉重的眼帘，笑嘻嘻地往上看着晋吉，说："你的脸色不好啊。"

他的口气里带有嘲讽的味道，又说："要是病了的话，不趁早去医治就要麻烦了。对我说来，你可是一个很要紧的人哪。"

"你别说话了。"

晋吉似乎是带着哭声说这话的。他手里拿着剃刀，可手指头微微有些发抖。

"好不容易又见面了，可你……别发那么大的火好不好。"

五十岚乐滋滋地，接着又说："我想，今后我还要一直和你交往下去，你也高兴高兴吧。"

"你别说话了。"

晋吉重复着这句话，脸部的肌肉在痉挛。

"为什么要动那么大的肝火呢？"

"你别说话了，我求求你好不好。"

"笑一笑，你笑一笑行吗？对顾客要和蔼可亲，这不是你们招徕主顾的诀窍吗？"

五十岚始终笑容可掬。晋吉的脸色愈来愈僵硬，腋下湿漉漉的，渗透了汗水。

"我不是跟你说别说话了！难道你不懂？"

"你别那么死板着脸嘛，轻松快活些不行吗？我对你还是中意的呐。"

"住口！"

"你的脸色相当可怕哪。哦，对了，今天是那个女孩子的忌日，一年前的今天，你轧死了她。是因为这个缘故，你才非常不高兴吗？是吗？呃？"

突然，晋吉感到自己听不到五十岚的说话声了。不仅是五十岚的声音听不见，周围所有一切的响声，晋吉都听不到了。

在晋吉的眼下，只见五十岚的嘴在一张一合地动着，他那苍黑而松弛的皮肤也在微微抽动，活像只丑恶的软体动物，是一只又丑又有点令人毛骨悚然的生物。

晋吉的头脑错乱了，他想起了当自己还是个孩子时，就踩烂过这种苍黑色的蠋。这就是那种蠋一踩下去，它会"嗤"的一声迸出一股青色的汁水。

我要踩死这长相奇丑的蠋我要用刀子剁碎它。

苍黑色的蠋在晋吉的眼下蠕动了，晋吉举起手中的剃刀。

好，杀死蠋。对准那柔软的苍白色的肚子，用刀狠命地剁裂它。

忽然间，只听得"啊唷"一声凄惨的悲鸣，晋吉的眼前一片鲜红。

晋吉的幼儿世界一下子消失了，他回到了现实世界。剃刀已不在晋吉手里了，它深深地陷入五十岚那苍白色的咽喉。鲜红的血水发出咕嘟咕嘟的声响在向外溢。

晋吉不知如何是好了。

"救命！"

他嘶哑着声音叫唤起来。这时，五十岚的血还在继续往外流，面容已经变成了土色。

"喔……"

突然，五十岚发出了呻吟声："就——说——是——因——为——我——自——己——动——了……"

只有这几个字，勉强还听清楚了，这也是五十岚死前最后的一句话。

晋吉并不明白这话的意思，就好比不理解诈骗犯五十岚竟舍命去救幼儿一样。

血还在流，但五十岚好三郎已经死了。

六

最初，晋吉被作为杀人犯罪嫌疑人逮捕起来。但后来，嫌疑的内容发生了变化，致死的原因旋即成了业务上的严重过失。

因为警察找不到杀人的动机。

由于在警察未到现场之前，晋吉将五十岚口袋里的"收据"都烧了，所以无论从哪一个角度来看，警察在他俩身上只能找到一条联系，这就是：一个理发店主和一个老主顾的关系。

"正好修到喉咙口时，这位顾客忽然动起身子来，所以……"

晋吉一边说，一边想起五十岚最后的那句话："就说是因为我自己动了……"他确实这样说过的。这个诈骗犯在临死前已经奄奄一息了，但是，他为什么要说出这样温和善良的话来呢？

对晋吉的判决是：徒刑一年，缓期三年执行。连晋吉自己对这种从轻发落也感到有点意外。

当然，晋吉是不准营业了。但晋吉自己也感到，这是值得庆贺的事。即使允许再营业，流出的血还在自己眼前晃动，那也是没法拿剃刀的。

"我们回到商业区的闹市中去，找点体力活什么的，什么都可以干。"

晋吉对妻子文子这么说。文子和阿香对于回商业区去这件事，感到十分高兴。

他们正在紧张地忙于第二次搬家的时候，一个中年妇女找上门来了。虽然从不相识，但晋吉一听对方自称"五十岚清子"，脸色都变了。

"有事请到外面指教。"

晋吉将对方领出屋子，因为他不想让文子听到他们交谈的内容。

晋吉脸色苍白，看着这位身穿和服的妇女。

"你是为了要说是我杀死了你丈夫而来的吧？"

"不是的。"

五十岚清子轻轻地摇了摇头。

"那么，有何贵干呢？"

"我整理丈夫的日常生活用品时，看到有一封写给你的遗书，我就给你送来了。"

"给我的遗书？"

"是的。"

五十岚清子把一只厚厚的信封递给晋吉后，便走了。信封上确实写着："给野村晋吉先生的遗书"，晋吉立即将信拆开。

你什么时候杀死我，我不知道，所以先写下这封遗书。

我曾经是一个派不上用处的演员。我从前只能演演配角，而且还是很蹩脚的。我之所以说"曾经"，这是因为我现在陷于谁也不要我的可悲境地了，电影厂和电视台都不来找我。我今年五十三岁，除了演戏，什么都不会，做演员这条生路被堵死的话，我就一筹莫展了。

当然，要是我是独身一个，只要自杀就可以万事大吉，但是我有妻子，还有个刚进大学的儿子。我想，即使去死，也得聚一点钱留给他们两人。

还算幸运，我加入了人寿保险，保险金是五百万元。要是有五百万元的话，我的妻子和孩子总可以设法活下去了。

问题是，自杀的话，人寿保险也就无效了。我很倒霉，因为我的身体除了肝脏稍微差些之外，是出奇的健康。要是等待自然死亡，或是盼着得什么病而死的话，我们一家三口只有饿死的份儿了。所以，存在的问题就成了：不是死于事故，就是死于被杀。没有第三条路可定。就在这个时候，我目睹了你的交通事故。我从你的车号了解到你是开理发店的，于是，我就想利用你了。

我想，要是敲诈你，把你逼碍走投无路，你也许会杀死我的。然而到你采取实际行动为止，这中间我花了三个月的时间。

因为我感到为了自己而利用你这个素昧平生的人，心里很过意不去。但我说服了自己，对一个出了车祸逃走的坏人，即使利用了他也不能算什么。此外，还有一个理由曾使我犹豫不决，那就是我对自己的演技是缺乏自信的。我生就一副粗野的面孔，在电影和电视里只好被指派去演坏人，但我演技拙劣，总是引得观众忍俊不禁。我到你那儿去敲诈勒索，到头来，也许会被你识破，贻笑大方。这么一想，我犹豫不决了。我拼命地钻研诈骗的学问，并在你的面前表演了。你不但没见笑，反面脸色都变了。

仔细一想，也真有点滑稽。我当了将近三十年的演员，三十年来，可以使人感到满意的演技。真是一次也不曾有过。但是在今天，当我不是一个演员的时候，我的演技获得了成功。然而，当我明白了你不是一个坏人，而是一个平平常常的好人时，我于心不安了。所以，我为了救幼儿跃到车子前面去过。与其说那是为了救孩子，仍不如说我是想让自己死掉。那样死了的话，保险公司大概不会认为我是自杀的吧。可是，幸运的是，不，倒霉的是，我没死！这么一来，我还是只有采取依赖你的办法了。我向你敲诈，把钱的数目按倍数递增。因为我琢磨过，这样做，你对我的憎恨也就会成倍地递增。

过不了多久，你也许要杀我了。当你手拿剃刀要了我的命的时候，我能够踌躇满志地瞑目死去。

一则，迄今为止，我的妻子和儿子因为我而饱受了艰辛，现在我将给他们留下五百万元钱，这使我感到十分满足。

再则，在我生命的最后时刻，我毕竟做出了卓越的表演，我对自己这一演技感到十分满足。

请你原谅我。还有，我把迄今为止从你那里敲诈来的钱，如数附上。

计七万六千二百元（其中理发修面费一千二百元）。

匪夷所思的犯罪动机

歪嘴男人

【英】阿瑟·柯南道尔

艾萨·惠特尼是圣乔治大学神学院已故院长伊莱亚斯·惠特尼的兄弟。他沉溺于吸食鸦片烟，并且有很大的烟瘾。据说他染上这一恶习是在大学读书时，当时他产生了一种愚蠢的怪念头。那时候他因为读了德·昆西对梦幻和激情的描述，就将烟草放在鸦片酊里浸泡后吸，希望以这种方法获得梦幻和激情的境界。但他后来才和许多人一样发现这样做很容易上瘾而且很难戒掉。他多年来便吸毒成癖无法自拔，而他的亲属和朋友们对他既深恶痛绝，却又不无怜惜之情。他的那副整天沉迷于鸦片的神态我至今还记忆犹新：面黄肌瘦，脸色憔悴，眼皮耷拉，双眼无神，身体缩成一团，蜷曲在一把椅子里，就是活脱脱一副落魄的倒霉相。

1889年6月的一个夜晚，时间正是一般人开始打哈欠、抬眼望钟的时刻。门铃响了。我立即从椅子里坐起来，我的妻子将她的针线放在膝盖上，脸上露出一副很不高兴的神情。"有病人，"她说，"你又要去出诊了。"

我叹了口气，因为我已经忙了整整一天，早已疲惫不堪，而且刚刚从外面回来。我听到开门声和急促的对话声，然后是快步走过地毯的声响。接着我们的房门突然大开。一位身穿深色呢绒衣服、头蒙黑纱的妇女，走进我的房间。

"请原谅我这么晚来打搅您！"她开始说，但随即便克制不住自己了，快步向前，搂着我妻子的脖子，伏在她的肩上啜泣了起来。

"噢！我真是倒霉！"她哭着说，"我多么需要能得到一点儿帮助啊！"

"啊！"我的妻子掀开她的面纱说道，"原来是凯特·惠特尼啊。你可吓死我了。凯特，你进来时我真想象不到那是你！"

"我真不知道怎么办才好，只有跑来找你。"

事情总是这样。人们一有发愁的事，就来找我的妻子，就像黑夜里的鸟儿一齐想飞向灯塔来寻找慰藉。

"我们很高兴你的到来！不过，你先少喝一点酒，平静地坐一会儿，再告诉我是怎么一回事。我让詹姆斯去休息，你看好吗？"妻子说。

"哦！不，不！我更需要大夫的指点和帮助。是关于艾萨的事情，他已经两天没回家了。我很为他担心！"

听她向我们诉说她丈夫给她带来的苦恼，对我来说作为一个医生，对我的妻子来说作为一个老朋友、老同学，已经不是第一次了。我们尽量找些基本相同的话来安慰她，比如她知道她自己的丈夫在哪里吗？我们有没有替她把丈夫找回来的可能？

看来这一次好像有可能。她得到确切的消息说，近来他的烟瘾一发作，就跑到老城区最东边的一个鸦片馆去过瘾。但是到目前为止，以往他在外放荡的时间从未超出过一天，每到晚上他都会抽搐着身体，垮掉了似的回到家里。可是这次却鬼迷心窍地离家四十八小时了。现在他一定是躺在那儿，和码头上的那些社会渣滓卧在一起吞云吐雾地吸毒。或者是在那里酣睡，好从吸过鸦片所起的作用中缓过劲来。

她确信在那儿一定会找到她的丈夫，地点是天鹅闸巷的黄金酒店。可是，她却无能为力。一个年轻瘦弱的女人，怎能闯进那样一个地方，把和一群歹徒厮混在一起的丈夫拽回家呢？

情况很显然，恐怕也只有这样一个办法。我想就由我陪同她去那地方。但是，随即又一转念，她又何必去呢？我是艾萨·惠特尼的医药顾问，从这层关系上讲，我对他还是有一定影响力的。我若独自前往，也许能解决得更好些。我答应她，两小时内我会雇辆马车把他送回家去，如果他在她告诉我们的那个鬼地方的话。

于是，在十分钟后，我就离开了我的舒适愉快的手扶椅和起居室，乘了一辆双轮马车，向东疾驶。这趟差事，虽然当时我已觉得有些离奇，不过后来才显出它是离奇到了何等程度。

但是我在这离奇开始的时候，倒并没有觉得有多大的困难。

天鹅闸巷是一条污浊的小巷，它隐藏于伦敦桥东沿河北岸的高大码头建筑物的后边。在一家出售廉价成衣的商店和一家杜松子酒店之间，我发现了我要探访的那家烟馆，它在一个靠近有陡峭的阶梯，往下直走有一个像洞穴似的黑乎乎豁口的里面。我叫马车停下来等着，便顺着那阶梯走下去。来来往往的醉汉们的双脚已经将这阶梯的石阶的中部踩踏得凹凸不平。烟馆门上悬挂着闪烁不定的油灯。

借着灯光，我摸到门的扶手，推开门走进一个又长又矮的房间，屋里弥漫着浓重的棕褐色的鸦片烟的烟雾，靠墙摆着一排排木榻，就像移民船里甲板下的水手舱一样。

透过昏暗的灯光，可以隐约看见东倒西歪的人躺在木榻上，有的耸肩低头，有的蜷卧屈膝，有的头颅后仰，有的下颌朝天，他们从各个角落里用他们那些失神的目光望着我这位新到来的客人。在这些黑影里，有不少地方发出了红色小光环，微光闪烁，时隐时现。这些都是燃着的鸦片在金属的烟斗锅里被人吮吸时的情景。大多数人都静悄悄地躺着，但也有些人自语，还有人用一种奇怪的、低沉而单调的语声交头接耳，窃窃私语。这样的谈话有时滔滔不绝，有时却嘟嘟囔囔。他们尽情谈论自己的心事，而把人家对他讲的话全都当作耳边风。再往远处，有一个小炭火盆，盆里燃着熊熊炭火。一个瘦高的老头坐在盆旁一只三足的木板凳上，他双拳托腮，两肘支在膝盖上，双目凝视着炭火。

当我进屋时，一个面无血色的马来人伙计兴冲冲地走上前来，递给我一杆烟枪和一份烟剂，招呼我到一张空榻上去吸鸦片。

"谢谢你。我不是来久待的，"我说，"我有一位朋友，是艾萨·惠特尼先生，他在这里。我要找他说几句话。"这时在我的右边有人蠕动起来并发出了声音。

透过那昏暗的灯光我看见了惠特尼。他面色苍白，憔悴不堪，邋里邋遢，睁大空洞的双眼盯着我。

"天哪！原来是华生！"他说。他说话的样子显得既可怜又可悲，他的每条神经似乎都处于十分紧张的状态。

"嘿，华生，现在几点钟了？"

"快十一点钟了。"

"是哪一天的十一点钟啊？"

"星期五，6月19日。"

"我的天啊！我一直以为是星期三。今天是星期三吧，你为什么吓唬我啊？"他低下头，把脸埋在双臂之间，开始放声痛哭起来。

"我告诉你，今天是星期五，不会错。你老婆一直在家等你，都已经两天了。你应当为此感到羞耻！"我愤怒地说。

"对！我应当感到羞耻，不过我想你弄错了，华生。因为我在这里只不过待了几个小时，抽了三锅，四锅……我记不得抽了多少锅了。不过我还是要跟你回去。我不该让凯特担心害怕，我可怜的小凯特呀！你扶我一下！雇马车来了吗？"

"是的，我雇了一辆，在外边等着呢。"

"那么，我们就坐车走吧。不过，我一定欠了账。你帮看看我欠了多少，华生。我现在一点精神也没有了。我照顾不了自己。"我走过木榻间的狭窄过道，过道两排躺着人。我屏住呼吸，免得让那令人作呕和发晕的鸦片的臭气进入我鼻子。

我在到处寻找掌柜的。

当我走过炭火盆旁的那个高个子时，突然觉得有一只手猛拉了一下我上衣的下摆，有人低声说："走过去，再回头看我！"这两句话清清楚楚地进入我的耳鼓。我低头一看，这话只能是出自我身边的那个老头之口。可是，此时他还是和刚才一模一样，全神贯注地坐在那里。他瘦骨嶙峋，皱纹满面，衰老佝偻，一支烟枪耷拉在他的双膝中间，倒像是因为他疲乏无力而滑脱下去似的。

我依照他说的向前走了两步。回头看时，不觉感到大吃一惊。幸亏我极力克制住自己才得以没有失声喊叫出来。

他也转过身来，此时除了我之外，谁也看不见他。他的身体的形状已经完全伸展开了，脸上的皱纹已经消失，昏花无神的双眼也变得炯炯有神。

这时，坐在炭火盆边望着吃惊的我而向我咧嘴发笑的，不是别人，竟是夏洛克·福尔摩斯。他暗暗示意叫我到他身边去，随即转过身去，再以侧面朝向众人时，马上又显出一副哆哆嗦嗦、随口乱说的老态龙钟样来。

"福尔摩斯！"我低声说，"你到这个烟馆来干什么？"

"尽量放轻声些，"他回答说，"我耳朵很灵的。如果你肯帮个忙，先打发走你的那位瘾君子朋友，我倒是很高兴能够和你谈谈。"

"我有一辆马车在外边。"

"那么，请先让他坐车回去吧！对他你尽可放心，因为他现在显然已经没有精神再去惹是生非了。我建议你再写个便条，托马车夫捎回给你的妻子，说咱俩又搭上伙啦。你在外边等我一会儿，五分钟我就会出来。"

夏洛克·福尔摩斯的请求总是极其明确，却又总以一种十分巧妙的温和态度提出来的，我很难拒绝他的任何请求。总之，我觉得，惠特尼只要登上马车，我的使命就已经宣告完成了。至于余下的事，可以携手和我的老友去进行一次非同寻常的探奇涉险，那是再好不过了。而探险对他来说，却是生活中习以为常的事情。

我写好了便条，替惠特尼付清了账，领他出去上车，目送马车在黑夜里慢慢驰去。又过了不久，一个衰老的人从那鸦片烟馆里出来。这样我就同夏洛克·福尔摩斯一起走在大街上。他还是驼着背，东摇西晃，蹒跚而行。这样大约走了两条街的路程。然后，他向四周迅速地打量一下，站直身体，爆发出一阵尽情的笑声。

"华生，"他说，"你想象我在注射可卡因以及其他一些你从医学观点来看也并不反对的小毛病之外，又添了一个阿芙蓉癖吧。"

"我在那里看到你当然会感到非常惊奇。"

"不过它不会比我在那里发现你更感到惊奇。"

"我是来找一位朋友的。"

"而我是来找一个敌人的。"

"一个敌人？"

"是的，我的一个天然的敌人，或者说，我称之为一个理所当然的捕获物。简单地说，华生，我正在进行一场不平凡的侦查。正如我从前干过的一样，我打算从这些烟鬼的胡言乱语中找到一丝线索。倘若在那烟馆里有人认出我来，那么，顷刻之间，我的性命就会断送了。因为以前我曾到那里去侦查过。那个开烟馆的无赖印度人就曾发誓要找我报仇。在保罗码头附近拐角处那房子的后面有一个活板门，它能说出一些奇怪的故事，例如在月黑风高之夜在那里经过的东西等诸如此类的故事。"

"什么！难道你说的是些尸体？"

"唉，是尸体，华生。如果我们能够从每一个在那个烟馆里被搞死的倒霉蛋身上得到一千英镑，我们就成为财主啦。这是沿河一带最险恶的图财害命的地方。我担心内维尔·圣克莱尔是进得去，出不来啊。可是我们的圈套应当就设在这儿。"他把两个食指放在上下唇之间，吹出尖锐的哨声，远处也回响起同样信号的哨声，不久就听到一阵辘辘的车轮声和嘚嘚的马蹄声响起。

这时一辆高轩的双轮单马车从暗中驶出，两旁的吊灯还射出两道黄色的灯光。

"现在，华生，"福尔摩斯说，"你愿意跟我一块去吗？"

"如果我对你有所帮助的话。"

"噢，靠得住的伙伴总是很有用的，记事的人更没得说。我在杉园的房间里有两张床铺。"

"杉园？"

"是的，那是圣克莱尔先生的房子。我过去进行侦查时就住在那里。"

"那么，它在什么地方？"

"在肯特郡，离李镇不远。我们要走大约二十英里的路。"

"我可是一无所知啊。"

"当然是喽，但不久你就会明白所有的事。"

"上来吧！好了，约翰，不麻烦你了，这是半克朗。明天等着我，大约十一点钟。放开马缰绳吧，再见。"

他轻轻抽了马一鞭子，马车就疾驰起来，在经过了一条条漆黑的寂静无人的街道，然后，路面渐渐宽阔起来，最后马车飞驰着经过一座两侧有栏杆的大桥，桥下黑沉沉的河水缓缓地流着。再向前望去，又是一片尽是砖堆和灰泥的单调的荒地。四野寂静，只有巡逻警的沉重而有规律的脚步声，或者偶尔有某些流连忘返的狂欢作乐者在归途中尽情欢歌呼喊，才间或打破了这片寂静。一堆散乱的云缓缓地飘过上空，零星的星星在云缝里闪烁着微弱的光芒。福尔摩斯在沉寂中驱车前进。

他头垂胸前，仿佛浸入了深思。我坐在他的身边，非常纳闷这件新案究竟是怎么一回事，竟使他耗费如此之大的精力，但却又不敢打断他的思潮。我们驱车走出好几英里路，来到了郊外别墅区的边缘。

这时他才摇摇身子，耸耸肩膀，点燃了烟斗，显示出一副自鸣得意的神气。

"你有保持沉默的天赋，华生，"他说，"它使你成为非常难得的伙伴。我确信事实是这样：对我来说和别人互相交谈，是件很重要的事情，因为我自己的想法不一定是能令人完全满意。我真的想不出今晚那位可爱的年轻妇人到门口来迎接我时我应该对她说些什么。"

"你忘了我是一无所知的。"

"在我们到达李镇之前，我恰好有时间对你讲明本案的细节。这看起来似乎简单得出奇，但是，我却有些摸不着头脑。毋庸置疑，我有很多线索，但我却抓不出个头绪来。我先来简明扼要地把案情讲给你听，华生，也许对我来说，你能在这一片漆黑之中看到一线光明。"

"那么，你就说吧。"

"几年前，说得更确切些，是在 1884 年 5 月里，有位绅士，名叫内维尔·圣克莱尔，来到李镇。这个人显然很有钱。他购置了一座大别墅，并把庭园修整得很漂亮，生活得很豪华。他逐渐和邻近许多人交上朋友。1887 年，他娶了当地一家酿酒商的女儿为妻，生下了两个孩子。他没有职业，但在几家公司里有投资。他照例每天早晨进城，下午五点十四分从坎农街坐火车回来。圣克莱尔先生现年三十七岁，没有什么不良癖好，堪称良夫慈父的楷模，与其他人也没有冲突。我可以再补充一句，目前他的全部债务，据我们查明，共计八十八英镑十先令，而他在首都郡银行里就有存款二百二十英镑。因此，没有任何理由认为他会为财务问题而苦恼。

"上星期一，圣克莱尔先生进城比平时早得多。出发前他说过有两件重要事情要办，还说要给小儿子带回一盒积木。说来也巧，就在当天，他出门后不久，他的太太就收到了一封电报说她一直等着的一个贵重的包裹，已经寄到亚伯丁运输公司办事处，等她去那里去取。

"好了，如果你熟悉伦敦的街道，你就该知道这家公司的办事处是在弗雷斯诺街。那条街有一条岔道通向天鹅闸巷，就是今晚你见到我的地方。圣克莱尔太太吃过午饭就进城了，在商店买了些东西然后就到公司办事处去，取出包裹。在回车站走过天鹅闸巷时，正好是下午四点三十五分。你明白了吗？"

"听得很清楚。"

"如果你还记得的话,星期一那天天气十分炎热,圣克莱尔太太步伐缓慢,四下张望,希望能雇到一辆小马车,因为她发觉她十分不喜欢周围的那些街道。正当她一路走过天鹅闸巷时,突然听见一声喊叫或者是哭号,然后她便看到她的丈夫从三层楼的窗口朝下望着她,好像是在向她招手,她吓得浑身冰凉。那窗户是开着的,他的脸她看得很清楚,据她说他那激动的样子非常可怕,他拼命地向她挥手,但忽然便消失于刹那之间,好像他身后有一种不可抗拒的力量一把将他猛拉回去一样。她用女人所特有的那双敏锐的眼睛猛地看到的一个异常的地方是他穿的虽然是进城时的那件黑色上衣,可是他的脖子上没有硬领,胸前也没有领带。

"她确信她的丈夫出了什么事故,便顺着台阶飞奔下去。因为这房子恰恰就是今晚你发现我待过的那个烟馆。闯进那栋房子的前屋,当她穿过屋子正想登上通往二楼的楼梯时,在楼梯口,她遇到了我说过的那个印度人,她被他推了回来。接着又来了一个丹麦助手,一起把她推到街上。她心里充满了无穷的疑虑和震惊,急忙沿着小巷冲了出去,想不到她非常幸运,在弗雷斯诺街头,恰好遇见了正在去值岗上班途中的一位巡官和几名巡捕。那巡官同两名巡捕便随她一同回去。

"尽管那烟馆老板再三阻拦,他们仍然进入了刚才发现圣克莱尔先生的那间屋子。在那间屋子里看不出有他在那儿待过的迹象。事实上,在整个那层楼上,除了一个跛脚的、面目可憎的家伙似乎是在那里住以外,没有见到有其他任何人。这家伙和那个印度人同声赌咒发誓说,那天下午没有任何人到过那层楼的前屋。他们的矢口否认,使得巡官无所适从,并且几乎认为圣克莱尔太太看错了人。这时,她突然大喊一声,猛扑到桌上的一个小松木盒前,把盒盖掀开,哗地倒出来一大堆儿童玩具积木,这就是她丈夫曾答应要带回家去的玩具。

"这一发现,再加上那瘸子表现出来的明显的惊慌失措的样子,使巡官认识到事态的严重性。他们对所有房间都进行了仔细检查,结果表明一切都与一件可憎的罪行有关。前屋陈设简朴,作为起居之用。这间屋子通向一间小卧室,由小卧室望出去,正对着一段码头的背部。码头和卧室窗户之间是一条狭长地段,退潮时是干涸的,涨潮时则会被至少四英尺深的河水所淹没。卧室的窗户很宽敞,是从下边开的。在检查房间时,发现窗框上有斑斑血迹,还有几滴滴在了卧室的地板上。在前屋中,他们猛地拉开一条帷幕,在它的后面发现有圣克莱尔先生的全套衣服,而只缺那件上衣。他的靴子、袜子、帽子和手表一一都在那里。从这些衣物上都瞧不出有什么暴行的痕迹,此外也看不到圣克莱尔先生的踪影。他显然一定是从窗户跑出去的,因为没有发现有别的出路。从窗框上那些不祥的血迹看来,他想游泳逃生是不大可能的,因为这幕悲剧发生的时候,潮水正涨到了顶点。

"再说说看来直接与本案有牵连的那些歹徒们吧。那个印度人是个出名的劣迹昭彰的人。不过,根据圣克莱尔太太的说法,她的丈夫出现在窗口以后仅仅几秒钟,他就已经在楼梯口那里了。所以这人至多不过是这桩罪案的一个帮凶而已。他辩称他什么也不知道,他声称对楼上租户休·布恩的一切行动都一无所知。他对于那位下落不明的先生的衣物出现在那屋子里的原因也说不出个所以然来。

"印度人老板的情况就是这些。那个阴险的瘸子住在三层楼上,一定是最后亲眼看见圣克莱尔先生的人。他名叫休·布恩,他那张丑恶的面孔,素为常到伦敦旧城区来的人们所熟知。他以乞讨为生，由于要避免警察的管制，常常装作卖蜡火柴的小贩。就在针线街往下走不远，靠左手一边，可能你曾注意到过，有一个小墙角，他每天就坐在那里，盘着腿，把少得可怜的几盒火柴放在膝上。由于他有着一副令人哀怜的样子，布施给他的小钱就犹如雨点般地落进放在人行道上他身边的一顶油腻的皮革帽子里。在我想到对他的以乞讨为生的情况进行了解前，我也曾不止一次地观察过这个家伙；但只有在真正了解他的乞讨情况之后，我才对他在一会儿工夫之内便有如此多的收获而深感吃惊。你知道他的形象是多么异常，没有一个由他面前路过的人能不看他一眼的。一头蓬松的红发；一块可怕的伤疤在那张苍白的面孔上显得更加难看，这块伤疤，一经收缩就把上唇的外部边缘翻卷上去了；巴儿狗似的下巴；一双目光锐利的黑眼睛，这两只眼睛和他的头发的颜色形成鲜明的对照；这一切都显示出他和一般乞丐不同。而且，他的智力也显然是超群的，因为过路人投给他无论是什么破烂东西时，他都有话可说。现在我们知道他就是那个在烟馆里寄宿的人，并且也正是最后目睹我们想寻找的那个绅士的人。"

"可是，一个瘸子！"我说，"他单独一个人能把一个年轻力壮的男子怎么样？"

"就走起路来一瘸一拐这点来说，他是个残疾人；但是，在其他方面，他显然是个有劲儿和营养充足的人。当然你的医学经验会告诉你，华生，一肢不灵的弱点，常常可由其他肢体的格外健壮有力而得到补偿。"

"请继续说下去。"

"圣克莱尔太太一见窗框上的血迹就晕了过去，由一位巡捕用车陪伴她回家了，就算她留在现场也无助于侦查。巴顿巡官负责本案，他们将房屋全部仔细察看过了，但也没有发现任何对破案有所启发的东西。他们当时犯了一个错误，就是没有把休·布恩立刻逮捕起来，使他得到了几分钟的时间可以和他那印度朋友互相串供的机会。不过，这个错误很快就得到了纠正。他被拘捕并受到搜查，可是并未发现任何可以将他定罪的证据。的确，他的汗衫右手袖口上有些血斑，但他指着他的左手第四指靠近指甲被刀割破的地方，说血是从那里流出来的；还说不大工夫以前他曾走到窗户那边去过，那里被发现的血斑也是他自己的。他发誓说从未见过圣克莱尔先生，至于在房间里发现的衣物，他和警方一样，同样感到是个谜。而对圣克莱尔太太所说她确实看到她丈夫出现在窗前这一点，他说她一定是发疯了，否则是在做梦。后来尽管他大声抗议，还是被带到警察局去了。另一方面，巡官就留在那所房里，希望在退潮后能找到一些新的线索。

"居然找到了，虽然在那泥滩上他们没找到他们生怕找到的东西。因为找到的并不是内维尔·圣克莱尔本人，而是他的上衣。这件上衣无遮盖地遗留在退潮后的泥滩上。你猜想他们在衣袋里发现了些什么？"

"我想象不出。"

"是的，我想你是猜不到的。每个口袋里都装满了便士和半便士——四百二十一个便士和二百七十个半便士。无怪乎这上衣不曾被潮水卷走。可是人的躯体就是另外一回事了。在那房子和码头之间的退潮，水势汹涌。看来很可能是这沉甸甸的上衣留了下来，而被剥光了的躯体却被冲进河里去了。"

"不过，据我所知，他们发现所有别的衣服都在屋子里，难道他身上只穿着一件上衣不成？"我插嘴问道。

"不，先生，可是这件事也许能自圆其说。假定布恩这个人把内维尔·圣克莱尔推出窗外，当然当时没有人亲眼看见此事，那时他会再干什么呢？当然他马上就会想到要消灭那些泄露真情的衣服了。这时他会抓起衣服来，抛出窗外去。而他往外抛的当儿，他会想到：那件上衣要随水起伏，沉不下去。他的时间已经很少了，因为他已听到那位太太因为要抢着上楼而在楼下吵闹，也许他已从他的印度同伙那里听说有一批巡捕正顺着大街朝这个方向急忙跑来。这时已刻不容缓。他一下子冲到密藏他从乞讨中积累起来的银钱的地方。看到那些硬币，他能抓起多少，尽量往衣袋里塞，这样为的是确保上衣能够深沉水底。他把这件上衣抛了出去以后，如果不是已听到楼下匆促的脚步声的话，他一定还想用同样的方法处理别的衣服。可是这时巡捕已经上楼了，他仅仅来得及把窗户关上。"

"听起来确实可能是这样。"

"喏，咱们就权当这是一种有用的假定吧，因为还没有比这更好的假定。我已经说过，休·布恩被捕并被关到警察局里去了，可是就是拿不出什么东西来证实他以往有什么犯罪嫌疑。多年以来他是尽人皆知的专门以乞讨为生的人。他的生活似乎是十分安静的，是对别人没有危害的。现在事情就这样摆在面前，要解决的问题像过去一样还远远没得到解决。这些问题是：内维尔·圣克莱尔在烟馆里干什么？他在那里究竟发生了什么事？他现在在哪里？他的失踪和休·布恩有什么关系？我承认：在我的经验中，我想不起有哪一个案件有类似的情形。乍一看似乎很简单，可是却会出现了这么多困难。"

当夏洛克·福尔摩斯细说着这一连串奇怪的事情的时候，我们的马车正飞快地驶过这座大城市的郊区，直到把那些零零落落的房子甩在后面。接着马车顺着两旁有篱笆的乡间道路辚辚前进。他刚一讲完的时候，我们正从两个疏疏落落的村庄之间驶过，有几家窗户里的灯闪烁着微光。

"现在已经到了李镇的郊区，"我的伙伴说，"在我们短短的旅途中，竟然路过了英格兰的三个郡县，从米德尔赛克斯出发，经过萨里的一隅，最后到达了肯特郡。你看到了那树丛中的灯光了吗？那就是杉园。在那灯旁坐着一位妇女，她忧心如焚，静待动静的耳朵无疑已经听到我们马蹄声音了。"

"可是你为什么不在贝克街办这件案子呢？"

"因为有许多事情要在这里进行侦察。况且圣克莱尔太太已经盛情地安排了两间屋子供我使用。你可以放心，她一定会对我的朋友兼伙伴表示热烈的欢迎。华生，在我还没有得到她丈夫的消息以前，我还真怕见她。我们到啦。"

我们在一座大别墅前停车，这座别墅坐落在庭园之中。这时一个马童跑了过来，拉住马头。我跳下车来跟着福尔摩斯走上了一条通往楼前的碎石道。我们走近楼前时，楼门突然打开，门口站着一位白肤金发的小妇人，她穿着一身浅色细纱布的衣服，在衣服的颈口和腕口处镶着少许粉红色蓬松透明的丝织薄纱边。在灯光辉映下，她显得亭亭玉立。她一手扶门，一手半举起，感情非常热切。她微微弯腰，头向前倾斜，渴望的目光向我们凝视着，双唇微张像是要说话的样子，一副好像是在提出询问的样子。

"啊？"她喊道，"怎么样？"随后，她看出我们是两个人，她起先还充满了希望地喊着；可是看到我的伙伴摇头耸肩，就转而发出了痛苦的呻吟。

"没有好消息吗？"

"没有。"

"没有坏消息吗?"

"没有。"

"谢天谢地!请进来吧!你们一定很辛苦了,足足累了这么一整天。"

"这是我的朋友,华生医生。在过去的几个案件里,他对我的帮助极大,我很幸运能把他请来和我一同进行侦查。"

"我很高兴见到您,"她说,热烈地和我握手,"如果您考虑到我们所受到的打击是来得多么突然的话,我相信您会原谅我们有什么招待不周的地方的。"

"亲爱的太太,"我说,"我可是经过多次战役的老战士,即使不是如此,也请您不必跟我客气。无论是对您或者对我的老朋友,如果我能够有所帮助的话,那么,我真是太高兴了。"

"福尔摩斯先生。"圣克莱尔太太说。这时我们已经走进了一间灯光明亮的餐室,桌上摆好了冷餐,"我很想问您一两个直截了当的问题,并请求您给一个坦率的回答。"

"当然可以,太太。"

"您别担心我的情绪。我不是歇斯底里的,也不会动不动就晕倒了。我仅仅想听听您的实实在在的意见。"

"在哪一点上?"

"您说真心话,您认为内维尔还活着吗?"

夏洛克·福尔摩斯似乎被这问题窘住了。

"说老实话,说啊!"她重复着。她站在地毯上目光向下直盯着他,而这时的他正仰身坐在一张柳条椅里。

"那么,太太,说老实话,我不这么认为。"

"你认为他死了?"

"是的。"

"被谋杀了?"

"我不这样认为。或许是。"

"他在哪一天遇害的?"

"星期一。"

"那么,福尔摩斯先生,也许您愿意解释一下我今天接到他的来信,这又是怎么一回事呢?"福尔摩斯一下子从椅子上跳了起来,好像触了电一样。

"什么?"他咆哮道。

"是的,今天。"她微笑地站着,高高地举起一张小纸条。

"我可以看看吗?"

"当然可以。"

他急切地抓住那张纸条,把它在桌子上摊开,挪过灯来,专心地审视着。我也离开了座椅,从他背后注视那张纸。信封的纸很粗糙,盖有格雷夫森德地方的邮戳,发信日期就是当天,或者换句话说是前一天,因为此时已过了午夜很久了。

"字迹潦草,"福尔摩斯喃喃自语,"夫人,这肯定不是您先生的笔迹。"

"是的，可是信封却是他写的。"

"我还觉得，不管是谁写的信封，他都得去问地址。"

"您怎能这么说？"

"这人名，您看，完全是用黑墨水写的，写出后自行阴干。其余的字呈灰黑色，这说明写后是用吸墨纸吸过的。如果是一起写成，再用吸墨纸吸过，那么有些字就不会是深黑色的了。这个人先写人名，过了一会儿，才写地址，这就只能说明他不熟悉这个地址。这自然是件小事，但是没有比一些小事更重要的了。现在让咱们来看看信吧。哈！随信还附了件东西呢！"

"是，有一枚戒指，他的图章戒指。"

"您能认定这是您丈夫的笔迹吗？"

"这是他的一种笔迹。"

"一种？"

"是他在匆忙中写的一种笔迹。这和他平时的笔迹不太一样，可是我完全认得出来。"

亲爱的：

不要害怕。一切都会变得好起来的。虽然一个大错已铸成，这也许需要费些时间来加以纠正。请耐心等待。

内维尔

"这信是用铅笔写在一张八开本的扉页上的，纸上没有水纹。嗯！它是由一个大拇指很脏的人今天从格雷夫森德寄出的。哈！信封的口盖是用胶水粘的，如果我没有弄错的话，封这封信的人还是一直在嚼烟草的。太太，您敢肯定这是您丈夫的笔迹吗？"

"我敢肯定。这是内维尔写的字。"

"信物还是今天从格雷夫森德寄出的。嗯，圣克莱尔太太，乌云已散，虽然我不应该冒险地说危险已经过去了。"

"可是他一定是尚在人间了，福尔摩斯先生。"

"除非这笔迹是一种巧妙的伪造，来引诱我们走入歧途的。那戒指，归根结底，证明不了什么。它可以是从他手上取下来的嘛！"

"不，不，这是他的亲手笔迹啊！"

"很好。不过，它或许是星期一书写的，直到今天才被寄出来的。"

"那是可能的。"

"照这样说，在这段时间里也可能发生许多事。"

"哦，您可别净给我泼冷水，福尔摩斯先生。我知道他准没出事。我们两人之间，有一种敏锐的同感力。万一他遭到不幸，我是应当会感到的。就在我最后见到他的那一天，他在卧室里割破了手，而我当时在餐室里，心里就知道准是出了什么事，所以马上跑上楼去。您想我对这样一桩小事会反应得这么快，而对于他的死亡，我又怎能毫无感应呢？"

"我见过的世面太多了，不会不知道一位妇女所得到的印象或许会比一位分析推理家的论断更有价值。在这封信里，您确乎得到一个强有力的证据来支持您的看法。不过，倘若您的丈夫还活着，而且还能写信的话，那他为什么还待在外面而不回家呢？"

"我想象不出这是怎么回事，这是不可理解的。"

"星期一那天,他离开您时,没说什么吗?"

"没有。"

"您在天鹅闸巷望见他时是不是大吃一惊?"

"极为吃惊。"

"窗户是开着的吗?"

"是的。"

"那么,他也许还可以叫您了?"

"可以。"

"据我所知,他仅仅发出了不清楚的喊声。"

"对。"

"您认为是一声呼救的声音吗?"

"是的,他挥动了他的双手。"

"但是,那也可能是一声吃惊的叫喊。出他意料之外地看到您所引起的惊奇也可能会使他举起双手,是吗?"

"这是可能的。"

"您认为他是被人硬拽回去的吗?"

"他是那样突然地一下子就不见了。"

"他可能是一下子跳回去了。您没有看见房里还有别人吧?"

"没有,但是那个可怕的人承认他曾在那里,还有那个印度人在楼梯脚下。"

"正是这样。就您所能看到的,您的丈夫穿的还是他平常那身衣服吗?"

"可是没有了硬领和领带。我清清楚楚地看他露着脖子。"

"他以前提到过天鹅闸巷没有?"

"从来没有。"

"他曾经露出抽过鸦片的任何迹象吗?"

"从来没有。"

"谢谢您,圣克莱尔太太。这些正是我希望弄清楚的要点。让我们来吃点晚饭,然后去就寝,因为明天我们也许要忙碌一整天呢。"

这是一间宽敞舒适的房子,里面放着两张床铺,供我们使用。我很快就钻到被窝里去了,因为在这一夜的奔波之后我早已经是筋疲力尽了。可是夏洛克·福尔摩斯却是这样一个人:当他心中有一个解决不了的问题时,他就会连续数天甚至一个星期,废寝忘食地反复思考,重新梳理掌握的各种情况,并从各个角度来审查那问题,一直要到水落石出,或是深信自己搜集的材料尚不充分时才肯罢休。我很快就知道:他正是要准备通宵达旦地坐着。他脱下了上衣和背心,穿上了一件宽大的蓝色睡衣,随后就在屋子里到处乱找,把他床上的枕头以及沙发和扶手椅上的靠垫收拢到一起。他用这些东西铺成了一个东方式的沙发。他盘腿坐在上面,在自己面前放着一盎司强味的板烟丝和一盒火柴。在那幽暗的灯光里,只见他端坐在那里,嘴里叼着一只欧石南根雕成的旧烟斗,两眼茫然地凝视着天花板一角。蓝色的烟雾从他嘴边盘旋缭绕,冉冉上升。他寂静无声,纹丝不动。灯光闪耀,正照着他的面容,那面容如同山鹰般的坚定。我渐入梦乡,而他就这样坐着。有时我大叫一声从梦中惊醒,他还是这样坐着。最后,我睁开双眼,夏日的煦阳正照进房来。那烟斗依然在他的嘴里叼着,轻烟仍然缭绕盘旋,冉冉上升。浓重的烟雾弥漫满屋,前夜所看到的一堆板烟丝,这时已经荡然无存了。

"醒了吗,华生?"他问道。

"醒了。"

"早上赶车出去玩玩如何?"

"好的!"

"那么,穿上衣服吧。谁都没起哪,可是我知道那小马童睡觉的地方,我们很快就会把马车弄出来的。"他边说着边咯咯地笑了起来,两眼闪烁着光芒,似乎和昨夜那个苦思冥想的他判若两人。

我穿衣服的时候看了一下表。难怪还没有人起床,这时才四点二十五分。我刚刚穿好衣服,福尔摩斯就回来说马童正在套车。

"我要检验一下我的小小的推论,"他说,拉上他的靴子,"华生,我认为你现在正站在全欧洲最笨的一个糊涂虫面前!我应该被人们一脚从这儿踢到查林克罗斯去!可是我想我现在已经找到了开启这个案子的钥匙了。"

"在哪里?"我微笑着问道。

"在盥洗室里,"他回答道,"哦,我不是开玩笑。"他看见我有点不相信的样子,就继续说下去。"我刚到那里去过,我已经把它拿出来了,放进格拉德斯通制造的软提包里了。走吧,伙计,让咱们瞧瞧钥匙对不对得上锁。"

我们尽量放轻脚步走下楼梯,走出房间来,沐浴在明媚的晨曦之中。套好的马车停在路边,那个衣服尚未穿好的马童在马头一旁正等着。我们两人一跃上车,就顺着伦敦大道飞奔而去。路上有几辆运载蔬菜进城的农村大车在走动,可是路旁两侧的一排排别墅仍然寂静无声,死气沉沉,犹如梦中的城市一样。

"有些地方显示这是一桩奇案。"福尔摩斯说着,顺手一挥鞭子催马向前疾驰。

"我承认我曾经瞎得活像鼹鼠。不过尽管学聪明晚一些,但总还是比不学要好得多。"

当我们驱车经过萨里一带的街道时,这城里起床最早的人也刚刚睡眼惺忪地望望窗外的曙光。马车驶过滑铁卢桥,飞快地经过威灵顿大街,然后向右急转弯,来到布街。

警务人员都非常熟识福尔摩斯,门旁两个巡捕向他敬礼。一个巡捕牵住了马头,另一个便引我们进去。

"谁值班?"福尔摩斯问。

"布雷兹特里德巡官,先生。"

"啊!布雷兹特里德,你好!"一位身材高大魁伟,头戴鸭舌便帽,身穿带有盘花纽扣的夹克衫的巡官走下石板坡的甬道。

"我想同你私下谈一谈,布雷兹特里德。"

"好的,福尔摩斯先生。到我的屋子里来。"

这是一间小小的类似办公室的房间,桌上放着一大本厚厚的分类登记簿,一架电话凸出地安在墙上。巡官临桌坐下。

"您要我做点什么,福尔摩斯先生?"

"我是为了乞丐休·布恩而来的。这人被控与李镇内维尔·圣克莱尔先生的失踪有关。"

"是的，他是被押到这里来候审的。"

"这我已经知道了。他现在在这里吗？"

"在单人牢房里。"

"他规矩吗？"

"哦，一点也不捣乱。不过这坏蛋脏透了。"

"脏得很？"

"对，我们只能做到促使他洗了洗手。他的脸简直黑得像个补锅匠一样。哼，等他的案定了，他得按监狱的规定洗个澡。我想，您见了他，您会同意我所说的他需要洗澡的看法。"

"我很想见见他。"

"您想见他吗？那很容易。跟我来。您可以把这提包放在这里。"

"不，我想我还是拿着它好。"

"好吧，请跟我来！"他领着我们走下一条甬道，打开了一道上了拴的门，从一条盘旋式的楼梯下去，把我们带到了一处墙上刷白灰的走廊，走廊两侧各有一排牢房。

"右手第三个门就是他的牢房，"巡官说着，往里瞧了一瞧，"他睡着了，你可以看得很清楚。"

我们两人从隔栅往里瞧，那囚犯脸朝我们躺着，正在酣然熟睡，他的呼吸缓慢而又深沉。

他中等身材，穿着和他的行当相称的粗料子衣服，从破烂的上衣裂缝处露出了一件染过色的贴身衬衫。他的确像巡官说的那样，污秽肮脏到了难以容忍的地步。可他那可憎的丑容仍然不能被他脸上的污垢掩盖了：在他脸上，从眼边到下巴有一道宽宽的旧伤疤，这伤疤收缩后把上唇的一边往上吊起，三颗牙齿露在外面，像是一直在号叫的样子，一头蓬松光亮的红发低低覆盖着两眼和前额。

"是个美人儿，是不是？"巡官说。

"他的确需要洗一洗，"福尔摩斯说，"我想了个他可以洗一洗的主意，还自作主张地带了些家伙来。"

他一边说着，一边打开了那个格拉德斯通制造的软提包，取出了一块很大的洗澡海绵，这使我吃了一惊。

"嘻，嘻！您真是个爱开玩笑的人！"巡官轻声地笑道。

"喏，如果您肯做件大好事，悄悄打开这牢门，咱们很快就会让他现出一副更体面的相貌。"

"行，那又有何不可？"巡官说，"他这样子不会给布街看守所增光，不是吗？"他把钥匙插进门锁里面，我们都悄悄地走进牢房。那睡着的家伙侧了侧身子，重新又进入了梦乡。福尔摩斯弯腰就着水罐，蘸湿了海绵，在囚犯的脸上使劲地上下左右擦了两下。

"让我来给你们介绍介绍，"他喊道，"这位是肯特郡李镇的内维尔·圣克莱尔先生。"

我一辈子从没见过这种场面。这人的脸就像剥树皮一样让海绵剥下一层皮。那粗糙的棕色不见了！在脸上横缝着的一道可怕的伤疤和那显出一副可憎的冷笑的歪唇也都不见了。

那一堆乱蓬蓬的红头发在一揪之下也全掉了。这时，从床上坐起来的是一个面色苍白、愁眉不展、模样俊秀的人，一头黑发，皮肤起滑。他揉搓双眼，凝神打量着周围，睡眼惺忪，不知所以。忽然他明白事已败露，不觉尖叫一声扑在床上，把脸埋在枕头里。

"天啊！"巡官叫道，"真的，他就是那个失踪的人。我从相片上认出了他。"

那囚犯转过身来，摆出一副听天由命、不在乎的架势："就算这样吧。"他说："请问，能控告我犯了什么罪？"

"控告你犯了杀害内维尔·圣……哦，除非他们把这案件当作自杀未遂案，要么他们就不会控告你犯了这个罪，"巡官咧嘴笑着说，"哼，我当了二十七年的警察了，这次可真该得奖了。"

"如果我是内维尔·圣克莱尔先生，那么，显然我就没犯什么罪。因此，我是受到非法拘留。"

"不犯罪，却犯了一个很大的错误！"福尔摩斯说，"你要是信得过你的妻子的话，你就会干得更好些。"

"倒不是我的妻子，而是我的儿女，"那囚犯发出呻吟的声音说，"上帝保佑，我不愿他们为他们的父亲所做的事而感到耻辱。天哪！讲出去多么难堪啊！我可怎么办呢？"福尔摩斯在床上坐在他身边，和蔼地拍了拍他的肩膀。

"如果你让法庭来查清这件事情，"他说，"当然那就难免要宣扬出去。可是，只要你能使警务当局相信，这是一件不足以向你提出控告的事情，我想没有什么理由必须把你案子的详情公之于报纸。我相信布雷兹特里德巡官是会把你说给我们听的记录记下来提交给有关当局的。这样，这案子就根本不会提到法庭上去了。"

"上帝保佑您！"那囚犯热情洋溢地高喊起来，"我宁愿忍受拘禁，甚至处决，也不愿把我的令人感到痛苦的秘密作为家庭的污点，留给孩子们。

"你们是唯一听到我的身世的人。我父亲是切斯特菲尔德的小学校长，在那里我受过极为良好的教育。我青年的时候酷爱旅行，喜欢演戏，后来我在伦敦一家晚报当了记者。有一天，总编辑想要一组反映大城市里的乞讨生活的报道，我自告奋勇来提供这方面的稿件。这就成了我一生历险的开端。我只有客串装扮乞丐才能收集到写文章所需的一些基本材料。我当过演员，自然学过一些化装的秘诀，并曾以我的化装技巧而闻名于剧场后台。这时我利用了这种本领：我先用油色涂脸，然后为了尽量装成最令人怜悯的样子，用一小条肉色的橡皮膏，做出一个惟妙惟肖的伤疤，把嘴唇一边向上扭卷起来，戴上一头红发，配上适当的衣服，就在市商业区选定一个地方，表面上是火柴小贩，实际上是当乞丐。我这样干了几个小时，晚上回到家中，才发现我竟然得到了二十六个先令零四个便士，这使我大吃一惊。

"我写完了报道，这些事也就置之脑后不再去想了。直到后来有一天，我为一位朋友担保了一张票据，后来竟接到一张传票要我赔偿二十五英镑，我因为拿不出这么多钱，急得走投无路，这才忽然计上心来。我央求债主缓期半月让我去筹款，又请求雇主给我几天假。然后我就化起装来，到城里去乞讨。过了十天，我凑齐了这笔钱，清了这笔债。

"这么一来，你们可以想见，当我已懂得：只要我在脸上抹上一点油彩，把帽子放在地上，静静地坐着，一天就能挣两英镑的时候，再要我安心地去做那一星期只能挣这么一点点钱的辛苦工作,是多么不容易了。是要自尊心还是要钱,我思想斗争了很久。最后是金钱占了上风,因此我抛弃了记者生活,日复一日地坐在我第一次选定的那条街的拐角,借着我那一副可怕的面容所引起的恻隐之心,将铜板塞满了我的口袋。

"只有一个人知道我的隐秘。这就是我在天鹅闸巷寄宿的那下等烟馆的老板。在那里我能够每天早晨以一个邋遢乞丐的面目出现,到晚上又变成一个衣冠楚楚的浪荡公子。这个印度人收了我高价的房租,所以他会为我保密。

"不久,我就发现我已积起大笔钱财。我不是说:任何乞丐在伦敦的街头,一年都能挣到七百英镑(这还够不上我的平均收入),但我有巧于化装和善于应付的特殊才能,而这两方面又都是越练越精,这就使我成为城里为人所赏识的人物。整天都有各种各样的银币流水般地进入我的囊中,如果哪天收入不到两英镑,那就算是时运不济的了。

"我越发财,野心越大。我在郊区买了所房子,后来结婚成家。没有任何人怀疑我的真正职业。我的爱妻只知道我在城里做生意,她却不知道我究竟干的是些什么。

"上一个星期一,我刚结束了一天的营生,正在烟馆楼上的房间里换衣服,不料向窗外一望,忽见我妻子站在街心,眼睛正对着我瞧,这使我惶恐万状。我惊叫一声,连忙用手臂遮住脸,接着立即跑去找我的知交——那个印度人,求他阻止任何人上楼来找我。我听见她在楼下的声音,但知道她一时还上不来。我飞快地脱下衣服,穿上乞丐的那一身装束,涂上颜色,戴上假发。这样,甚至于一个妻子的眼睛也不能识破这伪装。不过马上我又想到也许在这屋子里要进行搜查,那些衣服可能会泄露我的秘密。我忙把窗户打开,由于用力过猛,竟又碰破我清晨在卧室里割破的创口。平常我要来的钱都放在一个皮袋里,这时我刚把其中的铜板掏出来塞在上衣兜里。我抓起因装满铜板而沉甸甸的这件衣服,扔出窗外。它掉在泰晤士河里不见了。其他的衣服本来也要扔下去,但是就在此转瞬之间,有些警察冲上了楼。我承认,使我感到欣慰的是,一会儿,我就发现我未被认出是内维尔·圣克莱尔先生,而是把我当作谋杀内维尔·圣克莱尔的犯罪嫌疑人逮捕起来了。

"我不知道是不是还有些什么别的需要我解释的地方。我当时下定决心长期保持我那化装的样子,所以我宁愿脸上脏一点也没关系。我知道我的老婆一定焦急万分,我就取下戒指,乘警察不在意的时候,托付给那印度人,还匆匆写了几行字,告诉我的妻子不必害怕。"

"那封信昨天才寄到她的手里。"福尔摩斯说。

"我的天!这一个星期可真够她熬的!"

"警察看住了那个印度人,"布雷兹特里德巡官说,"我很了解:他会觉得要想把信寄出去而不被发现是困难的。大概他把信又转托给某个当海员的顾客,而那家伙又把它一股脑儿地忘了几天。"

"就是这么一回事,"福尔摩斯说,点点头表示同意,"我相信就是这样。可是你从来没有因为行骗而被控告过吗?"

"有过多次了,但是,一点罚款对我来说又算得了什么呢?"

"不过事情必须到此为止,"布雷兹特里德说,"如果要警察局不声张出去,必须是休·布恩不存在了。"

"我已经最郑重地发过誓了。"

"要是这样,我想大概也就不会再深究下去了。可是,你如果下次再犯,那我们就要和盘托出了。""福尔摩斯先生,我们非常感谢您帮助我们查清这个案件!我希望知道您是怎样得出这个答案来的呢?"

"这个答案,"福尔摩斯说,"是全靠坐在五个枕头上,抽完一盎司板烟丝得来的。华生,我想如果我们现在坐车去贝克街,正好赶上吃早饭。"

银色白额马

【英】阿瑟·柯南道尔

一天早晨，我们一起吃早餐时，福尔摩斯说道："华生，恐怕我只好去一次了。"

"去一次？！去哪儿？"

"去达特穆尔，去金斯皮兰。"

我听了并不意外。令人不解的是，目前在英国各地到处都在谈论着一件离奇古怪的案件，可是福尔摩斯为什么却不闻不问。他整天价紧皱双眉，低头沉思，在屋内走来走去，一烟斗又一烟斗的烈性烟叶，抽个没完没了，对我提出的问题和议论，却充耳不闻。报刊零售商送来当天的各种报纸，他也只是翻了翻就扔到角落里去。然而，尽管他不言不语，我心中有数，福尔摩斯正在琢磨着什么。当前，公众只关注一个问题，那就是韦塞克斯杯锦标赛中的名马奇异地失踪和驯马师的惨死。这个问题对福尔摩斯的分析能力无疑是一大挑战。所以，他突然声称，打算出去调查这件戏剧性的奇案，正合我意。

"要是不会对你有所不便的话，我很乐于和你一同去。"我说。

"亲爱的华生，你愿和我一同去，我非常高兴。我想你此去决不会白走一趟，因为这件案子很有一些独特之处。我想，现在动身刚好赶上去帕丁顿的火车，在路上我把这件案子细细给你说说。你最好能把你那架双筒望远镜带上。"

一小时以后，我们已坐在驶往埃克塞特的头等车厢的一角里，一顶带护耳的旅行帽掩住福尔摩斯那张轮廓分明的面孔。他神情急切，匆匆浏览在帕丁顿车站买到的一堆当天的报纸。我们早已过了雷丁站，他看完了最后一张报纸，塞进座位下面，拿出香烟盒递给我。

"车子真够快的，"福尔摩斯望着窗外，看了看表，说道，"现在咱们每小时的车速是五十三英里半。"

"我没有注意那些标着四分之一英里的路杆。"我说道。

"我也没注意。可是这条铁路线附近电线杆的间隔是六十码，所以计算起来很简单。我想你对于约翰·斯特雷克被害和银色白额马失踪的事，已经知道了吧。"

"我已经看过《电讯报》和《新闻报道》了。"

"就这件案子来说，推理艺术，应当用来筛选事实细节，用不着去寻找新的证据。这件惨案极不寻常，暴露得十分彻底，又涉及那么多人的切身利益，侦破起来颇费推测、猜想和假设。难就难在，需要把那些确凿的事实——无可辩驳的事实与那些理论家、记者虚构浮夸之词区别开来。有了可信的根据，得出结论，确定在当前这件案子里哪一些问题是主要的——这是我们的职责所在。星期二晚上，我接到马主人罗斯上校和警长格雷戈里两个人的电报，格雷戈里请我与他合作侦破这件案子。"

"星期二晚上！"我惊呼道，"今天已经是星期四早晨了。你为什么昨天不动身？"

"我亲爱的华生，这正是我失察之处，今后恐怕免不了还会犯类似的错误。有些人只是通过你的回忆录了解我，我可不是这些人想象中的那样的人。事实是，我并不相信这匹英国名马会隐藏得这么久，特别是在达特穆尔北部这样人烟稀少的地方。昨天我时刻指望着能听到有关马下落的消息，而那个盗马的人就是杀害约翰·斯特雷克的凶手。哪知到了今天，我发现除了抓住年轻的菲茨罗伊·辛普森以外，没有任何进展。我感到该是我行动的时候了。不过，从某种意义上来说，我觉得昨天的时间并没有白白浪费掉。"

"如此说来，你已经得出结论了？"

"至少我已掌握了这件案子的一些主要事实。我这就细细讲给你听。我觉得，弄清一件案子的最好办法，就是能把它的情况对另一个人讲清楚。此外，如果我不告诉你咱们现已掌握什么情况，我就很难指望得到你的帮助。"我背靠在椅子上，抽了一口雪茄，福尔摩斯俯身向前，用他那瘦长的食指在他左手掌上比画着，给我简单地交代了我们此行办理的案子。

"银色白额马，"福尔摩斯说道，"是索莫密种，和它驰名的祖先一样，始终保持着优异的成绩。它已经是五岁口了，在赛马场上每次都为它那幸运的主人罗斯上校赢得头奖。这次不幸事件发生之前，它是韦塞克斯杯最为人看好的一匹马，人们在它身上的赌注是三赔一赌注三赔一是指比赛或打赌时，赢时只拿对方一份，输时则给对方三份。

"它是赛马迷最爱的名马，而且从未使它的爱好者失望，因此，即使是这样的悬殊的赌注，也有巨款压在它身上。所以，许多人为了切身利益，设法阻止银色白额马去参加下星期二的比赛。

"当然，人人都知道，上校的驯马厩就在金斯皮兰，所以，对这匹名马采取了种种预防措施来保护它。驯马师约翰·斯特雷克原是罗斯上校的赛马骑师，后来因体重增加，才另换他人。斯特雷克在上校家做了五年骑师，七年驯马师，是一个热情而诚实的雇员。斯特雷克手下有三个小马倌。马厩不大，只养着四匹马。每天晚上都有一个小马倌守在马厩里，另外两个就睡在草料棚中。三个小伙子的人品都很好。约翰·斯特雷克已经结婚，住在离马厩二百码远近的一座小别墅里。他没有孩子，有一个女仆，日子过得还算舒心。那个地方很荒凉。北边半英里以外，有好几座别墅，是塔维斯托克镇的承包商建造的，专供病人疗养以及其他愿来呼吸达特穆尔新鲜空气的人暂住。向西二英里以外就是塔维斯托克镇，穿过荒原，大约也有二英里远近，有一个梅普里通马厩，是属于巴克沃特勋爵的，管理人名叫赛拉斯·布朗。荒原的其他方向则异常荒凉，只零星地住着少数流浪的吉卜赛人。上面介绍的就是星期一晚上这惨剧发生时的一些基本情况。

"这天晚上，像平常一样，这些马匹经过训练，饮过水后，马厩在九点钟上了锁。两个小马倌到斯特雷克家去，在他家厨房里吃了晚饭。第三个小马倌内德·亨特留下看守。九点过几分以后，女仆伊迪丝·巴克斯特把内德的晚饭送到马厩来，这是一盘咖喱羊肉。她没有带饮料，因为马厩里有自来水，按规定，看马房的人在值班时，不能喝别的饮料。因为天很黑，这条小路又穿过开阔的荒原，所以这个女仆带着一盏马灯。

"伊迪丝·巴克斯特走到离马厩不到三十码时，一个人从暗处闪出来，叫住了她。在马灯昏黄的灯光下，她看到这个人穿戴得像个上流社会的人，身穿一套灰色花呢衣服，头戴一顶布帽，脚蹬高筒靴，手拿一根沉重的圆头手杖。然而给她印象最深的是，他的脸色十分苍白，神情紧张不安。她想，这个人的年龄恐怕要在三十岁以上。

"'你能告诉我这是什么地方吗？'他问，'要不是看到你的灯光，我真的只好在荒原里过夜了。'

"'这里离金斯皮兰马厩很近了。'女仆说。

"'啊，真的！我果真撞上好运了！'他高声道，'我知道每天晚上有一个小马倌独自一人睡在那里。你大概是给他送晚饭的吧。我相信你总不会那么清高，连一件新衣服的也不愿赚吧？'这个人从背心口袋里掏出一张叠起来的白纸片：'只要今天晚上把这东西交给那个孩子，那你就能得到一笔钱，够你去买一件最漂亮的衣服。'

"他这种认真劲，把伊迪丝吓了一跳，赶忙从他身旁跑过去，奔到窗下，因为她一向习惯从窗口把饭递进去。窗子已经打开，亨特坐在小桌旁边。伊迪丝刚刚开口要把发生的事告诉他，这时陌生人已走了过来。

"'晚安，'陌生人探身对窗内的人说，'我有话同你说。'姑娘发誓说，在他说话时，她发现他手里攥着一张小纸片，露出一角来。

"'你来这里干吗？'小马倌问。

"'有件事可以使你口袋鼓起来，'陌生人说道，'你们有两匹马参加韦塞克斯杯锦标赛，一匹是银色白额马，一匹是贝阿德。你把可靠的消息透露给我，你不会吃亏的。听说在五弗隆（弗隆：英国长度单位，等于八分之一英里。）距离赛马中，贝阿德可以超过银色白额马一百码，你们自己都把赌注押到贝阿德身上，这是真的吗？'

"'这么说，你是一个该死的赛马探子了！'这个小马倌嚷道，'现在我要让你瞧瞧，在金斯皮兰我们是怎样对付这些家伙的。'他跳起身，跑过马厩，把狗放出来。这个姑娘赶紧奔回家去，不过她一面跑，一面向后望，她看到那个陌生人还俯身向窗内探望。可是，过了一分钟，亨特带着猎狗一同跑出来时，这个人已经不见了。亨特带着狗绕着马厩转了一圈，再没有发现这个人的踪影。"

"且慢，"我问道："小马倌带着狗跑出去时，没有把门锁上吗？"

"问得好，华生，问得好！"我的搭档低声说道，"我认为这一点非常重要，所以昨天特意往达特穆尔发了一封电报查问这件事。回电说小马倌在离开以前把门锁上了。我还可以补充一点，这扇窗子很小，人钻不进去。

"亨特等那两个同伙小马倌回来以后，便派人去向驯马师报信，把发生的事情告诉他。斯特雷克听到报告以后，虽不清楚这到底是一件什么性质的事，却非常惊慌。他隐隐约约感到不安，所以，斯特雷克太太在半夜一点钟醒来时，发现他正在穿衣服。斯特雷克的妻子问他干吗，他回答说，他不放心这几匹马，所以一直睡不着。他打算到马厩去看看它们有没有出事。斯特雷克的妻子听到雨点噼噼啪啪地打在窗上，央求他留在家里，可是他不顾妻子的劝告，披上宽大的雨衣离开了家。

"早晨七点钟斯特雷克太太一觉醒来，发觉她丈夫还没回来，匆匆穿好衣服，把女仆叫醒，一同到马厩去了。只见马厩门大开，亨特坐在椅子上，身子缩成一团，完全昏死过去，马厩内的名马不知去向，也不见驯马师的踪影。

"两个人赶快把睡在草料棚里的两个小马倌叫醒,因为他们两个人睡得非常死,所以晚上什么也没听到。亨特显然受到强烈麻醉剂的影响,怎么也叫不醒他。两个小马倌和两个妇女丢下亨特睡在那里,都跑出去寻找失踪的驯马师和名马。他们原以为驯马师出于某种原因把马拉出去进行早训练,可是他们登上房子附近的小山丘向周围的荒原望过去,没有看到失踪的名马的一点影子,却发现一件东西,使他们预感到发生了意外。

"离马厩四分之一英里远的地方,在金雀花丛中找到了斯特雷克的大衣。附近荒原上有一个盘状的凹地,在凹地底部他们找到了遇难的驯马师的尸体。他的头颅已被砸得粉碎,分明是遭到什么沉重凶器的猛烈打击。他的大腿上也受了伤,有一道很整齐的长长伤痕,显然是被一种非常锋利的凶器割破的。斯特雷克右手握着一把小刀,刀身、刀把全是凝结的血块,很明显,他与攻击他的对手搏斗过,他的左手紧握着一条红黑相间的丝领带,女仆认出来,那个到马厩来的陌生人头天晚上就戴着这样的领带。亨特恢复知觉以后,也证明这条领带是那个人的。他确信就是这个陌生人站在窗口的时候,在咖喱羊肉里下了麻醉药,这样就使马厩失去了看守人。至于那丢失的名马,在发生惨案的山谷底部泥地上留有充分的证据,说明搏斗时名马也在场。可是那天早晨它就失踪了,尽管重金悬赏,达特穆尔所有的吉卜赛人都在留神打探,却一点消息也没有。最后还有一点,经过化验证明,这个小马倌吃剩的晚饭里含有大量麻醉剂,而在同一天晚上斯特雷克家里的人也吃同样的饭菜,却毫无中毒现象。

"全案的基本事实就是这样。其中没有掺杂丝毫推测成分,尽可能客观真实。现在我来讲讲,警方为这案件采取了什么措施。

"受命调查该案的警长格雷戈里是一个很有能力的官员。要是他的脑瓜里多少再加一点想象力,那他准会在他那行中得到高升。他到了出事地点,立刻找到了那个犯罪嫌疑人,并把他逮捕起来。找到那个人并不难,因为他就住在我刚才提到的那些小别墅里。他的名字,好像叫菲茨罗伊·辛普森。他是一个出身高贵、受过很好教育的人,在赛马场上曾挥霍过大量钱财,现在靠在伦敦体育俱乐部里做马票预售员糊口。检查他的赌注记录本,发现他把总数五千英镑的赌注压在银色白额马会输上。被捕以后,辛普森主动说明他到达特穆尔是希望探听有关金斯皮兰名驹的情况,也想了解有关第二名马德斯巴勒的消息。德斯巴勒是由梅普里通马厩的赛拉斯·布朗照管的。对那天晚上的事,他也不否认,可是解释说,他并没有恶意,只不过想得到第一手情报而已。在给他看那条领带以后,他脸色立时变得刷白,丝毫不能说明他的领带是怎样落到被害人手中的。他的衣服很湿,说明那天夜晚冒雨外出,而他的槟榔木手杖上端镶着铅头,如果用它反复打击,那它就完全可以做武器,使驯马师遭到如此可怕的创伤致死。可是从另一方面看,辛普森身上却没有伤痕,而斯特雷克刀上的血迹说明至少有一个袭击他的凶手身上带有刀伤,概括地说,情况就是这样。华生,如果你能给我一些启发,那我就感激不尽了。"

福尔摩斯以他那种独特的口才,把情况讲述得清清楚楚,我听得入了迷。尽管我已经知道了大部分情况,我还是看不出这些事情互相之间有什么关系,以及这些关系有些什么重要意义。

"会不会是在搏斗时,斯特雷克大脑受了伤,然后自己把自己割伤了呢?"我提出了看法。

"可能性很大,十有八九是这样,"福尔摩斯说道,"这样的话,被告就少了一个有利的证据了。"

"还有，"我说道，"我现在还不知道警察是什么看法。"

"我担心我们的推论正和他们的相反，"我的朋友又拉回话题说，"据我所知，警察们认为，菲茨罗伊·辛普森把看守马房的人麻醉倒以后，用他事先设法复制好的钥匙打开马厩大门，把银色白额马牵出来。显然，他是打算把马偷走的。马嚼头没有了，所以辛普森必然把这个领带套在马嘴上，然后，就让门敞开着，把马牵到荒野上，在半路碰到了驯马师，或者是被驯马师追上，这样自然就引起了争吵，尽管斯特雷克曾用那把小刀自卫，辛普森却没有受到丝毫伤害，而辛普森则用他那沉重的手杖把驯马师头颅打碎。然后，这个盗马贼把马藏在隐蔽的地方，要不就是在他们搏斗时，那马脱缰逃走，现在正在荒原上游荡。这就是警方对这件案子的看法。尽管这种说法站不住脚，可是所有其他解释则更是不可取的。不管怎样，只要我到达现场，我会很快把情况查清，在这以前，我实在看不出我们能有更大的作为。"

我们到达小镇塔维斯托克时，已经是傍晚时分。塔维斯托克镇就像盾牌上的浮雕，坐落在达特穆尔辽阔原野的中心，车站上已有两位绅士在等候我们，一位身材高大，相貌堂堂，生着鬈曲的头发和胡子，一双淡蓝色的眼睛炯炯发光。另一个人身材矮小，机警异常，非常干净利落，身穿礼服大衣，脚上是一双有绑腿的高筒靴子，修剪整齐的络腮胡子，戴着一只单眼镜，这个人就是著名的体育爱好者罗斯上校。前一个人则是警长格雷戈里，他已经是英国侦探界赫赫有名的人物了。

"福尔摩斯先生，你能前来，我感到很高兴，"上校说，"警长竭尽全力为我们探查，我愿尽一切力量设法为可怜的斯特雷克报仇，并重新找到我的名马。"

"有什么新进展吗？"福尔摩斯问道。

"很抱歉，收效甚微，"警长答道，"外面有一辆敞篷马车，想必你愿意在天黑以前去看看现场，我们可以在路上谈。"

一分钟以后，我们已经坐在舒适的四轮马车里，在"嘚嘚"的马蹄声中，飞快地穿过德文郡的这个别有风致的古老城市。警长格雷戈里满脑子都是情况，滔滔不绝地讲个没完。福尔摩斯偶尔提个问题，或插一两句话。罗斯上校则抱臂背靠车座，帽子斜拉到双眼上，我则兴趣盎然地注意听着这两位侦探的对话。格雷戈里把他的意见系统地说了出来，几乎和福尔摩斯在火车上的推测不谋而合。

"菲茨罗伊·辛普森已经落入法网，"格雷戈里说，"我个人相信他就是我们要对付的那家伙；同时，我也认识到证据还不确凿，如有新的进展，很可能被推翻。"

"那么斯特雷克的刀伤又做何解释？"

"我们得出的结论是，在他倒下去时自己划伤的。"

"在我们来这里的路上，我的朋友华生大夫也这样推测。这样的话，情况就对辛普森很不利。"

"那是毫无疑问的了。辛普森既没有刀，又没有伤痕。可是，对他不利的证据却是非常确凿。他对那匹失踪的名马非常注意，又有毒害小马倌的嫌疑，那晚暴雨中他确实出去了，并且有一根沉重的手杖，他的领带也在被害人手中。我想，我们有足够的证据可以对他提出起诉。"

福尔摩斯摇了摇头。"一个聪明的律师可以让这些证据完全站不住脚，"福尔摩斯说道，

"他为什么要从马厩中把马偷走呢？假如他想伤害它，为什么不在马厩内动手呢？在他身上发现有配来的钥匙吗？是哪家药房卖给他烈性麻醉剂？最重要的是，他一个外乡人能把马藏到哪里？况且还是这样一匹名马？他要女仆转交给小马倌的那张纸，他自己又是怎么解释的？"

"他说那是一张十英镑的钞票。他的钱包里确实有一张十英镑的纸币。不过你所提的其他疑难问题并不像你所想象的那么难解决。他对这一地区并不陌生。每年夏季他都两次到塔维斯托克镇来住。麻醉剂可能是从伦敦带来的。说到钥匙，既已达到使用目的，也许早已扔掉。那匹名马可能就在荒原中的某个坑里或在某处废旧矿坑里。"

"那么那条领带呢，他怎么说的？"

"他承认那是他的领带，可是却声称已经遗失了。不过有一个新情况足以证明是他把马从马厩中牵出来的。"

这话引起福尔摩斯的注意。

"我们发现许多足迹，说明有一伙吉卜赛人在星期一夜里在距发生凶杀案地点一英里之内的地方扎营。星期二他们就离开了。现在，我们假定，在辛普森和吉卜赛人之间存在某些默契，在辛普森被人追赶上时，他不是可以把马交给吉卜赛人吗？现在那匹名马不是可能仍在那些吉卜赛人手中吗？"

"当然有这可能。"

"我们正在荒原上寻找这些吉卜赛人。我也把塔维斯托克镇周围十英里以内每一家马厩和小房屋都检查过了。"

"听说，就在附近不是还有一家驯马厩？"

"对，这一点我们当然不能忽视。因为他们的赛马德斯巴勒是打赌中的第二名马，名马银色白额马的失踪对他们非常有利。传说驯马师赛拉斯·布朗在这个比赛项目中下了很大赌注，再说，他与可怜的斯特雷克关系并不好。不过，我们已经检查了这些马厩，没有发现他和这件事有什么关系。"

"辛普森这个人和梅普里通马厩的利益没有什么关系吗？"

"完全没有关系。"

福尔摩斯身子往车座上一靠，谈话没有继续下去。几分钟以后，我们的马车已停在路旁一座整齐的红砖长檐小别墅前，相距不远，穿过驯马场，是一幢长长的灰瓦房。四周是平缓起伏的荒原，长满古铜色枯萎的凤尾草，一直向天际延伸，其间只有塔维斯托克镇的一些尖塔偶尔从荒原上平地拔起，遮断人们的视线。再向西去，点缀着一排房屋，那就是梅普里通的一些马厩。除了福尔摩斯以外，我们都跳下车来。福尔摩斯仍仰靠在车座上，双目远望着天空，出神地沉思着。我过去碰了碰他的胳膊，他才猛然跳下车来。

"对不起，"福尔摩斯把身体转向罗斯上校，罗斯上校正惊奇地望着他，福尔摩斯说道，"我正在做白日梦哩。"他的双眼发出异样的光彩，尽力克制着兴奋的心情。我根据以往的经验，知道他已经有了线索，但想不出他是从什么地方找到的。

"也许你愿意马上就去犯罪现场吧，福尔摩斯先生？"格雷戈里问。

"我想我还是先在这里稍停一停，查清一两个细节问题。据我看，斯特雷克的尸体已经抬回这里了吧？"

"是的，就在楼上。明天才能验尸。"

"他在你这里服务多年了吧，罗斯上校？"

"对，我一直觉得他是一个出色的雇员。"

"警长，我想你已经检查过死者衣袋里的东西并列了清单吧？"

"东西都放在起居室里，你如果愿意，这就去看吧。"

"好极了。"

我们都走进前厅，围着中间的一张桌子坐下来，警长打开了一个方形铁皮盒，把一些东西放在我们面前。这里有一盒火柴，一根两英寸长的蜡烛，一支用欧石南根制成的ADP牌烟斗，一个海豹皮烟袋，里面装着半盎司切得长长的烟丝，一块带金表链的银怀表，五个一英镑金币，一个铝制铅笔盒，几张纸，一把象牙柄小刀，刀刃锋利、坚硬，上面刻着伦敦韦斯公司字样。

"这把刀很奇特，"福尔摩斯说着，把刀拿起打量了一会儿，"我想，刀上有血迹，这就是死者拿着的那把刀吧？华生，这样的刀你一定很熟悉吧。"

"这就是我们医生所说的眼翳刀。"我说。

"我也这样想。刀刃非常锋利，是做非常精密的手术时用的。一个人带着这样的小刀在暴雨中外出，又没有装进刀鞘放在衣袋里，这倒是件很怪的事。"

"我们在他的尸体旁边找到这把小刀的软木圆鞘，"警长道，"他的妻子告诉我们这把刀原本放在梳妆台上，他离家时带上了，这算不上是件好武器，可是或许在这种时刻这是他能拿到的最好武器了。"

"非常可能。这些纸是怎么回事呢？"

"三张是干草商开的收据。一张是罗斯上校给他的信。另一张是妇女服饰商的三十七英镑十五先令发票，开票人是邦德街莱苏丽尔太太，开给威廉·德比希尔先生的。斯特雷克太太告诉过我们，德比希尔先生是她丈夫的朋友，往来信件有时就寄到她那里。"

"德比希尔太太倒很阔绰呢，"福尔摩斯看了看发票说道，"二十二畿尼一件衣服可不算便宜。不过，这里没有什么可查看的了，我们现在这就去犯罪现场。"

我们走出起居室，一个女人正在过道等着，她走上前来，用手拉了拉警长的衣袖。这个女人面容憔悴，瘦削，焦急，流露出近日来担惊受怕的迹象。

"抓到他们了吗？找到他们了吗？"她说着，上气不接下气。

"没有，斯特雷克太太。不过福尔摩斯先生已经从伦敦赶到这里来帮助我们，我们一定尽全力去破案。"

"前不久，我肯定在普利茅斯一次露天舞会里见到过你，斯特雷克太太。"福尔摩斯说道。

"不，先生，你认错人了。"

"哎呀！我可以发誓。你那时穿着一件淡灰色镶鸵鸟毛的绸外套。"

"我从来没有这样的衣服，先生。"这个女人答道。

"啊，这就一清二楚了。"福尔摩斯说着，道了一下歉，就随着警长走出来了。走不多远，便穿过荒原，来到发现尸体的地点，坑边就是曾经挂着大衣的金雀花丛。

"我听说，那晚没有风。"福尔摩斯说。

"没有，但是雨下得很大。"

"既然是这样，那么大衣绝不是被风吹到金雀花丛上，而是有人放到这里的。"

"对，是有人挂上金雀花丛的。"

"这倒很值得注意。我发觉这里有许多足迹。不用说，从星期一晚上起，有好多人到过这里。"

"在尸体旁边曾经放了一张草席，我们大家都站在席子上。"

"好极了。"

"这袋子里有斯特雷克穿的一只长筒靴，菲茨罗伊·辛普森的一只皮鞋和银色白额马的一块蹄铁。"

"我亲爱的警长，你大有长进！"福尔摩斯接过布袋，走到低洼处，把草席拉到中间，然后身子伏到席上，伸长脖子，双手托着下巴，仔细查看面前被践踏的泥土。"哈！这是什么？"福尔摩斯突然说道。这是一根烧了一半的蜡火柴，火柴上面裹着泥，猛一看，好像是一根小小的木棍。

"实难想象，我怎么会把它忽略了。"警长神情懊丧地说。

"它埋在泥土里，是不容易被发现的，我之所以能看到，是因为我正有意找它。"

"怎么！你本来就料到可能找到这个吗？"

"我想这不是不可能。"

福尔摩斯从袋子里拿出长筒靴和地上的脚印一一做了比较，然后爬到坑边，慢慢匍匐前进到羊齿草和金雀花丛间。

"这里恐怕不会有更多的痕迹了，"警长说道，"我在周围一百码之内都仔细检查过了。"

"可不是！"福尔摩斯说着，站了起来，"你既然这样说，我就不必多此一举了。可是我倒愿意在天黑以前，在荒原上稍稍走走，明天对这里的地形就可以熟悉一些，我想，为求个好运，我把这块马蹄铁装在衣袋里。"

罗斯上校对我的搭档这样从容不迫、有条不紊的工作方法，感到非常不耐烦，便看了看表。

"我希望你和我一起回去，警长，"罗斯上校说，"有几件事，我想征求一下你的意见，特别是，我们要不要向公众声明，把我们的那匹名马的名字从参加赛马的名单中撤下来。"

"当然不必了，"福尔摩斯果断地高声说道，"我一定能让它参加比赛。"上校点了点头。

"听到你的意见，我很高兴，先生，"罗斯上校说道，"请你在荒原上走一走之后，到可怜的斯特雷克家找我们，然后我们一起乘车到塔维斯托克镇去。"

罗斯上校和警长已经回去，福尔摩斯和我两个人一起在荒原上慢慢走着。夕阳慢慢隐没到梅普里通马厩后面，我们面前广阔无垠的平原起伏着，上面铺满金光，慢慢地，色彩变得更浓，由血红而深棕，于是羊齿草和黑莓渐次变暗，最后被暮色所吞没。可是面对这绚丽景色，福尔摩斯却无意欣赏，完全沉浸在深思之中。

"华生，这样吧，"他终于开口道，"我们暂且把谁杀害约翰·斯特雷克的问题放一放，目前仅限于寻找马的下落。现在，假设在悲剧发生的当时或在悲剧发生后，这匹马脱缰逃跑，它能跑到哪里去呢？马是爱合群的。按照它的本性，它不是回到金斯皮兰马厩，就是跑到梅普里通马厩去了。它怎么会在荒原上乱跑呢？假使如此，它一定也会被人看到。吉卜赛人又为什么要拐走它呢？这些人常常一听说出了什么乱子，总是躲得远远的，唯恐被警察纠缠不休。他们是卖不掉这样一匹名马的。要是带上它,就要冒很大风险,而且毫无好处,这一点是非常清楚的。"

"那么,马在哪里呢?"

"我已经说过,它不是到金斯皮兰就是到梅普里通去了。现在不在金斯皮兰,那一定在梅普里通。我们就按这个假想去办,看结果怎么样。警长说过,这一片荒原的土质非常坚硬而且干燥,可是离梅普里通越近,地势则愈来愈低,从这里你可以看到那边是一个长长的低洼地带,在星期一夜晚一定是非常潮湿的。要是咱们的假定不错,那么这匹名马必然会经过那里,咱们就可以在那里找到它的蹄印了。"

我们边谈边走,兴致盎然,几分钟以后,就来到我们所说的洼地了。我按照福尔摩斯的要求,向右边走去,福尔摩斯则向左方,可是我走了还不到五十步,就听到他叫我,并看到他向我招手。原来在他面前松软的土地上有一些清晰的马蹄印。福尔摩斯从口袋里取出马蹄铁与地上的蹄印一对照,竟完全吻合。

"你瞧,设想该是多么重要,"福尔摩斯说道,"格雷戈里就缺乏这种素质。咱们设想过,可能发生了什么事,并据此去办,结果证明是对的。那咱们就接着干下去吧。"

我们穿过湿软的低洼地段,走过了四分之一英里的干硬的草地,地形开始下斜,重新发现了马蹄印,后来马蹄印又中断了半英里光景,可是在梅普里通附近,却又发现了马蹄印。福尔摩斯首先发现了它,他站在那里用手指指点点,脸上现出兴奋的喜悦。在马蹄印旁边可以明显看出还有一个男人的脚印。

"原先只有这一匹马。"我大声说道。

"说得对极了。原先只有这一匹马。嘿,这是怎么回事?"

原来这两种足迹突然朝金斯皮兰方向转去。福尔摩斯吹起口哨,我们两个人向前追踪。福尔摩斯双目紧盯着足迹,可是我偶然向旁边一看,使我惊奇的是,我看到这同样的足迹又折回原方向。

"华生,真有你的,"在我指给福尔摩斯看时,他说道,"这下你使我们少跑好多冤枉路,要不然我们就得走回头路了。我们还按折回的足迹走吧。"

我们走不了多远,足迹在通往梅普里通马厩大门的沥青路上中断了。我们刚靠近马厩,一个马夫从里面跑出来。

"我们这里不准闲人逗留。"那个人说道。

"我只想问一个问题,"福尔摩斯把拇指和食指插到背心口袋里说道,"要是明天早晨五点钟我来拜访你的主人赛拉斯·布朗先生,是不是太早了?"

"上帝保佑你,先生,如果那时有人来,他会接见的,因为他总是第一个起床。你瞧,他不是来了吗,先生,你自己去问他吧。不,先生,不行,如果让他看见我拿你的钱,他就会赶走我,假如你愿意给的话,请等一会儿。"

福尔摩斯刚要从口袋里拿出一块半克朗的金币,一听这话,随即放了回去,一个相貌凶恶的老人从门内大踏步地走了出来,手中挥舞着一支猎鞭。

"这是干什么,道森?!"他嚷嚷道:"不许瞎聊!去干你的事!还有你两个,你们是干什么的?"

"我们要和你谈谈,只十分钟,我的好先生。"福尔摩斯和颜悦色地说道。

"我没时间和游手好闲的人谈话,我们这里不许生人停留。走开,要不然我就放狗咬你们。"

福尔摩斯俯身向前,在他耳旁低语了几句。他猛然跳了起来,面红耳赤。

"扯谎!"他高喊道,"无耻的谎言!"

"很好。我们是在这里当众争辩呢,还是到你的客厅里去谈?"

"那,要是你愿意,请吧。"

福尔摩斯微微一笑。

"我不会让你久等的,华生,"福尔摩斯说道,"那么,布朗先生,我完全听你吩咐。"

过了二十分钟,福尔摩斯和赛拉斯·布朗重新走出来,刚才他还是红光满面,这时已是一脸阴沉。我从来还没见过有谁会像赛拉斯·布朗那样转眼间变化这么大。他面如死灰,额上布满汗珠,双手颤抖,手中的猎鞭像风中的细树枝一样摆动。他那种专横霸道的神态也一扫而光,畏缩地跟在我的搭档身旁,像一条狗随着主人一样服服帖帖。

"一定照您的指示去办。一定完全照办。"他说。

"决不能出错。"福尔摩斯回头看着他说道。他战战兢兢,好像从福尔摩斯的目光中看到了可怕的威力。

"啊,是的,决不会出错。保证出场。我要不要先把它变一变?"

福尔摩斯想了想,忽然纵声大笑。"不,不必了。"福尔摩斯说道,"我会写信通知你。不许耍花招,嗯,否则……"

"啊,请你相信我,请相信我!"

"好,我想可以相信你。嗯,明天一定听我的信。"布朗哆哆嗦嗦地向他伸过手来,福尔摩斯来个不理不睬,转身就走,于是我们便转身回金斯皮兰去了。

"像赛拉斯·布朗这类杂种,一会儿气壮如牛,一会儿又胆小如鼠,而且奴气十足,我倒很少见过。"福尔摩斯说。我们拖着沉重的脚步往回走。

"如此说来,马在他那里?"

"他原本想虚张声势,妄图赖掉。可是我把他那天早晨干的事说得分毫不爽,就以为我当时全都看在眼里了。你当然会注意到那个特殊的方头鞋印,布朗的长筒靴正是方头的。还有,这种事下人们当然没有胆量去做的。每天他总是第一个起床,凭这习惯,我就对他说,他是怎么发觉有一匹奇怪的马在荒野上转来转去,又是怎么出去迎它;当他看到那匹马遐迩闻名的白额头时,又是如何心花怒放,因为只有这匹马才能战败他下赌注的那匹马,想不到竟然落到了自己的手中;后来他又说,他开始时是打算把马送回金斯皮兰的,后来又起了邪念,想把马一直藏到比赛结束,因而便把马牵回来,藏在梅普里通……我把这一切都细细讲给他听,他不得不认输,只想保全自己的命了。"

"可是马厩不是搜查过了吗?"

"啊,像他这样的老马混子可不是省油的灯,鬼着呢。"

"既然他为了一己之利可能会伤害那匹名马,可你现在还把马留在他手里,你放心吗?"

"我亲爱的伙计,他会像保护眼珠一样保护它。因为他知道,想得到从轻发落,唯一希望就是保证那匹马的安全。"

"我觉得罗斯上校这个人,无论如何不肯放过他的。"

"这件事怎么处理，不是罗斯上校说了算的。我可以自行其是，根据自己的选择，对掌握的情况多说或少说。这就是非官方侦探的有利条件。华生，我不知道你是否发现，罗斯上校对我有点傲慢。现在我想稍稍开涮他一下。有关于马的事别跟他说。"

"没有你点头我一定不说。"

"而且与谁杀害了约翰·斯特雷克的问题相比，这当然只是小事一桩。"

"你打算追查凶手吗？"

"恰恰相反，我们两个人今天就乘夜车回伦敦。"

我怎么也没有想到我的朋友做出这样的决定。殊不知，我们到德文郡才几小时，调查工作做得非常出色，现在竟然撂下不管，要回去了，实在叫人百思不得其解。在我们返回驯马师寓所的途中，我再也不能从他口中套出一句话来。上校和警长早已在客厅等着我们。

"我和我的朋友打算乘夜车回城了，"福尔摩斯说，"已经呼吸过你们达特穆尔的新鲜空气，这一趟果真是不虚此行。"

警长听得目瞪口呆，上校轻蔑地撇着嘴。

"如此说来你是对拿获杀害可怜的斯特雷克的凶手丧失信心了。"上校道。福尔摩斯耸了耸肩。

"难度很大，"福尔摩斯说，"可是我完全相信，你的马可以参加星期二的比赛，请你准备好赛马骑师吧。能不能给我一张约翰·斯特雷克的照片？"

警长从一个信封中取出一张照片递给福尔摩斯。

"亲爱的格雷戈里，我需要的东西你事先备齐了。请你在这里稍等片刻，我想向女仆问一个问题。"

"应该说，这位从伦敦来的顾问太使我们失望了，"我的朋友刚一走出去，罗斯上校毫不客气地说，"我看不出他来这儿以后我们取得什么进展。"

"至少他已向你保证，你的马一定能参加比赛。"我说。

"是的，他向我作了保证，"上校耸了耸肩说道，"但愿他找到了我的马。"

为了我的朋友，我正准备驳斥他，可是福尔摩斯又走进屋来。

"先生们，"福尔摩斯说道，"现在我已经准备停当，要到塔维斯托克镇去了。"

在我们上马车时，一个小马倌给我们打开车门。福尔摩斯似乎忽然想起了什么，便俯身向前，拉了拉小马倌的衣袖。

"你们的围场里有一些绵羊，"福尔摩斯问道，"都是谁照料的？"

"我，先生。"

"你近来发现它们有什么毛病吗？"

"我说，先生，没什么大不了的事，只是有三只的足跛了。"

我看出，福尔摩斯听了高兴极了，你看他搓着双手，咧着嘴，轻轻地笑了。

"大胆的推测，华生，可推测得非常准。"福尔摩斯捏了一下我的手臂，说："格雷戈里，我劝你注意一下羊群中的这种奇异病症。走吧！车夫。"罗斯上校脸上的表情和以前一样，显出对我朋友的才能不十分相信的神态，可是我从警长脸上的表情看出，福尔摩斯的话引起他的警觉。

"你断定这是很重要的吗？"格雷戈里问道。

"重要极了。"

"你还要我注意其他一些问题吗?"

"那天夜里,狗的反应挺怪的。"

"可那天晚上,狗没有什么异常反应啊。"

"怪就怪在这里。"夏洛克·福尔摩斯提醒道。

四天以后,我和福尔摩斯决定乘车到温切斯特市去看韦塞克斯杯锦标赛。罗斯上校如约在车站旁迎接我们,我们乘坐他那高大的马车到城外赛马场去。罗斯上校面色阴沉,态度非常冷淡。

"到现在一点也没我的马的消息。"上校说道。

"我想你看到它,总能认得吧?"福尔摩斯问道。

上校怒气冲冲。"我在赛马场已经二十年了,从来还没有听过这样说话,"他说,"连小孩子也认得银色白额马的白额头和它那有斑斑点点的右前腿。"

"赌注怎么样?"

"你说怪不怪。昨天是十五比一,可是差额越来越小了,现在竟跌到三比一。"

"哈!"福尔摩斯说,"分明是有人知道了什么消息。"

马车驶抵看台的围墙,我看到赛马牌上参加赛马的名单。

韦塞克斯金杯赛

赛马年龄:以四五岁口为限。赛程:一英里五弗隆。每马交款五十英镑。头名除金杯外得奖一千英镑。第二名得奖三百英镑。第三名得奖二百英镑。

一、希恩·牛顿先生的赛马尼格罗。骑师:红帽,棕黄色上衣。
二、沃德洛上校的赛马帕吉利斯特。骑师:桃红帽,黑蓝色上衣。
三、巴克沃特勋爵的赛马德斯巴勒。骑师:黄帽,黄色衣袖。
四、罗斯上校的赛马银色白额马。骑师:黑帽,红色上衣。
五、巴尔莫拉尔公爵的赛马艾里斯。骑师:黄帽,黄黑条纹上衣。
六、辛格利福特勋爵的赛马拉斯波尔。骑师:紫色帽,黑色衣袖。

"我们把一切希望都寄托在你的话上了,把准备好的另一匹马也撤出了比赛。"上校说道。

"什么,那是什么?银色白额马?"

"银色白额马,五比四!"赛马赌客高声喊道,"银色白额马,五比四!德斯巴勒,五比十五!其余赛马,五比四!"

"所有的赛马都编了号,"我大声说道,"六匹马都出场了。"

"六匹马都出场了?那么说,我的马也出来了,"上校异常激动不安地喊道,"我没看到它,怎么没看到我的银色马过来。"

"刚过了五匹,那匹一定是你的。"

正说着,有一匹矫健的栗色马剽悍地从磅马围栏内跑出来,从我们面前小跑而过,马背上坐着上校那位大名鼎鼎的黑帽红衣骑师。

"那不是我的马,"马主人高喊道,"这匹马身上一根白毛也没有。你到底搞了什么鬼,福尔摩斯先生?"

"别急，别急，先看它跑得怎样，"我的朋友不动声色地说道，他用我的双筒望远镜注意观看了几分钟。"棒极了！开始得太好了！"他又突然喊道，"它们过来了，已经拐弯了！"

我们从马车上望过去，赛马一直跑过来，场面异常壮观。六匹马原来紧挨在一起，甚至一条地毯都可以把六匹马盖上，可是跑到中途，梅普里通马厩的黄帽骑师就跑到前面。但，在它们跑过我们面前时，德斯巴勒的气力已经耗尽，而罗斯上校的名马却一冲而上，驰过终点，比它的对手早到六马身，巴尔莫拉尔公爵的艾里斯名列第三。

"这样看来，真是我那匹马了，"上校手搭凉篷，望着，喘着大气，说道，"我承认，我彻彻底底被蒙在鼓里了。你不认为你把秘密保守得时间太久了吗，福尔摩斯先生？"

"上校，你肯定马上会知道到底是怎么一回事。我们现在一起去看看那匹马。你瞧！"福尔摩斯道。说话间，我们已进入磅马的围栏，这地方只准许马主人和他们的朋友进去："你只要用酒精把马面和马腿洗一洗，你就可以看到它就是那匹银色白额马。"

"你这一招真想不到！"

"我在盗马者手中找到了它，便擅自做主让它这样来参加马赛了。"

"我亲爱的先生，你做得真神秘。这匹马看来非常健壮，状态极佳。它一辈子就数今天跑得最好。我当初对你的才华有些信不过，实在感到万分抱歉。你给我找到了马，替我做了件大好事，如果你能抓到杀害约翰·斯特雷克的凶手，那你帮我的忙就更大了。"

"这事我也办到了。"福尔摩斯不慌不忙地说道。

上校和我都吃惊地望着福尔摩斯，上校问道："你已经抓到他了？那么，在哪里？"

"就在这里。"

"这里！在哪儿？"

"此刻就和我在一起。"

上校气得涨红了脸。

"我完全承认我受到了你的好处，福尔摩斯先生，"上校说，"可是我认为你刚才的话，不是恶作剧就是给人泼脏水！"福尔摩斯笑了起来。

"我向你保证，我并没有认为你同罪犯有什么联系，上校，"福尔摩斯说，"真正的凶手就站在你身后。"他走过去，把手放到这匹名马光滑的马颈上。

"这匹马！"上校和我两个人同时高声喊道。

"是的，这匹马。假如我说，它是为了自卫杀人，那就可以减轻它的罪过了。而约翰·斯特雷克是一个根本不值得你信任的人。现在铃响了，我想在下一场比赛中，稍稍赢一点。我们再找适当的时机详细谈一谈吧。"

那天晚上我们乘坐普尔门式客车返回伦敦，我们的朋友详细地讲述星期一夜里达特穆尔驯马厩里发生的那些事，和他如何破的案。我们听得入了神。我料想，罗斯上校也和我本人一样，觉得旅程是太短了。

"我承认，"福尔摩斯说道，"我根据报纸报道所形成的推断，完全不正确。可是其中也有一些重要的细节只是没有被我们注意到，否则可以从中看出一些蛛丝马迹。我到德文郡时，也深信菲茨罗伊·辛普森就是罪犯。当然，那时我也曾注意到并没有确凿的证据。而在我坐马车到了驯马师房前时，我突然想到咖喱羊肉具有重要的意义。你们该记得，在你们都从车上下来时，我那时正在出神，仍旧坐着不动。我是心中正在纳闷，怎么竟忽略了这样一条明显的线索。"

"我承认，"上校说，"甚至现在我也看不出咖喱羊肉对我们有什么帮助。"

"这是我推理锁链中的第一个环节。弄成粉末的麻醉剂绝不是没有气味的。这气味虽不难闻，可是能察觉出来。要是把它掺在普通的菜里面，吃的人无疑会有所发现，可能就不会再吃下去。咖喱正是可以掩盖这种气味的东西。实难想象，菲茨罗伊·辛普森，作为一个陌生人，那天晚上怎么会把咖喱带到驯马人家中去用。此外，那天晚上他带着弄成粉末的麻醉剂前来，正好碰到可以掩盖这种气味的菜肴，这种巧合当然是难以置信的，做此设想也太荒唐了。因此，可以排除对辛普森的嫌疑。于是，我的注意重点就落到斯特雷克夫妇身上。只有这两个人那天晚餐能选咖喱羊肉。麻醉剂是在菜做好以后专门给小马倌加进去的，因为别人也吃了同样的菜但没有中毒。那么他们两个人中哪一个接近这份菜肴而未被女仆发现呢？

"解决这个问题前，我注意到了狗不出声这一重要信息，因为一个可靠的推论必然引发出其他一些推论来。我从辛普森事件中知道，马厩中有一条狗，然而，尽管有人进来，并且把马牵走，它竟不叫一声，居然没有惊动睡在草料棚里的两个小马倌。显然，这位午夜来客是这条狗非常熟悉的人物。

"我已经确信，或者说差不多确信，约翰·斯特雷克在深夜来到马厩，把马牵走了。那么目的何在？显然，是不怀好意，不然，他为什么要麻醉他自己的小马倌呢？可是，我一下子想不出为什么。以前有过一些案子，驯马师通过代理人把大量的赌注压在自己的马的败北上，然后为了欺骗，故意不让自己的马得胜。有时，在赛马中故意放慢速度而输掉。有时他们用一些更有把握更阴险狡猾的手法。这里用的是什么手法呢？我希望检查死者的衣袋里的东西后有助于得出结论。

"事实正是如此，你们总不会忘记死者手中发现的那把奇特的小刀吧，当然没有一个神智正常的人会拿它来当武器使用。正像华生大夫告诉我们的那样，这是外科手术室用来做最精密手术的手术刀。那天晚上，这把小刀也是准备用来做精密手术的。罗斯上校，你对赛马是有丰富经验的，你总该知道，在马的后踝骨腱子肉上从皮下划一小道轻轻的伤痕，那是绝对显不出痕迹来的。经过这样处理的马将慢慢出现些轻微的跛足，而这会被人当作是训练过度或是有一点风湿痛，可是却不会被人发现是一个肮脏的阴谋。"

"恶棍！坏蛋！"上校大声嚷道。

"这里我们要搞明白这样一个问题：为什么约翰·斯特雷克想把马牵到荒野去。因为这样一匹烈马受到刀刺以后，一定高声嘶叫，因而会惊醒在草料棚睡觉的人。所以绝对需要到野外去干这个勾当。"

"我真瞎了眼了！"上校高声喊道，"怪不得他要用蜡烛和火柴了。"

"是啊，经过检查他的东西以后，我非常幸运地不仅发现了他的犯罪方法，甚至连他的犯罪动机也找到了。上校，你是一个见多识广的人，你当然知道一个人不会把别人的账单装在自己的口袋里。我们一般人都是自己解决自己的账务。所以我立即断定，斯特雷克过着重婚生活，并且另有一所住宅。从那份账单可以看出，这件案子里一定有一个爱挥霍的女人。即使像你这样对手下人慷慨大方的人，也很难料想到他们能花二十几尼给女人买一件衣服。我曾装作无意间向斯特雷克夫人打听过这件衣服的事，可是她被蒙在鼓里，对这事一无所知，这使我很满意，说明这件事和她没有关系。我记下了服饰商的地址，认为只要带上斯特雷克的照片一定能轻而易举地解决这位神秘的德比希尔先生的问题。

"从那时起，一切就都明白了。斯特雷克把马牵到一个坑穴里，在那里他点起蜡烛，使人家看不到。辛普森在逃走时把领带丢了，斯特雷克把它捡起来，或许是打算用来绑马腿。到了坑穴，他走到马后面，点起了蜡烛，可是突然一亮，马受到惊骇，出于动物的特异本能预感到有人要加害于它，便猛烈地尥起蹶子来，铁蹄子正踢到斯特雷克额头上，而这时斯特雷克为了干他那种细致的工作，不顾下雨，已经把他的大衣脱掉，所以在他倒下去时，小刀就把他自己的大腿划破了。我说清楚了吗？"

"妙啊！"上校大声道，"妙啊！你好像亲眼看见的一样。"

"我承认，我最后的一点推测是非常大胆的。在我看来，斯特雷克是个老谋深算的家伙，他不经过试验是不会轻易在马踝骨腱肉上做这种细致的手术的。他能在什么东西身上做实验呢？我看到了绵羊，便提了一个问题，甚至连我自己也感到惊奇，得到的回答正说明我的推测是正确的。

"我回伦敦后，拜访了那位服饰商，她认出斯特雷克是那个化名德比希尔的阔绰顾客，他有一个打扮得很漂亮的妻子，特别喜好豪华的服饰。我毫不怀疑，就是这个女人使斯特雷克背上了满身的债务，因而走上犯罪的道路。"

"你全都说得清清楚楚，只是一个问题例外，"上校大声说道，"请问这匹马在哪里？"

"啊，脱缰逃跑了，你的一位邻居照料了它。在这个问题上我们必须宽容。我想，如果我没有弄错的话，已经到了克拉彭站，过不了十分钟我们就到维多利亚车站了。如果你愿意到我们那里吸吸烟，上校，我很高兴把其他一些细节讲给你听，一定会使你感兴趣的。"

塔楼奇案

【法】莫里斯·勒布朗

奥坦丝小姐由于受不了她叔父埃格罗奇公爵的压制，毅然决定同一个向她献殷勤的男子罗西尼私奔。她的叔父逼迫她嫁给了他的侄子，这侄子有精神病，关进了精神病院，她的陪嫁钱也被叔父私吞了。她请律师要她叔父在一份文件上签字同意退还这笔钱，但遭到了拒绝。

这天是埃格罗奇公爵请了好些客人来举行狩猎的日子。奥坦丝决定趁机骑马出去，罗西尼在半路上接她。

这是一个凉爽而平静的早晨，奥坦丝顺着蜿蜒的小道奔驰了半小时光景，来到了乡间大道旁。她勒住马，四下里没有一点儿声响。罗西尼准是熄灭了汽车马达，把车藏在十字路口旁边的矮树丛里了。

她下马把它随随便便地拴在树上，好让它可以轻易地挣脱开，并奔回家去。她朝前走到大道的第一个路口，正如她所料，罗西尼从矮树丛里蹿出来，把她一把拉了过去。

"快！快！你总算来了，真是太好了！"

他俩上了汽车，他把车开出，正要加快速度的时候，忽然不得不刹住车，因为从右边的树林里传出一声枪响，汽车突然摇晃起来。

"一只前胎爆了！"罗西尼惊呼道，赶紧跳下了车。

这当儿，由树林里又传来了两声枪响，汽车微微抖动了一阵。

罗西尼吼道："后轮两个车胎也爆了……见他的鬼！这是哪个流氓干的？"他爬上路边的土坡，却不见人影。他大声咒骂："现在可麻烦了，要修好这三个车胎得耽误好几个钟头！……可是你在干什么呢，亲爱的姑娘？"

奥坦丝下了车："我要回去了。我要弄清究竟是谁干的。我总不能待在这儿好几个钟头，等你把车修好。"

"那你到底还跟我私奔吗？咱们的整个计划……"

"这事明天再讨论吧。回家去，把我的行李带回来……暂时再见吧！"

她匆匆撇下他，幸好那匹马还在那儿，于是她骑上马奔驰而去。

在经过哈林格古堡时，她碰到了埃格罗奇公爵请来的客人，年轻的瑞宁伯爵，他正牵着马站在那里。

她跳下马来喊道："刚才发生了一件莫名其妙的事，我乘坐的汽车中了三枪。这里只有你，是不是你开的枪？"

"是的。"瑞宁老实答道。

她气呼呼地说:"你怎么敢这样做?谁给你的权利?"

"我不是在行使什么权利,小姐,我只是在履行一项职责。"

"什么职责?"

"保护您不让一个男人使您陷入麻烦而从中获利。今天早晨我听到了您跟罗西尼先生的谈话。我承认自己这样出面干涉太过鲁莽无礼,不过我甘愿冒这个险,目的是让您再多考虑几个小时,慎重从事。"

"我已经充分考虑过了,先生。我一旦决定做一件事,就绝对不会变卦。"

"小姐,您有时会变卦的,否则您怎么会来到了这儿。"

奥坦丝一时也闹糊涂了,一肚子的怒火消了不少。她惊讶地望着瑞宁,觉得他确实与众不同,能干出不同凡响的大事。她这时意识到他并非别有用心,按他的话来说,他只是作为一位绅士对一名误入歧途的女士履行职责罢了。

瑞宁挺温柔地说:"小姐,我知道您现在26岁,父母双亡,7年前跟埃格罗奇公爵的侄子结为夫妇,可是那位侄子神经不健全,不得不给禁闭起来。这使您没法办理离婚手续,您的陪嫁钱也被您的叔父吞没了。您仰赖他生活,精神深受压抑。很多年以前,公爵的前妻跟现任公爵夫人的前夫私奔了,这对被遗弃的男女出于仇恨而决定把两人的幸福联结在一起,可事后他俩发现这第二次婚姻并不美满。您遇到了罗西尼先生,他爱上了您,建议您跟他一起私奔。您其实并不喜欢他,可您烦闷无聊,觉得虚度了青春年华,渴望出现奇迹,渴望冒冒险……一句话,您接受了他的馊主意,幼稚地期望这桩丑闻会使您的叔父不得不考虑他对您的托管权,归还给您一个独立的生活权利。这就是您的如意算盘。眼下嘛,您最好进行选择,是不是把自己交给罗西尼先生。"

她抬起两眼望着瑞宁。他这种严肃认真的建议,就像一个知心朋友除了表示忠诚之外别无任何企图。

沉默片刻之后,瑞宁把两匹马拴好,便去察看古堡那扇又重又厚的大门。大门被两块厚木板交叉钉住了,一张20年前的封条说明自从那时起就没人进出过那座宅邸。

瑞宁扳下一根支撑门框的铁棍,用它撬开腐烂的木板。他伸手进去,用一把小刀开锁。转瞬间,门就给打开了,里面是野草丛生的院落,有一座颓败的楼房,它的两边是塔楼,中间是更高一点儿的观景楼。

瑞宁伯爵转身对奥坦丝说:"您现在不必着急,今天晚上再做出决定吧。罗西尼先生如果能再一次说服您,那我就决不再挡您的道。在这之前,就先跟我做个伴儿,探视一下这座古堡吧。反正这是一种最好的消遣,我已经预感到不会没意思。"

他有一种迫使人遵从的说话方式,仿佛既在指挥又在央求似的。奥坦丝无可奈何地跟他走上了楼房门前的几级台阶,那扇大门也被两条木板交叉钉死了。瑞宁用刚才使用的方式把门撬开,两人便走进宽敞的前厅。屋里面的墙上挂着一些带有图案的盾,盾面镂刻着一只鹰屹立在一块岩石上面。另有一道门让垂下来的蜘蛛网遮挡住了。

"那明显是通往客厅的门。"瑞宁说。

那扇门比较难打开,他用肩膀猛顶几下才推开半边的门。

奥坦丝一语不发地观望着这种强行闯入的行为,他干起来倒像是个蛮熟练的行家里手。

他猜到了她的想法，便转身用严肃的声调说："我一度干过锁匠行当咧。"

她忽然抓住他的胳膊，小声说："听！"

他倾听了一下，低声说："真是怪事！"一阵清脆的声音从不远的地方传来，是落地大座钟的嘀嗒声。在这座沉寂了20年的古堡里，那座钟居然还在走动，真可说是一种无法解释的神奇现象。"可是很久没人进入这座楼房了啊！没人给那座钟上弦，它根本就不可能连续走20年！那是怎么回事呢？"

瑞宁打开三扇窗户，推开百叶窗。正如他所料，他和奥坦丝是在一间客厅里。室内毫不凌乱，椅子都放在该放的地方，一件家具也没缺。虽然原来住在这里的人走掉了，但他们常读的书啦，桌子和支架上的小摆设啦，都在原处摆着呢。

瑞宁检查了一下那座古老的落地大座钟，透过钟柜门上椭圆的玻璃看到了钟摆。他打开柜门，发现那条悬挂钟摆的铁链已经锈得快断了。

这当儿，钟咔嗒一响，规规矩矩地敲响了8下。

"真是太离奇了！"奥坦丝惊呼道。

"看上去这座钟制造得很简单，不上弦，连一个星期都走不了。"

瑞宁弯身察看，从钟柜里掏出一根挺长的金属棒。他把它举到亮处仔细看看。

"哦，原来是个长筒望远镜！"他纳闷地说，"可干吗把它藏在钟里面呢？……而且焦距对到可以看到最远的地方……"

那座钟像往常那样又敲响了第二遍，当、当、当8下。瑞宁把钟柜门关上，审视着手里拿着的望远镜。随后，他俩穿过一个通往另一间屋的穿门走进去。那里是一间吸烟室，布置得挺别致，有一个摆放枪支的玻璃柜，里面的隔架上却已空空如也，旁边的墙上挂着一份日历，日期是9月5日。

"噢！"奥坦丝惊叫道，"跟今天恰好是同一个日子！真是个叫人吃惊的巧合。"

"20年前的今天，就是他们离开这里的日子。"

奥坦丝说："这一切真叫人难以解释。"

"最叫我纳闷的是这个望远镜为什么给扔在了钟柜里面的角落里。从一楼这儿的窗户望出去，只能看到花园里的树木，从别的窗户望出去恐怕也一样，因为我们是在山谷里，看不到远方的地平线。人得爬到塔楼顶上去才用得上望远镜。咱们上去看看吧，好不好？"

这建议激起了她的好奇心，她毫不犹豫地跟随他上了楼。

他俩上到二楼，找到那通往塔楼顶上的螺旋形楼梯，便攀登上去。塔顶平台四周有6英尺高的围墙环绕着。

"以前这些想必是雉堞墙，"瑞宁伯爵说，"你看这儿，一度是碉堡墙上的枪眼，后来给堵住了。"

"不管怎么说，"奥坦丝答道，"望远镜在这儿也派不上用场。咱们还是下楼吧。"

"慢着，"瑞宁说，"按照逻辑推理，这里想必有缝隙缺口可以望到乡野远处，用得上望远镜。"

他纵身一跃，攀登到护墙顶上，从高处眺望整个山谷的景致：花园啦，参天高树啦，远远山丘上的小树林啦，七八百米远处还有一座坐落在废墟上的塔楼，从上到下都攀满了蔓藤。

瑞宁从墙上跳下来，察看围墙上那个用泥土堵塞的枪眼，那上面如今已长出青草。他把草拔掉，挖掉泥土，清理出一个直径 5 英寸的圆洞。他把那个长筒望远镜插进去，正好使它不晃动，然后就弯身通过望远镜朝外眺望，他的视线越过浓密的树梢上方和山峦凹地，直达那座攀满蔓藤的塔楼那边。

他静静地凝视了半分钟，随后挺直身子沙哑地说："太可怕了……真是太可怕了！"

"怎么了？"她关心地问道。

"你自己看看吧！"

奥坦丝弯身调整了一下焦距，眺望了片刻，说道："有两个吓唬鸟儿的稻草人！可干吗放在那座塔楼顶上啊？"

"你再仔细看看！"他说，"帽子下面的那两张脸。"

"噢，我的妈哟！"她惊叫道，吓得几乎晕过去，"太可怕了！"

望远镜里显现出塔楼顶平台上的乱草堆中，有一男一女朝后倚在一堆坍塌的石块上，穿着衣服，戴着帽子——毋宁说是破烂——眼睛、面颊、脑门各处的肉已经完全消失，其实只是两具骷髅。

"两具骷髅！"奥坦丝说，"谁把它们抬上去放在那儿的？"

"没人。"

"这到底是怎么回事呢？"

"想必是那对男女很久以前就死在那座塔楼顶上了。尸体慢慢腐烂，乌鸦啄食了他们的肉。"

"噢，这可太骇人听闻了！"奥坦丝吓得脸色苍白地惊叫道。

半小时后，奥坦丝和瑞宁在离开哈林格古堡之前，到那座攀满蔓藤的塔楼去转了转。塔楼已经颓败不堪，里面空空如也，有一处像是登上塔顶的木梯，可是已经破碎，一些零散的木块落在地面。那座塔楼紧靠围墙，显然位于那块领地的尽头。

奥坦丝感到奇怪的是，瑞宁伯爵并没再做进一步的探索，仿佛对这事已经不再感兴趣了。他也不再谈论那桩怪事。他俩来到邻近小村一家小饭馆，吃了一顿简单的午饭。奥坦丝向店老板打听那座废弃古堡的情况，却什么也没了解到，因为店老板新近才来到这里，对这一带的往事毫无知晓，连那座古堡主人的姓名都不知道。

他俩骑马返回玛雷兹城堡。途中，奥坦丝一再想起亲眼看见的那幅恐怖景象，瑞宁却只殷勤地照应着奥坦丝，而对那桩怪事好像根本无所谓似的。

她不耐烦地说："可咱们对这件事毕竟不能就这样不问不理了！总该解开谜底啊！"

瑞宁伯爵却转换话题说道："问题在于罗西尼先生该了解到他现在的处境，你自己也该决定把他怎么办。"

她耸耸肩："现在没他什么事。主要的是今天这事……"

"什么事？"

"总该弄清楚那两具尸体是什么人啊。"

"那么，罗西尼……"

"甭管罗西尼啦。你刚才让我见到了一件神秘的事，这才是唯一要紧的事。你打算怎么办呢？那座塔楼上有两具尸体……你大概会去报警吧？"

瑞宁笑着说："干吗要那样做呢？"

"一个该给解开的谜，一出可怕的悲剧啊！"

"这个谜用不着别人来帮助解开。"

"你别是说你自己能吧？"

"这事就跟我看一本书一样，一看就明白了。"

她颇感疑惑地望着他，心想他是否在拿她耍着玩，可看上去他却挺严肃。"当真吗？"她好奇地问道。

"当然，"他答道，"咱们可以向这一带的人打听打听情况，譬如说，问问你的叔叔，然后你就会发现所有的事实都合乎逻辑。一旦你抓到一条链子的一端，不管你乐不乐意，你都会捋到末端。这是人世间最有意思的事。"

他俩一走进宅邸，就分手了，奥坦丝回到了自己的房间。她的行李已经给送回来了，罗西尼还留给她一封信，信中告知他已经气得独自走了。

没多会儿，瑞宁敲响她的房门进来说："您叔叔在书房里。跟我一块儿下楼去，好吗？"奥坦丝跟着他去了。

埃格罗奇公爵正独自在抽烟斗，他问奥坦丝："今天跟瑞宁骑马出去遛弯，有意思吗？"

"这正是我想谈的事，亲爱的先生。"瑞宁伯爵插嘴道。

"请原谅，过 10 分钟我得到车站去接我妻子的一位朋友，没工夫长谈。"

"10 分钟足够了！我们俩骑马到了您肯定知道的哈林格领地。"

"我当然知道。可是那里的房屋已经用木板封死 20 多年了。我想你们大概没能进去吧？"

"进去了。"

"真的吗？里面有意思吗？"

"有意思极了。我们还发现了一件怪事。"

"什么事？"公爵一边问，一边看看自己的手表。

"在离那座楼房不远的一座塔楼那边，我们发现塔楼顶上有两具尸体，确切地说是两具骷髅……一男一女，身上还穿着他俩被谋杀时穿的衣裳。"

"得了，得了，怎么会是谋杀？"

"肯定是谋杀，所以我们才来打搅您，向您打听情况。那起惨案可能发生在 20 年前，您当时对这事一点儿也不知道吗？"

"当然不知道，"公爵答道，"我从来没听说过那起谋杀案，也没听说过有什么人失踪。"

"真遗憾，我还以为能从您嘴里得知一些情况呢。"

"对不起，我什么也不知道。"

"您能不能告诉我附近有什么人或者您家里有什么人对那事有点儿了解吗？"

"我家里的人？这是为什么？"

"因为哈林格领地当初乃至现在都是埃格罗奇家族的产业啊。室内陈列的带有图案的盾上面都镂刻着一只鹰屹立在一块岩石上，这就证明了这种关系。"

埃格罗奇公爵顿时显得有点儿惊讶："我根本不知道我们家有这样的邻居。"

瑞宁摇摇头笑道："我倒觉得您不大愿意承认您本人跟那个古堡的主人之间的关系。"

"那就是说他不是个规规矩矩的正派人。"

"说白了，是一名凶手！"

"你这是什么意思？"公爵从椅子上站起来。

奥坦丝紧张不安地插嘴问道："你敢肯定那里真发生过一起谋杀案，而凶手是那家里的人吗？"

瑞宁答道："肯定是。"

"你为什么这样肯定？"

"因为我知道那两名被害人是谁，以及为什么被人杀害了。"那语气好像他已经有真凭实据似的。

埃格罗奇公爵把双手背在身后，踱来踱去，最后说道："我一直有一种本能的感觉，觉得那边出了什么事，可我从来没想弄清楚……20年前是我的一位远房侄子住在哈林格领地；由于姓氏关系，我一直巴望刚才你说的那件我从来就不知道却起疑过的事永远无人知晓。"

"如此说来，那位侄子杀了某某人？"

"是的，他也许不得不那样做。"

瑞宁摇摇头说道："很抱歉，这句话我得修正一下，亲爱的先生。事实上，那位侄子是用一种血腥的方式杀死了两个人，我还从来没听说过比那更有预谋、更加狡猾的罪行呢。"

"那你知道些什么呢？"

"这是一件很简单明了的事嘛，"瑞宁解释道，"完全可以相信那位埃格罗奇先生结了婚，而有一对夫妇住在他家附近，他跟他们一直友好往来。后来两家之间出了点儿事，很可能是您那位侄子的妻子时常到那座攀满蔓藤的塔楼上去跟另一家的丈夫幽会。您的侄子发现后决定报复，但是采取的手段是不让那桩丑事张扬出去，不让人知道那对私通的男女被他杀死了。他从住房观景楼的平台上可以越过园中的树梢看到8百米以外那座塔楼顶上的平台，于是他在护墙以往的枪眼处凿穿了一个窟窿，正好插进一个长筒望远镜，以便观察那对恋人的幽会。也就是从那里他仔细测算了距离，在9月5日星期日那天，趁家里没人的时候，开枪把那对男女打死了。"

看来真相就要大白啦，公爵喃喃道："嗯，想必就是那么一回事。我期望我那位侄子……"

"那名凶手，"瑞宁接着说，"后来用泥巴把那个窟窿堵上了。没人会知道那座一向无人光顾的塔楼顶上有两具尸体在慢慢腐烂。他还把那道登上去的楼梯毁坏了。随后他就宣称他的妻子和朋友失踪了，最后他便指控那对男女私奔了。"

奥坦丝听到末一句话不免一惊，那对她来说无疑是一种意料之外的暗示，她心里明白瑞宁是想传达什么信息。

"你说这话是什么意思？"她问道。

"我的意思是说埃格罗奇公爵也曾指控他的妻子和朋友私奔了。"

"不，不，"她嚷道，"不许你胡说！……你不是在讲我叔叔的一个侄子的事吗？干吗忽然又扯到我叔叔，把两件事混为一谈呢？"

"干吗把两件事混为一谈呢？"瑞宁说，"我其实并没把两件事混为一谈，那根本就是一档子事，我只是原原本本讲出实情罢了。"

奥坦丝转身望着她的叔父，后者紧攥着拳头，沉默不语。他为什么既不否认，也不辩解呢？"

瑞宁又用肯定的声调说："这只是一件事。出事那天，9月5日夜里8点钟，埃格罗奇先生借口去追那对私奔的男女，用木板钉死了那座楼房才离开。走之前，他除了把一些枪支从那个玻璃柜里取出拿走之外，没动其他的东西。在那最后一刻，他忽然有个预感——这在今天已经得到证实——觉得那个望远镜在这起罪行当中起了很大的作用，一旦被人发现会成为追查的线索，于是他把它丢进大座钟柜里隐藏起来，赶巧使钟摆由此而停摆了。这个欠加考虑的动作，就像每个罪犯都会不可避免地犯下错误那样，竟在20年后把他出卖了。我刚才用力推开客厅那扇门时，震动了那个钟摆，钟又走动起来，敲响了8下……这就使我穿越迷宫，掌握了谜底的线索。"

"拿出证据来！"奥坦丝结结巴巴地说，"证据！"

"证据？"瑞宁答道，"谁能在8百米以外的距离开枪射击而百发百中呢？除非是一名优秀枪手，一名爱好狩猎的人。您同意吧，埃格罗奇先生。证据？为什么那座房子里，除去枪支，别的什么都没给拿出来呢？因为那位爱好射击的人舍不得丢下那些枪支——您同意吧，埃格罗奇先生。我们在这里可以看到那些枪支给挂在墙上当作战利品……证据？9月5日是犯罪的那一天，这个日子给凶手脑子里留下了如此可怕的印象，以至于每年一到这一天，他就安排狩猎等娱乐，好使自己忘却那桩往事。就是在这一天，他抛却了往常那种克制的习惯。今天正是9月5日……这些证据还不够吗？"

埃格罗奇公爵已经被这一连串的揭发吓得惊恐不安，蜷缩在圈椅里，两手捂着脸。

奥坦丝没再跟瑞宁争辩。她压根儿就没喜欢过她的叔叔，确切地说，她丈夫的叔叔。她现在接受了瑞宁对他的指控。

过了片刻，埃格罗奇公爵才支支吾吾地说道："不管你说的这事是真是假，你总不能把一个为了维护自己的尊严和荣誉而杀死不忠实妻子的丈夫当成罪犯吧？"

瑞宁答道："可我只谈了这事的头一段，还有一段更为严重，更可能是事实，那必定会引发一场更深入的调查。"

"你说这话是什么意思？"

"我的意思是，那也许并不像我刚才宽宏大量估计的那样，只是一起丈夫惩治妻子的事，而很可能是另外一回事，那就是一个破了产的男人企图贪占他朋友的财产和妻子的行径。他为了个人利益，设计了除掉他的朋友和他自己妻子的圈套，把他俩引入陷阱，建议他俩去看看那座塔楼顶上的平台，然后他便从一个隐蔽而可靠的地方开枪打死了他们。"

"胡说，胡说，"公爵气急败坏地反驳道，"不是那么一回事！这全是胡说八道！"

"我可不认为这是胡说。我的指控有根有据，再加上推理，并没说错。当然，第二段的说法也许并不完全正确。如果不是那样，你干吗还要感到亏心呢？一个人惩罚了罪人是不会感到内疚的。"

"杀人总归会让人感到内疚不安的。"

"埃格罗奇先生是不是真的为了减轻内疚的压力，后来娶了那个受害人的遗孀作为妻子呢？这可是问题的核心所在。这场婚姻的动机究竟是什么？当时埃格罗奇先生是否一文不名？他娶的第二任夫人是不是很阔？要么就是他俩早已相爱，共同策划杀死了他的妻子和她的丈夫？这些问题我还没弄清答案。不过，警方如果采取各种手段，不难弄清真相。"

埃格罗奇公爵摇摇晃晃，不得不靠在一把椅子的椅背上。他脸色煞白，问道："你要去报警吗？"

"不，不，"瑞宁说，"首先，人应有自知之明。再者，还有20年内疚不安的回忆，这会一直延续到罪犯死亡为止，这期间还会伴随着家庭的不和啦，仇恨啦，难熬的日日夜夜啦……最终他不得不爬到那座塔楼上去移走那两个被谋杀的人的遗骸，触摸那两具骷髅啦，扒掉他们的破衣烂衫啦，把他们掩埋掉啦，经受一场恐惧的惩罚。这就足可以了。我们不再要求什么别的，也不会把这事公之于众，以免造成丑闻使埃格罗奇先生的侄女受到压力。好了，咱们就私下处理这件不光彩的事吧。"

公爵坐回到写字台前的椅子上，捂着脑门问道："那你干吗……"

"干吗要插手干涉这事呢？"瑞宁问道，"您的意思是说，我谈论此事想必有某种目的吧。对，正是如此。罪犯的确应该受到赔偿的处罚，好使咱们的谈判导致实际的结果。别害怕，埃格罗奇先生会很容易脱身的。"

这场较量到此结束。公爵觉得自己只需要办个小手续，接受点儿损失就成了。他又多多少少恢复了点儿自信，用一种近乎嘲讽的口气问道："你要多少钱？"

瑞宁放声大笑："太好了！您终于看清自己的处境了。可是您要跟我谈交易那就错了，我从不敲诈。"

"那该怎么办呢？"

"要求您偿还。"

"偿还？"

瑞宁弯身向前说："这个写字台的抽屉里有一份律师送来等您签字的文件，那是一份您和您的侄女奥坦丝之间的协议，有关她的个人财产被私吞的事，您该负责还出那笔钱。在那份文件上签字吧。"

埃格罗奇公爵一惊："你知道那笔钱的数额吗？"

"这我并不想知道。"

"如果我拒绝签呢？"

"那我就要去跟埃格罗奇公爵夫人谈谈。"

公爵不再犹豫，打开抽屉，取出一份文件，匆匆签了字。

"给你！"他说，"我希望……"

"您希望今后咱俩别再打交道，是不是？我也希望如此。今天晚上我就离开这里；您的侄女明天也会走。再见！"

公爵的客人们都在自己的房间里更衣准备吃晚饭。瑞宁在那间空荡荡的客厅里把那份文件交到奥坦丝手中。她方才听到有关她叔叔的劣迹，一时不禁目瞪口呆，但是更使她惊讶的是瑞宁这个人对事物的洞察和分析能力，他一连几小时控制着事态发展，向她揭示了一出无人知晓的悲剧。

"你对我还满意吗？"瑞宁问道。

她向他伸出双手说道："你解救了我，使我没跟罗西尼出走，使我恢复了自由和独立。我衷心感谢你。"

"哦，这不是我要你说的话，"瑞宁答道，"我主要的目的是让你解解闷，你的生活太沉闷乏味了。人应该知道怎样运用自己的眼睛来观察世态人情。丑陋的怪事到处都存在，因此人应当拯救受害者啦，纠正不公平的事啦，做好事啦……"

"可你到底是个什么样的人啊？"奥坦丝问道。

"我是个冒险家，一个喜爱打抱不平的人。生活当中如果没有什么奇遇或惊险的经历，那就太没意思了。今天你感到奇特而激动人心，正是因为整个事态震动了你的心灵。你愿不愿意再尝试尝试做我的伙伴。如果有人向我求助，你就跟我一齐去帮助他。如果有机会需要我去侦破什么犯罪案件，咱们俩就一块儿去。你同意吗？"

"当然同意，"她答道，"不过……"

她有点儿犹豫，似乎想猜出瑞宁内心的真正目的。

"不过，"瑞宁微笑着替她说出了她的想法，"你有点儿犹豫，心里在想：'这个爱冒险的家伙究竟要让我跟他一起冒险冒到何等程度？他明明对我有好感。'咱俩先订个合同吧，你再跟我一起经历7趟冒险的事，时间定为3个月，到第八趟结束时你就允许我……"

"允许你什么？"

他没直截了当答复："在这期间，你如果在半当腰发现我不再使你感兴趣，你可以随时离开我。但如果跟随我到底，3个月后的12月5日夜里，哈林格古堡那座钟敲响8下之际，你就得允许我……"

"允许你什么？"

瑞宁沉默不语，凝视着那张他希望作为酬赏的美唇。他深信奥坦丝完全明白他的意思，没必要说破。

残酷的确证

【日】松本清张

一

大庭章二在一年以前，就怀疑妻子多惠子对自己已有不贞的行为。

章二 34 岁，多惠子 27 岁，他俩结婚已经 6 年了。

多惠子性格开朗，喜欢热闹。这也许是因为章二多少带有阴郁的性格，所以妻子才变成这个样子的。章二腻烦和别人来往，一接触就带来一种令人不快的气氛，遇见人也不说多余的闲话，他只想充分听听别人说话，又不愿随声搭腔地和人攀谈，因而很难取悦于别人。和几个同事谈话，也总不能轻松愉快地插进话题里去。而且，他好恶感很强，见到不喜欢的人，那不悦的心情立刻形之于色。

多惠子，却对谁都有好感。虽然不是多么漂亮的美人，但是那一张笑脸，总有什么地方惹人喜爱。她就具有这样的魅力。

夫妻感情不坏，可也不是特别的亲睦。结婚已经 6 年，章二向妻子表示积极的爱情时，连那轻抚慢挑的技巧也不懂。这不是嫌麻烦，是那性格使他做不出来。但妻子那开朗的性格补救了他的不足。他想自己的性格无论如何是没办法改的了，也就暗暗对妻子的开朗性格感到满意。

首先，多惠子很喜欢和别人相见，所以家中来了客人就非常高兴。章二领着公司的人来家里，多惠子更是格外地表示欢迎。

在这种场合，不知不觉间章二就退缩了。座中，以多惠子为中心谈兴很浓。事实上，她待客是很有一套的。原来她是一个绸缎庄的姑娘，出身环境很不错。她在应对客人时，总是表现出良好的教养水平。

她的笑声更博得了客人们的好感。听了那笑声，谁的心里都会感到舒畅愉快。所以，只要她稍稍离开一会儿，屋子里就像光线变暗了一般，立时沉寂下来。

章二的朋友来家做客，都很夸奖多惠子。特别是同事片仓政太郎，曾在公司向章二多次赞美过多惠子。

"你的太太真是世间少有的啊！我见过各种各样的太太，唯有没见过第二个像你太太这样的人。我的妻子要赶上你家太太那样一半可爱，也就不错了。"

不仅片仓这样说，章二也从别人那里听到过同样的话。

但是，章二在夸奖妻子的言辞中，也听得出他们在暗嘲着自己那阴郁的性格。

实际上，说交际劣手也好，说没有社交能力也好，章二已经认识到自己的孤独癖了。但是，无论怎样努力融洽关系，也不能长远坚持下去。硬着头皮去做，又觉得有失身份，很难堪。

大庭章二是在关西某个大陶器公司附设东京的一个专销商行里做事。那是大陶器公司用同一系统的资本开设的子公司。营业所设在田村町，营业员有30多人，直属贩卖科管理。贩卖科在东京都内有数家营业所，和数十家商店有批发交易。不仅在东京，在附近各县也铺设了营业网。因为这种关系，贩卖科的科员们不断到外县巡视，也到总公司的所在地关西出差。

章二怀疑多惠子，并没有什么特别有力的根据。只是作为感觉，模模糊糊地有点不安。但章二相信直觉，根深蒂固地怀着这种想法。但多惠子对章二的态度依旧，并没意识到章二有那种想法，所以婚后一直保持着与章二的那种关系，一点反常的表现也没有。

多惠子是个所谓"贤妻型"的女子，对章二的照顾真是无微不至。连平日她嫌麻烦的事也渐渐习惯起来，一点也不偷懒。例如冬天早晨烧热水，等着章二洗脸；牙膏也给挤在牙刷上；见他动手洗脸，干净毛巾又立刻递在他的眼前。

内衣三天一换；梳头时她给上发膏；从系衬衫扣子，到穿袜子，到结领带，都是多惠子给做。在做这些事中间，章二要是现出不高兴的脸色，多惠子就不断宽慰丈夫，说着使他快活的话。

做饭也是如此。章二爱吃不爱吃的东西都多，就特意给他做爱吃的东西。例如，他不爱吃鱼和蔬菜，爱吃肉，多惠子就不断地变化做肉的方法。

为此，她请来附近牛肉铺擅长做肉的年轻主人，向他请教烧牛排和制调料的方法。这个牛肉铺，是用半个铺面出售牛排、素烧为主的烹饪店。

总而言之，多惠子给了他以超过普通妇女所能给予的照顾。在这点上，从章二怀疑她以来，也丝毫没有变化。

要说章二无意中探出妻子不贞的原因，是因为她在一年前外出的次数增加了。特别是近来简直是没有不外出的时候了。但说是增加，也并不是那么急剧地增加的。

多惠子以前常常外出，那是去学习茶道和插花，也时常趁买东西去看电影。这是她以前就喜好的。所以说，对她的外出感到不安是可笑的。但是一次起了疑心，就次次放心不下。即使去学茶道，好像也用不了那长的时间。

因为多惠子原来就是那种性格，谁见了也会喜欢的，所以在学习茶道时，同样结识上朋友，一同到银座去看电影。这也是以前就有的事，并不是近来才那样做的。

章二不出差的日子，大抵在6时左右回家。多惠子有了经验，在有课业的时候，也必定准时回到家来。

不用说，星期天多惠子绝不外出。

章二整天在家里想：多惠子和附近的什么人都亲密地说话，那爽朗的笑声，在家中的墙根和后门都能听到。

不只是附近的人，就连推销员遇见多惠子，也畅谈个不休。她是个爱说俏皮话的人，好像使推销员很感兴趣。保险公司年轻的公关员，更是经常地坐在家里，蛮有兴趣地和她叙话。但是，这伙人只要一看见章二，就悄悄地离开走掉。附近的人在路上遇见他，也仅是淡淡打个招呼，立即躲身过去。

章二对多惠子怀有疑心了，要说有一个像是根据的根据，那就是他在外出办事的途中，在从公司回家的时候，有三四次发现多惠子外出不在家。她在这一年出去学习茶道和插花，这自然不是什么不可思议的事。事实是，随后回来的多惠子总是解释，今天学习插花是会同朋友一起去的；或是说今天到银座买东西去了。

这类事，也许没有什么问题。然而疑心一起，就觉得自己不在，妻子却悄悄外出，此中好像必定有个缘故。

在这之前，多惠子每次预定外出，或者在他上班之前，或者在头天夜里都会告诉他。但现在不说给他了，这也是引起他怀疑的一个原因。

茶道和插花这类的日常小事，其实不必事先一一告诉他。在交往中同新认识的朋友去逛银座，因不是预先约会的，也没有事先告诉丈夫的可能。从责备这类事情的心情看，不能不认为章二有些神经质。但漠然埋在深处的疑心，却使任何小事都牵动了他的神经。

章二起了这疑心，就靠夜间的同房来观察妻子。

多惠子身体不那么健壮。每当同房时，她屡屡拒绝丈夫的爱抚。这还是结婚不久的事，到了近时也没有改变。但是最近，在外出的那天拒绝丈夫，却多起来了。

上床入睡之前，她总有把床头灯打开，长时间看小说和杂志的习惯。外出那天的夜里虽然也看，但很快就酣然入睡了。章二触碰她的胸，她就说累了，把丈夫的手扒拉开。

但是仔细观察，她有时就全身倒过来睡，这反而更使章二加重了疑心。

虽然这么说，但有时白天曾经外出的日子，她又会偶尔兴奋地向丈夫提出性交的要求。章二不由得从中感受到妻子的计谋了。

章二疑妻心绪的发展，是因为他自己出差太多了。

商行贩卖科每月一次到附近各县的专售店和批发店去巡视一次。出差到近县，怎么也得住一宿，遇到月末催款期和决算期，由于事务繁多，当天回来很迟，甚至还要住上一两天。而且隔上三个月，又必须出差到关西的总公司去。

这种与妻子离开的状态，助长了他的猜疑，有时钻在旅馆的被窝里，仰脸躺着躺着，会立刻跳起来换上西服，乘开往东京的火车回家。

他总觉得妻子在自己出差的时候，偷偷地搞不贞的行为——这种疑念，近来越发强烈起来。如果真的撞上，那对手到底是谁呢？章二思索着。

因为多惠子是个热情的女人，所以特别容易获得男人的好感。但她的朋友，不会是章二不知道的男人，好像是认识的，或者是数次见过面的男人。作为女人，特别是建立家庭之后，她的交际范围就受到了限制。从这点看，妻子的情人，就在和自己相同的交际范围内，章二这样估测着。

章二为了证实他的怀疑，至今多少也考虑了自己的策略。例如，在她外出的那天，采取种种办法到她的去处追踪；从她的谈话里挑矛盾，从中了解真实底细；或是假说出差，突然又半夜回来察看。比如今天，他说去关西，但忽然又在夜里11点回家察看。

他心跳着按了自家的门铃。多惠子每次都恰恰在家，迎接他的样子也丝毫未变。对于改变了行期的丈夫的归来，她很高兴。还是个普普通通的妻子啊！章二也觉得施展这样的诡计，并不是自己有把握的事。万一露出马脚，被多惠子察觉，事情就更难办，于是停了下来。

章二心想，这样的品德调查是否可以委托给私人侦探社。那个侦探社的楼房，向前走不远就是，可怎么也拿不出去敲这个大门的勇气。结果，多惠子的事，除了依靠自己查明就别无办法了。与其借助别人之手调查，不如自己查明具有真实感啊。

关于多惠子的情人，章二做了种种猜想，最后断定这人就在自己的同事之中。

由于章二能稍稍喝点酒，就和四五个同事结成了酒友。下班之后，相邀到银座或新宿熟识的酒馆去；有时也像聚会的团伙那样，蜂拥到朋友家去。

既然互相间形成了这种风气，章二按情理也应该把朋友领到家里来。那时的多惠子，不仅不厌烦，反而表示十分欢迎。

因为她的父亲也是个爱喝酒的人，所以她在家庭酒会上的招待是很有经验的，这使同事们感佩不已。

特别是片仓政太郎，总是赞美着多惠子。

片仓比章二小两岁，是个办事敏捷的人。他性格开朗，总在酒会上活跃地喧嚷着。但是由于章二数次去过他家，才知道他的妻子是个瘦削、阴沉的女人。同事们到他家去，连个像样的招待也没有。片仓总是自己下厨劳动，劳累不堪，经常抱怨他的妻子。

"我的老婆，哪怕赶上你太太的一半，我也就满意了。"他经常对章二这样说。

章二如果在自己的同事中探寻妻子的情人，想来除片仓以外就没有别人了。

去片仓家，如果乘电车，包括换车在内，需要近1个小时。如果乘出租汽车，就只有30分钟的路程。

片仓夫妇的感情似乎不大好。片仓自己好像也有与妻子离异的念头。不仅是片仓，就是换了别人恐怕也一定要和那个女人分手的。实际上，片仓再娶一个好女人做妻子，也是无可非议的。

多惠子对片仓最亲热。片仓那丰富的话题、委婉的谈吐、爽朗的笑声，自然比其他来家做客的同事们，给予了多惠子以更强烈的印象。

由于同在一个贩卖科，片仓也常常出差。但各自所负的任务不同，章二和片仓出差的日子常常错开。

于是，章二出差，片仓就留在公司；而片仓出差，章二就在公司留下来。就是同时出差，回到东京也是各有早晚的。

这个时间的差异，使片仓在章二不能察觉时和多惠子相会的时间相当充裕。就是同在市内巡视业务，因所负任务不同，多惠子和片仓在外面相会，章二也是不知道的。片仓巡视的区域，因业务上的某种理由，章二更不了解了。

由于这个原因，片仓最近不常来章二家，其他同事来做客，只有他漏在圈外。这倒使章二更加怀疑了。

但是，还没有获得确证。如果查明二人之间的关系，章二至少要向公司请上10天假才行。

查不出来，就只能尾随在妻子和片仓的后面，这对动作迟缓的他来说，也没有成功的希望。而且万一失败，被对方察觉出自己的意图，将会把事情推入更加恶化的状态。不这样做，是章二出于自己的禀性，为了顾全体面的缘故。

不假别人之手，不占自己上班时间，又使对方不察觉，像这样取得确凿证据的方法难道没有吗？他整天冥思苦想。

但是像这样的好方法，怎么也想不出来。他连日想着这件事，无论如何也要找出个办法来。真的没有什么办法吗？想一想又好像是有的。稍微夸张一点地说，即使在工作余暇回家吃饭的时候，他也不失时机地盘算着。

不用说，别人当然不知道章二在想着那件事；片仓对章二也没改变平日的态度；多惠子更是什么都没留意，依旧勤勤快快地细心照顾着他。

章二认为多惠子在家里与片仓幽会也是有可能的。于是，他往来于住宅和公司之间，企图发现通奸者，这也是一种奇异的心情。

过了一周，十天，一个月，他的想法落空了。依靠自己，不惊觉对方，又不占自己的工作时间，而达到目的的那种方法，怎么也想不出来。

但是，他并没有放弃自己的计划。无论如何也要想出来，不查清楚不罢休！那是上班途中的某一天。

其实也是事出偶然，他发现了那种方法。但不是靠他的智慧和外来的启示才想起来的，是他在交通高峰期间乘电车，挤在混杂的人群中，一动也不能动的时候，就像上天显灵的一般，忽地闪出了那个想法。

章二认为没有比这再好的方法了，因为可以用来同时向两个通奸的人报仇啦。

章二那天下了班，就顺便到书店去，买了一本通俗的医学杂志。

三

夜里 11 点左右，章二在新宿有电车通过的黑暗的路上，摇摇晃晃地走着。唯有这块地方，是这一区域的盲点。街灯很少，把这块地方圈得像个黑洞。别的地段，却在夜空下闪耀着辉煌华丽的灯火。

在那条暗路上，有几个站着等客的妓女。

章二特意从那几个女人身旁慢慢走过，结果就像期待中的那样，有个女人从身后追上来，和他并肩而行。

"现在才回来吗？"

那是个穿着简易西服的 20 岁左右的女人。

"喂，不吃茶吗？"

章二点点头。

默默地跟着走，女人领他进了附近一家小茶馆。

"请用咖啡吧！"

女人随便叫了两个菜。

在明亮的灯光下，章二见她已有二十四五岁年纪，眼角出现了疲倦的细纹，只有口红涂得过于浓艳了。

"嗳，不去什么地方吗？"女人边喝咖啡，边使着眼色开口说。

"不能住下呀！"

"怕太太吗？不要紧，用不了多少时间。"

"多少钱？"

"要是时间短，1000块！"

"太贵！"章二说。

女人鼻子哼了一声。

章二付出咖啡款，他并不吝惜金钱。是由于这个女人的脸面意外得洁净，他想找一个有点污秽感的女人。

细看这些女人，个个都若无其事地站候着。章二踱着慢步挨个儿观察这些女人。每看一个，就受一次女人的挑逗，但并没有中他意的人。

章二挑选了40多分钟，好容易才找到一个中意的女人。那是一个年近30岁的女人，穿着和服，但脸面和衣服都显得有些发脏，手里提着一只像买东西用的提兜。

这类交易，好像几乎都是在茶馆里进行的。

女人叫了咖啡和糕点，贪婪地边吃边喝。发黑的脸上，浮现出白粉的斑痕。

"我认识一家旅馆，那里便宜。"

女人先站起来，引着章二去了。

通过新宿的都营电车专用线横侧，有一条小胡同。那一带都是简易建筑的旅馆，都无例外地挂着"休息一次300元"的广告牌子。

女人在胡同里拐了几个弯，敏捷地进了角落里的一家旅馆，看来那是她很熟悉的一家。睡眼惺忪的女佣人走出来，和女人好像很熟地笑了笑。章二肌肤寒栗，但忍耐着跟了进去。上了狭小的楼梯，中间是走廊，两侧是并列的房间。

女人简直像到自己家一样，径直地走进去。

那是一个3叠大小的房间，稍微有点冷；房里放着一张朱漆的饭桌；墙角处装着一只小三面镜，估计那是装饰品。门口和隔扇之间，挂着一幅脏污的好像戏台幕布似的布帘。

女人在女佣端来粗点心和茶水退出之后，便要求预先付款，章二拿出一张千元的钞票。

"这点够吗？难道连房钱也要我白送吗？"

女人眼边现出黑圈。

她拉开旁边的隔扇，取出被褥铺上，并摆起两个枕头。被子下边，叠放着浆洗过的带格子花纹的睡衣。

女人赶紧脱掉衣服，换上睡衣，一点不避男人的眼目。

"快点换衣服呀，超过了时间，不付超过费可不行哟，若还是那么慢腾腾地，也可以嘛！"

章二还穿着洋服照旧站在那里。

枕边，亮着桃红色的弱光小台灯。

女人斜眼看章二脱了上衣，就随便地钻到被窝里去。

章二闭上了眼睛。

"带着病吗？"他问女人。

"害怕吗？"女人不出声地露牙笑着。

"等一会儿。"

"对不起，你放心吗？"

"我放心。"

"要是担心，我这儿有预防的东西啊。"女人把手提包拉近到身旁。

"不，可以了。"

"嘿，真勇敢哪！"

女人伸出瘦手，关了台灯。

章二从书籍和别人的言谈中，知道如果感染上性病，少则三日，晚则一周，就要出现自觉症状。

他只等待自己出现"异常"。他特别害怕梅毒，那个潜伏期长。他做了万一的准备，但又想也不是那么容易就感染上的。

比起梅毒，他认为感染上别的性病的可能性大。那个女人真的是以下等客人为对手的，而且因为没钱，如果有病的话，治疗也不会彻底的。

两天过去了，什么事也没有。他打开通俗医学书，查看着。

〔男子的淋病〕：也称急性淋菌性尿道炎。开始，是因淋菌附着在尿道黏膜上，经过两三天的潜伏期，便出现症状。尿道有瘙痒感，排出黏液性分泌物。数日后分泌物逐渐变为脓性，第二周，开始稍带绿色。持续三四周以后，炎症开始消退，分泌物再次变为黏液性，黏膜上皮细胞的脱落增加。严重者，这个发作期可以持续到数个月以上。但从使用对急性淋病有显著疗效的盘尼西林以来，经过这样过程的病例显著减少。炎症最剧烈时，尿道黏膜肿胀，尿道变狭，排尿有剧痛感。尿道口发红肿胀，炎症蔓延所及，阴部完全肿胀，灼热，有压痛。局部皮肤的淋巴管发生淋巴管炎，呈赤线状，且有触感……章二期待着在自己身上出现像书中所述那样的初期症状。

第三天头上，他自觉到了初期症状，章二心中不由地松了口气。

再稍微忍耐一下吧，到今天还不能出现期待的效果。

章二装出不让人看破他染病的样子，尽可能像平常一样地在多惠子面前行动着。

这期间，他没有接触妻子的肉体。特别是他到关西的总公司照例出了三天差。

症状使他痛苦。如果注射盘尼西林，很快会使痛苦消失，但他放任不治，简直像怀着殉道者一样的心情，因为除此以外再没有别的方法了，他钻进出差地旅馆的被子里，祈愿自己的症状再快些加剧。如果达到目的，再在那时进行一切治疗也不迟。

一周过去了。

病情像他期待的那样，顺利地发展着。分泌物变成脓性的，在他眼里也分明看出带上了绿色，像书上所写的那样，症状正在进入旺盛期。这个时期，淋菌的繁殖最活跃，传染力是很强的。

多惠子的表现和以前一样，一点变化也没有。是否看破了他的怀疑，依旧不能判断出来。但是，章二自信自己出差关西不在家的期间，她必然要搞不贞的活动。片仓这时留在东京，也不可能到附近县去出差。

那天早晨，正要上班的时候，多惠子在厨房照例做着肉食。她做烤肉，现在已不比专门的饭馆逊色了。受过附近肉馆主人的指教，她正在手脚麻利地施展技艺。

"今天晚上吃烤肉吗？"

章二在门厅前边穿鞋边说。

"是，这次又学会了新的烧制方法，请早点回来吧！"

"今天可能会早回来。"

"那么，就做出最好吃的烤肉，等着你！"

那快活的容颜，那爽朗的谈吐，一点儿没变。在别人看来，一定认为是一对亲爱和睦的夫妇。

吃了肉类，这种病一定会加重。好哇，使劲地吃吧！章二情绪很高地走出了家。

出门就遇上了和妻子常说话的那个保险公司的年轻公关员。那个公关员看见章二，慌慌张张地鞠了一躬，走开了。

过了两三天，章二不露形迹地注视着多惠子的表现。

〔女子的淋病〕：比男子的病情稍显复杂。在成年女子中，尿道和子宫同时感染，可见尿道炎和子宫炎并发。阴道也受侵犯，但性成熟期的女子较容易治好。急性淋菌性尿道炎，表现在外尿道口发红肿胀，有脓漏。自觉症状是尿道有瘙痒感、灼热感，排尿疼痛，尿频。急性淋菌性子宫颈炎，子宫、阴道发红，子宫口有脓漏现象，下腹部有不适感。女子的急性炎症，如拖延不治，将会转向慢性，症状轻化，但经过时间颇长。并发症，除男子部分所述之外，可患卵管炎、骨盆腹膜炎等……到了第三天，多惠子的样子多少有了一些异样。也许是心理作用吧。但她那一直开朗快活的脸上，总好像现出一点担心的表情。

章二对她现在所起的变化，逐一同书上的解说做了对照观察，特别是女子方面，有和男子不同的复杂性，不一定立刻出现传染症状。看多惠子那情形，他觉得自己的期望多半要成功了。可转念又想，这不过是从自己愿望出发的神经质的主观推测而已。虽然她的样子确实起了变化，但是还不能就此做出决定性的结论。

恰是一个好机会，章二又出差了，这次是两天。

他从出差地回来时，那结果一定是令人愉快的。

这次回来，多惠子的症状恶化了也未可知。

不，多半是跑到医生那里去了。那该多好啊！在医生那里，一定会发现证据，无论她怎样隐瞒，也是逃不出不断观察着的自己的眼睛的。

对手也是同样的，作为他第一个嫌疑对象的片仓，有什么变化吗？章二两天出差后回来了。

那天晚上他没到公司，直接回了家。

"外出期间，没有什么事吗？"

"不，没什么。"

她的脸色很不好，也确实见瘦了，平日马上会看到的笑脸不见了，首先是没有了精神。

"怎么了？"章二特意问道。

"不，没什么！"多惠子吃了一惊。

"什么呀？你没精神，脸色也不好。"

"是吗？"她用手摸着自己的脸颊说，"也许累着了，身子懒得动，真没办法。"

"医生看了吗？怎么样？"

"说没有什么大不了的。"

"还是要多注意哟。"

章二终于觉得不对头了。

他进行了第二次试验。那夜，他把手伸到妻子胸前。

"不行！"

她厌倦地扒拉开丈夫的手，用被裹住了自己的肩膀。

"累了啊！"

章二觉得事情已经得到证实了。

到了早晨，多惠子以不让丈夫察觉出自己病状的姿态，干起家务活。但只要注意观察，就会看清楚。她正说着话时，会突然现出忍住痛苦的表情，然而又立时像没事人似的，强装冷静地活动起来，而且多惠子洗手的次数也明显增多了。她想逃过丈夫眼光的这种苦心，一看就昭然若揭。

但是，她无论有多么严重的自觉症状，也不能告诉章二。在正常的情况下，她理应责备传染给她的丈夫，可她没有责备。那是因为她不能责备呀！这个可憎的病菌，是从章二那里感染的，还是从其他男人那里感染的？她陷于迷惑之中了。她既不能向丈夫问，也不能向对方男人查。万一两个男人之中的哪一个没有这种病，就是她自我毁灭的时候来到了。

查询丈夫，如果没有这种病，就等于她坦白了自己的不贞；质问情人，如果不是他传染的，就找不出再申辩的理由。总之，她对双方都害怕，都不能去质问。她终于陷入悲惨的矛盾境地中而不能自拔了。

章二吃饭的时候，她还躺在被子中。

"对不起，请你自个儿吃吧。"

"怎么了？"

"没什么，着凉了，头有些发重。"

"那可不行，是感冒吗？还是请医生看看的好。"

"是的，你上班以后，我再去。"

"我出去向杉村先生招呼一声吧？"

杉村是附近随时可以应诊的医生。

"不，心情稍微好一点，我慢慢地走去吧。"

章二想，多惠子到底忍受不住了。他就一个人吃完饭，自己进行上班的准备了。

"给你烤上面包片吗？"他温和地说。

"不，过会儿我自己烤吧，现在不用了。"

章二出门了。他想自己不在时，妻子一定去看医生，而且一定是妇科。

在公司里，章二为了观察酒友的动静，凝神注视着坐在自己桌子斜前方的片仓。

凝视的结果，他认为片仓和平日的表现大不相同。本来是个挺精神、好热闹的男人，现在不知为什么沉闷起来了。像是在努力地干着工作，可却显出了阴郁的面孔，皮肤的气色也灰暗不正。

章二故意和片仓说话，他慢慢吞吞地不立即作答。看来像是热衷做事的模样，其实是虚饰其表；或者也许是为了排遣自己的痛苦才那样做的。

"为什么近来不到我家去玩啦？"章二少见地微笑着说。

伏在帐篷前正看着什么的片仓，脸部吃惊地抽搐着。

"喝一杯嘛，我老婆欢迎你哩！"章二追击了。

片仓又像吓了一跳。"为什么？"但他马上又站直了身子，若无其事地问章二。

"我老婆说你最爽朗活泼！"

章二从正面死盯着他的脸。

"谢谢，那时多有打扰了。"

对手也是不可小瞧的，他流利地应付着。

片仓的脸上，现出了好像干了什么亏心事似的表情。现在是说谢谢，过去是摇唇鼓舌地故意逗人发笑。如果是平日的他，就会说：好，今晚再去打扰吧。而方才的回答却是很奇怪的，到底还是问心有愧呀。

而且，片仓去厕所的次数实在多，章二掌握了他的规律。

而且，从厕所出来回到他的办公桌前，那脸也是值得一看的。一副愁眉苦脸的表情，那是一张掩着痛苦、担心、不安和忧郁的脸。

然后片仓坐在桌前，总像有什么心事似的一直坐立不安。一定是已经染上病了，章二这么猜想。

片仓到底是什么时候发病的？从这个样子看来，大概是前四五天到一周之间。章二向前倒算了一下，传染的时期，正好是在章二到关西出差两天的时候，时间上正好合得拢。

章二更用心了。

他趁机又对片仓说："喂，今晚还是到我家喝一杯吧？"

这话又被脸色忧郁的片仓拒绝了。

"不，今天暂且不去了吧！"

"嘿，真少见哪！"章二冷笑说，"若是过去的你，早就爽快答应了。"

"不，实在是因为这一周老家来了客人，"片仓声音怯怯地回答，"所以，暂时不能去，不早回去不行啊！"

不用说，这病一喝酒就恶化，所以当然要拒绝。说要早点回去，大概是打算偷偷到哪个泌尿科医院去。

章二乘片仓外出不在的时候，探查了他的文件。翻检桌子，拉开抽屉，看见里面藏着一个用报纸包着的东西，他敏捷地拿到手里打开来。

那是一张抗生素的说明书。章二找不到其他的实物，但看到片仓偷偷服用这种东西，也就算取得了证据。

章二前天看医生去了。化验的结果是阳性，自己的病也必须早日彻底治疗。

五

章二回到家，妻子不在，这是稀有的事。前门的钥匙，藏在只有两个人知道的后门窗户的格棂里。章二转到后门，钥匙居然还在那里。

看看表，已经晚上7时。在妻子不在家的时候回来，这在他是一个新奇的体验。上哪儿去了呢？章二觉得妻子大概是因看医生才归迟了的。

这恰是一个好机会。

他在家中对妻子常放东西的一切地方都做了搜检。化妆的镜台，柜橱的抽屉，佛坛的深处，叠放厚衣物的壁橱，凡是能想到的地方，他像主人不在时行窃的盗贼那样，都一一地搜检了。

结果，在小小的佛坛下面，好不容易发现了目标。那是一个扁平细长的纸袋，看看商标，是治淋病的药。他掏掏里面，有药棉裹着的三粒白色药片。商标上写着20锭装，缺少的部分，一定是多惠子吃掉了。他把纸袋搞好，又放到原来的位置上。

这就抓到了一对通奸者的证据。他的预感并未错，两方面的确证都得到了。

约在30分钟之后，传来了多惠子那急促的脚步声，门开了。

章二正读着报纸，多惠子那和服的下摆映在他的眼前。

"你回来啦，对不起，我太晚啦！"

见她穿着外出装，章二特意和善地说："到哪儿去了？"

"买东西去了，后来在市场遇见了附近的一个熟人。那个人说话啰唆于是回来晚了，请多原谅。"

的确，她一只手里提着买东西用的提兜。

但章二分明听出她说的是谎话。首先，为了买那点东西，用不着特意换上现在穿着的这套外出装。多惠子脸色发暗，眼神恍惚，勉强地赔着笑脸，这副样子反倒令人疑惑。

"为什么脸色发青呀？"

事实上，她的皮肤的确失去了光泽和血气。是主观印象吗？好像眼睛也在往上吊着。

"是嘛？"

"你……好像身上哪个地方不大好呀！"

果然，多惠子现出了大吃一惊的样子，不由得露出畏怯的神情，素日那可爱的眼神立刻变了。

"不，没有什么。只是这些日子，不知为什么总觉得很疲倦，可怎么办呢？"

章二假装懵懂地突然哼了一声，但立刻抑制住了。为时还早！再让她痛苦一阵子，一直把她逼到无可逃避的地步。

"多加保重吧！"他对妻子说。

多惠子开始着手做晚饭。她如此匆忙离开章二，令人感到像要逃开的样子。

"多惠子！"他在后面叫道，"最近我想把片仓请来喝一杯，好吗？"

章二预料她突然听到这话，大概会感到惊异。可多惠子却在旁边的房间回答说："好，那没关系，可要是稍微迟一点的话……"

"你想怎么搞？"

"等我的疲劳稍好一点再说吧。"

不是等疲劳稍好时再请，是想在医生治好病之后再唤来。章二想道。

片仓也是同样，病没医好就不能喝酒，他想病好后，再等待这边的邀请。

章二冲动起来，想把藏在佛坛下的药立时摆在多惠子面前，但好不容易才抑制住了。

出于一时感情冲动的行为，是不明智的，须待再算计一番之后，再用多惠子和片仓都最能领会的方法去干。再等一等，自己佯装不知，从旁看看他们痛苦和尴尬的样子，倒也不坏呀！近来，上床之后，多惠子就摆出拒绝章二的神态，总不招惹章二，而且用心地防御着章二。这是看得明明白白的。

一天，章二怀着轻快的心情下了班，自己觉得病好多了。而那两个人却恐惧着不知何日才能治好的病，已经到了必须考虑最后方法的时候了。章二决定今后要专心研究这种方法。在公司里，片仓照样是去厕所的时间很长。章二像没察觉似的观察着，冷笑着。是了，今天该发一枪了。

"怎么了？你不是太没精神了吗？"章二带着笑脸说。

"是吗？"

片仓用一只手摸着自己的脸颊。

"平日你在午休的时候，不是常出外散步吗？现在呆坐在椅子上真奇怪呀！"

"因为太疲倦了。"

章二心想，这个家伙和多惠子说着同样的话哩。如果这样，也许两个人在染病以后又见过一两次面吧。

"那是怎么回事？"章二提起了片仓包藏药物的话头，"这期间，我看了你的抽屉！"

片仓的表情变了。

章二又说："没有事先告诉你，失敬了。不是检查呀！因为××商行送来的计划书少了一份，想想或许混到你的桌子里去了，所以擅自拉开抽屉看了……啊，片仓君！"章二特意轻声说："你不是染上什么病了吧？喂，有那奇怪的药啊！"

片仓真的变脸了。那是害羞的、发怒的、惊惧的复杂表情。

"喂，说呀……你买了下贱的东西啦！那药？"

片仓听了这话，马上急急摇头："不对，不对，你误会了！这期间，我大腿上长了一个恶性的疮，怎么也治不好，真愁人哪！所以才用这种抗菌药，还没好利索呢。"

"是吗？"

章二没有反驳。他感到这个家伙在巧言掩饰，但总是给了一个重要的信息。谈话就此结束了。

章二还想步步穷追不舍，只差最后一把劲了。那么，怎样采取最后的办法呢？当然，早就打算把多惠子撑出去了。但即便是把她撑出去，对人掩饰住自己受辱的痛苦，也难消这胸中的怒火啊！那天下班后，章二一边考虑对策一边往家里走。不论是步行还是坐车，他都为自己那达到目的的最佳方案而尽力思索着。

到了家门口，从外面一看，家里是全黑的，两邻的电灯都亮着，唯有自己的家隐埋在黑暗中。妻子又到哪里去了？这么晚还没有回来。

又去看医生了吧？不，也许是事先约会片仓商量治病去了。可那个家伙是和自己一同下班的呀！平日，多惠子总是急忙回家，并说明晚归的理由，冷静地赔不是。这时，她该是一种什么情形啊？章二边想边转到后门去取钥匙。

没有钥匙！真奇怪，用手推推狭小的后门，门自然然地向里开了。

真不小心！不锁门就出去，大概是因为事情很急才慌忙出去的。他立刻走到厨房旁边脱了鞋,邻家的电灯透过玻璃,淡淡地照进家中。

忽然,他的脚哧溜地滑了一下。从厨房到房间,有一条木板过道。想来,多惠子是泼洒了一地水,就这样出去了。有那么急忙出去的必要吗?不,不,作为那个女人,想必是去走最后一步棋了!袜底上粘满什么又湿又黏的东西呀?打开厨房的电灯,瞬间映在章二眼里的,是一片血水!通房间的隔扇倒了,那上面吊着多惠子的和服。血从和服里面流到过道,像带子一样地流曳着。

见到红色和服边端的煞白的手,章二的眼睛眩晕了。

杀害多惠子的附近肉铺的年轻老板向警察自首了。

他也用自家切菜的刀抹了脖子,是在未死之前向警察自首的。

警察署把章二传去,让他看了肉铺老板写下的遗书。

……

一年以前,多惠子就和我坠入情网之中了。那时我向多惠子传授烤肉等牛肉菜肴的制作方法,不知不觉间就爱上她了,她也接受了我的爱。

自从结成这种关系,自己和多惠子之间,都互相对自己的家庭(对我来说是妻子,对她来说是丈夫)采取了无视其存在的态度,我专心倾注地把爱献给了多惠子。从此之后,为了对她持续那种纯粹的爱情,我和妻子断绝了肉体上的关系。多惠子也向我做了同样的誓言。这样做,女人方面当然比男人远为困难,但她说为了我保证坚守这个约束。作为我自己,想起她委身于自己以外的男人(就是她的丈夫),嫉妒不禁发狂似的涌进心头。总之,我对她的许诺很高兴,因为我相信她的爱情,也相信她的话。

但是,最近我才知道那是虚伪的,我被出卖了!倒不是在哪里取得了确证,而是从自己的身体方面知道的:在一周前,我染上了那种可鄙的病。我在这一年里,和多惠子以外的女人没有任何肉体关系,知道自己患了淋病,就清楚地判断出是她的原因(对我来说,多惠子的行为是不贞)。直到现在,她是怎样在欺骗我呀!事情就暴露在把那个可鄙的病传给我了。她自己也一定是从她丈夫那里背上的包袱。

我为了她,在这一年里和妻子断了关系,只把爱情奉献给她,而她却把爱情踩躏了。我应当采取的手段只有一个,再没有比多惠子的不贞更使人不能容忍的了。两三天后,我责备了多惠子,她哭着请求原谅,我不能容忍。如果我失去了她,自己就没有在世上生活的勇气了,我决心和她一起去死。

但就在这件事上,我也被欺骗了。一起去死也好,把这句话经常挂在嘴边上的她,一旦听我严肃认真地这样说,就从我身边逃掉了。但我不能让她逃掉,无论如何这个女人也要永远归我所有,不愿再交给那个古怪的、阴郁的男人。在世上,自己干的也许是强迫对方去死的事。但是作为我,始终相信她常说的那句美丽动听的话,相信她那乐于殉情的话。拼身一起去死,也是为了不能容许多惠子再有不贞的行为……

牙齿

【日】水上勉

一

坐落在东京两国桥的东洋织品工业公司，以制造金字塔商标的女袜而出名。一天早上，公司经理浅田米造把董事石川和总务科长织田叫到经理室，商讨职工们年终奖金的分配问题。协商已毕，已是上午10点钟了。经理对石川说："我这就到户田桥去。"

"户田桥？"石川董事闪着困惑不解地询问目光。

"我想去看看那件铸器的样品。"

"啊，是吗？"石川看着经理，微微一笑，又问道："那么你决定用铸器了？"

"用钢和金的合金，成本过高，实在划不来。反正是免费赠送的嘛！"经理说过这番话，便命织田通知驾驶员香取准备好车子。此刻室外天气晴朗，隅田川闪闪发亮，古老的各国大使馆的圆屋顶泛着绿茸茸的光。

"户田桥相当远哪！天气这么好，荒川的河堤一定很美吧！"总务科长说着又问："经理是第一次去那里吗？"

"是第一次去。但是有地图，大致上没有问题……"

"是。那么……"

织田一走出经理室，女办事员便拿着大衣走进来。经理一面由女办事员帮着套上大衣袖，一面问："三越今天不休业吧？"

"嗯，正营业着呐。"

经理走出门外，驾驶员香取半开着汽车门正在等候。

"先到三越绕一绕，在那里买点东西，然后去户田桥。"

香取秀男转动方向盘，向掘留方向开去。往三越去虽有穿过滨町这一条捷径可走，但早晨商业街道的车辆拥挤，所以香取便走了昭和大道。

10分钟就到达了三越，香取在停车场等了30分钟。

经理提了相当重的东西出来，有橘子箱那么大小，外面还包着纸。他一上车便说："找到了，这个金字塔做得相当不错。不过，材料不是最好的……"这话不知他是对香取说的，还是在自言自语。

"到户田桥去吗？"

"嗯。"经理说着取出香烟，又说道："好，行。"

什么是"行"呢？驾驶员香取秀男当然一点也不明白。经理雇香取做自己的驾驶员已经五年了。但有关公事还是私事，是去物色顾客做生意，还是去柳桥狎妓，香取一概不管。这些本不属于驾驶员应该知道的范围。香取只要注意汽油的消耗情况和留神检验车子的日期就行了。可是，经理这次买了一个金字塔模型似的东西去户田桥，却让驾驶员香取不能不有些担心。这只是因为今天要去的这个地方以前从没去过。

"到户田桥的哪里？"

"铸造工厂。说是过了桥向目村方向走，路线大致会明白的。"

汽车从电车大路的巢鸭口通过，穿向板桥。一通过志春桥，马上就到户田桥了。桥的尽头还有一个岗亭，香取心不在焉地朝岗亭看看。只见道两旁的农村风味越来越浓，一个年轻的矮个子警察站在岗亭里，打着哈欠。

"到那个邮局再向左转。"

汽车从狭窄得差一点过不去的道路上开过，向左转，穿过一排住房，接着是夹在庄稼地中间坑坑洼洼的道路。再向前开500米左右，又一次进入排着一列农舍的高地。

"就是这儿，你就在这里等着。"

经理打开车门出来，抱着用包装纸包着的盒子，旋即从道上向右拐。这道路很狭窄，只有两米左右，由于板墙挡住了视线，看不见前面的道路。大概这路的尽头就是铸造工厂吧。在等经理上车的这段时间里，香取同平时一样，头靠椅背，两腿叉开，一点坐相都没有。太阳光透过玻璃射了进来，相当暖和。吊在后视镜上的法国洋娃娃，是十系子用毛线编织出来的。她就是刚才从路拐弯处消失了的那个经理的女儿。洋娃娃微微晃动着。

香取回忆起昨夜的事来。他和十系子一起在芝地的增上寺兜风，并在旅馆过了一个小时。两人的关系从两年前开始一直继续到现在。十系子虽然不怎么美，却有一张使男人喜欢的脸蛋。她结过婚，也不知是出于什么原因，半年左右就离了婚。她甘愿背着离婚回娘家的坏名声住进太子堂的经理家。包车司机和离婚的小姐，也说不上到底谁追求谁，就这么情投意合起来。通常是十系子考虑好时间和地点就瞒着父母打电话给香取。

"喂，喂！"香取正昏昏欲睡，用手敲打汽车的声音使他睁开眼来。对方并不是经理。"是浅田经理的汽车吗？"问话的人是个黑脸汉，身穿黑色西服，长着一脸胡子，瘦瘦的，声音嘶哑，估计不出有多大岁数，"经理先生说，他想从这里去川口的总厂看看铸件样品，所以我们用微型汽车送他去。我们对经理说：由于道窄，还是乘微型车好，经理要你回去……"男子隔着窗玻璃说道。他缩起脖子，态度十分殷勤，接着又说："参观一完毕，我们会用车子送经理回两国桥，所以请你……"

既然是经理的吩咐，当然没有二话，香取答应照办，便询问对方，车子在哪里掉头为好。

"这一带的道路都狭窄，不是微型车无论如何不行，这样吧，你还是原路退出去怎么样？"黑脸汉说。

香取倒车，黑脸汉在前方举起手，像是在打什么信号，嘴也在动弹："好，行。"又仿佛在说，"再见"。他渐渐变小，但始终望着车子。

二

12点钟，十系子和香取在芝地的旅馆见面。十系子24岁，香取长十系子3岁。他俩现今幽会已不需要那些无意义的客套了。

"你的牙齿真美。"

"不像我爸爸的孩子，对吗？"十系子一张嘴，口里一排雪白的牙，很整齐，健康的浅红色牙床都露出来了。她接着说道："此外，我大概还有够美的地方吧！"

"是啊。"香取像是在深思。但不知是什么原因，此时香取的眼前浮现出经理在户田桥的村路上同他分手时的背影："经理的牙齿很不好吗？"

"大牙都镶了金，全都是假牙。"

香取不由想起经理一旦放声大笑，口中就金光闪闪的样子。这位经理是难得这么放过司机的。所以香取用电话通知公司后又说马上得去修车子，便获得了时间。今天是香取主动来约十系子的。

"真有意思，经理在三越买了金字塔的模型。"

"呵，埃及的咯。爸爸从国外旅行回来就成了埃及狂，对金字塔着了迷。公司里生产的袜子的商标不就有金字塔印记吗？爸爸把文化古迹和产品混在一起，正自鸣得意呢，"十系子说，"喔。买了那模型后，爸爸到什么地方去了？"

"户田桥。"

"户田桥？"

"铸造工厂，似乎要浇铸和模型相仿的铸件。经理做那种东西干吗？"

"大概是给什么人的。最近家里的客厅已经满是金字塔了。"

已经过了一点钟，必须准时回去了。

"先和公司通个电话。"香取向房间角落走去打电话。

十系子眯起眼看着香取通电话。

"东洋织品公司吗？"香取想汇报自己的事——再过20分钟就可回公司了。接电话的是董事。

"你在哪里？真叫人好找，"石川董事的声音带着怒气，又问道，"经理在户田桥要你先把车开回去的时候，他没有说什么时候回来吗？"

"没说呀。只是说，坐微型汽车到川口的总工厂去，很快就回来。"

"这可麻烦了。现在可不是送那好玩的金字塔模型去户田桥的时候，你听到了吗？"

"对不起，"香取瞟了十系子一眼，随着就低下了头，因为香取了解石川董事的暴躁脾气，接着便问，"那么该怎么办？去接经理？我可不知道他在川口的哪个地方呀。"

"我这里打电话问问看，你马上回来。车子修理好了吗？"

"是，修好了。"香取看看十系子，微笑了。

"对方的工厂叫什么名？"

"不知道。董事你也不知道吗？"

"我怎么知道？我要忙于安排工作，我不是经理那种有雅兴的人。"

"我不知道。因为车子开不过去，经理让我在路上等着他。"

"什么？那么不是经理让你回来的吗？"

"嗯，对方来了一个男的，是他跟我说回车的。"

"混蛋！"董事的声音要炸裂话筒了。

"岂有此理！殃及池鱼啦。"香取对十系子说。

"爸爸做事也真有意思。"十系子歪了歪嘴。

香取开车驶往两国桥，2点差5分到达公司。十系子坐另外的车回家了。

香取一进公司，见石川董事和总务科长织田在房子尽头的会客室里交谈着什么。

3点差10分的时候，已经完全搞清楚浅田米造经理没有在川口的任何铸造工厂出现过。石川董事和织田总务科长捧着电话簿查询经理的去处，但仍然毫无结果。他们此时并不曾想过经理会不会身遭不幸。他们找经理是因为来了重要的顾客，需要经理立即处理解决。最后石川董事打电话给川口铸造工业工会办公室，打听户田桥的铸造工厂，那时董事的脸色变了。

"户田桥的工厂？"对方好像是一位青年办事员，他反问了。

"嗯，敝公司经理说的，麻烦你告诉我们一下。"

"实在抱歉，您没有弄错吧？您是说在户田桥靠近目村的地方？那一带确实有街道工厂，但没有铸造工会的成员，也没有什么办公室。"

"不过听说川口有他们的总厂呀。"

"请你等一下，"青年男子大概向谁打听去了，很快又回电话说，"在川口设总厂，同时在户田桥设分工厂或有办公室的工会成员是不存在的，所以你这话是有点奇怪呀。从户田桥往里，那一带没有水利条件。反正，我们从来没听到过有那种工厂！"

石川董事脸色变得苍白。

这是昭和三十一年，也就是1956年11月20日的事，已经离年末最后一个月不远了——浅田米造从此一去不返。

三

在浅田失踪后的第五天，公司向世田谷警察署报案，要求侦查。警视厅的警部十善得到这一报告已是第六天了。

"真是奇怪的事，完全可以认为是一起拐骗案。"十善警部如此判断：浅田经理乘了自己的包车在户田桥下车，这之前一切都很清楚。但浅田经理又到谁家去了？走的是哪一条道？一切都成了问号，他像烟雾一般消失了。

警部下命令：要立刻就下面几种情况仔细调查一下东洋织品公司的情况。如浅田经理在国外旅行时常常来往的人，平时和浅田交往密切的人，浅田的家庭状况等。

于是，警察们四处奔走，开始把它作为拐骗事件进行侦查，这是25日的事。

香取秀男首先被叫到警视厅。

"请你把经理到户田桥的情况详详细细谈一谈。"

香取秀男望着十善警部的古铜色厚皮肤和深陷在高鼻梁两边咄咄逼人的双眼，不觉有些胆怯，他向十善说明了经过。这一天，香取脸色憔悴，他是这一事件的中心人物。自从出事之后，他已经向董事和经理家族反反复复不知说了多少遍，他还到世田谷的警察署去详详细细地做过说明。

经理的失踪实在离奇得很。当时，香取听从了穿黑色西装的男人吩咐，开车返回东京。香取相信那个男人会陪同经理乘微型车去川口总厂的。可是在川口和户田桥任何地方都找不到经理乘微型车去过的痕迹。怎么调查也找不到线索。这一带，没有一个人有微型汽车。

十善警部听香取说完之后，又提出反问，同时在笔记本上记录下来。

"叫你回车的那个男子的长相，你给我说得再清楚一些。"

"身穿黑色哔叽的西装，长脸上有络腮胡子，黑皮肤，瘦子，下巴发尖，声音嘶哑。当然，因为隔着一块车窗玻璃，对方的天生嗓音听不真切，不过声音嘶哑，肯定没有错。"

"离经理走后有多长时间？"

"大约30分钟之后。"

"这期间你在干什么？"

"在车里没事儿。"

"从三越到户田桥中间，经理没对你说过什么事吗？比如去铸造工厂的目的啦，有关对方的事啦，经理也一点没跟你谈到过吗？请你好好回忆一下。"

"经理只说过你就在这等着，他拿着那包买来的金字塔模型抄小路去了。"

十善警部用铅笔尖压着笔记本，差点没把笔记本戳破——这实在太含糊了，重要的线索一无所得。如果属于预先安排好的骗局，干得不可谓不漂亮：让自用包车开往难以通行的地点，然后甩掉车子，接下来犯人就可以为所欲为了，现在即使责骂听从吩咐回车的司机也无济于事。既然是经理有所吩咐，当然只有顺从，这从职务上讲也是无可指责的。

十善警部已经调查过现场了。

地点是在户田桥的第二町附近。那一带是乡村，并排盖着一些房子，还有一些街道小工厂。香取秀男等候的那条道，窄得只有王冠牌小汽车才通得过去。横向的支路都很狭窄，只有微型汽车才能通行。穿黑色西装的男子说陪经理同去，以坐微型车为由，这充分说明了道路狭窄的程度。那一带没有铸造工厂，是一条分布着工人住房的住宅街道。住的都是水泥厂和铅印厂的工人，找不到与铸造厂工作有关系的人。

经理离开公司时，的的确确对石川董事和司机香取说过"要去铸造工厂"。但是，这一带并没有那种工厂。这究竟是经理说谎呢？还是上了对方的当呢？对方是穿黑西装的男子，他是经理要拜访的厂家顾客？还是合伙人呢？反正浅田经理到他那儿去了，这应该是事实。经理在三越买了金字塔模型，他是为了复制出它的铸器而去看样品的。目的地大概就是那个男人的家。那男人为了让车先回去，便说随即陪厂长去总厂。经理的去处与那件包装好的金字塔模型是有关联的，与铸器也是有关系的——这一点可以预先肯定，不会有错。然而这方面的有关人员并不存在，真是怪事。

可以推断：经理一定在什么地方和那个男人相见。那男人大概是与铸器有关的人物。他了解经理早在出国的时候就打算造一个金字塔模型铸器，并把自己的住处告诉了经理。经理拜访了这个男人，据他说，工厂在户田桥。是他在某处打发经理车子回去，他自己带着经理隐匿到什么地方去了。如果他说要到川口的总厂，经理按理说也该跟去。

"你给经理开车也有多年了,你有没有看到经理和那样的人会过面?"十善警部问香取。

"是的,没见过。那一天经理第一次对我讲到铸造这个词,以前从来没有这种现象。经理一贯办任何事情都不大对我讲的,他大概是怕我谈得起劲儿会出车祸吧。行车时我们不大讲话,说句不算失言的话,我替经理开了五年车子,但从没有和经理谈过工作上的事。这也许是我一直干下去的原因吧。"

"今天暂且谈到这里吧。不过这个案件,香取先生,不把你作为中心找线索,事情是得不到解决的,所以请你跟我们协作到底。"

香取秀男点了点头,憔悴的脸色泛起一阵红晕,他说:"警部先生,请让我加入你们的侦查行列吧。"

十善警部未置可否,光是注意着香取秀男难以掩饰的无力措辞和苍白色的脸。

"目击者首先可疑。"警部首先怀疑香取秀男,所以就觉得这一案件的背景很不简单。

四

散往四处打听情况的警察陆续回来了,他们一个个脸上都很紧张严肃。一进十善警部的房间,只稍稍点头示意,便立刻报告打听来的消息以及实地侦查的结果,然后又出去了。这种现象活像一个放鱼鹰的人所干的事。他使一些扎上带子的鱼鹰潜进水中,当这些鱼鹰衔着香鱼出来时,他就估量香鱼的轻重,打量香鱼的大小;时而嘻嘻含笑,时而骂不绝声。

刑事警察在吩咐下来的范围内尽可能深入下去,尽全力寻觅线索。不过,侦查并非完全徒劳,目前至少查清了以下几个情况。

浅田米造是东洋织品公司的经理,他在行业中有相当的威信。制袜业在竞争上也是十分激烈的。东洋织品生产的袜子上有金字塔印记,这是获得编织局许可后织上去的注册商标。但最近大阪的制袜业里出现了以同样的金字塔印记为商标的厂商,这就在专利问题上发生了争执。还有,浅田经理对于本公司的产品以金字塔印记为商标感到很自豪,他逢人便说:这个商标的来源是埃及最古老的陵墓——雄伟的金字塔。当年6月,浅田为视察世界制袜业界从羽田出发,事实上他是想去埃及看看真正的金字塔。长年来,自己把它用作商标已经很有感情了。9月初,浅田一回到羽田就想出了一个主意:造一个金字塔模型去装饰零售部商标橱窗,写上一条"请穿金字塔牌袜子"的广告以招徕顾客和加深消费者的印象。当时,浅田对石川董事谈了这个主意:"无论如何我也要造一个金字塔模型,这可是我们公司的商标呀。"

从那天算起,到11月20日浅田失踪为止,这中间只过了60天。石川董事也很清楚,对于应该用什么材料造金字塔模型这个问题,经理伤透了脑筋。用石料,用木头,还是用钢铁?但是,随着年终一天近似一天,经理竟在这十分忙碌的日子里匆匆开完有关年终奖金问题的会议,突然说去户田桥的铸造厂看样品。当时石川和织田都吃惊不小。他们想:难道经理已经神不知鬼不觉地准备妥了?反正先送经理去就是了。公司当年的营业总额已上升到三亿五千万日元,去年是三亿日元,还算不错。石川和织田都是浅田米造的老朋友,首先可以排除经理是因为公司内部的纠纷而失踪的疑点。

对户田桥开始全面侦查后,只打听到一桩事实,那就是户田桥这个地方的居民很少,久居的人家大多是去东京上班的人和去川口、浦和等地的人。因此一家家住宅并不大，简便房屋居多，迁出迁入似乎很频繁。据官员调查，从11月20日至25日，附近不到150户人家中，有三户人家有迁动。一个叫濑川鳟吉，在东京都内的筷子工厂做工。一个叫气沼正，是浦和市政局的公务员。一个叫竹内市松，职业不明，常去东京日本桥上班。三人中濑川和气沼都有妻子，唯有竹内独身一人。他今年42岁。在这种岁数上还独身，那就暗示着这个人有着不寻常的经历，再说职业不明也是一个疑点。还有香取在村路上等经理回来的停车地点离竹内住处步行20分钟。竹内的住房是一种临时性的简陋小棚，孤零零地站在田地的中央，有六叠大小和三叠大小两间。房主是庄稼人，叫黑田，他在附近有地，又是农地委员，调查官员是通过向黑田家、户田桥公所、附近邻居打听得来的消息才获悉上述这些情况的。看来，有必要先将竹内市松的周围情况搞清楚。

其次是浅田米造一家的情况。浅田可以说是一位既体贴妻子又溺爱孩子的人。他28岁时和雪子结婚，不久生了长女十系子。浅田今年52岁，结婚以来从没嫖过女人。尽管为了买卖上的事，偶尔也去饭馆，也和艺妓有所交往，但还从未听说过有陷进去不能自拔的事。他原本就是个规矩人。浅田在穷苦人家度过了童年、少年时代，在故乡石川县，他的父母至今还健在，长兄达治郎是务农的。浅田13岁到东京，辗转换了不少工作岗位，干过各种职业，但一下子变得出人头地，还是进纺织业界以后的事。他似乎带有些女人的性格，难道这是因为受了制造女袜的影响？看来浅田本来就像是一个很有涵养的男子汉。长女十系子离开婆家回到娘家来，浅田可怜女儿，让她住进太子堂的住宅，不多过问。可以认为浅田这种放任态度不啻是"她要怎样就怎样吧"。但仔细想来，不能不说这是浅田在温语安慰女儿受了伤的心，因为她刚结婚就宣告失败，返回娘家。在连着养了次女和三女后，浅田才有了一个儿子，他正在高中三年级求学。浅田的家庭是幸福的，没有理由认为他是因为家庭问题而失踪的。没有人听说过浅田与搞铸器行当的男子相识的事。这就是说，关于金字塔模型的事，浅田只是在公司里谈论，在家里他是不大讲起的。

从这些事实来看，浅田的失踪只能是某种出其不意的、无可奈何的原因所造成的，与家庭和公司无涉。根据迄今为止所得到的材料，就是十善警部也判断不出什么名堂来。

刑警全体离开办公室后，房间里很清静，十善警部正饮着冷茶，一个名叫原田的警察上气不接下气地跑了回来。这时暮色已经降临，窗外，它城的森林黑黝黝的，被染成一片夜色。

"主任，竹内市松那里太可疑了。据附近人们反映，20日白天，在竹内家附近确实看到过一个穿黑西服的男子。"

"是大白天吗？该有目击者吧！"警部身体向前探着问。

"仔细一打听，竹内在23日搬了家。据说这三天里他一直待在家里。"

"他是做什么工作的？这一点还不曾弄清楚吗？"

"似乎有点含糊，莫衷一是。他有时说工作在日本桥；有时又说是在神田；还说过在川口。"

"川口？"

"不管怎么说，很可疑。现在刑警来岛正在调查这一点，我就先回来报告了，"原田的呼吸总算恢复了正常，他继续说道，"主任。我的推测是：竹内由某种关系认识了经理，我想十之八九是和铸件有关。竹内是不是要向浅田介绍哪一个工厂呢？"

"不过东洋织品公司可是个大公司啊。堂堂经理怎么会去遥远的户田，拜访一个居住在田间陋室里的人呢？"

"这确实是反常的。可是目前在那个地区，再没有比那个男人更可疑的了。而且又是在这两三天内下落不明，这不是很奇怪吗？"

"这倒是真的。"

"还有，可以想象竹内对川口很熟悉。我打听了竹内的长相，说是很瘦，脸色发黑，目光炯炯有神。这不足以使人认为竹内就是穿西装的男子吗？"

"你是说……那个露面的穿黑西服的男子便是竹内喽？"

"是啊，为了弄清楚这一点，我们正在那里奔走呢。"

这时，老刑警吉山回来了。他负责摸清东洋织品公司和经理家庭的情况。

"主任。"吉山站在十善警部的桌前，声音是无力的。

"那个司机，就是叫香取的家伙……他和经理回娘家的女儿有关系。"

"你说什么？"警部目不转睛地注视着吉山。

"我调查十系子是注意到她是个婚后回娘家的人。我想会不会是在女儿的婆家方面招下了什么怨恨？可是，好像又没有招致这种怨恨的理由。十系子相当吊儿郎当，便和驾驶员香取勾搭上了。这情况是从公司的女办事员无意中露出的话音里获悉的，但果真是事实——有人看见他俩在芝地公园漫步。我马上去芝地旅馆，一家家地查问，结果查明他俩在一家靠近大门而并不很好的鹤见旅店住过两三次，有时白天也相会。"

"放鱼鹰的人"微笑了。衔来的"鱼"有新鲜的，也有臭的。竹内市松是一条线索；香取秀男和十系子的关系也是一条线索。他们在浅田失踪的事件上确实投下了可疑的阴影。十善警部把重点放在查明这两个问题上，当夜就定出计划，布置刑警侦查工作向纵深发展。

五

"你瘦多了，可怜，"十系子坐在床边，两手紧贴香取的腮帮子说，"讲点什么吧，别不吱声……"

香取眼望天花板，一个字一个字地说道："再也没有比失去主人的包车夫更悲惨的了。"

"你又来说这种话了……"

香取看着天花板发呆，他正在思考。最近两三天，他失眠了，脑子里一直在想：经理失踪的原因究竟何在呢？是谁把经理带走的？是那个穿黑西装的男子吗？香取对这种简直像是坠入云里雾中的事件不知如何是好。那男子只有自己认识。一想到这里，香取就没有和十系子幽会的闲情逸致了，什么都惹他生气。

难道有这样奇怪的事？当时，自己显得很愚蠢，竟完全照那男子所说的回车走了。内疚的情绪涌上香取的心头。十系子却显得出乎意料地乐观。

"不必忧虑爸爸的事了，爸爸眼看就会笑眯眯地回来的。最近妈妈去求算命先生，算命先生说：照此看来，爸爸并没死，还说爸爸找到了非常大的生意，将欢天喜地地回来。"

"算过从哪里回来吗？"香取的眼神说明他在考虑别的事。

"说是从北边回来。"

"北边？"

"是啊，妈妈也放心了。爸爸的故乡在石川县，说不定是在石川呐。"

"那么，警察去调查过了？"

"即使去调查，若是爸爸根本没回乡下去，情况还是不得而知的。"

"反正算命先生的话并不能当真。"

"不过有一次可灵呐。那时，妈妈就曾经抚摩爸爸腿上的伤疤。"

"腿上的伤疤？"香取立刻翻身坐了起来。

"是的。爸爸的腿很难看，从踝骨到腿肚子有很多伤疤，像是烧伤的，皮肤全变薄了，发着亮光。爸爸从前吃过很多苦呐，一定是他在什么地方干活时，火星溅出来烫伤的。也许是遇上了火灾之类的事。这情况，爸爸从未对妈妈说明过。可是爸爸有一次得了重病，发高烧。当时，妈妈很担心，还去求算命先生了……"

"后来呢？"

"算命先生说：爸爸的病一定会好的，不过要天天抚摩爸爸腿上的伤才行。"

"这故事倒是有趣。"

"妈妈便每天去抚摩，这样，爸爸的病情立刻好转起来。"

"那碰巧已经是恢复期了。十系子，你说经理的腿是在哪里烫伤的？"

"那可不知道。爸爸一辈子吃了不少苦头，他不愿提起往事。他说，脑子里净是辛酸的回忆，谈起来就没完。他总是这么笑笑，敷衍过去。爸爸不大讲过去的事。看样子，他干过不少事情，他一定很难为情。"

"干了不少什么事？"

"干过各种活儿，当过鞋匠，卖过麦芽糖，还卖过电灯保险丝呢。"

香取的眼睛逐渐发亮了，可是十系子没有发觉。香取心想："经理的失踪，和他的过去有没有关联？他有没有得罪过人？假使有的话，可能就是那个冤家突然出现，把经理拐走的……"

香取问道："十系子，石川县老家的情况，你知道吗？"

"小时候去过一次，战时疏散时又到那里去住过，一共去了两次。那时候，只有我一个人住在乡下，爸爸和妈妈留在东京呢。"

"是吗，那里农村怎么样？"

"美极了，在海边呢。那里有许多梯田，当地叫千枚田。小小的水田活像压扁了的棋盘，山谷里处处都有啊。"

"那个村子叫什么来着？"

"在石川县轮岛市，叫名舟。这个名字有趣吧。"

"十系子！"香取秀男突然转过身来说，"我想，经理的失踪是和那个石川县有关系，或者是和以前的熟人有关系。"

"你是说爸爸得罪过人家吗？"十系子以严厉的目光盯着香取反问道。

"是啊，要不，也许是以前的熟人抓住了经理的把柄。"

"这简直是侦探小说啊！可我爸爸不会跟那种坏人交往的。"

"在大人们中间，也许有一些我们所不知道的事。"香取霍地站起身来，开始做回家的准备。"为什么这么早就要走？"十系子把手伸进香取的肘弯。

香取推开十系子的手，说："我暂时不和你见面了。十系子，你就等我把经理找回来。只有我认识那个穿黑西装的男子。我不去抓他，经理就不能回到你们家里来。好吧，你就耐心地等着。"

十系子察觉到香取的神情严肃得与平时不同，她脸上便泛起一阵红晕。香取望着她通红的脸庞说："我想跟你结婚。可是，包车司机和经理的小姐是不配的。假如我把经理救出来，我想那时候，你爸爸和妈妈就会答应让我们结婚了。"

十系子望着香取的脸出了神。香取秀男避开十系子的视线，毅然打开门走出房间，然后砰的一声把门关上。

香取到哪里去？十系子当然一无所知。

六

香取秀男突然离开东洋织品公司，离开太子堂的浅田家不知去向，这使警方惊慌失措。
"主任，这里面可有文章呢。"

刑事警察吉山对十善警部说了一声，就到太子堂的浅田家去盘问十系子。恰巧，十系子的母亲和妹妹都出去了，只有十系子一个人在家。吉山喜出望外，认为这是难得的机会，可以深入盘问。他兴冲冲地走进客厅，对十系子说："说来有点抱歉，我们已经暗中调查过你和香取先生的关系。香取的去向不明，就会影响侦查的进行。你真的不知道他到哪去了吗？"

"不知道。要调查我和香取先生的关系，那是你们的自由。不过，认为香取的失踪和爸爸有关，这种推理未免太离奇了，"十系子用轻蔑的目光瞅着刑警吉山继续说道，"您也知道，我和香取是无话不谈的。可我从来没有想过香取与劫走我父亲的家伙有什么关系。他替我父亲开车已经有五年了。"

"这我很清楚，小姐。"十系子理直气壮，吉山的语气和缓了些。他解释说，香取秀男的失踪给侦查工作的开展带来了很大的困难。这是没错的，因为亲眼看到对方的人只有香取，"不管怎么说，小姐，我想他总会跟你联系的。假如你听到什么风声，就立刻通知警视厅的十善警部，行吗？"

"好，我也希望早日知道他的去向嘛。"

刑警吉山要求十系子给他看看香取秀男的房间。走进石制的大门，右边便是车库，没有看到主人乘坐的王冠牌小汽车。香取的房间在车库后面，是一间八叠大小的西洋式房间。整洁的房间里放着许多书，侦探小说也不少。

"他还看这种书呀。"吉山拿起桌上的一本书说道。书的封面上印着《死的接吻》。
"这是我借给他的。"十系子说着，脸上露出一丝微笑。

七

第二天中午，香取秀男到达石川县轮岛市。和十系子分手以后，他就赶紧做好准备，到上野站搭乘21时10分开往金泽的火车。火车开出上野站以后，他在拥挤的火车上琢磨起来。劫走浅田经理的男子，一定是以前的熟人或朋友。自从自己给经理开车以来，亲眼看到了经理的各种交际关系。和他交往的人，大多是经理经营袜子公司以后结识的。没有人敌视经理，更没有人会劫走经理。假如有人搞什么鬼，那么一定是在经理还没开办袜子公司以前，就是说，在艰苦岁月里结识的人。那个身穿黑色西装的男子，看上去就不是好东西，不像是经理目前的朋友。

十系子说经理腿上有烫伤似的伤痕，这是什么时候，在什么地方受的伤呢？据说，他在家里从来不提往事，这也有点怪。他可以说说自己是如何辛勤努力才发迹当了经理的呀！提起往事，不管他多么辛酸，对家人总可以起到教育作用嘛。普普通通的人都难免吹牛，经理却不愿意说，可见他一定有什么非隐瞒不可的秘密。他不愿意提起的事是什么呢？他对多年共同生活的妻子也不愿意提起腿伤的原因，那么这个案件会不会与腿伤有关？

另外，好像和铸造厂也有些牵连。做金字塔模型这事，经理谈是谈过的。可是，在家里也好，在公司里也好，他从未对任何人讲过要委托哪一家做，请哪一家工厂承办。经理大概早就胸有成竹。然而，他却没有向任何人透露过那家工厂的厂名。为什么不肯说出厂名？因为那是旧日的熟人？照此推理下去，经理从前也许在铸造厂待过。据十系子说：经理卖过保险丝，卖过麦芽糖。可是，在经理强健的身体上显露出顽强的意志，从中似乎可以窥见他当过铸工的历史。

香取认为，了解了经理的过去也许就能弄清经理的去向。他打算到了轮岛市就去访问名舟的浅田家，以便从经理的少年时代起，彻底地了解他的过去。

香取从来没有做过这样的长途旅行。火车离开上野两三个小时后，对香取来说已经到了陌生的地方了。从车窗望出去，山河、田地，一派冬天的景色。一进上越，只见雪花飞舞。车上满是到北方去滑雪的旅客。香取没有座位，一直站到新泻。进了富山县，车厢里就松散一些了。在津幡换乘七尾线，到达轮岛市的时候，香取已经疲惫不堪。一看手表，已经是 12 点 10 分了。

下了车就先到车站小卖部去打听名舟村的所在。然后，乘公共汽车顺着海岸往北开了大约 10 千米，就到了一个叫作小曾木的海岸。能登半岛的北岸相当偏僻，名舟一带更加使人产生一种来到了北陆尽头的感觉。这里的地势虽然不很高，但长满阔叶树和针叶树的山丘逼近海边，狭窄的平地宛如一条带子顺着海边延伸。公共汽车颠簸着爬上了高坡，冬天的日本海隐约可见，好像一块蓝色的平板，铺在寒风下。

香取不禁想起十系子对少女时代的回忆——"有许多小小的田地，活像压扁了的棋盘"。从公共汽车里向外看，那带子一样的平地以 30 度左右的坡度向大海倾斜。这是由无数田埂隔成的梯形水田。所谓千枚田大概就是这些田喽。香取被这些奇异的景象所吸引，看得出神了。

在名舟一下车，香取秀男立即去访问浅田达治郎。因为是世家，很快就找到了。浅田家坐落在山沟里的树林深处，是一所草房，房子四周有竹林。因为位于山的背后，房子有些阴暗。香取不禁联想起十系子疏散来这里生活的情景。浅田家养着十五六只鸡，香取一走进院子，便引起鸡一阵吵闹。

浅田达治郎年过 60 岁。一见面，香取就觉得这老人太像经理了。那特有的大嗓门，简直和经理一模一样。可能是从事重体力劳动的关系吧，他显得比较苍老，只有声音还算年轻。他那布满皱纹的黑里透红的面孔，显得神采奕奕。香取一提起经理失踪的事，老人的脸色一下子变了，他似乎早已知道此事。

"派出所的警察来过了。警察说，在东京的米造失踪了，并问我米造回来过没有，所以，我一直很不放心。"老人说。

"我就是为这件事来拜访您的。我想，经理可能是出于工作的需要，到什么地方去了。可是去向不明，叫人心里很不踏实。我蒙受过经理的照顾，总希望早一天弄清楚他的去向，所以，我想到各地去逐个拜访经理的熟人，就是苦于不认识。您认识不认识经理小时候的朋友？"

"我可不认识，他小时候就离开这里了。"

"不过，浅田先生，您对经理小时候的事情应该很了解吧？"

"他离开家的时候才13岁，时间太久了，我想不起来了。"

"您说经理13岁的时候就离开这里去东京了？13岁嘛，不过是小学刚毕业，他那么小就一个人上东京去了？"

"不，是境的次郎作带他去的。"

"境的次郎作是什么人？"

"是个泥瓦匠，他交游很广。听说，他去东京修建过寺庙。有一次，他从东京回来，米造就趁机拜托他。他把米造带到东京去，让米造在驹达的木匠那里做学徒，那是专门修建寺庙的木匠。后来，米造又到铸工师傅那里去做学徒。"

香取心里非常高兴，一路颠簸地赶来，总算值得。经理毕竟是和铸工有关的。他先在寺庙学木匠，后来又到铸工师傅那里学手艺。

"驹达的那座庙叫什么名字？"

"是禅宗的庙宇，叫什么胜林寺吧，是妙心寺派的庙吧。"

"现在那座庙还在吗？"

"听说就在染井墓地附近。"

香取不曾听说过这个墓地，不过他心想：回到东京后，总会打听得到的。

"能否请你告诉我，那个境的次郎作住在哪里？"

"他家就在此地，可是次郎作本人早就死了。他是个大酒鬼，在外地中风后，回来不久就死了。"

经理当时才13岁。就是说，那是40年前的事。现在，次郎作已经去世，也是理所当然的。

"次郎作就带我们经理一个人去的吗？当时，有没有带其他朋友的孩子去呢？"

"这可不知道。好像是米造一个人去的吧。"

"那么，您知道不知道带经理去的次郎作又是在哪里认识驹达的铸工师傅的呢？"

"这，我可说不上。起初，米造是在寺庙木匠那里干活的。后来，会不会是米造自己去找的活儿？"

看样子，达治郎确实不知道铸工师傅的事。

"谢谢您了。"香取道谢，又回到了通往公共汽车的大路上。达治郎一直送他到竹林尽头。分手的时候，香取说："听说我们经理脚上有烫伤的伤疤，您知道吗？"

"是啊，听说过。我也不太清楚。大概是因为铸造厂发生了火灾吧。"香取的眼睛顿时发亮了。少年时代，铸造厂，火灾……他感觉到这里面有文章。

"那家铸造厂在什么地方？"

"不知道。大概是驹达的铸工师傅介绍他去的吧。"

香取想，回到东京再打听，总能找到这家铸造厂的。

"您还记得十系子吗？"

"哦，十系子吗？已经长成大姑娘了吧。她到东京去了十多年了，面孔都记不清了……"达治郎感慨万分。

香取坐上火车回东京。一路上，他百思莫解，为什么十系子和经理夫人连浅田经理少年时代的简单历史都不知道。十系子小时候疏散到这个村子里来过，当时她为什么不向达治郎打听自己父亲的事？在现在幸福的家庭里，谁也不了解经理的少年时代，这不免使人感到凄凉。从另一方面来看，也可以说，经理是如此巧妙地隐瞒了他自己少年时代的事。有迹象表明，经理不让夫人和已是成年人的十系子接近自己的家乡，也许就是这层缘故。

赶快回东京去打听铸工师傅和失火的铸造厂，这是当务之急。香取抱怨这地方的蒸汽机火车实在跑得太慢了。

八

十善警部布置的刑警像猎犬般地警觉，他们分散在联结川口市和户田桥的荒川水渠一带，四处活动。

竹内市松从坐落在户田桥二丁目田地中的住宅搬走后，杳无踪影。警察询问过四周的邻居，还向附近的运输行以及看到他搬家的人一一打听过，唯一的收获是有人看到他用机器三轮车搬走了棉被和一个行李，机器三轮车也不知道是从哪里弄来的，户田桥没有人向他提供过车子。这种搬家未免太奇妙了，普通的人何必这样隐蔽呢？

以原田刑警为中心的川口班，在川口市站前一带调查了从荣町到青木町、朝日町、元乡町、领家町等所有的铸造厂。竹内市松是否与铸造厂有关暂且不提，警察的主要目的是要查明有没有像浅田米造这样的人来订做过金字塔模型。这个工作量很大。

川口市素有"铸造业之城"的名声，大大小小的铸造厂遍布全市。光是加入同业工会的经营主就有二百多个。此外，还有零星的个人企业。连有关企业的批发商，比如经营生铁、矿石、造型砂等也算在内，就有一千家开外了。要在一两天内完全查清是不可能的。但是任务必须执行，刑警一早就来到这个平常漠不关心的邻县工业城，疲于奔命。

从荒木川水渠分岔，流入川口市内的艺川上架着一座桥，名叫上桥。原田刑警带着他的伙伴来到上桥附近元乡町的细井铸造厂时，已经是当天的黄昏时分了。工厂冒出的黑烟把天空染成了银灰色。在昏暗的暮色中，天空又变成了深灰色。

细井铸造厂背着芝川的河堤耸立，工作人员相当多。原田走进办公室，只见一个长络腮胡子的胖子迎面走来，看上去有四十四五岁的样子。原田出示刑警身份证，胖子便回到桌边拿出一张名片递给原田。名片上写着："常务董事、副厂长、井田源八郎"。原田立即说明来意。井田表示愿意协助侦查。他说："没听说过这种事。做金字塔的模型吗？这倒新鲜。以前，我们厂里为证券交易所做过许多'千元存款盒'。金字塔确实有意思，浇铸出来一定不错。他是不是到别的厂去订做啦？"

"全川口市的工厂都跑遍了，没有一家接受过这样的订货……井田先生，你认识不认识竹内市松这个人？"

"竹内？"

刑警目不转睛地注视着井田的面孔，说："他住在户田桥……"

井田若有所思地把脸转向办公室后面的车间，那里的地势低于办公室。透过玻璃窗，只见昏暗的车间里不时闪现巨大的火球，发出耀眼的光芒，化铁炉的出铁口像是刚刚打开，只见四五个身穿汗衫的工人在用吊车搬动一个巨大的钟形物。井田源八郎径直走进车间，和工人们说了些什么，过了一会儿，井田又回来对原田说："是否就是你说的那个竹内，现在还不清楚，说是有一个炉前工在宇见铸造厂干活。这家工厂在河的下游，离这里大约五百米，是承包我们厂里的活儿的。近来，这个炉前工擅自不上班，那家工厂便来问我们，是不是跑到这儿来了。一到年底，铸工们就坐不住了，到处都在抢人嘛，真伤脑筋。听说这个炉前工住在户田桥。"

"就是说他已经换了个工厂？"

"这也难说，您也许知道，铸工的脾气往往很古怪，他们习惯于到处流窜。"

"这儿有认识他的人吗？"

"我去叫一个从宇见铸造厂调来的工人问问看吧。"井田又进入车间，过了一会儿，他带来了一个三十四五的青年工人。这个青年工人穿着一件沾满红色铁锈的圆领汗衫，话很爽快：

"是不是垣之内？他不叫竹内。这个垣之内在宇见铸造厂有好几年了。"

"你说说他的外表吧。"

"嗯。高个子，瘦瘦的，脸色微微发黑，满脸络腮胡子，年龄40开外。"

"声音呢？"

"哦，有点嘶哑。那是喝酒过多造成的。"

原田飞快地向同伴丢了个眼色，又问道："他住在户田桥吗？"

"是的，听说住在目村一带。"

原田心里暗暗说：这就是了，就是这个垣之内把浅田经理叫出去的。

原田和同伴们出来后，赶紧挂了电话，向警视厅的十善警部做了紧急汇报，然后往下游的宇见铸造厂赶去。

九

打听到40岁的炉前工垣之内太一郎从23日起就不去宇见铸造厂上班以后，侦查工作进入了新的阶段。根据宇见铸造厂的工人和厂长所说，可以断定，警方要追查的竹内市松就是垣之内太一郎。

两年前，垣之内到这家工厂，他从来不谈自己以前在什么地方工作过，只说了一句："在秋田县干过活。"铸工总是到处流浪，这种进厂法并不罕见。他们凭自己的技术吃饭，从来不固定在哪家工厂干活。现代化工厂也还有许多地方必须依靠他们的技术。铸铁兴起于江户，目村荒川河堤的砂适用于铸造。因此，靠近目村的川口市得地利之便，发展成为铸造业之城。至今还常看见装砂的小船从目村下荒川，驶入川口市芝川水门。可以说这是古老形态的残留。雇佣工人比较随便的习惯也就成了现代铸造厂的过渡现象。

作为熟练工进厂的垣之内太一郎，从不谈起他的历史。沉默寡言，性情忧郁，跟任何人都不说话。他住在户田桥，这也是他进厂后很久别人才知道的。全厂职工每年两度的外出旅行，垣之内也从不参加。看来他不愿意和别人来往。不过，他活儿倒干得很出色，所以厂方非常器重他。

在铸造厂，炉前工的工作是给炉子加料。造型工和钳工固然很要紧，而炉前工在技术上所起的作用也相当大，因为看火候很重要。化铁不是单纯的生炉子、熔化就行了。必须根据产品的要求来加入焦炭、生铁、回炉铁、石灰石、石墨以及其他各种材料。炉子的温度要在 500 度至 1300 度之间适当调整，熔化时间等也要凭炉前工的经验掌握，需要相当熟练才行。垣之内本来可能是造型工，手很灵巧，可是，不知什么原因，到了宇见铸造厂以后，他却当了炉前工。

从 23 日起垣之内无故缺勤，这正是户田桥二丁目的竹内市松不见的日子。警方断定垣之内就是竹内，开始彻底追查。当天晚上 8 点多钟，十善警部赶到了宇见铸造厂。

警部巡视宇见铸造厂时，产生了一种预感，他总觉得铸造厂有一种犯罪的气氛。工厂四周用马口铁围着，天花板很高，屋顶也是马口铁的。在宽阔的作业场的一角，竖着巨大的冲天炉，铁水包上开着槽，以便接受熔化的铁水。在炉子中熔化了的铁，形成一股火红的铁水顺着出铁槽奔流，火星四溅。半裸体的工人们在拉铁水包。

"这铁水是造什么用的？"十善警部问道。

"造火炉，是学校的订货。这就是铸型。"

十善警部顺着厂长所指的方向一看，只见并排摆着几个火炉的铸型，就像几个大箱子。箱子上开着浇口。工人们用吊车搬运刚盛满铁水的铁水包，转动着手轮，使铁水包的流出口对准铸型的浇口，铁水像一团火似的浇入铸型。工人们的手被火烧伤，脚上的皮肤也有一块块光滑的地方，那是被火烫伤后留下的伤痕。

"工人们为什么不戴手套？还光着脚？"

"喔，铸工没有穿袜子的呀，先生，"宇见铸造厂厂长笑道，"光脚最好。火红的铁星四下飞溅，碰到身体就会滑落下去。假如穿着鞋子，火星就会停留在那里，反而烫伤得更厉害。"

"那么，工人们的脚都会烫伤喽？"

"每个人都难免有一两块伤疤。"

十善警部回头望了一下站在他后面的原田在认真地做笔记。

十善警部继续问道："厂长先生，这个冲天炉的加料口在外面吗？"

"是的，在外面搭了个脚手架，料从那里加到火炉中，因为这样比较方便一点，是这样的……"说着，厂长领着十善警部走到了用白铁皮围起来的车间外面，冲天炉好像一个巨大的圆筒从地面直冲天花板，加料口离地 10 米左右，那是一个朝外开的大洞，位置在中间。

"就是从那里放进去的吧？"

"是的。把焦炭、石灰石、生铁、回炉铁等各种各样的东西配在一起熔化。"

"假如把人放进这个炉子呢？"这个突如其来的问题，使厂长顿时目瞪口呆。

"当然，会熔掉，连骨头一起全熔掉，因为铁都会熔化嘛。"

"一点不剩？"

"是的，连一根头发都不会剩吧，"厂长起初还笑眯眯的，可是随即就严肃起来，说，"我没有经验，不太清楚。不过，从前王侯向寺院捐献大钟的时候，听说是把活人和铜一起熔化的。我记得看过这样的记载：人体有磷，把这种磷加入铜里，铜就会变得光滑，钟声带有余音，音色较好……"

十善警部凝视着炉口，心里在想：会不会是垣之内太一郎，即竹内市松，他在户田叶的住宅杀死了浅田经理，然后，在 20 日夜里，或者是 21 日、22 日把尸体丢进了这个炉子，这是完全不留痕迹的犯罪——把一切证据，连同尸体一起在这个炉子里烧掉了。

"厂长先生，垣之内 20 日到厂里来过吗？"

"20 日厂休。"

"21 日呢？"

"来过。"

"你知道他是几点钟到厂里的吗？"

"我们厂里的计时器坏了，一直不用。我不太清楚。不过，他工作很认真，7 点钟已经点上炉火了。"

"这个时刻，其他的工人都来了吗？"

"点上炉火后还要过一个小时左右，造型工和钳工才会来。"

"这么说来，早上 7 点的时候只有炉前工垣之内一个人在厂里喽？"

"不，还有值班工人。"

"请你告诉我 21 日和 22 日的值班工人是哪一位？"厂长神色紧张起来了。过了一会儿，他叫来了两个年轻工人。

"21 日是你值班？"

"是的。"

"那天早上，你看到过垣之内从外面搬东西进来吗？"

"没有看到。"

"22 日早晨呢？"

"什么也没有看到。只见垣之内和往常一样，正走过脚手架在搬运材料。"警部打听了值班室的所在，它在面向大门的车间的入口旁。这幢房屋有一间六张铺席大小的水泥地。水泥地上放着一张桌子，可以在那里用餐，肮脏的棉被随便堆放在房间的角落里。

"从这里看得见炉子吗？"

警部亲自躺在铺席上，向窗外望去。这扇窗子只有顶上一块是透明玻璃，因此看不见窗子那面的情况。值班工人总是很困，他也许迷迷糊糊地听到炉前工来上班的脚步声吧。垣之内进厂后，厂里的炉子才会点上火。炉子喷火的声音是早晨开工的信号。垣之内一清早把浅田米造的尸体搬到此地，然后神不知鬼不觉地丢进炉子，这完全办得到。

警部向刑警原田下令："把20日到23日之间浇制的所有产品集中起来,交给鉴别科去分析!"

十

第二天,警视厅科学检查所和鉴别科共同检查川口市宇见铸造厂的三种产品:缝纫机零件、冰箱汽缸以及家庭用烧水壶。幸亏缝纫机零件和冰箱汽缸还没有出厂,因为时逢年底,市场上很需要。检察官员立即赶到日本桥本叶二丁目经营五金批发的远东商行,但只拿到一个三星牌烧水壶。因为该商行早已把从川口市运来的300个烧水壶都批发给全市的五金店了。

"主任,要是烧水壶里熔有浅田经理的肉体……"原田问道。

"那就是犯罪史上空前的案件,"十善警部微微一笑,加重语气继续说,"也不能说是空前的。把人体丢进熔炉杀人的案子,大正八年曾在三重县的松阪发生过。那是为了侵吞从中国东北回来的一对夫妻的财产,将他们谋害的。我昨天晚上在一本书里看到了这件事的报道。宇见铸造厂的厂长不也说过吗?在江户时代,还牺牲活人来造钟呢。"

"是啊。"两人都迫不及待地等着鉴别科的报告。

这时,十善警部桌上的电话铃声大作。

"喂,喂,您是十善主任吗?我是吉山。"

"啊,就是我。你在哪里?"

"我在户田桥派出所。主任,有人看到过竹内。"

"什么?在哪里看到的?"

"有一个目村的农民叫作内田幸平,他每天一清早就把船开到东京下町去,夜里装粪尿回来。"

"什么?粪尿?"

"是的,就是人粪,大便。他把粪尿装在船上,运到目村田地里的肥料地去。22日早晨5点多钟,他把船开到川口市荒川水门附近的时候,看到一个大箱子似的东西在河堤上移动,他觉得奇怪,就把船停下来。仔细一瞧,是有人扛着箱子在河堤上走,虽然只看到黑影,但确实是一个男人扛着一个棺材似的东西朝芝川方向走去。这个农民说,四周还很暗,看不清,不过的确看到箱子在移动。"吉山的声音有些颤抖。

"你再向那个农民仔细打听一下,那天确实是22日吗?"

"是的,他说,的确是22日的清晨。"

十善警部放下听筒,就向原田喊道:"22日早上,宇见铸造厂用铁水浇制了什么?"

"22日吗?我记得,那一天做的是烧水壶。"

29日,警视厅侦查一科向东京都下谷警察局发出紧急指令:"立即没收五金批发商远东商行批发给各五金店、百货商店、杂货铺等店家的三星牌烧水壶。"

警察全部出动,走遍全区五金店、百货商店、杂货铺。到了30日的傍晚,没收到279个烧水壶。可是其余21个已经到消费者手里了。警视厅立即将没收的279个水壶运到川口市宇见铸造厂去重新熔化。先把造型砂放在平板上,再将铁水注入,使它变成薄板状。警方期望铸薄板冷却后，在它上面会出现浅田米造的金牙齿和白金牙齿等，可是一切希望都落空，什么都没有出现。

可见，也许是混在其余的 21 个烧水壶里了。警视厅再向各有关区的警察局发出指令，命令各警察局派出警官到下列各商店去了解买过烧水壶的顾客的模样，走访顾客的家庭，尽力没收其余 21 个烧水壶。

十一

29 日那天早晨，香取秀男乘上 5 点钟从浅草开往伊势崎的东武电车，他的目的地是足利。

早在这以前，他从石川县轮岛市一回到东京，就立即到驹达六丁目的万年山胜林寺去过。这座寺院，正如名舟的浅田达治郎所说，就在染井墓地的东端。香取认为只要找到墓地，就能找到胜林寺。他从霜降桥过去大约一千米，就看见住宅区中央有一块墓地，相当大。走到这个染井墓地，果然胜林寺正殿高大的屋顶映入眼帘。

住持叫木下华然，是位近 70 岁的老和尚。香取走进正殿旁边的方丈室，把来意告诉老和尚。

"你要问泥瓦匠次郎做的事吗？真没想到，你怎么认识他的？"老和尚牙齿已脱落，只剩下紫色的齿龈，所以话音听不太清楚。一个近 60 岁的老太婆在旁边，大概是他的妻子。老太婆给香取倒茶。

"那位次郎作当时带了一个 13 岁的孩子到此地来，孩子名叫浅田米造。他让孩子拜了正在修建寺院的木匠为师，这件事，您知道吗？"

"修建这寺院的事吗？这……"老和尚仰脸朝天，闭上眼睛思索了一阵说，"不清楚，什么都忘了。不过，当时修建这座寺院的木匠叫小原，是京都妙心寺介绍来的。他修建过妙心寺的禅堂，是一位专门修建寺院的木匠。"香取心里叫起苦来：这京都的木匠，叫我怎么去找？

老和尚继续说："木匠小原已经死了，生肺病死的。六七年前，我参加总寺院的大恩忌时，听说小原已经死了。"

"那么，您知道不知道，有个铸工师傅在修建寺院时曾来过此地？"

"铸工？"

"是的，我刚才问起的那个浅田米造，他后来不做木匠，去拜那个铸工为师了。"

"铸工没参加过修建工作。那个铸工是施主，住在六丁目，常常到这里来玩。他总是说，要是这里盖钟楼，他愿意捐献铸钟的铜。"香取往前挨近些，说，"能不能请你把那个铸工的地址告诉我？"

"大概是姓松见吧……请等一等，"老和尚走出居室，顺着走廊往正殿走去。过了一会儿，他拿了一本线装的本子回来，"虽说是施主，他并不供佛。这位松见先生是足利人，叫作松见繁太郎，本事很大，培养了许多徒弟。现在恐怕隐退了吧。"

"他多大岁数？"

"比我大两岁，该是对的吧。"

"他住在足利的什么地方？"

"我以为这本子上有记载，现在一查，没有写着。不过，我到他家去过一次。那是很久以前的事了，记不清了。山上有座神社，叫织姬神社吧，他家就在神社的附近，我还模糊地记得，是个美丽的城市……"老和尚眯起眼睛说。

十二

29日黄昏，香取秀男到足利市织姬神社附近去访问松见繁太郎。繁太郎正好在家。足利市是个老城市，从织姬神社下来，建有公民馆、市政府等，相当繁华。神社坐落在小山丘上。细长的街道在山丘上延伸着，美丽的住宅在街道旁并列着。从街道拐进胡同，大约走20米，便发现了松见的家，香取喜不自禁。他顾不得正是吃晚饭的时候，立即上前敲门。

门里走出来一个十七八岁剪短头发的姑娘，白皙的皮肤，高高的鼻梁，长得很漂亮。香取说明来意后，姑娘便跑进去喊道："爷爷，有客人呢。"

香取被请进大门旁一间有四张半铺席大小的房间。松见繁太郎很消瘦，但是目光炯炯有神。

"唐突地前来拜访，只是想请问一下有关浅田米造的事。从前，他拜过您为师，并在您手下干过活。"

"噢，浅田米造吗？"老人露出锐利的目光，看着香取。

"是的，不过，他没多久就不干铸工的活儿了，假如你还记得他的话，请您把他的情况告诉我。"

"我知道，听说，浅田先生现在是一家袜子公司的经理。你大概知道，这个足利市也有一家很大的袜子公司，叫作托克里特，底下还有好几家袜子公司。有一次，浅田先生到这里来跟他们接洽一些事情，顺便来看望过我。"

"经理到这里来过吗？"香取不觉惊叫起来。

"你是浅田先生公司里的人吗？"

"是的。"

"那是四月份，或者五月份的事吧。当时他说，就要出国旅行了……打那以后，杳无音信。"

姑娘送茶来，老人请香取喝茶。看上去，松见是位老好人，但是久经风霜的脸上记录着他这个铸工多年来在各地流浪的艰辛。

"以前，浅田先生当铸工的时候，厂里发生过火灾，这事您知道吗？"

"那是本所区的衡器厂吧，在菊川町。当时，那一家厂有铸造部，我把浅田米造先生和竹内先生介绍过去的。你怎么知道这样的旧事呢？那场火灾以后，浅田先生总算还有消息，竹内先生却不知去向了。"

"竹内先生是什么地方的人？"

"在石川县的北面，听说，靠近浅田先生的老家。"

"是不是轮岛？"

"不是轮岛。他也是介绍过浅田先生的次郎介绍来的。记得,他像是在另一边的海岸,叫津久摩吧。"

"您知道不知道竹内先生现在在哪里?"

"不知道啊,这就是铸工的坏脾气……有一次,他的弟弟来过。"

"弟弟?是竹内先生的弟弟吗?"

"是啊,他也是个铸工,在各地流浪。"

这时,在户田桥二丁目的路上叫香取倒车的那个身穿黑西装的男人的面孔浮现在香取的眼前。

"松见先生,他什么时候来过?"

"大概是去年春天吧。很像他哥哥,个子很高。"

"他是来打听哥哥的去向吗?"

"是的。可我只知道二十二三岁时的竹内先生,所以问我也答不上。奇怪得很,他也和你一样,问起本所的工厂的失火的事呢。"

"他的衣着、相貌是怎么样的?浅黑色面孔,满脸胡须,瘦瘦的身材,声音嘶哑,是不是?"

"是的,你说得对。"

香取暗下思量:寻找哥哥的这个人,也许是那个男子,看上去大概有四十二三岁的样子……这是怎么回事?弟弟在寻找哥哥,他也问起火灾的事;竹内的哥哥的失踪和浅田经理的失踪;自从本所发生火灾后过了 30 年,他们俩都同样杳无影踪。而且,经理是遇到竹内的弟弟以后失踪的。那个身穿黑西装的人,是不是竹内的弟弟?火灾、本所、浅田经理、哥哥竹内——在这当中有什么联系?

香取碰壁了,但感到无比兴奋,同时又十分疑惑。

"松见先生,你能不能告诉我,竹内先生兄弟俩叫什么名字?"

"喔……"老人把手放在头上,想了一会儿。"请稍等片刻。"说着,走进里屋去了。

过了一会儿,老人从里屋出来,说:"我去找从前的贺年片,可是东西被小孙子翻乱了,找不着,旧的贺年片都不见了。哥哥大概叫竹内照松吧,弟弟只来过一次,我叫不出他的名字。"

香取秀男道过谢,急急忙忙离开松见家。他要去向十善警部报告。

十三

比起香取秀男的突然出现,倒是香取所提供的材料更使十善警部感到震惊,这完全是出乎他意料之外的情况。

侦查工作已经发展到没收"远东商行出售的烧水壶"这一阶段。为了不至于给市民们带来刺激,侦查工作秘密地进行着。这比公开侦查困难得多。正在这个时候,香取秀男提供了浅田米造当铸工时期的情况以及他和竹内兄弟的关系,这使警察当局更加坚定了追捕竹内的决心。

十善警部对香取的态度,显然和 25 日询问香取时迥然不同了。

"香取先生,谢谢。你跑到石川县去,实在太辛苦了。我们也和石川警察局联系过,对我们的询问,他们只回答说,浅田先生没有回去过。"

香取望着满脸喜悦的十善警部,不禁想起自己访问北方海岸的名舟时,达治郎老人曾说起派出所警察到他那儿去过。

"警部先生,在追查过程中,我产生了一个疑问:为什么浅田经理和竹内照松都失踪了,而且是相隔了30年之久。"

"你问得很好。不过,香取先生,这个问题迟早会解决的。有人看见过竹内市松,我们正在全力以赴追究市松的踪迹呢。"

"您是说有人看见过竹内吗?"

"是的,他改姓换名,叫垣之内太一郎,在川口市宇见铸造厂干过活儿。23日那天,他离开户田桥,销声匿迹了。"

"这么说,那个人就是弟弟竹内吗?"

"我们基本上断定他就是竹内市松。香取先生,你的汇报使我们掌握了一件重要的事实:你告诉我们有个叫竹内照松的人物,照松的失踪不会与浅田先生的失踪毫不相干。我们在猜想,很可能是弟弟市松杀害了浅田先生。"

"什么?市松?那个穿着黑西装的男子吗?"

"是啊,我们推测,也许照松从前吃过浅田的亏。你刚才不是说过吗,市松到足利去向松见先生打听他哥哥照松的下落。这说明,他对那件事很不清楚,便只好向从前的熟人打听,或者可以这么说,多年来市松一直在寻找他哥哥的去向,但是实在找不到,只好去问松见老人了。香取先生,或许我们还得预料更严重的情况。"十善警部刚毅的脸上泛起激动的神色。

"这么说,是我们经理把竹内照松……"

十四

石川县风至郡有个渔港,叫小木町。翻开地图就知道,它坐落在北面的边缘,与轮岛市遥遥相对。从七尾市顺着海岸朝北可到穴水车站,再从那里乘公共汽车往东开35千米就能看见一个海湾。小木町就面临这个海湾。从小木町出发,越过小山皇,往山里走大约两千米,有一个村子,叫上市之濑。村里的居民不到50人。小山丘上有梯田,从那里俯瞰,明媚的九十九海湾尽收眼底,就像一片菊叶。梯田如同千枚田一般,都是一小块、一小块的。过了梯田地带,地势渐渐升高,那就是针叶林繁茂的高濑山。从这条山路到树林的入口处有一片疏林,有人在那里发现了一个陌生男人的尸体。那是12月22日,一个寒风刺骨的傍晚,上山打柴的村民发现了这一情况。

小木町派出所的警察立即赶到现场验尸。死者身穿黑色西装,是个四十来岁的男子。死去已有十天了。因为那里是高岗地区,通风好,气候寒冷,所以尸体刚刚开始腐烂。村民们闻讯后都跑来看,有一个农民大叫起来:"这是竹内叔叔呀!到东京去干活的竹内叔叔呀。"

在死者的口袋里找到了遗书,警察断定为自杀案。

警方查明，死者确是竹内市松。25年前，他离开了上市之濑村的老家，现在村里已没有他的家了。因为他们兄弟俩早年外出，杳无音信。做母亲的也在十年前去世，没有人继承家业。不过，村里还有一些他小时候的朋友，认出他的那个农民就是他小学的同学。市松的遗书有两张信纸，遗书上详细地谈了如下情况：

我生在石川县九十九湾后面的上市之濑村，我出生的家庭已经没有了。可是，临死前，我还是决心回到我出生的村子里来。我有过母亲，也有过哥哥。哥哥早年上了东京，当铸工。我也想当一名铸工，就把母亲一个人留在村里，到东京去找哥哥。我们在东京本所区菊川町的守山衡器厂干活儿。我在那里认识了哥哥的朋友浅田米造。昭和二年，本所的这家工厂发生了火灾。失火后第三天，我哥哥突然不见了。我到处打听，还是不知去向。我找遍了全东京。每逢有铸工从外地来，我就向他们打听哥哥的事。可是没有一个人知道我哥哥的消息。我忽然想起哥哥失踪前说过："米造那个家伙，趁火打劫，拿了锡。"米造和我哥哥同年，比我哥哥机灵，师傅很喜欢他。当时我哥哥说得很认真，我却根本没有放在心上。不久，厂方查出一大堆锡在失火时遗失了。他们说，有人偷了，一定是我哥哥偷了锡，把它变卖后逃走了。这也难怪，我哥哥失踪了嘛。又过了一个月，米造辞离了衡器厂铸造部。那时候，有一个传说使我觉得非常奇怪：米造的脚上有一大块烫伤的地方。火灾时，米造到底在什么地方烫伤的？说不定米造和我哥哥一起偷了锡。我哥哥告诉过我的话，我记得很清楚，所以我向上司报告了。可是上司根本不相信。他们把我哥哥一个人看作坏人。两年过去了，三年过去了，我哥哥仍然杳无音信，好像石沉大海一般。我回到石川县九十九湾去看过了。哥哥没有给家里去信，哥哥不给母亲写信确是怪事。在这以前，哥哥经常给母亲写信，他还叫我写信呢。打那以后，直到现在，我一直在寻找哥哥。我找遍了日本全国的铸造厂。可是没有一个人知道我哥哥的消息。我不能不认为哥哥已经死了。我逐渐形成了一种想法：我哥哥是在本所的衡器厂死的。我做了一个梦：我哥哥和米造在化铁炉前打架，我哥哥被打昏了，米造便把我哥哥扔进炉子里，这样是找不到罪证的。在一千度以上的炉子里，包括人体在内的一切东西都会熔解的。米造干得出这样的事吗？不过，除此以外再也想不出哥哥失踪的原因。哥哥失踪前，人家看见米造和我哥哥在炉前悄悄地谈着什么。我向大家打听了，谈话以后的情况他们都一无所知。

我到处寻找哥哥，不知不觉已是一个42岁的人了。我流浪到川口市的宇见铸造厂来。这时候，我偶然在报上看到浅田米造游历欧美归来的报道。浅田米造穿着一身笔挺的西装，站在飞机场向许多欢迎的人们挥手致意。我一看米造，心头的怒火往上直冒。这个家伙是偷了锡才发财致富的。他杀了我哥哥，还瞒着大家若无其事地活在这个世界上。应该叫他落个和我哥哥同样的下场！打定主意以后，我就想尽办法。我常常站在两国桥下观看东洋织品工业公司的经理室。有一天，我在室町街上和米造相遇了。他从公司走出来，我就一直跟踪。那天，米造恰巧没有乘自己的小汽车，他在街上步行。米造把造金字塔模型的事告诉了我。我一听，表现得很有兴趣。米造看到我高兴的样子，便叫我替他做。米造对我毫无戒心，他是表里不一的坏蛋。可能他当时在想，把做金字塔模型的活儿交给我，多少能减轻一点他以前的罪过。我心中暗笑。我说我要给他介绍一个造型的能手，从而把他诱骗到户田桥的家中来。米造一进屋，我就把门锁上，然后对米造说："就用锡做金字塔模型吧。"米造的脸色顿时非常难堪。啊，竟是那么一副面孔！我冲着他说道："30年前，是你杀了我哥哥,并把他扔进了化铁炉的吧!"愚蠢的浅田米造一心一意想造金字塔模型,突然面对30年前犯下的自以为神不知鬼不觉的罪行,当然大为震惊,全身发抖。我满怀仇恨,用早已准备好的绳子把他勒死,把他的尸体塞进壁橱里。然后,我穿上西装走出门,叫等着他的包车司机回去。这一切都成功了。22日清晨,我从天花板上拿下了早已准备好的箱子,把米造的尸体装进去,不动声色地扛到宇见铸造厂。一清早,走在昏暗的路上,我没有遇见什么人。我要学米造以前做过的那样,不留下丝毫犯罪的痕迹。成功的希望使我激动不已。走进厂里,巧得很,值班工人还在沉睡,我先把箱子扔进炉子里,装着若无其事的样子等生火开炉。7点钟,我点上了火,箱子一瞬间就烧着了,我把生铁、石灰石和焦炭扔下去,这时我才放下心来,完全不留痕迹的犯罪成功了。那天铸的是烧水壶。当我的视线落在厂里的造型砂上的时候,我吓傻了:烧水壶的加热度是一千度。我太慌张了,竟忘了处理米造的金牙,因为一千度是不能熔化金牙的,命运使我坠入无底深渊。我知道,迟早我的犯罪会被人发觉。不过,我对这个人生没有什么留恋,我想办的事已经办完了。现在,我从上市之濑村的山上眺望着遥远的九十九湾。这个村子,是日本沉降最厉害的地方,地面年年往下陷,海湾一点一点地侵蚀着下游的平原。想到这个村子也终究要沉到海里去,我也不怕死了。刚才,我到无人祭扫的坟地去扫过我母亲的墓。对这个世界,我再也没有什么留恋了。

1月15日,还处在新年的休假期间。穿着节日盛装的姑娘们在东京文京区传通院大街上打羽毛球。从传通院前穿过初音町,在向通电车的大路去的中途,有一个肮脏的角落。那里有不少人从事着业余装订工作,所以15日就有女工来上班了。早上10点钟光景,横井装订所的老板娘在昏暗的厨房里惊叫起来。她想拿烧水壶去装水的时候,失手把烧水壶掉在地上,壶嘴儿掉下来了。

"年底才买的,铸件毕竟不牢啊。"她喃喃自语,把掉下来的壶嘴儿捡起来捂上去。仔细一看,烧水壶做得不好,壶底太厚,破裂的就是这块过厚的地方。

"奇怪啊。"说着,老板娘的眼睛突然发亮了,在壶的破裂处有一样东西在闪闪发光。老板娘注视了一分钟,忽然吓得脸色苍白了。

"金子啊!快来看哪,烧水壶里有金子呢!"老板跑过来一看,顿时也吓得面如土色。烧水壶里出现金齿的消息立即传到了老板娘买水壶的初音町天马堂食器店,警方在当天接到了报告。

十善警部给太子堂的浅田家打了电话,但是十系子和香取秀男已经不在那里了。警部严肃的面孔露出了一丝微笑。

小熊贝贝的秘密

【日】仁木悦子

一

"吃过午饭，妈才带你到外面去玩。我们现在来看看今天的便当有什么菜好不好？"

我一边把红色小便当放在吃饭间的餐桌上，一边对小女儿说。嚷着要穿鞋子到外面去玩的铃子看到便当就抛下鞋子，摇摇晃晃地走过来。

"要先洗手才行啊。来，快把手洗干净。"

洗手时，铃子还直嚷着"我要吃饭，我要吃饭"。

我的大儿子哲彦可以说聪明伶俐而略带神经质，他在这个年龄时不太喜欢吃饭而使我伤透脑筋。比起哥哥，这个铃子既会吃又会睡，真是个很好带的女娃哩。

"好，我们现在可以吃了。你要乖乖坐下来吃哟。"说着，我让她坐到她专用的高凳子上去。

"我要吃了。"

铃子眼睛闪亮地自己打开了便当盖子。每天早上为上幼稚园的哲彦装便当时，我会把铃子的一份也一起装好。有时候我也会为自己准备一份。这样不但可以省去准备午餐和饭后洗碗盘的麻烦，孩子还很高兴哪。

铃子使用汤匙猛吃着她的饭。最近以来她吃饭已不会弄脏桌子了，所以我也轻松了许多。我一边用餐，一边将早报摆在餐桌上读着。其实，做父母亲的人最好不要在孩子们面前边吃饭边读报。不过，我原本就不是个模范母亲，不阅读报纸应该比边吃饭边读报更不好，所以我就习惯利用午餐的时间来看报。现在的报纸页数越来越多，要把一份报纸从头至尾过目还真不简单哩。忙着家事和育儿的主妇，早报还没有看完就见到晚报送来，晚报还没有看完就来第二天的早报——这不是常见的现象吗？

看完"家庭妇女"版后，我翻开下面一页。今天是星期三，所以报纸上有"留言板"栏。这是专门刊载读者投书的一栏，内容以"出让""欲购"或"请联络"之类事情为多。哲彦出生时，我曾经投书"欲购婴儿床"而顺利达成交易。当时我先生说婴儿床买新的算了，我却不愿意为使用期短暂的东西花掉太多的钱，所以还是登了报。很快，我就接到居住在练马区的一位太太打来的电话，结果除婴儿床以外，连婴儿用座椅、四轮车等东西都以"孩子已大不再使用"为理由，以极低廉的价格卖给我了。由于有过这样的经验，所以我对这一栏格外有亲近感，虽然没有什么目的也要过目一下。

"咦?!"

看到"留言板"栏中央处时，我发现下面这样的几行文字——

持有木崎七重小姐所写之童话本《小熊贝贝》的人士敬请惠拨电话。

文末有"深渊则子"这么一个名字和电话号码。

"小熊贝贝——"

我不觉呻吟。这不是太意外的事情吗？

"妈，读《小熊贝贝》给我听!"

铃子从高凳子上滑下来就跑到邻室去。她提着一本已不成样的册子回来时，我刚好站起来准备打电话。

"读贝贝给我听，妈，读贝贝给我听!"

铃子缠着我说。我于是再度坐下来，把铃子抱到腿上就将这本小册子打开。这不是普通的书本，而是用钢笔写在稿纸上的故事加上封面封底装订起来的。册子里有几张利用稿纸空白的背面书的插图。这是已故的木崎七重小姐送给当时还是大婴孩的哲彦的礼物，我本来有意当作七重小姐的遗品好好珍藏的，可是孩子们——哲彦和后来出生的铃子——对这本册子珍爱异常，经常要我读给他们听，长年翻阅的结果变成如今这般不成样的东西了。

"小熊贝贝把一棵栗子连壳一起吞下了。它的肚子这就疼起来。哇……哇……妈，救救我吧! 大夫，救救我吧! 哇……哇……"

白纸上画的是穿着红色吊带裤的小熊正在啼哭的样子。

事实上这个图是照实际的东西画的。那就是此刻被丢在隔壁房间榻榻米上的塞以棉花的布制玩具"小熊贝贝"。

那是哲彦大约两岁半的时候。一天，我带着哲彦去探望暌违许久的七重小姐的病况。木崎七重小姐是我在少女时代通过少女杂志结交的笔友，后来由于两人意气投合，所以一直都保持着友谊。从小就心脏不好的她，这时已过着病榻生活了。

或许是不期在报纸上看到她的名字的关系吧，那一天的情景历历如绘地浮现在我眼前。

她家在离自由之丘车站徒步不到五六分钟的高级住宅区的一个角落。她住的这幢虽然有些旧，却古趣盎然，而且相当大。

按门铃后，一位年近50的清瘦型女性出来为我开门。

这是七重小姐的表姐白根须磨女士。她自从年轻时代守寡后，曾经干过多年的护士，目前在这个家里照顾着七重小姐的病和处理一切家务。

"请进。听说你要来，七重她高兴得要命哩。"

须磨女士是言语举止非常娴雅的一个人。她对七重小姐的照顾可以说是无微不至，甚至于片刻都不敢离开身边的样子。

我被带到甬道尽头处的房间。躺在窗前床上的七重小姐以微笑迎接了我。

"嘿! 小哲，你长大许多了。上次来的时候，你连走路都还不会哩。"

七重小姐的声音清脆，给人一种温暖的感觉。

"七重姐姐，你好。你的气色很不错嘛。"

这是我说的话，实际上她的气色一点都不好。她的病况看样子已经相当恶化，眼睛更是浮肿着。可是，还没结婚而经年在家里过日子的她表情倒很年轻，绝对看不出比我大一岁哪。一双乌溜溜的眼睛更显出少女的模样。

我让哲彦拿着带来的小熊贝贝自己玩，然后就坐在她的床边和她天南地北地聊起来。

"请用茶。"

须磨女士用在房间一个角落的瓦斯炉烧的开水沏茶给我。这个房间在和窗户相对的角落上有瓦斯炉和料理台。听说这是在七重小姐还能在房间里行走的时候，造来烧开水的。

"你不用客气了。趁我在，如果要买东西去，你就请便吧。七重小姐我会照顾的。"我说。

须磨女士整天看病人也够累的吧？趁我在的时候让她休息一下，何尝不是好事一桩呢？

须磨女士却微笑着说："谢谢啦，我现在没有什么事情。我就陪宝宝玩着吧。"

她说着就和哲彦一起玩起来。

"七重姐姐，你这样侧卧着不会不舒适吗？我帮你改仰躺姿势，要不要呢？"

七重小姐此刻的姿势是背对窗口，向左侧卧着。看到她呼吸有些困难的样子，我就开口问她。

"不要紧。心脏在下面，这样我反而会觉得舒坦的。晚上睡觉，我差不多都是这个样子哩。可是……"

七重小姐自己缓缓转身改为仰卧姿势后，从窗口望着蔚蓝色的天空。

"夜里，我有时候会这样望望天上的星星。望望天上的星星最能使我心神安宁……"

"夜里，你难道不拉上窗帘吗？你这样会冷吧？"

"冬天当然不行。可是，这样温暖的天气，我就会让它敞开着。"

七重小姐恢复了以左为下的侧卧姿势。她说她还是这样子最舒适。虽然偶尔会望望天空和星星，她一天24小时的时间，大部分是这样背对着窗户的吧？这么说，她一天里看得最多的是和窗户相对的这面墙壁了。那里贴的是有青灰色细花的壁纸，壁纸本身的花纹虽然很高雅，但偌大一面墙壁未免显得凄凉。我真想选择什么悦目的东西为七重小姐挂上去。

"七重姐姐，找一幅风景或静物之类的画挂到这个墙壁上怎么样？让我下次带来好不好？"

"谢谢，不过，你不用操心吧。我准备把一幅瑞典刺绣壁画挂在这里。我目前在绣的台布一完成就会挂上这里的。"

床边的小茶几上有和稿纸、圆珠笔放在一起的瑞典刺绣的布，七重小姐身体状况好的时候，好像在绣这个东西。她不像我这样无能，她颇富文才，不但擅于做短歌或诗，有时候还写小说一类的文章哩。她对手艺也很在行，身边永远带着一个亲手制作的瑞典刺绣的小包包。现款以及存款簿等重要的东西，她都是放在这里面的。

七重小姐过的生活并不富裕。她的国文学家父亲不久之前逝世，幼时丧母的她后来和继母一起生活，但这位继母却较父亲先病故，因此，七重小姐的亲人可以说只有继母嫁来时带来的一个拖油瓶弟弟而已。名叫木崎英三的这位弟弟今年二十三四岁，居住在涩谷地区。他的职业是在一家广告影片公司担任摄影师。这是一名善于和人打交道而喜欢说话的青年。七重小姐的经济来源只有将这幢房子二楼的房间租给三名学生的租金和把父母亲留下的股票零细出售而得的款项。她的养病生活完全依赖于此。她穿的睡衣以及用的床单虽然很清爽,质料却是很普通的。她从来没有为自己在生活上的不如意发过一句牢骚。她虽然生活清苦而伤脑筋的事情也多,可是,每次我去探病,她都露着微笑见我。租二楼的学生们都知道这个家里有这么一位病人,所以从来不吵闹,也不走近这个房间(实际上这是出租二楼房间的条件之一)。七重小姐本身当然不可能发出大声,而白根须磨女士又是这么一位娴静的人,因此,这幢古色苍然的屋宇从外观看来简直和无人居住的空屋一样。

现在在这幢一片寂然的屋里发出大声的只有哲彦一个人而已。开始的一段时间他还很乖,可是,习惯之后就蹦蹦跳跳起来。

"妈!你看!这是阿姨做给我的。"

他拿着须磨女士用现成的纸张折给他的一些纸鹤之类东西跑过来要我看。接着,他好奇地东碰西碰房间里的一些摆饰品。我实在拿他没有办法,于是只有站立起来。

"我想我该告辞了。小家伙这样乱吵,会影响你的身体的……"

"不要紧,我不在乎。你很久没来了,多聊会儿嘛。"七重小姐虽然这样说,脸上确实有着疲倦的样子。我只好匆匆告辞,走出她家了。这时我由于临行仓促,竟把一件重要的东西忘了。这就是小熊贝贝。我发现忘记把小熊贝贝带回,是我们搭乘电车回到我家附近的商店正在买东西的时候。

"算了,我们改天再去看她吧。"

我窥望快要睡着的哲彦的脸,喃喃自语着。

这天晚上我被搞得够受的了。哲彦有每晚抱着贝贝睡觉的习惯,现在没有这只小熊,他啼哭着怎么样都不肯睡觉哩。非常疼爱孩子的我那个老公并没有发脾气,可是,为了不让他心烦,我就背着哲彦到外面,荡来荡去地直到哄他入睡为止。我丈夫浅田史彦是在一家报馆服务的直升机驾驶员。他由于工作上的关系,需要足够的睡眠,我怎么可以让哲彦妨碍他的睡眠呢?

第二天,我带着哲彦再度来到自由之丘。

"哈!小哲,你哭得这么厉害?贝贝在这里睡得倒挺乖的哩。"

躺在床上的七重小姐一边微笑着,一边从床边的木架上取下这只小熊。

"还有,这是阿姨送给小哲的礼物……"

她这时交给哲彦的就是用稿纸订成的小册子《小熊贝贝》。当时这只布制玩偶贝贝绝不像现在这般肮脏,它浑身雪白、毛茸茸的样子非常可爱,红色吊带裤也很鲜艳。以这样的贝贝为主角而写成的约五张稿纸长的童话和数张可爱的插图是七重小姐在一晚之内完成的。

"她在做这样的事情的时候最有精神,一点都不觉累哩。这个封面倒是我帮她弄的。"

须磨女士从旁微笑着说。

"嘿!是贝贝!妈,你看!贝贝在吃东西呢!"

在哲彦的心目中,贝贝已是情同手足的存在,他怎么会不为这本故事册子高兴得要命呢?穿红色吊带裤的小熊贝贝因为没有咀嚼就把栗子连壳吞下去,于是肚子疼起来。大夫只好用剪刀把它的肚子剖开,取出栗子后,再用针线把肚子缝好。贝贝好了之后就说:"以后吃东西,我一定会好好嚼的。"

"这篇童话还挺有教育意义哩!"

听到我这句话时,七重小姐难得一见地发出声音笑了。

这一天我的访问目的只在于取回小熊,所以没有逗留多久。没想到这竟成了我和她的最后一次见面!她在约莫三个月后的一个夜里,由于病势突然恶化而凄然去世了。

须磨女士当时立刻以电话通知我,而出殡时我却没有参加葬礼。因为那时我怀了铃子即将临盆。

二

我一手拿着报纸,一手拨了电话号码。

"这里是绿庄公寓。"

电话里传来上了年纪的女人声音。这好像是一所公寓的样子。于是我告诉对方要找一位深渊小姐。等一分钟左右后,话筒里听到比较年轻的女性的声音——

"我是深渊——"

"我打电话来是为了今天在报纸'留言板'上看到的有关'小熊贝贝'的事情……"

我这句话刚说完,对方立刻以兴奋的声音说:"您……您有这本故事册子,是不是?"

对方对这本故事册子的关心似乎非常殷切的样子。这本《小熊贝贝》并不是正式出版的书,可以说世界上仅有这一本,这个人怎么知道有这个东西的存在呢?

听到这本册子在我手上时,深渊则子表示非常高兴。她说她是已故木崎七重小姐的好友,为要怀念故友很想看看这本册子,所以问我可否即刻前来拜访?我就回答可以。这个人说来有些性急,可是,想到有人这般怀念七重小姐,我就涌起了和这个人见一次面的向往。我告诉她来时怎么走后,便将电话挂断了。

原来深渊小姐住的地方在和我家一样的小田急线沿线,所以半个多小时就到了。她的年龄果然不到30岁,和我依据电话声音的想象没有出入。她身上穿的是绿色成衣洋装,使化妆和发型有些庸俗的她因而显得格外诚实可靠。

"欢迎,请上来坐。"

我刚说话时,从幼稚园回来的哲彦一声"我回来啦"就进到屋里来。

"妈,你看,我又画图了。我今天画的是直升机和飞机。直升机是RA2型的,而飞机是747。你看嘛!"

他总是喜欢把在幼稚园画的图带回来给我看。

"啊,画得很好。小哲,你还没有向阿姨说'你好'咧。"

我虽然有些烦,却也称赞一下儿子画的图。这个孩子可以说是飞机迷,一天到晚地画飞机或直升机。他以航空机为题材画过的图叠起来恐怕有富士山那么高吧?我看都看烦了。

看到深渊小姐平易近人的样子,我就请她到吃饭间坐,并且以红茶招待,顺便把一些点心分给哲彦和铃子。铃子由于还没睡午觉,所以连连用手臂擦着眼皮。一般的人在这样的情形之下,通常都会说"好可爱的宝宝们喔"之类恭维的话,而深渊小姐却沉默不语。她这木讷的样子反而引起了我的好感。

"太太，请你不要客气。——这本册子现在在哪里呢？"她好像急着想看这本册子的样子。

"小哲，这位阿姨想看看你的《小熊贝贝》。——你去拿来吧。"

"嗯。"

哲彦放下吃了一半的糕点盘子就跑到隔壁房间去。

"谢谢你，小哲。让阿姨看一下好吗？"

深渊小姐抢也似的接过哲彦带过来的已不成样的小册子就打开来看。这时我说了一声"失陪一下"，就到隔壁房间去铺被准备让铃子睡午觉。铃子困的时候向来不会吵闹，不过，随时随地都可能打起盹来。我铺好被回来时，她果然在餐桌上托着双腮，睡眼惺忪地望着深渊小姐。

"小铃，妈抱你去睡午觉好不好？"

我抱起了小铃。

"妈，再给我一片饼干。"哲彦撒娇着说。

"不行。饼干吃多了，待会儿晚餐就吃不下，你去画飞机好不好？因为小哲画得很好嘛！"

以这一点来将他是非常管用的。

"好！那我就画飞机吧。"

哲彦一下从椅子上跳下来。他拉开食器橱下面的抽屉，抽出几张纸就坐到餐桌前画起他的画来。铃子躺到床上就立刻睡着了。哲彦全神贯注地画着飞机。我这才心神安宁地和深渊小姐面对面坐了下来。

"看到七重小姐写的这本册子，我更无限怀念起她了。"

深渊小姐抬起头呢喃着说。

"深渊小姐，你是怎么知道有这么一本小册子呢？"

我终于开口问了耿耿于怀的这件事情。

"是七重小姐在信上告诉我的。虽然我和七重小姐一次都没有见过面，可是，由于笔友的关系，我有许多她寄给我的信。前些日子里，我在整理旧日信件的时候，偶然发现七重小姐的一封信上有这样的一段——'我在稿纸上写了一篇叫作《小熊贝贝》的童话，然后装订成册，送给一个叫作小哲的小弟弟'。以前接到这封信的时候，我没有特别留意这一段，可是，现在再看，我一时压抑不住对她的思念，所以很想看看这本小册子——"

"原来你们是笔友？说实在话，我和七重小姐也是由笔友而认识的。"

"遗憾的是我和她始终没有见面的机会。我和她是通过《小少女》这本杂志而结为笔友的。"

"《小少女》杂志？那和我的情形同样啊。"

听说七重小姐是在向《小少女》杂志的征求笔友栏投稿后接到包括我在内的四五名女孩的去信的。她生前我没有问过她除我以外有没有笔友的事情，而现在才遇上深渊则子小姐这么一位。我顿时回忆起自己的少女时代和七重小姐鱼雁往返的一些往事而沉湎在伤感的遐想里。

深渊小姐终于开口说出令我担忧的事情来。她希望我把这本《小熊贝贝》让给她。我只好婉言拒绝！这本册子一方面是七重小姐的遗物，同时又是我家孩子们最心爱的东西，我怎么能让出呢？于是，深渊小姐提出暂借两三天的请求来。

"很抱歉，我也不能借给你。因为我两个孩子每晚睡觉前一定要我把这篇童话读一遍，不然他们是不肯睡觉的。"

我以孩子们为借口，拒绝了这项请求。我虽然不是不相信这个人，可是看到对方如此执着于这本册子，我顿时有了东西借出去之后会一去不复回的预感。

"那就这样吧，深渊小姐，我把这本册子拿到文具店去复印。把复印的东西装订起来，不是一样吗？"

深渊小姐脸上虽然有未能如愿以偿的失望表情，可是看到我毅然的态度只好无奈地说："那就拜托你啦。"

我答应一定会在两三天内把东西复印好，到时候再打电话给她。

这天晚上我们家的晚餐场面相当热闹。晚餐时有爸爸在，孩子们就会欢天喜地地蹦跳个不停。我先生史彦由于工作上的关系，平常回家的时间都很晚，偶尔早归也是在8点钟的时候，所以和孩子们一起用晚餐的机会可以说是绝无仅有。

"告诉你，今天有一件新鲜事哩。"

我让老公过目今天日报上的"留言板"栏后，向他提起了深渊则子小姐来访的经过。

"哦，这般热心的人很难得嘛。"

我老公也表示感佩地说。史彦有一头又粗又黑的头发和宽大的方形下巴。可能是由于空中的紫外线格外强烈的缘故吧，他浑身被晒得黝黑极了。其实，这样更有男人味——我常以这一点而觉得骄傲哩。

"咦？！小铃，你在干什么？这样弄，本子会被你搞坏啊。"

我对吃过饭正在自个儿玩着的铃子说。原来她把手插进将稿纸折成一半而装订成册的这本《小熊贝贝》的折缝里了。

"快把手抽出来，书本要珍惜才行啊！你这种坏习惯是哪里学来的呢？"

铃子听到我的骂声也并不住手，又把手插到另一页的折缝里去。

"妈，小铃在学今天那位阿姨呀。她以为这样就很能干哩。"哲彦瞅一眼妹妹说。

"今天那位阿姨……"

"是啊，就是今天来过、要我把贝贝故事书借给她看的那位阿姨呀。"

"她……她怎么啦？"

"她就是这样把手——插进所有的折缝里嘛。"

"她真的这样吗？"

如果这是真的，那她一定是利用我到隔壁房间去为铃子铺被的时间做这件事情的吧？铃子当时虽然困得要命，却睁眼望着深渊小姐的动作。和所有这个年龄的孩子们同样，铃子当然有看什么学什么的习惯。哲彦说的话应该不会是假的。但，深渊小姐干吗要做这种事情呢？

"我觉得有点不对劲。"我先生突然说。

"什么地方不对劲呢？"

"这个姓深渊的女人——莫非她是来查什么东西的？"

"查东西？"

我感到不寒而栗。他这样说未免令人心里发毛。

"查东西……到底要查什么嘛？"

"这一点我倒不知道。虽然有笔友的关系，而对这本书却如此执着，这一点你不觉得不自然吗？把手——插进稿纸折成的书页夹缝，这明明表示在找东西。我甚至于猜想有什么秘密文件夹在这里头哩。"

"别说这种和间谍小说一样的事情好不好？不晓得她发现到什么东西没有？"

"我想应该没有才对。如果发现到字条之类的东西，她大可以在偷了之后装成若无其事的样子啊！你不是说，这个人后来还要求你把这本书让给她吗？"

"不过，这也有点奇怪。她如果是以找东西为目的而进行检查的，没有找到之后，她干吗还要这本书呢？"

"说的也是。"

"你的推理能力未免也太差嘛！"

不管怎样，我还是把《小熊贝贝》放到衣柜最上面的抽屉里，并且上锁了。有人在觊觎七重小姐的这件遗作——我有了这样的感觉。

三

"复印的东西好了，印得还清晰，对不对？"

我把《小熊贝贝》的复印纸放到吃饭间的餐桌上。这是两天后的事情。深渊则子小姐接到复印已好的电话通知，就迫不及待似的来我家取。

"麻烦你了，我会回家自己装订的。"

深渊小姐很有礼貌地道谢后，硬把复印费用留下就回去了。看到她如此的态度时，我宁愿相信她之所以这样做是纯粹出于对七重小姐的怀念之情。

虽然如此，由于丈夫前夜的话而萌起的疑惑，此刻依然在我的心底留有阴影。

我突然心有所思而来到电话机旁，拿起压在那里的剪报又拨了电话号码。

"这里是绿庄公寓——"

电话里传来男人的声音。

"帮我叫深渊小姐听电话，好吗？"

"深渊小姐搬走了。"

"搬走了？"

"是的。这件事情她前天就提起了，但今天刚刚搬走。"

半晌，我说不出话来。不过，我立刻提起精神，提出了一些质问。

深渊小姐大约半年前住进绿庄公寓。她说不久就要结婚，所以带的东西不多，也很少和别人打交道。前天，她突然对房东说："父亲生病，我决定要回乡下老家结婚。"她的东西昨天就捆好运出去了。

我是昨天就把东西复印好的，刚才老公一上班就打电话给深渊小姐。她在电话里说立刻过来拿。

"刚才有人打电话来找深渊小姐。这个电话是我太太接的，所以我不知道打来的是男人还是女人。然后，她来打招呼说要走了。这个月没有住满的房租她也付清了，我们当然没有什么异议啊。"

铃子突然哇地大哭起来。我在匆忙中向对方道谢，挂断电话后，就跑到铃子的身边去。原来她正要爬上吊在木板走廊上的秋千时摔下来了。

"哦——不疼，不疼。妈带你到外面玩好不好？来，给你穿漂亮衣服，要不要？"

我为铃子穿上粉红色套装后，自己也换了一件衣服。把窗户和门锁好后，我们就来到对面的多治木家。依据惯例，我们这一带读幼稚园的孩子们上下课时，都由邻居太太们轮流负责带队。今天轮到多治木太太。哲彦还要三个多小时才会从幼稚园下课回来，只是，为了万一起见，我还是来向多治木太太关照一声的。

"我有急事要出去一下，哲彦回来后让他在你家玩一会儿，好不好？"

多治木太太当然欣然允诺了。多治木家的小升和哲彦是幼稚园的同班小朋友，两家小孩交换照顾已是常事。而且哲彦对我这个来去如风的母亲也习以为常了。

我让铃子坐上停在玄关边的半旧可乐娜车就开出来。虽然这是一辆老爷车，但带小孩出门时还蛮管用的。

两年后再看到木崎家，样子有些不同。为什么会有这样的印象，开始的时候我说不出来。可是，眺望片刻后，我才发现这是由于庭院的缘故。由篱笆间隙望到的这个院子一片荒芜，再也看不到处处花坛和百花争妍的景象。那些花坛是须磨女士利用看护七重小姐的余暇整理的，现在怎么变成这样了呢？

按了门柱上的电铃，没有人应声出来。再度按铃后等了半响，结果还是没有听到应答声。屋里响着的门铃声依稀听得到，大概没有人在家吧？

我抱着铃子回到停车的巷角来，顺便向旁边一家杂货店的老板娘问起有关木崎家的情形。

"你要问的是木崎家的情形吗？卧病多年的小姐去世后，白根女士依然住在那幢屋里。她工作的地点是前面第三个公车车牌旁边的村上外科医院。她在那里当护士，每天由家里上下班。"

"住在二楼的几位学生呢？"

"都被请出去了。其中的两位搬到哪里去我不知道，不过，高个子的圆山先生现在搬到车站前面商店街一家糕饼店的二楼去住了。当时他跑到我这里来哭诉说'被赶出来没有去处'，所以我把他介绍到这个地方去，这家店的店号叫作鹤屋——"

"那——这么大一个屋子，现在只有白根女士一个人住吗？"

"不是一个人住。还有一个听说是去世的小姐的弟弟。不过，这也不是说两个人在同居，他们是楼上楼下分开住的。"

据杂货店老板娘的观察，这两人不但不是同居，彼此还相当反目，虽然住在同一幢屋子里，却很少交谈。

"我有一段时间没有来，没想到院子完全荒芜了。是不是白根女士开始上班后，没有时间照顾呢？"

"好像不尽然。这是把院子乱挖的结果嘛！"

"乱挖？谁挖的？"

"就是白根女士和木崎先生这两个人啊。两个人并不是协力挖土，而是一个人趁另一个人不在的时候偷偷挖的。挖的时间多半是在夜里呐。"

"啊……这样挖到底有什么目的呢？"

"这我也不知道。听说，屋里也是变得乱七八糟的哩。纸门挖洞、壁纸撕下……情形好像很糟的样子。不过这些地方后来又叫人裱回去了。"

我有些被搞得如坠云里雾中似的感觉。

我忽有所思地问起老板娘知不知道七重小姐生前看的是哪一位大夫？结果得到的答复是这样的："前面约三百米处有一家富田诊所。大概就是那位年老的内科小儿科医师吧？"

来到富田诊所，已是11点稍过的时候。

"你要挂号，是吗？"

坐在药房小窗口前的一名见习护士模样的女孩问我。

"不，我们不是来看病的。我有事情想见大夫一下。劳驾你告诉大夫说我是木崎七重小姐的朋友，行吗？"

这位年轻护士走到里面去。片刻后，她出来说："大夫正在为病人看病。他说12点的时候可以和你见面。"

说话的口气相当冷漠。

"谢谢，那我12点多的时候再来就是啦。"

我把车子留在医院门口，走路来到商店街后，进了一家面馆。为了怕时间拖长，我准备让铃子先吃一点东西。我叫了乌龙面。

吃完面后回到富田诊所来，刚好12点。

富田医师是一位将一头华发梳到后面的温和老人。

"铃子，你还没有向大夫说'您好'呢。"

在我的提醒下，铃子行了一鞠躬。

"哈！这个宝宝好可爱。一般的宝宝看到穿白衣服的人都会哭出来哩。"

"这个孩子很少请大夫看的。"

"应该是吧。你这个宝宝虽然个子小，但很健康，这一点一看就看得出来的。"

顿时，我的脸孔赧红起来。身高在标准以下而体重却在标准以上的铃子是不折不扣的健康优良儿，而她这个模样实在太像我了。带着胖嘟嘟的铃子出门时，我常会受到朋友们这样的取笑而觉得很窘——"我绝对相信这是你的亲生女儿"。

"听说你是为木崎七重小姐的事情而来的，你要问我什么呢？"

"您在忙的时候来打扰，实在不好意思——"

我把想知道七重小姐去世时的详细情形这个意愿说出来。

"那是天气渐渐转热的时候吧，一天夜里，七重小姐的表姐白根女士打电话来说：'患者的样子有些不对劲，好像心脏停搏的样子。'我立刻赶去她家。我到达的时候，病人的心脏和呼吸都完全停止了。据说，七重小姐曾经大声喊叫过，等到白根小姐赶来时，她正在一边痉挛，一边用双手抓着自己的胸前。结果，不到10秒或15秒就断气了——"

"大夫，对不起，让我打岔一下。您刚才说'白根小姐赶来'，难道白根女士当时是睡在另外的房间吗？"

"就是这一点奇怪。起先她说的是：'我睡在她旁边的床上，听到叫声就跳起来。'可是，这个床并没有睡过的痕迹，我觉得有点不对，于是特地再问她一次，结果她就回答说现在已改在隔一间房的另外一个房间睡了。"

"这就奇怪啦。白根女士对七重小姐的照顾一向都是无微不至，同时也片刻不离的——我去探病的时候也看到她甚至于在房间里烧开水而不肯走出一步——这样的她为什么偏偏这个晚上没有在同一个房间睡呢？莫非这一天她们两个人曾经吵过架了？"

"依我看，好像没有过这样的迹象。白根小姐当时不在场，这一点我也觉得奇怪。因为我每次去的时候，她总是从头至尾在场，一步也不离开的。——不过，说七重小姐之死是白根女士不在同一房间而疏忽于看护的结果，这就不尽然了。因为这天下午我去时，七重小姐的病状并没有特别恶化的现象，我也万万没有想到她会如此猝然去世哩。——我们不应该为白根女士没有好好在病人旁边看护而责备她。看护的人有时候也需要透一口气呀。"

"您说万万没有想到她会如此猝然去世——这么说，您对七重小姐的死因有所怀疑？"

"我不是这个意思——"富田医师悻悻然摇头说，"七重小姐虽然没有病情恶化的征兆，可是，这类病患的症状常有为一丁点刺激而猛然转变的可能，所以不能掉以轻心，事先也无法预断的。绝对不能有一丝震撼或惊吓——这一点我对看护的人不晓得交代过多少次了。"

"那……七重小姐这天晚上睡觉的时候，是不是受到什么大刺激了？"

"这种事情你问我，我怎么知道呢？"医师苦笑着说，"病人也不是个小孩，应该不会做噩梦而自己惊吓才对。我以医师的立场表示遗憾，不过，除了把它看作天数已尽之外，还有什么办法呢？"

"现在居住那幢屋子的只有须磨女士和英三先生……那幢房屋的产权是不是由这两个人共同继承呢？"

"哪有继承的可能呢？这幢房屋根本不是七重小姐的，而是向别人租的啊。"

"向别人租的？"

房屋连地都是向人租的——这件事我倒是第一次听到。我一直以为这是七重小姐的父亲留给她的。富田医师说，当时七重小姐的父亲在一所大学当教授，由于空袭而房屋被烧掉，后来，曾经受过他照顾的一位远房亲戚把这幢房屋免费借给他住。

"这位屋主后来看到孤苦伶仃而又一身是病的七重小姐没有去处，就把房子继续借给她住。听说这是居住在千叶或什么地方的大地主老夫妇——有钱人或许不在乎这一点吧？不过，房屋终究还是要被人家收回去的。"

虽然这对老夫妇心地善良，下面的儿女们总不会把这么偌大一笔家财长久放着不管吧？既然如此，七重小姐没有什么恒产吗？我把这个疑问说出来时，富田医师点头道："是啊，股票差不多卖光了。后来剩下的值钱东西，大概只有父亲留给她的一些宝石吧。"

"宝石？"

"对。这些东西，七重小姐曾经给我看过。她有比红豆大一些的三颗钻石和一些红宝石。我担忧她会为医药费而操心——我是一点没有意思向她收钱的——所以一度在有意无意间谈起这一方面的事情。当时她就把这些宝石让我看，同时说股票卖光后，她就要处理这些东西。这些宝石当然值几百万元的。不过她说这是母亲的遗品，在万不得已之前，尽量要保留……"

"这些宝石后来怎么样了？"

"这我就不知道了。会不会是白根女士和英三先生拿去分掉呢？自从七重小姐过世后，我已和这一家无关，所以，后来的事情我就不得而知了。"

"七重小姐出殡的时候，这位远房亲戚有没有来参加呢？当时我因为要生这个孩子，所以没有参加……"

"我好像没有看到这样的老人家。那次出殡的情景也够凄凉……我因为和七重小姐的父亲有世交关系，同时又是长年为她看病的医生，所以也参加了送葬的行列。当时参加送葬的人，除我以外只有白根女士。据说是七重小姐弟弟的那个人，以及租她家楼上的大学生和两三位邻居而已。"

"当时您有没有看到一位叫作深渊则子的女性呢？这个人比我年轻一两岁，肌肤白皙、很娴静——据说是七重小姐生前作的朋友……"

"这一点我记不太清楚，不过，我记得的是当时好像没有一个和七重小姐年龄仿佛的女性朋友。总之，一切事情在白根女士的操办下，算是进行得很顺利。入殓的时候，她把七重小姐生前爱用的一些化妆品和小镜子一起放进去——这是女人家才会想得到的事情，我当时深深受了感动。"

"说起生前爱用的东西——七重小姐有一个从不离身的瑞典刺绣小包……这个东西不晓得一起放进去没有？"

"你说的是那个她经常放在枕头边的淡蓝色布上有绣花的小包吗？当时她给我看的宝石就是从这个小包里取出来的。这个小包……我好像记不起有这样的东西一起放进哩。我当时并没有刻意观察这些嘛。——不过，太太你这样关心七重小姐的事情，这又是为什么呢？"

"也不是为什么，只是这位故人太令我难以忘怀了……"我呢喃而又致谢地辞出了富田诊所。

归途上，我到商店街叫作鹤屋的糕饼店去看看。

"圆山先生上课去了。他说每星期五有重要的课，所以星期五这一天他是从来不缺课的。不过，明天上午他会在家的。"糕饼店老板这样告诉我。

四

"悦子，这件事情说不定……"

听完我叙述的老公，表情突然肃穆起来。这天夜晚孩子们入睡后，我便把今天的经过一五一十说给史彦听。

"说不定怎么样嘛！"

"或许这是我想得太多的缘故吧？不过……可是……"

"你别这样吞吞吐吐好不好？"

"好吧！"史彦用双手拍了一下自己的大腿，"是不是我想得太多，现在来证明一下吧。

你去把贝贝拿来。"

"贝贝？"

我发愣地盯住了老公的脸。三十而立的直升机驾驶员抱着布制小熊玩，这样像话吗？

"我叫你拿来，你拿来就是嘛。"

"是，遵命。"

我站起来就遵照他的嘱咐去把贝贝拿过来。史彦接过去就一把剥下小熊肩膀上的裤子吊带。

"你这是干什么呢？"

他答都不答一声，又将贝贝的裤子脱了下来。

"哈！好笑极了。屁股这里竟然这么白！原来贝贝过去是这么漂亮的哩。"

我"扑哧"笑出来。史彦却以真挚的表情凝视着贝贝袒裸的下腹部位。

"你看！悦子！"

"怎么样？"

塞以棉花的布制小熊贝贝的缝口就在肚子上纵方向的直线上。这下方的下腹部位由于长年为裤子遮住，所以迄今崭新如故，也正因如此，在密密麻麻的身毛覆盖下的缝口一时不容易找到。史彦用手把小熊的身毛拨来拨去后，将一个部位指给我看。

"哦！有了！是用手缝回去的。"

我惊叫了一声。这个地方的缝线曾被挑开约三厘米长，同时又有用白线仔细缝回去的痕迹。

"剪刀！"

史彦还没有开口，我已经跑向隔壁房间去拿放在衣柜上的女红盒了。

"来，我来弄吧。"

接下贝贝，我就以急切的动作，用小剪刀剪开这手缝部分的线了。

"史彦！你看！"

贝贝的肚子被剖开处，滚出来大粒的钻石，一颗、两颗、三颗……同时出来的还有一些红宝石！

"小熊贝贝肚子开刀的故事原来是暗示这样的事情啊！"

史彦吁一口气喃喃地说。孩子们常常也会缠着父亲读这个故事给他们听，所以史彦对它已是耳熟能详。谁想到两年多来重复读过几百遍的这个故事暗示的竟是这样的事情呢？

"还有东西呐。"

从里头我又找出一张用薄纸折叠成的纸条。打开一看，上面是密密麻麻的七重小姐娟秀的字迹。

悦子小姐：

我决定把我唯一的财产交给小熊贝贝保管了。不这么做，我母亲的遗物——宝石——在我死之后，一定会落在贪婪的人们手里。我的表姐白根须磨唯恐我会把这些东西藏起来，或者是交给朋友，所以日夜不断地监视着我。我所有的来信，她一定要拆开来看，请她把电话机移到我的床边来，她也不肯。有人来看我，她就寸步不离开我的床边——这一点你早就看出来了吧？而在我最需要有人陪伴的夜里，她就甩开我，自个儿睡自己的觉去。因为夜里没有人会接近我嘛！算了，我不想再数落她的不是了。她对我还算不错，不过，她最大的期盼还是在等我死后得到这些宝石。而我弟弟英三的态度就积极多了，必要时，他很有杀害我的可能。他以为我的股票和现款还有很多，我告诉他我已身无分文，他也不相信。我知道自己余生不久，看样子我不需要出售这些宝石以维持自己的生命了。请你接受我最后的央托，将这些宝石变卖后，用所得的款项为患有和我同样的症状的孩子们谋求一些福利好不好？

深盼《小熊贝贝》永远为小哲最好的朋友。

七重留笔

半晌，我和史彦都怔怔地望着这封信不动。最后，我终于开口了："莫非七重小姐是被英三……"

"很有这个可能。"我老公颔首说。

"让我来深入调查吧。现在就向警察报告，这样一定会由于证据不足而不了了之的。宝石的事情我们当然也要向警察报告啊。"

"当然要报告，不过，再等一两天怎么样？等我明天把这件事情告诉宇部先生后，再决定如何做吧。"

宇部先生是和史彦很要好的同样在《东都日报》社服务的社会部记者。

"我不反对告诉宇部先生，可是，请他千万别把这个消息写出来。虽然'布制小熊肚里挖出钻石'这样的事情，报纸是乐意刊登的……"

如果七重小姐之死真的是一桩命案，报纸上一刊登出来，这就会打草惊蛇，凶手怎么会露出马脚呢？——我担心的是这一点。

"我知道，叫你暂时不要报警，为的也是这个理由嘛。我不懂的一点是，叫深渊则子的这个人为什么想到要我们这本童话册子呢？由她的行动来看，她好像知道玄机就在这本册子上面啊！"

"七重小姐会不会在给她的信上写了一些什么？这封信的文字当然是轻描淡写的，不然，怎么过得了须磨女士这一关呢？深渊小姐自己说过，以前收到这封信时，并未在意，直到后来再度细读，才感觉个中另有文章……"

史彦对我的看法不以为然的样子。而我们今晚的谈话也到此结束，准备就寝了。我明天还有许多事情要做，不早点睡怎么行呢？

第二天是星期六。

等只上半天课的哲彦回来，我就带着两个孩子走出了家门。

"妈每次只带小铃出去玩，这样不公平嘛！"

由于哲彦昨天提出过这样的严重抗议，所以我今天就答应等他回来后一起出去的。为了节省午餐的时间，我把准备在车上吃的三明治都带着。

村上外科医院虽然是个人经营的医院，却有着堂皇的三层楼病房，同时也是政府指定之急救医院。我本来怕护士小姐们很忙而不能会面，结果，由于是中午休息时间的关系，很快就见到人了。

"是的，我不否认有过这样的企图……"

白根须磨女士在我的追究之下，不得不开口说了。

"可是，我绝对没有拿这些宝石。我翻过屋子里所有的地方，也挖过院子里的土，结果还是没有找到。英三他也拼命地找，可是，到现在为止，好像也还没有找到的样子。他还不死心，继续翻着屋里的每一个角落哩。"

"七重小姐经常放在身边的瑞典刺绣小包——这个东西你当然查过吧？"

七重小姐断气后，在富田医师还没有来到之前，她会第一个打开这个小包——这是不难想象到的事情。

"是的，我本来以为东西就在这个小包里头的……"

"结果，宝石并不在里面。须磨女士，你就把里子都撕下来检查了。这个小包被你弄得破烂不成样，入殓时你就不敢在大家面前和别的东西一起放到棺木里去——对不对？"

须磨女士悻悻然地点了一下头。

"请你把七重小姐去世当晚的详细情形说给我听，行吗？"

"那是6月下旬——23号的夜晚。不，我应该说24号吧。那晚两点多的时候，七重的房间传来惊叫声，我立刻跳起来跑过去看。七重当时仰卧在床上，用双手拼命抓着自己的胸前。我连滚带跑来到她身边时，她叫了两声'ちメヒカメヒ！ちメヒカメヒ！'就不动了。我立刻打电话给富田医师。我同时也打到英三住的公寓去，可是他不在，我只好等到天亮后才打电话到他服务的广告影片公司。这时他说的是：'昨晚加班到很晚，后来赶不上末班电车，只有在公司里过夜了。你昨晚的电话要是打到这边来，我就接得到啊。'在这之后，我也打电话给你了，对不对？"

"是的，我当时确实接到你的电话通知。这ちメヒカメヒ是什么意思呢？她指的莫非是远古时代的恐龙？"

"我实在弄不清楚。七重和恐龙——这种事情应该怎么样也联系不起来呀。"

"英三先生服务的这家公司，名字叫什么呢？我只知道这是一家专门拍广告的公司……"

"他已经不在那家公司了，七重去世后没多久他就离开了。他现在是在一家电器公司工作，这家阳光电器公司规模很小，地点在品川。这个人实在是个无赖，前不久还偷了人家的日记簿……"

"日记簿？"

"是七重的日记簿，我当作遗品珍藏起来的，结果不见了。我猜得出来是英三偷的。"

"他为什么要偷这本日记簿呢？"

"还不是以为这本日记簿写有藏匿宝石的地点？其实，他哪里知道这本日记连一行有关的记载都没有哩。"

须磨女士以嗤之以鼻的态度说。这本日记簿她自己也翻过几百遍吧？最后，我问起有关深渊则子这个人的事情。

须磨女士虽然思索半天，却毫无这个人之印象的样子。我为耽搁她的时间表示歉意后，回到孩子们等着的车上来。

来到鹤屋糕饼店时，读大学的这位圆山先生好像刚睡醒的样子，脸都没有洗就见了我。

"你要问木崎七重小姐的事情？很抱歉，我对这个人没有什么印象可言。因为我几乎没有见过她嘛。或许她才是真正的房东，不过我们都是和白根女士接触的哩。"

没有印象可言，这也是难怪的事情。不过，我还是以期待于万一的心情，问起了七重小姐去世当晚的情形。

"那一天深夜里，我听到白根女士在楼下喊叫的声音，还以为是房子起火了，我就起来从窗口往外面探看。因为没有看到什么事情，我又回到床上睡觉。到第二天早上，我才听说七重小姐去世了。"

"那……医生来过这些事情你都不知道吗？"

"我看到一个男人走出去——那个人会不会就是医生呢？"

"一个男人？"

"我对那一家的事情没有多大的关心，所以也没有注意嘛。"圆山先生搔搔头说。

"那是什么时候的事情呢？是不是听到吵闹声就看到了？"

"是的，我从窗口往外窥望就看到。那一家的院子里不是有一盏灯笼型的电灯吗？这个人的样子就在这灯光的照射下浮现了一下。他正朝大门的方向走过去。这个人好像还抱着一个箱子哩。"圆山先生用双手在空间画出一个四方形说。

"这是一个男人——你没有看错吧？"

"应该没有看错，可是，你这样打破砂锅问到底，我就有些没有自信了。"

"谢谢你啦。"

走出糕饼店后，我带着孩子们来到附近一处公用电话亭。

"小哲，乖乖站在这里，外面车子很多，你不能出去哦。"

"我知道。不过，妈每次讲电话都要讲很久，人家无聊死了。"

"我会很快就讲完的，而且我只打两个地方而已。"

铃子还小不能放，我只好一手抱她一手拨电话号码。

我第一个打去的是村上外科医院，白根须磨女士接电话后，我就问起有关门钥匙的事情。

"我记得钥匙总共有三把才对。七重持有一把，而我和英三也各持有一把。我们没有把钥匙交给租房间的学生们。我们规定的关门时刻是晚上11点，赶不上这个时间的人就在外面住，不要回来。另外配钥匙？我自己没有这样的事情。七重和英三有没有，这我就不知道。"

这是她的回答。接着，我打的是《东都日报》社航空部的直拨电话。这个号码我当然是记得很熟的。

"你找浅田先生吗？他到羽田机场去接底片还没有回来吧？——哦，等一下，他好像刚回来。"

接电话的人好像跑出去叫的样子。《东都日报》社在屋顶设有直升机起落场。地方上发生事件时，报馆的小型飞机会把拍摄到的底片带回到羽田机场，而由羽田机场将这样的底片接回报社也是直升机的任务之一。因为一定要赶晚报刊登时间，由机场到市中心区的这段距离利用车子是来不及的。

"什么事情呢？"

话筒里突然传来丈夫的声音。我问了他一件事情。虽然上班时间里不打电话打扰他是我的原则，不过，这件事情我却非占一下他的时间不可。

"我想，你指的是实物幻灯机吧？"

"这个东西叫作什么我不知道,反正不是幻灯机或放映机,要有底片或影片才能放映,而是能随心所欲地映射出来自己高兴的东西——譬如说,风景明信片啦、自己画的画……"

"那就是实物幻灯机嘛!把风景明信片之类东西放在方型盒子一边的内侧上,中央部分则放光源——也就是灯泡。然后在另一面盒壁上装一片透镜。把这片透镜前后轻轻移动而对准焦点,这样,风景明信片上的图就会扩大映射出来了……"

"就是这个东西!我哥哥小时候自己做过,他用这个东西把植物标本照到墙壁上哩。要做这样的东西不会很困难吧?"

"简单得很。这个东西不但能把平面的图片投影出来,也能把小玩具放在盒子里照出来哩。下次我来做一个给哲彦吧。"

"小玩具……哦,我知道了!"

"你知道什么了?"

"晚上再详细告诉你,再见啦。"我挂断了电话。

"你看!电话果然讲这么久!妈真是个爱讲话的女人!"

哲彦仰望着电话亭的天花板,慨叹着说。

五

"哦?!这就是小哲吗?现在已经这么大了?"

木崎英三先生还是一个很会说话的人。以前带着哲彦去看七重小姐时,我曾经和这个人见过几次面。

阳光电器公司在这幢大楼,而我们正在地下楼的一家小咖啡馆里。英三先生对我突如其来的造访感到惊讶,不过也给我15分钟时间,到这儿和我见面。

"你要问的是我姐姐去世那天晚上的情形吗?那天晚上我由于加班误了末班电车时间,所以在空无一人的摄影棚里排几把椅子就躺在上面睡觉,直到第二天早上才知道她已经去世哩。我姐姐真可怜,年纪轻轻就去世,过的一直都是为病魔所侵蚀的日子——"

他虽然口若悬河、喋喋不休,提起这件事情时倒有一抹哀愁的样子。每天这个时候一定要睡午觉的铃子,此刻已趴在我的大腿上睡着了,哲彦则在餐桌上用纸巾折着飞机。

"嘿,这架飞机看起来很会飞哩。对啦,我想起来小哲就是最会画飞机的嘛!"

"对啊!我还会画直升机哩!"

哲彦被夸奖一番时,显得很得意的样子。

我提起那幢房子大门钥匙的问题。

"你说大门钥匙吗?这钥匙我确实有一把。我虽然在外面住公寓,这毕竟是我自己的家,我当然有钥匙啊。这把钥匙我好好地挂在钥匙圈上,所以别人偷去配装一把,这是绝不可能的事情。"

除此以外,我好像没有事情要向这个人问的了。

"你要走了?很抱歉不能多陪你聊聊。有机会的时候,再带宝宝们来玩玩嘛。我这个家虽然没有什么好玩的东西,院子倒很大,孩子们可以尽情地玩哩。"

英三先生笑吟吟地站起来。

回到车上后，我把铃子放到后座上，并且用毛毯塞着，好让她不会掉下来。

"我要坐前座，后面我才不要坐呢！"

哲彦手里还拿着用纸巾折的飞机。这是用软纸折的飞机，所以不会飞，而这个孩子看到纸张就要折飞机的。

"小哲，你今天在幼稚园难得没有画飞机嘛。"

和哲彦并坐在前座时，我如此说。

"老师今天要我们画运动会的图，我就画了赛跑的场面。而天空里有一架RA3型在飞——"

"哈！还是少不了有直升机要出现嘛。"

说到这里时，我突然一怔，"我想起来小哲就是最会画飞机的嘛"。——我忽然想起木崎英三先生刚才说的这句话来。当时从我耳畔溜过的这句话不是很矛盾吗？英三先生以前见的是还没有断乳的哲彦。连最后一次到七重小姐家时，哲彦虽然已会说话，却根本还不会画飞机啊！

"妈，这是要到哪里去呢？"

或许我猛然发动车子的神情有些异样吧，哲彦望着我的脸问道。

"去找爸爸！我们这就到报社去！"

如果老公有任务而出去，这就找宇部先生吧。要是连宇部先生也不在，我可以找认识的社会部记者！这样的事件报纸一定会乐意刊载的！而独家新闻的资料不给老公服务的报社，我还给谁呢？

"熊宝宝肚里挖出大粒钻石

两年前杀姐命案水落石出。"

这是今天的《东都日报》社会版头条新闻的大标题。

那一天和我老公以及宇部先生研究后，当天就把这个事件向警察报案了。起先警察持的是半信半疑的态度，直到后来查明由绿庄公寓提取的深渊则子的指纹原来就是名叫深井新子的女通缉犯所留的，办案的态度这才变得认真起来。木崎英三的行动立刻开始受到监视，第二天，和他密会的深井新子刚刚出门便被逮捕。深井新子被捕后将所有的事情供认，于是木崎英三只有将两年前谋杀七重小姐的罪状供认不讳了。

当时英三由于打麻将输钱，还不起赌债而愁眉不展。其实，这些钱只有三四十万元，而经常囊中羞涩的他越是自己陷入困境，越为姐姐七重拥有之财产格外觉得眼红，于是兴起了谋财害命的念头。七重小姐过的是朴素的生活，而英三却认为这是女人天生的吝啬表现，英三虽然是母亲的拖油瓶儿子，却也确实正式入籍木崎家，而父亲却憎恶自己这个没有血统关系的儿子，为了日后尽量少分给他遗产，生前就把大部分财产交给姐姐——父亲去世后没有分到什么财产，这是父亲和姐姐联手把当时还年幼的自己排斥的结果——英三一直有这样的看法。

而且，对她加害也不需要采用和对付一个健康的人同样的手法。七重小姐是经不起刺激的严重病人。

那天晚上，他就带着装有透镜的自制幻灯机，侵入木崎七重的家。这是自己的家，而且他又是使用钥匙，公然从大门进去的，所以他的举止或许不能算是"侵入"。可是，事实上他是偷偷摸摸溜进去的，这不是等于侵入吗？

　　这个家的院子里有一座灯笼型园灯，他就利用这个电源，将怪兽的模样映射到七重小姐卧房的墙壁上。依据自供，他是将约莫十厘米大的红紫色塑胶制玩具怪兽用胶带固定在幻灯机的内壁上，而投映到墙壁面的影像竟有两米大。这是和窗户相对的裱以发青色壁纸的墙壁，上面没有挂任何东西，所以几乎等于一面银幕。背对窗户横卧着的七重小姐由于凶手刻意发出的声音而醒来。在她睁开眼睛的刹那间，这幅巨大的怪兽就映入她的眼帘。

　　如愿以偿将姐姐致死的凶手，为她身边财物之意外的少而大大感到失望。房屋土地归他人所有，这一点他早已知道，但万万没有想到现款和股票竟所剩无几！

　　英三和须磨女士将分租二楼房间的学生们请出后就分头开始寻宝工作。七重小姐在还能行走时，曾经将财物藏到家里的什么地方——这两个人都以为如此。

　　两人各使出心机大肆搜求，而互相看到对方似乎尚未遂愿而略感心安。

　　约莫一个月后，英三偷到须磨女士藏着的七重小姐的日记簿。然而，让他失望的是，这本日记上并没有与宝石藏匿地点有关的记载。后来他想到的是——"今天完成了'小熊贝贝'的手制故事册子"这一个句子会不会有蹊跷？'小熊贝贝'好像送给什么人的样子。于是他和发生关系已有一年的深渊则子（实际上是深井新子）商量，由她出面向《东都日报》投书，以寻找《小熊贝贝》。她由于是个通缉犯，同一个地点不能长期居住，因此经常东移西迁，就把这件事情作为居住绿庄公寓期间的最后一桩买卖了。没想到状颇老实的这位女性竟是一名通缉犯！不过，话说回来，她就是由于外表原因，所以才能干起欺诈勾当的吧？

　　英三虽然告知她寻找姐姐之宝石的目的，却没有把七重小姐之死因真相向她透露。透过《小少女》杂志而和七重小姐结为笔友的借口是他出的点子。这是因为他知道七重小姐确实有几名这样的朋友的缘故。他们起先以为写有宝石藏匿地点的纸条就是和稿纸折叠的这本小册子装订在一起。可是，检查结果发现并没有这样的东西，就认为玄机暗藏在童话文章之中，于是将复印本带回后，正在加以研究。

　　深井新子当然将访问我家的详细经过告诉英三。结果，英三在无意间提起哲彦画图的事情而成为破绽，让我觉察到这两人同一鼻孔出气的关系。

　　我与老公和宇部先生研究的结果，决定将这些宝石变卖后，将所得的款项通过《东都日报》社捐赠给少儿保健中心的心脏病研究室。

　　"小铃，你看，贝贝有一次肚子痛起来，后来用剪刀剪开后又给缝回去，所以好了。"

　　哲彦有时候会把贝贝的裤子脱下来说给铃子听。

　　现在，每当为孩子们读《小熊贝贝》这本故事书时，我都仿佛听到七重小姐发出那清脆的声音。

各怀鬼胎的狡诈窃贼

新蓝宝石案

【英】阿瑟·柯南道尔

在圣诞节后的第二个早晨，我怀着祝贺节日的好心情，前往探望我的朋友夏洛克·福尔摩斯。

他懒散地斜靠在一张长沙发上，身穿一件紫红色的睡衣，他的右手边是一个烟斗架，还有一堆折皱了的晨报在他的面前——很显然刚刚被翻阅过。长沙发的旁边是一把木制椅子，一顶肮脏且破烂不堪的硬胎毡帽挂在椅子的靠背上。这帽子破得简直不能再戴了，有好多处都裂开了缝。木椅的椅垫上放着一个放大镜和一把镊子，这说明为了察看方便，那顶帽子才被以这样的方式挂着。

"你正忙着呢吧，"我说，"也许我打扰你了。"

"没有的事，我非常高兴有一位朋友可以和我一起讨论我研究所得到的成果。这是一件毫无价值的东西，"他竖起手指朝那顶帽子指了指，"但有几个同它相关的问题却不是淡而无味的，或许还能给我们带来一点收益。"

我坐在他那张扶手椅上，在炉火旁暖暖自己的双手，炉子里木柴噼噼啪啪地响。严冬已来临，窗户上的玻璃都结满了晶莹的冰凌。

"我猜想，"我说道，"尽管这顶帽子确实不雅观，但它却和某桩性命攸关的案件有所牵连，这是条线索，它能指导你解开某个疑团，并且引导你去惩罚某种犯罪行为。"

"不，不，那并非是犯罪行为，"夏洛克·福尔摩斯笑着说，"这只不过是众多离奇的小事件中的一件罢了。在这块弹丸之地，仅有几平方英里，四百万人口拥挤不堪地住着，是少不了发生这类小事的。在如此稠密的人群中，尔虞我诈，相互争逐，错综复杂的事件随时都可能发生，有些疑难问题看起来令人吃惊，但并非就是犯罪行为。我们对于这类事件是早就有经验的了。"

"说的是，"我说，"情况确实到了这样的程度，在我最近新增的六个案件的记录中，完全与法律上的犯罪行为无关的有三个。"

"确切地说，你指的是我尝试寻找艾琳·艾德勒的相片，玛丽·萨瑟兰小姐奇案和歪嘴男人这三个案件吧。我不怀疑这些小事也属于法律上无关犯罪的行为。你认识看门人彼得森吗？"

"认识。"

"这就是——

他的战利品。"

"这是他的？"

"不，不是的。帽子是他捡来的，但帽子的主人是谁我们并无结论。请不要因为它只是一顶破旧的毡帽而将它忽视，相反，应当把它当作一个智力问题来看待，而且需要相当的智慧才能解决的疑难问题。让我们来看看这顶帽子的来历，它是连同一只大肥鹅在圣诞节的早晨被一起送到这儿来的。我确信，那只大肥鹅现在应在彼得森的火炉上烤着。事情是这样的：正如你所知道的，彼得森，一个淳朴诚实的人，在圣诞节凌晨大概四点钟的时候，他在参加完一个小小的欢庆会，正走在托特纳姆法院那条路的回家途中，他在煤气灯下看见前面走着一个人，他身材高挑，步伐有些蹒跚，肩上背着一只大白鹅。当彼得森途经古治街拐角时，前面那个陌生人忽然和几个流氓发生了一场争吵。其中一个流氓把他的帽子打落在地，为此他抢起棍子准备自卫，他高举着棍子四处挥舞，结果一不小心却把身后商店的玻璃橱窗打得粉碎。彼得森正想挺身而出，以助这个陌生人一臂之力来对付这帮无赖，但那个陌生人因打碎玻璃而感到惊慌，同时又瞧见彼得森——一个身穿制服、状如警官的人冲他而来，于是匆匆把白鹅扔下，拔腿就跑，很快消失在托特纳姆法院路后面弯曲的小巷里。那帮流氓看见彼得森正在赶来也逃之夭夭了。这样，只留下了彼得森在那里，不仅占领了战场，而且掳获了这两样战利品：一只上等的圣诞大肥鹅和一顶破旧的毡帽。"

"他肯定是想把这些东西物归原主的吧？"

"我亲爱的伙伴，问题就出在这里。的确，这只白鹅的左腿上系着一张小卡片，上面写着'献给亨利·贝克夫人'，而且这顶帽子的衬里也写着姓名缩写'H. B.'的字样。但是，就在我们这个城市里，姓贝克（Baker）的人数以千计，而名叫亨利·贝克（Henry Baker）的人又何止数百，要在这么多人中找到失主，并把东西归还给他，可不是一件很容易的事情。"

"那么，彼得森后来又怎么办了呢？"

"因为他知道我对那些即使是最细小的疑问也是很感兴趣的，所以就在随后带着帽子和鹅来到了我这里。那只大肥鹅被我们一直留到今天早晨。尽管天气很冷，但有迹象表明最好还是把它吃掉，不能再拖延下去了。因此我让彼得森带走了它，去完成一只鹅的最终使命，而我则继续保留着这位失去了圣诞节佳肴，且尚未谋面的先生的旧帽子。"

"他没有在报纸上刊登寻找失物的启事吗？"

"没有。"

"那么，关于这个人的身份你有什么线索吗？"

"只有尽我所能去推测。"

"从这顶帽子上？"

"对。"

"你真是会开玩笑，从这顶又破又旧的毡帽上你能推测出什么？"

"这是我的放大镜，你应该知道我的方法的。对于戴这顶帽子的主人的个性，你能够推断出什么来吗？"

我把这顶破旧的帽子拿在手里，无可奈何地把它翻过来看看，这是一顶极为普通的圆形黑毡帽，硬邦邦的而且破旧得不能再戴了。原来的红色的丝绸衬里褪色得厉害，上面也没有制帽商的商标，但是正像福尔摩斯所说的，在帽子的一侧，却潦草地涂写着姓名缩写字母'H. B.'。为了防止被风刮跑，帽檐曾穿有小孔，但上面的松紧带已经没有了。至于其他嘛，似乎是为了掩盖帽子上几块褪了色的补丁，用墨水把它们尽量涂黑了，但还是处处裂缝，且布满了灰尘，并且好些个地方污迹斑驳。

"我看不出有什么。"我一边说着，一边把帽子递给福尔摩斯。

"恰恰相反，华生，你其实什么都看出来了，但是，你却没有从所看到的东西做出推论。你太缺乏信心了。"

"那么，请你告诉我你能从这顶帽子做出什么推论呢？"

福尔摩斯拿起帽子，用他那独特的方式审视它，这方式足以代表他的思考特点。"也许这顶帽子能提供引人联想的东西少了一些，"他说道，"不过，有几点推论还是很明显的，而其他几点推论至少或概率是很大的。从帽子的外观来看，很明显这是个学问渊博的人，而且，尽管他目前已处于困境，但是在过去三年里，他应该过着还算富裕的生活。他过去是很有远见的，可是，今非昔比，再加上家道中落，因此，精神日渐颓废，这说明了他受到某种有害的影响，也许染上了酗酒的恶习，恐怕这也包含他妻子已不再爱他这个明显事实的原因。"

"哎呀，亲爱的福尔摩斯，好了！"

"可是不管怎么样，他仍然保持着一定程度的自尊。"福尔摩斯没有理睬我的反对而继续说下去。

"他是个中年人，很少外出，且从不锻炼身体，头发是灰白的，最近几天还刚刚理过，并且头发上还涂着柠檬膏，这些就是根据这顶帽子所推断出来的比较明显的事实。另外，顺便提一下，他家里绝对不可能安有煤气灯。"

"你肯定在开玩笑，福尔摩斯。"

"一点都不开玩笑。现在我把推论结果都告诉了你，难道你还看不出它们是怎样得出来的吗？"

"我自己是很迟钝的，对于这一点我并不怀疑。我也必须承认，我不能领会到你的话的含义。举个例子说吧，你是怎样推断出这个人是很有学问的？"福尔摩斯把帽子啪的一下扣在头上作为对我的回答。帽子不仅正好把整个前额全部罩住，并且还压到了他的鼻梁上。"这是一个很简单的问题，"他说，"脑袋长这么大的人，头脑里一定有些东西吧！"

"那么你又是怎么推断出来他已经家道中落的呢？"

"这顶帽子应该买了三年了，因为这种平沿、帽边向上卷起的帽子在三年前是很流行的。这可是一顶质量优良的帽子。你瞧瞧这螺纹，这丝绸箍带和那华贵的衬里。如果这个人三年前买得起一顶这么昂贵的帽子，而从那以后就没有再买别的帽子，那么毫无疑问，他的生活一定是在走下坡路了。"

"噢，这一点现在很清楚了，但是说这个人有'远见'，又说他现在'精神颓废'，这又如何解释呢？"

夏洛克·福尔摩斯笑了起来："这个可以说明他是很有远见的。"他一面说着，一面把手指放在钉松紧带用的小圆盘和环扣上。"销售的帽子从来不附带这些东西。这个人定做了这样一顶帽子，正好说明此人很有远见，因为他特意用这个方法来预防帽子被风刮跑。可是我们可以看到，他把帽子的松紧带已经弄坏了，而又不愿意费点事重新钉上一条，这就清楚地说明，他的精神已不如从前了。同时这也正是他意志消沉的一个明显证明。另一方面，他用墨水涂抹帽子上的污痕，试图掩饰它的破旧，这就表明，他的自尊心还没有完全丧失掉。"

"当然，你的推论似乎是言之有理的。"

"此外还有几点：他是个中年人，头发灰白，而且是最近几天刚刚理过的，并且头上抹过柠檬膏。这些推论都是周密检查帽子衬里的下部推断出来的。通过放大镜，我看到了被理发师剪过的许多整齐的头发楂儿。这些头发楂儿都是粘在一起的，还带有一种柠檬膏的气味。

"而帽子上的这些尘土，你将会注意到，不是街道上夹杂沙砾的灰尘，而是房间里那种棕色的绒状尘土。这就说明，这个帽子大部分时间是挂在房间里的，而另一方面，帽子衬里有许多汗迹，这就可以很清楚地证明，戴帽子的人经常大量出汗，所以不可能是一个身体锻炼得很好的人。"

"可是你刚才说过他的妻子已经不再爱他了。"

"这顶帽子已经有好几个星期没有清洗了。我亲爱的华生，如果我看到你的帽子堆积了几个星期的灰尘，而你的妻子却听之任之，就让你这个样子去出门拜访，我想你也已经不幸地失去你的妻子的爱了。"

"可是很可能他原本就是个单身汉哪！"

"这是不可能的，因为那天晚上他正要把那只鹅带回家去作为一件礼物献给他的妻子来表示他的爱意。你可别忘了系在鹅腿上的那张卡片。"

"你对以上每个问题都给我做出了解答，可是他家里没有安煤气灯，这个问题你又是怎样推断出来的？"

"如果有一滴烛油，甚至是两滴烛油，那都可能是偶然无意滴上的；可是当我看到至少有五滴烛油时，我就可以毫无疑问地认定：每一滴烛油都一定是由于常和点燃着的蜡烛接触而滴上的。比方说，夜里上楼时，他很可能是一手拿着帽子，而另一只手拿着淌着烛油的蜡烛。不管怎么说，他绝不可能从煤气灯上沾上烛油。你现在相信了吧？"

"太好了，你真是太机灵了，"我笑着说，"但是如果像你刚才所说的那样，这中间没有任何犯罪行为，也就是说除了失去一只鹅以外，并未造成任何其他危害，那么你做的所有的一切看来都是在浪费精力了。"夏洛克·福尔摩斯张开嘴正要回答我，突然房门猛地被撞开了，看门人彼得森跑了进来，他的脸涨得通红，还带着一种由于吃惊而感到茫然的神色。

"那只鹅，福尔摩斯先生！那只鹅，先生！"他喘着粗气说。

"噢，它怎么啦？莫非它又活了，拍打着翅膀从厨房的窗户飞了出去？"为了把这个人的激动面孔看得更清楚一些，福尔摩斯在沙发上转过身来。

"瞧，先生，你瞧，我妻子从鹅的嗉囊里发现了什么！"他伸出手，一颗闪着夺目的烁烁光辉的蓝宝石呈现在他手心上。这颗蓝宝石的大小比黄豆稍微小一些，可是晶莹剔透、光洁纯净，光彩熠熠，在他那黝黑的手心里闪烁着，宛如一道蓝色的电光。

夏洛克·福尔摩斯吹了一声口哨，坐了起来。"天啊，彼得森！"他说道，"这真是一件秘藏的珍宝啊！我想你知道你得到的是什么。"

"一颗钻石,先生,是不是?一颗宝石,用它切割玻璃就像切割油泥一样。"

"可不仅仅是一颗平常的宝石,相反,这恰恰是那颗名贵的宝石。"

"莫非这是莫卡伯爵夫人丢失的那颗蓝宝石吗?"我不禁喊了出来。

"正确!我最近每天都看《泰晤士报》关于这颗宝石的各种奇闻怪事,也知道了它的大小和形状。这颗宝石绝对是举世无双的珍宝,它的价值只能粗略估计。尽管悬赏的报酬有一千英镑,但那肯定还不到这颗蓝宝石市价的二十分之一。"

"一千英镑!我的老天爷呀!"看门人彼得森跌坐在椅子上,瞪大双眼轮流看着我和福尔摩斯。

"那只不过是悬赏的报酬而已,而且我还知道,伯爵夫人由于私下的某些个人感情原因,只要能够找回这颗宝石,她就是将她全部财产的一半分给找到的人,她也会愿意的。"

"如果我没有记错的话,这颗宝石是在'世界旅馆'里丢失的。"我说道。

"确实如此,12月22日,也就是五天前。约翰·霍纳,一个管子工,被人指控从伯爵夫人的首饰匣里窃取了这颗宝石。因为他犯罪的证据确凿,现在这一案件已经提交到了法庭。我想我这应该还有些关于这个事件的报道。"他在那堆报纸里翻寻着,眼睛扫视着报纸上的日期。最后他把一张报纸拿出来,叠了一折,然后念了如下这段文字:

"世界旅馆"宝石偷窃案。约翰·霍纳,二十六岁,管子工,因本月22日从莫卡伯爵夫人首饰匣中窃取一颗闻名于世的名为"蓝宝石"的贵重宝石而被送交法院提起诉讼。旅馆侍者领班詹姆士·赖德,对此案的证词如下:偷窃发生当天,他曾带领约翰·霍纳到楼上莫卡伯爵夫人的化妆室内焊接壁炉上第二根已经松动的炉栅。他和霍纳一起逗留片刻,不久他被召走。等他重新回到莫卡伯爵夫人的化妆室内,发现霍纳已经离去,而梳妆台则已被人撬开,只有一只摩洛哥小首饰匣置于梳妆台上,里面已空无一物。事后人们得知伯爵夫人习惯将蓝宝石存放于此匣内。

赖德迅速报案,霍纳于当晚被捕。但从霍纳身上及其家中均未搜得宝石。伯爵夫人的女仆凯瑟琳·丘萨克宣誓证明,她曾听到赖德发现宝石被窃时的惊呼,并且证明她跑进房间时目睹情况和上述证人所述相符。B区布雷兹特里德巡官证明霍纳被捕时曾经拼命抗拒,并且用最强烈的措辞申辩自己乃是清白无罪的。鉴于以前有人证明他曾犯过类似的盗窃案,地方法官拒绝草率从事,并已将此案提交巡回审判庭处理。霍纳于审讯过程中表现得异常激动,在判决时竟然昏厥而被抬出法庭。

"哼!警察局和法庭所提供的情况也就这么多了。"福尔摩斯若有所思地说着,顺手把报纸扔到一边:"我们现在要解决的问题是,把从被盗的首饰匣为起点到托特纳姆法院路被拾到的那只鹅的嗉囊为终点的一系列事件按顺序理清楚。你知道吗?我们的小小推论已经很快地表现为:这起案件的犯罪严重性大为增加,而无罪的可能性大为减少这方面了。这就是那颗宝石,那颗宝石来自那只鹅,而那只鹅来自亨利·贝克先生。我已向你提供了关于这位先生的破帽子以及所有其他的特征的分析。因此现在我们要找到这位先生,并且弄清楚他在这起神秘事件中扮演的是什么样的角色。要做到这一点,我们开始必须使用最简单的方法。毋庸置疑,这方法便是在所有晚报上刊登一则启事。如果这种方法不成功,那么我将不得不借助于其他的方法了。"

"启事说什么呢?"

"给我一支铅笔和一张纸。好,下面就是要说的:'兹于古治街拐角捡到鹅一只和黑毡帽一顶。亨利·贝克先生请于晚六点半到贝克街二二一号询问,即可领回原物。'这样写既简单又明了。"

"对,很简单,很清楚,可是他会看到这个启事吗?"

"当然会的,他肯定会注意看报的,因为对于一个穷人来说,这损失也算是惨重的了。他显然由于打破玻璃闯了祸以及彼得森向他逼近,而惊慌失措,因此除了只顾逃跑以外,没有想到别的。可是,过后他一定是后悔莫及,痛惜一时的冲动而丢下了他的鹅。另外,报上刊登了他的名字一定会使他看报,因为每一个认识他的人都会提醒他去注意看报的。彼得森,这个给你,赶快把它送到广告公司,并且要刊登在今天的晚报上。"

"登在哪家报纸上呢?先生。"

"噢,《环球报》《星报》《蓓尔美尔报》《圣詹姆斯宫报》《新闻晚报》《回声报》和你想到的随便任意一家报纸都可以。"

"是的,先生,那么这颗宝石怎么办呢?"

"噢,我先保存着这颗宝石,谢谢你,还有,彼得森,在你回来的路上买一只鹅送到我这里来,因为我必须给这位先生一只鹅来代替你们全家人正在吃的那只。"

看门人走了以后,福尔摩斯拿起宝石对着光线仔细鉴赏起来。"真是一颗精美绝伦的宝石,"他说,"请看看它是何等的光彩夺目呀!当然,它也是罪恶的源泉。

"每颗珍贵的宝石无不如此,它们是魔鬼最得意的诱饵。在其他更大和更古老的宝石上,每一颗都象征着一个血腥的罪行。这颗宝石是在中国华南厦门河岸上发现的,它问世还不到二十年。但它的奇异之处在于:除了它是蔚蓝色的而不是鲜红色的之外,它具有红宝石的一切特点,尽管它流传在世为时不长,可是已经有过一段不幸的历史了。由于这颗重四十克的结晶碳的缘故,已经发生了两起谋杀案,一起浇洒硝镪水毁人容貌案,一起自杀案,另外还有几起抢劫案。谁能想到如此美丽的小小装饰品竟是向绞刑架和监狱输送罪犯的供应商呢?

"我要把它锁在我的保险柜里,并写一封短笺给伯爵夫人,说我们已经觅获这颗宝石。"

"你认为霍纳这个人是无罪的了?"

"我说不上来。"

"好,那么你认为另外那个人亨利·贝克和这件事有牵连了?"

"我想亨利·贝克很可能是清白无辜的。他决不会想到他手里的那只鹅的价值比一只金子铸成的鹅的价值还要多得多。不管怎么样,如果我的启事得到答复,我就能通过一个极其简单的测试来测定这一点。"

"在此之前你无事可做了吗?"

"没有什么可做的了。"

"既然是这样,我将继续处理我的日常业务,不过我今天晚上会在你刚才说的时间回来,我很想看看您是怎样巧妙解决这复杂问题的。"

"我会很高兴再见到你,我七点钟吃晚饭,我相信会吃到一只山鹬。顺便提一下,考虑到最近出现的情况,也许我应该请赫德森夫人检查一下那只山鹬的嗉囊。"

有一个患者耽误了我一点时间,因此当我重新回到贝克街的时候,已经过了六点半了。

当我走近寓所时，看到了一个身材高大的男人，他身穿一件带苏格兰帽的上衣，上衣的纽扣一直扣到下巴底下。他正伫立在屋外灯光下，灯光是从一个扇形窗里照射出来的，呈半圆形。当我到达门口的时候，门正好打开，我们一起进了福尔摩斯的房间。

"我相信你一定就是亨利·贝克先生了，"福尔摩斯一边说着一边从扶手椅上站起身来，并且很快摆出一副平易近人的和蔼神态来欢迎客人，"请坐在靠近壁炉的这把椅子上，贝克先生，今天晚上冷得很，我看得出你的血液循环夏天比冬天强。啊，华生，你来得正是时候。这是你的帽子吗，贝克先生？"

"是的，先生，这的确是我的帽子。"

他身躯魁伟，膀圆腰粗，头颅很大，有一张宽阔、聪明的脸，棕色络腮胡须越往下越尖，并已经呈灰白色的。鼻子和面颊略带红润之色，手伸出来时微微颤抖，这些特征不禁使我想起了福尔摩斯对于他特征的推测。他的黑礼服大衣已褪色了，大衣前面的扣子全都扣上了，领子也竖了起来，在大衣袖子下面露出细长的手腕，可是手腕上并没有袖口或衬衣的痕迹。他说话断断续续，措辞谨慎，总的说来他给人留下了一个时运不济的文人学者的印象。

"这些东西在我们这儿保留好几天了，"福尔摩斯说："因为我们期待着从你的寻物启事上看到你的地址。我不理解你为什么不登报呢？"

我们的客人难为情地笑了笑："我已经钱囊羞涩，不像过去那么有钱了。"他继续说道："我以为袭击我的那帮流氓早把我的帽子和鹅都抢走了。因此试图找回它们是毫无希望的，我不想为此再花钱了！"

"你说得很合乎情理，顺便提一下，至于那只鹅，我们不得已先把它吃掉了。"

"吃掉了！"我们的客人激动得差一点站了起来。

"是的，如果我们不这么做的话，那只鹅对谁来说都将是不堪食用的了。但是，我认为餐柜上那只鹅的斤两和你的鹅不相上下，而且十分鲜嫩，这会同样使你满意的。"

"噢，那当然，那当然。"贝克先生松了一口气说。

"当然，我们还留着你自己那只鹅的羽毛、腿、嗉囊，等等。所以，如果你希望……"这个人突然哈哈大笑起来。"如果是作为我那次历险的纪念品，这些东西也许有点用处，"他说，"除此以外，我简直看不出我的那只鹅的零碎遗物对我有何用处。不，先生，如果你许可的话，我想我关心的将仅限于我所看到的餐柜上的那只绝妙的鹅。"

夏洛克·福尔摩斯飞快地朝我看了一眼，略微耸了耸肩膀。

"那么，这是你的帽子；还有，这是你的鹅，"他说道，"顺便问一声，你能否费心告诉我们你那只鹅是从哪里买来的吗？我对饲养家禽颇感兴趣，我还很少见过比你那只长得更好的鹅。"

"当然可以，先生，"他站起身来并且把刚刚得到的财产夹在腋下说，"我们当中有些人经常出入博物馆附近的阿尔法小酒店，因为我们白天都在博物馆里。"

"是这样的。今年，我们的好店主，他的名字叫温迪盖特，他创办了一个鹅俱乐部，因为考虑到我们每星期都向俱乐部交纳几个便士，所以在圣诞节我们每个人都收到了俱乐部给的一只鹅。我总是按时付钱。至于以后发生的事你已经都知道了。先生，因为戴一顶苏格兰帽既不适合我这样的年龄，也不适合我的身份，而你使我受益匪浅，我谨向你深表谢意。"说着他带着一种滑稽而自负的神态向我们两人鞠了一躬,然后迈开大步走出了房间。

"亨利·贝克先生的事情就到此结束了,"福尔摩斯一边说着,一边随手关上了门,"很明显,他对此事是一无所知的。你饿了吗?华生?"

"不十分饿。"

"那么我建议把我们的晚餐改为夜餐,我们应该顺藤摸瓜,要趁热打铁。"

"好的,当然可以。"

这是一个凛冽的寒夜,所以我们都身穿长大衣,脖子围上了围巾。屋外,群星灿烂,在万里无云的黑夜里闪烁着寒光。过往行人喷出的哈气立刻凝成冷雾,就像许多手枪在射击一样。我们的脚步发出了清脆而又响亮的声音。我们大步穿过了医师区、威姆波尔街、哈利街,然后又穿过了威格摩街到了牛津街,在一刻钟内我们到达博物馆区的阿尔法小酒店。这是一家很小的酒店,坐落在通向霍尔伯恩的一条街的拐角处。福尔摩斯推开这家私人酒店的门,从红光满面、系着白围裙的老板那里要了两杯啤酒。

"如果你的啤酒能像你的鹅一样出色,那将是最上等的啤酒了。"他说道。

"我的鹅!"这个人好像很吃惊的样子。

"是的,仅在半小时以前我刚和你们俱乐部的会员亨利·贝克先生谈到过此事。"

"啊,明白了。可你知道吗,先生,那些鹅并不是我的!"

"真的!那么,是谁的呢?"

"噢,我从考文特园一个推销员那里买了二十四只鹅。"

"真的?我认识他们当中几个人,你说的是哪一个呢?"

"他的名字叫布莱肯里奇。"

"噢,我认识他,好吧,老板,祝你身体健康,生意兴隆。再见。"

"现在去找布莱肯里奇。"我们离开酒店走进寒冷的空气中。他一边扣着外衣,一边继续往下说:"记住,华生,虽然在这条锁链的一端,我们现在只找到像鹅这样家常的东西,但在另一端,我们却会找到一个肯定将被判处七年徒刑的人,除非我们能够证明他是无罪的;可是,很可能我们的调查也许只能证明他是有罪的。无论如何,这一条调查线索被警察忽略了,但是却由于一种特别机缘落入我们的手中。让我们顺着这条线索追查下去,直到水落石出为止。现在朝南快步前进!"

我们穿过霍尔伯恩街,折入恩德尔街,接着又走过道路曲折的平民区来到了考文特园市场。在一些大货摊中有一个货摊的招牌上写着布莱肯里奇的名字。店主是个长脸的人,他面容瘦削,留着整齐的络腮胡子。他正在帮着一个小伙计收摊。

"晚安,多么冷的夜晚哪!"福尔摩斯说。

店主人点了点头,用怀疑的眼光打量了一下我的同伴。

"看样子你的鹅都卖完了。"福尔摩斯手指着
空荡荡的大理石柜台接着说。

"明天早晨,我可以卖给你五百只鹅。"

"那没有用。"

"好吧,煤气灯亮着的那个货摊上还有几只。"

"噢，可是我是人家介绍到你这儿来的。"

"谁介绍的?"

"阿尔法酒店的老板。"

"噢，是的。我给他送去了二十四只。"

"那些鹅可真是不错啊。那么，你是从哪儿弄来的呢?"

使我感到吃惊的是，这个问题竟然惹得店主勃然大怒。

"那么，好吧，先生，"他扬着头，手叉着腰吼道，"你这是什么意思？有什么话咱们就直截了当地说个明白。"

"我已经够直截了当的了，我很想知道你供应阿尔法酒店的那些鹅是谁卖给你的?"

"噢，是这么一回事，但我不想告诉你，就是这个样!"

"噢，这是一件无关紧要的事，但是我不明白你为什么会为这点小事而大动肝火?"

"大动肝火！如果你也像我那样被人纠缠的话，也许你也会大动肝火的。我花大价钱买好货，这不就完事了吗。但是你却要问：'鹅从哪来的?''你们的鹅卖给谁了?''你们这些鹅要换些什么东西啊？'人们在听到对他们提出这些唠唠叨叨的问题时，也许会认为这些鹅在世界上是独一无二的了。"

"噢，可是我和别的提这些问题的人毫无联系，"福尔摩斯漫不经心地说，"如果你不愿意告诉我们，这个打赌就算吹了。我要说的就是这个话。但是我会永远坚持我在家禽问题上的看法。我在这个问题上下了五英镑的赌注，我敢断定我吃的那只鹅是在农村喂大的。"

"嘿，你那五英镑算是输掉了，因为它是在城里喂大的。"这位老板说。

"不是这样。"

"我说是这样。"

"我不信。"

"你以为你对于家禽的了解比我这个从当小伙计开始就同这些鹅打交道的人还要内行吗？我告诉你，那些送到阿尔法酒店的鹅全是在城里喂大的。"

"你绝不可能使我相信你的话。"

"那么你愿意打赌吗?"

"这不过是要让你输钱罢了，因为我知道我是正确的。但是我还是愿意拿出一个金英镑的硬币和你打赌，仅仅是为了教训你不要固执己见。"

店主狞笑起来。"把账簿给我拿来，比尔。"他说道。那个小男孩取来一个薄薄的小账本和一个封面沾满油腻的大账本。把它们一起摊在了吊灯下面。

"喂，过于自信的先生，"店主人说道，"刚才我以为我把鹅都卖光了，可是在我结束营业之前，你会发现我们店里还剩下一只鹅，你看见这个小账本了吗?"

"怎么回事?"

"那就是卖鹅给我的人的名单，你明白了吗？好！这一页上的名字是乡下人的，在他们名字后面的数目字是总账的页码，他们的账户就记载在那一页上。喂！你看见用红墨水写的另外一页了吗？这是一张卖鹅给我的城里人的名单。好！看一下那第三个人的名字。把它念给我听。"

"奥克肖特太太，布里克斯顿路一一七号——二四九页。"福尔摩斯念道。

"正是如此。现在再查看一下总账吧！"

福尔摩斯翻到了他所指的那一页。"正是这里，奥克肖特太太，布里克斯顿路一一七号，鸡蛋和家禽供应商。"

"那么最后记的一笔账是什么？"

"'12月22日，二十四只鹅，售价七先令六便士。'"

"对，是这样，你看，那么在这行下面呢？"

"'卖给阿尔法酒店温迪盖特，售价十二先令。'"

"你现在还有什么可说的呢？"

夏洛克·福尔摩斯表现出仿佛一副十分懊恼的样子。他从口袋里掏出一个金英镑的硬币扔在大理石柜台上，带着一种难以用语言形容的、让人感觉高深莫测的神态走开了。走出几步以后，他在一个路灯下站住，以他特有的姿势会心而默默地笑了起来。

"当你遇到留着那种络腮胡子的人，而他又不愿泄露机密时，你总是可以用打赌的方式使他吐露真情的，"他说，"我敢说，即使刚才我在那个人面前放上一百英镑，那他也不会像通过打赌的方式那样向我提供那么全面的情况。噢，华生，我真想不到我们已经接近了调查的尾声。现在剩下的唯一需要决定的是我们今天晚上就应该到这位奥克肖特太太那里去，还是应该等到明天再去。从那个粗鲁家伙的谈吐中，可以清楚地知道，除了我们之外，还有其他人也急于知道此事，因此，我应该……"

忽然，一片喧嚣的吵闹声打断了他的话，声音是从我们刚刚离开的那个货摊那里爆发出来的。我们回头一看，只见一个獐头鼠目、身材矮小的人正站在门口吊灯的黄色光晕下。那个店主人布莱肯里奇堵在他那货摊的门口，向这个畏畏缩缩的人恶狠狠地挥舞着拳头。

"你和你的鹅真叫我烦透了！"他喊着，"我希望你们都一起去见鬼吧！如果你再跑来用那些蠢话纠缠我，我就放狗咬你。你把奥克肖特太太带来，我会答复她的，但是这和你有什么相干？我的鹅是从你那里买来的吗？"

"不是，不过话虽如此，那里面有一只鹅是我的呀！"那个矮个子唉声叹气地说。

"好吧，那你就去找奥克肖特太太要去吧。"

"她让我来问你要。"

"噢，那你可以去向普鲁士国王要吧，这我管不着。我已经听够了，你快给我滚开吧！"他恶狠狠地冲上前去，而那个问话的人很快地就消失在黑暗里了。

"哈哈，这就省得我们到布里克斯顿路去了，"福尔摩斯低声对我说，"跟我来，我们要看看从这个家伙身上能查出些什么来。"我们穿过三五成群在灯火辉煌的店铺四周闲逛的人群，我的同伴抢前几步赶上那个矮个子，拍了一下他的肩膀。

那个人猛然转过身来，我在路灯下可以看见这个人面色泛白，毫无血气。

"你是谁？你想干什么？"他颤声问道。

"非常抱歉，"福尔摩斯温和地说，"刚才我无意中听见了你对那个商贩提出的问题，我想我也许能够帮你一点儿忙。"

"你？你是谁？你怎么会知道这件事的。"

"我的名字是夏洛克·福尔摩斯。知道别人不知道的事是我分内的事。"

"但是你对这件事能知道些什么？"

"非常抱歉，这件事我全知道了。你拼命想寻找那几只鹅。那几只鹅是布里克斯顿路的奥克肖特太太卖给名叫布莱肯里奇的那个商贩的。通过他的手又转到阿尔法酒店温迪盖特先生那里。由他又转到他的俱乐部，而亨利·贝克先生是俱乐部的会员。"

"哎呀！先生，你正是我渴望要见的人，"这个身材矮小的人喊着，哆里哆嗦地伸出双手，"我难以向你解释我对这件事是何等地感兴趣。"

夏洛克·福尔摩斯喊住一辆路过的四轮马车。"既然是那样，我们与其在这个刮着寒风的闹市谈话，还不如到一个舒舒服服的房间里细细讨论这个问题呢，"他说，"但是，在我们还没出发之前，请把我有幸为之效劳的人的尊姓大名告诉我。"

这个人犹豫了一下，眼睛向旁斜视了一下，回答说："我的名字是约翰·鲁宾孙。"

"不，不，我是问你的真实姓名，"福尔摩斯和蔼地说道，"办事情用化名总是很不方便的。"

这位陌生人的苍白的脸顿时涨得通红。"好吧，那么，"他说，"我的真名实姓是詹姆士·赖德。"

"一点儿也不错，'世界旅馆'的领班。请上马车吧！我一会儿就能把你想要知道的一切全部都告诉你。"这个小个子站在那里，来回打量着我们，他的眼神里半是忧虑，半是希望。这正是一个处于吉凶未卜，对自己的前途毫无把握的人的表情。随后他上了马车，在车上我们都缄默无语，一言不发，可是我们的新伙伴却呼吸急促并且微弱，两手时而紧握，时而放松，这暴露出了他的内心是非常紧张的。半小时后，我们回到了贝克街的起居室。

"我们到家了！"我们先后走进屋子，福尔摩斯愉快地说道，"在这种天气里这熊熊炉火是很令人惬意的。你似乎很冷，赖德先生。请你坐在这把藤椅上吧。在解决你这件小事之前，让我先换上拖鞋。噢，现在好了，你是很想知道那些鹅的情况吧？"

"是的，先生。"

"我想，或者更确切地说，你想知道的是那只鹅的情况吧。我设想你最感兴趣的是一只白色的、尾巴上有一道黑的鹅。"

赖德激动得颤抖了一下。"啊，先生！"他喊道，"您能告诉我这只鹅的下落吗？"

"它到我这里来过了。"

"这里？"

"是的，它确实是一只最奇异不过的鹅。我并不奇怪你为什么对这鹅那么感兴趣。这只鹅死后下了一个蛋——世界上罕见的、最珍贵、最明亮的小蓝色蛋。我已经把它珍藏在我这儿的博物馆里了。"

我们的客人摇摇晃晃地站了起来，右手抓住了壁炉架。福尔摩斯打开他的保险箱，高举起那颗蓝宝石，那宝石光芒四射，像一颗灿烂的寒星。赖德拉长了脸，直瞪瞪地注视着宝石，不知道是认领好还是否认好。

"这出戏算演完了，赖德，"福尔摩斯平静地说，"站稳些，赖德，不然你就跌到壁炉里去了。扶他坐到他的椅子上去，华生。他还没有足够的胆量去干罪恶的勾当。给他喝点白兰地。好了，现在看起来他倒是有点人样了。真的，他是一个多么瘦小的人哪！"

过了一会儿，他又蹒跚地站起身来，但因站立不稳几乎倒下，可是白兰地给他两颊带来了一些血色，他又坐了下来，带着恐惧的眼光盯着谴责他的人。

"我几乎已经完全掌握这个案子的每一个环节和我需要的一切证据,所以没有多少事情需要你告诉我的了。但是,为了圆满地结束这件案子,我们也把那件小事弄清楚吧。赖德,你曾经听说过莫卡伯爵夫人的蓝宝石吗?"

"是凯瑟琳·丘萨克告诉我的。"他断断续续地回答。

"哦,是伯爵夫人的侍女。嗯,如此唾手可得的大笔横财对你来说的确具有巨大的诱惑力,就如同它以前曾引诱过比你本领更大的人一样;但是,你施展的伎俩却不够周密啊。在我看来,赖德,你是一个生性就十分狡猾的恶棍。你知道管子工霍纳这个人以前曾有过类似的盗窃行为,所以嫌疑会很容易地落在他身上。那么你干了些什么呢?你们,你和你的同谋丘萨克在伯爵夫人的房间里搞了哪些小小的布局呢?你们设法把他叫进房间里来,而在他走后,你撬开了首饰匣,紧接着又大叫发现了房间被盗,使这个不幸的人遭受逮捕。然后你……"

赖德扑通一下跪在地毯上,抓住我朋友的两膝哀求说:"看在上帝的分上,可怜可怜我吧,想想我的父亲!想想我的母亲!那样会使他们心碎的。我以前从未干过任何坏事!以后我再也不敢了,我可以发誓。我可以手按《圣经》发誓。噢,千万别把这件事交到法庭!看在耶稣的分上,千万别这样做!"

"坐到你的椅子上去!"福尔摩斯厉声道,"现在你倒知道磕头求饶了,可是你没有想想可怜的霍纳却因为他并不知情的罪名而被置于被告席上。"

"我逃走,福尔摩斯先生。我离开这个国家,先生。那么,对他的控告也就会撤销了。"

"哼!我们要谈这个问题的。不过现在先让我们听听这出戏第二幕的真实情况吧。你老实说,这颗宝石是怎样到了鹅的肚子里,而那只鹅又是怎样到市场上去的呢?把事实真相告诉我们,这是你能平安无事的唯一希望。"

赖德舔了舔他那干裂的嘴唇。"我一定将事实告诉你,先生,"他说,"霍纳被捕以后,对我来说最好是携带宝石立即逃走,因为我不知道什么时候警察也许就会想起搜查我和我的房间。可是旅馆里没有一个安全的地方。我假装受人差遣走出旅馆,乘机到我姐姐家跑了一趟。她和一个名叫奥克肖特的人结了婚,住在布里克斯顿路。她在那里以把鹅喂肥供应市场为职业。对我来说一路上碰到的每一个人都好像是警察或侦探。因此,尽管那天晚上十分寒冷,但在我到达布里克斯顿路之前,却已经是汗流浃背了。我姐姐问我出了什么事,又问我为什么脸色这么苍白;但是我只是告诉她说我是被旅馆发生的那一桩珍宝盗窃案弄得心烦意乱。紧接着我走进后院,抽着烟斗,盘算着怎样做才是万全之计。

"我从前有过一个叫莫兹利的朋友,他曾经干过坏事,刚在培恩顿威尔服刑期满。有一天他碰到我并和我谈起盗窃的门径以及如何把赃物出手的方法。我相信他不致出卖我,因为我知道一两件有关他的事,于是我打定主意去基尔伯恩他的住处找他,并向他吐露我的秘密。他一定会教我怎样把宝石变换成钱。但是怎样才能安全到达他那里呢?我想起了我从旅馆来的路上惶恐不安的心情。我也许随时都会遭到逮捕和搜查,而宝石就在我背心的口袋里。

"当时我正倚着墙看着一群鹅在我身边摇摇摆摆地走来走去,我突然心生一计,我一定能瞒过精明能干的侦探。

"几个星期以前,我姐姐曾经告诉过我,我可以从她的鹅中挑选一只,作为她送给我的圣诞节礼物。我知道姐姐说话是算数的。那么，我不如现在就把鹅拿走，这样我可以把宝石藏在鹅的肚子里，带到基尔伯恩去。我姐姐院子里有一个小棚子，于是我从棚子后面赶出来一只鹅，一只大白鹅，尾巴上有一道黑边。我抓住了它，撬开它的嘴，把宝石塞到它的喉咙里，一直塞到我的手指能够达到的地方。鹅一口就把宝石吞咽下去，我摸到宝石已经顺着它的食道到了它的嗉囊里。那只鹅拍打着翅膀极力挣扎着，这时候我姐姐闻声走出屋来，问我发生了什么事情。正当我转身和她讲话的刹那，那只鹅却从我的手里猛地挣脱出来，拍打着翅膀蹒跚回到鹅群里去了。

"'杰姆，你为什么抓那只鹅啊？'她问。

"'噢，'我说，'你不是说过要给我一只鹅作为圣诞节的礼物吗？我在试摸哪一只鹅最肥！'

"'噢，'她说，'我们早已把准备送给你的鹅留在一边了，我们给它起名叫作杰姆。就是在那头的那一只大白鹅。我一共养了二十六只鹅，一只是给你的，一只留给我们自己吃，还有二十四只是要卖到市场上去的。'

"'谢谢你，麦琪，'我说，'但是如果对你来说都一样的话，我还是愿意要我刚才抓到的那一只。'

"'我们给你留的那一只要比你刚才抓的那只整整重三磅。'她说，'那是我们特意为你喂肥的。'

"'没关系，我要我抓的那只，我打算现在就把它带走。'我说。

"'唉！那就随你的便吧，'她有点生气地说，'那么，你要的是哪一只呢？'

"'那只尾巴上有一道黑的白鹅，就在那群鹅里面。'

"'噢，好吧，把它宰了，你就带走吧。'

"就这样，我照姐姐说的做了，福尔摩斯先生。于是我带着这只鹅一路跑到基尔伯恩。我把我所做的一切都告诉了我的伙伴，因为他是唯一一个可以将此类事情推心置腹相告的人。他乐得喘不上气来。我们持刀将鹅开了膛，我心顿时凉了半截，因为嗉囊里根本没有蓝宝石的踪影，我知道一定发生了糟糕的差错。我置鹅于不顾，急步奔向我姐姐家里，匆匆走进了后院，但是那里已经一只鹅也不见了。

"我喊道：'麦琪，那些鹅都到哪里去了？'

"'已经送到经销店去了，杰姆。'

"'哪家经销店？'

"'考文特园的布莱肯里奇。'

"'其中是否有一只尾巴带有黑道的鹅？和我挑选的那只一样的？'我问道。

"'有的，杰姆，一共有两只尾巴带黑道的鹅，连我都分不清它们。'

"是啊，我当然明白是怎么回事了。我竭尽全力飞快地跑到布莱肯里奇店主那里，可是他早就把所有的鹅都卖掉了，而且他一句话也不肯告诉我，鹅究竟卖到哪里去了。他今天夜里说的话你已经听到了。他总是那样回答我。我姐姐以为我发疯了，有时候我自己也觉得我是要发疯了。而现在，我已经是一个打上了窃贼的烙印的人了，尽管我并没有得到我想要的财宝，但是为此我已经出卖了人格。愿上帝宽恕我吧！愿上帝宽恕我吧！"

只见他用双手捂着脸抽搐着哭了起来。很长一段时间，房里一片寂静，只能听到他沉重的呼吸声和夏洛克·福尔摩斯用指尖有节奏地叩打桌沿的声音。突然，我的朋友站了起来，猛地把门打开。"滚出去！"他说。

"什么，先生？噢，愿上帝保佑你！"

"别废话了，滚吧！"

也不需要多说什么了。只听见楼梯上一阵噔噔的脚步声，砰的一声关门声，接着是从街上传来的一阵清脆的跑步声。

"毕竟，华生，"福尔摩斯一边说着，一边伸出手去拿那只陶土制的烟斗，"我现在还没有被警察局请去向他们提供他们所不知道的案情，如果霍纳现在处于危险境地，那就是另外一回事了；但是这个家伙是不可能再出头露面控告他了，这个案件也就会不了了之。我想我在使一个人重罪得以减轻，这也可能是我挽救了一个人。这个人将不会再做坏事了，他已经吓得失魂落魄了。要是把他送进监狱的话，你就可能会使他变成一个终身的罪犯。再说，现在正是大赦时节，我们何乐而不为呢。偶然的机会使我们碰上这个非常奇特的古怪疑题。而这个问题的解决也就算是对它的报酬了。如果你愿意按一按铃，医生，我们还可以开始另一案件的调查，其中主要的线索仍然是一只家禽。"

奇特的珠宝窃贼

【英】阿加莎·克里斯蒂

帕克·派恩先生桌上的铃响了。"什么事?"这位不凡的人物问道。

"一位年轻的女士想要见您,"他的秘书说,"她没有预约。"

"你可以请她进来,莱蒙小姐。"

没过一会儿,他已经在和他的来访者握手。"早上好,"他说,"请坐。"

那位年轻的女子坐下来看着帕克·派恩先生。她是个年轻漂亮的女孩,一头深色长发起伏有致,在颈项后弯成一排小卷。从头上的白色针织帽到脚上的网眼丝袜和样式典雅的鞋,一身装束将她衬得美丽动人。一眼就看得出来,她十分紧张。

"您是帕克·派恩先生?"她问道。

"我是。"

"那个——登广告的人?"

"是那个登广告的人。"

"您说如果人们不——不快乐——可以——可以来找你。"

"是的。"

她把心一横:"好吧,我非常地不快乐,所以我想不妨过来——过来看看。"

帕克·派恩先生等待着,他感到她还有更多的话要说。

"我——我陷入了可怕的麻烦。"她紧张地绞着双手。

"我看得出来,"帕克·派恩先生说,"您可以告诉我是怎么回事吗?"

看起来,这正是女孩所犹豫不决的事。她紧张地死死盯着帕克·派恩先生。突然她一连串地说了下去。

"是的,我会告诉您。我现在下定决心了。我担心得快疯了。我不知道该怎么办,该去求谁帮忙。然后我看见了您的广告。我想这也许不过是个骗局,但它总在我的脑子里,不知为什么它听起来那么让人安心。接着我想,好吧,来看看没什么坏处。我总能找个借口走掉,如果我不——嗯,它不——"

"是啊,是啊。"帕克·派恩先生说。

"您知道,"女孩说,"这意味着,这个,要信任某个人。"

"而您觉得您可以信任我?"他微笑着问。

"这可真奇怪,"女孩并没有意识到自己的无礼,"但我的确这么觉得。我甚至一点儿也不了解您,但我毫不怀疑我可以信任您。"

"我可以向您保证,"派恩先生说,"您的信任完全正确。"

"那么,"女孩说,"我会告诉您是怎么回事儿。我叫达夫妮·圣约翰。"

"啊,圣约翰小姐。"

"夫人。我——我结婚了。"

"唉!"派恩先生轻骂了一声,注意到她左手无名指上的白金指环,对自己十分恼怒,"我真蠢。"

"如果我还没有结婚,"女孩说,"我也不至于那么担心。我是说,这件事就不会那么糟,是因为想到杰拉尔德——好吧,这儿——所有的烦恼都是由这个东西引起的!"

她探手到她的包里,拿出件东西扔在桌上,那东西亮晶晶地闪着光,一直滚到帕克·派恩先生面前。那是个镶嵌着一颗大钻石的白金戒指。

派恩先生捡起它,拿到窗前在玻璃上划了划,又拿出个珠宝商用的放大镜细细端详。

"一颗品质超群的钻石,"他回到桌前评价道,"我敢说至少值两千英镑。"

"是的。可它被偷了:是我偷的! 而我不知道该怎么办。"

"我的天!"帕克·派恩先生说,"这很有意思。"

他的顾客忍不住呜咽起来,拿出块显然不够用的小手帕不停地擦着眼睛。

"好了,好了,"派恩先生说,"问题会解决的。"

女孩擦干眼睛吸了吸鼻子。"是吗?"她说,"噢,是吗?"

"当然是了。好吧,告诉我到底是怎么回事。"

"这个,都是因为我前些日子手头有些拮据的缘故。您看,我很会花钱,而杰拉尔德总为这个生气。杰拉尔德是我的丈夫,他比我大好多岁,有点儿——嗯,克己勤俭的观念。他觉得欠债是件可怕的事情,所以我没敢告诉他。然后我和几个朋友一起去了赌场,我想说不定我能赢些钱来还债以摆脱困境。开始我是赢了,然后又输了,然后我想我不得不继续下去。然后我继续赌。然后——然后——"

"我明白了,我明白了。明白了,"派恩先生说,"您不用把细节都说一遍。结果您的处境更糟了,是不是这样?"

达夫妮·圣约翰点了点头。"您知道的,在那时,我根本不能告诉杰拉尔德,因为他痛恨赌博。噢,那真是一团糟。后来,我们在科伯姆附近的多塞默家住了一段日子。当然他们的钱多得令人咋舌。他的太太纳奥米,曾是我的同学。她很漂亮又讨人喜欢。当我们在那儿时,这枚戒指的指环松了。我们要走的那天,她请我把它带到城里交给她在邦德大街的首饰匠。"她顿住了。

"现在我们到了困难的部分,"派恩先生帮了她一把,"请继续说吧,圣约翰夫人。"

"您不会说出去吧,是吧?"女孩恳求道。

"我的客户的秘密是神圣的。而且不管怎么说,圣约翰夫人,您已经告诉了我这么多,我大概都可以自己来完成这个故事。"

"确实如此。好吧,不过我讨厌提起这件事——它听上去太糟了。我去了邦德大街。那儿还有一家叫'维罗'的店,他们——他们仿制珠宝。突然我昏了头,把那枚戒指拿进去说我想要一个一模一样的仿制品。我说我要出国,不想带真的珠宝去。他们好像觉得这挺自然的。"

"于是我拿到了仿制品——它是那么像真的,你都无法把它同真品区别开——我把它用挂号信寄给了多塞默夫人。我用了一个刻有那个珠宝匠名字的盒子,所以一切都像那么回事儿,我还做了个看上去很专业的包裹。然后我——我——当了那个真的,"她把脸埋进她的手中,"我怎么会这么做?我怎么会?我是一个低级、卑劣、庸俗的小偷。"

帕克·派恩先生咳了两声。"我想您还没有说完吧。"他说。

"是的,还没有。您知道,这些都差不多是六个星期以前的事。我还清了所有的债务,但是当然了,我心里一直很不舒服。后来我的一个侄子死了,留给我一些钱。我做的第一件事就是赎回了那个可恶的戒指。嗯,这倒不是什么难事,这就是那个戒指。但是,有一件很困难的事。"

"怎么?"

"我们同多塞默家发生了争吵,起因是鲁本爵士说服杰拉尔德买了一些股票。杰拉尔德在这些股票上损失惨重,一气之下对鲁本爵士说了些过头的话——噢,真是糟透了!到了这种地步,您看,我没法把戒指还回去。"

"您不能以匿名的方式寄回去吗?"

"那就全露底了。她会查验她的那枚,当她发现那是个假货时就会猜到我所做的一切。"

"您说她是您的朋友,能不能告诉她整件事的真相——请求她的原谅?"

圣约翰夫人摇了摇头:"我们的关系没有到那种程度。只要涉及金钱或者珠宝,纳奥米就会变得铁面无情。如果我把戒指还回去她也许不能控告我,但她会把我做的事告诉每一个人,那样我的名声就会毁于一旦。杰拉尔德也会知道,他不会原谅我的。噢,事情真是糟透了!"她又哭了起来:"我一想再想,还是不知道该怎么办。唉,派恩先生,您有什么法子吗?"

"办法倒有一些。"帕克·派恩先生说。

"您有办法?真的?"

"当然。我建议您采取最简单的方式,因为根据我的经验,最简单的往往是最好的,它避免了不必要的麻烦。尽管如此,我还是理解您的难处和顾虑。到目前为止,除了您以外没有别人知道这件不幸的事情吗?"

"还有您。"圣约翰夫人说。

"噢,我不算在内。好,也就是说,目前您的秘密还是安全的。我们所要做的就是神不知鬼不觉地把戒指换回来。"

"太对了。"女孩急切地说。

"那不会太难。我们需要一些时间来找到最好的方案。"

她打断了他的话:"但是已经没有时间了!这就是为什么我都快急疯了。她正打算把这个戒指重新镶过。"

"您怎么知道的?"

"是一个偶然的机会。一天我和一位女士一起吃午饭,我夸她戴的戒指漂亮——一个大翡翠戒指。她说这是最新潮的设计——还有纳奥米·多塞默也要把她的钻石戒指按这个款式重新镶过。"

"这意味着我们必须尽快行动，"派恩先生若有所思地说，"这就是说我们必须设法进入那所房子——而且尽可能不是以卑微的身份。用人是没有什么机会接触到昂贵的钻石戒指的。您有什么主意吗，圣约翰夫人？"

"嗯，纳奥米要在星期三开个舞会。我的那位朋友提到她在找几个表演舞蹈的人。我不知道有没有定下来——"

"我想这可以办得到，"帕克·派恩先生说，"只不过如果已经定了就得多花一点儿钱。还有一件事，您知道电灯总开关在哪儿吗？"

"我恰好知道，因为有一天夜里佣人们都休息之后保险丝断了。在大厅的背后——在一个小柜子里。"

在帕克·派恩先生的要求下她给他画了幅示意图。

"好了，"帕克·派恩先生说，"一切都会解决的，不用再担心了，圣约翰夫人。这个戒指怎么办？是放在我这儿，还是您更愿意自己保管到星期三？"

"嗯，也许最好还是我留着。"

"现在，不要再烦恼了，好吗？"帕克·派恩先生命令道。

"那么您的——收费是……"她怯怯地问道。

"现在先不说这个，我将在星期三把一切必要的花费告诉您。服务费是非常低的，请您放心。"

他送她到门口，然后摁了摁桌上的按钮。

"叫克劳德和玛德琳到我这儿来。"

克劳德·勒特雷尔是全英格兰那群靠女人混饭吃的男人中最英俊的，而玛德琳·德·萨拉是引诱男人的荡妇中最有诱惑力的。

帕克·派恩先生用满意的眼光打量着他们。"我的孩子们，"他说，"有一项工作要你们来完成。你们要扮成国际知名的舞蹈表演者。现在，好好地准备准备，克劳德，而且一定要做好……"

多塞默夫人对舞会的筹备工作非常满意。她审视了花饰的摆放并表示同意，又对管家下了些最后的指令，然后对她丈夫宣告说到目前为止还算一切顺利。有些让人失望的是，刚才接到一个电话，说那两个来自"红司令"的舞蹈演员，迈克尔和胡安尼塔，在这最后时刻因为胡安尼塔扭了脚踝不能前来履行合约了。不过，会有两名在巴黎轰动一时的表演者前来代替他们。

演员们准时来了，多塞默夫人表示满意。舞会进行得很顺利。朱尔斯和桑琪亚作了表演，而他们的舞姿的确让人心醉神驰：一个奔放的西班牙舞，然后是一个叫作"堕落者之梦"的舞蹈，再接下来是令人眼花缭乱的现代舞表演。

舞蹈表演结束后，大家开始跳舞。英俊的朱尔斯邀请多塞默夫人与他共舞一曲。他们翩翩起舞，多塞默夫人从来没有过这样完美的舞伴。

鲁本爵士正徒劳地四处寻找那位撩人心魄的桑琪亚，她不在舞厅里。

事实上，她正站在外头空无一人的大厅里的一个小盒子的边上，双眼紧盯着自己手腕上那块镶着宝石的手表。

"您不是英国人——您不可能是英国人——能跳得像您这样好，"朱尔斯在多塞默夫人耳边轻轻说道，"你是个精灵，风之精灵。"

"那是什么语言？"

"俄语，"朱尔斯随口扯道，"我用俄语来说我不敢用英语对您说的话。"多塞默夫人闭上了双眼。朱尔斯将她拥得更紧了。

突然灯全都灭了，四周一片漆黑。在黑暗中朱尔斯弯腰亲吻了她放在他肩上的那只手。当她终于积聚起力量把手抽回来时，他握住了它，将它举到唇边再次亲吻了它。不知怎么的，一个戒指从她手指上滑落到他手里。多塞默夫人觉得不过是转瞬之间灯又都亮了。朱尔斯正对她微笑。

"您的戒指，"他说，"它滑下来了。您允许我？"

他把它戴回她的手指上，眼中闪耀着难以捉摸的光芒。

鲁本爵士过来谈论那个主开关："是哪个白痴干的吧，想来个恶作剧，我猜是这么回事。"

多塞默夫人对此不感兴趣。那短短几秒钟的黑暗令人感觉十分美妙。

帕克·派恩先生星期四早晨到办公室的时候，圣约翰夫人已经在那儿等他了。

"请带她进来。"派恩先生说。

"怎么样？"她满心焦急。

"您看上去脸色不好。"他责怪地说。

她摇了摇头："我昨天晚上根本睡不着，我一直在想。"

"这儿，是一些必要开销的账单。火车票，服装，还有给迈克尔和胡安尼塔的五十英镑。总共六十五英镑十七先令。"

"好，好！可是昨天晚上——一切顺利吗？事情办妥了？"

帕克·派恩先生惊讶地看着她："我亲爱的女士，当然一切顺利。我满以为您应该是知道的。"

"真是松了一口气。我一直在担心——"

帕克·派恩先生责怪地摇摇头说："这个行业是不允许失败的。如果我认为我没有成功的把握，我将拒绝接受委托。如果我接受了，成功实际上是一个可以先行得出的结论。"

"戒指真的已经还给她了，而且她一点儿也没有怀疑什么？"

"一点也没有。一切进行得神不知鬼不觉。"

达夫妮·圣约翰松了口气说道："您不知道，我总算是放下了一块大石头。您刚才说费用是多少来着？"

"六十五英镑十七先令。"

圣约翰夫人打开包拿出钱来。帕克·派恩先生谢过她，开了一张收据。

"但是您的服务费呢？"达夫妮奇怪道，"这只是开支那一部分。"

"在这种情况下我不收取服务费。"

"噢，派恩先生！不能这样，真的！"

"我亲爱的小姐，我坚持如此。我不会拿一分钱。这会违背我的原则。这是您的收据，而这个——"

像一位快乐的魔术师表演一个成功的魔术，他微笑着从口袋里拿出一个小盒子并把它从桌上推了过去。达夫妮把它打开。那里头，躺着那个无论怎么看都像模像样的钻石戒指。

"可恶的东西！"圣约翰夫人朝它做了个鬼脸，"我恨透你了！真想把你从窗口扔出去。"

"我可不会那么做，"派恩先生说，"这会把人们吓一跳的。"

"您肯定这不是真的那个？"达夫妮问道。

"不，不。那天您给我看的那个已经完璧归赵了。"

"那么，一切都解决了。"达夫妮高兴地笑着站起身来。

"奇怪您问了我这个，"帕克·派恩先生说，"当然，克劳德那个可怜的家伙，可没什么脑筋，他很可能会把它们搞混。所以，为了保险起见，今天早晨我特意请一位专家来检验了一下。"

圣约翰夫人突然一屁股坐在椅子上，问道："噢！那他怎么说？"

"他说这是一个绝妙的仿制品，"帕克·派恩先生乐呵呵地说，"一流高手的作品。这总算能让您完全放心了，是吧？"

圣约翰夫人开口想说些什么，又止住了。她瞪着帕克·派恩先生。

后者重新回到他桌后的位子上，慈祥地看着她。"从火里抓栗子的猫，"他像是在梦中，"不是个令人愉快的角色。"

"对不起，您刚才说什么了？"

"我——不，什么也没说。"

"好，我想给您讲一个小故事，圣约翰夫人，是关于一位年轻的女士的。一位金发女郎，我想。她没有结婚，她并不姓圣约翰，她也不叫达夫妮。相反，她的姓名是思尼思汀·理查兹，而且直到最近她一直是多塞默夫人的秘书。

"怎么说呢，有一天多塞默夫人的钻石戒指的指环松了，理查兹小姐把它拿到城里去修。跟您的故事很像，不是吗？理查兹小姐的脑子里冒出一个跟您一样的念头，她让人仿制了那个戒指。但她是一位有远见的小姐。她知道总有一天多塞默夫人会发现戒指被换成了一件赝品。那时她会想起是谁把它拿到城里去修的，而理查兹小姐就会受到怀疑。

"那么怎么办呢？首先，我猜，理查兹小姐花钱买了一顶假发——第七号发型，我想——"他像是一无所知地看着他的客人的卷发，"——深棕色。然后她来找我，给我看那个戒指，让我确信那是个真品，从而解除了我的怀疑，在这之后，又制定了一个调包的计划。那位小姐然后将戒指交给珠宝匠，及时地把它还给了多塞默夫人。

"昨天傍晚在滑铁卢车站，另一个戒指，那个赝品，在最后一分钟被匆匆忙忙地送到我们手上。没错，理查兹小姐并没有把勒特雷尔先生也许是个珠宝行家的可能性考虑在内。但为了让我自己放心，知道一切都光明正大，我安排了我的一个朋友，一位珠宝商在车上等候。他看了看那个戒指，立刻断言道：'这不是真正的钻石，这是一个高明的仿制品。'

"您当然明白事情的关键所在了，圣约翰夫人？当多塞默夫人发现她的戒指被掉了包，她会想起什么？那位年轻的舞蹈演员，当灯灭的时候曾经把她的戒指弄了下来。她会进行调查，然后发现原先要来的演员被人贿赂因而未来履约。如果事情追踪到我这里，我的什么圣约翰夫人的故事听起来可一点儿也站不住脚。多塞默夫人从未认识过什么圣约翰夫人。

这故事像个蹩脚的谎言。

"现在您可以理解，不是吗？我不能允许这样的事发生，因此我的朋友克劳德把他从多塞默夫人手上拿下来的那个戒指又为她戴了回去。"帕克·派恩先生的微笑不那么慈祥了。

"您明白我为什么不能收费？我保证让顾客得到快乐。显然我没能让您快乐。我只再说一句话：您很年轻，也许这是您第一次尝试做这种事。而我，恰恰相反，年纪比您大，而且在数据统计方面有一段相当丰富的经验。根据我的经验，我向您保证在百分之八十七的情况下欺骗都是没有好结果的。百分之八十七，想想吧！"

那位冒名的圣约翰夫人兀地站了起来。"你这个老滑头！"她说，"你怂恿我上当！还让我付钱！而且一直——"她噎住了，向门口冲去。

"您的戒指。"帕克·派恩先生说，将它拿起来递给她。

她一把抓了过去，朝它看了一眼，猛地把它从窗口扔了出去。

门砰地一响，她走了。

帕克·派恩先生饶有兴味地向窗下看去。"正如我猜想的，"他说，"引起了不小的骚动呢。那个卖杂货的先生都不知道该拿它怎么办了。"

英伦银行窃案

【英】奥希兹女男爵

一、谁开了保险柜？

"动机，有时候是个非常困难又非常复杂的问题。"

角落里的老人一面说，一面从容地把一双闪闪发亮的狗皮手套从他骨嶙嶙的手上脱下来。

"我认识一些有经验的侦探，他们说他们那一行里有句绝对真实的格言：找到有犯罪动机的人，就是找到了罪犯。"

"嗯，大多数的案子也许如此，可是我的经验告诉我，在这个世界上，人类行为背后的主要动力是人的情感。不管好坏，情感的确是控制了我们这些可怜的人类。别忘了，世界上还有女人哩！法国侦探是公认的办案好手，可是除非他们发现某个罪案中牵涉到女人，不然是不会去着手查案的。他们认为，不管是窃案、谋杀或欺诈骗局，里头总少不了女人。"

"或许菲力摩尔街盗案一直没有找到罪犯，就是因为没有牵连到任何女人。而另一方面，那个英伦银行窃案的小偷到现在还没有受到法律的制裁，则是因为有个聪明的女人逃过了警方的眼睛，这点我很确定。"

他专断地说了长长一大串话，宝莉小姐识相地不去反驳他。她现在知道，他在激动生气的时候永远是粗鲁无礼的，然后她就有的受了。

"等我老了以后，"他继续说，"要是没事干，我想我会开始投身警察工作，他们有太多的东西该学。"

这个皱巴巴的人紧张兮兮、吞吞吐吐讲出来的这番话，其中饱含了自满和非比寻常的自负，还有什么比这更荒谬可笑的呢？宝莉什么都没说，只是从口袋里拿出一条漂亮的细绳。她知道，他在揭开重重神秘故事的同时，有编结这种东西的习惯，于是隔了桌子把细绳递过去给他。她很肯定，他的脸红了。

"当作'思维辅助器'吧！"

她看到他被安抚下来，似乎也受了感动，于是这样说。

宝莉像是吊他胃口一样，把细绳放在离他手边很近的地方。他看看那条宝贝的绳子，然后逼着自己把咖啡店四周睃巡了一遍；他看看宝莉，看看女侍，还看看摆在柜台上，毫无生气的圆面包，然后不是很情愿地让温和的蓝眼睛带着爱意游回那条长长的细绳上。透过活泼的想象，他无疑已经看到一连串的结，也像吊他胃口一样，等着他去打上又解开。

"告诉我英伦银行窃案的故事。"

宝莉用带着点优越感的口吻建议。

他看看她，好像她刚刚提的，是一件他从没听过的罪案里的复杂谜团。终于，他细鳞鳞的手指摸到了细绳的一端，把它拿了过来，他的脸庞马上亮了起来。

"这个窃案里的悲剧成分，"经过好一阵子的编织之后，他开始说了，"和多数罪案关联到的悲剧性质完全不同。这个悲剧，就我而言，我会永远把嘴巴闭紧，不透露半个字，以免让警方找对了方向。"

"你的嘴巴，"宝莉讽刺地说："就我来看，对我们痛苦良久的无能警方总是闭得紧紧的，而且——"

"而且最不应该对这件事啰唆的就是你。"

他冷静地打断她的话。

"因为你已经花了许多个愉快的半小时，听我讲这些你称作'无稽之谈'的故事。你当然知道英伦银行，在牛津街上的，当时的报纸上有很多这家银行的照片。这是一张银行外面的照片，是我前些时候自己照的。我真希望我脸皮够厚，或者够幸运拍到银行的内部。不过你看得出来，银行的大门和住家的大门是分开的。按照银行界的规矩，这房子的其他部分是给银行经理一家人住的，当时是，现在还是。

"事情发生在六个多月以前，那时的银行经理是艾尔蓝先生。他住在银行里，太太和家人也是，大儿子在银行里当职员，其他还有两三个较小的孩子。房子实际上比照片上看起来要小，因为很浅，每一层楼只有一排房间面对着街道，后面除了楼梯，什么也没有。所以，艾尔蓝先生一家子就把整个房子住满了。

"至于银行的营业处，事实上也是很普遍的格局：一间大办公室，几排桌椅，有职员，有出纳，在这些后面隔着一扇玻璃门，就是经理的私人办公室了，里面有笨重的保险柜、桌子等等。

"这私人的房间有个门可以直通住家的走道，所以经理上班不必走到街上。一楼没有客厅，这房子也没有地下室。

"这些建筑上的细节我必须对你说清楚，听起来可能枯燥无味；可是为了证明我的观点，这是必要的。

"当然，到了晚上，银行营业处对着街道的门就闩上了，除此之外，还有个预防措施，就是晚上都有看门人守夜。我刚刚说过，大办公室和经理室之间只有一扇玻璃门，这当然就是为什么出事那天晚上，所有的声响守门人都听见了，也是使这件谜案更加复杂难解的原因。

"艾尔蓝先生通常都是早晨快十点的时候进办公室，可是那天早上，为了某个他永远不能或不愿讲的理由，他还没吃早点，大约九点钟就下了楼。艾尔蓝太太后来说，因为没听到他回来，所以叫女佣到楼下去告诉主人早餐都快凉了。一定有骇人的事发生了，那女孩的尖叫声就是头一个警讯。

"艾尔蓝太太匆忙赶下楼去。她到了走道，发现丈夫办公室的门是开的，女佣的尖叫声就是从那儿发出来的。

"'主人，呜'……可怜的主人……他死了，呜……我确定他死了！'还伴随着猛捶玻璃门的声音。外头办公室传来守门人不怎么修饰的几句话，像是——'你干吗在那儿吵吵闹闹的，不把门打开？'

"艾尔蓝太太是那种任何情况下都不会失去理智的女人。我想，在整个和案子调查有关的审判过程中，她确实证明了这一点。她只朝房间看了一眼，就明白了整个情况。艾尔蓝先生躺在安乐椅上，头部后仰，双眼紧闭，显然昏死过去。他的神经一定是因为极度的震惊而猝然瓦解，使他立时昏倒，而那件震惊的事是什么，很容易就被猜着了。

"保险柜的门开得大大的，艾尔蓝先生显然在还没发现开着的保险柜中所透露的惊人事实之前，就摇摇晃晃昏倒了；他抓到地板上的一张椅子，身体靠住它，然后终于摔进了安乐椅里，不省人事。

"上面这些情节，叙述起来要花不少时间，"角落里的老人继续说："可是，你要记住；在艾尔蓝太太心里却像闪光一样，只花了一秒钟就过去了。她很快地转动玻璃门的钥匙，钥匙孔是装在经理室这边的；然后靠守门人詹姆斯·费尔拜恩的帮忙，她把丈夫抬到楼上房里，立刻去请警察和医生来。

"正如艾尔蓝太太所预料的，艾先生受了严重的心理惊吓，使他完全昏了过去。医生嘱咐要绝对的安静，而且目前不能受到任何烦心事的刺激。病人不年轻了，他受了很深的惊吓，有轻微的脑充血现象，如果要让他目前脆弱的心灵记起昏倒之前发生的事情，对他的理智，甚或他的生命，可能会有严重的危害。

"警方的侦查因此只能缓慢进行。负责这案子的探长必然很低能，而相关的几个主要角色又不能对他的工作有所帮助。

"首先，窃贼显然无法由银行营业处进入经理室。詹姆斯·费尔拜恩整夜都在看守，灯也全亮着，如果有人走过外头的大办公室，或是用强力打开重重闩上的大门，显然他不可能不知道。

"要到经理室去还有一个进口，那就是经过住屋的走道。走道底的大门，似乎一向由艾尔蓝先生从剧院或俱乐部回来时，亲自闩上的。这是他的职责，而他也从不假手他人。每年他和太太、小孩去度假时，通常银行副经理会留下来陪他的儿子，而这时他儿子就负责闩门，不过也明明白白要在晚上十点的时候。

"我刚刚已经跟你解释过，大办公室和经理室之间只隔着一个大玻璃门，按照詹姆斯·费尔拜恩的说法，这玻璃门当然一直要开着，好让他守夜时听得到任何轻微的声响。经理室里照例不留灯，而里头的另一个门，也就是通往走道的门，在詹姆斯·费尔拜恩认为东西都安全无恙。开始到大办公室守夜之后，就从里面闩上了。大办公室和经理室都有电铃直通艾尔蓝先生和他儿子罗伯的卧室，同时还装有电话通到最近的当地电信局，如果电话响了，就是报警的讯号。

"等到早上九点钟，第一个出纳员到达办公室后，守夜人员负责把经理室清扫整理一下，打开门闩，就可以自由回家吃早餐或休息去了。

"你看得出来，詹姆斯·费尔拜恩在英伦银行的地位，是担负着重责大任的；而每间银行和公司都雇有像他这种地位的人。大家都深知这些人的品德操守经得起考验，通常都是记录良好的老兵。詹姆斯·费尔拜恩是个力大又正直的苏格兰人，他在英伦银行守夜已经十五年了，出事当时也不过四十三四岁左右。他曾经当过守卫，站起来足足有六尺三寸高！他的证词当然非常重要，虽然警方特别小心，但还是不知怎的走漏出去而使得全城皆知，也因而引起银行圈和商业界最大的轰动。

"詹姆斯·费尔拜恩说，3月25日晚上八点钟，他像平常一样，把银行后面的门窗都上了闩，正要锁上经理室的门，艾尔蓝先生从楼上叫住他，要他把门开着，因为他十一点从外头回来的时候，可能会进办公室一会儿。詹姆斯·费尔拜恩问他需要把灯亮着吗？艾先生说：'不用，关掉好了。如果我需要，我自己会开。'

"英伦银行的守夜人可以抽烟，也可以生炉火，还有一盘子内容丰富的三明治和一杯麦酒供他随意取用。詹姆斯·费尔拜恩在火炉前坐下，点燃烟斗，拿起报纸看了起来。大概九点四十五分的时候，他感觉到靠街的大门打开又关上了，他想应该是艾尔蓝先生到他的俱乐部去了；可是过了五分钟，他又听到经理室的门开了，有人走进去，而且马上把玻璃门关起来，还用钥匙锁上。

"他当然认为那是艾尔蓝先生。从他坐的地方看不到经理室，可是他注意到电灯没有打开，而艾经理好像只划了一根火柴，周围都是黑的。

"'那个当儿，'詹姆斯·费尔拜思继续说，'我闪过一个念头，觉得事情好像有点不对劲。我放下报纸，朝办公室那一端的玻璃门走去。经理室里还是很黑，我看不太清楚里头，可是房间通往走道的门是开的，当然，那里有灯光透过来。我离玻璃门很近，这时看到艾尔蓝太太人站在走道上，还听到她用很惊讶的语气说：'啊，路易斯，我还以为你早就到俱乐部去了呢。你到底摸黑在这里做什么？'

"'路易斯是艾尔蓝先生的教名，'詹姆斯·费尔拜恩还说：'我没听到经理回答，可是很高兴没出什么事，就回去抽烟看报了。然后，几乎是马上，我就听到经理离开房间，穿过走道，从靠街的大门走出去。他走了以后，我才想到他一定忘了把玻璃门的锁打开，所以我就不能像平常一样把通往走道的门闩上，我想，这就是那些该死的小偷瞒过了我的原因吧。'

二、矛盾的证词

"等到大众能够好好想想詹姆斯·费尔拜恩的证词时，英伦银行和几个负责办案的探员已经开始感到一股焦虑不安。报纸对这件事的报道显然是刻意地小心翼翼，暗示所有的读者耐心等待这不幸事件的更新发展。

"可是英伦银行的经理健康情况这样不稳定，要确知窃贼实际上偷去了多少东西是不可能的。不过，据出纳估计损失大约是价值五千英镑的金子和银行钞票。当然，这是假定艾尔蓝先生并没有把他私人的金钱或贵重物品放在保险柜里。

"注意，这时候大家对卧病在床，甚或处在死亡边缘的可怜经理都很同情，可是，猜疑也已经用它的有毒的翅膀轻轻点了他一下。

"'猜疑',就这个案子当时的发展来说,可能是个强烈的字眼。没有人怀疑任何当时在场的人。詹姆斯·费尔拜恩把经过都说了,还发誓一定是小偷带着假钥匙偷偷从住屋走道潜进了经理室。

"你应该记得,大家的激昂情绪一点也没有因为等待而稍减。还没等到我们有时间去仔细考虑守夜人单方面的证词,或者检视我们对病人日增一日的同情——当然,这些都需要更多更完整的细节——这案子却由于一件不寻常,绝对出乎意料的事实而到达轰动的高潮。艾尔蓝太太在丈夫病榻旁不眠不休照顾了二十四小时之后,警探终于来了,请她回答几个简单的问题,希望有助于破解这个让她丈夫病倒,也因而让她焦虑不安的谜案。

"她自认已准备好回答任何问题,也确实把探长和督察吓了一大跳,因为她坚持甚至强调说,詹姆斯·费尔拜恩说他在晚上十点钟时看到她站在走道上,还认为听到她的声音,一定是幻梦或是根本睡着了。

"她可能会,也可能不会那么晚还在楼下大厅里,因为通常她会自己跑下楼去查看最后一班邮车有没有送信来。可是她非常确定,她那时没有见到也没有和艾尔蓝先生说过话,因为艾先生一小时之前就出门去了,还是她自己送他到前门的。从头到尾,她一点也没松口,而且还当着探长的面对詹姆斯·费尔拜恩说,他绝对是弄错了,说她'没有'见到艾先生,也'没有'和他说过话。

"另一个被警方询问的,是罗伯·艾尔蓝先生,也就是艾尔蓝先生的大儿子。有个想法现在深植在探长心里:可能是某些重大的财务困难使得这位可怜的经理盗用了银行的公款,而他认为罗伯对父亲的事会知道一些。

"可是罗伯·艾尔蓝先生也说不出什么来。他的父亲对他没有信赖到把所有私事都告诉他的程度,可是家里似乎从不缺钱用,而且就他儿子所知,艾尔蓝先生没有任何花钱的嗜好。出事那天晚上,他自己和一位朋友在外面吃饭,然后一起去了牛津音乐厅。大约十一点半的时候,他在银行门口阶梯上碰到父亲,两个人一块儿进了屋。他儿子肯定地说,艾先生当时看起来没什么特别,一点也看不出激动,而且愉快地和他道晚安。

"真是个非比寻常的大疑点,"角落里的老人变得一刻比一刻更兴奋:"群众有时候是很蠢的,可是这回却看得很清楚——当然,所有的人都很自然地下了这样的结论:艾太太说的是谎言,一个高贵的、自我牺牲的谎言,一个你喜欢说它具有什么美德就有什么美德的谎言,可是再怎么说,到底是个谎言。

"她企图救她的丈夫,可是下错了功夫,毕竟詹姆斯·费尔拜恩不可能梦到所有他说他看到和听到的事。没有人怀疑他,因为他没有必要去做这件案子。第一点,他是个又高又壮,而且显然没有想象力的苏格兰人,虽然艾尔蓝夫人奇怪的证词里硬说他有;再何况,银行钞票被偷对他没有任何好处。

"可是,别忘了,有个疑点在那里,若是没有了这个疑点,群众心里早就会定了楼上那个无望复原的病人的罪了。每个人都想到这个事实。

"因为,就算艾尔蓝先生在晚上九点五十分进入办公室,想要从银行保险柜里拿走五千英镑的钞票和金子,同时让它看起来像是夜间遭窃一样;就算当时他的毒计被他太太打断,她没法劝他把钱放回去,因此放胆和他站在同一边,还笨拙地想把他从困境里救出来,那么,他既已知道公款被盗用了,为什么会在第二天早上九点钟看到这情形时昏死过去,还得了脑充血呢?一个人可能假装昏厥一阵子,可是没有人能假装发烧和脑充血,即使恰巧被请来的医生再平庸不过,也很快看得出来这些现象存不存在。

"根据詹姆斯·费尔拜恩的说辞,艾尔蓝先生一定是在窃案发生后不久就出门,又在一个半小时之后和儿子一起回来,和儿子说了些话,然后安静上床去,等了九个小时以后,看到自己作的案,就病倒了。你得承认,这说法实在不合逻辑。不幸的是,那可怜的经理没办法对那天晚上的悲剧做任何解释。

"他还是很虚弱,而且虽然身涉重嫌,但由于医生的吩咐,他对逐日在他身上加重的罪名还一无所知。他焦急地向所有可以到他病床旁的人询问侦查的结果和窃贼逮捕的可能性,可是每个人都受到再三叮咛,只告诉他说目前警方什么线索也没有。

"你会承认,就像每个人当时所承认的,那个可怜人的处境非常微妙,完全不能抵抗这么多势不可当的证据来为自己辩护,如果算是有辩护的话。这也是为什么我认为大众还是同情他的。可是,一想到他太太很可能知道他有罪,又心焦又害怕地等他恢复健康,等他必须面对急速升起绕着他转的众多猜疑,甚或必须面对公开起诉的那一刻,那还是很吓人的。

三、不在场证明

"过了将近六个礼拜,医生终于让他的病人面对那桩让他昏了这么久的重大问题。

"另一方面,在这么多个直接、间接因这件谜案受尽折磨的人当中,得到旁人最多怜悯和真挚同情的,莫过于经理的大儿子罗伯·艾尔蓝了。

"你记得吧?他是银行里的职员。嗯,当然,打从大家把怀疑放到他父亲的身上,他在银行界的地位就岌岌不保了。我想每个人对他都非常友善。在路易斯·艾尔蓝先生遗憾无法视事的这段时间,苏瑟兰·法蓝区先生是代理经理,他尽其权限所能对这位年轻人表示友好和同情,可是当艾尔蓝太太不寻常的态度被众人知悉,而罗伯私底下向法蓝区先生暗示他决定和英伦银行断绝关系时,我想法蓝区先生或任何人都不会太惊讶吧。

"当然,银行为他准备了最好的推荐信函任他安排,可是大家最后了解了他的心意:一等到父亲完全恢复健康,不再需要他留在伦敦的时候,他就会试试到国外求职。他提到了为新殖民地的军力和警力而组织的新志愿团,而如果他希望借此把他和伦敦银行界的一切关系都抛得远远的,坦白说没有人会怪他。这儿子的态度当然没有使他父亲的处境有任何改善。显然,连经理的家人都对他的无辜放弃了希望。

"可是,他绝对是无辜的。你一定记得,一等到这可怜人能够为自己说句话,事实就很清楚了。他说的这些话,也是有用意的。

"艾尔蓝先生那时爱好音乐,现在也是。出事那天晚上,他在俱乐部里坐着,看到当天的报纸上刊载着皇后音乐厅的演唱会,是一出特别吸引人的剧目。他的穿着并不正式,可是感到一股无法抗拒的欲望,想去听听这出吸引人的音乐剧,就算一两幕也好,所以就逛到音乐厅去了。好,这一类的不在场证明通常是很难证实的,可是说来也奇怪,幸运女神这次却眷顾了艾尔蓝先生,可能是为了补偿他最近太任性而给他的严重打击。

各怀鬼胎的狡诈窃贼

"艾尔蓝先生的座位似乎有点问题。他是在售票口买的票,一进到内厅却发现位子被一位顽固的女士误坐了,那女士不肯把位子让出来。艾尔蓝先生只好叫经理来,几个服务员不但记得这件事,还认得这一位无辜、但成为争辩焦点的先生的脸和外貌。

"一等到艾尔蓝先生能够为自己讲话,他就提起这件事,并且提到可以为他作证的那些人。你得承认,那些人指认了他,使得警察和民众都很惊讶,因为他们已经认定,除了英伦银行经理本人外,其他人不可能犯下这个罪行。除此之外,艾尔蓝先生相当富有,在联邦银行的存款数目不小,还有很多私人财富,这都是他多年俭省度日的结果。

"他必须证明他是否真的立即需要五千英镑,这也是那天晚上从保险柜里被偷走的总数。他拥有许多证券,只要发出通知后一小时,他就可以筹足两倍于这数字的钱;他的寿险费用也全付清了,他没有任何债务不是一张五英镑钞票就可以打发的。

"那个要命的晚上,他的确记得要守夜人不要闩上他办公室的门,因为他想到回家的时候,可能要写一两封信,可是后来他完全忘了这回事。音乐会结束后,他在牛津街上的家门外遇到儿子,根本没再想到公事。办公室的大门是关着的,看起来没有任何不寻常的迹象。

"詹姆斯·费尔拜恩说他非常肯定曾经听到艾太太惊讶地说:'啊,路易斯,你到底在这里做什么?'艾尔蓝先生却坚决否认他那时在办公室里。因此詹姆斯·费尔拜恩说看到艾太太,很显然只是他的幻觉。

"艾尔蓝先生辞去了他英伦银行经理的职位。他和他太太一定感觉到,大体而言,关于艾尔蓝家已有太多的闲言碎语和丑闻,这对银行绝非益事;更何况,艾尔蓝先生的健康已不如从前。他现在在西庭堡有栋漂亮的房子,闲时养花拾草自娱。而在伦敦,除了直接与这件谜案有关的人之外,只有我知道这件谜团的真正答案。我常在想,那位英伦银行的前任经理,对这件事到底知道多少?"

角落里的老人沉默了好一阵子。他刚开始讲这故事时,宝莉·波顿小姐就下定决心要专心听他叙述和案子有关的每一点证据,然后亦步亦趋跟着每一点线索思考,好让她自己得出结论,也好让那稻草人似的老古董对她的灵敏反应来个措手不及。可是她什么也没说,因为她得不出结论。每个人都被这个案子搞得一头雾水,而且从舆论开始怀疑艾尔蓝先生不忠诚,到证实他的品德绝无问题,这过程中几个转折,都曾经让大家讶异不已。有一两个人曾经怀疑艾尔蓝太太太才是真正的小偷,可是很快就放弃了这个想法。

艾尔蓝太太有的是钱;窃案发生在六个月前,这段时间里,由她荷包里掏出的钱,没有一张查出是被偷的银行钞票;更何况,她一定有个同谋,因为那天晚上经理室里另外有人;而如果这个人是她的同谋,为什么她要冒险当着詹姆斯·费尔拜恩的面大声讲话而出卖他?如果把灯熄了,让大厅一片漆黑,那不是简单得多了吗……

"你完全想岔了——"

一个尖锐的声音响起来,好像冲着她的想法而答:"完全错了。如果你想学到我的归纳方法,提高你的推理能力,你一定要跟着我的逻辑走。首先想一个绝对不容争议,肯肯定定的事实。你一定要有个起点,而不只是假定这又假定那,在一大堆假设里绕来绕去。"

"可是这案子里没有肯肯定定的事实。"她生气地说。

"你说没有吗?"他静静地说,"3月25日晚上十一点半以前,五千英镑的银行钞票被偷了，难道这不是个肯定的事实吗？"

"没错，只有这个是肯定的，而且……"

"保险柜的钥匙没有被扒走，所以保险柜一定是用正常的钥匙开的，"他镇静地打断她："难道你说不是个肯定的事实？"

"这我晓得！"她怒气冲冲地接上他的话，"这也就是为什么大家都同意，詹姆斯·费尔拜恩不可能——"

"好，詹姆斯·费尔拜恩不可能这样、那样，他却看到玻璃门是从里面反锁起来的。艾太太看到她丈夫昏倒在打开的保险柜前，亲自打开门让詹姆斯·费尔拜恩进入经理室，难道不是个肯定的事实？这当然是个肯定的事实，而如果保险柜是用正常的钥匙打开的，一定是拿得到钥匙的人去打开的；任何用头脑的都会认为这也是个肯定的事实。"

"可是在经理室里的那个人……"

"完全正确，在经理室的那个人！这个人是怎样的一个人；请你一条条列举出来。"

这可笑的老人每说一点就在细绳上打一个他钟爱的结。

"这个人，是那天晚上可以拿到保险柜钥匙，而经理、甚至他太太都没有察觉的人，并且是个艾尔蓝太太愿意为他编造一个明显谎言的人。一个属于高等中产阶级的女人，而且是个英国女人，会愿意为不相干的人做伪证吗？当然不会。她可能为了丈夫这样做。大家都认为她的确是为了丈夫，可是却从来没有想过，她也可能为了儿子这样做。"

"她儿子！"

宝莉惊叫起来。

"是啊，她是个聪明的女人，"他突然热切地冒出这些话："是个既有勇气又沉着的女人，我想我没过有谁能跟她比的。她上床之前跑下楼去看最后的邮车有没有送信来，看到丈夫办公室的门半开着。她推开门，借着匆忙中划的一根火柴，她马上明白有小偷站在打开的保险柜前面，而且她已经认出来，那个小偷就是她儿子。

"就在这个时候，她听到守夜人的脚步声走近玻璃门。没有时间警告儿子了，她不晓得玻璃门已经锁上，她只想到詹姆斯·费尔拜恩可能会打开电灯，看到那年轻人正在偷银行的保险柜。

"要让守夜人放心只有一个法子。晚上这个时候只有一个人有权待在这里，所以她毫不迟疑地叫出她丈夫的名字。

"注意，我非常相信那女人当时只想争取时间，而且相信她希望她儿子还没有机会违背良心犯下这么重的罪行。

"母亲和儿子之间发生了什么事，我们永远不会知道，可是我们知道的是，那年轻的无赖带着赃款逃掉了，而且他相信他的母亲绝不会出卖他。可怜的女人！那一晚一定够她受的了，可是她又聪明又有远见，知道她的举动不会对丈夫的品德有损，所以她做了这件唯一能做的事来救儿子，甚至帮他挡住他父亲的怒火，还大胆地否认了詹姆斯·费尔拜恩的说辞。

"当然，她完全清楚丈夫可以轻易洗清罪嫌，而别人对于她的评论，最坏也不过是说她相信丈夫有罪而企图去救他。她寄望将来有机会把她在窃案中任何复杂的罪名洗刷干净。

"现在大家都已经忘了大部分的详情，警方还在注意詹姆斯·费尔拜恩的工作动态和艾尔蓝太太花的钱。你也知道，到目前为止，还没有一张银行钞票被查出是从她那儿流出来的。尽管如此，倒是有一两张钞票从国外流回英国来。大家都不知道，在国外，所谓'货币代理处'的小店把英国钞票换成当地现金有多容易！代理商能够拿到英国钞票简直太高兴了，只要钞票是真的，他们还管从哪里来的？然后再过一两个礼拜，代理商连是谁拿这样一张钞票来换的，都无法确定了。

"你知道，年轻的罗伯去了国外，总有一天他赚了大钱后会回到这里来。这是他的照片，这个就是他的母亲——一个聪明的女人，对吧？"

宝莉还没来得及回答，老人已经走了。她实在没看过有谁像他穿越房间这样快的。可是他总会留下一个有趣的考题，一条从头到尾打满了结的细绳，和几张相片。

寇伦男爵被盗

【法】莫里斯·勒布朗

罗宾被捕的消息在法国乃至世界都引起了轰动。"罗宾终于被缉拿归案了！那个恶贯满盈的大盗终于得到了应有的报应！""这是葛尼玛探长的功劳！"人们奔走相告。

"说到底，罗宾现在在哪里呢？"

"葛尼玛把他从美国由海路押回后，严密地拘禁在巴黎珊第监狱中，进行严格的审问！"

"如此一来，富人们就可以安然入睡了。"

那是当然，纵然他是来去无踪的怪盗，可一旦被关押进珊第监狱这座坚固的世界，也是泥牛入海了。

此类言谈在巴黎乃至偏僻乡村，都成为人们茶余饭后的谈资。

在塞纳河上游的一座孤岛之上，河流环绕四周。这儿有形状怪异的高塔坐落在岩床之上，尖尖的屋脊直入云霄。历史上，这里不知经历了多少次的血腥战争。

以前，曾有一位有名的英雄镇守这儿，同成百万的来犯之敌浴血作战。英雄去世之后，就有一位恶魔大盗统治了这儿，干些伤天害理的营生。那以后，就传说惨死女王的幽魂常常出现，有人夜夜听到王子恐怖的叫声，于是居民便不敢接近那建筑，以致妇女们常用它来作为哄骗小孩时的工具。

如今，城中居住了一位寇伦男爵，这是位毫不夸张的却又了不起的巨富，但说到他的财富来源却没有一个人能说出个所以然来。

有人说他的财富是依靠将灵魂出卖给恶魔而得到的，因为他是两手空空来到这儿，又在转瞬之间暴富的。

"他是靠股票发财的，又在玛瑞镇城主陷入窘境之时买下了古城和所有祖传的宝贝，有艺术品、家具、雕刻以及画幅，然后，他又把城的主人赶走了。"

"真是一个不知满足的家伙。"

"没错，这是一个毫无感情的幽魂，说他将灵魂出卖一点不过分，居民们没有人叫他的名字，都称他为'鬼魅男爵'。还听说偌大的一座古城中，只有他和两位年老的仆人，其他人一概不得进入。在他的大厅中，摆设了名画家卢本士的三张名画以及一些国家文物绘画、雕刻等，但这都是传言，还没有人亲眼看见。"

鬼魅男爵不接触任何人，每天渐近黄昏，他就收起了架在塞纳河上的吊桥，将四面的大铁门牢牢上锁，里面还要再加上大栓。一旦有人从外面靠近，警报设置就会响声大作，这一切都是因为他怕自己的宝物为人偷去。背河一边是峻峭的高壁，盗贼根本不可能从这儿光顾。这儿既不可能武力硬闯，也不可能神秘潜入，真可谓固若金汤。

　　罗宾被捕的消息传出，十几天后的一个晴好的秋天上午，一位邮差跨过塞纳河上的古桥，来到了男爵的门前摁动了门铃。随着"吱呀"声，鬼魅男爵站在了门口。

　　"早上好，男爵先生。"善良的老邮差那被太阳晒得黑红，满是胡须的脸上挂着笑。可男爵一言不发依旧紧绷着脸，即使是常见面的邮差，他也戒心难除。

　　"我是每天给您送信的邮差，男爵先生，难道您对我也不信任吗？"

　　"我怎么知道你是什么人？"尽管老邮差仍在笑容满面地搭讪，男爵翻着白眼嘟哝着说。

　　"男爵先生竟如此不相信人，真让人惊奇！"邮差递过来一叠报纸，口中仍在说着。"噢，还有一件奇怪的东西，是封挂号信，请盖章。"说着，又递过一封信来。

　　男爵独居古城，很少有人和他往来，更不用说是从外面的来信，所以他很吃惊地瞪大了眼睛，说："奇怪，是哪儿来的呢？"他歪着头拆开信封，先看了一下发信人的签名，"啊！亚森·罗宾……"他顿时惊慌失色。男爵低声念叨着，身子不由自主地晃了一下，似乎要倒下去一样。罗宾已经被囚禁在珊第监狱了，怎么又会发出这封信呢？想到这些，男爵更加不能自持地颤抖了起来。他之所以身居这个与世隔绝的古城，整天城门紧闭，布置了严密的警备措施，就是为了避免盗贼的光顾，可是那位盗中之王，神秘莫测的江洋大盗罗宾还是盯上了他，他又怎么能够不从心底里恐惧呢？但，这还不是最可怕的，读完那封信后，他已是面无血色，嘴里似乎有火要冒出来一样。

寇伦男爵：

　　本人对于阁下大厅中走廊上所挂的那张尚伯犹名画很是喜爱。而同一地方的卢本士和瓦托的作品，也深受本人垂青。右方大厅中的路易十三食橱和壁帘以及诗人嘉科步曾签名的小宫廷桌、文艺复兴时的秘书柜，右方大厅中的珠宝和小工艺品盒，也甚得本人心仪。

　　今天，只取以上极为有市场潜力物品，还望收拾停当，在一周之内寄至巴帝犹东站，罗宾收。若届时未完成，敝人将在9月27日（星期三）至28日（星期四）夜里亲往收取。彼时，既亲身前往，唯以上诸物恐难满足，还望见谅。

亚森·罗宾

　　另外，瓦托的最大一幅画作便不必寄来，概因该品虽花费3万法郎，却为赝品，其真本早在政变时便被焚毁。再者路易十六式饰带似乎亦非真品，所以一并敬谢。

　　指名索要秘宝，还言明了确切日期，否则要亲自来拿，真是污蔑人的信函，更没有将警察放在眼里。

　　"可是，罗宾是在狱里的，但，那也是不一定的，他是位神奇的魔鬼，无论身在监狱，还是其他地方，一旦他想做的事，就没有做不到的，"男爵暗想，"这家伙太可怕了！然而，他又是怎样对古城中的宝物了如指掌的呢？我从未允许过两个老仆之外的任何一个人进入古城，他又是何时把大厅摆设搞得如此明白？这个罗宾到底是人还是鬼？我如此严密地戒备还是被他搞得一清二楚！对他而言可以如鸟一般飞过塞纳河，如轻烟一般穿越坚墙固垒。

唉，我怎么也不会想到，会被这个主儿盯上！"

一向被人称作鬼魅男爵的他变得面无血色、惴惴不安起来。他万分火急地给卢昂警局汇报情况，并附有罗宾的来信，以求得警局的保护。

很快，警局就回信了：

亚森·罗宾已被关押于珊第监狱，看守极为严密，不可能有写信和发信的机会。

该信已由警方聘请专家做出鉴定，以为其笔迹虽与罗宾的极其相似，但并非罗宾真迹。可能是有人假托罗宾名义所设的一个骗局。

"原来如此！"男爵的心终于放下了，但他转而又想，"可是，既然是和罗宾的笔迹相仿，那么也就不是简单的事情。"由于对盗贼的恐惧，男爵本已处于不安之中，如今的这次"相似"更让他惶惶不可终日。

"既然信中清楚地写着他要在27至28日的夜间来拿东西，那么我就不能有丝毫的疏忽。"由于处于一种极端的猜测状态之中，男爵甚至连两位老仆都不敢相信了。"他们俩虽表面上很忠诚，可说不定已经是罗宾的内线了，也是不可信的，卢昂的警察也是不可以完全相信的。最好的主意就是去请巴黎的私家侦探，可是，他们也是不可完全信任的，没准私家侦探正是和罗宾一伙的。"此时的男爵委实有种无所适从之感。出于过分的思虑，他总也不能安睡。第二天早晨，男爵在浏览离这儿很近的克德别科市报时不禁发出了一声欢呼："噢，感谢上帝，终于有办法了！"晨报中有这样一则消息：

巴黎警局的葛尼玛大侦探，将在本地居住三周时间。他是由于拘捕亚森·罗宾之功而获休假的，特地来本地垂钓休闲。

"就是那位……鼎鼎大名的……葛尼玛侦探，太好了，请他出马一定可以制服罗宾，再没有第二个人可以胜任了。"说做就做，男爵步行6千米的路程，来到了克德别科。然而他连葛尼玛住在哪儿都不知道，费了一番周折之后才想起该去报社问个明白。

"哦——要找葛尼玛探长最好是去河边，他几乎每天都从早到晚地在那儿钓鱼，我就是在河边发现他的，他的渔竿上刻有他的名字"记者说，"他好像不愿和人说话，我搭讪时，他只是专心致志地盯着浮标未说一句话，所以我只写了那则短讯而没有深入采访。"

记者又手指河边方向："瞧，那边的柳树下的那个矮小的老头儿……"

"是的，他还戴了麦秆编的草帽……"

"那就是葛尼玛了，但他是个非常少言寡语的人并且很难相处，你应多加注意。"

"太谢谢你了。"

男爵来到葛尼玛身边和他搭话时，是5分钟之后的事，可是，老人除了全神贯注地盯着浮标之外，似乎根本就没有听见别人说话似的。

而当男爵讲完自己的情况以后，他从头到脚地打量了一番男爵，脸上满是不耐烦的神色："老兄，你听说过有行窃还要告诉事主日期的吗？这是毫无道理的，哪怕是罗宾，他是不会糊涂到这种程度的。"

"但信上却是和罗宾完全相同的笔迹……"

"你是说'相似'吧！那是假信是毫无疑问的，他确实是仍关押在珊第监狱的。"

"可是他万一脱逃了呢……"

"不可能。"

"但罗宾或许能够做到。"

"即使是罗宾，一旦逃脱，我也会把他再捉拿回来的，你尽管放心。好了，不要影响我钓鱼了。"此后，他就没有再说一句话，只是一门心思地钓鱼。男爵没有别的办法，就只好回古城去了，他将所有的门窗都仔细检查了后，又留心起了两位老仆的行动，他是不会放松的，平平安安中两天已经过去了。"看来，那真的是伪造的信，我是无事生非了。"男爵心中想道。时间已是26日，"恐吓信上说货物需在一周内寄出，今天已是最后一天，否则，他将在明天晚上亲临。"一想到这些，男爵心中就不能平静，甚至开始坐立不安了。所幸的是那天的上午没有什么事情发生，男爵的心里刚平静了些，就有一个小孩在午后3点左右送来了一封电报：

巴帝犹无货，谨记明晚之约。

亚森·罗宾

男爵这下可慌了神，如此看来，恐吓信是真的出自罗宾之手了。可我没有依他所言行事，我的宝物马上要被洗劫一空了。男爵快要疯了，他飞奔到克德别科去向葛尼玛求援。葛尼玛依旧在那里垂钓，男爵就说不出一句话，只是用颤抖的手递上了电报。

"一派胡言，这完全是恶作剧，没必要理会他。"探长读完电报后，不慌不忙地收竿，同时镇定地说。

"万万大意不得，罗宾是说得出做得出的人，如今既然有电报来，我的宝物会被他尽数收去，所以明天晚上，无论如何也请您大驾光临寒舍，至于谢礼是多少由您说了算的。"

"我想要的只是闲适的休养，而不是职业上的烦扰。"

"但，无论怎样，都请您帮这个忙了。"

"您是不必如此慌张的，因为罗宾是被关押在监狱中的人。"

"可是，那样太冒险了。这样吧，你明天务必来帮我这个忙，我付你3000法郎辛苦费。"

"你一定是白费心机，无异于用3000法郎打水漂。"

"我不在乎，只是请您一定驾临。"

"只好这样，再有就是，你的仆人是否靠得住？"

"这个……"

"那这样定了，为了方便，我就通过电报召我的两个帮手来配合我的工作。你现在可以先回去。否则被罗宾的手下发现我们在一起会影响工作的。明晚9点钟我会准时到的，你只管放心。我是不会让罗宾得逞的。"葛尼玛一副成竹在胸的样子。

终于到了27日，也就是罗宾信中所言要亲自前来的那一天。打早晨起鬼魅男爵寇伦就是一副坐立不安、六神无主的模样，他摘下了卧室墙上的枪和短剑，擦了一遍，以防万一。他还把整个古城都里里外外地巡视了一遍，整个一天平安无事地到了晚上。

"葛尼玛探长该来了吧！"八点半男爵就打发走了老仆人，整个古城只剩下了他孤零零一人，此时的他焦躁不安，如坐针毡，如果葛尼玛不能如约而来，该怎么办呢？男爵单身一人住在古城的正房中，时钟"铛铛"地结束九声之时，他也走到了大门边，随着"沙沙"的脚步，葛尼玛来了。

"男爵，这是我的两位助手。"说着，他把自己的两个随从介绍给了男爵，那是两个身强力壮的年轻人。

葛尼玛带领两个人检查了内宅，加固了门窗，不时还敲一敲墙壁，甚至揭起地毯和壁挂查看是否有不妥之处。最后，他对两位部下命令道："你们要仔细地守卫陈列室，不能有一刻疏忽。一旦发现有什么情况就打开窗子喊我，切记背后也要留心，对于罗宾的手下来说，10米高的峭壁根本不足以阻挡他们。"

交待过之后，葛尼玛就将陈列室的门上了锁，和男爵走入了一个小房间。这是古城城主以前用来防御外敌袭击驻兵的小屋，位于两扇大门的中间。这儿可以通过窗子来对吊桥和院子进行监视。一口很像古井的洞口位于小屋的一角。

"据说这口古井是和地下室相通的，是不是现在已经封闭了起来！"

"是的。"

"那我们也就不必担心罗宾会从这儿进来。"

葛尼玛将三张椅子拼到一起躺在上边，抽起了烟斗。

"可真是件苦差，要是让罗宾看到我们这样如临大敌的样子，一定会笑掉大牙的。"葛尼玛道。可男爵却怎么也没有心思玩笑，他时而侧耳倾听，时而探视古井，时而踱到小窗去观察吊桥和院子，甚至有些神经质了。不管他多么地神思难定，但周围却没有一点声响，更没有一个人影。11点，12点，时间一点点地推移，终于时钟指向了1点钟。

就在葛尼玛恍恍惚惚的当儿，忽然间手腕被人抓住了，他睁开眼，只见男爵的眼睛睁得大大的正拼命地摇动他的手。葛尼玛从椅子上坐了起来，询问怎么回事。

"你听到了没有……"

"什么？……你说的是汽车喇叭声吗？"

"是不是罗宾……"

"哈——哈——罗宾就是有天大的胆子，他也不敢摁着喇叭来行窃吧！可能是巴黎公路上的汽车发出的声音。好了，太困了，太困了，你也睡会儿吧！"不一会儿，葛尼玛就发出了均匀的鼾声，可男爵却无论如何也没有睡意，眼睁睁地看着太阳从东方缓缓地升起。

两人从小屋里出来，9月28日，今天又是一个明丽、清新、美好的早晨，塞纳河依旧缓缓地流淌，整个玛瑞镇古城包围在乳白色的河雾之中。

"噢，总算平安地过来了。"男爵的脸上洋溢着笑意。葛尼玛做了一个深呼吸，嘴里叼着烟斗，两人踏上了通往陈列室的台阶。

没有一点儿声响。

"怎么样，男爵先生，我是正确的吧！那封罗宾的恐吓信是伪造的。我只是白浪费了精力和时间，若是让罗宾知道了，不笑掉大牙才怪呢！你太神经质了。"葛尼玛边说边从口袋中掏出钥匙，打开了门——似乎有点异样！"咦——这两个……"

两个随从以极不舒服的姿态睡在椅子上。

葛尼玛抓住其中一人的手腕，企图把他拉起来，只听得男爵哀痛的叫声："哎呀，糟糕了！名画、雕刻……食橱，全都没有了……这下可完了……"男爵的宝物不翼而飞，而罗宾又被关押在珊第监狱。他是如何出来作案的呢？这到底又该怎样解释呢？

窗子依旧严严的，门闩与锁原封未动，天井完好无损，地板依然原样，所有的东西都是原样。"一定是罗宾,除他而外,没有人能这样不留痕迹地行事,只是他正处于珊第监狱严密的看管之中,又怎么会……"

"可即使是罗宾亲自所为,两个身强力壮的警卫也不是吃白食的!想到这儿葛尼玛有些忍无可忍了,冲到两个熟睡的部下跟前,将两人拽到地上,但即使是葛尼玛的拳脚相加,也不能让他们两个醒过来,他这才感到有异,蹲身细看才发现,两人根本不是一般的睡觉,而是另有原因,那么到底是什么原因?"

"他们一定被下了迷药!"

"谁干的呢?"男爵稍微镇定了些。

"肯定是罗宾或者他的手下干的,总之,若没有他的参与,事情不会如此严密的,罗宾一定到过这儿。"

"罗宾,对他是没有一点儿办法的。"男爵已经绝望。大侦探葛尼玛说:"也别灰心,男爵,先去报警吧,警察一定会将他缉拿归案的。"

"可是,没有一点线索,该怎么报案?"

"是啊!罗宾作案从不留一丝痕迹,这肯定是他所为,只是我们没有一点证据罢了。"

"如此说来,想找回我的宝物是几乎不可能的了,但他拿去的都是我所钟爱的,不论花多少钱,我一定要把它们买回来,即便是罗宾有意,我也会付钱给他的。"

此时,有一点光在葛尼玛的眼中一闪,似乎是看透了男爵的心事:"你说的是真心话吗,你肯花掉所有积蓄,去换回失物?这不会是随意说说而已吧?"

"怎么会呢?那些都是我生命般珍贵的东西,没有它们,我也就不想活了。"

"既然如此,我有个办法可以使你有个满意的结果,只是在事成之前,你不可以对其他任何人讲我和这件案子有干系。"

"这又是为何?"

"作为成名的大侦探,我此次栽在了罗宾的手上,又让你丢失了如此贵重的东西,让人知道了,我以后也就没法混下去了。"

此时,两位随从也醒了过来,惺忪地看着周围。"你们看到了可疑的人没有?"葛尼玛急着问。两人拨浪鼓一样地摇头。

"总不至于连个人影也没有看到吧!"

"确实没有。"

"再想一想。"

"真的没有一个人影。"

"你们是不是喝酒了?"

两人想了老半天,其中一人才说:"我们只是用这只杯子喝了些水。"另一个人也如此说。葛尼玛将杯子拿到鼻子跟前嗅了嗅,随后又舔了舔,说道:"没有什么特别之处呀!"他又把杯子对着阳光照了照,然后不耐烦地说:"好了!不能再耽搁时间了,要明白对方可是怪盗罗宾,所以一分钟也是不能错过的。"随之他又满腹狐疑的样子:"这家伙在美国被我带回是否就有什么预谋。或许他是另有所图,才有意与我作对的。"

当天,男爵就向卢昂地方法院进行了失窃控诉。

可这件案子也使法官们感到头疼,因为被告人是关押在珊第监狱的执行犯人罗宾。身处监狱的犯人又怎么会出来作案呢？即使他是有名的怪盗，这也未免太离奇了。这到底该怎么解释呢？这件案子经报纸报道后，引起了全国上下的轰动。

卢昂警局派去的检察官、法官和警员赶到玛瑞镇后进行了彻底的调查取证，城内的每一个角落，甚至石块、瓦砾都被他们翻过了。从大厅及走廊的雕刻到壁炉和镜子的后面，甚至画框和天井的上面，都被他们仔细地看过。

男爵还把他们带到了阴暗的地下室："这儿原是城主存放弹药和粮食的地方。"这儿既无窗户，又无风口，灰尘和臭气让人反胃。

"这儿似乎许久不用了吧？"检察官说，"但据说这儿有一条经塞纳河底通往其他地方的一个通道。"

"没有啊！以前也许有，可现在已经都坍塌了。"男爵说。

经搜查，确定没有什么地下通道。

"如果有通道，那么就可以判定他们是从这儿进城的，但却没有。可那么大的柜橱和文物也不能像股烟似的消逝了吧，照理说是应该由窗户和门运出去的，但门窗却又是保持原样。"

"问题也正在这。首先，人是从哪儿进得城来？其次东西又由什么地方运走？"

法官与检察官都拿不出一个令人信服的解释来。

那么犯人究竟是谁呢？难道真是罗宾？可他正被羁押在狱中。众人都摸不着头脑。

出于无奈，卢昂警局将事情上报到了巴黎警局请求援助。由巴黎来的保安处长以及几名得力助手来到古城进行了整两天的调查之后，仍是毫无进展。

最终，他们不得不从巴黎请来了大侦探葛尼玛，将事情的前后细细讲述了一番，最后说："看来这是件很离奇的案子，到目前为止，仍是毫无进展。"

看着如同热锅上的蚂蚁般焦急的保安处长，葛尼玛说："这件案子确实很棘手，我以为只在城里搜查是不够的，要办理这件案子，还应在另一方面下功夫……"

"你是说……"

"珊第监狱。"

"珊第监狱，你到底是什么意思？"

"如果不先把罗宾的问题搞清楚，是不可能解决问题的，最关键的还在于罗宾本身。"

"你是说犯人罗宾吗？"

"是的，我想也只有他了。"

"这无异于笑话，罗宾正羁押在珊第监狱里呢！"

"这没错，而且他还被严密监视。但即使他被绑在监狱里，手铐脚镣加身，他也一定是这件案子的主犯，这不会有错，只有他才是案子的主谋。"

"真的这样肯定吗？"

"因为将案子从策划到行动办得如此不留痕迹的只有罗宾了，再不会有第二个人。"

"你的理论没有差错，但罗宾被关押是不容怀疑的事实，他又怎么去作案呢？所以你的理论也是不合乎实际情况的。"

"但他偏偏做了，我没有讲一些脱离事实的谬论来吓唬人，他确实是这件案子的主犯。"葛尼玛说，"你们只知道观察地下道和秘密通道之类的东西，可是罗宾作案根本就不需这些东西。说实话，地下道的方式早已不时兴了，罗宾总能用新式现代的方法作案，他用的恐怕是以后几年里没有人想得出的方法，他的每一次行动都是针对人们的心理缺憾而为之。所以说光靠搜查是根本不够的，这还需要涉及心理学上的一些问题，只有将犯人——罗宾的心理加以探视，才有可能查出事情的真相。"

"太深奥了，那么你看，要如何行事呢？"

"我需要和罗宾一块儿待上个把钟头。"

"是到监狱中吗？"

"对，就到他的监房中，和他正面谈谈，说不定他会得意地向我高谈阔论他的新手段呢？"葛尼玛平静地说。"从美国带他回法国时，我们已经相当熟了。那家伙非但没有记恨我，反而认为我能够抓住他这样的怪盗而对我尊敬有加。实际上，他又不同于一般的盗贼，平常他是位很有幽默感的绅士。他既有让人恐惧的一面，却又有令人喜爱的一面，总是喜欢向人炫耀他的犯罪事实。如果和他见面，他一定会向我仔细讲述这件案子的内情的。"

"是吗？那可该去试一试了。"

罗宾仰卧于稻草之上，双眼望着灰色的天空，他一见到了葛尼玛走了进来就一个鲤鱼打挺站了起来，向他打招呼。"真想不到，您会来这种龌龊的地方，我正想找个人说话呢！快坐吧，这儿就只有这一把椅子。"

"谢谢你，那我也就不客气了。"

"别客气，不过你一来，我就只有坐草堆的份儿了。真没想到这么快我又和你见面了，最近好吗？"

"谢谢关心，一切照旧。"

"我并不是奉承您，我常告诫我的手下，葛尼玛是和福尔摩斯齐名的大侦探。可惜大侦探今天光临，我却只能请您坐一张破椅子，而不能用咖啡，更别提啤酒来招待您。当然，这儿所幸只是我的暂时栖息地！"

葛尼玛微笑着听他讲。

"我一个人被关在这儿，找不到听我诉说的对象，真让人不耐烦，所以我的话可能有些多。每天看着那些像深山中不得安静的猴子般转来转去的看守们，使我只要一看见您这样的谦谦君子，心中就舒服多了。你知道吗，那些每天走过来十次八次的家伙的眼睛，似乎要把我看穿了一样，好像认为我会越狱。我真的那么重要吗？为什么法兰西政府如此地高抬我，把我招待得关怀备至。"

"是啊！他们想让你多在这儿待些时候！"

"哦，哈哈！可我可不想在这儿多待，——那么，您来这儿又有什么事情呢？"

"为玛瑞镇古城的盗案。"

"玛瑞镇……让我想想，您知道和我有关的案子也太多了，连我自己有时都记不清楚。嗯……想起来了，就是那个鬼魅男爵的家。似乎有两幅卢本士的画，一幅瓦托的画，以及其他一些杂物……"

"杂物？"

"是啊！都没有什么大用，怎么？您是想了解一些内情？"

"是啊！我先把搜查结果和检察官的看法向你介绍一下……"

"免了罢，我从今天的早报上已知道了。"

"什么？你在狱中也能看到报纸？"

"没想到吧？新闻、杂志甚至更厚的书，也会有人悄悄给我送来的。但，这一点还望您为我保密，如果他们监视得过严，我会神经过敏的。报上讲，由于地下道不通，连犯人是如何进入都搞不清，更休提从什么地方将东西运走，所以说结果很不尽如人意，是吧？"

"是的。所以我才来找你。"

"感谢您的信任，既然如此，我就将事情的经过和盘托出，您随便问吧！"

"首先，案子是你策划和指挥的吧？"

"当然，从头到尾。"

"那么恐吓信和电报……"

"是我由此地挂号寄出的，就连邮局的收据我都记得藏在……"罗宾有些得意起来，语言也刻薄了，他笑着站了起来，拉开小桌抽屉，取出两张纸，递到葛尼玛跟前。

"这样的事情，关押在单牢中又日夜被监视的你是如何办到的呢？能看报纸，寄挂号信，拍电报，甚至还能拿到邮局收据，真让人吃惊！"

"其实也没什么，只是因为他们那些人都只是些玩偶，自以为能严格监视我，殊不知漏洞百出。他们总是翻看我的衣服、鞋底和鞋跟，要么就将脸贴在墙上倾听。您说，依我亚森·罗宾，会把东西藏到那种地方吗？又怎么会在睡梦中说出心中的事情？我看这些人只会钻牛角尖，我把东西光明正大地放在抽斗中，他们却根本想不到。所以说，这些人全是清一色的愣头青。"

罗宾又要卖弄他嘲弄人的本领了，葛尼玛知道，所以他笑道："又要骂人了，真拿你无可奈何，罗宾。"

"是啊，连鬼也不会想到，我要将收据放到抽斗中，是经验告诉我最危险的地方也最安全。"

"很有道理，正所谓出其不意，罗宾名不虚传。"

"完了，只要一受人夸奖我就会有麻烦了。主要是我这人有个坏习惯，一旦高兴起来，就会口没遮拦。不过话说回来，在您面前，也就无所谓什么秘密了，我会尽数讲出的。既然坐在了一起，我就把事情跟您细讲一番吧！那么你先说你对男爵收到的那封信怎么看？"

"我想那只是罗宾式的闹剧，只是想捉弄他一下。"

"NO，我可不是不懂事的孩子，再加上是冒险发信，怎能随随便便？其实这封信的寄出是很有必要的。要是不用寄信也可以顺利拿到男爵的宝物的话，我也就不会去冒险了。可以这样说，那封信是最后成功的关键一步，或者说是必不可少的。"

"此话怎讲？"

"你是聪明人，不会不明白。详细些说，男爵的古城就算是看守再严密些且不准人接近，但只要里边的珍宝被我看上，你想我罗宾会不会由于无法正常接近古城而放弃本意呢？"

"你这人有种可怕的犟劲，不会轻言放弃。"

"那么说，我又会不会带人强行抢宝呢？"

"只有白痴才运用那种做法。"

"那么，又会不会神不知鬼不觉地去偷？"

"不会。"

"是啊！这古城既不能力取，又无法悄然溜进，所以只剩下最后一个办法了。"

探长用征询的目光看着他。

"就是设法让城主主动请我进去，"罗宾脸上露出笑意，说着，"葛尼玛先生，对于一个我既不能硬闯，又无法混进的天地，那么我就最好是正大光明地走进去，而我正是用这一招。那么你想我寄给男爵一封恐吓信之后，他会怎么办？"

"自然是去报案了。"

"但是罗宾仍关押在牢中，所以说无论检察院还是警察局会不会受理此案呢？"

"噢，男爵是被假侦探给骗了。"

"这其实就是男爵的心理作怪。但是，如果爽快地答应他的请求，没准会露出马脚。于是我又假借休假之名来推辞，这样一来却使男爵更加陷入了恐惧之中，于是就更加希望依靠侦探的保护，这正是人之常情。为了使他的这种心理更加强烈些，我又给他发了电报告知明日亲往。如此一来，男爵可就慌神了，万般恳求假侦探帮忙。假侦探也就在这时才勉为其难地接受他的邀请，而夜里，两个随从由窗户往外搬东西之时，男爵正处于假侦探的监视之下，所以东西也就很顺利地由小船运走了。"

"真是了不起，你正利用了人心理的弱点，但那男爵既被称作鬼魅，必定也是位很有心计的人，能让他一心相信的大侦探，也不是一般人物吧？"

"那自然，这样的人只有一个。"

"他是……"

"那就是葛尼玛探长你呀！"

"我？你是说你借用了我的名字？"葛尼玛的脸色有些难看。

罗宾却微露得意之色："实在抱歉，因为除你之外的其他人都无法让那位如狐狸般狡猾的主人相信。但我听说你要主管这案子就知道有麻烦了。"

"那又为何？"

"真葛尼玛和假葛尼玛之间就有戏看了。"

罗宾的一脸得意让葛尼玛有火无处发。葛尼玛圆瞪双眼注视了一下罗宾之后气也消了一大半。"这小子还真有能耐，竟然能想出利用我的名义去欺骗检察院和警察局的办法，先使我的颜面尽失，然后又对我坦言。他笑得那样开心，而我却是有苦难言。"葛尼玛想道。

此时，狱卒送来了罗宾的饭菜，一看之下，葛尼玛更吃惊不小，那竟是一份豪华客饭。"真对不起，"罗宾撕下一块面包放进嘴里，边冲葛尼玛点头说，"葛尼玛先生，你已经不用再去和假葛尼玛较劲了，因为那件案子已经结束了。"

"怎么……"

"警察局已经不再管了，因为男爵的诉讼已经撤回了。给罗宾说他愿意用钱赎回那些宝物，而罗宾也召见了他。"

"是吗？你是如何知道的？"

"因为我收到了回电。"

"在什么时间？"

"你打开那个煮鸡蛋就会明白了，就是现在。"

用刀背打破了蛋壳后，葛尼玛惊呆了，那里边果真有封电报。听到罗宾笑着说："你自己读读看。"他才想起看电文：

一切就绪，10万收到，货物无损。

"什么10万？"

"就是10万法郎，男爵乐意出10万法郎换回丢失的珍宝。而货物无损是说东西没有一点损坏，已全部交回到了男爵的手中。"

嘉宝的膝盖

【美】特伦斯·法赫迪

一

像往常一样，我差几分钟九点时来到好莱坞保安事务所。家里有两个孩子，老婆也要上班，这样的男人少有睡过头的时候。当我把车停在洛尔街上的事务所小楼前面时，我吃了一惊。后来知道这是个开端，这一天将非常充实。

我的老板帕特里克·J.麦奎尔早到了，正在那里等我。准确地说，他正在步行通道上踱步，总是走到尽头才折回去。看见我，他把正在吸着的雪茄朝棕榈树扔去。

"别熄火，斯考特，"帕迪叫我，"我们约会要迟到了。"

这时他已经钻进我那辆灰红相间的艾德赛海盗船。

"去哪？"我问道。

"格劳曼家。不是中国剧院那儿，去格劳曼的货仓，在斯沃德大街上。让你一直担心的那块'墓碑'丢了。"

"加布里埃尔的？"

"我还以为就你留心了，其实我也注意了。我看到的是我们又有钱可赚了，也许还是个报答你老朋友的好机会。"

我的老朋友叫加布里埃尔·诺未，真名叫安妮·科瓦奇，是三十年代我住在好莱坞时认识的一位默片明星。如今，1959年，她已长眠地下，几乎无人知晓。更糟糕的是，她的坟墓被毁坏了。

被毁的并非她真正的墓地，真墓地在森林草地墓园里安然无恙。被惊扰的是她作为演员的义冢。众所周知，格劳曼的中国人热衷于收集名人签名。他们住在剧场前院的水泥房里，就在好莱坞大道的对面。事情开始于1927年，那时候有位演员叫诺尔玛·塔尔梅奇，是加布里埃尔的对手，她在排演一出新戏中间偶然走进潮湿的水泥房，留下了自己的脚印。她应该冠上自己的名字，一项新的传统诞生了。并非每位明星都会在水泥板上留下足迹，有的留下手印，有的两种都留，还有更富创意的。比如格劳乔·马克思，留下的是雪茄印记，索尼亚·海妮留下的是她的拐杖的印记。

加布里埃尔·诺未于1929年留下了标准的签名和足印。那会儿整体形势大好，她的前途也一片光明。她的小板一直安然无恙，直到1956年，剧院为了增加票房收入，"暂时"将那块和另一块板都调整了出去。两块板一直没有恢复，加布里埃尔的老朋友们包括我老婆埃拉和我又写信又签名请愿都无济于事。那个大块玩意儿就是帕迪提过的"墓碑"。

"另一块板也不见了？"我问道。

"是的，我想是的。"帕迪说得含糊其词。他满头银发，年近六旬。但他依旧衣着时髦。今天他打了根红绿蓝三角相间的领带。微风中领带从我们的海盗船号开着的车窗飘扬出去，就像长三角形的海盗旗。小小地警告他一下，我决定了。

"怎么会有人知道那里的板被盗了？"我问道。回答来了："那家电视台。"

一家地方电视台最近曝光了格劳曼的仓库，其中就包括这两块被挪走的板。我没看这节目，埃拉却看了。这激发她发起另一次请愿活动。

"如果没有那个电视节目，"帕迪说，"格劳曼家的人准备自己动手调查，免得引起公众注意。现在他们想让这事销声匿迹，所以找到了我们。"

好莱坞保安要处理的事务比分内的多得多。通常都是那些所谓的执行摄影让我们管闲事、拧人胳膊或者开门撬锁。

"别张扬出去？为什么？"

帕迪轻声笑笑："斯考特，你当过游客吧？去过格劳曼吧？和威廉·鲍威尔比过鞋号吧？你肯定做过这些事。如果回到三十岁，你可能在下火车二十四小时之内就去做的。所有的明星都压模了，这个声音总是在你的耳边回响，你会肯用块台布签字？我打赌你会马上拣出你打算印上指纹的那块板。"

帕迪太了解我了，我是个"前"演员，重点在这"前"字上。从前，那个理想是被范·约翰逊激发出来的。

帕迪继续漫不经心地说道："战后你从服务部门出来时，我打赌中国剧院是你首先想去的地方之一，嘿，很可能你就是一直为此而奋斗的。"

"那又怎么样？"我有礼貌地问道。

"那，在你参观那里时，在真实与幻想之间，你碰巧看到了属于葛丽泰·嘉宝的那块板了吧？"

"没有，"我说，"没有她的。那种噱头远在嘉宝的高贵之下。"

帕迪满脸堆笑地看着我："说一个人所受的教育永远都不会终止的那个家伙一定是把你的照片放到了他的书桌上。"

二

格劳曼的中国剧院，看起来就像米高梅电影公司设计的卖杂碎的饭馆。绿玉色的宝塔式屋顶，红色大柱子，还有大大小小的龙。格劳曼的仓库在对面，则是严格出自内布拉斯加的奥马哈人的风格了。正面没有任何装饰，除非你算上那超大号的仓库大门。墙自然是用混凝土灌注的，格劳曼用了大量的材料，可能购买时拿到了折扣。我琢磨建筑工人会不会在混凝土干燥之前先印上他们的名字。

步行入口有个门铃，但是帕迪还是先拍了拍门，门在他的拍打下转动了，我们轻快地走了进去。我们遇到的第一件东西是一个大猩猩的脚，从脚踝处切断，里面大得能给帕迪当浴缸用了。

"他们主办了《金刚》的首映，"他说道，这时我们围着支柱绕了一圈："那是一个晚上。"

大猩猩脚上面是框架支撑着的布景，聚光灯足够拍一系列的剧目用的了。接下来是四盏很特别的灯，巨大的车轮式的探照灯，格劳曼常在有大事时用它们照亮夜空。

帕迪踢了一下最近的探照灯的电线，说道："要是日本炮弹来炸这儿，老希德·格劳曼正好给他们准备好了。"

我们听到些声音，看见三个男人站在天窗下面，沐浴在阳光里。一个人回头看见我们，快步走了过来。他很瘦，脸颊凹陷，有着一双忧伤的大眼睛，头发上的波浪卷好像刚刚被拉直了。

"谢谢你们这么快就赶过来了。"他说道，听上去就像个忠实的葬礼接待员。"我是弗兰克·芬德利，公关部的副总，警察还在这儿——"他说着向他刚离开的那两个人做了个手势——"或许你们愿意在外面等一下。"

"警方是我们的老朋友了，"帕迪向他保证道，"我们帮了他们很多次忙。我们和他们会合之前，你为什么不给我的同事埃利奥特先生讲讲昨晚发生的事呢？"

芬德利眨了眨眼睛："你没有简短地给他讲讲吗？我得说我很惊讶。"

我想，真是同病相怜啊。尽管实际上帕迪的管理方式令我吃惊到已经是很多年前的事了。

"我想要他从你这儿听到，"帕迪说道，"我担心他在掌握全部资料之前就开始推理，那可是我们这行的大忌。"

"他也总是把雪茄保存在一个煤斗里。"我告诉芬德利，可他没听懂这句话的寓意。

他再次眨眨眼睛，瞅着我，开始说道："昨天晚上，有人闯了进来，偷走了我们保存的三块水泥板。"

"三块？我以为你们票房整修时只拉走了两块。"

芬德利被我的话打动了："那两块是我们因为票房整修搬走的，它们是无足轻重的女演员的。第三块却大不一样。"

帕迪没有用肘推我特别提醒我注意，可不管怎样我还是感觉到了。

剧院代表清清嗓子："请理解，我要告诉你的是最该保住的秘密，埃利奥特先生。第三块是葛丽泰·嘉宝小姐的，上面是她的手印和签名。1929年《女实业家》首映时印制的，不长时间之后，这块板被搬走了，放到仓库里，保存到了昨天晚上。"

"为什么搬走？"我问道。

"是嘉宝小姐要求的，她不喜欢这块板。我听到几种说法：一个是说她签名时不小心跪到了水泥板上，留下了个膝盖印。"

"那是在艾尔·乔森想那样做之前很多年啊。"帕迪评论道。

"哦，是的。在我们的水泥板上当然是有她的膝盖印，我见过。可能她是希望膝盖印再光滑些，不愿意是印上的那个样子。另一个说法是嘉宝因大家对那块板的评论而焦虑不安，"芬德利检查了一下有没有人偷听，"大家都知道她有一双大脚。据说太太团们说她是因为脚的尺码不合适才印上膝盖印的。大概就是那么回事。"

"格劳曼先生，"芬德利继续说道，他恭敬地提到了希德·格劳曼，帕迪早些时候提到的剧院最近一任主人。"和她商量了很多次。如果嘉宝再来印一块没有膝盖印的，他就同意搬走并毁掉这块板。嘉宝答应了，但是她已经有戒心了，隐居起来了，一直也没有做到她答应的事。"

"格劳曼先生也没做到啊，"我指出，"他没有毁掉这块板啊。"

"没有。"芬德利承认道。

"为什么他没有威胁说再把它摆回去呢？"帕迪问道，"那就会引起嘉宝的注意了。"

"格劳曼永远不会威胁任何人的。他保存着这块板是有些感情上的原因的。"

"感情原因一直持续到现在这么长时间吗？"我问道，"他已经死了很长时间了。"

"九年，"芬德利说，"显然在格劳曼先生死后我们还保存着这块板，一直等待机会归还，以避免冒犯嘉宝小姐。如果她……"

"走到一辆公共汽车的前面吗？"帕迪提醒道。

芬德利内疚地点点头。"嘉宝小姐离世后，"他说道，听起来又像个葬礼主持了，"也就是说，在昨晚之前，这块板应该能……再现。现在它可能永远离开了，都是因为那伙电视台工作人员。"

"电视，"帕迪说，强调了一下重点，"那能有什么好处呢？"

三

正说话间，我们被一个叫休斯的警局侦探打断了，他和搭档两个人一直在阳光照耀下的方形广场讨生活。刚进来时，我就认出他了，他也认出了我们。即使在光线模糊的仓库里，帕迪也不会认错。休斯比标准个头稍矮些，额头高耸，可能一直在等着我们过去表达敬意。我们没过去，对此他似乎有点不快。

"早就知道你们这些秃鹰总会围着水坑绕圈的。"他愉快地说着，像我们那时候的很多人一样，他看了太多的西部片。

"我也很高兴见到你，侦探。"帕迪说着，递给他一根雪茄。他特意往下拿着，强调休斯的矮小。

休斯忽略了雪茄，但是没有忽略他的轻蔑："实际上，这可能是你的活儿，麦奎尔，虽然我知道你的人只能干点摘桃的活，或者还会干点打扫战场捡漏的活。最近有没有人让你报价干点搬搬抬抬的事？"

"我会查查我的电话清单，"帕迪说，"同时，芬德利先生会告诉我们嘉宝的那块板都泄露了什么消息的。"

休斯对好莱坞保安公司的这种评论，使公关经理更加紧张了。他镇定了一下说："是电视台工作人员，一定是的。他们上周来根据保存在这里的大事记做了一期节目。我的办公室负责接待的人不了解嘉宝的境况。仓库经理以为上层领导很清楚这次参观的事，实际上不是。他把那些拍电视的人带到了这里。"芬德利指了指那一溜地板，原来有东西，现在却空无一物："他们看见了嘉宝的东西，还拍了照片。"

"晚间新闻没提到。"我说道。新闻提及的话，埃拉当然会跟我说。

"没提，"芬德利说道，"幸运的是那家电视台的主人和我们现任的总裁同属一个市民组织。他同意尊重我们的隐私，播放的故事里没提到葛丽泰·嘉宝，但是消息已经传出来了，电视台一定有人泄露了这个消息。"

帕迪说："我想我们没有考虑到你们内部的人泄露出去的可能性有多大。因为他们跟你在一起很久了，还因为事情发生的时间，窃贼正好是跟在新闻人物来访之后光顾的。好了，这窃贼是怎么干的呢？"

可能因为芬德利和帕迪没有给他留下什么余地，休斯实际上已经急于回答这个问题了："那边的门被撞开了，外面有脚印，看上去足足有四个人。应该每次至少用四个后卫才抬走一块板。巷子里有那辆卡车的轮胎印。"

"警铃没响吗？"我问道。

芬德利一副不好意思的表情："我们从来没装过警铃。"

帕迪朝着他啧啧了几声："让人惊讶的是金刚的大脚还在这儿。你想为什么要把那三块都带走呢？"

他这个问题是问侦探休斯的。休斯答道："他们把三块都带走是为了隐藏起他们的兴趣所在，掩盖他们真正想要的那块，也是唯一有价值的那块，嘉宝的板。"

"那也不值当的啊。"我说道。

"什么？"休斯皱着眉头问。

"他在祝贺你这么快就看穿了这个把戏。"帕迪说道。

就在那时，从远处角落里传来一阵电话铃声，把芬德利从我们身边叫走了。休斯看到了一个交心的机会。

"听着，麦奎尔，就这一次，欢迎你加入，我们对这件事没有太大兴趣。嘉宝的那块板，现在就在某个要么搂着它睡觉要么放到浴缸下面的怪人收藏爱好者那里，另两块已经沉在了圣塔·莫妮卡海湾底下了。我们来做这个，只是因为格劳曼在商会还是个大人物。所以，如果你能把这事从我们手里接过去，那当然好。只是不要太当回事了，路过时我们会来看望你们的。"

"随时欢迎。"帕迪说道。

休斯大踏步地走了，后面跟着他的那个羞怯的同伴，一个看起来好像这辈子只能当"第二警官"的小伙子。

芬德利小跑着回来时发现休斯走了，很失望。

"他们知道你是得力助手，"帕迪向他保证道，"有什么新闻吗？"

"那个电话吗？没有。那是剧院管理层打来的，还希望我这有新闻呢。怎么了？"

"我们必须面对的一个可能是，你们的纪念品是为了索要赎金被拿走的。如果是那样，我们应该很快就能听到绑匪们的消息了。"

"那我们做什么呢？"

"当然，你可以把一切都留给我们。实际上，或许你和我应该马上去你的办公室，让你的上司们都安定下来。同时，埃利奥特先生会在这儿做些调查。有什么想法吗，斯考特？"

"我有一个，可以用提问的方式说出来。"那些水泥板里一块属于加布里埃尔·诺未，"

我说道，这话再次给芬德利留下很深印象，"那第三块是谁的？"

"另一个默片女演员，诺拉·尼尔森。"

芬德利在说出这个名字之前，似乎哼了一下鼻子以表示不屑。我觉得应该了解一下他为什么这样，可我很快就把这事忘了。

我正苦苦思考时，芬德利告诉帕迪，他的车到小巷里了。

"好的，到前面接我，我想在这儿最后再给我的私人侦探一些指令。"

四

"我猜，侦探休斯对此案的分析，对你来说，大概没什么可取之处吧？"我陪着帕迪一边沿着我们进来的路往外走，一边说道。

"我觉得很好，"他说，"可以说他把事情分析得很透彻。换个角度说，加布里埃尔的板和另一块不是作为伪装被带走的。那块不知名的才是真正的目标。你在偷东西时，不会靠捎带上几块绿玉去掩盖你对钻石的兴趣。而拿走钻石才是主要的，别人不会注意到那些小变化。"

帕迪不买我的账，但这让我更卖力气推销："看我的办法多简便，根本不需要在电视台或别处泄露秘密。有人看到播放的新闻故事，就会想，那两块板他必须拿到一块。按休斯的说法，就是某个有怪癖的收藏爱好者，或者和那个被遗忘的女演员有关系的某个人。"

"就是我们的朋友芬德利说的那种'无足轻重的女演员'喽，"帕迪说，"但是事情并不像你说的那么简单。如果不泄露消息，窃贼就不会知道嘉宝的那块小玩意。如果他们了解这一点，怎么会计划偷走它来掩盖他们真正想要的东西呢？"

"那根本不在计划内，"我说，"他们计划把电视里出现的都偷走，这样警察就不会注意到他们真正想要的那块了。他们到这儿时，发现了第三块，很自然就也偷走了。"

帕迪抓挠着他额头上的头发，可以说是剩余的头发。我可以负责任地讲，过去这些年，那块头发是相当稀疏了。

"不太像是那么回事吧，"他问道，"那些窃贼会那么混乱吗？像莫伊、拉里、克里和谢姆普那种干活乱七八糟的窃贼很容易就进了监狱。他们可能是为了嘉宝那块板来的，把三块都偷走是为了确保里面有想要的那块。"

这时我们到了前门，帕迪一只手放在门钮上，可是没动。"我猜你没把诺未小姐的签名板当成窃贼真正的目标。"他说道。

"很难想象她的签名会给我们带来这么大的麻烦。"想到剩下的那个女人的名字，我有了点感觉。"为什么提起诺拉·尼尔森的名字时芬德利会有点轻蔑的意思？"

帕迪看上去有点惊讶："那是你到这个镇上之前了，好好想想。我还以为你听说了呢。她死得挺惨。要回到1930年左右，自杀，或许是。"

这会儿我想起来了："她死在一个关着门的车库里，坐在她的车里，发动机还在转着。为什么要说或许是自杀呢？"

帕迪耸耸肩膀："因为她过的那种疯狂日子。那种二十年代喧闹的生活。当然有酒宴，可能还有毒品，还有众多的男人。她抛弃的情人中有一个是流氓。传闻说她未必就是自杀，主要是与那个流氓有关，他叫莫瑞·本德。"

我对莫瑞·本德的记忆倒是很清楚，战后我在好莱坞保安事务所上班时，有时还拐弯抹角地听人谈到他这号人物。

外面有喇叭响了一声，芬德利急于去缓解那些同事的情绪。帕迪无动于衷。

"关于尼尔森的死，普遍版本说她是因有声电影而自杀的，"他说道，"她的确拍了一部——《阳光》，我想是叫那个名字——但是她死时还没有发行。可以假设她是担心这部影片失败，而后来影片终于公映，获得了巨大的成功。有种正面的观点说《阳光》或许就是尼尔森墓前的鲜花。但是大家普遍认为她是因为无关紧要的事情耗尽了自己的精力。如果她给自己机会的话，在有声电影领域同样会发展得很好。"

"或者可以说还有别人耗费她的精力，"我说，"本德在布莱伍德山有个住处，对吧？"

"是的，你都有妻子和孩子了，本德可能有八十多岁了，可他还是那身火暴脾气，这可不是听来的，他还有自己的社交圈。我正式否决你去打扰他的想法。"

"那非正式的呢？"

芬德利又嘟嘟地按了按喇叭，有点可怜兮兮的，似乎是专门给我按的。

帕迪说："在我看来是类似于绑架的，我觉得我们在一个小时内或更短的时间里就能有消息。那时我就登记一下，转交给格劳曼公司了。"

"你没有回答我的问题。"

帕迪叹了口气："没有，我没回答。如果你和莫瑞·本德不期而遇的话，把我的爱带给他。"

五

开车在附近转了有一段时间，可我很快就发现自己到了莫瑞·本德的领地了。在街上看过去，那真是一幅风景画啊，大门口有警卫，是个衣着不错的受过训练的暴徒。我在房子前停下时，一个年纪稍大些的人上来问候我。凭借好莱坞保安事务所的名号，我只能到这儿了。这个接待员膀大腰圆，留着马龙·白兰度式的发型。他想多了解一些。

"来这儿干什么？"他是这样发问的。

"诺拉·尼尔森。"我说道。

他一边检查我身上带没带枪，一边重复了一遍把发音记下。那时他看到了海盗船，说道："那天晚上杰克·帕尔讲了个艾德赛的笑话，非常好笑。我怎么想不起来了。"

"我打赌，肯定是开那车的家伙不像是那种在太阳下引人注目的人。"我对与艾德赛有关的笑话向来很敏感。

白兰度的笑容本来收回去了，又一下子舒展开来，说道："要是被扯着耳朵扔出去，他们会怎么样？等一下。"他加上了一句，举起结实的手掌："我回来时告诉我。"

他很快就回来了，但是并没有把我丢出去，他把我带了进去，并且那表情如果不是失望的话，就是很困惑。

等待的工夫，我观察了一下这房子——这是一座树木茂盛的大庄园，我想象里面大概有类似于狩猎用的乡间小屋。可正相反，显然里面更像公园大街上的公寓。这并不是我此行最大的收获。我要见的那个男人露着后背，坐在一个能看见远山的游泳池边。

莫瑞·本德很瘦弱，皮肤苍白，头发几乎都掉光了。但是走出来时有股精神在支撑着他。我感到很像我所在的部队登船开往被占领的法兰西那段日子里的感觉。是他的目光表达出了那种威胁。他的眼睛呈现出黄色而且有很多黏液，而目光看上去感觉像刀片一样锋利。我以前在垂死的怪人那里，见过一两次那种凝视的目光，里面饱含着愿望——甚至可以说是渴望——把某人和他一起带走。

我走近时，他笑了，可并不是那种柔和的笑。"好莱坞保安事务所，哦？"他说，"你是帕迪·麦奎尔的手下吗？"

"是的。"我说道，努力不去看那把他没请我坐的椅子。

"那个爱尔兰佬过得怎么样？"他问道。似乎他吸进的一半空气都用于说话了。

"很好。"

"老了吧？"

"是的。"

这个回答使他高兴起来："那天晚上，在西罗，我使劲想把他灌醉。可能是，1943年吧，我想是的，我那时六十五岁。我认为麦奎尔知道一些我想知道的事，于是我就一直喝下去。那可真是浪费我的钱，第二天我就把我的保安组合全换了，我肯定我告诉他的比他告诉我的更多。尽管没什么和诺拉·尼尔森有关的，可我肯定是那样的。"

"不是帕迪派我来的，他不想让我来打扰你。"

"什么打扰？"

"但是他特意要我转达他的问候。"

那真是句有魔力的话："请坐。"本德说："告诉我你为什么来这儿。"

我开始给他讲尼尔森那块板的事，他微笑着阻止我，这回是真正的笑。

"她做那事那个晚上我在场。"他说道，"那是1928年，我五十岁，我觉得自己还是二十五呢。我不是正式在格劳曼出场的，那看上去不太好。我在人群里。他们有一个通常的典礼。我记得后来我们去跳舞了。那个晚上诺拉让她的发动机一直开着，我可以告诉你。"

这时我们到了最棘手的部分，经验告诉我控告某人有罪可不是那么容易，于是我径直说下去，描绘了从仓库里头偷走那块板的窃贼。幸运的是，本德做被控告者比我做控告者更有经验，而且他被控告的罪名都比偷水泥板更严重得多。他的笑容几乎不见了。

"你认为我在电视上看到那个故事，就决定要拿她的指纹做纪念品吗？这个想法还不算坏，只可惜我恨那个金发杂种。如果我拿了那块板，那我就能用它做小便池了。"

"你现在知道1928年格劳曼的那个晚上后来发生的事给我什么样的感觉了吧。我要告诉你的是，她抛弃了我。她想的是必须在她的电影和我之间做出选择，她选了她的电影。"

"我要说服她不要那样做，只可惜她跑去纽约了，我在那儿是不受欢迎的。她在那儿过了1929年的大半年，和百老汇的戏剧指导在一起，这样她就能在屏幕上说话了，事情就是这样。真的是时间使我的心凉下来了，我只能接受。"

"可听上去你的心现在并没有凉啊。"我说。

"那是因为她回来之后的所作所为。她几乎是在毒气室给我找了个座啊。她自杀之后，警察在我屁股后跟了几个星期。他们从我这儿永远都打听不到我真正干的那些事的，但是我肯定他们把我和我根本没干的事扯在了一起。后来这件事慢慢被淡忘了。"

故事讲完了，我担心会见也就此结束了。于是我赶紧又抛出一个问题："你知道还有别的什么人可能想要诺拉的纪念品吗？她有家人吗？"

"在东部什么地方吧。我记不起他们的名字了。诺拉·尼尔森不是她的真名，可那又怎么样？每个人到这里都改了名字，连我都是。我的真名是本德瓦兹，那是1901年我在埃利斯岛上时签的名字。那时我二十三岁。"

"那诺拉的朋友呢？"

"我记得她有一个朋友，那种雇来的伙伴，是个从她家乡来的女孩。她的名字叫丽塔什么的。那是个长得很像她自己的美人，是叫丽塔。也是只小野猫。她们是一对，那两个家伙。"

那一对美人的回忆耗尽了他的精力，或许要说的就这些了吧。他把我请出了椅子："谢谢你来这儿。告诉你的爱尔兰老板把鼻子弄干净。"

六

到汇报的时间了，也到了有绑匪的最新消息的时候了。但我还是认为绑匪是出自帕迪的想象。于是我把车往法院开去，踩着破旧地毯上的一行足迹到了县法官的办公室。我请求看一下诺拉·尼尔森的遗愿和遗嘱的副本。我是希望遗愿能为我指明尼尔森的家人和朋友，他们中的某个人可能就在伟大的洛杉矶地区，而且至少还有一个活着的吧。

年龄很大的办事员递给我有关尼尔森的报纸，说就是那段时间的。他指着一排青铜椅子，让我自己弄得舒服点。我的不舒服正好抵消了对尼尔森是否合法改名的焦虑。并不是每个明星都有足够的时间去改名的。如果尼尔森没有合法地改名，她的遗愿就会被归档在家族姓氏的下面，或在她父母洗礼时为她起的名字下面。我四处搜寻着那个名字。

我真是非常担心，担心得一直让烟斗躺在一个稳当的回形针上，忘了管它。大约烟草全都变成烟灰时，办事员带着个特别长的文件夹回来了，还带来了好消息。诺拉·尼尔森的遗愿找到了，就像一个好的明星应该的那个样子。

尽管用的是一张特别长的纸，可遗愿非常短。一份象征性的遗赠给了佐治亚州哥伦布市的赫伯特·埃克斯雷洛德博士及夫人。几乎可以肯定，他们是尼尔森的父母。另一份小礼物给了"我的朋友"丽塔·科伊宁。她一定是本德提到的那个雇来的可爱伙伴。尼尔森的遗产大多数进了一个被称为金山州信托银行的信托部门。详细的托管文件不在这个文件夹里。

我问我的那个办事员朋友要那些不在的文件，他对我提到了金山州的信托部门。"祝你好运吧。"他说道。

在出去的路上，我在门厅里的一部付费电话那儿站住了。没找到丽塔·科伊宁的电话。后来我把电话打到了格劳曼的前台。接待员的确认识帕特里克·J.麦奎尔。那个大厦里的每个人都认识他的。

"还在劝他们不要喝酒吗？"麦奎尔接电话时我说。

"没有啊，这里比施洗约翰的葬礼还干燥啊。没有任何绑架水泥板的匪徒打来电话啊，我没啥故事好讲了。"

"真是太棒了。我们在金山信托银行有人吗？"我把我拜访本德和查找尼尔森遗愿的事跟他说了说。

"好像我曾经和那家银行的一个小伙子玩过桥牌，"帕迪说，"你想要看委托的细节，我来办。一个小时给我打电话。"

那时正是午餐时分，我在法院附近找了个小餐馆，产生了很多有好有坏的联想，花了一段时间追寻往事。然后给我的妻子打了电话看看电视上有没有最新进展的相关报道。然后，我把电话打给了帕迪。

"我可能让你失望了，"他说，"我的老牌友没有像我希望的那样唾手可得。按他的说法，尼尔森的托管在1955年被撤销了。它唯一的受益人是一个男孩。一旦这个孩子到了二十五岁，托管就结束了。"

"谁的孩子？"

"我的朋友没有说，甚至连孩子的名字都没告诉我。这使我想到一定是尼尔森的孩子。我从没听说过她有孩子，但是很可能她以自己的办法对此保密。那是托管机密。"

我对于年龄不像莫瑞·本德算得那么快，但是我还是发现了一个问题："如果这个孩子在1955年时是二十五岁，那他就出生在1930年，那是尼尔森从纽约回来之后。"

"所以她在1929年匆匆去了东部。可能是在市场倒闭时被某个股票经纪人说晕了。穷途末路时人常干些可笑的事情。"

"但是她1930年时拍了部电影啊，她的有声电影，《阳光》。如果她怀孕了，就有人会注意到的。"

我的老板根本不在意这个问题："那时拍部片子只要几个星期，甚至乱七八糟地带着个麦克风就行，她还没有显出来呗。"

这使我想到我该用午餐时间去查查《泰晤士报》，突击查查尼尔森死亡的真实日期这种小事情。帕迪的想法完全不同。

"我想知道的是莫瑞·本德是否知道她在东部和谁交往。假设本德是善妒的那种人的话，这可能给了他更充分的理由在那个车库里把她杀掉。你得去问问科伊宁小姐这个问题。"

"丽塔·科伊宁吗？我怎么知道到哪儿去找她？"

"我忘了提醒你了吗？她是那个神秘孩子的监护人。我的银行朋友给我透露了这个消息。她在1955年以前以托管权利按月领取支票。那些支票的地址登记的是在维斯塔。有铅笔吗？"

七

维斯塔大约在去圣塔巴巴拉的半路上，是海岸线上的一个阳光明媚的小镇。在这个特别的下午，阳光尤其刺眼，我习惯于在开车时用黑色的太阳镜抵抗太平洋反射上来的光线。我一路北上，敲响了信托基金支票登记的丽塔·科伊宁的海边小屋的门。墨镜可能是我受到冰冷接待的原因。那个女人没有纽扣的家居服下面穿着一件浴袍，可能是把我当成警察或国税局的代理人了。她告诉我丽塔·科伊宁不再住在这里了，过了这么多年，谁还会关心她究竟住在哪儿呢。

我还关心。我查了电话黄页，一下子就找到科伊宁了。名单上显示她在一条叫切斯特的街上，离海岸有好几个街区呢。如果维斯塔有轨道交通的话，那里该是贫民区了。真实地址就是个食宿处，一幢老旧的砖楼。科伊宁不在家，她的房东正在给一个长势迅猛的花坛除草，她长得看起来很像马乔里·梅因，她很高兴地告诉我科伊宁在哪儿上班。这次我没忘了露出我那钢蓝色的眼睛，甚至还特意朝她眨了眨。

科伊宁上班的地方是个小餐馆，简陋狭小。进去时，我见到的第一个人就是科伊宁。她坐在收银台后面的凳子上，是个五十来岁的小个子女人。本德把科伊宁叫作野猫，这么多年过去了，她变成了野鸟。她使我想起了麻雀，尽管她染过的头发和铅笔画的眉毛颜色非常黑。她的面貌棱角分明，目光敏锐，眼睛因为眼镜变得特别突出。我想了一下觉得她可能就是主管。可我想要耽误她五分钟时，她看了看那个在擦烤肉架的大个子。

"我有十分钟的休息时间，"她说道，"那前面有长凳。"她朝我递过一包老金凤香烟，伸出一只手，手心朝上。

"我不抽这个。"我说道。

"我抽。"她回话道。

我把钱付给她，找到那条长凳，开始拆卸清理我的烟斗。科伊宁出来时我正把烟斗的柄往回装。她做的第一个动作就是把脸朝向太阳几秒钟。从她的肤色来看，这个动作不像是一时冲动，更像是个仪式。

她指定了这条长凳，可她并没有坐。"我整天就是坐着。"她说着，伸出手要那包老金凤。

我站着给她点烟时高出她一头，于是我又坐下来，这样还能仔细观察她的眼睛。

一开始她只是抽烟，进展如此艰难，所以我盼望着能有个幸运的一击。然后她问道："关于诺拉·尼尔森的什么事？"

她还在收银台后面坐着时，我提到了女演员的名字，那个名字吸引了科伊宁的全部注意力。现在她的表现就像它拉响了一个警铃。

"我在试着追查她的下一代，"我说，"关于她在洛杉矶的一些财产。"财产就是一辆四轮驱动汽车，适合清理车道。

"你怎么会认为我曾经认识她？"

我决定跳过我们前面要过的几个回合："她信任你，要你抚养他的儿子，二十五年来你从她的信托基金里每月领支票。"

"永远都不要相信一个银行家。"科伊宁说道。那是年长些还记得1929年的人都知道的一个流行观点。"永远不要相信任何人。我一直这样告诉诺拉。好莱坞没有人表里如一。可她相信每一个人，甚至包括我。"

"你们什么时候开始在一起的？"

"在好莱坞以前就在一起。她和我在佐治亚一起长大的。其实那时我只是尾随着她。她家有钱，我家没有。"

"钱都是信托基金来的吗？"

"有一部分是,来自一位有钱的阿姨。但是有很多是诺拉自己挣的。她拍电影时曾经一周就挣过一千块。那时候就是很多钱了。"

现在还是啊,特别是对于像科伊宁和我这样的人。我说道:"后来'爵士歌手'出来了,这个世界变了。接下来发生什么事了?"

"诺拉跑去纽约学习怎么在说话时去掉南方口音,在那儿过了大半年。"

科伊宁当时在玩同样的把戏,可是后来她在小维斯塔过了三十年。她抽了第二支老金凤,是用第一支烟把第二支点着的。

"回来时她怀孕了,是某个百老汇导演的,她说的。或许是哪个百老汇出租车司机的呢。她时候不多了,她也就拍了最后一部片子。"

"《阳光》。"

这已经多于一个试图追踪下一代亲属的人该知道的信息了,可我不想让科伊宁提醒我。我已经问了她太多我不该问的问题,对她的过去显露出过分的兴趣了。她的兴趣似乎也不仅仅是闲聊,至少关于那位已经葬于地下的死者是如此。

"电影拍过之后,我们去了北部,藏了起来,直到诺拉生完小孩。糟糕的时光开始了。"

"发生什么事了?"

"诺拉得了忧郁症,那会在孩子出生之后给一个女人带来多大灾难啊。"

"我知道,"我说,"我的妻子有两个孩子。"

"后来《阳光》的发行被推迟了,因为它糟透了。诺拉决定要真正结束这一切。她沮丧到了极点,糟糕的事太多了。我知道的下一件事就是她死了,我被这个孩子黏住了。"

并不是个多么伤感的总结,但是我放过了。"他就是我在找的人。"我说道。

"嗯,你所能做的就是观望,"她把烟塞进一只精致的后跟下,"我不喜欢你编的故事,我听过太多了。诺拉没有在附近留下什么财产。每一分钱我都知道藏在哪儿。谁派你来的?"

不是哪个公司而是说哪个人,那是目前我知道的唯一一个对此感兴趣的人。"不是莫瑞·本德。"我说道。

听到那个名字,她在努力稳住自己,可还是让她跳了起来。我从长凳上站起来时,她已经在回餐馆的半路上了。

"我永远都不会告诉你任何事的,"她倒退着说,"不管是你还是本德,我就算死了也不会告诉你们。"

八

我知道帕迪会批评我对丽塔·科伊宁的接近过程,只因一件事,就是我根本没提格劳曼仓库的失窃案。而且我不会试着去贿赂她,如果不算那包香烟的话。而帕迪会花五美元为她点着第一根的,只为了抓住她的眼神。

但是我想我的老板会赞成我的下一步做法的。我在科伊宁的食宿处所在的那条街拐角的一个商店停了一下,买了两瓶冰冻的可口可乐,用胳膊夹着,漫步走到了她的住处。那个马乔里·梅因的替身还在为她丢失的战场和杂草奋战着。

她拒绝要那瓶我用随身的多功能刀给她打开的饮料，而是用她的窗台的一道石头边很专业地把另一瓶的瓶盖磕开。但是她认可了我编的经历，我说转了一大圈也没找到科伊宁工作的餐馆。她耐心地又重复了一遍怎么走，并且让我跟着机械地学一遍。

我们的可乐还剩了一大半。差不多快喝完时，她的好奇心终于被勾起来了。

"这不会给丽塔带来什么麻烦的，是吗？"她问道。

"应该不会。"我说。

"那个孩子吗？她所有的麻烦都来自那个讨厌鬼。我告诉丽塔让他搬到洛杉矶就是个大错。"

"可能与他有关，"我从口袋里拿出一个信封——我的电话本——假装研究着，"他叫什么名字？"

"彼得·索普。"

"索普，"我说，"真是非同一般的麻烦。"

我回到那家夫妻店，我把海盗船就停在了这里，用商店里的电话往好莱坞保安事务所打了一下。接电话的女人是佩吉·麦奎尔，她是帕迪的妻子，也是事务所的秘密智囊团成员。她答应查查彼得·索普，我往回走时就能答复我。

在拉马堡湾附近海岸公路上一个路边电话亭，我又给她打了电话。她指示我进山去，西好莱坞那里有一幢建在峡谷边上的房子。

尽管这房子建有两个相连的车库，可一辆新型大陆敞篷林肯还是在行车道上暴晒着。当然，那辆车可能是哪个来访的客人的，再就是或许车库里有两辆更值钱的车。可我倒是希望那里被别的东西占着。我试了试升降门，锁着。

我走到前门。来开门的男人穿着游艇俱乐部的鸡尾酒会服、白色法兰绒男裤和一件宽松运动上衣。他一头金发，身材瘦小，而且有些紧张。

"是彼得·索普吗？"我问道。

他结结巴巴地说了声是。我给他看了我的证件，问他是否愿意协助我正在进行的调查。他又说了声是，这次真的露出了马脚。那时我肯定自己来对了地方，我跟着他进了顶棚低矮的起居室，决定开门见山，直奔主题。

"你从格劳曼仓库那儿抬走的水泥板在你手边吗？"

如果说我的问题惊到了他，倒不如说他的回答真的使我震惊。他把手伸进运动上衣的口袋里，掏出一支枪，或者说几乎是往外拽出来的。那是一只短管转轮枪，挂在口袋的一角上了。这样正好给我时间抓住他的手腕，另一只手握拳用力击中他的下巴，差不多是同时发生的。

匆忙之中，我撞他的力气肯定是比必要的更狠一些。要不是我紧紧抓住了他拿枪的那只手，他肯定就倒下去了。我把他拽到一张没有扶手的沙发上，解下那支枪，放进我自己的口袋。

然后我搜查了一下四周，找到了和车库相连的门。一个像牌桌那样的东西用帆布盖着。我扯下帆布，正是那块有诺拉·尼尔森签名的水泥板，靠在一对锯木架上。上面有她那小小的脚印，和书法——用木棍写在湿水泥上的字迹。除了峡谷下面没有去，我把周围都搜查了一遍，找另外两块板，没发现什么踪迹。

索普一直在那儿坐着。"它是我的，"他说，"我有权利拥有它。"

他的口音很重，但显然我治好了他的结巴。

"我们来谈谈这支枪或者车库里的那块小纪念品，好吗？"

"她是我妈妈，我没有她的任何东西。"他自相矛盾地向一个低矮的壁炉看去。壁炉上方挂着一张老照片，上面是一个容貌出众的年轻女人，金色短发，带着顽皮的微笑。灿烂而从容，那是诺拉·尼尔森。

"你有她的钱。"我说着，看了看周围。哪一个小古董都值我的车那么多钱了。"顺便说一句，丽塔·科伊宁用你节省下来的零花钱就够了。现在她的日子的确是有点紧啊。"

"她得到了我母亲所有的钱，而且她还打算都拿走。诺拉活着时她是靠诺拉生活，后来她又靠我的信托基金生活。住在海边，好像她是真正的明星似的。"

"她已经搬到了内陆。"我说道。

"我不关心她在哪儿，她已经比授权的多享受了一年发大财的工作。这么对她已经是比她应得的要宽容多了。"

"那她是怎么多享受一年的啊？"

"在我的年龄上对我和其他人都撒了谎。她和那个奸诈的讼棍干的。我应该控告他们。他们把基金一直控制到我二十五岁。那是我母亲设立的。丽塔一直告诉我，我是1930年出生的，那样压着我，她经手到1955年。但是我终于看到了我母亲的文件，我发现了我的出生证明。我出生的真实日期是1929年，丽塔多过了一年舒服日子。"

这个消息真让我激动，我差点把我错过的事直接对索普讲出来。但我很快控制住了。

"你的出生证明上说你是在哪儿出生的了吗？"我闲聊似的问道。

"当然。"他说道。"纽约，"他自豪地加上了一句，"我的父亲是百老汇的导演，理查德·索普。"

"他的名字出现在出生证明上了吗？"

索普的结巴又发作了："没有，他没有和我的母亲……"

"那你怎么知道他的？"

"丽塔阿姨告诉我的。我的姓一直是索普，她告诉我这是怎么来的。那是她唯一一次对我说实话。"

"她把诺拉火化了，然后把骨灰撒到了大海里。所以我连块墓地都看不到。我看到电视上说母亲的签名板保存在格劳曼仓库里时，我知道我一定要拥有它。我甚至都在峡谷里找好了一块地方，我要把它放到那里。一个我能种花的地方。"

"那两块板怎么处理了？"

"我告诉他们扔到没人的地方就行了。"

"告诉谁？"

"我的花匠为我干的。他说他认识的一个人认识一个能干这活的小伙子。可我想他雇的就是他的一个亲戚。我告诉他把那两块都带走——电视上说的那两块。那样窃案就不会指向我了。后来，他把我母亲的签名板运回来时说拿了三块，要我多付点。我把他赶走了。"

一部别致的蓝色电话放在索普坐着的沙发附近的一张小茶几上，我用那支枪指指电话。我把它从口袋里拿出来时可没挂住。

"马上给他打电话道歉。"我说道。

九

索普联系到了他的花匠朋友,在我的鼓励下,他出了个价让他们找到那两块丢掉的水泥板,第二天早上早点正大光明地归还给格劳曼仓库。

"告诉他们这次要按门铃。"我说道。

然后我用这个蓝色电话向帕迪汇报了我的成功,我的部分的成功。"这个交易无话可说,"我说道,"他们会还回那两块,加布里埃尔的和那块有膝盖印的。"

"为什么只有两块?"

"另一块坏得没法修补了。"

"我明白了,"帕迪说,"嗯,我想他们不会漫不经心地踢坏它的。我会焦急地期待你的全部汇报。现在你还有什么要告诉我的?"

"别挂,"我拿着枪指指前门,对索普说,"你介意走开一下吗?"

他不会介意的,自从听到我为她母亲的那块板撒了谎,他就像换了一个人似的。

他走开了。我说道:"我们在格劳曼那里有多大的影响力?"

"足够了,"帕迪说,"他们会派两个邮差给我们送钞票的。怎么了?"

我把手枪卸开,子弹倒到地毯上:"今天早上你提到要做点对加布里埃尔有利的事。你的意思是恢复她原有的荣誉吗?这事我来办。"

外面,索普盯着他的大陆林肯,好像不认识这车似的。

"你为什么那样说?"他问道,"对诺拉的那块板?"

"我想她会愿意让你保管它的。"我说道。

那会儿我的心完全被温柔包围了。像喝了一杯提神的饮料一样,我把枪扔给他,告诉他如果那两块板在第二天中午还没送到的话,我会再回来的。

十

可以问心无愧地回家割草了,可我没有。我往北沿着海岸线,向维斯塔小镇开去。到达时,还是迟暮时分。真是个美丽宁静的夜晚,万里无云,大海像个巨大的蓝色池塘向日本伸展开去。

科伊宁下班了,也不在她的住处,那里没人。我有一种预感,就在街角的小商店停车去问最近的公共海滩怎么走。在海滩边上,我找到了她。她正低着头坐在一条长凳上,就和我白天坐的那条凳子一模一样的。我坐到她旁边,拿出烟斗。

"谁请你来的?"她说着,鼻子里哧溜哧溜的,她在哭。

"那是个很长的故事了,诺拉。"

"你叫我什么?"

"诺拉,诺拉·尼尔森里的诺拉。"我装完烟斗,把掉在裤子上的烟草碎末打扫掉。

那个动作给了我的伙伴充足的时间去想怎么答话。她能做出最好的回答:"我是丽塔·

科伊宁。"

"我不这样想。我想科伊宁三十年前就死在那个封闭的车库里了，恐怕是你帮她做到的。"

我把烟斗点着，用过的火柴掉到了我们脚下的沙滩上。

"我是这么想的。咱们回到1928年，你发现自己处境不妙，你怀孕了，你正孕育着的孩子的父亲是个叫莫瑞·本德的匪徒。你已经受够本德了，但他不想放手。你知道如果他发现这个孩子，就永远都不会放手。更糟的是，这个孩子要和一个匪徒父亲一起生活。

"于是你跑到纽约，那里在本德的势力范围之外。你对外宣称在练发音，或许你真是练了，但你在那里的真正目的是秘密地生下这个孩子。一年后，你带着孩子一起回来了。你把他放到了一个安静的地方，雇了一个护士或者一个保姆或者两者都雇了。你回来继续拍电影。本德忘了你，于是一切都很不错。

"然后就是丽塔·科伊宁，你雇来做伴的朋友，撕毁了协议，当然，她知道真相。她威胁你要去告诉本德，她开始勒索你，她参与了你设计隐藏的一切。"

"同时，《阳光》的发行被推迟了。一切都压到了你头上，默片明星在陨落，就像过去的印第安人。你决定结束这一切，你可能要放弃建立起来的事业。"

"于是科伊宁替你坐进了车库里，你给她吃麻醉药了还是把她灌醉了，或者在她头上敲了一下？"

尼尔森打开随身的小包，拿出一团纸和玻璃纸，那里是我给她买的那包烟里剩下的部分。我刚才停车问到海滩的路时预先买了一包：新包装的老金凤。

她看了看这友好的赠品，说道："我今天下午告诉过你了，我不会说的。"

"那时你是以为我在为莫瑞·本德工作。"我给她讲了我来维斯塔的真正目的，失踪的水泥板的秘密，结果怎样，有的地方穿有些小插曲。她拿过烟，感激地点着了一根。

我说完时，她又抽了一下鼻子，稳定一下自己的情绪，说："我把丽塔灌醉了，那不是什么难事。"

"那她的头发呢？我想科伊宁是个肤色淡黑的女人，就像你现在这样。"

"前一天下午我带她染了头发，那也不是什么难事。她一直想要金发。她一直想要我的一切，包括莫瑞·本德。即使我付了钱给她，我也无法相信她没有告诉本德关于彼得的事。我害怕她那么做会把他招惹回来。"

"你和科伊宁看起来那么像吗？"

"够像的了。我想办法让尸体没有马上被发现。"

"而且尸体被火化了。你改了儿子的年龄，使本德算不出他是彼得的父亲。你必须得找个足以信任的家伙干这件事。"

"被信任的人是我的一个朋友，一个真正的朋友。为我的工作室工作的一个律师。彼得发现他的真实年龄时，他以为我们就是在骗他，那样做对我有好处。"

"他怎么从来没有认出你吗？他把你的照片挂在屋子里。"

"是吗？他很大了，问起他母亲的事，那时我已经变样了。我染了头发，开始戴那副我需要戴很多年的眼镜，我认真地告诉她我长得非常像他的母亲。后来他把那句话扔回给我，说我在摆架子，说我不该得到海边的小屋。我一直热爱海洋，只要能每晚坐在大海附近对我来说就心满意足了。"

"为什么你没有告诉彼得真相？他会回赠给你属于你的小屋的。"

"他会吗？你会对一个告诉你说，你父亲是匪徒、你母亲是个杀人犯的人有所回赠吗？顺嘴说说，我该得到惩罚的。"

她第一次看着我的脸，可能是想看看我是不是想该怎么惩罚她。

很巧，我想到了，我想的是诺拉的最后一部电影《阳光》，和它那预料之外的成功。她对那个会有什么反应呢？可能一开始感觉良好，但是很多年之后，在她如此下功夫保护的儿子弃她而去的时候呢？现在在一家油腻的餐馆长时间的轮班时又怎么想呢？她曾经想过《阳光》吗？困惑过吗？

我站起身："抱歉打扰你了，科伊宁小姐。"

我转身走开时，她问道："你怎么认出我的？"

我并没有认出她，我的情报来自出生证明，她对此撒谎。还有就是那个下午，她对我宣布她死都不会告诉任何人真相。那时她听起来不像个筋疲力尽的监护人，更像一个母亲。

但是我还是给了个回应："我看到了你印在水泥板上的脚印，记得吗？无论在哪儿，我都知道那尺码是六号。"

在我们的会面中，她第一次笑了，这笑容灿烂而从容，就像世界还年轻的时候一样。